CONTE *verlag*

Normal passiert da nichts

FRANK P. MEYER

CONTE *roman*

Meiner Emotionsleserin

Bibliografische Information der Deutschen Nationalbibliothek
Die Deutsche Nationalbibliothek verzeichnet diese Publikation
in der Deutschen Nationalbibliografie; detaillierte bibliografische
Daten sind im Internet über http://dnb.d-nb.de abrufbar.

ISBN 978-3-941657-51-9

Das Werk einschließlich aller seiner Teile ist urheberrechtlich geschützt.
Jede Verwertung ist ohne Zustimmung des Verlags unzulässig. Dies gilt
insbesondere für Vervielfältigungen, Übersetzungen, Mikroverfilmungen
und die Einspeicherung und Verarbeitung in elektronischen Systemen.

© Frank P. Meyer
© Conte Verlag GmbH, 2012
Am Ludwigsberg 80-84
66113 Saarbrücken
Tel: (06 81) 4 16 24-28
Fax: (06 81) 4 16 24-44
E-Mail: info@conte-verlag.de
Verlagsinformationen im Internet unter www.conte-verlag.de

Lektorat:	Simon Scharf
Umschlag und Satz:	Markus Dawo
Umschlagfoto:	Dave Stotzem
Druck und Bindung:	Prisma Verlagsdruckerei GmbH, Saarbrücken

Inhalt

PROLOG
Wie Belmondo 7

RAFAEL
1 Der Jugendclub 9
2 Das Schwenkbratenprinzip 22
3 Mariathlon 45
4 Der Hüftknochen 74
5 Das Millennium-Problem 97

JOHANNA
6 Kipfaka 121
7 Imms, oder: Drei Engel für Johanna 137
8 Luisenthal, 1962 160
9 Hexennacht, oder: Teambildende Maßnahmen 203

GABRIEL
10 Schorschis langes kurzes Leben 225
11 Mutteralarm 242
12 Hammeltanz 262
13 Der große Mensaraub 288
14 Harald mit Mütze 322

MIKE
15 Normal passiert da nichts 351

RAFAEL
16 Antwerpen, 1998 355
17 Hecks Hannes' Schatz 391

EPILOG
Wie Connery 407

PROLOG

Wie Belmondo

Er schreckte hoch. Einen Moment lang wusste er nicht, wo er war. Dieses Gefühl hatte er manchmal, wenn er neben ihr aufwachte. Für einen Augenblick glaubte er dann immer, er müsse ein schlechtes Gewissen haben.

Er horchte. War etwas passiert?

Auf dem Nachttisch lag seine Uhr. Oje, schon so spät. Gleich mussten sie raus hier. Er tastete unter dem Laken, fühlte ihre Taille, glitt langsam die samtene Haut entlang.

Sie war eingenickt. Er rückte näher an sie heran, roch ihre Wärme. Sie bewegte sich sachte, murmelte: »Wie spät?« Die Frage kam instinktiv.

Er wollte nicht, dass sie schon wach wurde.

»Wir haben noch ein bisschen Zeit.«

»Nur noch sehr wenig Zeit«, hätte er eigentlich sagen müssen.

Schade, dass ich nicht rauche, dachte er. Gerne hätte er einmal die Zigarette danach geraucht. Das hätte er lässig gefunden. Vielleicht paffte er das nächste Mal ein Zigarettchen. Danach. Einfach so. Um es einmal getan zu haben. Und dabei würde er die freie Hand zwischen dem Kopfkissen und seinem Hinterkopf einklemmen. Er konnte sich vorstellen, dass er dann wie Jean-Paul Belmondo aussah. So lässig.

Heute Morgen war es schnell gegangen. Sehr schnell. Kaum war er bei ihr im Bett, ging es schon los. Sie war ungeduldig gewesen. Alles was sie tat, tat sie schnell. Sogar das Küssen. So, wie man Schokolade oder Pudding schnell aufisst, weil man Angst hat, dass die Geschwister es einem sonst wegessen. Jetzt war sie wieder eingedöst. Er mochte das: Wach neben ihr liegen, wie Belmondo, und sie schlafen lassen.

Draußen war es trübe. Tristes Februarwetter. Es nieselte. Vorhin – als sie mitten drin waren – hatte es draußen einen dumpfen Knall gegeben. Es hatte geklungen, wie wenn man zuhause die große Falltür zufallen ließ, die in den Keller führte. Die Tür war schwer, aus dickem Holz, und erinnerte ihn immer an eine Grabplatte.

Es hatte keinen Zweck, die Zeit war um. Sie musste bald nach Hause und er hatte noch einiges in Völklingen zu erledigen, bevor er zurückfuhr.
Er schaltete das kleine Kofferradio an, das auf dem Nachttisch stand.
»Dieser blöde Saarländische Rundfunk«, murmelte er, »können die nicht mal was Fetzigeres spielen?« Er wollte keine getragenen Molltöne hören. Jetzt, wo er sich fühlte wie Jean-Paul Belmondo.
Von draußen hörte er Rufe ... und Gerenne. Er stand auf, nahm die Hose von der Stuhllehne. Während er sich anzog, drehte sie sich noch einmal um. Er sah durchs Fenster auf die Straße.
Die Scheibe war von innen beschlagen. Er wischte mit der Hand darüber. Ein Mann, der ein Fahrrad neben sich abgestellt hatte, gestikulierte und rief anderen Leuten etwas zu, die zusammengelaufen kamen.
»Was ist denn los?« Sie war wach geworden und sah ihn am Fenster stehen. »Oje, schon so spät, wir müssen gleich weg!«
»Komm mal rasch«, sagte er, »und schau dir an, was da unten los ist! Das bedeutet doch hoffentlich nicht, dass ...«
Als er nicht weiter sprach, sprang sie aus dem warmen Bett und kam zu ihm ans Fenster.

1 Der Jugendclub

Im Jugendclub fühlte ich mich sofort zuhause – so zuhause, dass ich beschloss, Gabriel und Mike nicht zu erzählen, was mich hierher geführt hatte. Noch nicht, jedenfalls. Vielleicht auch nie. Ich musste an meinen Großvater denken: »Ruhe findest du erst, wenn du heimgegangen bist zu den himmlischen Heerscharen«, war einer seiner Lieblingssprüche. Ich schmunzelte, als ich mir vorstellte, wie er es sagte. »Im irdischen Leben«, so fügte er stets bedeutungsvoll hinzu, »gibt es keinen Ort, wo du einmal längere Zeit unbeschwert durchatmen kannst.«

Ich dachte immer: Was versteht mein Großvater schon vom irdischen Leben? Der ist doch streng katholisch.

Von der A1, Trier-Saarbrücken, nahm ich die Abfahrt Braunshausen und bog in Richtung Kastel ab, wie es auf Gabriels Wegbeschreibung stand. Nach wenigen Kilometern sah ich das Ortsschild Primstal. Da wusste ich noch nicht, dass das Haus *Der Jugendclub* hieß. Gabriel hatte mir nur die Adresse aufgeschrieben: Haagstraße 2.

Gleich nach der festen Zusage der Tiefkühlprodukte Wagner GmbH, dass ich den Job in der Entwicklungsabteilung hatte, fragte ich bei der Chefsekretärin nach, ob sie mir bei der Wohnungssuche helfen könne. Sie war sehr hilfsbereit, auch wenn sie sich ein bisschen wunderte, dass ich ausgerechnet in einer WG wohnen wollte. Und die sollte – wenn möglich – in Primstal sein. Das war das größte Dorf in der Gemeinde

Nonnweiler. Wenn ich schon aus der Großstadt aufs Land zog, so redete ich mich bei der Sekretärin heraus, musste es ja nicht das allerkleinste Kaff sein. Das war natürlich nicht der einzige Grund, weshalb ich genau in diesem Dorf wohnen wollte, aber dieser klang wenigstens vernünftig. Dass ich von Primstal aus ein paar Kilometer zur Firma fahren musste, machte nichts. Im Gegenteil, es tat der alten Karre gut, öfter bewegt zu werden.

Bei meiner Vorgabe – Primstal und Wohngemeinschaft – konnte die freundliche Sekretärin nicht gerade eine Auswahlliste präsentieren. Es gab dort nur diese eine WG. Später konnte ich dann behaupten, es sei Schicksal gewesen, ausgerechnet bei Gabriel und Mike gelandet zu sein.

Die Sekretärin regelte das mit den beiden Jungs, die noch ein Zimmer frei hatten, und ich war wirklich verblüfft, als sie mir den Preis für die Miete nannte. Bei uns in Antwerpen konnte man froh sein, für das gleiche Geld einen Garagenplatz zu bekommen. Kurz darauf schickte mir Gabriel den Brief mit der Wegbeschreibung.

Ich fuhr langsam durchs Dorf, langsamer, als vorgeschrieben war und langsamer, als ich sonst zu fahren pflegte. Als ich an einem kleinen Supermarkt und einem Café vorbeifuhr, sahen mir die Leute hinterher, die davor standen. Oder besser gesagt: Sie sahen nicht mir hinterher, sondern dem Auto. Und das wohl nicht nur wegen des belgischen Nummernschilds, sondern vor allem wegen der Farbe. Eine so auffallende Metalliclackierung – irgendwas zwischen mintgrün und türkis – gab es hier sicher genauso selten zu sehen wie das Modell selbst, einen Mazda 818 Sedan. Sedan Deluxe, wohlgemerkt. Baujahr 1979. Es war sicher gut gemeint von meinem Großvater, mir das Auto zu geben, das immer noch auf ihn angemeldet war. Aber mir war klar, dass schon bald jeder in diesem Kaff fragen würde: »Wer ist denn der Ausländer mit dem komischen Auto?«

Ich würde damit leben müssen, so etwas wie eine lokale Berühmtheit zu werden.

Gegenüber der Apotheke hielt ich an. Ich wusste, es waren jetzt nur noch ein paar hundert Meter – ich hatte ja die Wegbeschreibung – aber mir kamen plötzlich Zweifel. Sonderbarerweise fürchtete ich mich in diesem Augenblick davor, in der Haagstraße 2 anzukommen. Wen würde ich dort antreffen? Was wäre, wenn ich anklopfte und mir würde nicht aufgetan? Dabei war das unwahrscheinlich. »Einer von uns beiden wird am 28. September auf jeden Fall da sein«, hatte Gabriel geschrieben, »einfach an die Tür klopfen, eine Klingel gibt es nicht!«

Klopt, en u zal opengedaan worden, heißt es bei Matthäus ... aber ich wollte ja kein Flämisch mehr ...

Mein Mobiltelefon lag neben mir auf dem Beifahrersitz. Ich tippte die Nummer ein, die Gabriel mir geschrieben hatte. Einige Klingelzeichen lang passierte nichts. Ich hielt den Atem an. Was sollte ich tun, wenn ... – »Jugendclub Primstal«, meldete sich eine ruhige Stimme.

»Äh, wie bitte? Ich wollte eigentlich zu, äh, Mike und Gabriel Heck in der ... «

»Ach, der Belgier!«, rief jemand vergnügt am anderen Ende der Leitung, »wo steckst du denn?«

»Ehm, ich bin fast schon da ... äh, stehe hier in Primstal vor der Apotheke. Wie war das noch mal? Ich habe die Wegbeschreibung verlegt«, log ich, »wo muss ich links abbiegen?«

»Fahr einfach los«, schlug die Stimme am Telefon vor, »und lass das Handy an, ich lotse dich das letzte Stück bis vor die Haustür.«

Als ich auf den Hof vor dem Haus fuhr, stand dort ein Typ mit einem schnurlosen Telefon am Ohr.

»Willkommen im Jugendclub, neuer Mitbewohner«, klang es freundlich aus meinem Handy, gleichzeitig sah ich seine Mundbewegung. »'Tschuldigung – wir hatten dir ja nur die Adresse geschickt, also wundere dich nicht: Du wohnst jetzt im Jugendclub!«, sagte er, als ich aus dem Auto stieg. »Ach herrje, cooles Auto, damit wirst du hier sicher auffallen. Ich bin Mike.«

»Rafael. Raffi, für meine ... ähm ... Mitbewohner. Wieso denn eigentlich Jugendclub?«

»Das war tatsächlich einmal der Jugendclub der KJP... der Katholischen Jugend Primstal. Hat große Zeiten erlebt, dieser alte Kasten hier. Und ich dachte, Andi oder Matti ruft an ... Bei den Jungs hier aus dem Dorf melden wir uns mit ›Jugendclub‹. Wirst dich dran gewöhnen.«

Wollte ich mich daran gewöhnen? Mir kam das reichlich albern vor. Da wusste ich ja noch nicht, dass ich schon wenige Wochen später selber »Jugendclub Primstal« in den Hörer rufen sollte, wenn es klingelte.

»Komm erst mal rein! Sind deine Sachen im Kofferraum? Ich helfe dir. Eine irre Metalliclackierung hat dieser Mazda. Ist die original? Ich bringe die beiden Koffer schon mal hoch.«

Ich nahm ebenfalls eine Tasche aus dem Kofferraum, wartete aber, bis Mike im Haus verschwunden war. Ich brauchte noch einen Augenblick, um richtig anzukommen. Ich machte ein paar Schritte auf dem Hof. Die glatten Steine erinnerten mich an die Kopfsteinpflastersträßchen zuhause in Flandern. Wieso zuhause? Ich war jetzt nicht mehr in Flandern zuhause! Mein ehemaliges Zuhause lag etwa drei Autostunden entfernt. Zweidreiviertel vielleicht, wenn ich alles aus dem alten Mazda herausholte. Ein paar der Pflastersteine wackelten, wenn man drauftrat, was mich ein wenig beunruhigte. Aber die meisten saßen wie festbetoniert. Beton war zwischen den Fugen allerdings keiner zu sehen.

Mike kam wieder, um weiter den Kofferraum auszuräumen. »Hast du Pflastersteine aus Belgien mitgebracht?«, fragte er, als er meine Taschen raushievte. Ich grinste: »Nein, da sind Küchensachen drin. Mein Werkzeugkasten, sozusagen.« Ich ließ Mike vollbeladen mit meinem Kram ins Haus verschwinden und tat so, als ob ich im Kofferraum noch etwas suchte. Sobald er durch die Tür verschwunden war, richtete ich mich auf, drückte die Kofferraumklappe vorsichtig zu, sodass sie kaum ein Geräusch machte, und sah mir das Haus an.

Der Jugendclub war ein längliches Gebäude mit zwei Geschossen, von denen das obere direkt über den kleinen Fenstern in die Dachschräge überging. Natürlich hatte ich mich vorher über die Gegend kundig gemacht – obwohl es nicht gerade haufenweise Informationsmaterial oder gar einen ordentlichen Baedeker zum Nordsaarland gab. Aber immerhin wusste ich, dass es sich bei diesem Haus um ein Musterbeispiel für ein sogenanntes Trierer Einhaus handelte, wie sie immer seltener wurden. Wie aussterbende Tierarten. Auch hier in Primstal waren die meisten bereits abgerissen oder bis zur Unkenntlichkeit umgebaut worden. Beim Jugendclub war die traditionelle Einhausform aber noch völlig erhalten, denn es gab weder Erker noch Vorsprünge oder Anbauten, die das klare, ebenmäßige Erscheinungsbild gestört hätten. Rechts von der Eingangstür waren zwei kleine Sprossenfenster, links von der Tür nur eins. Die oberen Fenster – insgesamt vier – befanden sich exakt über den Erdgeschossfenstern und über der Haustür, sodass sich ein harmonischer Anblick ergab. Alle Fensterscheiben waren durch ein schmales Holzkreuz in vier gleichgroße Flächen geteilt.

Die rechte Gebäudehälfte diente eindeutig als Wohnteil. Die linke ließ ihre ursprüngliche Funktion ebenso unzweifelhaft erkennen: Hier waren einmal Stall und Scheune untergebracht gewesen. Durch das breite Rundbogentor, dessen Holz dunkelgrün gestrichen war, hatte sicher problemlos ein Pferdekarren gepasst – früher, als es die noch gab. Ein paar Meter links von dem runden Scheunentor gab es noch eine kleine Holztür, die in den ehemaligen Stall führte. In dieser Haushälfte gab es keine Fenster, nur eine herzförmige Öffnung oben im Mauerwerk, durch die ich Vögel rein- und rausfliegen sah.

Mir gefiel, dass man dem Haus auf den ersten Blick ansah, dass es früher einmal das ganze Leben – Wohnen und Arbeiten – in einem Haus vereint hatte: Menschen, Tiere und Arbeitsgeräte hatten ihren festen Platz, alle unter demselben Dach. Was dem Jugendclub am deutlichsten seinen klaren, unverfälschten Charakter als Einhaus verlieh, war das lange, durchgehende Satteldach. Es war schnörkellos mit hellroten Ziegeln eingedeckt, die an vielen Stellen deutlich Moos angesetzt hatten, dessen Farbe wunderbar mit der des Scheunentors harmonierte. Keine Dachfenster oder Fenstergauben störten das beruhigende Gesamtbild. Noch nie hatte ich ein Dach gesehen, dessen einzige Aufgabe es so eindeutig und ausschließlich war, das Gebäude unter ihm zu schützen. Dass das Haus trotz der äußeren Schlichtheit eine einladende Atmosphäre ausstrahlte, kam sicher daher, dass die Fenster, der Hauseingang und das Scheunentor mit rotbraunem Sandstein eingefasst waren. Da störte es auch nicht, dass die Fassade an manchen Stellen zu bröckeln begann und das Haus den Eindruck machte, als könne ihm ein frischer Anstrich nicht schaden.

Am Scheitelpunkt des Torbogens war gut sichtbar ein trapezförmiger Stein eingebaut, der mir gleich auffiel. Es war etwas darin eingemeißelt worden, aber da die Frontseite nach Westen zeigte, hatten Wind und Regen so sehr an dem Sandstein genagt, dass man nicht mehr erkennen konnte, was dort einmal gestanden hatte. Vermutlich eine Jahreszahl. Mich faszinierte der trapezförmige Stein vor allem deshalb, weil er als einziges Element an der Hausfront ein paar Zentimeter hervorsprang und weil es den Anschein hatte, das ganze Gebäude würde zusammenfallen, wenn man diesen einen Stein herauszog.

»Noch Zeug zu schleppen?«, rief Mike. Er stand wieder in der Haustür, hatte die Sachen schon nach oben gebracht.

»Nein danke, den Rest schaffe ich selber.«

Mike machte nicht viel Aufhebens von meiner Ankunft, was mir gerade recht war. Er drückte mir einen Schlüssel in die

Hand und sagte, als ob ich schon seit einer Ewigkeit zum Haus gehörte: »Muss noch mal weg. Gabriel kommt auch erst in zwei Stunden aus Luxemburg zurück. Richte dich ein. Wir sehen uns später.«

»Danke.« Ich steckte den Schlüssel ein und sah Mike hinterher, wie er über den Hof ging, die Straße überquerte und in die Richtung verschwand, aus der ich gerade gekommen war. Mike war ein gut aussehender Mann, der jünger wirkte als Mitte dreißig – Gabriel hatte in seinem Brief erwähnt, dass er selbst sechsunddreißig war und Mike zweieinhalb Jahre jünger. Mike war nicht groß, wirkte muskulös, aber nicht übertrieben muskulös – zweifellos ging er regelmäßig in ein Fitnessstudio oder machte Krafttraining. Er war jugendlich gekleidet. Verwaschene Jeans, einfaches rotes T-Shirt, aber er trug elegante, spitz zulaufende Schuhe und eine braune Wildlederjacke, die sicher nicht ganz billig gewesen war und deren Dunkelbraun zum kräftigen, klaren Braun seiner Augen passte und zu seinem vollen Haar, das er nach hinten gekämmt trug. Es war ebenfalls braun, oder eher brünett, mit einem dunkelroten Schimmer. Als ich ihn einige Tage später in Shorts und mit freiem Oberkörper im Jugendclub rumlaufen sah, musste ich unwillkürlich daran denken, dass eine professionelle Schwarz-Weiß-Fotografie von ihm prima in so einen Kalender mit Männermodels gepasst hätte, wie sie in den Neunzigern auch bei vielen Frauen beliebt wurden. Ich konnte mir gut vorstellen, dass er für die weibliche Landbevölkerung ein echter Hingucker war.

Trotz seines breiten, starken Kinns, trotz der südländisch wirkenden Augen und des Teints erschien mir Mikes Gesicht nicht sonderlich ausdrucksvoll. Es verriet nichts und wirkte weder besonders freundlich noch ablehnend. Ich sollte noch lernen, dass man Mike nicht ansah, was er fühlte oder dachte. Falls er überhaupt fühlte oder dachte. Gabriel vertraute mir schon wenige Tage später an, dass Mike für das Leben, das der führe, eigentlich kein Gehirn brauche, sondern dass man die wenigen Tätigkeiten, die Mikes Lebenswandel mit sich bringe, locker auch über das Rückenmark abwickeln könne.

Anderthalb Stunden später hatte ich mich komplett eingerichtet. Und ich hatte das Haus und vor allem mein Zimmer bereits liebgewonnen. Ich mochte den abgewetzten Holzfußboden, der einen altmodischen Geruch von Bohnerwachs verströmte, die spärliche Möblierung – was brauchte man denn auch mehr als ein Bett, einen Schrank und einen kleinen Tisch mit Stuhl – und vor allem den ungewöhnlichen Lichteinfall durch die tiefliegenden, weiß gestrichenen Sprossenfenster. In den oberen Zimmern waren die Fensterbänke nämlich nur eine Handbreit über dem Fußboden. Und die obere Fensterkante reichte mir gerade einmal bis zum Bauch, sodass ich im Stehen gar nicht hinausschauen konnte – dazu musste ich mich hinknien oder in die Hocke gehen. In der Hocke schaute ich hinunter auf den Hof und sah, wie ein alter Peugeot hinter meinem Mazda einparkte. Die Karre war beinahe so alt wie meine, aber bei weitem nicht in einem so gepflegten Zustand. Der rote Lack war stumpf, wie ausgeblichen. Nur die beiden hinteren Kotflügel waren leuchtend blau. Der Typ, der ausstieg, warf einen flüchtigen Blick auf mein Auto und sah dann hoch zu meinem Fenster. Er konnte von außen offensichtlich sehen, wie ich da am Fenster hockte, denn er winkte mir überschwänglich zu und rief etwas, das ich nicht verstand. Er machte eine Armbewegung, die bedeutete, ich solle runterkommen.

Als ich unten auf dem Hof ankam, hatte er einen Flügel des Scheunentors geöffnet und war dabei, den Kofferraum zu entladen. Während ich auf ihn zuging, stellte er einen großen Blechkanister ab, den er gerade aus dem Kofferraum gehievt hatte, strahlte mich an und streckte mir die Hand entgegen: »Hallo, ich bin Gabriel. Du bist also der neue Mitbewohner. Wir hatten dich etwas später erwartet.«

»Äh, Rafael Vanderhaeghen … äh, also Raffi, angenehm!«

»Hast du Mike schon getroffen? Hat er dich reingelassen? Wo ist der denn schon wieder? Komm, hilf mir mal die Ware ausladen.«

Er plauderte drauf los, erklärte mir rasch, er habe in Luxemburg verschiedene Sachen eingekauft – für sich und für uns, aber manches würde auch weiterverkauft. Er beklagte, dass Mike mir offensichtlich kein Begrüßungsbier angeboten habe.

»Was ist denn das für eine extravagante Autofarbe?«, fragte er, legte aber offensichtlich keinen Wert auf eine Antwort, denn er drückte mir unvermittelt etliche Stangen luxemburgische Zigaretten der Marke Ducal in die Arme. Ich trug ihm die länglichen Päckchen in die Scheune hinterher. Drinnen roch es nach Benzin und nach Kaffee. Letzteres kam von einer Kaffeemaschine und einer aufgerissenen Tchibo-Packung, die beide auf einem Regal standen. Daneben standen noch Dutzende Päckchen Kaffee verschiedener Marken. Und auf weiteren Regalen Tabak. Und Schnaps. Den Zwanzig-Liter-Kanister stellte er mitten im Raum auf dem Boden ab, wo schon mehrere dieser olivgrünen Blechdinger standen. Er nahm mir die Zigarettenstangen ab und räumte sie zu anderen bereits einsortierten Tabakwaren.

»Aber der ist für uns«, verkündete er stolz, während er aus einer der Plastiktüten eine Flasche Whiskey kramte. Er stellte die Flasche auf den Boden und räumte den Rest der Tüte aus. Es waren hauptsächlich irische Marken, von ganz billigen bis zu richtig teuren Malt-Whiskeys, die er in das Regal mit den Kaffeepäckchen einsortierte, wo auch verschiedene Cognacs standen. Dann schraubte er die auf dem Boden abgestellte Flasche Tullamore Dew auf, zauberte hinter den Flaschen auf dem Regal zwei Cognacgläser hervor, füllte beide mehr als bis zur Hälfte und verkündete – so, als ob er es selber glaubte: »Das ist was ganz Besonderes. Auf die neue Dreier-WG!«

»Zum Wohl!« Ich wusste nicht, ob man das sagte, wenn man Whiskey aus staubigen Cognacgläsern trank, und das auch noch in einem Schuppen, der sicher in den Abendnachrichten Top-Thema wäre, wenn die Polizei hier einmal die Nase reinsteckte.

Ich sah wie Gabriels Adamsapfel wippte. Er trank hastig mehrere Schlucke.

Mir fiel auf, wie sehr er sich äußerlich von Mike unterschied. Er war blond, hochgewachsen und schlaksig und hatte ein freundliches Gesicht. Seine graublauen Augen funkelten, wenn er einen ansah, und vor allem, wenn er redete. Und er redete viel, wie ich noch feststellen sollte. Anders als Mike sah man Gabriel an, dass er Mitte dreißig war. Und dennoch hatte er den Blick eines kleinen Jungen. Sein Gesichtsausdruck wechselte während des Gesprächs häufig von vergnügt zu ernsthaft, wobei die fröhlichen, lächelnden Phasen überwogen. Die Kleidung, die er trug, war vor etlichen Jahren modern gewesen: die Schuhe Ende der Achtziger und das Hemd Anfang der Neunziger. Die Haare waren recht kurz geschnitten und wirkten struppig. Eine Frisur konnte man das nicht nennen. Er machte ein paar Scherze, legte zwischendurch aber immer wieder die Stirn in Falten und gab sich nachdenklich, als er laut darüber sinnierte, ob mir nicht das ein oder andere hier sonderbar vorkommen werde und ob ich nicht vielleicht Heimweh bekäme und ob ich denn bald schon Besuch von meiner Familie bekäme, damit die sähen, wo und wie ich hier wohne. Mein Großvater hätte gesagt: »Er zerbricht sich den Kopf anderer Leute.«

Mike vertraute mir wenige Tage später an, dass Gabriel für das Leben, das er führte, eigentlich mehr als nur ein Gehirn bräuchte, nämlich mindestens ein zweites, um genügend Kapazität für die unnötigen Gedanken zu haben, die er sich machte, und für die unbrauchbaren Ideen, die er ständig ausbrütete.

»Aha, erwischt! Ihr habt also ohne mich angefangen!«

»Mike!«, rief Gabriel vergnügt, »nein, nein, wir glühen nur schon ein wenig vor! Moment!«, er füllte sein Glas wieder reichlich auf und drückte es Mike in die Hand, »Und noch mal ganz offiziell, Raffi: Herzlich willkommen!«

Zwei Gläser und eine Flasche klirrten kurz, als sie sachte aneinandergestoßen wurden.

»Prost« – »Prost« – »Prost«. Drei Kehlköpfe wippten beinahe im Takt. Gabriel war etwas langsamer, weil er aus der Flasche trank.

Nach diesem offiziellen Begrüßungsakt entstand ein Moment der Stille, dann fragte Mike vorsichtig: »Ich sehe, Gabriel, du hast unseren neuen Mitbewohner schon in unser Nebenverdienstgewerbe eingeweiht.«

Es klang nicht, als ob das so abgesprochen war, und an Mikes Gesicht war nicht abzulesen, ob er das gut fand, aber Gabriel antwortete: »Ja! Ja, natürlich. Der Junge muss doch das Tagesgeschäft kennenlernen! Keine Angst«, wandte er sich an mich, »du musst ja selbst nichts verkaufen. Aber spätestens wenn Andi oder Rolf ihre Monatsration irischen Whiskey oder Speedy seinen Diesel abholt, würdest du dich sowieso wundern, was hier läuft.«

Was hier genau lief, sagte er nicht, aber da mich Mike fragend und Gabriel auffordernd ansah, sagte ich und versuchte, es möglichst beiläufig klingen zu lassen: »Ich kenne das, ich hab einen Onkel in Arlon, der schmuggelt aus Luxemburg haufenweise Zigaretten, Kaffee und Spirituosen für die ganze Familie. Auf diese Sachen ist auch in Belgien die Steuer viel, viel höher als in Luxemburg. Wenn Onkel Guy zu Besuch kommt, stehen wir hinterm Kofferraum Schlange.« Das stimmte zwar, mein Onkel aus Arlon brachte tatsächlich alle möglichen steuergünstigen Genussmittel mit, aber eben nur als Geschenke für die Familie. Dieses Lager hier schien dagegen für ein halbes Dorf eingerichtet zu sein. Aber meine Antwort beruhigte die beiden. Das Geständnis, einen Onkel zu haben, der etwas mehr Schnaps und Zigaretten zu Familienfeiern mitbrachte, als der Zoll erlaubt, schien auszureichen, um in dieser Schmugglerhöhle als Mitwisser eingeweiht zu werden.

Während wir darauf einen weiteren Whiskey tranken, trat ein Typ ins Scheunentor, der etwa in Mikes und Gabriels Alter war und schüchtern lächelte. Meine beiden Mitbewohner begrüßten ihn beiläufig mit: »Hallo Andi, schon da?«

»Ja, ich habe nicht viel Zeit heute und wollte nur schnell ... aaah, da ist er ja, der weiche Tau von Tullamore.« Er streichelte über die Whiskeyflasche, als ob er ein Kätzchen auf dem Arm hielte oder als ob ihm gerade sein Erstgeborenes von der Hebamme überreicht worden sei.

»Wie immer, vier Flaschen«, sagte Gabriel und lud die Ware in einen Pappkarton. Abgezähltes Geld wechselte von Andis in Mikes Hand, und im Weggehen fragte der stolze Whiskeybesitzer, mit einer Kopfbewegung in meine Richtung: »Der Holländer?«

»Belgier«, verbesserte ihn Gabriel.

»Von mir aus. Hauptsache, er verträgt was. Also dann bis morgen zur Begrüßungsfeier.«

Als er losfuhr, grinsten Mike und Gabriel verlegen. »Nun hat er's schon verraten, der Idiot,« rückte Gabriel heraus, »also wir dachten, da du einen der größten gesellschaftlichen Höhepunkte des Jahres gerade um zwei Wochen verpasst hast – nämlich die Primstaler Kirmes – gibt's immerhin ein ordentliches Begrüßungsfest für dich!«

»Ja, das ist toll«, fügte Mike hinzu, »das trifft sich gut. Unmittelbar nach der Kirmes kommen immer ein paar lahme Wochen, in denen es schwierig ist, einen offiziellen Anlass für eine Feier zu finden. Du kommst also gerade passend.«

»Eine Begrüßungsfeier? Für mich?« Ich versuchte zu verbergen, dass ich gerührt war, zumal die beiden meine Verlegenheit offensichtlich genossen. »Wo denn, und wie feiern wir? Wer kommt denn?«

»Na, hier feiern wir, hier draußen auf dem Hof. Und wie? Mit Schwenkbraten natürlich, mit was denn sonst? Und mach dir keine Sorgen, es werden schon irgendwelche lokalen Berühmtheiten aufkreuzen.«

»Da bin ich aber gespannt.« Ich war immer noch verlegen und wollte das Thema wechseln: »Was ist los, Jungs? Kriege ich noch einen Whiskey? Schaut her, mein Glas ist schon wieder halb leer.«

»Halb leer?«, lachte Gabriel, »ich würde sagen, es ist immerhin noch halb voll. Raffi, du bist doch hoffentlich nicht so ein Glas-halb-leer-Typ, oder?« Ich fühlte mich ertappt. »Ich selbst bin nämlich eher ein Halb-voll-Typ.« Ich lachte, weil mir die Zweideutigkeit auffiel, und auch Gabriel musste grinsen und korrigierte: »Also ich bin ein Typ, bei dem so ein Glas«, er hob mein Cognacglas mit dem Tullamore Dew in die Höhe, wie um uns zuzuprosten, »natürlich noch halb voll ist.«

»Was ist mit dir?«, wandte ich mich an Mike und deutete auf das Glas, das Gabriel immer noch hochhielt, »ist so ein Glas für dich halb voll oder halb leer?«

Mike schwieg eine Weile und schien ernsthaft nachzudenken, bevor er antwortete: »Das Glas ist doppelt so groß, wie es für die vorhandene Flüssigkeitsmenge notwendig wäre.«

2 | Das Schwenkbratenprinzip

Am nächsten Tag, dem 29. September 1999, sollte zum ersten Mal diese unglückselige Idee auftauchen, die in den Wochen und Monaten danach zu einem Plan wurde, und gut ein Jahr später zur Tat. Aber an diesem Abend, während der Begrüßungsfeier, die für mich veranstaltet wurde, erkannte ich die Idee nicht einmal als Idee, sondern hielt sie einfach nur für eine bierselige Spinnerei.

Die Leute im Dorf wunderten sich darüber, dass ich so gut Deutsch sprach. Was man von den Primstalern übrigens nicht behaupten konnte. Ihr Deutsch war praktisch frei von jeglichen Genitiven, die Hälfte der Präpositionen war falsch, der ein oder andere bestimmte Artikel wurde in einem anderen Genus benutzt, als ich es aus dem Studium kannte, und bei einigen Verben wie holen und nehmen zum Beispiel hatte ich den Eindruck, dass ich sie in einer völlig anderen Bedeutung gelernt hatte. Und von der Aussprache will ich gar nicht erst reden. Kein einziger meiner alten Lehrer hätte irgendeinen der Primstaler durchs Deutsch-Abitur gelassen. Die Leute erschraken offensichtlich vor meinem fast akzentfreien Deutsch. Deshalb sprach ich möglichst wenig in den ersten Tagen. Mein Zögern wurde häufig fehlinterpretiert, und bei meiner Begrüßungsfeier hatten Andi und Rolf meine beiden Mitbewohner gefragt: »Schwätzt der Bub kään Deitsch?«

Gabriel antwortete wahrheitsgetreu: »Doch! Und zwar besser als ihr beide zusammen«, und als ich mich nach den ersten paar Flaschen Bier traute, den Mund aufzumachen, riefen Matti und Speedy begeistert: »Dein Deutsch ist ja erstklassig für einen Franzosen.« Und der Nachbar meinte – was noch schlimmer war: »Man hört überhaupt nicht, dass du Holländer bist!« Ich fühlte mich anfangs wie Hercule Poirot, wenn ich dauernd sagen musste: »Ich bin Belgier, genauer gesagt Flame, aus Antwerpen.« Aber das war ihnen egal. Ich heimste – neben dem natürlichen Misstrauen, das Saarländer gegen alles Hochdeutschsprachige hegen – auch eine große Portion Bewunderung ein, weil ich »rischdisch schwätze« konnte. Schon wenige Wochen nach meiner Ankunft fragten mich Mike oder manche der im Jugendclub verkehrenden Kumpel des Öfteren, wie bestimmte Satzkonstruktionen auf Deutsch richtig lauteten, wenn sie zum Beispiel einen offiziellen Brief an eine Behörde schreiben mussten. Nur Gabriel war, obwohl auch er breitesten nordsaarländischen Dialekt sprach, zumindest des Schriftdeutschen mächtig. Es stellte sich nämlich heraus, dass er an einem Buch schrieb, seit einigen Jahren schon, einem historischen Buch, in dem es um die Katastrophen des Saarlandes ging.

»Die Katastrophen des Saarlandes?«, fragte ich ihn erstaunt, »ich wusste gar nicht, dass die der Rede wert wären, ich meine, ich wusste ja vorher nicht viel über die Gegend hier, aber ich hätte das Saarland jetzt nicht unbedingt mit großen Katastrophen in Verbindung gebracht.«

»Siehst du!«, sagte Gabriel in dozierendem Tonfall. Er dozierte gern, wie ich bald feststellen sollte. »Ist dir schon mal aufgefallen, dass viele Katastrophen genauso groß sind wie das Saarland? Vor allem Waldbrände und Überschwemmungen, aber auch Ölteppiche werden gerne mit dem Saarland verglichen: ›Der Ölteppich ist halb so groß wie das Saarland‹, oder: ›Der Waldbrand hat eine Fläche von der Größe des Saarlandes zerstört‹, heißt es öfter in den Medien. Wusstest du, dass das Saarland fast auf den Quadratkilometer genauso groß ist wie Luxemburg? Aber hört man in den Nachrichten jemals ›Das überschwemmte Gebiet ist inzwischen fast so groß wie Luxemburg‹? Na?«

Ich pflichtete ihm rasch bei, dass ich diesen Saarland-Vergleich tatsächlich aus den deutschen Nachrichten kannte – ich hörte in Belgien verschiedene deutsche Radiosender – und wollte schon bemerken, dass es ja tragisch wäre, wenn Ölteppiche oder Waldbrände erst einmal mit der Fläche Bayerns oder Niedersachsens verglichen werden müssten, entschied mich aber, doch lieber zu fragen, welche Katastrophen im Saarland so aufsehenerregend seien, dass man sie in einem Buch verewigen müsse.

»Eben, das ist es ja!«, rief Gabriel aufgeregt, »die großen Katastrophen dieses kleinen Landes geraten in Vergessenheit! Die Gasometerexplosion in Neunkirchen zum Beispiel, bei der es 1933 insgesamt achtundsechzig Tote und hundertneunzig Verletzte gab, und die großen Grubenunglücke natürlich: Wusstest du, dass bisher fast tausend Bergleute bei saarländischen Bergwerkskatastrophen ums Leben gekommen sind?« Er machte eine kurze Pause, die ich nutzte, um betroffen dreinschauend den Kopf zu schütteln. »Und Flugzeugabstürze und terroristische Anschläge hat das Saarland auch zu bieten. Wusstest du das?«

Von irgendwelchen Vorbereitungen für die Begrüßungsfeier war nichts zu bemerken. Am Tag meiner Ankunft war nicht mehr viel geschehen, außer dass Mike und Gabriel mir noch einige Whiskeys einflößten, bevor wir auf Bier umstiegen. Und Gabriel hatte mir ganz stolz eröffnet, dass sie extra wegen mir schnell noch ein paar Tiefkühlpizzas besorgt hätten. Von meiner Hausmarke, sozusagen – und Mike gab seiner Hoffnung Ausdruck, dass man die Steinofenpizza Peperoni künftig nicht mehr für drei Mark neunundvierzig im Laden kaufen müsse, sondern dass ich nun regelmäßig Bruchpizza – also Pizzas mit kleinen Fehlern – mitbringen könne.

»Wenn ihr wollt, backe ich euch öfter einmal eine Pizza, mit selbstgemachtem Teig natürlich und mit verschiedenen Belägen. Immerhin ist genau das ab Oktober mein Job: neue Pizzas erfinden.« Als ich vorschlug, zur gerade im Backofen knusprig werdenden Pizza rasch einen Salat zu machen, gestanden sie mir, dass sie sich nicht mit Hasenfutter abzugeben pflegten. Und erst recht aus der Fassung brachte ich sie, als ich aus einem meiner Koffer eine nagelneue Fritteuse und die von meiner Oma geerbte Pommes-frites-Schneidemaschine auspackte und in einen Küchenschrank einräumte.

Als Gabriel die Pizzastücke verteilte – ohne Teller, einfach so auf die Hand – stellte ich meinen Super-Schnellkochtopf auf der Arbeitsplatte ab. Mike starrte auf das glänzende Edelmetall. »Wenn wir nicht wüssten, dass du Koch bist«, meinte Mike und biss in die Pizza, »könnte man glauben, du seist ein Mädchen.« Er schmatzte, während er es sagte, und Gabriel nickte zustimmend, während er gut sichtbar sein Pizzastück kaute – er legte offensichtlich keinen Wert auf die Regel: Mit offenem Mund kaut man nicht. Was von diesem kleinen Snack übrig blieb, legten Mike und Gabriel auf andere Pizzareste, die sicher schon einige Tage alt waren. Als ich fragend schaute, erklärte Gabriel: »Ein empirischer Versuch. Wir testen gerade, ob verschiedene Pizzasorten in unterschiedlichen Farben schimmeln. Guck nicht so schockiert! Verschiedene Toastbrote tun das nämlich. Das haben wir wissenschaftlich nachgewiesen.«

Dann stiegen wir wieder auf Schnaps um.

Zum Glück waren mir die beiden überhaupt nicht böse, dass ich zwei Stunden später die letzten paar Obstler in einem unansehnlichen Strahl über den gepflasterten Hof erbrach. »Kein Problem«, beruhigte Gabriel mich, »heute Nacht gibt's noch Regen – das erledigt sich also von selbst. So was verzeiht dieses Kopfsteinpflaster großmütig. Wenn es nicht regnet, kippen wir ein, zwei Eimer Wasser nach.«

Und Mike fügte anerkennend hinzu: »Wenigstens blamiert man sich mit dir nicht. Bei dem, was du getrunken hast, war es sehr ordentlich von dir, es noch bis vor die Tür zu schaffen. Und dass du dir das gute Zeug noch mal hast durch den Kopf gehen lassen, kommt sicher auch von der Aufregung. Weil alles neu ist, meine ich. Also, Gabriel, den können wir morgen beruhigt vorzeigen.«

Ich schaute am nächsten Mittag, gleich als ich wach wurde, auf dem Hof nach. Es war wirklich alles sauber. Das Beweisstück, die unansehnliche Obstlerlache, war mit dem kräftigen Herbstregen, der gerade aufgehört hatte, irgendwo in den Lücken zwischen den faustgroßen Pflastersteinen versickert. Und wenn nicht der Nachbar über den Jägerzaun hinweg gerufen hätte: »Es gibt nichts Schlimmeres als das, was man sich selbst antut, und das gilt auch fürs Saufen!«, hätte ich vielleicht selbst nicht geglaubt, dass mir das passiert war.

Nachdem der Regen aufgehört hatte, entwickelte sich ein freundlicher Tag, der den goldenen Oktoberbeginn ankündigte, den sie gerade im Radio vorausgesagt hatten. Mike und Gabriel schliefen da noch. Ich stellte bald fest, dass sie meistens bis mittags schliefen. Das konnten sie sich erlauben, weil die Nebenbeschäftigung, die sich hinterm Scheunentor verbarg – außer ein paar Gelegenheitsjobs und meiner Miete – die Haupteinnahmequelle der beiden darstellte. Zumindest handelte es sich bei diesem Luxemburgkontor um die einzige Geldquelle, die schon seit Jahren regelmäßig floss – abgesehen davon, was beide von ihren Müttern zugesteckt bekamen, wie ich noch herausfinden sollte. Da sich im Haus nichts rührte und ich das wissenschaftliche Experiment, das sich auf der Küchenanrichte stapelte, nicht gleich zerstören wollte, ging ich eine Runde spazieren, die Haagstraße dorfauswärts hoch. Sie schlängelte sich zuerst zwischen Wohnhäusern entlang, verlief dann durch Obstwiesen, und als ich in eine Querstraße abbog, die auf freie Felder führte, sah ich auf gegenüberliegende Hügel und auf unregelmäßig verteilte, zumeist rote Ziegeldächer herab. Von hier oben hatte ich den

Eindruck, dass das Dorf zuerst da war und dann die bewaldeten Hügel um es herum gewachsen waren und es einklemmten, sodass es jetzt schwierig war, von da unten wieder herauszufinden. Ich verspürte so etwas wie einen melancholischen Moment, den ich rasch wieder abschüttelte. Als ich später noch einmal mit Gabriel zu dieser Stelle spazierte, die Morschborn heißt, was auf Hochdeutsch soviel wie »quellenreiches Sumpfgebiet« bedeutet, erzählte er mir, dass es in Primstal seltener als sonstwo Gewitter gab. Selbst an sehr schwülen Tagen zogen die Unwetter meistens vorbei und entluden sich über dem einige Kilometer östlich gelegenen Bostalsee. »Das fühlt sich sonderbar an, wenn kein Gewitter kommt, obwohl du es fühlst. Manchmal wäre es besser, es würde hier krachen«, erklärte Gabriel.

Als ich zurückkam, war Gabriel gerade aufgestanden und kochte Kaffee. Von dem Begrüßungsfest, das in ein paar Stunden beginnen sollte, sagte er nichts. Ich testete, ob ich etwas Genaueres darüber herausbekommen konnte: »Haben wir für nachher eigentlich genug zu trinken da? Oder soll ich noch was besorgen? Wann geht's noch mal los?«

»Es geht los, sobald wir das Feuer anmachen. Dann wird schon irgendwer kommen.«

»Ähm, ich habe vorhin unseren Nachbarn am Gartenzaun getroffen. Sollen wir den auch einladen?«

»Der kommt sowieso, wenn er den Braten riecht. Den müssen wir nicht extra fragen. Und Bier und Schnaps ist genug da. Wahrscheinlich bringt irgendwer auch noch einen Stubbikasten mit.«

Ich vermutete, dass es sich dabei um eine Biersorte handelte und wollte erst einmal die Essensfrage klären: »Aha, es gibt also Braten. Machst du den? Oder Mike?«

»Ja, ich und Mike. Schwenkbraten. Wir haben noch genug Schwenker in der Tiefkühltruhe, aber Mike fährt nachher noch mehr holen. Und Würstchen. Du isst doch Fleisch, oder?« Zum ersten Mal klang eine Spur Besorgnis in Gabriels Stimme. Für einen Augenblick befürchtete er wohl, sich einen Vegetarier ins Haus geholt zu haben.

»Ja, natürlich! Klingt super, das mit dem Brat ... Schwenkbraten. Was gibt's denn dazu?
»Brot.«
»Brot? Gut. Und was noch? Ich meine, kann ich nicht noch was beisteuern? Soll ich vielleicht noch ein oder zwei schöne Salate dazu machen?«
»Nein, ist nicht nötig«, antwortete Gabriel, »heute kommen wahrscheinlich keine Frauen. Ich hoffe, das ist in Ordnung für dich, wenn deine Begrüßungsfeier eine reine Männersache wird. Man weiß natürlich nie ganz sicher, ob nicht doch noch die ein oder andere überraschend auftaucht, aber dafür musst du nicht extra einen Salat machen.«
Ich schloss daraus, dass ich künftig nur noch heimlich Salat essen sollte, falls ich als Mann durchgehen wollte, und ich einigte mich mit Gabriel darauf, dass es ausnahmsweise einmal Schwenkbraten nicht nur mit Brot, sondern auch noch mit Pommes geben sollte. Er war einverstanden. Offensichtlich waren Pommes nicht weibisch. Als ich später am Nachmittag in der Küche nach Kartoffeln suchte und meine Pommes-Schneidemaschine auspackte, kam Mike gerade vom Einkaufen zurück und knallte voller Stolz drei Packungen Tiefkühlpommes neben das wissenschaftliche Pizza-Experiment auf die Anrichte. »Extra für dich. Die kommen in den Backofen, sobald draußen die Schwenker aufgelegt werden.«
Das war sicher gut gemeint. Aber mir wurde klar, dass ich gewaltige kulinarische Opfer bringen musste, wenn ich es so lange wie geplant bei den Jungs aushalten wollte. Oh Gott, hoffentlich erfuhren meine Leute daheim in Flandern nie, dass ich so weit heruntergekommen war: Tiefkühlpommes!

Die eigentliche Feier begann früher und fließender als ich erwartet hatte. Mike und Gabriel zündeten ein Feuer an, als die Sonne noch ein gutes Stück vor sich hatte, bevor sie hinter den Häusern gegenüber dem Marktplatz verschwand, in den die Haagstraße mündete.

Auf den ersten Blick sah die Feuerstelle so aus wie in amerikanischen Filmen, die in Slums spielen und bei denen ein paar abgewrackte Typen die Hände in Richtung einer alten Blechtonne strecken, aus der Flammen hochlodern, so als ob sich ein kleiner Spalt zum Fegefeuer aufgetan hätte. Aber ganz so war es hier zum Glück nicht. Bei der Metalltonne, die Gabriel aufstellte, handelte es sich um das Innenteil einer Waschmaschine, also um die Waschtrommel, an deren geschlossenes Rückteil vier kurze Metallfüße geschweißt worden waren, sodass man die Trommel mit der offenen Seite nach oben – also da, wo früher einmal die Wäsche reingestopft wurde – aufstellen konnte. Sie erklärten mir, dass durch die vielen kleinen Löcher in der Waschtrommel eine optimale Luftzufuhr für das Feuer gewährleistet sei. Diese Apparatur war – wie ich noch erfahren sollte – eine der am häufigsten verwendeten im gesamten Haushalt des Jugendclubs. Leider stellte sich heraus, dass sie diese Waschtrommel häufiger mit Holz befüllten als die neuere – die sich noch in der Waschmaschine befand – mit Wäsche.

Der ganze Stolz der beiden war aber nicht die umgebaute Feuerstelle, sondern die Metallkonstruktion, die sie als Nächstes anschleppten. Sie bestand aus drei langen Rohren – jeweils über zwei Meter hoch – die oben in ein Verbindungsstück mit einer Metallrolle daran gesteckt wurden. Diese nun feststehende Dreibeinkonstruktion stellten sie über die Waschtrommelfeuerstelle. Dann brachte Mike einen runden Edelstahlrost, der an einer langen Kette hing. So, wie er die Kette trug, mit ausgestrecktem Arm – der Rost pendelte leicht – erinnerte er mich an einen Messdiener, der den Weihrauchkessel zum Altar bringt. Die Kette fädelte Mike über eine Metallrolle am oberen Verbindungsteil der drei langen Beine ein, zog an der Kette und hakte eines der

Glieder an einem kleinen Zapfen ein, der an einem der drei Beine etwa in Kniehöhe angebracht war. Da die Kette sehr kleingliedrig war, konnte man die Höhe des Grillrosts, der jetzt gemütlich über der Feuerstelle pendelte, zentimeterweise nach oben oder unten regulieren. Die kleinen Holzstückchen, die Gabriel kurz zuvor entfacht hatte, waren heruntergebrannt, und er brachte nun einige große Buchenholzscheite herbei, die wunderbar nach trockenem Sommerwald rochen. Mike hatte gerade die runden Edelstahlstäbe des Grillrosts mit Zeitungspapier saubergerieben, da züngelten die ersten Flammen schon zwischen den Stäben durch. Mike und Gabriel traten einen Schritt zurück und betrachteten zufrieden das Gesamtkunstwerk. Dabei öffneten sie drei Flaschen Bier. Als wir den ersten Schluck getrunken hatten, erklärte Gabriel: »Also, Raffi, das ist ein Schwenker.« Er sagte es so, wie Robinson Crusoe zu Freitag. Oder wie ein Vater, der seinem Kind die ersten Wörter im Leben beibringt. Ich wusste da ja noch nicht, dass »Schwenker« wohl tatsächlich das erste Wort nach Mama und Papa war, das die Kinder hier lernten. »Ein Schwenker, gut, das merke ich mir«, sagte ich, denn ich wollte ein guter Junge sein, »aber hast du nicht vorhin gesagt, wir hätten auch Schwenker in der Kühltruhe liegen?« Ich war wirklich nicht sicher, ob ich das richtig verstanden hatte.

»Ja schon, die Fleischstücke, also das eingelegte Schweinefleisch, nennt man auch ›Schwenker‹, oder ›Schwenkbraten‹. Und dieser Schwenker, also der Braten, wird auf dem ›Schwenker‹ gegrillt.«

»Und nur damit du's weißt und dich nachher nicht wunderst«, fügte Mike hinzu, »derjenige, der gerade am Schwenker steht und die wichtige Aufgabe übernimmt, die Schwenker aufzulegen und zu wenden, heißt auch ›Schwenker‹.«

»Na wunderbar, dass nenne ich ökonomisch: Ich lerne ein einziges Wort und kriege gleich drei verschiedene Bedeutungen dafür mitgeliefert!« Meine Mitbewohner strahlten, als ob ich gerade unter ihrer Anleitung meine ersten Schritte geschafft hätte oder als ob sie persönlich für eine so ökonomische Sprache verantwortlich seien. »Und der Schwenker, der am Schwenker steht, um Schwenker aufzulegen, der schwenkert also demzufolge den Schwenkbraten?«

Das Strahlen verschwand augenblicklich von beiden Gesichtern. »Unsinn«, meinte Gabriel, das Verb heißt natürlich ›schwenken‹. Der Schwenker schwenkt den Schwenker! Du musst noch viel lernen!«

Damit hatte er wohl Recht. Aber das galt umgekehrt auch für die beiden – sicherheitshalber verkniff ich mir aber jegliche Andeutung.

Was ich noch am selben Tag lernen sollte, war die magische Wirkung des Schwenkers – und ich weiß selber nicht, welche der drei Bedeutungen ich hiermit meine. Denn ich wunderte mich zunächst sehr, dass Mike, sobald das Holz heruntergebrannt und ein eindrucksvoller Glutbrei in der Waschtrommel zu sehen war, schon die ersten sieben, acht Schwenkbraten auf den Schwenker legte – obwohl doch noch kein einziger Gast da war. Aber kaum hatte er diese erste Portion Schwenker – mit einem extra dafür geformten Fleischhaken – umgedreht, stand plötzlich der Nachbar am Grill, also dem Schwenker, und stellte einen Stubbikasten daneben ab. Ein Stubbi ist eine Drittel-Liter-Bierflasche, wie ich sie in ähnlicher Form vom Duvel kannte, das zuhause ganz bei mir in der Nähe gebraut wurde. Aber die hiesige Stubbi-Form war noch uneleganter, gedrungener und passte einem Bau- oder Waldarbeiter sicher bequem in die hohle Pranke. Anders als beim Duvel wurde das hiesige Bier, die Jungs tranken Ur-Pils oder Bitburger, nicht erst in ein adrettes, tulpenförmiges Glas gefüllt, sondern man trank direkt aus der Flasche. In einen Stubbi-Kasten passen, anders als in einen normalen Bierkasten, nur zwanzig statt vierundzwanzig Bierflaschen, weswegen man sicherheitshalber immer besser gleich zwei Kästen auf einmal besorgt, damit nicht zu wenig Bier im Hause ist. Bei größeren Gelagen rechnet man einfach entsprechend hoch.

Der Nachbar jedenfalls bediente sich aus dem Stubbikasten, den er mitgebracht hatte, und blickte kommentarlos auf den Schwenker, als ob es beim Garwerdungsprozess etwas Spannendes zu beobachten gäbe. »Unser Nachbar ist ein richtiger Hautz«, raunte Gabriel mir zu, ohne zu erklären, was das ist. Ich habe das Wort später im Duden gesucht und nicht gefunden und schloss einfach von unserem Nachbarn auf die Wortbedeutung: ein verschrobener Typ, eine ehrliche Haut, äußerlich knorrig, aber harmlos von Gemüt.

Während Mike gerade die Schwenkbraten mit etwas Bier begoss, tauchte der Typ vom Vortag, Andi, wieder auf, und brachte noch jemanden mit, der mir als Rolf vorgestellt wurde und den ich auf Anhieb mochte, weil er mir nicht mit Franzose oder Holländer kam, sondern unvermittelt meinte: »Hab gehört, du kommst aus Antwerpen. Mensch, nach Flandern würde ich auch gerne mal reisen und mir die schönen alten flämischen Städte anschauen.«

Als Gabriel kurz darauf jedem zwei Scheiben Brot in die Hand drückte und wir uns um den Schwenker versammelten, wo jedem ein Schwenker zwischen die Brotscheiben gelegt wurde, waren schon sieben oder acht Leute da und Gabriel meinte, es käme sicher noch der ein oder andere dazu, sobald wir die zweite Runde Schwenkbraten auflegten. Meiner Meinung nach muss das etwas Genetisches sein. So wie der Hai und die Hyäne frisches Blut über viele Kilometer wittern können, so riecht der Primstaler ein frisch geschwenktes Stück Braten von einem Dorfende bis zum anderen. Das schien also das Schwenkbratenprinzip zu sein: einfach das Feuer entfachen und mit dem Schwenken anfangen. Sobald sich abzeichnete, dass es bald etwas zu futtern gab, würden sich die Plätze rund um das Feuer schon füllen.

Dann trudelte noch ein gewisser Steff ein, der offensichtlich öfter im Jugendclub auftauchte, denn meine Mitbewohner begrüßten ihn lediglich mit einem Da-bist-du-ja-endlich-Kopfnicken. Dieser Steff wirkte so linkisch, dass ich ihm nicht mal die Begrüßungsfrage: »Ist das der Jungspund aus Holland?« übelnehmen konnte. Gabriel korrigierte übrigens nur das »aus Holland«, denn von allen Anwesenden war ich tatsächlich eindeutig der Jüngste. Genau gesagt war ich der Einzige, der die Dreißigergrenze noch vor sich hatte. Also war ich hier der Jungspund. Und als der Abend weiter fortschritt, waren – wenn ich mir die Terminologie richtig zusammengebastelt hatte – deutlich mehr Hautze als Jungspunde da. Und Frauen kreuzten tatsächlich zunächst überhaupt nicht auf.

Ich fand die meisten, die zu meiner Begrüßungsfeier gekommen waren, wirklich nett. Sogar Speedy, obwohl der mich als Einziger nicht gleich begrüßte – nicht einmal kurz und linkisch wie die anderen – sondern mich anraunzte, als ich ihm die Hand hinstreckte: »Geh weg, ich bin nur wegen deinem Auto hier!«

Ich wollte ihm verbessernd hinterher rufen, dass es »wegen deines Autos« heißt, ließ es aber lieber bleiben. Staunend sah ich zu, wie er um das Auto herumlief und liebevoll über Kotflügel und Motorhaube strich und dabei genüsslich seufzte. Der zweite Satz, den er zu mir sprach, war: »Darf ich mich mal reinsetzen?«

Als ich es ihm erlaubte, lächelte er glücklich und verbrachte einige Minuten hinter dem Lenkrad sitzend, wobei sein Blick aufmerksam über das Armaturenbrett schweifte.

»Wenn du ihm erlaubst, damit eine Runde zu fahren, macht er dir einen Heiratsantrag«, flüsterte Rolf mir zu.

»Damit warte ich lieber noch ein bisschen, mal sehen, ob ich nicht noch eine bessere Partie mache.« Rolf fand diesen Witz gut und klopfte mir anerkennend auf die Schulter. Und dann durfte ich endlich für die nächste Runde Schwenkbraten zwei Backbleche voll Tiefkühlfertigpommes beisteuern. Tatsächlich wurden die Pommes als eine nicht weiter störende Beilage empfunden, die man wirklich essen konnte.

Als Speedy sich wegen meines Autos wieder beruhigt hatte – immerhin war es der erste Sedan Deluxe, in dem er jemals hatte sitzen dürfen – und in seinen Schwenkbraten biss, wurde er umgänglicher und erzählte mir von insgesamt vier verschiedenen Oldtimern, die er gerade wieder aufbaute. Außerdem warnte er mich vor Gabriel. Man könne niemandem trauen, der so offensichtlich weder zu Autos noch zu Frauen ein normales Verhältnis pflege.

Dass der alte, rote Jugendclub-Peugeot hinten auf beiden Seiten blaue Kotflügel hatte, so behauptete Speedy, sei letztlich Gabriels Schuld. Nicht, dass er die ursprünglichen kaputtgefahren hätte, aber er habe zwei blaue Kotflügel vom Schrotthändler besorgt und auch gleich anbringen lassen, ohne sie vorher rot zu lackieren. Das sei unverzeihlich. Und angeblich stritten die beiden manchmal darüber, ob der Peugeot denn nun rotblau oder blaurot sei. Schließlich erlöste mich Andi, der inzwischen von saarländischem Stubbi auf irischen Whiskey umgestiegen war, indem er mich beiseite nahm und mir stolz erzählte, dass er den Schwenker da drüben selbst gemacht habe. Ich vermutete – zu Recht –, dass er damit den Metallgrill meinte und nicht Mike. Andi arbeitete in den Burbacher Stahlwerken – »auf der Burbacher Hütt«, wie er es formulierte – und war stolz darauf, nebenbei alles Mögliche fürs Schwenken eigenhändig herstellen zu können. Auch Rolf gesellte sich dieser Gesprächsrunde hinzu und warnte mich vor Mike. Man könne niemandem trauen, der sich ausschließlich für Frauen und Autos interessierte, meinte er, und Andi stimmte dem zu.

Als Nächster tauchte ein gewisser Herbie auf, ein sehr kurz geratener, jungenhaft wirkender Typ, der sich höflich bei Gabriel erkundigte, wie er denn mit *Das Saarland – die Katastrophe* weiterkäme. Dann schüttelte er mir freundlich die Hand und verkündete stolz, ich sei der erste Holländer, den er kennenlerne.

Ich wunderte mich darüber, dass Mike und Gabriel gar nicht wie die Gastgeber wirkten. Zwar wurden wir, die Jugendclubbewohner, von allen, die neu eintrafen, freundlich gegrüßt, aber schon nach kurzer Zeit hatte ich das Gefühl, als ob der Jugendclub ein öffentliches Gebäude sei. Denn jeder ging ungefragt durch die offene Haustür, um mitgebrachtes Bier im Kühlschrank zu lagern oder welches herauszuholen, und ab der vierten Runde Schwenker – ja, ich gestehe, an diesem Abend habe ich vier Schwenkbraten mit Fertigpommes gegessen – kümmerten sich Gabriel und Mike überhaupt nicht mehr ums Essen, sondern Matti, Herbie und Speedy verschwanden im Haus und brachten unaufgefordert die nächste Ladung Fleisch herbei, die sie auch eigenständig schwenkten.

»Das muss man wohl können, wenn man richtiger Primstaler werden will«, sagte ich zu Matti, der ein Studierter war, wie ich erfuhr, jetzt aber gerade Arbeitslosengeld bekam.

»Ja, stimmt«, entgegnete er, »aber das ist ja auch das Gute! Primstaler kann praktisch jeder werden. Das ist eher eine Frage der Einstellung als eine Frage der Geburt. Übernimm einfach die gängigen Sitten und du wirst schneller eingemeindet als dir vielleicht lieb ist.«

Frauen tauchten an dem Abend erst spät und auch nur sehr kurz auf. Und da waren auch alle schon viel zu satt und zu betrunken, um noch eine Runde zu flirten. Als diejenigen Jungs, die am nächsten Morgen arbeiten mussten, das »definitiv letzte Stubbi für heute« öffneten, ließ sich eine Frau meines Alters blicken, die mir zwar als Elfriede vorgestellt wurde, von der aber alle nur noch als Rückbanks-Elfie sprachen, als sie fünf Minuten später wieder verschwunden war.

»Sie ist nur vorbeigekommen, um zu sehen, ob du als Frischfleisch in ihr Beuteschema passt«, erklärte Mike, »was du offensichtlich nicht tust. Wenn du irgendwelche Ich-bin-grundsätzlich-interessiert-Signale ausgesandt hättest, wärst du sicher sofort angebaggert worden.«

»Na, dann habe ich ja Glück gehabt, dass dieser Kelch an mir vorübergegangen ist.«

»Wieso?«, fragte Mike ganz ernst, »dein Mazda hat doch einen bequemen, breiten Rücksitz; oder du kannst dir gerne auch mal unseren alten Peugeot ausleihen, wenn du dir nicht die gepflegte Rückbank versau...«

»Nein ... nein, darum geht's nicht. Ich bin nicht interessiert an ... so einer wie Rückbanks-Elfie.«

Mike wurde ernst: »Gut, wie du meinst, obwohl: Schneller und unkomplizierter kriegst du's nicht mehr. Hauptsache, du bist nicht so ein Verklemmter wie Gabriel«, und auf meinen fragenden Blick fuhr er fort: »Der hat echt Probleme mit Frauen. Nie hat er eine, will aber dringend eine fürs Leben. Er sucht die große Liebe oder so was. Damit meine ich nicht, dass er keinen Sex hat. Im Gegenteil, er ist sexuell sogar sehr aktiv, nur leider stets ohne weibliche Beteiligung, wenn du verstehst, was ich meine.«

Ich verstand: »Die unempfangene Befleckung. Er verschleudert sozusagen seine Kräfte sinnlos«, versuchte ich ein für meine damaligen Verhältnisse gewagtes Wortspiel, aber Mike ging nicht darauf ein oder verstand es erst gar nicht. Und ich begriff schon bald, dass das Sexuelle nicht der einzige Bereich war, in dem Gabriel seine Fähigkeiten sinnlos vergeudete.

Gabriel war froh, dass Rückbanks-Elfie nicht lange geblieben war. Er verriet mir, dass Elfie es nicht ausschließlich auf Rückbänken trieb, sondern dass sich Mike hin und wieder erbarmt hatte, die Sache auf das Wohnzimmersofa und sogar – man stelle sich das einmal vor – in die Küche des Jugendclubs zu verlegen. Ich erklärte mich sogleich bereit, am nächsten Morgen die komplette Küche zu putzen, aber Gabriel fügte beruhigend hinzu: »Das ist allerdings schon Jahre her.« Trotzdem wischte ich am nächsten Morgen besonders gründlich über die Anrichte, die Arbeitsplatte, den Tisch und die Eckbank. Von Gabriel erfuhr ich noch, dass Mike ein echtes Problem mit Frauen habe: »Er hat dauernd welche. Immer andere, keine für lange.«

»Und? Ist das ein Problem?«, fragte ich ernsthaft.

»Natürlich ist es das! Er ist beziehungsunfähig und gleichzeitig sexsüchtig. Spermanent auf der Suche nach der schnellen, unverbindlichen Nummer, sozusagen. Das nervt, sag ich dir. Wundere dich also nicht, wenn morgens dauernd irgendwelche Frauen im Bad oder in der Küche auftauchen.«

»In der Küche?«

»Ja, da auch, aber keine Sorge, keine von denen bleibt lange oder kommt öfter, also merk dir erst gar nicht ihre Namen.«

Später bemerkte ich, dass Gabriel im Gegensatz zu Mike die Namen noch wusste, wenn der zum Beispiel fragte: »Sag mal, wie hieß die noch mal, die am Rosenmontag hier übernachtet hatte, die mit den riesengroßen …« und Gabriel genervt »Sandra« oder »Sylvia« brummte.

Die zweite Frau, die ich an diesem Abend zu sehen bekam, tauchte eigentlich nicht wirklich auf meiner Begrüßungsfeier auf, sondern erst, als über die Hälfte der Jungs bereits wieder gegangen war und sich die Fete in der Auflösungsphase befand. Eine große, stolz wirkende Frau spazierte am späten Abend an der Haagstraße 2 vorbei, und ich bemerkte, wie sie ihren Schritt ein wenig verlangsamte und zu uns herüberschaute. Als der Nachbar sie sah, rief er laut: »Hallo Johanna, drehst du noch eine Runde durchs Dorf? Richtig so«, sagte er, ohne ihre Antwort abzuwarten, »so ein Spaziergang tut gut, nach einem langen Tag. Wie geht's deiner Mutter?«

Johanna zuckte mit den Schultern »Wie schon? Wie immer. Trotzdem danke der Nachfrage!«

»Tja, was soll man machen«, die Stimme unseres Nachbarn klang freundlich, »auch die beste Krankheit taugt nichts.« Er sprach oft in Redensarten, die ich lieber nicht in meinen Wortschatz übernahm, weil es mir so vorkam, als ob er sie selbst erfand und sie nicht dem offiziellen Sprachgebrauch entsprachen. Außerdem redete er stets ziemlich laut, was seinen ungewöhnlichen Lebensweisheiten eine noch sonderbarere Wirkung verlieh.

Mike und Gabriel versuchten, Johanna zu überreden, doch noch ein bisschen zu uns zu kommen. »Willst du was essen? Wir haben sogar echte Pommes.«

»Stimmt gar nicht«, wollte ich schon sagen, konnte mich aber beherrschen.

»Danke, ich esse so spät abends nichts mehr.« Sie blieb auf dem Bürgersteig stehen.

»Aber willst du nicht wenigstens unseren neuen Mitbewohner begrüßen? Hier! Raffi.« Gabriel deutete auf mich.

Johanna machte einen Schritt nach vorn, stand jetzt mit dem linken Fuß auf dem Kopfsteinpflaster unseres Hofs, hielt dann aber zögernd inne und winkte mir freundlich zu: »Hallo … Raffi?«

»Ja, Raffi«, sagte ich. Im flackernden Feuerschein konnte ich ihr Gesicht nur ungenau erkennen. »Rafael Vanderhaeghen.«

»Johanna Lurie«, sagte sie lachend, und mir wurde klar, dass »Raffi« auch gereicht hätte und ich etwas zu offiziell geworden war. Auch die anderen lachten.

Sie musterte mich und ich musterte sie. Vor allem fiel mir ihr kräftiges, schwarzes Haar auf und ihre dunklen Augen. Sie trug einen leuchtend orangefarbenen Schal, der sehr gut zur Haarfarbe passte. Johanna war recht groß, größer als die meisten Jungs hier, und hatte einen kräftigen Körperbau, ohne dabei dick zu wirken.

Sie blieb nicht. Rief uns nur zu: »Feiert noch schön! Und Mike, Gabriel: Ich hab gehört, ihr macht dieses Jahr wieder beim Mariathlon mit. Ich kann leider nicht mitkommen, um euch anzufeuern. Muss arbeiten. Aber ich wünsche euch Hals- und Beinbruch. Tschüss!« Mike und Gabriel blickten ihr beide recht lange hinterher. Viel länger als der Rückbanks-Elfie.

»Lurie?«, fragte ich, »das ist aber kein deutscher Name, oder? Ich kenne einen amerikanischen Musiker, der so heißt, und die Schriftstellerin Alison Lurie, und eine Romanfigur von Coetzee heißt David Lurie, glaube ich.«

Die Jungs sahen mich verständnislos bis argwöhnisch an. Aber Gabriel konnte immerhin die Auskunft geben, dass der Name wohl aus Osteuropa stammte.

»Ja, Zigeunersch, die Luries«, fügte unser Nachbar hinzu, »nun ja, hier gibt's ja nur zwei davon.« Wie er es sagte, klang es nicht direkt abfällig, aber zumindest distanziert. Ich vermutete, dass die Luries nie ordentlich schwenken gelernt hatten.

»Was ist mit ihrer Mutter?«, fragte ich.

»Pflegefall«, antwortete Gabriel, »schon seit Jahren. Es ist ein Wunder, dass sie nicht schon längst auf Geiset liegt.«

Ich erfuhr, dass sich der Primstaler Friedhof in einer Gemarkung namens *Auf Geiset* befand, und man deshalb hier eine eigene sprachliche Variante für »auf dem Friedhof liegen« hatte.

»Und die alte Lurie ist noch zuhause, Johanna kümmert sich um sie«, fuhr Gabriel fort, »tagsüber macht das natürlich der Pflegedienst, während Johanna arbeitet. Aber abends und nachts kann sie nie lange weg, höchstens mal eine kurze Runde spazieren gehen, wenn die Mutter schläft.«

»Die Lurie ist ja Apothekerin«, fügte Mike hinzu, »sie kann sicher genug Mittelchen besorgen, um die Alte ruhigzustellen.«

Als nur noch Andi und Rolf, die am nächsten Tag frei hatten, und Herbie, Matti und der Nachbar da waren, wurde der Schwenkgrill zur Seite geräumt und einige Klappstühle rund um die Waschtrommel gerückt, aus der es verheißungsvoll züngelte. Gabriels linkes Augenlid hatte sich halb geschlossen. Das tat es immer bei leichter bis mittelschwerer Trunkenheit sowie bei schwerem Stress. Bei schwerer Trunkenheit – so versicherten alle, die ums Feuer saßen – schließe sich das Auge völlig. Gabriel nickte anderthalbäugig zustimmend. Das sei ein Reflex, den er schon seit frühester Jugend habe und der nur das linke Auge betreffe. Dem Stress könne er ja meistens aus dem Weg gehen, aber das Trinken völlig zu vermeiden, sei unnötig, denn allzu sehr störe dieser Reflex in der Regel nicht. Über die Themen Stress und Trunkenheit kamen wir irgendwie auf eine Sache, von der ich sogleich den Eindruck hatte, dass sie bei solchen Zusammenkünften rund um den Schwenker schon öfter zur Sprache gekommen war. Zumindest reagierten meine beiden Mitbewohner leicht genervt und rollten die Augen – Gabriel nur das rechte –, als der Nachbar meinte, es sei schön, dass endlich jemand im Jugendclub wohne, der einer regelmäßigen Arbeit nachgehe; und damit wolle er Gabriel und Mike keineswegs kritisieren, er wisse ja, dass sie sich redlich Mühe gäben und sie hätten es weiß Gott nicht leicht gehabt im Leben, wenn man bedenke …

Und schon bald beklagten alle Anwesenden die Ungerechtigkeit der Welt und die chronische Geldknappheit meiner beiden Mitbewohner.

»Spielt ihr wenigstens Lotto?«, fragte Herbie. »Ich weiß, dass die Chance, damit reich zu werden, eins zu soundsoviel Millionen beträgt. Aber ich spiele trotzdem. Wegen der theoretischen Möglichkeit, reich werden zu können. Bist du reich, Raffi?«

Ich lachte. »Nein. Momentan jedenfalls noch nicht. Das kommt vielleicht noch, und dann könnte ich dabei helfen, den Jugendclub denkmalgerecht zu erhalten.« Alle sahen mich verständnislos an, deshalb fügte ich rasch hinzu: »Das Haus wäre dann ja mehr wert, falls ihr einmal vorhaben solltet, es zu verkaufen …«

»Der Jugendclub ist nicht zu verkaufen, niemals!«, protestierte Gabriel und Rolf beschwichtigte: »Gabriel! Das hat Raffi doch nur gesagt, um nett zu sein – und außerdem ist er nicht reich, wenn ich das richtig sehe.«

Es war Mike, der die Diskussion wieder in ernsthafte Bahnen lenkte: »Wenn man reich werden will, gibt's nur drei Möglichkeiten: Eine stinkreiche Alte heiraten oder erben oder ... oder sich selbst drum kümmern, dass man einen richtigen Batzen auf einmal in die Finger kriegt, und den dann geschickt investieren.«

»Die ersten beiden Möglichkeiten kommen für dich aber nicht in Frage, Mike, oder irre ich mich?«, warf Matti ein. »Zu erben gibt's in deiner Familie nichts – es sei denn, du findest doch noch den Schatz des alten Hecks Hannes«, alle lachten, »und mit den reichen Frauen ist das so, dass sie nicht unbedingt begeistert wären, wenn du schon in der Hochzeitsnacht mit den Brautjungfern durchbrennen würdest.«

Wieder lachten alle.

»Du hast Recht«, Mike blieb weiter ernst, »deshalb bleibt nur die dritte Möglichkeit: Man muss sich auf einen Schlag eine größere Summe besorgen. Ich rede nicht von Millionen. Ein sechsstelliger Betrag würde schon reichen. Zur Not sogar schon hunderttausend. Aber die müssten es mindestens sein.«

»Reichen? Wofür? Was würdest du denn machen, wenn du auf einmal hunderttausend Mark hättest?«

»Auswandern«, antwortete Mike, ohne einen Augenblick nachzudenken, »und eine Kneipe aufmachen.«

»Mit Getränken kennst du dich ja aus«, rief Herbie lachend, aber Mike blieb ernst: »Eine kleine Kneipe, irgendwo, wo die Lebenshaltungskosten billiger sind, wo zum Beispiel die Heizungskosten wegfallen, weil es das ganze Jahr über warm ist.«

»Dann musst du die Getränkebar in der Sauna in Theley übernehmen.« Wieder lachten alle.

»Also wirklich!«, meinte Andi, »du und auswandern? Du fährst doch nicht einmal in Urlaub.« Der Anderthalbäugige nickte bestätigend und fügte hinzu: »Und überhaupt: Wie willst du jemals auf legale Weise an einen großen Batzen Geld kommen?«

»Wer hat denn was von legal gesagt?«, konterte Mike.

»Willst du etwa eine Bank überfallen?«

»Ich würde schon, wenn ich könnte, aber das ist zu gefährlich – ich will ja nicht erwischt werden und ins Gefängnis wandern.«

»Ins Gefängnis gehst du nur, wenn du einen bewaffneten Überfall machst. Sieh dir doch die Sachen mit dem Hunderttausender-Pauli an, der hätte um ein Haar über hunderttausend ergaunert, wenn der Coup nicht im letzten Moment aufgeflogen wäre. Und der saß nicht im Knast und heute lebt er fröhlich vor sich hin.«

»Ja, auch ohne viel Geld. Und ohne Job ... der Glückliche!«, bemerkte Herbie.

Mike ließ nicht locker: »Seht ihr, genau so etwas müsste man versuchen, einen großen Coup landen, meine ich, ohne dabei zu viel zu riskieren.«

»Das ist also euer Plan?«, der Nachbar schüttelte den Kopf, »Ein Raubüberfall? Na, dann sehe ich für euch ja endlich einen Tunnel am Ende des Horizonts.«

Das war der Moment, in dem sich Gabriels linkes Auge wieder öffnete, als sei er schlagartig nüchtern geworden, und er euphorisch in die Diskussion einstieg: »Ja, das ist es, man müsste einen gewaltlosen Überfall planen, und zwar auf irgendwas, wo wir keinen braven Mitbürger schädigen. Wir wollen ja nicht einer alten Frau das Ersparte unter der Matratze wegklauen.«

»Och«, unterbrach Mike ihn, »das käme ganz drauf an. Wenn's doch vielleicht eine böse alte Frau wäre ...«

»Unsinn!«, spann Gabriel seinen Gedanken weiter, »man müsste irgendwo unbewaffnet reinspazieren und eine Menge Geld rauben können, ohne dass jemand direkt zu Schaden kommt, und man müsste mit dem Geld natürlich unerkannt abhauen können. Und der Geschädigte, also der Beraubte, müsste irgendein Unternehmen oder eine Organisation sein, die nicht sehr drunter leidet, ihr versteht schon, so Typen, die das unter shit happens abschreiben.«

»Na, dann fällt ein Überfall auf das Kaufhaus Mechels hier in Primstal schon mal weg«, meinte unser Nachbar, »schade, da könnte man die nette Frau an der Fleischtheke gleich mitrauben«, versuchte er einen Witz zu machen. Aber die Vorstellung eines Überfalls war schon zu präsent und zu verlockend, als dass jemand in der Stimmung gewesen wäre, darüber zu lachen. Die Idee war ausgesprochen und ließ sich nicht mehr zurückschieben in die Köpfe, vor allem nicht in die von Mike und Gabriel, um dort wieder zu vertrocknen. Das Pflänzchen keimte und die Jungs, die rund um den Schwenker saßen, wässerten es eifrig. Wobei »wässern« nicht ganz das treffende Wort ist – aber kann man sagen: Sie bierten es?

»Banken sind schwierig. Leider«, gab Rolf zu bedenken, »denn moralisch gesehen wären sie ein gutes Opfer: Sie sind unsympathisch und vertragen es, wenn man mal hunderttausend klaut.«

»Unsere Sparkasse ist doch nicht unsympathisch!«, protestierte Mike, »und die neue Schalterdame in der Volksbank ist erst recht alles andere als …«

»Tankstellen! Wie wäre es mit Tankstellen? Ölkonzerne sind unsympathisch!«

»Willst du etwa die Dorftankstelle überfallen? Ich denke wir wollen hunderttausend rausholen, und nicht nur hundert.«

»Quatsch, ich meine natürlich eine große Autobahntankstelle, da werden doch sicher fünfstellige Umsätze pro Tag gemacht, oder?«

»Aber da zahlen doch die meisten inzwischen mit Kreditkarte. Gabriel, was meinst du?«

»Ob fünfstellig oder sechsstellig ist doch erst mal egal«, meinte der, »Banken, Großtankstellen, Supermärkte, das ist alles nicht das Wahre, wir müssen in eine ganz andere Richtung denken – was weiß ich, ein Nobelrestaurant zum Beispiel, so ein Sternekochding, wo an einem Abend siebzig, achtzig Leute für über zweihundert Mark pro Person essen und trinken. Wahrscheinlich rechnen die gar nicht damit, dass einer so dreist ist, ihnen die Tageseinnahmen zu rauben.«

Mike fand die Idee gar nicht so schlecht, aber Rolf warf die philosophische Frage auf, ob es nicht Unrecht sei, einen Sternekoch um den Verdienst aus einer außerordentlichen Leistung zu bringen.

»Ihr habt Recht«, schloss Gabriel die Diskussion, »also machen wir's so: Ich werde mal in Ruhe darüber nachdenken, auf wen oder was man einen ungefährlichen, unbewaffneten und moralisch vertretbaren Raubüberfall machen könnte, und dann sage ich euch Bescheid, wie der Überfallplan aussieht.«

»So machen wir's!«, schallte es aus mehreren Münden gleichzeitig und Stubbiflaschen klirrten über dem allmählich verlöschenden Feuer aneinander.

»Fest soll unser Saufbund immer stehen!«, sagte Gabriel feierlich, bevor er trank.

»Abgemacht!«, besiegelte Mike die Idee, »aber überleg nicht zu lange!«+

Da ich annahm, dass sich am nächsten Morgen keiner mehr an diesen Quatsch erinnerte, war ich versucht, ein neues Thema anzufangen und noch mal auf diese Schatz-des-alten-Hecks-Hannes-Sache zurückzukommen. Aber da stand Mike abrupt auf und verkündete: »Genug gefeiert für heute, hauen wir uns aufs Ohr. Wir müssen die nächsten zwei Wochen sowieso ein bisschen langsamer machen mit dem Feiern. Wir müssen fit sein für den Mariathlon.«

»Ja, genau« und »Richtig!«, stimmten die anderen zu, und Matti versprach: »Ich komme euch auf jeden Fall anfeuern.«

»Was zum Teufel ist denn nun der Mariathlon?«, fragte ich.

Gabriel, der gerade seinen Campingstuhl zusammenklappte, um zu zeigen, dass für heute genug gefeiert worden sei, wandte sich mir zu und erklärte mit ernstem Gesichtsausdruck: »Nun, ich möchte nur soviel sagen: Es handelt sich nicht gerade um eine Veranstaltung, bei der sich der Oberbürgermeister vordrängt, um den Startschuss geben zu dürfen. Aber für heute hast du genug neue Wörter gelernt, du flämischer Jungspund. Was der Mariathlon ist, wirst du dann schon noch erfahren.«

War ich mir noch sicher, dass ich das wollte?

3 Mariathlon

Nicht etwa, dass ich die Idee mit dem Raubüberfall ernst genommen hätte. Nicht so richtig jedenfalls. Aber wenn ich sie ernst genommen hätte, wäre der Mariathlon ein erster Dämpfer gewesen.

Eigentlich war ich nur mitgefahren, weil ich mich darauf freute, Trier, die älteste Stadt Deutschlands, wiederzusehen. Ich war natürlich auch gespannt, was es mit diesem Mariathlon auf sich hatte, denn mir war bei meiner Begrüßungs-Schwenkbratenfeier nicht entgangen, dass alle mit Andacht davon sprachen. Und in den zwei darauffolgenden Wochen wurde der Mariathlon immer wieder angesprochen, und zwar zumeist von den üblichen Kunden, die wegen der luxemburger Ware im Jugendclub auftauchten. Dabei wurden Jahreszahlen erwähnt und Namen von Siegern, darunter auch die von Gabriel und Mike, 1987, und es wurde ernsthaft darüber diskutiert, in welchem Jahr die Konkurrenz am schwierigsten gewesen sei und dass es heutzutage keine echten Champions mehr gab. Mir war, als hörte ich meinen Großvater von den Erfolgen von Lucien Van Impe bei der Tour de France oder dem Sieg von Eddy Merckx am Mont Ventoux 1970 schwärmen.

Auf dem Weg von der Römerbrücke zur Mariensäule auf dem Markusberg, so versprach mir Gabriel, würden die Straßenränder ähnlich von begeisterten Zuschauermassen gesäumt sein wie die Bergpässe bei der Tour. Das war zwar übertrieben – wie sich herausstellen sollte – aber dennoch beeindruckte mich, dass die Teams Fanclubs verschiedener Größen mitbrachten, die

die Mannschaften während des Wettbewerbs, den kompletten Weg bis hinauf zur Mariensäule, begleiteten. Man ging einfach neben oder hinter den Teams her und feuerte das eigene an; die anderen Teams mit Schmähruten zu verunsichern war verpönt – es handelte sich um einen ehrenvollen Wettkampf.

Durch dieses Mitpilgern mit den Teams entstand subjektiv übrigens tatsächlich der Eindruck, als ob man sich durch eine Menschenmasse kämpfte wie die Helden meines Großvaters am Mont Ventoux oder die heutigen Champions beim Aufstieg nach L'Alpe d'Huez, nur dass die Menschenmasse aus ein paar Dutzend Kumpels und sonstigen Angehörigen bestand, die durch das kontinuierliche Mit-dem-Wettbewerb-Mitbewegen den aktuellen Zwischenstand optimal mitverfolgen konnten.

Unser Fanclub bestand aus mir, Rolf und Andi, die jede sich bietende Möglichkeit nutzten, um mal rauszukommen, Matti, den nostalgische Gründe antrieben – er hatte Ende der Achtziger selbst zweimal teilgenommen, wenn auch ohne größeren Erfolg – Lissie und Nicole, die hofften, Andi und Rolf näher zu kommen oder sich zumindest sonst irgendwie zu amüsieren, und Speedy, der gerade einen uralten Ford Transit billig von der freiwilligen Feuerwehr übernommen und wieder fahrtüchtig gebastelt hatte. Dieser Neunsitzer war eigentlich schon tot gewesen – so hatte Speedy es pathetisch formuliert – aber er hatte ihn reanimiert und nur auf einen gebührenden Anlass gewartet, um dem Transit die zweite Jungfernfahrt zu gewähren, obgleich ich ihm beizubringen versuchte, dass das doch ein Widerspruch in sich sei. Wir kamen in dem rot-weiß lackierten Oldtimer-Minibus also zu neunt an, wobei sich auf der Römerbrücke noch drei weitere Primstaler zu uns gesellten, allesamt Jungspunde, Studenten, wie ich erfuhr. Zwei von ihnen hatten gerade erst mit dem Studium angefangen und einer war im dritten Semester, hatte das Spektakel im letzten Jahr aber verpasst.

Zum Glück übernahm Matti es, den drei Studenten und mir kurz die Regeln zu erläutern. Bisher hatte ich aus den anderen noch keine Details über den Mariathlon herausbekommen können, außer eben, dass es sich um eine der härtesten Vielseitigkeitsprüfungen handelte, die der regionale Traditionssport zu bieten hatte. Deshalb war ich froh, mich in die Aufklärungsstunde mit einklinken zu dürfen. Matti gab – mit dem Pathos eines Veteranen – zunächst einen kurzen historischen Abriss über diese angeblich schon seit den frühen achtziger Jahren bestehende Tradition und schwärmte ausgiebig über seine eigenen beiden Teilnahmen. Mit sentimentaler Stimme erzählte er, dass ihm dabei leider ein nennenswerter Erfolg versagt geblieben war, weil er sich bei seiner ersten Teilnahme selbst eine Verletzung zuzog, und dass es beim zweiten Mal seinen Teamgefährten erwischte. Matti betonte ausdrücklich, es habe sich damals ausschließlich um echte Wettkampfverletzungen gehandelt, die ihn aus dem Rennen warfen. Aber beim Mariathlon gelte sowieso das olympische Prinzip in Reinkultur und er war immerhin zweimal mit dabei gewesen, in jenen glorreichen Achtzigern, als man nicht nur locker zwei Dutzend erstklassige Teams an den Start bekam, sondern sogar lokale Qualifikationswettbewerbe durchführte, um nur die Besten der Besten auf die Strecke zu schicken.

Die Strecke führte von der Römerbrücke – und zwar von der Altstadtseite aus – über die Mosel, durch den Stadtteil Pallien und dann den ganzen extrem steilen Markusberg hoch bis zur Mariensäule. Matti deutete auf eine steile Wand, einen größtenteils bewaldeten Sandsteinfelsen von schätzungsweise hundert Metern Höhe, auf dem oben weithin sichtbar eine gut vierzig Meter hohe Säule stand. Mit einer Figur darauf. Trotz der Entfernung hätte ich auch ohne den erklärenden Namen von alleine vermutet, dass es sich um die heilige Mutter Gottes handelte.

Um den Parcours zu meistern, so machte uns Matti klar, bedurfte es vor allem folgender Fähigkeiten: Ausdauer, Trinkfestigkeit, taktisches Geschick und Teamgeist.

Es waren knapp zwanzig Teams am Start – ursprünglich waren genau zwanzig gemeldet gewesen, aber zwei oder drei hatten kurz vorher doch noch gekniffen oder tauchten einfach nicht auf, die Memmen!

Jedes Team bestand aus zwei Personen, wobei es keinerlei Alters-, Herkunfts- oder Geschlechtsvorgaben gab. Bis auf ein einziges Frauenteam traten allerdings nur Männer an. Sogar zwei Austauschstudenten aus Irland bildeten ein Team und gaben dem Wettbewerb einen Hauch von internationalem Glanz. Sie hatten identische schwarze T-Shirts mit aufgedrucktem Bierglas und dem Schriftzug *Guinness* an. Ich fand es eine schöne Idee, eine Art Mannschaftstrikot zu tragen und nicht in einem so langweiligen roten beziehungsweise blauen Sweatshirt daherzukommen wie Mike und Gabriel. Das sah unharmonisch aus.

Andi und Rolf erklärten die beiden Iren kurzerhand zu ihrem zweitliebsten Team und feuerten auch die beiden Austauschstudenten zwischendurch ein wenig an, was unsere Fangemeinde aber okay fand, weil Exoten bei so einem Wettbewerb ein wenig Unterstützung verdienten. Matti bestätigte meine Vermutung, dass die meisten Teams aus Studenten bestanden, aber es waren auch ein paar eindeutig ältere Typen dabei, wobei unser Primstaler Team, also Gabriel und Mike, eindeutig zu den Altgedienten gehörte, wenn nicht gar das älteste war. Vielleicht erklärte das auch, dass der Organisator und Oberschiedsrichter, ein sympathischer Typ namens Carsten, der so um die dreißig war, Gabriel und Mike mit Handschlag begrüßte. In den letzten Jahren hatte Carsten – so erfuhren wir von Matti – einige Mühe gehabt, Teilnehmer zu finden, da es immer wieder Schwierigkeiten mit der Polizei gegeben hatte. Deshalb waren aus den letzten zwölf Jahren alle Siegerteams wieder eingeladen worden. Allerdings waren außer Mike und Gabriel nur noch zwei Jungs aus der Südeifel so verrückt, es noch einmal zu probieren. Nicht ohne eine gewisse Hochachtung erwähnte Carsten, dass damals, Ende der Achtziger, sein Bruder Hilfsschiedsrichter war und dass er selbst – damals noch als Abiturient – den Mariathlon erstmals miterlebt habe, wenn auch nur als Schlachtenbummler.

Dann begrüßte er auch das Team aus der Eifel per Handschlag. Matti erzählte, dass die beiden Typen zwei Jahre nach Gabriel und Mike das Rennen gewonnen hatten.

Bevor Carsten die Mannschaften endlich auf die Strecke schickte, überprüfte er den ordnungsgemäßen Zustand aller Wettkampfgeräte, die jedes Team selbst mitgebracht hatte. Denn entscheidend beim Mariathlon war, dass jedes Team einen bestimmten Gegenstand hinauf zur Mariensäule brachte, und zwar einen Kasten Bier, der während des Rennens immer leichter wurde. Genauer gesagt handelte es sich um einen Kasten Stubbis, wobei nur Flaschen der Marke Bitburger oder Ur-Pils erlaubt waren; letztere Biermarke war ein Zugeständnis an die saarländischen Teilnehmer, die bei diesem Wettbewerb traditionell eine prägende Rolle gespielt und bis zu diesem Rennen genau die Hälfte aller Siege davongetragen hatten – darüber wurde exakt Buch geführt, so wie beim Bootsrennen zwischen Oxford und Cambridge. Es gab sogar ein gemischtes saarländisch-pfälzisches Team, bei dem die linke Hälfte des Kastens mit Bitburger, die rechte mit Ur-Pils gefüllt war. Außerdem mussten noch zwölf Minifläschchen Schnaps mit in den Kasten gestellt werden. Ein Dutzend dieser 0,02-Liter-Fläschchen, die es an jeder Tankstelle oder jeder Supermarktkasse gab. Welcher Schnaps drin war, war egal; als einzige Grundregel galt, dass das Zeug mindestens zwanzig Prozent Alkohol haben musste. Carsten kontrollierte das vor Rennbeginn. Die Fläschchen wurden genau auf die zwölf Schnittpunkte im Kasten gestellt, die sich zwischen jeweils vier Stubbiflaschen befanden, sodass das Ganze ein so harmonisch-symmetrisches Bild abgab wie eine perfekte, kleine Renaissancefassade.

Die Klügeren, Erfahrenen unter den Wettbewerbern ließen sich auf nichts ein und stellten zwölf Minifläschchen Klaren – also entweder Korn oder Obstler – in den Kasten. Der hatte zwar deutlich mehr Prozent als das klebrige Likörzeug, für das sich einige entschieden hatten, vertrug sich aber besser mit dem

Bier und kotzte sich notfalls auch leichter. Erbrechen während des Wettbewerbs war nämlich erlaubt und zog keinerlei Zeitstrafen oder gar eine Disqualifizierung nach sich, wenn dabei das Wettkampfgerät nur nicht den Boden berührte.

Ich machte Matti darauf aufmerksam, dass pro Wettbewerber gerade einmal zehn Bier und sechs Schnäpse zu vertilgen waren und fügte hinzu, dass Mike und Gabriel, letztens beim Schwenken, diese Ration ja gerade einmal zum Warmtrinken vertilgt hätten. Aber Matti schaute mich vielsagend an und verwies auf die extremen Wettkampfbedingungen.

Jedes Team musste seinen Kasten den ganzen Weg gemeinsam tragen. Also hatte jeder die Hand an einer Seite des Bierkastens, der stets gut sichtbar zwischen den beiden Mannschaftskameraden etwa siebzig Zentimeter über der Erde schwebte. Hand- und Seitenwechsel waren erlaubt. Der Kasten durfte nur zu keinem Zeitpunkt den Boden berühren. Im Notfall durfte das Wettkampfgerät kurzfristig von nur einem Teamgefährten gehalten werden, wenn sich der andere zwischendurch zum Beispiel schnäuzen musste, oder pinkeln, was bei dem Flüssigkeitsumsatz natürlich nicht ausblieb. Aber solange der Kasten von einem allein gehalten wurde, war jegliche Vorwärtsbewegung untersagt. Und das war nicht unbedeutend – immerhin stand am Ende des Wettbewerbs eine Laufzeit als Resultat fest, denn im Ziel wurde die Zeit gestoppt, und für nicht getrunkene Flaschen gab es Strafminuten, wie für jeden Fehlschuss beim Biathlon. Jede noch volle Bierflasche, die man zur Mariensäule hochtrug, brachte drei Strafminuten, jeder nicht leer getrunkene Schnaps fünf Minuten. Laut Reglement musste man also nicht alles leer trinken, allerdings hatte man dann fast keine Chance zu gewinnen, denn bei einer durchschnittlichen Streckenbewältigungsdauer von gut anderthalb Stunden gab es nur Zeitunterschiede von höchstens fünfzehn Minuten – das heißt bei den Teams, die es überhaupt schafften. Bei nur einem nicht getrunkenen Bier und einem Schnaps mussten also schon satte acht Minuten auf der Strecke herausgeholt werden, was selbst für ausdauernde Kampftrinker schwierig war. Ließ man noch eine zweite Flasche Bier oder einen weiteren Schnaps ungetrunken, war man mit über zehn Strafminuten für einen Spitzenplatz praktisch schon aus dem Rennen.

Während Matti weitererklärte, gingen die Teams in Grundstellung und reihten sich alle hintereinander auf dem Bürgersteig auf, der entlang der viel befahrenen Straße über die Römerbrücke führte, wobei nur die Novizen unter den Teams darum rangelten, einen der vorderen Plätze zu bekommen. Die alten Hasen wussten, dass in der Anfangsphase ein paar Meter mehr oder weniger völlig egal waren. Matti war die Aufregung anzusehen. »Der Rest erklärt sich während dem Rennen von selbst. Ihr werdet sehen!«, meinte er ungeduldig. Mir waren die Regeln nun zwar im Wesentlichen bekannt, aber ich konnte mir nicht vorstellen, was an diesem Rennsaufen – oder Saufrennen? – unterhaltsam sein sollte.

Der Wettbewerb wurde gestartet, indem Carsten sich vor die Zweierreihen plus Bierkästen stellte, noch einmal kurz zur Fairness mahnte und dann mit dem offensichtlich traditionellen Startruf »Schluck auf!« den Tross in Bewegung setzte.

Die Grünschnäbel, darunter die frohgemuten Iren, die sich auf die ersten vier, fünf Startpositionen gedrängelt hatten, gingen so forsch los, dass sie fast schon in einen leichten Laufschritt verfielen, während die hinteren, darunter auch Mike und Gabriel und die beiden Eifelaner, zunächst einmal stehen blieben und sich jeder eine Flasche Bier öffneten. Unsere beiden Mariathleten öffneten ihre Stubbis, indem der eine Teamgefährte den Kronkorken mit dem gezackten Rand fest an die obere Kante des Bierkastens drückte und der andere mit der geballten Faust von oben so gekonnt auf den Bierdeckel schlug, dass dieser klimpernd auf den Asphalt fiel und der Mannschaftskamerad eine geöffnete Flasche in der Hand hielt. Ich nahm mir vor, das gleich mal selbst zu probieren, sobald wir wieder zurück im Jugendclub waren. Jedenfalls verstand ich, dass diese Technik es ermöglichte, auch in der Bewegung, also während des Gehens, Bierflaschen zu öffnen. Zumal weil – wie sich herausstellte – geöffnete Flaschen nicht ständig in der Hand gehalten werden mussten, sondern zwischendurch auch wieder im Kasten abgestellt werden konnten, wenn man beispielsweise beim Öffnen weiterer Flaschen half. Mike und Gabriel gingen aber selbst dann noch nicht los, als die ersten beiden Flaschen offen waren, sondern jeder trank sein Stubbi in einem Zug halb leer. Dann stellten sie die halb leeren Flaschen – würde Gabriel auch in diesem Fall sagen: die »halb vollen«? – zurück in den Kasten, und Mike nahm zwei der Schnapsfläschchen in die freie Hand, die Gabriel dann mit seiner freien Hand aufschraubte. Dann schüttete Mike den Inhalt der Fläschchen in die beiden geöffneten Stubbis und wiederholte diese Prozedur mit zwei weiteren Schnapsfläschchen. Dann erst schlenderten die beiden los, während sie in kräftigen, regelmäßigen Schlucken die mit Schnaps aufgefüllten Stubbis tranken. Die ersten aus dem Mariathlon-Pulk waren bereits am anderen Ende der Brücke, als unser Team endlich losschlenderte. Aber wir hatten als Einzige schon zwei Stubbis und vier Schnäpse erledigt, bevor wir überhaupt die Mosel überquert hatten. Virtuell lagen wir also mit über zwanzig Minuten vor dem Rest des Feldes, mit Ausnahme des Eifelteams, das die gleiche Eröffnungsvariante gewählt hatte, wobei sie sich zeitlich dadurch noch einen geringen Vorteil verschafft hatten, dass einer der beiden die Bierflaschen mit den Zähnen öffnen konnte, was etwas schneller ging als unsere Draufhau-Technik. Die Eifelhautze hatten keinen Fanclub dabei. Wahrscheinlich war es zuhause ihren sämtlichen Altersgenossen peinlich, die Jungs zu begleiten, während sie Bier und Schnaps saufend über ein historisches Bauwerk und an einer verkehrsreichen Straße entlangtrotteten, um an einem illegalen Saufrennen teilzunehmen. Als wir am Ende der Brücke ankamen, öffneten sowohl die Eifelaner als auch unsere Jungs die zweite Runde Stubbis. Wir bildeten immer noch das Ende der Prozession. Aber als ich nach vorne blickte, sah ich, wie einige der Jungspunde stehen blieben und umständlich den Kasten gegenseitig festhalten mussten, um die Flaschen zu öffnen. Nur die wenigsten trauten sich – soweit ich das erkennen konnte – hier schon an die Schnäpse heran, sondern tranken erst einmal das Bier. Diese Taktik hätte ich, glaube ich, genauso gewählt, denn ich hätte wirklich Manschetten vor den Schnäpsen gehabt. Aber Mike und Gabriel öffneten, kaum dass sie über die Brücke geschlendert waren, in der beschriebenen Technik die nächsten beiden Schnapsfläschchen und gossen sie sich – jeder eins – in die zweite Runde Stubbis. Die Eifelaner taten das gleiche.

Einige der ganz Eifrigen waren schon längst nach rechts in der Aachener Straße verschwunden. Alle hatten bis dahin schon mindestens zweimal zwei Stubbis getrunken, aber unser Team hatte zu diesem Zeitpunkt bereits eine halbe Stunde Vorsprung in Schnaps herausgeholt – abzüglich der ein bis zwei Minuten, die es der Prozession gemächlich hinterhertrottete. Dennoch zweifelte ich daran, ob das die richtige Taktik war, als mein Blick hinauf zur Mariensäule schweifte, die hoch über der Mosel drohte.

Während des ganzen Weges lief Carsten immer wieder hin und her, um als Organisator und oberster Schiedsrichter nachzusehen, ob auch alles fair zuging. Mehrere Hilfsschiris, einige davon wurden spontan aus den Reihen der Schlachtenbummler rekrutiert, halfen ihm dabei. Mit prüfendem Blick kontrollierten die Schiedsrichter, ob die Kästen weiterhin in ordnungsgemäßem Zustand waren.

Auf der Aachener Straße bot sich ein guter Eindruck vom Stand des Wettbewerbs, denn sie ist eine lange, gerade Straße mit breitem Bürgersteig. Ich scherte hinter Gabriel und Mike ein wenig nach rechts aus und konnte sehen, dass die ersten Teams schon deutlich über hundert Meter Vorsprung hatten. Andere Zuschauer liefen auf dem breiten Bürgersteig hin und her, um sich einen Überblick über den Zustand der Teams zu verschaffen. Bei den Eifelanern, vor allem aber bei Mike und Gabriel, stockten sie und starrten einen Augenblick ungläubig in den Kasten. Die beiden hatten nämlich gerade Stubbi Nummer sieben und acht geöffnet und – was für die Schlachtenbummler sicher noch überraschender war – auch bereits die gleiche Zahl an Schnapsfläschchen geleert. Die spöttischen Mienen dieser Zuschauer, die nicht das Glück hatten, einen erfahrenen Veteranen wie Matti zur Verfügung zu haben, der den Rennverlauf sachkundig kommentierte, zeigten deutlich, dass sie dachten: Na, das wird nichts mehr! Und sie liefen auch gleich wieder nach vorne, um dem Team, das sie unterstützten, zu verkünden, dass man die Alten da hinten getrost vergessen könne. Die seien schon betrunken. Aber das waren Mike und Gabriel noch nicht, obgleich ihre Augen leicht glasig glänzten. Beide machten insgesamt einen soliden Eindruck, und mit mäßigem Schritt und gleichmäßigen Zügen aus den Bierflaschen trinkend pilgerten sie weiter. Und verloren auf der Aachener Straße weitere fünfzig Meter. Vielleicht hätte ich spätestens hier daran gezweifelt, ob unsere Jungs die richtige Taktik gewählt hatten, aber was mich beruhigte, war zum einen, dass Andi, Rolf und Speedy auffallend gelassen blieben – so als ob das eigentliche Rennen noch gar nicht begonnen hätte – und zum anderen, dass Matti mir zuflüsterte, dass die sogenannte Primstaler Eröffnung in der Vergangenheit schon einige Male zum Erfolg geführt hatte. »Und außerdem«, so fügte er hinzu, »sind sie gut vorbereitet. Haben die letzten Tage nur mäßig getrunken und heute nur wenig vorgeglüht – kein überhartes Training mehr unmittelbar vor Wettkampfbeginn, so lautet die Faustregel – und gestern und heute Morgen haben sie viel fetten Fisch gegessen. Das hilft.«

Und noch etwas verschaffte mir den Eindruck, dass ich genau dort mitging, wo sich das Rennen entscheiden würde, denn Matti und die anderen liefen als Einzige nicht wie aufgescheucht hin und her, um nach den anderen Teams zu sehen, sondern achteten ausschließlich auf unsere beiden Jungs. Und auch die beiden Eifelaner sahen sich öfter um und warfen einen kontrollierenden Blick auf den Zustand unseres Kastens.

Als wir am Ende des Martinerfelds, der Verlängerung der Aachener Straße, in die Hornstraße abbogen, die leider nicht – wie meine Rückfrage bei Matti ergab – nach dem auch in Belgien seit 1998 wohlbekannten Sänger mit dem Vornamen Guildo benannt war, kippten unsere Jungs ohne Hast Bier Nummer neun und zehn in sich rein. Damit war die Hälfte der Stubbis geknackt. Mir fiel jedoch auf, dass seit der dritten Runde Stubbis die restlichen vier Schnäpse unberührt geblieben waren. Und das sollte zunächst auch so bleiben. Von der Hornstraße bog die Prozession rechts in ein Wohngebiet, in den Steinsweg, ein. Dort ließen Mike und Gabriel gleichzeitig mit einem vernehmlichen Geräusch die nächsten leeren Stubbiflaschen in den Kasten zurückfallen, dann zog zunächst Mike eine Flasche heraus, hielt den Kronkorken an den Kastenrand und ließ Gabriel draufhauen, dann folgte die gleiche Prozedur umgekehrt. Ich sah in den Kasten: In den mittleren beiden Reihen sah ich die schon leer getrunkenen Stubbis, also die ohne Korken. Das waren fünf mal zwei Flaschen, die auf beiden Seiten flankiert wurden von Stubbis, auf denen noch der Kronkorken saß. Nur die mittleren Flaschen der rechten und linken Reihe fehlten, sodass sich von oben das Bild eines ebenmäßigen Kreuzes ergab.

Es ging nur ein kleines Stück durch den Steinsweg, denn von dort bog der Rennverlauf nach rechts ab, zunächst weiter durch ein Wohngebiet. Wir konnten an dieser Stelle nur die Eifelaner vor uns sehen und noch ein weiteres Team, das offensichtlich in Schwierigkeiten geraten war, denn die beiden höchstens zwanzigjährigen Typen, die stehenblieben, um kichernd zwei Miniflächchen klebrigen Likör in sich hineinzuschütten, bewegten sich mehr hin und her als geradeaus. Als wir an den Jungspunden vorbeizogen, sahen wir, dass sie beinahe schon genauso viel getrunken hatten wie unsere Jungs. Aber man sah auch, dass sie kaum noch geradeaus laufen konnten. Carsten war bei ihnen und versuchte zusammen mit zwei jungen Frauen, die offensichtlich die Freundinnen des jetzt neuen Schlusslichts des Rennens waren, die beiden zum Aufgeben zu überreden. Wir bekamen nicht mit, wie es ausging, denn Carsten wurde von einem der Hilfsschiedsrichter eilig nach vorne gerufen, weil ein Team den Kasten fallen gelassen hatte. Fünfzig Meter weiter zogen wir an einigen zerbrochenen Bierflaschen und an zwei sich gegenseitig anbrüllenden Typen vorbei. Carsten war da schon wieder weg, musste weiter nach vorne, wo ein weiterer Bierkasten zu Bruch gegangen war, weil ein Team mit einer auf dem Bürgersteig stehenden Mülltonne kollidiert war und sie dabei umgeworfen hatte. Carsten redete beruhigend auf einen Anwohner ein, der offensichtlich Besitzer der zum Glück nur geringfügig beschädigten Tonne war. Auch den beiden nur leicht verletzten Studenten wandte Carsten sich mit beruhigenden Worten zu: Nein, die Tonne habe sich ganz bestimmt nicht selbständig auf sie zubewegt, und ja, natürlich müssten sie nun das auf dem Bürgersteig liegende Zeug zurück in die Tonne räumen!

Inzwischen waren wir in der Prümer Straße, von wo es bald in den gefürchteten Anstieg auf den Markusberg gehen sollte. Zwischen zwei Wohnhäusern führte ein schmaler Durchgang auf einen Kreuzweg. Als ich auf diesem nach hinten blickte, wurde mir klar, dass die beiden letzten Straßen eigentlich ein Umweg gewesen waren. Von der Hornstraße hätte man auch direkt auf diesen Kreuzweg abbiegen können.

»Den kleinen Umweg machen wir, um ein bisschen durchs Wohngebiet zu kommen, versteht ihr? Damit wir auch ganz bestimmt gesehen werden. Das erhöht die Motivation«, erklärte Matti.

Sonderbarerweise sah ich nun plötzlich wieder etliche Teams

unmittelbar vor uns. Gabriel und Mike gingen langsam an zwei Teams vorbei, ohne sie anzusehen, obwohl die Konkurrenten lustig grölten und schwankten und gerade versuchten, sich einander so gegenüberzustellen, dass sie mit kleinen Cognac-Fläschchen Brüderschaft trinken konnten. Die vier waren zwar noch nicht disqualifiziert, hatten ihre Kästen noch fest im Griff und sahen sogar noch recht fit und fröhlich aus, aber man konnte deutlich sehen, dass sie viel Spaß hatten und den Wettbewerb mit keinerlei Zielstrebigkeit mehr verfolgten.

In unserem Stubbikasten hatte sich der Querbalken bei dem Langkreuzmuster um eine Rippe verbreitert, als Gabriel für wenige Meter Schulter an Schulter mit einem der Eifeljungs ging. Der Eifelaner schaute kurz an Gabriel vorbei in den gegnerischen Bierkasten. Gabriel und Mike würdigten ihrerseits den Kasten mit dem Bier aus der Eifel keines Blickes. Ich machte ein paar schnelle Schritte hinter die beiden Teams und konnte so sehen, dass sowohl unsere Jungs als auch die gegnerische Mannschaft gerade beim fünfzehnten und sechzehnten Stubbi waren. Die anderen hatten allerdings noch zwei volle Schnapsfläschchen mehr im Gepäck. Offensichtlich verfolgten sie weiterhin die gleiche Wettkampfstrategie wie unser Team. Aber sie wollten einige Schritte Vorsprung behalten, denn sie beschleunigten ihren Gang deutlich. Und zum ersten Mal, seit ich hinter Gabriel und Mike herging, geschah es, dass die beiden und der Bierkasten nicht mehr eine ganz gerade Linie bildeten, sondern auf Gabriels Seite zeigte die vordere Ecke deutlich nach vorne. Gabriel zog beinah ein wenig am Kasten, als er versuchte, das Tempo der Eifeljungs aufzunehmen. Dann stolperte er, ganz leicht nur und ohne dass auch nur für einen Augenblick die Gefahr bestanden hätte, dass er hinfallen und damit den Kasten in Bodennähe hätte bringen können. Erschrocken blickte er zu Mike rüber, der ihn vorwurfsvoll ansah und ihm verärgert zuraunte: »Keine Undiszipliniertheiten jetzt!«

Sie verlangsamten den Schritt merklich, tranken dabei in

Ruhe die Flaschen leer, die gerade dran waren, und zogen im Gehen Nummer siebzehn und achtzehn aus dem Kasten.

Kurz hinter der siebten Station – ein Steinrelief zeigt dort, wie Jesus zum zweiten Male unter dem Kreuze fällt – wo es vom Kreuzweg scharf links auf den Fußweg zur Mariensäule abgeht, vollzog sich ein Ziehharmonikaeffekt, wie man ihn häufig bei Bergetappen der Tour de France beobachten kann: Obwohl das Feld auf der geraden, ebenen Strecke weit auseinandergezogen dahinrollt, fährt das Peloton, kaum dass es die ersten Meter steil bergauf geht, zunächst einmal zu einem dichtgedrängten Pulk zusammen. Ungläubig schaute ich nach oben und versuchte, den weiteren Verlauf des engen, gewundenen Pfades zu erkennen. Matti sah meinen Blick und meinte: »Es gibt auch einen breiten, nicht so steilen Weg, weiter drüben, der wurde früher auch schon mal als Strecke genutzt. Aber es ist einfach heroischer, wenn der Sieg über den schwierigen, steilen Weg errungen wird.«

Unsere Jungs waren zwar immer noch weit hinten im Teilnehmerfeld, aber erstens hatten sie inzwischen ein halbes Dutzend Plätze gutgemacht – gerade war ein weiteres Team samt Sportgerät niedergekommen und wälzte sich lachend auf dem Boden – und zweitens sah man jetzt erst, dass die meisten Teams Schwierigkeiten mit dem Geradeausgehen hatten und schon deutlichere Symptome von Trunkenheit aufwiesen als Mike und Gabriel.

Dann kamen wir an die Stelle, wo es so richtig steil wurde. Wir überholten dort das einzige Frauenteam. Die beiden Mädels sahen noch ganz passabel aus, kicherten jedoch nervös, als sie den vor ihnen aufragenden Berg hinaufschauten. Sie hatten noch den halben Kasten voll Bier und auch erst vier Wodka-Feige-Fläschchen getrunken. Aber als ich mir so einige andere Teams ansah, konnte ich mir ausrechnen, dass sie einen ordentlichen Platz im oberen Mittelfeld erreichen würden, wenn sie nur irgendwie da hochkämen. Ich fragte mich allerdings, was die beiden machten, wenn sie neuen Platz in ihren Blasen schaffen wollten. Wahrscheinlich mussten sie das hinter einer der wenigen Hecken erledigen, die es im Verlauf des Aufstiegs gab.

Während die anderen Teams, die noch vor uns waren, hin und her schwankend nach oben kraxelten, blieben Gabriel und Mike zum ersten Mal in diesem Rennen stehen, sahen sich prüfend und auffordernd an, machten die beiden letzten Stubbiflaschen am Kasten auf, tranken sie in weniger als einer Minute leer, stellten sie zurück in den Kasten, drehten sich zum Wegesrand, um eine ordentliche Menge Flüssigkeit abzulassen – beide pinkelten einhändig, das sah gekonnt und technisch sauber aus – und dann setzten sie sich langsam in Bewegung. Auch sie schwankten nun ein wenig beim Gehen, und ein Blick in Gabriels und Mikes Augen verriet mir, dass der Alkohol seine Wirkung allmählich heftiger entfaltete und beide in Kürze sturzbetrunken sein würden.

»Jetzt kommen die fünfzehn Kurven zur Mariensäule«, sagte Matti mit einem Pathos, das lächerlich wirkte, aber als wir langsam hinterhergingen und oberhalb einer weißen Kapelle zu der Stelle kamen, wo die steilen, auf manchen Abschnitten mit Treppenstufen versehenen Serpentinenkurven anfingen, wurde mir schlagartig klar, dass zwei Dinge unmöglich schienen, nämlich erstens: mit zehn Stubbis und vier Schnaps im Blut hier heil hochzukommen; und zweitens: hier hochzugehen und dabei Bier- und Schnapsflaschen zu öffnen und leer zu trinken! Und mit einem halb vollen Bierkasten war es auch nicht gerade leicht voranzukommen – bei Steigungen von zum Teil über zwanzig Prozent.

Matti drehte sich noch einmal um, deutete mit einer Kopfbewegung in Richtung der Kapelle und gestand: »Genau da, kurz nach der Kapelle, habe ich mir damals beim Hinfallen eine Rippe angeknackst; und ein Stück weiter rauf, in der sechsten Kurve hat dann ein Jahr später mein Teamgefährte unter anderem wegen eines Sonnenstichs aufgeben müssen. Das Rennen hat bis vor wenigen Jahren nämlich zum Semesterende, also im Juli, stattgefunden, und da hat es so manche brutale Hitzeschlacht gegeben. Deshalb haben sie es auf den Anfang des Wintersemesters verlegt. Der Oktober ist harmloser und das Wetter immer noch brauchbar.«

Aber trotz des gemütlichen Frühherbstwetters lichtete sich das Feld auf dem Serpentinenanstieg rasch. Bereits in den ersten beiden Kurven wurden drei weitere Teams geschluckt. Eins davon war durch einen Sturz – bergauf wohlgemerkt –, bei dem der Kasten zu Boden fiel und ein ganzes Stück den Hang runterkullerte, disqualifiziert worden, die anderen beiden hatten schlicht Mühe, sich bergauf zu bewegen. Ihr Fortbewegungsstil hätte eher zur Echternacher Springprozession gepasst: zwei Schritte vor, einen zurück. Auch gefährlich aussehende Sidesteps, die zur allgemeinen Stabilisierung des Teams samt Wettkampfgerät dienten, waren zu bewundern. Als die Eifelaner und unsere beiden Kämpfer an ihnen vorbeistapften, blieben die angeschlagenen Teams einfach stehen und machten Platz. Und glotzten ungläubig auf die zwanzig leeren Bierflaschen. Ohne mitgezählt zu haben, wusste ich, dass wir zu diesem Zeitpunkt schon unter den ersten zehn Teams waren.

Und noch zehn Kurven bis zur Mariensäule.

»Geht's noch?«, knurrte Mike.

»Machsdu Wits ... Witze? Hat doch noch garnisch rischtisch angefangen!«, entgegnete Gabriel beleidigt, der zuvor seit dem Start noch kein einziges Wort gesprochen hatte.

Obwohl ich nichts den Berg hinauftragen musste und stocknüchtern war, keuchte ich inzwischen wie ein alter Ochse, so verdammt steil war dieser Fußpfad. Auch Gabriel und Mike keuchten, und hin und wieder wirkte der ein oder andere Schritt unsicher, aber sie sahen immer noch vergleichsweise gut aus, wie sie langsam, aber beständig, Schritt für Schritt bergauf stapften. Ich erkannte nun auch, dass es eine kluge Taktik war, hinter den Eifelanern zu gehen. Denn obwohl sich die Teams laut Reglement zum Öffnen von Bier- oder Schnapsflaschen an den Rand des Wanderpfades stellen mussten, was sie fairerweise auch taten, gab es gelegentlich kurze Staus – nicht zuletzt, weil manche Wettkämpfer auf der hier extrem engen Strecke hinfielen und es einfach ein paar Sekunden dauerte, bis Carsten und seine Helfer oder einige der Schlachtenbummler die Bierleichen zur Seite geräumt hatten. So schlossen wir immer wieder zum Eifelteam auf.

»Noch sieben Kurven bis zur Mariensäule«, sagte Matti mit dramatischer Stimme.

Es konnten nicht mehr viele Teams vor uns sein, denn inzwischen hatten wir mindestens weitere vier oder fünf überholt. Das letzte davon war ein besonders tragischer Fall, da einer der beiden noch verblüffend frisch und standfest aussah. Er stand, den Kasten fest in beiden Händen haltend, am Wegrand, während sein Teamgefährte neben dem Pfad kniete und sich die Seele aus dem Leib kotzte. Das Geräusch, dass er dabei machte, erinnerte an den Balzschrei eines Rehbocks und war sicherlich weit über den Trierer Stadtteil Pallien hinaus zu hören. Der mit dem Kasten murmelte nur »Schade um das gute Mensaessen«, schaute geduldig zu und machte den Eindruck, dass er ohne zu drängeln darauf wartete, dass sein Teamgefährte weitergehen konnte. Gabriel, der sonst stets konzentriert vor sich hinsah, starrte ihn einen Augenblick fasziniert an. Im Kasten des Teams mit dem unfreiwilligen Zwischenstopp waren nur noch zwei ungeöffnete Bierflaschen und vier Schnäpse, womit die beiden gar nicht schlecht im Rennen lagen. Matti erklärte, dass derjenige, der neben der Strecke kniete, der trinkfestere der beiden war und es deshalb auf sich genommen hatte, zwei Drittel der Gesamtmenge zu schlucken, damit der andere nicht schon unten am Aufstieg schlappmachte. Dabei hatte er sich offensichtlich übernommen. Aber dieses Team belegte am Ende noch einen respektablen siebten Gesamtplatz, obwohl sich der Trinkspezialist des Teams in der zweitletzten Kurve ein weiteres Mal geräuschvoll übergeben musste.

Auch Mike und Gabriel machten – bei fest verschlossenem Mund – hin und wieder energische Schluckbewegungen, die Anlass zur Sorge gaben, wo sie doch schon seit einer ganzen Weile nichts mehr getrunken hatten.

»Noch drei Kurven bis zur Mariensäule.«
»Schw ... schwächelst du etwa?«, keuchte Gabriel.
»Wie kommse denn auf so'n Schw ... Schwachsinn?« Damit war die Diskussion beendet.

In der zweitletzten Kurve waren nur noch wir, die Eifelaner und ausgerechnet die beiden irischen Austauschstudenten beisammen. Einige andere Teams sah oder hörte man zwar noch, aber das, was man von ihnen sah und hörte, gab keinerlei Anlass zur Sorge, sie könnten auf den letzten Metern noch herankommen. Die Eifelaner und nun auch die beiden Iren kamen nur noch in kleinen, vorsichtigen Schritten voran. Es war unglaublich steil hier. Und die beiden Teams sahen mit geröteten Augen abwechselnd von Gabriel zu Mike und dann ungläubig in deren Kasten. Es ging eng an einer hoch aufragenden roten Felswand entlang.

Noch eine Kurve bis zur Mariensäule.

Auch Mike sah nun, zum allererstenen Mal und auch ohne ernsthaftes Interesse, zu den Jungs aus der Eifel hinüber. Die jungen Iren würdigte er keines Blickes.

»Sinn wir sss ... sum Glotzen hier odda sssum gwinnen?« fragte Gabriel.

»Halteschnautsse!«

Schlussanstieg. Noch wenige Meter bis zur Mariensäule.

Die Eifelaner hielten kurz vorm Ziel an und begannen damit, Schnapsflaschen aufzuschrauben. Unsere Jungs hielten ebenfalls an. Gut, dass keine Bierflaschen mehr zu öffnen waren. Bei der Draufschlagtechnik wären beim jetzigen Zustand unserer beiden Helden ernsthafte Verletzungen zu befürchten gewesen. Aber das mit dem Aufschrauben ging noch. Erst hielt Mike zwei Fläschchen in der Hand und Gabriel drehte den Verschluss auf. Dann klemmte Mike sich die beiden Minifläschchen fest zwischen die Zähne, um dann die beiden Schnäpse aufzuschrauben, die Gabriel jetzt in der Hand hielt. »Jetss nurnixmehr vvv ... verschüddn«, befahl Gabriel, bevor er – unter missmutigem Brummen von Mike – die zwei Fläschchen genauso zwischen die Zähne klemmte wie Gabriel. Wie auf Kommando warfen sie gleichzeitig den Kopf in den Nacken. Der Schnaps war in Sekunden in den beiden Kehlen verschwunden. Beim Schlucken machten beide ein Gesicht, als ob sie Zahnweh hätten. Die Fläschchen klirrten zurück in den Kasten. In diesem Moment zogen die beiden Iren schwankend – mit einer fast leeren Bierflasche in der Hand – an Gabriel und Mike vorbei und warfen, ungläubig den Kopf schüttelnd, einen Blick in deren Kasten. Ich sah zum Team aus der Eifel. Auch die beiden tranken alle Schnäpse leer. Aber einzeln. Sie hatten ja jeder noch einen mehr als unsere Jungs zu erledigen. Sie kippten gerade den letzten, als Mike und Gabriel losrannten. Ja, sie rannten – wenn man das so nennen konnte. Sie stolperten eher die letzten Meter über einige Stufen aus schweren Holzbalken den Berg hoch und ihre Bewegungen waren so unkoordiniert, dass sie so an dem Kasten zwischen sich zerrten, als ob sie ihn während des Laufens auseinanderreißen wollten. Sie wirkten wie Kleinkinder, die gerade Laufen gelernt hatten. Ihr Keuchen klang wie ein Jammern, aber wenn ich das richtig mitbekam, schafften sie es auf den letzten paar Schritten dennoch, sich gegenseitig ein »Hopp!« und »Mmm ... mach sch ... schon!« zu befehlen!

Die Iren waren zuerst da. Auf der ersten Stufe des Sockels der Mariensäule stellten sie den Kasten ab. Dort stand Carsten, drückte auf eine Stoppuhr, zog zwei noch volle Whiskeyfläschchen aus dem Kasten und rief einem Typen, der mit einem Klemmbrett in der Hand neben ihm stand, zu: »Plus zehn

Minuten!« Danach hastete einer der beiden Iren röhrend hinter die Säule.

Einen Augenblick später wurde Carsten mit einem vernehmbaren Klirren der nächste Kasten vor die Füße gestellt. »Plusssnull«, lallten Gabriel und Mike wie aus einem Mund, und Carsten nickte dem Klemmbretttypen bestätigend zu.

Um die Eifelaner spielte sich zweieinhalb Meter vor dem Ziel ein Drama ab. Einer der beiden geriet ins Straucheln und schlug sich beim Hinfallen ein Knie auf, der andere konnte gerade so eben noch den Kasten festhalten, aber auch er ging – den Kasten reflexartig hochreißend – in die Knie, der Kasten fiel ihm auf den Schoß und der Typ schaffte es, sich beim gleichzeitigen Hinfallen und Hochreißen die Oberlippe am Kastenrand aufzuschlagen. Er blutete wie ein angestochenes Schwein, aber da der Kasten noch nicht den Boden berührt hatte, sondern nur zwei leere Bier- und ein paar Schnapsfläschchen herausgefallen waren, galt das Team noch nicht als disqualifiziert. Ich verstand nicht, was die beiden besprachen. Das lag wohl am Dialekt oder daran, dass sie wegen der gelähmten Zungen und einer aufgeschlagenen Lippe praktisch konsonantenfrei sprachen. Jedenfalls legte der mit dem Kasten sich auf den Rücken, stellte sich den Bierkasten auf den Bauch und der mit dem offenen Knie begann, die verlorenen Flaschen wieder einzuräumen, was ihm sichtlich Mühe machte, da er die kleinen Obstschnapsfläschchen nicht mehr richtig zu greifen vermochte. Als der Kasten wieder vollständig bestückt war, begann erst der schwierigste Teil, nämlich das Wiederaufstehen, ohne dabei den Kasten fallen zu lassen. Da half auch die heilige Maria nicht. Ich versuchte, mir das Schauspiel anzusehen, ohne zu lachen, schaffte das aber nicht, weil bei diesem bedauernswert komischen Anblick nicht nur die Schlachtenbummler, sondern sogar Carsten, der Oberschiedsrichter, regelrecht wieherten. Allein das Aufstehen kostete die beiden Eifelaner etliche weitere Minuten, sodass sie am Ende sogar noch um wenige Sekunden hinter die Iren auf den dritten

Platz zurückfielen. Inzwischen kamen ein paar weitere Teams oben an, von denen die meisten im Kniebereich entweder aufgefallene, zerrissene oder zumindest stark verschmutzte Hosen aufwiesen. Und einige mussten noch unmittelbar vor dem Ziel ein Bier und mehrere Schnäpse trinken, was nicht einfach war, wenn man dabei den Eifelanern bei dem Versuch zusah, wieder auf die Beine zu kommen. So wurde am Ziel viel gelacht, und manche Teams trudelten mit noch zehn oder zwölf Strafminuten im Sportgerät ein, waren aber so zerschunden, dass sie nicht einmal imstande waren, sich zu erkundigen, wer denn nun gewonnen habe.

Gabriel und Mike bekamen von all dem nichts mehr mit. Mike sackte ohne Vorwarnung in sich zusammen und blieb einige Minuten wie ohnmächtig liegen, weswegen ihm aber niemand böse war, da er das erst hinter der Ziellinie getan hatte. Rolf und Andi trugen ihn außer Sichtweite der Zuschauermeute. Und auch Gabriel gab nicht gerade eine gute Figur ab. Ich blieb sicherheitshalber dicht bei ihm. Er stand zwar, schwankend, und fiel – trotz guten Zuredens – nicht, reagierte aber nicht mehr auf direkte Ansprache, sondern starrte glasig über das Moseltal auf den gegenüberliegenden Petrisberg und die Tarforster Höhe, als ob er dort etwas erkennen könne. »Ischhaaabs!« lallte er mehrmals, war aber ansonsten nicht mehr in der Lage, sich am sehenswerten und legendenträchtigen Schlussspurt der Konkurrenz zu erfreuen.

Matti und Speedy verboten Carsten, für Mike einen Krankenwagen zu rufen. Aber der musste dann doch wegen eines Teams kommen, das nur einen hinteren Rang belegte, die letzten sieben, acht Meter Steigung samt Bierkasten rückwärts wieder heruntergerollt war, wobei sich beide Kämpfer stark blutende Platz- und Risswunden zugezogen hatten. Der Ambulanzwagen nahm, wo er schon mal da war, auch noch zwei weitere Teilnehmer wegen Verdachts auf Alkoholvergiftung mit. Aber da hatten wir Mike und Gabriel schon in Speedys altem Ford Transit in Sicherheit gebracht.

Auf der Heimfahrt dachte ich in Ruhe über dieses sonderbare Rennen nach. Mir wurde klar, worin der Unterschied zwischen unseren Jungs und den Wettkampfgegnern bestanden hatte: Die anderen Zweierteams hatten sich während des Rennens ständig gegenseitig beäugt. Schauten immer, was die anderen machten. Nicht so Mike und Gabriel. Die kümmerten sich überhaupt nicht darum, was um sie herum passierte, sondern beäugten vor allem: sich gegenseitig. Keiner der beiden wollte schuld an einer Niederlage sein. Keiner wollte als Erster Schwäche zeigen. Wenn sie verloren hätten, vielleicht sogar ausgeschieden wären, hätte immerhin derjenige von beiden das ganze Rennen doch noch als persönlichen Erfolg verbuchen können, der nicht schuld an der Niederlage gewesen wäre. Genau genommen hatten zwei Wettbewerbe stattgefunden, nämlich alle Teams gegeneinander und dann noch Gabriel gegen Mike. Ersteren hatten die beiden schließlich gewonnen, ihr persönlicher Zweikampf hingegen endete unentschieden.

Und diese Kindsköpfe wollten einen Überfall organisieren?

Beide waren anschließend volle zwei Tage krank. Am Morgen nach dem Rennen kam zwar zuerst Gabriel und kurz darauf auch Mike aus seinem Zimmer – Gabriel hatte die Tür demonstrativ recht laut geschlossen und täuschte einen Hustenanfall vor, damit Mike nur ja mitbekam, dass er schon wieder auf den Beinen war – aber als beide bis zur Fernsehecke gekommen waren, ließen sie sich jeder auf einem Sofa nieder und jammerten: »He, Jungspund, schau mal, ob wir noch Aspirin unten in der Notfallschublade haben!«, und »Fahr mal ins Dorf in die Apotheke und besorg uns Boxazin oder so was!« … »Ja, oder etwas, wovon man einen Tag lang ohnmächtig bleibt!«

Ich löste Aspirin in Wasser auf, aber beide waren kaum in der Lage, sich von ihrem Sofa aufzurichten und eigenständig das Glas zum Mund zu führen, sodass ich ihnen auch dabei helfen musste.

Sie drehten sich auf dem Sofa derweil vorsichtig von der einen Seite auf die andere, verboten mir, die Vorhänge zu öffnen oder den Fernseher anzuschalten und nannten mir weitere Medikamente, die ich aus der Apotheke besorgen sollte.

Vorher musste ich unten in der Scheune zwei Leuten, die ich noch nicht kannte und die mich zunächst unsicher beäugten, acht Stangen Zigaretten, zwei mal zwanzig Liter Superbenzin und drei Pfund gemahlenen Kaffee verkaufen. Offensichtlich war noch nicht zu ihnen durchgedrungen, dass auch der neue Jungspund berechtigt war, in den Kisten und Regalen der Scheune herumzuwühlen. Sie wurden aber zutraulicher, als sie sahen, dass ich mich schon recht gut im Sortiment auskannte, und entschieden sich, wo sie gerade schon mal da waren, auch noch zwei Flaschen Cognac mitzunehmen.

Dann machte ich mich endlich auf den Weg ins Dorf.

Als ich eine halbe Stunde später zurückkam, hoben sowohl Mike als auch Gabriel mühsam den Kopf, verharrten einen Augenblick und schließlich stöhnte Mike, während er sich gequält zurücksinken ließ: »Ach du Scheiße, warum hast du denn die mitgebracht?«

»Hallo, ihr beiden«, rief die hinter mir stehende Johanna vergnügt, »ihr habt den Sieg errungen, ihr Helden auf Markusberg!« Die beiden verzogen das Gesicht und Gabriel schaffte es, ein »Leiser!« hervorzupressen.

Ich tat unschuldig: »Na, ich musste doch in der Apotheke fragen, was in so einem Fall das Beste sei, also, was ich euch denn mitbringen soll, und da hat sich Johanna freundlicherweise bereiterklärt, mitzukommen und sich das mal anzusehen.«

Ich verschwieg, dass ich einerseits ganz froh darüber war, dass Johanna die Initiative ergriffen hatte und zu helfen versprach, und dass ich ihr andererseits den Spaß nicht vorenthalten wollte, die Helden des Mariathlon in diesem beklagenswerten Zustand zu begutachten.

»Aus pharmazeutischer Sicht ist da nicht viel zu machen«, meinte sie, als sie sich die beiden genauer ansah, »viel Wasser trinken, noch ein oder zwei Aspirin – hier ist noch eine Packung – und liegen bleiben. Könnt ihr schon wieder feste Nahrung aufnehmen?«

»Bloß nicht!« und »Verschwinde!«, waren die knappen Kommentare.

»Okay, lass sie einfach in Ruhe leiden, Raffi! Ich komme morgen wieder vorbei. Ich habe den Vormittag frei. Und dann mache ich einen Spezialcocktail gegen Kater und ein Frühstück, das sie runterkriegen werden.«

Ich wunderte mich, dass sie so kooperativ und hilfsbereit war, und ich glaube, Gabriel und Mike ging es genauso. Aber keiner von uns wehrte sich gegen die Selbsteinladung und so brachte Johanna Lurie einen Korb voller Säfte, Obst und Gemüse sowie Brötchen, Rollmops und ein Glas saure Gurken mit, als ich ihr am nächsten Morgen die Tür öffnete.

»Die Jungs sind nicht schwanger, die haben nur einen Kater«, sagte ich grinsend zu Johanna. Es war schön, sie in der Küche zu haben. Sogleich verbreitete sich eine Gemütlichkeit und Wärme im Raum, wie sie nie zustande kam, wenn wir drei Jungs uns etwas Essbares zurechtmachten. Mike und Gabriel benutzten die Küche eher wie eine Werkstatt, die man nur betrat, um Reparaturen vorzunehmen, die sich nicht länger aufschieben ließen. Johanna dagegen wirkte hier wie eine Künstlerin im Atelier. Und ich erntete anerkennende Blicke von ihr, als sie sah, wie behände und geschickt ich die Karotten und das Obst schälte und zerkleinerte und wie rasch ich ihr die benötigten Zutaten reichen konnte. Wir redeten nur das Notwendigste. Ich ertappte mich bei der Hoffnung, dass ich noch öfter mit ihr zusammen hier in dieser Küche herumwerkeln möge. Die intensivsten Erlebnisse von Harmonie, die ich bis zu diesem Zeitpunkt meines Lebens erfahren hatte, hingen fast ausschließlich mit Essen und Menüs zusammen, die ich gemeinsamen mit anderen leidenschaftlichen Köchen zubereitet hatte.

Bevor wir die beiden Rekonvaleszenten zum Essen herunterriefen, bat Johanna mich, ihr kurz die Ereignisse des Mariathlon zusammenzufassen, damit sie sich ein Bild davon machen konnte, wie der aktuelle Zustand der beiden zustande gekommen war. Ich ließ die zu ekligen und unwürdigen Details weg, aber sie war im Wesentlichen über den Rennverlauf informiert, als sich Mike, ganz vorsichtig, und kurz darauf auch Gabriel, an den reich gedeckten Tisch setzten. Sie schlürften zunächst einmal eine undefinierbare Spezialsaftmischung, ohne Johanna zu fragen, was da denn drin sei. Sie tranken einfach und offensichtlich tat es ihnen gut.

Das Erste, was Johanna fragte, war: »Und? Was habt ihr dabei gewonnen?«

»Wieso? Wie meinst du das?«

»Na, was war der Preis, den ihr bekommen habt? Der Gewinn? Hat es dafür Geld gegeben? Hundert Mark wenigstens? Oder wenigstens einen Kasten Bier, eine Flasche Schnaps oder so etwas? Obwohl das kein sehr origineller Preis wäre.«

»Preis? Nein.« Gabriel schüttelte entrüstet den Kopf, was er allerdings noch nicht besonders heftig tun konnte. »Dabei geht es doch nicht um einen Preis, sondern um die Ehre.«

»Pfff … Ehre«, zischte Johanna verächtlich und reichte jedem von uns ein Heringsbrötchen. Mike griff so vorsichtig danach, als ob der Hering noch zurückbeißen könne.

»Ja doch, Ehre! Tu das nicht so leichtfertig ab, Johanna!« Gabriel dozierte schon wieder – es ging ihm also allmählich besser. »Aber der Gewinn, wenn du unbedingt willst, besteht noch in etwas völlig anderem, das sich nicht materiell messen lässt. Jedenfalls nicht unmittelbar.«

»Und das wäre?«

»Inspiration!«

Wir sahen Gabriel verdutzt an.

Er genoss das und schwieg eine Weile. Dann fuhr er fort: »Gestern bin ich vor lauter Kopfschmerzen nicht mehr darauf gekommen. Habe mich nur dunkel daran erinnert, dass ich eine gute Idee hatte, auf dem Weg hoch zur Mariensäule. Aber ich hatte wohl noch so viel Bier und Mirabellenschnaps im Hirn, dass ich nicht mehr gleich darauf kam. Aber heute Morgen, kurz bevor du kamst, Johanna, ist es mir wieder eingefallen!«

Pause.

»Ja? Und?« Es war Johanna, die ihn drängte, aber auch Mike und ich sahen ihn gespannt an.

»Die Mensa!« rief er triumphierend. Es war die erste laute Äußerung, die er seit seinem »Ischhaaabs!« am Fuße der Mariensäule zu äußern imstande war.

»Jaaa …? Und? Was ist mit der Mensa? Möchtest du mal in der Mensa essen? Oder dort einen Job als Hilfskoch annehmen?«

Er ließ sich seine Hochstimmung nicht madig machen: »Quatsch! Ich rede von dem Überfall. Wir überfallen die Mensa! Ich bin auf dem Schlussanstieg oder in einer der letzten Kurven drauf gekommen. Ich weiß nicht mehr genau, wo. Aber da haben doch etliche Studententeams mitgemacht, nicht wahr?« Mike und ich nickten heftig. »Ja, und irgendwo auf dem Weg habe ich gehört, wie einer der Typen beim …«, er stockte einen Moment und blickte auf Johanna, »also da hat ein Student etwas über das Mensaessen gesagt.«

»Ja, du hast Recht, jetzt erinnere ich mich auch«, sagte Mike unbekümmert, »der eine hat gekotzt und der andere meinte …«

»Ja, danke, Mike«, unterbrach Gabriel ihn, »jedenfalls musste ich mich konzentrieren, auf irgendwas, damit ich nicht an die letzten Meter denke und nicht an die beiden Schnäpse, die noch rein mussten, ohne gleich wieder rauszukommen, und da habe ich über diesen Satz nachgedacht, beinahe tantramäßig, wenn ihr so wollt, hab ihn innerlich mehrmals wiederholt: ›Schade um das schöne Mensaessen‹ – und kurz bevor mir schlecht wurde, hatte ich die Erleuchtung, passend zu Füßen der heiligen Jungfrau: Wir überfallen die Mensa!«

Ein paar Sekunden Schweigen.

»Wie? Welche Mensa?«

»Na, die Uni-Mensa, was denn sonst?

»Wo?«

Gabriel überlegte kurz: »Am besten die in Saarbrücken. Die ist riesengroß, aber trotzdem recht kompakt und überschaubar. Oder die in Trier. Da waren wir doch Ende der Achtziger mal essen, vorm Mariathlon. Nicht wahr, Mike?«

»Und was willst du da klauen? Krautsalat und Erdbeerjoghurts?« Mike klang nicht gerade überzeugt.

»Mensch, überleg doch mal! Da gibt's keine Überwachungskameras und kein Sicherheitspersonal und die Idee ist so neu, dass niemand damit rechnet. Ach so, und eine Menge Geld geht doch sicher auch ein, an einem richtig vollen Tag.«

»Hmmm ... das müsste man vielleicht mal genauer recherchieren.« Mike schien sich mit der Idee anzufreunden.

»Ja, sag ich doch, dass das eine gute Idee ist, das klappt auf jeden Fall eher als ein Banküberfall oder das Ausrauben eines Supermarkts oder einer Tankstelle. Damit wären wir jedenfalls keine gewöhnlichen Räuber.« Gabriel glühte sichtlich für seine Idee. »Tja, kreatives Komasaufen, sag ich da nur.«

Mike war nachdenklich, aber dann schien ein Ruck durch ihn zu gehen und er grunzte unwirsch: »Egal, ob die Idee gut ist oder nicht, jetzt können wir sie sowieso nicht mehr gebrauchen.«

»Wieso das denn?«

»Weil du sie jetzt schon ausposaunt hast – halb besoffen, wie du noch bist. Hier den belgischen Jungspund, den könnte man ja sogar mitmachen lassen, der entwickelt sich ja offensichtlich ganz gut, habe ich den Eindruck. Aber was glaubst du, was passiert, wenn die liebe Johanna« – er lächelte höflich in ihre Richtung – »in der Zeitung liest: ›Großer Mensaüberfall: Mundraub oder geniales Verbrechen? Unerkannte Täter erbeuten 20.000 DM und fünfhundert Bratwürste mit Senf‹!«

Wir lachten alle. Dann entstand eine kurze, unangenehme Pause, die dadurch unterbrochen wurde, dass ich mich sagen hörte: »Also die Idee ist ausbaufähig. Und ich wäre dabei! – Und was Johanna angeht, da müsst ihr euch nichts vormachen Jungs, da gibt es nur zwei Lösungen: Entweder ihr macht sie kalt oder zur Komplizin.« Während ich überlegte, ob das überhaupt ein grammatisch richtiger Satz war, starrten mich Mike und Gabriel überrascht und Johanna dankbar an.

»Tja«, meinte sie, »und da sich keiner von euch traut, mich um die Ecke zu bringen, ist die Sache ja wohl entschieden!« Wieder lachten wir alle.

»Nein, wirklich«, setzte ich nach, »so jemanden wie Johanna kann man immer gebrauchen. Eine Apothekerin, die im Notfall rasch alles heranschafft, was gegen einen Kater hilft, ist in einer Räuberbande genauso brauchbar wie ein Wundarzt auf einem Piratenschiff, das sich auf Kaperfahrt befindet.«

»Wir werden sehen«, meinte Mike, »ob das Projekt Mensaüberfall überhaupt zustande kommt.«

»Das ist doch schon so gut wie abgemacht!«, protestierte Gabriel lauthals.

Als Johanna ihren Korb wieder einpackte und ankündigte, sie müsse nun wieder los, ihre Mutter warte schon, bedankten sich diese beiden Stoffel nicht einmal für die fürsorgliche Hilfe.

Ich tat das – sozusagen im Namen des Hauses – bei der Verabschiedung an der Tür.

»Ist schon okay, Raffi, ich kenne doch unsere beiden Kindsköpfe. Und mit denen willst du eine Mensa überfallen?« Sie lächelte.

»Wir, meine liebe Johanna. Wir!« Es entstand eine kurze Pause. »Soll ich dich rasch nach Hause fahren?«

»Mit deinem giftgrünen Monster? Nein danke, ich hab ja nur

ein paar Minuten zu Fuß!« Nachdem sie ein paar Schritte gegangen war, blieb sie wieder stehen, drehte sich um, kam ein paar Schritte auf mich zu und sagte ernst: »Ich hoffe, nein, ich bin mir sicher, dass wir gute Freunde werden, wir zwei.« Und mit einem kessen Lächeln fügte sie hinzu: »Wenn du mich überhaupt als beste Freundin willst. Aber glaub mir, viel Auswahl gibt es hier nicht, also entscheide dich lieber gleich für mich.«

Ich wurde rot, fühlte mich ertappt, sagte aber nichts, sondern versuchte zu grinsen.

Und mir rutschte ein herzhaftes »*God verdomme!*« raus, als ich ihr hinterhersah.

4 Der Hüftknochen

Eine Weile wurde die Überfall-Spinnerei überhaupt nicht mehr erwähnt. Mindestens acht Wochen lang war es so, als ob wir niemals über diese Idee gesprochen hätten. Kein Wunder, Mike und Gabriel hatten andere Sorgen. Die Vorzeichen für das neue Jahrtausend waren tendenziell eher düster. Also sorgte ich mich mit ihnen. Aus Solidarität und wachsender Freundschaft.

Es fing damit an, dass Mitte November, an einem Donnerstagmorgen – ich musste ausnahmsweise erst um zwölf bei der Arbeit sein – ein Polizeiauto vor dem Jugendclub auf den Hof fuhr. Ich erschrak, als ich die Haustür öffnete und den freundlich aussehenden Polizisten vor mir sah, weil ich dachte, eine Spezialeinheit habe inzwischen doch noch aus Carsten herausgepresst, wer alles am Mariathlon teilgenommen hatte. Dieser musste nämlich, nachdem bekannt geworden war, dass einige der Teilnehmer am Mariathlon von Anwohnern des Vandalismus bezichtigt worden waren und daraufhin dem dazustoßenden Notdienst Carstens Namen preisgegeben hatten, zur Vorladung bei der Polizei. Dort jedoch verneinte er jegliche Zugehörigkeit zu der Veranstaltung. Er habe nur zufällig von diesem Saufrennen erfahren und sich dann vor Ort, als das Ganze schon im Gange war, eher spontan dazu entschlossen, ein wenig regulierend und deeskalierend einzugreifen. Der Mariathlon war jedoch nicht der Grund für die Stippvisite der Polizei. Es war schlimmer, wie sich herausstellen sollte.

»Wer ist es de-henn?« rief Mike melodisch von oben. Er dachte wohl, wir hätten Damenbesuch.

»Es ist die Po-li-zei-hei«, flötete ich zurück.

Kurzes Schweigen. Dann hörte ich von oben: »Soll schon mal reinkommen und Kaffee oder ein Bier trinken. Wir sind gleich da.« Es wunderte mich nicht, dass Mike zusammen mit Gabriel herunterkommen wollte, wenn die Polizei im Haus war. Potenziell ging das sicher beide an.

Ich bat den Ordnungshüter freundlich hinein und er beobachtete mich dabei, wie ich Kaffee kochte. Er trug keine Polizeimütze. Die lag wohl im Auto. Und die grüne Jacke stand offen, wodurch er einigermaßen inoffiziell wirkte. Er war ein riesiger Kerl, Format Kleiderschrank, und hatte ein markantes Kinn. Das Grün der Uniform stand ihm nicht, obwohl ich Grün sonst mochte, aber es passte nicht zu seinem dichten, blonden Haar und seinen blauen Augen.

»Bei uns in Belgien tragen die Bull... die Polizisten Dunkelblau, das wirkt cooler. Würde Ihnen übrigens auch gut stehen.«

»Blaue Uniformen, schön und gut, aber was hilft das, wenn sie die Kinderschänder laufen lassen.« Es klang, als ob ich persönlich für die Dutroux-Affäre verantwortlich sei. Dabei hatte er es wohl als eine Art Witz gemeint. Zum Glück kamen Mike und Gabriel in diesem Moment in die Küche. Als sie den Bullen sahen, nickte Gabriel lächelnd: »Hallo, Harald! Wir sind nicht würdig, dass du eingehst unter unser Dach, aber ... schön, dass du mal vorbeikommst.«

Auch Mike grüßte diesen Harald freundlich, wenn auch etwas zurückhaltend.

Gabriel versuchte, ein Gespräch in Gang zu bringen: »Hab gerade an meinem Buch gearbeitet.«

»Ach ja, Katastrophe Saarland, oder wie war das noch mal?«, sagte Harald mit einem süffisanten Grinsen.

»Ähm ... ja, so ähnlich«, immerhin sah Gabriel ein, dass es keinen Sinn hatte, ihn zu korrigieren.

»Immer noch das Kapitel über die Gasometerexplosion in Neunkirchen?«

»Nein, bin gerade bei Recherchen zum Grubenunglück in Luisenthal.«

Der Grüne zögerte einen Augenblick und meinte dann: »So? Wirklich? Nun ja, es geht mich ja nichts an, aber solltest du nicht erst einmal das andere Kapitel …? Aber wie gesagt, geht mich ja nichts an.«

Er zog seine Uniformjacke aus, hängte sie über die Stuhllehne, setzte sich an den Küchentisch und machte eine Geste, die wohl bedeutete, dass sich auch Mike und Gabriel hinsetzen sollten. Als ob es seine eigene Küche sei oder wir auf dem Polizeirevier wären.

Gabriel fragte ihn: »Möchtest du ein Bier?«

»Ist ein bisschen früh dafür, oder?« Damit hatte er Recht, trotzdem hätte ich die Antwort »Nein danke, ich bin im Dienst« richtiger gefunden.

»Aber wir genehmigen uns eins – Raffi, holst du mal drei aus dem Kühlschrank?«

»Na, was soll's, dann bring mir auch eins mit«, knurrte Harald, knöpfte das Hemd an beiden Ärmeln auf und krempelte sie bis über den Ellenbogen auf. Als ob er plane, den unartigen Jungs eine Tracht Prügel zu verabreichen.

Aber er sagte nur: »Ganz schön warm hier drin.« Wir stießen an. Mike und Gabriel fragten ihn nicht, was er wollte, obwohl ich ihnen ansah, wie gespannt sie waren. Wir tranken. Der Polizist lobte den Kühlungszustand des Biers: »Aaaah, genau richtig!«

»Ist dein Kollege heute nicht dabei, der … wie heißt der noch mal? Der nette Typ aus Eiweiler.«

»Den hole ich nachher ab. Ich bin nämlich gerade erst auf dem Weg zur Dienststelle, und … ähm … wollte vorher mal bei euch reinschauen.«

»Immer willkommen, weißt du ja!« Mike klang gut gelaunt.

Und Gabriel fügte noch hinzu: »Immer ein gut gekühltes Bier im Kühlschrank. Auch wenn du mal einen Kollegen mitbringst …«

»Hmm, ja, danke. Also, ich habe doch auch was mit euch zu bereden, vor der Arbeit.« Dabei sah er zuerst die beiden an und blickte dann zu mir rüber.

»Mach dir keine Gedanken wegen Raffi, der gehört quasi schon mit zur Familie.«

»Na, mir soll's recht sein. Also ich mache es am besten kurz: Ich rate euch dringend zur Geschäftsaufgabe! Also die Ware, die ihr da noch in der Scheune habt … ich hoffe, das ist nicht mehr allzu viel!«

Zu meiner Überraschung redeten Mike und Gabriel keinen Augenblick um den heißen Brei herum: »Ehrlich gesagt, Harald, haben wir gerade eine ganze Menge Material besorgt, waren eben erst mit zwei Autos in Luxemburg.« Das stimmte natürlich nicht. »Das meiste ist für den Eigenbedarf. Klar!«

»Ja, ja, ich verstehe, bei einem Drei-Junggesellen-Haushalt, da geht was weg, das glaube ich gern.« Sie lachten zusammen. Waren erleichtert, dass sie was hatten, worüber sie in Ruhe lachen konnten.

»Aber«, Harald machte stockend weiter, »aber wir haben Beschwerden bekommen, versteht ihr, ganz offiziell!«

»Verdammt, hat uns jemand angezeigt?«

»Nein, das nicht. Noch nicht. Aber wir wissen in der Dienststelle nun offiziell davon, also sagen wir so: Es bestehen ernstzunehmende Verdachtsmomente, und daher müssen wir der Sache nachgehen.«

Gabriel meinte daraufhin zögernd: »Harald, wenn wir von uns aus etwas tun können, damit wir uns da einig werden. Ich meine, wir könnten dir, also euch …«

»Versuch es besser gar nicht erst, das würde alles nur noch schlimmer machen. Tut mir leid, aber ich möchte ganz ehrlich zu euch sein: Ich bin nur hier, um euch ein Ultimatum zu stellen:

77

Entweder ihr habt bis Ende des Monats euer Nebenverdienstgewerbe aufgegeben, oder ...«

An dieser Stelle schaltete sich Mike wieder ein, und ich wunderte mich über seinen schnellen, zielsicheren Pragmatismus: »Wenn uns doch noch keiner angezeigt hat, ich meine: Wo kein Kläger ...«

»Schön wär's, Mike, aber wenn ihr das Ultimatum verstreichen lasst, ohne dass sich was ändert, sind wir gezwungen, die Angelegenheit genauer zu überprüfen.«

»Aber wer soll uns denn anzeigen? Wer will uns denn etwas Böses, jeder weiß, dass wir mit dem Verkauf der Ware gerade mal die Strom- und Heizkosten für die Bude hier abdecken. Wenn uns jemand anschwärzt, zeigt doch das ganze Dorf mit dem Finger auf ihn, weil er die armen Jungs vom Jugendclub ins Elend gestürzt hat.«

»Da irrst du dich leider, mein Lieber, also – von mir habt ihr das nicht, damit das klar ist – da stecken ein paar Geschäftsleute hier aus dem Dorf dahinter. Leute, die – genau wie ihr – Geld damit verdienen, dass sie Alkohol und Zigaretten und Benzin und die Pille verkaufen, nur mit dem Unterschied, dass sie dafür Steuern zahlen und eine offizielle Buchführung für den Verkauf dieser Sachen vorweisen können, und ...«, rief Harald laut, als Mike ihn unterbrechen wollte, »keiner von denen muss unbedingt eine Anzeige machen. Notfalls reicht es, wenn man uns auf, wie soll ich sagen, nicht ordnungsgemäße Vorgänge hinweist.«

»Aber was wäre, wenn wir behaupten, dass wir doch nur für einige gute Freunde ein paar Sachen aus Luxemburg mitbringen, wenn wir sowieso zum Einkaufen dort sind?«

»So viele Freunde könnt nicht mal ihr nachweisen, dass ihr fünfzig Stangen Zigaretten pro Woche einkaufen müsst. Und was wäre, wenn wir herausbekämen, dass eure zahlreichen Freunde auf sämtliche Waren, von der Whiskeyflasche bis zur Anti-Baby-Pille, fürs Mitbringen einen Aufschlag von fünfzig

Prozent des Preisunterschieds zwischen den luxemburgischen und den hiesigen Ladenpreise bezahlen?«

»Verdammt, woher weißt du so genau …«

»Also kurz und gut: Alles was ich euch bieten kann, ist eine Gnadenfrist. Kann ich sicher sein, dass der Laden spätestens bis zum 30. November dicht gemacht wird?«

»Gut, sagen wir bis zum 31. Dezember«, erwiderte Mike und ich war überrascht über seine schnelle und forsche Reaktion.

Harald hielt zögernd die Bierflasche an den Mund.

Mike fuhr fort: »Hör mal, es ist bald Weihnachtszeit, da verdienen die Geschäftsleute doch sowieso genug. Und wir haben wirklich die Bude noch voller Material. Das kriegen wir nie bis Ende des Monats weg. Aber gerade in der Woche vor Silvester, da geht immer noch was. Also lass uns fairnesshalber sagen: Ab dem 1. Januar, mit Beginn des neuen Jahrtausends, ist unsere Scheune so rein wie der Stall von Bethlehem. Ab morgen bringen wir den Kram, der noch da ist, unters Volk, und dann wird dieses Kapitel endgültig abgeschlossen.«

Harald überlegte, überlegte eine ganze Weile, sah keinen an, dann schien er sich einen Ruck zu geben: »Na gut, ich fahre dann nachher mal beim Zigaretten-Jupp vorbei … und bei Mechels … und sag auch mal beim Franz an der Tankstelle Hallo. Und ich werde erzählen, dass wir momentan zu viel um die Ohren hätten, um allen inoffiziellen Hinweisen nachzugehen, dass wir uns aber gleich zu Jahresbeginn darum kümmern, falls der Verdacht dann immer noch bestünde. Ich glaube, damit geben die sich zufrieden. Aber ich meine es ernst, Jungs, wenn ich ab dem neuen Jahr noch irgendetwas über zwischengelagerte Ware in eurer Scheune höre, komme ich nicht mehr ohne Mütze vorbei.«

»Ist klar, Harald!«

»Nö, keine Frage, geht in Ordnung. Danke, Harald.«

Harald sah zufrieden aus. Gabriel und Mike wirkten erleichtert, wenn auch nicht gerade glücklich.

»Wie sieht's aus, Holländer ... ehm ... Belgier?«, wandte sich der Grüne an mich, »gibt's noch eine Runde?«

»Gerne! Ihr beiden auch?«

Als ich die Stubbis geöffnet hatte, stieß er mit mir zuerst an: »Also dann, nur damit wir's ganz offiziell haben: Ich bin der Harald.«

»Raffi!«, antwortete ich, »Prost!«

»Prost!« – »Prost!« – »Prost!«

Am darauffolgenden Tag fuhr Mike mit dem alten, rotblauen Peugeot nach Luxemburg, Gabriel lieh sich das Auto seiner Mutter aus und fuhr hinter ihm her, und mich nötigten sie, mich mit in den Konvoi einzureihen. Also nahm ich mir bei der Arbeit einen halben Tag frei, damit wir schon mittags loskamen. Den Vormittag hatten die beiden damit verbracht, bei den Stammkunden vorbeizuschauen und Bestellungen aufzunehmen und um von dem ein oder anderen einen Vorschuss zu kassieren, da eine solche Menge an Waren herbeigeschafft werden sollte, dass Gabriel und Mike kurzfristig selbst gar nicht so viel Bargeld aufbringen konnten. Und auch im Kaufhaus Mechels hatten sie die Nachricht gestreut, dass das Warenlager zum Jahresende aufgelöst werden würde. Etliche Kunden hatten schon angekündigt, dass sie noch einmal kräftig bei Mikes und Gabriels Luxemburg-Importen zulangen würden.

Meine beiden Hausgenossen sahen die Sache so: Das Gentlemen's Agreement war für sie bindend, also war klar, dass pünktlich zum 1. Januar Schluss sein würde; und genauso unumstößlich stand fest, dass sie ab dem von Harald genannten Stichtag, also dem Tag, nach dem er ohne Mütze im Jugendclub erschienen war, nur noch die vorhandenen Restbestände verkaufen würden. Allerdings hat so ein Tag ja vierundzwanzig Stunden, einige davon fallen dabei auf den Vormittag, auch wenn man das nicht häufig mitbekam – und auch besagter Stichtag war noch jung, als wir losfuhren. Bei der Verkündigung von

Haralds Ultimatum war nicht ausdrücklich verboten worden, die Bestände erst noch einmal kräftig aufzustocken. Beabsichtigt war das so natürlich auch nicht gewesen, aber da hätte eben Harald präziser festlegen müssen, was ab wann verboten war. Ich machte mir eine mentale Notiz, niemals mit den beiden zu verhandeln, wenn sie mir Bier anboten.

Wir fuhren über unterschiedliche Grenzübergänge zurück, sodass wir uns erst zuhause vorm Jugendclub wieder trafen. Keiner von uns wurde vom Zoll kontrolliert. Kein Wunder, wir benutzten ja auch nur Grenzübergänge, von denen wir wussten, dass sie sicher waren. Aber wenn auf der Landstraße eine Polizeistreife gesehen hätte, wie mein alter Mazda im Heckbereich nach unten hing – überladen wie er war – hätte mich die deutsche Justiz entweder einsperren oder in die Klapsmühle einliefern lassen. Für die hundertzwanzig Liter Diesel in Plastikkanistern hätte ich sowieso eine Anzeige bekommen, selbst wenn ich die Massen an Zigaretten, Schnaps und Medikamenten irgendwie als Eigenbedarf zu deklarieren versucht hätte; wobei das bezüglich der achtzehn Packungen Anti-Baby-Pille sicher schwierig gewesen wäre. So aber war ich stolz, dass ich immerhin einige Hundert Mark Reingewinn auf den Hof kutschierte. Den Gewinn, exakt fünfzig Prozent der Differenz zwischen der deutschen und luxemburgischen Mehrwertsteuer, konnte ich nur ungefähr schätzen.

Gabriel kam unmittelbar nach mir an, Mike war schon da, wie auch schon ein halbes Dutzend Leute, die auf ihre Ware warteten. Als ich ausstieg, kam Speedy auf mich zu: »Wie sieht's aus? Hast du meine hundertzwanzig Liter dabei?«

»Jetzt lass ihn doch erstmal Luft holen, du Geschwindigkeitsfanatiker!«, rief Gabriel ihm zu. »Und steht nicht alle so demonstrativ vor der Haustür rum. Kommt rein, nehmt euch ein Stubbi!«

Als wir es uns abends im Fernsehzimmer gemütlich machten, war über die Hälfte der Ware bereits verkauft. Mike zählte das Geld und sah zufrieden aus.

»Wieviel habt ihr denn so im Schnitt verdient mit dem Schmuggeln?« Ich war wirklich neugierig.

»Mit dem Luxemburger Mitbringservice? Eine ganze Menge!«, prahlte Gabriel.

»Nicht so viel, wie allgemein angenommen wird«, antwortete Mike dagegen ruhig. »Im letzten Jahr hatten wir insgesamt einen Schnitt von gerade einmal knapp zweihundert Mark monatlich. In den Jahren davor nur zwischen hundertfünfzig und hundertachtzig. Ich habe Harald gestern nicht angelogen, als ich sagte, dass wir hiermit«, er deutete auf die gerade eingenommenen Scheine, »gerade so eben die Nebenkosten fürs Haus abdecken konnten.«

»Und jetzt?«, fragte ich ängstlich, denn ich fürchtete, dass sie sich etwas noch Idiotischeres einfallen lassen würden, um die entstandene Finanzierungslücke zu decken.

Sie zögerten einen Augenblick. Offensichtlich hatten sie sich darüber noch keine Gedanken gemacht.

»Trinken wir erstmal ein Stubbi«, schlug Mike vor und begann, drei Flaschen am Kastenrand aufzuschlagen.

Ich war alarmiert und versuchte, ihnen den Wind aus den Segeln zu nehmen: »Hört mal Jungs, ich weiß, dass ich hier günstig wohne, aber ich kann wirklich keine höhere Miete zahlen! Na gut, ich würde mich eventuell noch bereiterklären, zwanzig oder höchstens dreißig Mark pro Monat für Nebenkosten draufzulegen, aber ich kann unmöglich ...«

»Wovon redest du überhaupt?«, unterbrach mich Gabriel, »wir werden dich doch jetzt nicht dafür bluten lassen, dass wir kohlemäßig mal wieder am Ende sind!«

Auch Mike schüttelte entschieden den Kopf und fügte hinzu: »Wo du doch jetzt sozusagen mit zum Haus gehörst.«

Wir tranken. Ein Weile sagte niemand etwas, bis Gabriel in die Stille hinein fragte: »Irgendwelche Vorschläge?«

Mike versuchte es als Erster: »Sobald wir alles verkauft haben, ist ja ziemlich viel Platz in der Scheune, da passen doch sicher zwei, drei Autos nebeneinander rein. Vielleicht könnten wir Abstellflächen vermieten. Speedy sucht doch schon eine ganze Weile eine zusätzliche Garage für seine Oldtimer.«

»Aber weißt du, ob er die alle legal erworben hat?«

»Bestimmt!«

»Absolut sicher wäre ich mir da aber nicht.«

Ich unterbrach die beiden: »Auf jeden Fall sollte es diesmal eine ganz legale Methode sein, um an Geld zu kommen.«

Beide nickten zustimmend, also fuhr ich fort: »Die Idee mit dem Vermieten der Scheune ist ja grundsätzlich nicht schlecht, aber vielleicht ist die Sache mit Speedy – und damit will ich nichts gegen ihn persönlich gesagt haben – zu unsicher. Am Ende macht er in der Scheune einen nicht genehmigten Reparaturbetrieb auf und dann sitzt Harald demnächst wieder ohne Mütze bei uns in der Küche und trinkt unser Bier weg.«

Wieder bestätigendes Nicken.

»Sucht nicht der Meier Willi immer noch einen Platz, wo er im Winterhalbjahr seinen Wohnwagen abstellen kann?«, fragte Gabriel.

»Ja genau, der wäre sicher bereit, einiges dafür zu bezahlen.«

»Aber bestimmt keine hundertfünfzig Mark im Monat, das könnt ihr vergessen«, warf ich ein.

Mir wurde rasch klar, dass alle Ideen, die eingebracht wurden, sich nur darum drehen durften, wie die Scheune, also das Haus, wertschöpfend eingesetzt werden konnte. Vorschläge wie beispielsweise »Sucht euch gefälligst jeder einen Sechshundertdreißig-Mark-Job, dann reicht es locker!« waren tabu. Deshalb kamen von Gabriel auch so dämliche Ideen wie: »Wir sollten noch einmal gründlich nach dem Schatz vom Hecks Hannes suchen, der muss doch irgendwo in der Scheune vergraben sein.« Als Mike dem zustimmte, brachte ich rasch wieder die Vermietungssache ins Spiel: »Lasst uns diese Idee mit dem Vermieten noch nicht aufgeben. Die Scheune ist doch ein riesiger Raum, könnte man da nicht noch irgendwas anderes kostenpflichtig unterbringen … und ich will nur ernstzunehmende Vorschläge!«, unterbrach ich Mike, der gerade »Vielleicht ein Spielkasino …« eingeworfen hatte.

Wir überlegten. »Schade«, sagte ich, »dass man die Scheune nicht als Wohnraum vermieten kann, aber dann bräuchten wir ja einen Mieter, der so dämlich ist, sich die Bude selber umzubauen.« Das war nun der erste überhaupt nicht ernst gemeinte Vorschlag meinerseits. Ein erstes Anzeichen der Resignation sozusagen. Aber ausgerechnet darauf sprang Mike sofort an. »Das ist es!«, rief er begeistert. »Du bist ein kluger Kopf, Raffi! Genau das ist es. Wir bewohnen hier nur ein gutes Drittel des Hauses, fast zwei Drittel sind ungenutzter Raum. Das Haus muss für uns arbeiten! Wir brauchen Mietwohnungen!« Auch Gabriel ließ sich von dieser Vorstellung mitreißen: »Richtig, vielleicht kann man die bisherigen Ideen sogar kombinieren: Aus dem großen Teil der Scheune, gleich hinter dem Rundtor, machen wir so eine Art Garage und vermieten sie an Wohnwagenbesitzer, und der äußere Teil, das linke Drittel des Hauses wird eine Einliegerwohnung, die wir vermieten. Eine Tür und ein Wasseranschluss sind ja schon da.«

Problem erledigt, schien das zu bedeuten. Daher befand ich mich in der äußerst ungewöhnlichen Position, dass ausgerechnet ich, der ja auf die Vermietungslösung gepocht hatte, vorsichtig dagegen argumentieren musste: »Ich will euch ja nicht die Laune verderben, aber müsste da nicht erstmal kräftig investiert werden?«

»Du hast Recht! Wir nehmen das gesamte Geld, das wir mit der letzten Luxemburg-Mitbringservice-Aktion verdient haben, und stecken es in den Umbau. Da sind gut tausend Mark zusammenkommen, mein Lieber«, fügte er noch hinzu, als er meinen zweifelnden Gesichtsausdruck sah.

»Auch auf die Gefahr hin, pedantisch zu wirken, möchte ich darauf hinweisen, dass das sicher deutlich mehr kosten wird als tausend Mark.«

»Im Leben nicht!«, sagten beide gleichzeitig.

»Das machen wir doch alles selber«, erklärte mir Gabriel väterlich, während Mike diesen Meier Willi anrief.

»Was meint ihr damit, dass wir alles selber machen? Sind wir hier bei der Hobbythek?«

»Ach, die wird auch in Belgien gesendet?«

Als Mike mit Telefonieren fertig war, konnte er vermelden, dass Willi den Unterstellplatz dringend haben wollte, je eher desto besser, und dass er sogar von sich aus zwanzig bis fünfundzwanzig Mark monatlich dafür angeboten hatte. Mike hatte ihn auf die unglaubliche Summe von dreißig Mark hochgehandelt und war ungeheuer stolz auf sich: »Nun müssen wir nur noch eine kleine Einliegerwohnung für hundertachtzig Mark monatlich vermieten, dann liegen wir schon knapp über dem, was wir durchschnittlich aus dem Luxemburg-Service eingenommen haben.«

Er kramte ein Stück Papier unter einem Zeitschriftenstapel hervor. Es war irgendeine Rechnung. Auf die leere Rückseite malte er den Grundriss des Hauses auf. Überraschenderweise wusste er auf den Zentimeter genau die Länge und Breite des Jugendclubs. Er schrieb die Zahlen an die Linien der Zeichnung. Dann zeichnete er im linken Drittel, also dem, das an die Haagstraße grenzte – er malte auch die Straße – einen Strich in den Grundriss. »Seht ihr, hier ist der Jugendclub, und hier brauchen wir nur noch eine einzige Mauer, die anderen drei sind ja schon da. Und über diesen Mauern ist ja noch das Gebälk des alten Heubodens. Das schlagen wir einfach mit Holzlatten zu. Zum Hof hin und nach hinten raus gibt es bereits Türen, da kommen neue Türen mit Glaselementen rein. Und einen alten Fensterdurchbruch zur Straße hin gibt es auch noch, den müssen wir nur wieder freilegen, dann haben wir genug Licht in der Bude. Das reicht für ein Einzimmerapartment mit kleinem Bad und Miniküche. Das werden insgesamt knapp dreißig Quadratmeter und dann bleibt in dem Zwischenraum bis zum Jugendclub noch genug Platz, um Willis Wohnwagen abzustellen. Voilà, Bauplan fertig.«

Das letzte Mal, dass ich erlebt habe, wie jemand mit einer solch kindlichen Begeisterung etwas plant und dann in die Tat umsetzt, war über zwanzig Jahre her. Damals ging mein Großvater – als Pirat verkleidet – mit mir, meiner Schwester und den anderen Kindern, die zu meiner Geburtstagsfeier gekommen waren, in unserem Garten auf Schatzsuche. Ich muss allerdings zugeben, dass die Sache bei dieser Gelegenheit tatsächlich gut ausging. Es stellte sich nämlich heraus, dass ein berühmter flämischer Freibeuter mehrere kleine Kistchen mit Goldtalern ausgerechnet in unserem Garten vergraben hatte und kurz darauf in Holland aufgehängt worden war. Aber damit war das Glück noch nicht zu Ende! Zu unserem Entzücken waren sämtliche Taler mit Schokolade gefüllt und es gab so viele Kistchen, dass für jedes Kind genau eins da war. Ich erinnere mich noch, dass ich meinen Anteil dadurch aufbesserte, dass ich das Kistchen des kleinen Chris auch noch bekam, weil ich ihm versprach, er dürfe meine Schwester küssen, wenn er ein Jahr älter sei.

Kurzerhand entschied ich mich, nicht darauf hinzuweisen, dass ein Wasseranschluss noch kein Badezimmer sei und dass wahrscheinlich allein die Steine für die eine Mauer, die noch hochzuziehen war, die tausend Mark aufbrauchen würden, wobei ich rasch den Gedanken verdrängte, dass die Mauer dann ja noch nicht einmal verputzt, geschweige denn tapeziert wäre. Ich gab mir Mühe, konnte aber nicht so recht glauben, dass am Ende wieder Schokogoldtaler herauskommen würden. Vor lauter Verzweiflung versuchte ich daran zu glauben, dass ich »dem Hecks Hannes sein Schatz«, wie Mike zu sagen pflegte, noch vor den Umbauarbeiten finden würde. Aber selbst wenn ich ihn fände – wäre es dann klug, das Geld in ein so fragwürdiges Projekt zu stecken?

»Jetzt schau nicht so kritisch drein«, versuchte Gabriel mich aufzumuntern, »du wolltest doch dringend, dass wir diesmal etwas ganz Legales auf die Beine stellen.«

»Okay, dann brauchen wir ja nur noch eine Baugenehmigung«, gab ich mich geschlagen.

Gabriel sah mich vorwurfsvoll an: »Na, na, nun wollen wir aber mal nicht übertreiben!«

»Okay, okay ... sollen wir schon gleich einen Aushang *Mieter gesucht* vorne am Fenster anbringen? Oder lieber eine Zeitungsannonce?« Diesen Vorschlag hatte ich eigentlich ironisch gemeint. Aber Mike und Gabriel belasteten sich nicht mit unnötiger Ironie: »Brauchen wir nicht. Wir gehen morgen zu Mechels!«

Über dem Haus, oder besser, dem großen Gebäude, das Mechels Christoph gehörte, stand in großer, geschwungener Schrift zu lesen: *Kaufhaus Mechels*. Richtiger hätte es aber heißen müssen: »Informationsaustauschzentrum Primstal« oder von mir aus auch »Örtliche Kommunikationszentrale«. Dorfneuigkeiten verbreiteten sich hier im Dorf schneller als Nacktfotos von Robbie Williams im Internet, wenn die Informationen bei Mechels erst einmal unters Volk gebracht worden waren. Das Kaufhaus Mechels war ein kleiner, aber gut sortierter und recht preiswerter Supermarkt, keine Frage. Aber das rechtfertigte eigentlich nicht, dass die meisten Primstaler, die ich kannte, zweimal täglich dort hingingen, manchmal nur, um Kleinkram zu kaufen ... Es sei denn, man besorgte sich beim zweiten Gang zusätzlich zu dem Liter Milch oder der Tiefkühlpizza auch gleich noch kostenlos die aktuellsten Neuigkeiten.

Die Informationen wurden vorzugsweise in der Obstabteilung, vor der Fleischtheke, gerne aber auch vor der Truhe mit den Tiefkühlprodukten ausgetauscht. Bei gutem Wetter auch gleich vor der Eingangstür. Der häufigste Satz, der im Kaufhaus Mechels gesagt wurde, war nicht etwa: »Sind die Bananen im Angebot?« oder »Wo finde ich die Grillanzünder?«, sondern die

Nummer eins aller Äußerungen, die ich tatsächlich jedes Mal hörte, wenn ich dort einkaufte, war: »Hast du schon gehört!« –, ganz dicht gefolgt von: »Sag mal, stimmt das!«

Zu mir persönlich hatte diese beiden primstalerischsten aller Sätze zwar noch niemand gesagt; wahrscheinlich gab man Neulingen anfangs noch eine Schonfrist, aber ich vermutete zu Recht, dass es nur noch eine Frage der Zeit war, bis ich in die Mechels-Info-Börse integriert werden würde.

Am Tag nach der Bauplanzeichnung war zunächst Gabriel gleich morgens früh und Mike so um die Mittagszeit im Supermarkt. Als ich nachmittags von der Arbeit kam, hielt ich kurz beim Kaufhaus Mechels an, um mir eine Fernsehzeitschrift zu kaufen. Ich kam unbehelligt hinein in den Laden. Und wieder hinaus. Vor der Tür blieb ich einen Augenblick stehen, um einen ersten Blick auf das Wochenendprogramm zu werfen, als ich hinter mir eilige Schritte vernahm, eine Hand auf meiner Schulter spürte und die hastige Frage hörte: »Sag mal, Raffi, stimmt das!«

Es war Johanna Lurie.

»Ja«, antwortete ich wie selbstverständlich, »im Jugendclub entsteht eine weitere Wohnung. Und nein: Noch haben wir niemanden, der dort einziehen wird.«

In den folgenden Wochen fragte ich mich, wie zum Teufel die beiden es schafften, arbeitslos und dauerbankrott zu sein. Sie schufteten wie die Irren, fingen zwar jeden Tag erst gegen Mittag an, dafür scheuten sie aber auch nicht davor zurück, bis spät abends zu ackern, manchmal sogar bis in die Nacht hinein. Angeblich begannen sie jeden Tag erst so spät, damit ich auch etwas von dem Spaß hatte. Wenn ich nachmittags heimkam, war also im Vergleich zum Vortag noch nicht viel passiert, aber sobald ich da war, ging es los. Die Mauer stand innerhalb einer Woche. Und sah recht ordentlich und stabil aus. Natürlich war damit auf dem Weg zu einem vermietbaren Apartment noch nicht viel gewonnen, aber nun konnte man zumindest schon den Raum sehen, auch wenn er nach oben noch offen war, weil das alte Gebälk noch freilag. Mike schaffte allerdings bereits das notwendige Holz für die Deckenverkleidung herbei sowie ein wenig Dämmmaterial. Der Raum würde also bald alles haben, was so ein Raum eben braucht. Vier Wände, einen Fußboden, eine Zimmerdecke. Und das erstaunlichste dabei war, dass der Umbau bisher noch so gut wie nichts gekostet hatte. Mit »selber machen« meinten Mike und Gabriel vor allem »selber besorgen«. Der Onkel von Andi hatte gerade noch genug Ytongsteine von dem Anbau übrig, den er letztes Jahr in Eigenarbeit an das Haus seiner Mutter drangewerkelt hatte. Er hatte sich mit den Steinen verplant, weil auf dem handgemalten Bauplan eine Wand eingezeichnet war, die sich dann später spontan als unnötig erwies, was aber keine große Finanzierungslücke riss, weil er die Steine selbst schon aus zweiter Hand bekommen hatte. Seitdem lagen Ytongsteine für mindestens zwanzig Quadratmeter Wand bei Andis Onkel im Garten rum, und Andis Onkel war es leid, dass seine Mutter ihn dauernd drängte, das Zeug endlich loszuwerden. Deshalb verschenkte er die Steine mit der Vorgabe, dass er nicht bei der Entsorgung helfen musste. Also liehen wir uns beim Schuster Walter einen Traktor samt Anhänger und fuhren damit auch noch Zement holen und was wir sonst noch brauchten. Als Selbstabholer und Männer mit Beziehungen bekamen wir im Baumarkt Material mit kleinen Fehlern – das gibt es tatsächlich auch bei Zementsäcken, zum Beispiel wenn diese schon eingerissen sind – für einen so lächerlichen Preis, dass sie uns den Kram genauso gut hätten schenken können. Wo Mike Bretter, Spanplatten und Glaswolle – alles in einem Fast-wie-neu-Zustand – herhatte, weiß ich nicht. Ich fragte einfach nicht nach, wenn ich mir nicht hundertprozentig sicher war, ob ich die Antwort ertragen konnte. Jedenfalls war auch das alles kostenlos gewesen, weil Mike genau wusste, wer wovon noch zuviel hatte und es bestimmt nicht mehr brauchte.

Als eine Woche später die Decke fertig war, waren Mike und Gabriel dermaßen zufrieden mit sich und ihrem Werk, dass ich befürchtete, die Motivation würde ein wenig nachlassen und sie könnten beschließen, sich erst einmal auf den bislang errungenen Lorbeeren auszuruhen. Doch einen Tag später rückte ein alter Bekannter von Gabriel an, der von Beruf Gipser oder etwas in der Art war und im Nu sämtliche vier Wände verputzt hatte. Er schuldete Gabriel noch etwas – was oder wieso, wurde nicht erklärt, nur dass es schon eine Weile her war – und er machte die Arbeit umsonst. Nur das Material musste bezahlt werden, zum Handwerker-Einkaufspreis, versteht sich, und nicht mit Geld, sondern mit einer Sechserkiste Nobel-Cognac, die den Ausräumverkauf des Luxemburg-Service bisher überlebt hatte. Dieser alte Bekannte schickte kurz darauf auch den Estrichleger vorbei, der wiederum ein Freund des Bekannten war und Gabriel noch »was von früher« schuldete. Er war der Erste, der überhaupt etwas Geld in die Hand gedrückt bekam. Allerdings handelte es sich um eine viel geringere Summe, als ich vermutete hätte.

»Na, der macht das ... so«, erklärte mir Gabriel.

»Wie, so? Was heißt das?«

»Na eben einfach ... nur so ...«, Gabriel wand sich ein wenig, als ob er ein schmutziges Wort aussprechen müsse, »so ganz ohne Rechnung eben. Bei diesen Steuern könnte doch sonst heutzutage kein Mensch mehr bauen.«

Als meine Eltern vor einigen Jahren in ihrem Haus in Antwerpen eine neue Küche bauen ließen, hatte es eine Ewigkeit gedauert, bis überhaupt Handwerker ins Haus kamen. Obwohl meine Eltern bereit waren, viel Geld zu zahlen. Nun wusste ich, dass alle Handwerker Westeuropas sicher noch irgendwelche alten Angelegenheiten im Saarland zu erledigen hatten und dort »so« arbeiteten.

Dann musste der Estrich zum Glück eine Weile trocknen, und wir durften den Raum einige Tage nicht betreten.

»Bis Februar ist die Bude einzugsbereit«, verkündete Mike stolz, als wir am ersten Abend der erzwungenen Tatenlosigkeit das bisher Erreichte feierten, »ich weiß schon, wo ich die zwei Türen und das Fenster herbekomme.«

»Und wer setzt uns die?«

»Machen wir selber, aber der Schuster Walter kommt uns dabei helfen, der hat Dachdecker gelernt.« Das bedeutete vermutlich, dass von einem Dachdecker gefälligst erwartet werden durfte, dass er auch Türen setzen konnte. »Das Einzige, was mir ein bisschen Bauchweh macht, sind das Bad und die Küche.«

Ich zweifelte inzwischen nicht mehr daran, dass wir auch das irgendwie hinbekommen würden. Deshalb riskierte ich auch die Frage: »Und? Schon irgendwelche Mietinteressenten?«

»Nö«, brummte Mike.

»Das scheint wirklich das einzige Problem zu sein«, meinte Gabriel sorgenvoll, »einen Mieter zu bekommen. Der jüngere Bruder von Andi interessiert sich für das Zimmer, aber seine Mutter hat ihm verboten, mit uns unter ein Dach zu ziehen. Ähnlich gelagert ist das Problem auch bei einigen anderen Jungs, die wir schon …«

»Vermieten wir eigentlich auch an Frauen?«, unterbrach ich ihn.

Mike und Gabriel sahen sich an. Es war klar, dass ihnen der Gedanke neu war, und dass sie sich nicht ohne Weiteres mit ihm anfreundeten. Mike versuchte, eine witzige Antwort zu geben: »Vermieten wir dann nur das Apartment oder die Frau gleich mit? Das wäre doch endlich ein sozialer Aufstieg: vom Kleinschmuggler zum Etablissementbesitzer.«

»Ja, oder die Dame wohnt im neuen Apartment und arbeitet in Meier Willis Wohnwagen. Und damit wir keine Steuern zahlen, macht die Dame es so«, spann ich den Gedanken weiter.

Gabriel mochte den Scherz nicht: »Haltet die Klappe, sonst nehmt ihr die Idee am Ende noch ernst. Raffi, wie soll ich es sagen: Grundsätzlich will ich nicht ausschließen, dass wir auch an eine Frau vermieten würden, aber wenn schon erwachsene, ledige Männer nicht bei uns einziehen dürfen, werden wir erst recht keine weiblichen ...«

»Ich habe eine – also, bei mir hat eine Frau nachgefragt, ab wann die Wohnung zu haben ist!«

Bisher hatte ich gedacht, es sei nur eine Redensart, eine platte Metapher in schlechten Romanen, wenn es hieß, dass jemandem vor Erstaunen die Kinnlade runterfiel. Nun saßen gleich zwei Gegenbeweise vor mir, bei denen dieser Ausdruck bestens passte.

Mike fing sich als Erster wieder: »Wer ist es? Sieht sie gut aus? Ist sie jung?« Das war tatsächlich das Erste, woran er interessiert war.

Dann fragte Gabriel: »Eine alleinstehende Frau? Hier aus dem Dorf? Rück schon raus! Wer ist es?« Auch er wollte überhaupt nicht wissen, ob es sich um eine solvente Mieterin handelte. Und ich dachte, es ginge darum, regelmäßige Geldeinnahmen zu sichern.

»Alleinstehend, hier aus dem Dorf, ich weiß nicht genau wie alt sie ist. Noch nicht ganz euer Alter. Aber auch nicht viel jünger.«

»Hört sich nicht so richtig gut an«, knurrte Mike, wobei mir nicht klar war, auf welchen Teil meiner Aussage er sich dabei bezog.

»Es handelt sich um eine sehr nette, meiner Meinung nach wirklich gutaussehende Frau.«

»Nun sag's endlich!«, drängelte Gabriel.

»Es ist« – ich holte tief Luft – »Johanna Lurie.«

»Johanna?«, sagte Mike lachend. »Die gehört doch eher schon in die Kategorie alt. Und außerdem ist sie dick.«

»Die ist doch nicht dick«, widersprach Gabriel.

»Klar ist die dick, die hat ein Hinterteil wie ein Zehntalerpferd. Und sie ist mindestens eins fünfundachtzig groß.«

»Äh, was bitte ist ein Zehntalerpf...«, versuchte ich zu fragen, aber es war nicht der richtige Zeitpunkt für eine Deutschstunde.

»So, so, und was war mit dieser Tussi, die du an der Kirmes hier angeschleppt hast?«, eiferte sich Gabriel, »die hat das Fernsehsofa fast für sich alleine gebraucht, mit ihrem gigantischen Hintern.«

»Ach die«, Mike blieb gelassen und redete, als ob es sich um eine technische Frage zum Auto oder zum Umbau handelte, »nein, die war einfach kräftig gebaut, hatte ja auch mordsmäßige Brüste. Das ergab einen runden Gesamteindruck, auch wenn der Arsch ziemlich breit war.«

»Sollte man hier statt ›Arsch‹ nicht lieber das Wort ›Hintern‹ …«, versuchte ich noch einmal in die Diskussion hineinzukommen.

»Was soll denn das heißen?« Gabriel schrie fast. »Willst du damit sagen, dass Johanna zu kleine Brüste hat?«

»Ja genau, besser kann man es nicht sagen: keine Titten, aber einen Mordshintern.« »Hintern« betonte er und sah mich dabei freundlich an.

»Nun gut, ich gebe ja zu, dass sie vielleicht keine Traumfigur hat, aber …«

»… aber sie sieht doch sicher besser aus als Andis Bruder?«, unterbrach ich noch einmal.

Mike und Gabriel nickten bejahend, weil sie nicht verstanden hatten, dass ich einen Scherz gemacht hatte. Gabriel griff meinen Einwurf vielmehr auf, um seine Argumentation damit zu stützen: »Raffi hat's wieder mal auf den Punkt gebracht. Wer will denn überhaupt hier einziehen? Nicht mal die üblichen Saufnasen. Und du wünschst dir eine zwanzigjährige, gut gebaute Gelegenheitsprostituierte, die zu uns hier rüberkommt, um ihre Unterwäsche bei uns in der Wohnung zum Trocknen aufzuhängen?«

Mike überlegte kurz: »Ja! So im Wesentlichen: ja – und auf die Idee mit der Unterwäsche bin ich noch gar nicht gekommen. Es kommt kein Trockner drüben ins Bad!«

»Mir kommt keine Unterwäsche in die Küche, auch keine gewaschene!«, warf ich kurz ein.

»Ich bin eben ein Ästhet«, sagte Mike großspurig, »da wird man doch mal davon träumen dürfen ...«

»Du bist kein Ästhet, du bist ein geiler Bock, total primärreizorientiert, der nur auf Titten schaut!«

»Und auf Hintern, wenn sie nicht zu übersehen sind!« Mike machte es Spaß, Gabriel aufzuziehen, »nur das Problem bei Hintern ist: Da kann man wenig machen!«

»Wie meinst du das denn?«

»Nun, wenn die Titten zu klein oder zu groß sind, oder die Lippen zu schmal, oder wenn die Ohren abstehen oder die Nase krumm ist, das kannst du alles reparieren lassen. Aber ein ausladendes Becken, das kannst du nicht so einfach umoperieren. Eine gewisse Grundbreite lässt sich nicht einfach absaugen. Mit so einem monströsen Arsch bist du gestraft fürs Leben.«

»Vielleicht können wir uns darauf einigen, dass Johanna ganz einfach etwas breitere Hüftknochen hat«, sagte ich, um etwas potenziell Versöhnliches in die Runde zu werfen, weil ich fürchtete, der Streit könne eskalieren.

»Hüftknochen? Du meinst sicher Beckenknochen?«

Ich seufzte: »Hüftknochen, Beckenknochen, ist doch egal. Johanna ist ein bisschen breit gebaut. Ja und? Wir suchen einen Mieter, der regelmäßig und pünktlich zahlen kann, verdammt noch mal. Umso besser, wenn es sich dabei auch noch um einen netten Mieter handelt. Was interessieren denn da die Hüft- oder Beckenknochen?«

Beide starrten mich an.

»Und außerdem«, fügte ich noch hinzu, »finde ich ehrlich gesagt, dass Johanna gar nicht so schlecht aussieht. Sie hat ein sehr schönes Gesicht, große dunkle Rehaugen und volle Lippen und eine feine Nase und wundervolles Haar.«

»Wo du bei den Frauen überall hinschaust«, wunderte sich Mike.

»Ich finde, Raffi hat Recht!«, bestätigte Gabriel meine Meinung zu Johanna.

Mike grinste: »Was ist das denn? Seid ihr etwa latent verliebt? Na, das kann ja heiter werden, ich sehe schon den Stoff für eine Daily Soap im eigenen Haus.«

Mich ließ Mikes Gequatsche kalt: »Reden wir nicht drum herum. Kriegt sie das Zimmer oder nicht? Ich bin dafür!«

»Okay, ich auch«, sagte Mike, »dann lass den Hüftknochen also mal kommen. Das wird sicher ein Spaß – aber Moment: Bei so einer wichtigen Entscheidung zählt nur ein einstimmiges Ergebnis.«

Erwartungsvoll blickten wir auf Gabriel. Er zögerte. Schien angestrengt hin und her zu überlegen. »Wir nehmen sie«, sagte er schließlich.

»Nimm lieber die Steinofenpizza, bei der ist der Teig großartig«, sagte ich zu Johanna, als sie sich im Kaufhaus Mechels gerade eine tiefgekühlte Pizza aussuchte.

»Hallo, Raffi, ja, danke für den Tipp.«

»Na, hast du schon gehört!« Ich versuchte, überlegen zu klingen.

»Nein, was?«

»Ab Aschermittwoch wird im Jugendclub das Apartment vermietet.«

»An wen?«

Sie konnte ihre Aufregung nicht verbergen. Ich ließ sie einen Moment zappeln.

»An wen?«

Ich grinste: »An dich, natürlich!«

»Ach, super!« Sie machte einen Schritt nach vorne und hob beide Arme, als ob sie mich umarmen wollte, hielt dann aber mitten in der Bewegung inne, als ob sie es sich anders überlegt hätte. »Ab Aschermittwoch erst, sagst du? Nun gut, immerhin habe ich jetzt ein Datum, auf das ich mich freuen kann. Sag mal, war's schwer, die Jungs zu überreden?«

»Nicht sehr. Wir haben einstimmig entschieden, dass du die Bude kriegst.«

»Ehrlich? Darüber freue ich mich.«

»Aber Mike findet, dass du einen Hintern hast wie ein Zehntalerpferd.«

»So? Findet er das?« Sie lachte, wirkte kein bisschen beleidigt. »Na warte nur, das werde ich ihm bei den Mietpreisverhandlungen heimzahlen. Und was findest du?«

»Ich finde dich prima, weißt du doch. Was ist übrigens ein Zehntalerpferd?«

»Und Gabriel?«

»Der hat sich mit Mike angelegt und dich verteidigt wie ein wild gewordener kleiner Terrier.«

»So? Hat er das?«

5 Das Millennium-Problem

»Das gute alte zweite Jahrtausend hat ›Tschüss‹ gesagt, ›war schön mit euch‹, und verschwindet im Universum.«

Wir saßen in der Küche. Es war kurz nach fünf. Und ich war Gabriel nicht böse, dass er diesen schwülstigen Blödsinn zitierte, den wir ein paar Stunden vorher im Radio gehört hatten.

Was konnte ich anderes erwarten, nachdem wir an Silvester schon nachmittags angefangen hatten zu trinken und jetzt – mehr als zwölf Stunden später – Gefahr liefen, allmählich wieder nüchtern zu werden.

Mike war mit den Mädels oben im Zimmer. Man hörte jetzt nichts mehr von ihnen.

»Schon komisch«, brummte Gabriel, »dass man nur die beiden Mädchen gehört hat und nichts von Mike. Ich meine, als ob er gar nicht mit dabei gewesen wäre. Wie ist das bei dir? Du gibst doch sicher irgendwelche Laute von dir, wenn du …? Oder ob die beiden Mädels es miteinander getrieben haben, und er hat nur zugesehen? Was meinst du, wie läuft so was?«

»Also da fragst du echt den Falschen«, brummte ich zurück.

Gabriel sah mich an.

»Ja, guck nicht so, oder sehe ich so aus, als ob ich öfter mal einen flotten Dreier mache?«

»Woher kennst du denn den Begriff ›flotter Dreier‹? Ich frage mich manchmal, wo du Deutsch gelernt hast, Raffi.«

»Hast du denn schon mal …«

»Gott bewahre!«, gab er sofort zu, »ich wäre schon froh, wenn ich nur eine ...«

»Du bist eben zu schüchtern.« Ich weiß nicht, ob ich ihn damit tröstete. Jedenfalls erwiderte er nichts darauf, also wechselte ich das Thema: »War aber eine nette Party!«

»Mmmja. Ja, doch, war okay. Und die vorhergesagte Jahr-2000-Katastrophe ist nicht eingetreten.«

»Stimmt. Das gebe ich zu. Ist es schlimm, dass wir deswegen die Tiefkühltruhe geplündert haben?« Es war natürlich nicht schlimm.

Ich sah mich in der Küche um. Der Boden war dreckig. Das kam vom Rein- und Rausgerenne um zwölf Uhr, zum Feuerwerk.

Überall standen und lagen leere Flaschen herum. Die Arbeitsplatte in der Küche war mit schmutzigen Tellern, Schüsseln und Gläsern zugestellt.

»Schade um die Weihnachtsputzaktionen eurer Mütter.«

Gabriel machte eine wegwischende Handbewegung: »Mach dir nix draus, die kommen wieder. Spätestens zu Ostern.«

Dann sah Gabriel mich eindringlich an und legte mir seine Hand auf die Schulter. Es fühlte sich gut an. Als ob wir uns wirklich nahestünden.

Es gelang mir, die Schnapsgläser wieder zu füllen, ohne zuviel daneben zu schütten.

»Auf das neue Jahrtausend«, prostete Gabriel mir zu.

»Auf den Neuanfang!«

Als wir leer getrunken hatten, sah ich, dass Gabriels linkes Augenlid sich halb geschlossen hatte.

»Wird Zeit, dass wir ins Bett kommen«, konnte er noch sagen, und »Vielleicht haben die beiden Häschen ja aufgeräumt, wenn wir heute Mittag aufstehen!«

Ich half ihm die Treppe hoch.

Der Dezember hatte zunächst ereignislos begonnen. Aber dann gab es den Krach, den Mike und Gabriel eines Abends hatten.

Ich musste an diesem Tag auf der Arbeit Überstunden machen, konnte nicht beim Umbau helfen und kam erst spät nach Hause. Es war stockdunkel und neblig. Als ich auf den Hof fuhr, sah ich im Scheinwerferlicht, wie sich die beiden gegenüberstanden und anschrien. Gabriel hielt etwas in den Händen. Ich stieg aus, ging auf die beiden zu und erkannte, dass es der trapezförmige, vorspringende Stein aus dem Scheunentorbogen war, den ich bei meiner Ankunft drei Monate zuvor gleich wahrgenommen hatte, als ich den Jugendclub zum ersten Mal sah.

Ich blickte über ihre Köpfe und stellte fest, dass der Bogen verschwunden war. Das große Tor war nicht mehr rund, sondern eckig.

»Schau mal, was der gemacht hat!« Gabriel klang weinerlich. Er hielt mit beiden Händen den Mittelstein aus dem Torbogen in die Höhe.

»Was hat er denn gemacht?«, fragte ich, weil ich nicht verstand, was das zu bedeuten hatte.

»Er hat den Torbogen kaputtgehauen, weil dem Meier Willi sein dämlicher Wohnwagen sonst nicht durchpasst.«

Ich merkte, dass Mike sich zu beherrschen versuchte. Ihm war dieser Streit unangenehm. »Was sollte ich denn machen?«, versuchte er zu beschwichtigen. »Der Willi hat die Scheune nun mal gemietet, will seine Karre schon ab Januar hier abstellen – und zahlt dann ja auch schon die Miete. Er war heute da. Mit dem Wohnwagen. Er hat ganz knapp nicht durchgepasst. Da ist er schnell nach Hause gefahren, um die Hilti zu holen. Die Feinarbeit haben wir mit dem Vorschlaghammer gemacht. Der Schuster Walter hat uns einen passenden Balken für den Torsturz gebracht und – wie ihr seht – haben wir aus einem runden Torbogen einen eckigen gemacht. Die Ecken sind schon tipptopp beigemauert! Und jetzt kommt noch das Allerbeste: der Willi besorgt selber ein neues Scheunentor. Das kostet uns keinen Pfennig, wir müssen es nur einbauen.«

Ich war beeindruckt. Mike brauchte mehrere Tage, wenn

nicht Wochen, um eine halb gegessene Pizza von der Küchenanrichte zum Mülleimer zu befördern. Aber um einen runden Torbogen in einen eckigen zu verwandeln, schon »tipptopp beigemauert« und mit allem, was dazugehört – dazu brauchte er keine acht Stunden.

»Du hast ein Stück Vergangenheit zerstört«, tobte Gabriel, »das ist ein traditionelles Trierer Einhaus, du Idiot, das muss einen runden Torbogen haben und keinen eckigen.«

»Falsch, mein Lieber, das konnte ruhig ein rundes Tor haben, als man hier noch mit dem Ochsenkarren reinfuhr. Der war nicht so hoch, da war das egal. Jetzt, wo es ins einundzwanzigste Jahrhundert geht, braucht das Haus vor allem ein Tor, durch das ein Wohnwagen durchpasst. Ich habe für die Zukunft geplant.«

»Hätte man nicht den Bogen etwas höher ausbauen können?«, fragte ich, denn auch ohne sich auf die baugeschichtliche Tradition zu berufen, war deutlich zu sehen, dass der Jugendclub vorher harmonischer gewirkt hatte.

»Zu teuer, zu kompliziert, zu langwierig«, lautete Mikes Antwort. »Und außerdem: Wer wollte denn dringend einen Wohnwagenabstellplatz aus der Scheune machen? Das wart doch ihr beiden. Speedys Oldtimer hätten auch durch das runde Tor gepasst.«

»Aber du hättest das doch vorher mit mir … mit uns besprechen müssen!" Gabriel wollte sich nicht beruhigen. »Vielleicht hätten wir noch eine andere Lösung gefunden. Oder einen anderen Mieter, mit einem kleineren Wohnwagen. Scheiße! Und weißt du, wo ich das gefunden habe?« Er hielt wieder den trapezförmigen Sandstein hoch. »Den hatte er weggeworfen!« Er deutete auf einen Bauschutthaufen, den ich bis dahin noch gar nicht bemerkt hatte, direkt neben dem Schwenkerplatz.

»Und wieso hast du ihn nicht aufgehalten?«, fragte ich Gabriel.

Mike grinste. »Tja, der gute Gabriel hat heute Vormittag erst eine Stunde in der Apotheke rumgelungert und ist dann mit

Miss Zehntalerpferd nach Sankt Wendel gefahren. Was sie dort gemacht haben, weiß ich nicht.«

Sonderbarerweise ließ Gabriel sich dadurch in die Defensive drängen. Als ob er sich tatsächlich Vorwürfe machte, dass er nicht da gewesen war, als ihn der Jugendclub am nötigsten brauchte. »Ich bin nur mit Johanna ins Gespräch gekommen als ich dort ... äh ... Aspirin gekauft habe. Und da hat sie mich gefragt, ob ich mit ihr zum Einkaufen fahre, weil sie so viel besorgen müsse, dass sie ein bisschen Hilfe gut gebrauchen könne.«

»Tja«, stichelte Mike weiter, »wenn ihr bei Mechels eingekauft hättet, wärst du auf jeden Fall rechtzeitig hier gewesen, bevor der Querbalken eingesetzt wurde. Aber nein, die Herrschaften müssen ja in die Stadt einkaufen fahren, wahrscheinlich, weil sie hier im Dorf nicht in trauter Zweisamkeit gesehen werden wollen. Ach, was soll's, jetzt kann man's eh nicht mehr ändern. Den blöden Stein kannst du gerne behalten.«

Es war klar, dass für Mike die Diskussion beendet war. Als er sich abwandte, keifte Gabriel ihn noch einmal an: »Bau nie wieder etwas an diesem Haus um, ohne zuerst mit mir darüber zu reden.«

Mike hielt inne, schien sich zu überlegen, ob er etwas sagen solle. Dann meinte er ganz ruhig: »Das ist mein Haus.«

Das saß offensichtlich! Bisher war ich noch nicht Zeuge einer Situation geworden, in der darüber gesprochen wurde, wem das Haus eigentlich gehörte. Es war eher der Eindruck des gemeinsamen Besitzes vermittelt worden.

»Dein Haus? Dein Haus?«, brüllte Gabriel Mike so laut an, dass der sich erschrocken umsah, als ob er Angst davor hätte, die Nachbarn könnten alles hören. Natürlich konnten sie das. »Dein Haus? Juristisch gesehen ist es vielleicht dein Haus. Aber moralisch ist es genauso gut mein Haus!« Darauf wandte er sich abrupt ab und stapfte ins Haus. Mit dem Mittelstein aus dem zerstörten Torbogen in den Händen.

Mir war es unangenehm, mit Mike alleine vor dem Haus zu

stehen, deshalb stemmte ich die Arme in die Hüften und tat so, als ob ich fachmännisch das neue Tor begutachtete, und versuchte einen Scherz zu machen: »Tja, also Mike, ich bin ja in ein original Trierer Einhaus gezogen – und jetzt weiß ich wirklich nicht, ob sich das hier nicht irgendwie mietmindernd auswirkt.«

Mike blieb ganz ernst: »Wir beide, Raffi, wir können über alles reden. Auch über finanzielle Angelegenheiten.«

Danach sprachen Mike und Gabriel eine Weile nicht miteinander. Sie stritten auch nicht weiter, sondern gingen sich ganz offensichtlich aus dem Weg. Um Gabriel ein wenig zu trösten, aber auch, weil ich das selbst brauchte, maß ich auf dem jetzt geraden Torsturz genau aus, wo früher einmal der trapezförmige Stein gesessen haben musste und zeichnete ihn mit einem wasserfesten Edding gut sichtbar direkt auf den neuen Querbalken des Scheunentors. Ich dachte, man könne den Stein später wieder in Originalgröße auf den neuen Putz aufmalen, oder vielleicht sogar wieder einbauen.

»Nett gemeint, Raffi«, bedankte sich Gabriel, »aber das ist nicht dasselbe. Mit diesem Hausvergewaltiger rede ich kein Wort mehr.«

Ich war es schließlich selbst, der dafür sorgte, dass sie nach etwa einer Woche wieder miteinander redeten. Gabriel kam gerade zur Tür rein und Mike schob eine Pizza in den Backofen, als ich mich in der Küche vor ihnen aufbaute, um zu verkünden: »Jungs, ich muss euch etwas mitteilen!« Ich glaube, ich klang ungewollt offiziell, denn beide blickten sich – zum ersten Mal seit ihrem Streit – an. Sie hatten offensichtlich Schiss davor, dass ich eine Art Standpauke halten würde, oder noch schlimmer, ein Versöhnungsgespräch anbahnen wollte. Aber ich hatte lediglich eine Tatsache zu verkünden: »Also Jungs, ich habe mich entschieden: Ich bleibe über Weihnachten hier. Fahre nicht nach Antwerpen. Habe heute in der Mittagspause zuhause angerufen. Meine Mutter war nicht begeistert. Aber ich bin entschlossen. Ich mache mir hier eine gemütliche Weihnachtszeit.«

»Musst du über Weihnachten arbeiten?«, fragte Gabriel, als ob er das als Erklärung brauchte.

»Nein, nein, ich habe zwei volle Wochen frei, bis nach Neujahr«, verkündete ich stolz.

Es entstand eine kurze Pause, dann sagte Mike: »Dann lernst du ja endlich unsere Mütter kennen.« Es klang nicht gerade begeistert. Aber Gabriel und Mike schienen sich wieder an eine Welt zu erinnern, an der sie gemeinsam leiden konnten.

Ich hatte das zunächst missverstanden, indem ich annahm, ich solle zu den jeweiligen Weihnachtsfeiern von Mike und Gabriel mit ihren Müttern dazukommen, vielleicht am ersten Weihnachtstag zu der einen und am zweiten zur anderen.

Aber es stellte sich heraus, dass es mit den Müttern etwas anderes auf sich hatte.

»Mutteralarm!«, erklärte mir Gabriel. »Meine kommt drei Tage vor Heiligabend und macht im Erdgeschoss alles sauber. Zwei Tage später kommt dann Mikes Ma und bringt oben alles in Ordnung.«

Wenige Tage vor Heiligabend mussten wir deshalb aufräumen. Steff wollte da eigentlich kurz auf ein Bier reinkommen, aber als er sah, wie energisch wir aufräumten, stöhnte er nur: »Oha, Mutteralarm« und verschwand sofort wieder.

Ich hatte in den drei Monaten, die ich nun schon hier war, noch keiner der beiden Mütter im Haus gesehen. Ich wusste zwar, dass sowohl Mike als auch Gabriel gelegentlich bei ihren Müttern vorbeischauten, und ich hatte auch mitbekommen, dass Gabriels Mutter ein- oder zweimal vor der Tür stand, um ihm etwas vorbeizubringen und dass Mike seine Mutter hin und wieder nach Wadern oder nach Trier fuhr – zum Einkaufen oder zum Arzt. Aber ich hatte angenommen, der Jugendclub sei für die Mütter tabu. Dem war nicht so. Gabriels Mutter stand – wie verabredet – am 21. Dezember pünktlich um neun Uhr morgens mit einer beeindruckenden Putzausrüstung vor der Tür. Sie fing mit der Küche an und es dauerte mehrere Stunden, bis sie mit dem Erdgeschoss fertig war. Das war danach nicht wiederzuerkennen. Ich war ja schon von unserer eigenen Aufräumaktion beeindruckt gewesen. »Grobreinigung« nannten Mike und Gabriel das. Ihre Mütter hatten ihnen vor Jahren das Zugeständnis abgerungen, dass sie vor einem größeren Hausputz zumindest die allergröbsten Flurschäden bereinigten. Allein schon die abgelaufenen und verdorbenen Nahrungsmittel, die wir aus dem Kühlschrank und den Küchenschränken wegwarfen, füllten zwei große Müllsäcke. Dann stopften wir weitere drei Müllsäcke mit Zeug voll, das sich im Flur und im Ess- und Wohnzimmer angesammelt hatte. Wir entdeckten einige Rechnungen, die mehrere Monate alt waren und wunderten uns darüber, dass wir keine passenden Mahnungen dazu fanden. Gabriel stöberte sein Fußballtrikot wieder auf, das er seit dem Fußballdorfturnier im letzten Juni vermisste, und wir entdeckten im Papierkorb einen Damenslip, den auch Mike nicht eindeutig zuordnen konnte.

Er steckte ihn schuldbewusst in die Hosentasche, als er meinen missbilligenden Blick bemerkte.

»Wenn ich jemals wieder ein Stück Frauenunterwäsche in der Küche finde«, drohte ich Mike, »petze ich das deiner Mutter.« Damit war das erledigt – ich sollte zwar auch weiterhin an verschiedenen Orten im Haus BHs und Slips finden, aber die Küche blieb von da an unberührt.

Wir staubsaugten sogar und fegten in ein paar schwierigen Ecken und unter dem Wohnzimmerschrank. Dennoch stöhnte Gabriels Mutter, als sie hereinkam und sich umsah. Und sie schüttelte dauernd den Kopf und murmelte immer wieder »oje« und »nein, nein, nein«. Dabei hatte es, seitdem ich im Jugendclub eingezogen war, noch nie so ordentlich ausgesehen. Wenn Gabriels Mutter zwei Tage vorher hier reingeschaut hätte, wäre sie wahrscheinlich augenblicklich nach Lourdes gepilgert, um für ihren Jungen zu beten.

Von außen war der Jugendclub zwar ein traditionelles Bauernhaus, innen jedoch war das Gebäude schon vor Jahren völlig entkernt worden. Früher war der Hausflur von der Eingangstür bis zur Rückseite durchgegangen und von diesem Flur aus hatten nach jeder Seite Türen in Stuben geführt. Aber das konnte man nur noch an der freigelegten Balkenkonstruktion erkennen. Die ursprünglichen Türrahmen und Stützpfeiler waren noch vorhanden, es gab aber keine einzige Trennwand mehr. Das Erdgeschoss war ein großer Küchen-Ess-Wohn-Raum, der durch die Holzbalken gemütlich und rustikal wirkte. Wenn man durch die Haustür kam, stand man nach wenigen Metern in einer geräumigen Küche mit einer U-förmigen Theke. Drum herum standen Barhocker. Im Esszimmerteil gab es einen beachtlich großen Tisch, an den mindestens zehn Leute passten. Im Wohnzimmerteil stand eine alte Couchgarnitur – wahrscheinlich von einer der Mütter oder sonst wem abgestaubt – und eine altarartige Stereoanlage, um die herum haufenweise CDs lagen, wie Früchte im Altarraum zum Erntedankfest.

Gabriels Mutter schuftete wirklich beeindruckend. Mike und Gabriel waren nebenan in der Scheune und bauten an dem Einzimmerapartment weiter. Das war ihr recht so. Sie wollte uns aus den Füßen haben während sie im Erdgeschoss den Weihnachtsputz machte. Aber als ich ihr zwischendurch einen Kaffee kochte und aus den wenigen frischen Sachen, die wir noch im Kühlschrank hatten, rasch einen überbackenen Toast zauberte, durfte ich bleiben. Ich versuchte, ein bisschen was über Gabriel herauszubekommen, hatte aber keine Chance. Sie beklagte sich zwar, der Junge trinke zu viel, er bräuchte eine Frau und einen Job, er sei ein Träumer, und so weiter. Aber das hatte ich schon selbst mitbekommen. Dann quetschte sie mich gekonnt aus und ehe ich mich versah, hatte ich zwar kaum etwas über mich selbst preisgegeben, dafür aber mehr über meine Eltern, meine Schwester, meine Großeltern und unser Haus in Antwerpen, als ich jemals zuvor irgendeinem erzählt hatte. Sie schien zufrieden zu sein mit dem, was sie aus mir herausbekam. Besonders begeistert war sie, als sie hörte, dass auch mein Vater Koch ist. Und dann noch mit eigenem Restaurant! »Ach, deshalb!«, sagte sie lächelnd und deutete auf den überbackenen Toast, den sie ausdrücklich lobte. »Das ist ein tröstlicher Gedanke, dass du den Betrieb deines Vaters irgendwann übernehmen wirst.« Ich antwortete nicht darauf. »Und vielleicht kriegst du wenigstens ein bisschen Ordnung in diese Küche hier.«

»Wäre schön«, antwortete ich mit einem Seufzen.

»Aber ich fürchte, das schafft nur eine Frau«, meinte sie.

Als sie fertig war, hatten wir uns ein bisschen angefreundet, glaube ich.

»Tipptopp«, sagten Mike und Gabriel abends. Das war untertrieben. Auch bei Küchenausstellungen in den nobelsten Möbelhäusern habe ich noch keine reinere Küche gesehen.

»Das übt einen ganz schönen Druck auf meine Ma aus«, meinte Mike verschmitzt. Dann stöhnte er: »Also los, lasst uns oben die Grobreinigung machen.«

Vom Erdgeschoss aus führte rechts von der Küchentheke eine Wendeltreppe ins Obergeschoss auf eine Galerie. Dort standen zwei alte Sofas und ein Sessel und – auf einem wuchtigen alten Reisekoffer – ein Fernseher. Von der Galerie gingen zwei Türen ab, die eine zum Bad, die andere zur Toilette, sowie ein langer, schmaler Flur, der zu insgesamt drei Zimmern führte: Vorne rechts war das von Mike, links gegenüber das von Gabriel und geradeaus meins, ein schmales längliches Zimmer, das durch seine freistehenden Stütz- und Deckenbalken sehr wohnlich wirkte. Anders als das Erdgeschoss, wo zahlreiche Kumpel – assoziierte Jugendclubmitglieder sozusagen – nicht nur bei Schwenkbratenanlässen ungehemmt ein- und ausgingen, schien das obere Stockwerk einen deutlich privateren Charakter zu haben. Jedenfalls wagte sich normalerweise niemand unaufgefordert die Wendeltreppe hinauf – es sei denn, er musste aufs Klo. Aber bei Feiern pinkelten die meisten Jungs sowieso irgendwo in den Vorgarten.

Offensichtlich tauschten beide Mütter bei jedem Hausputz die Stockwerke. Ich hatte angenommen, der obere Stock sei der einfachere, weil ich natürlich davon ausging, dass dort nur das Fernsehzimmer und das Bad zu machen wären. Aber Mikes Mutter nahm sich wie selbstverständlich auch die anderen Zimmer vor. Auch meins. Das hätte sie, glaube ich, selbst dann getan, wenn ich ihr nicht den Kaffee und den überbackenen Toast gebracht hätte. Und auch ohne die Informationen, die sie mir über meine Eltern, meine Schwester, meine Großeltern und unser Haus in Antwerpen entlockt hatte. Über Mike war beinahe noch weniger herauszukriegen als über Gabriel. Die kurze Klagerede über Mike war im Wesentlichen austauschbar mit derjenigen, die ich zwei Tage zuvor von der anderen Mutter über Gabriel gehört hatte. Nur als Träumer wurde Mike nicht bezeichnet.

Mir war klar, dass ich bei beiden Müttern einen Stein im Brett hatte. Sie lobten meine feinen Manieren, meine bescheidene Art und meine gesittete Ausdrucksweise. Es hätte nur noch gefehlt, dass sie sagten, sie wünschten sich eine Schwiegertochter, die so sei wie ich.

Jedenfalls hofften sie, dass ich einen positiven Einfluss auf Mike und Gabriel ausüben könnte.

Dass die beiden Jungs eventuell mich verderben könnten, kam ihnen nicht in den Sinn.

Angst vor dem Jahr-2000-Problem bekamen Mike und Gabriel am 31. Dezember, vormittags so etwa um halb elf. Ich hatte schon vor Weihnachten versucht, die Primstaler wenigstens ansatzweise mit der Panik anzustecken, die wegen der zu erwartenden Computerabstürze weltweit um sich griff. Geduldig erklärte ich zu allen sich bietenden Gelegenheiten oder wenn ich bei Mechels vor der Fleischtheke auch mal ein »Hast-du-schon-gehört!« unter die Leute bringen wollte, dass am Silvesterabend um 00:00 Uhr alle Computeruhren auf die Jahreszahl »00« umspringen würden, weil die in den meisten Computern nur zweistellig aufgeführt werden – nicht vierstellig – und dass dann viele Rechner nicht wüssten, ob sie jetzt vom Jahr 1900 oder 2000 ausgehen sollten. Viele meiner Bekannten in Belgien waren deshalb vor dem Millennium-Bug, wie das Problem weltweit genannt wurde, schon vor etlichen Monaten in großer Sorge gewesen. Aber hier in Primstal weigerte man sich schlicht, über solche Nebensächlichkeiten wie globale Systemabstürze auch nur nachzudenken. Das traf vor allem auf Gabriel und Mike zu. Zugegeben, mein erstes Beispiel war schlecht gewählt, denn als ich deutlich machte, dass am 1. Januar 2000 Bankautomaten eventuell kein Geld mehr auszahlen würden, lachten sie nur. »Dieses Problem besteht bei uns ja wohl völlig datumsunabhängig«, meinte Mike. Auch dass Autos oder Mikrowellen eventuell einfach nicht mehr funktionierten, war kein Grund zur Sorge. Unsere Küche verfügte nicht über eine Mikrowelle und das jüngste Auto, das vor dem Jugendclub stand, war der zwölf Jahre alte Peugeot. Dessen Elektrik bestand im Wesentlichen aus Blinker, Fern- und Abblendlicht sowie nur noch einem funktionierenden linken Rücklicht. Aber Elektronik war in der alten Karre, soweit ich mich auskannte, noch gar keine drin. In Gabriels Zimmer stand zwar ein alter PC, der gelegentlich für Spiele benutzt wurde, aber Mails schrieben die beiden nie. Warum auch? Alle wichtigen Bezugspersonen wohnten im Umkreis von etwa zwei Kilometern. Und was man sonst noch wissen musste, erfuhr man bei Mechels in der Obst-, Fleisch- oder Tiefkühlabteilung.

Deshalb vergaß ich kurz vor dem Jahrtausendwechsel, dass ich mir monatelang ernsthafte Sorgen wegen des Millennium-Bugs gemacht hatte, und wir verbrachten alles in allem erfreuliche Weihnachten. Meine beiden Hausgenossen zeigten sich hocherfreut darüber, dass ich über die Feiertage da war. Sie benutzten mich als Ausrede, um nicht so lange bei ihren Müttern oder anderen Verwandten bleiben zu müssen. Als sich nämlich herumsprach, dass ich über Weihnachten im Jugendclub blieb, wurde ich allgemein bedauert. Man vermutete, bei mir zuhause in Belgien sei irgendetwas nicht in Ordnung und Rolf fragte mich – als er am zweiten Weihnachtstag zu Besuch kam und zu viel Bier und Schnaps trank – ob es wahr sei, was man so munkelte, nämlich dass ich eine schwere Kindheit gehabt habe.

Mir hätte es überhaupt nichts ausgemacht, ein paar Tage alleine und in Ruhe im Jugendclub zu verbringen. Aber es war auch nett, dass Gabriel am Heiligabend schon um kurz nach neun und Mike um zehn wieder da waren, haufenweise Essen mitbrachten und die zwei Rotweinflaschen öffneten, die von der letzten Luxemburgaktion noch übrig waren. Als aber an den darauffolgenden Tagen schon ab dem frühen Nachmittag mindestens drei, vier Besucher unten in der Küche saßen, damit ich mich an Weihnachten nicht so alleine fühlte, fragte ich mich, ob es wirklich stimmte, dass Weihnachten in Deutschland traditionell ein harmonisches Familienfest sei. Ich war wohl die beste Ausrede seit Jahren für insgesamt ein Dutzend Kumpane von Mike und Gabriel, um sich an diesem hochheiligen Fest für ein paar Stunden auszuklinken. Wobei »für ein paar Stunden« untertrieben war. Andi, Rolf, Herbie und Steff betranken sich dermaßen, dass sie durchgehend bis zum Abend des zweiten Weihnachtsfeiertages dablieben. Herbie litt bei erhöhtem Bierkonsum an starken Blähungen und es roch unangenehm, wenn man sich ihm näherte. »Oh Herr, er riecht schon!«, brummte Gabriel jedes Mal, wenn er an dem Sofa vorbeikam, auf dem Herbie im Schlaf vor sich hin furzte.

Zwischen Weihnachten und Silvester hatten wir ein paar wunderschöne Tage. Während draußen der Orkan Lothar eine Menge Schaden anrichtete, arbeiteten wir jeden Tag an der Wohnung für Johanna. Gabriel drängte genauso wie Mike darauf, dass sie wie geplant in wenigen Wochen einziehen konnte. Ich war beeindruckt, dass die Jungs selber die elektrischen Leitungen verlegten. Nur einmal musste Werner – ein lustiger Kerl, der Starkstromelektriker in einer der saarländischen Kohlegruben war – vorbeikommen, um dabei zu helfen, die Stromversorgung richtig vom Jugendclub abzuzapfen. Er machte das »so«, was in diesem Fall hieß, dass er mit reichlich Bier, einem Handgeld und einer Einladung zum Abendessen entlohnt wurde. Mike hatte eigentlich Pizzas oder eine Runde Kebab geplant – das war so etwas Ähnliches wie bei uns das Shoarma, nur nicht mit so guten Dips und Soßen – aber ich hatte mich bereiterklärt, eine Mockturtle-Suppe zu kochen und tischte anschließend noch einen Chicorée-Auflauf mit Rindfleisch auf.

»Hmm, ist mal was anderes«, brummte Werner, als ich ihn fragte, ob es ihm schmecke, »doch, ja, kann man essen.« Ich wusste, dass »ist-mal-was-anderes« nicht gerade Begeisterung ausdrückte, daher beschloss ich beim nächsten Mal Pizza oder Shoarma ... also dieses Kebab aufzutischen, falls er wieder einmal bei uns speisen sollte. Während des Essens fragte er Gabriel: »Hab gehört, du schreibst in deinem Buch über das Katastrophen-Saarland jetzt über Luisenthal. Stimmt das?«

»Ja, stimmt.«

Er rollte kurz mit den Augen und aß weiter.

Die Steckdosen verlegen und was sonst alles noch elektrisch zu machen war, erledigten wir wie gesagt selbst. Da wir insgesamt nur drei Steckdosen angebracht hatten, entschieden wir zwei Tage vor Silvester, dass Johanna keine Küche brauchte. Ein eigenes Bad schon, aber keine Küche. Sie hatte ja eine Küche zuhause und brauchte die Bude hier sowieso nur, um sich gelegentlich zurückzuziehen. Wir hatten noch eine alte Kaffeemaschine und einen zweiten Wasserkocher im Haus – viele Haushaltsgeräte gab es wegen mangelnder Absprache zwischen Mikes und Gabriels Müttern doppelt – die konnten wir ihr geben. Und falls sie mal richtig kochen wollte, konnte sie das bei uns in der Küche machen. Obwohl Mike anfangs nicht so begeistert von der Idee war, beschlossen wir, Johanna einen Schlüssel für den Jugendclub zu geben, damit sie jederzeit in die Küche konnte. »Ich hab nichts dagegen, solange sie keine Pommes in den Backofen schiebt«, versuchte ich einen Scherz zu machen.

Da wir mit der Umbauarbeit gut im Zeitplan lagen, verbrachten wir an jedem dieser Tage auch einige Stunden damit, nach dem Schatz von Hecks Hannes zu suchen. Genauer gesagt suchten Gabriel und Mike mit anrührender Inbrunst danach. Ich meinte es gut, als ich ihnen sagte: »Das hat doch keinen Zweck, Jungs, fangt mit eurer Zeit lieber etwas Sinnvolles an, diesen Schatz findet ihr nie.« Aber sie gingen völlig in der Suche auf.

Da ich in der Zeit tatsächlich etwas Sinnvolles unternehmen wollte, hatte ich mich bereiterklärt, das Kopfsteinpflaster vor der Scheunentür wieder in Ordnung zu bringen. Gut zwei Quadratmeter Pflastersteine räumte ich beiseite, scharrte den Untergrund etwa fünfzehn Zentimeter weg, schaffte alles beiseite, was dabei zum Vorschein kam (ein altes Vorhängeschloss, ein abgebrochener Flaschenhals mit gut erhaltenem Verschlussbügel, eine französische Hundert-Francs Münze aus dem Jahr 1955 – Liberté, Egalité, Fraternité stand darauf – und noch einiges mehr, was da schon seit den Fünfzigern gelegen hatte), füllte danach neuen Split ein, strich das Ganze sorgfältig glatt, setzte die Pflastersteine wieder ein und verfüllte die Fugen – wohlwissend, dass ich etwas gefunden hatte, von dem ich mir im Moment noch nicht im Klaren war, was ich damit anfangen sollte. Und als der Hof vor der Scheune wieder wie neu aussah, hatten Mike und Gabriel den Schatz ihres Großvaters, den sie immer nur Hecks Hannes nannten, natürlich nicht gefunden.

Die knapp dreißig Quadratmeter, die in Johannas zukünftigem Zimmer jetzt unter festem Estrich lagen, konnten wir als Versteck definitiv ausschließen. Mike hatte sich von Steff, der sich als halbprofessioneller Schatzsucher betätigte, einen Metalldetektor ausgeliehen, aber nichts außer ein paar alten Nägeln und einem Hufeisen gefunden. Das Hufeisen stand jetzt, vom Rost gesäubert, dekorativ auf einem Regal im Wohn-Esszimmer, neben dem trapezförmigen Sandstein, den Gabriel hin und wieder wehmütig ansah, ohne allerdings ein weiteres Wort über die Sache mit dem Torbogen zu verlieren.

Mike hatte nicht nur die Fläche abgesucht, die jetzt versiegelt war, sondern die gesamte Scheune. Nichts. Am 30. Dezember – wir waren gerade mit den Steckdosen fertig – schaute er nach oben in das offene Gebälk und von dort glitt sein Blick die alten Wände aus rotem Sandstein entlang. Er murmelte: »Das gibt's doch nicht, der muss doch hier irgendwo sein.«

»Vielleicht im Jugendclub?«, meinte Gabriel.

Mike schüttelte den Kopf: »Auf keinen Fall. Wir sind nicht die Ersten, die dort alles umgewühlt haben. Verdammt. Ich würde zu gerne wissen, um wie viel Geld es sich dabei eigentlich handelt ... falls es überhaupt existiert.«

»Vielleicht soll es nicht sein, dass wir den Schatz finden«, meinte Gabriel, »vielleicht soll dieses Haus sein Geheimnis bewahren.«

Obwohl ich diese Einstellung mochte und die aufkeimende melancholische Stimmung eigentlich nicht zerstören wollte, konnte ich mir eine Stichelei nicht verkneifen: »Vielleicht hat es diesen Schatz ja tatsächlich einmal gegeben. Aber inzwischen hat ihn irgendeiner gefunden und weggeschafft. Wer weiß, wem der alte Hecks Hannes das Versteck verraten hat, bevor er gestorben ist ... er ist doch schon gestorben, bevor ihr überhaupt geboren wurdet, oder?«

Sie sahen mich missbilligend an. Das war eine Version der Geschichte, die beide nicht wahrhaben wollten. Gabriel erläuterte: »Soviel ich von meiner Mutter weiß, war der alte Hecks Hannes nicht gerade eine Plaudertasche. Bis kurz vor seinem Tod im Herbst 1961 wusste niemand mit Sicherheit, ob es diesen Schatz überhaupt gab. Erst als es mit ihm zu Ende ging, beichtete er meiner Großmutter, dass er eine größere Summe Schwarzgeld im Jugendclub – der damals natürlich noch nicht so hieß – versteckt hatte. Das Versteck verriet er ihr aber nicht. Meine Großmutter drängte ihn damals, doch seinen Söhnen zu sagen, wo der Schatz lag. Aber offensichtlich hat er das nicht mehr geschafft. Jedenfalls ist nichts davon bekannt. Und die beiden Söhne fragen, ob der alte Hannes einem von ihnen das Versteck genannt hat, kann man ja leider auch nicht mehr.«

Sie seufzten. Und ich fragte nicht weiter. Ich wusste inzwischen, warum man Hecks Hannes' Söhne nicht mehr fragen konnte: Sie waren beide tot. Aber es wunderte mich, dass Gabriel und Mike von »Hecks Hannes' Söhnen« sprachen, und nicht einfach von »ihren Vätern«.

Am nächsten Tag schaltete Gabriel den Fernseher an – eigentlich nur um zu sehen, auf welches Wetter man sich für den Silvesterabend einstellen müsse – und sah dabei einen Bericht darüber, wie sich Banken, Firmen und auch Privathaushalte gegen den Millennium-Bug rüsteten. Gabriel, der über eine rasche Auffassungsgabe verfügte, begriff, dass es nun zu spät war, um technische Vorkehrungen zu treffen. Ihm war aber sowieso ziemlich schnuppe, ob er morgen noch Tetris am Computer spielen konnte oder nicht. Aber eine Sache beunruhigte ihn zutiefst: »Raffi«, rief er aufgeregt, »der Kühlschrank! Du hast uns nicht gesagt, dass eventuell der Kühlschrank in Gefahr ist!« Der Kühlschrank war das einzig wirklich brandneue Gerät im Haus. Während die beiden schon seit Jahren fürchteten, dass der uralte Röhrenfernseher irgendwann den Geist aufgeben würde, hatte überraschenderweise der erst wenige Jahre alte Kühlschrank das Zeitliche gesegnet. Das war kurz vor meiner Ankunft gewesen. Mikes Mutter hatte zügig einen neuen spendiert, noch bevor Gabriels Mutter das tun konnte, und so stand nun ein erstklassiger Kühlschrank in der Küche, bei dem man – nicht nur im Gefrierfach – verschiedene Spezialfunktionen einprogrammieren konnte.

Von der unwiderstehlichen Gelassenheit der Primstaler in Sachen Millennium-Bug angesteckt, hatte ich in letzter Zeit völlig vergessen, mir darüber Gedanken zu machen, was am 01. Januar 2000 um 00:00 Uhr alles zusammenbrechen konnte.

»Hmm«, sagte ich nachdenklich zu Gabriel, »da müssen wir jetzt durch, das müssen wir riskieren. Das Bier kann man zurzeit ja prima kühlen, indem man es einfach vor die Tür stellt. Und sonst ... haben wir sonst noch was Wichtiges im Kühlschrank?«

»Und ob!«, rief Gabriel, »In der Tiefkühltruhe liegen noch zwanzig Schwenkbraten. Also da sollten wir kein Risiko eingehen. Verflucht noch mal, Raffi, du musst schon ein bisschen mitdenken!«

Er rief nach Mike, der gerade noch an einer Kleinigkeit in Johannas Zimmer rumwerkelte, und erklärte ihm die Situation. Auch Mike sah mich an, als ob ich sie persönlich in die Bredouille gebracht hätte.

»Ich kann ja mal schnell in den Mittagsnachrichten schauen, ob in Neuseeland und Australien schon Computerprobleme aufgetreten sind«, schlug ich vor.

»Was interessieren mich die Schwenker in Australien«, nörgelte Mike, »wir gehen lieber auf Nummer sicher.« Und schon wurden sämtliche Schwenkbraten aus dem Tiefkühlfach genommen – sie waren eigentlich zum traditionellen Anschwenken in der Woche vor Fasching gedacht gewesen – und Gabriel machte das Feuer an. Ich hatte die Aufgabe, Andi, Rolf und Speedy Bescheid zu sagen. Man würde dann sehen, wer noch dazukäme. Ich bezweifelte, dass wir jetzt auf die Schnelle zwanzig Schwenkbraten loswerden würden – bestimmt hatten die in Frage kommenden Leute doch geplant, in wenigen Stunden auf einer Silvesterparty zu sein. Aber Gabriel sagte lapidar: »Ich glaube nicht, dass die zwanzig reichen werden.«

Und so war es dann auch. Das Schwenkbratenprinzip funktionierte wieder einmal zuverlässig. Ich hätte nicht gedacht, dass mir das Jahr-2000-Problem ein üppiges Schwenkbratenfest bescheren sollte. Nicht nur Mike und Gabriel plünderten vorsorglich ihre Kühltruhen, sondern der Meier Willi und der Nachbar und die anderen, die neben Rolf, Andi, Herbie, Speedy, Steff und Matti ebenfalls spontan vorbeikamen, brachten alle etwas zum Grillen und alkoholische Getränke mit. Immerhin war Silvester, da durfte man sich nicht unnötig zurückhalten. Kurz vor Mitternacht waren mindestens zwanzig Leute im Haus. Diesmal auch Frauen. Nicole und Lissie versuchten wieder einmal, bei Rolf und Andi zu landen – nachdem es ihnen beim Mariathlon nicht gelungen war. Aber Rolf und Andi sprangen auf die durchaus offensichtlichen Angebote der beiden nicht an. Später, es war viel Schnaps im Spiel, gestanden die beiden mir, sie seien frauentechnisch verdorben – die Lissies und Nicoles seien ihnen einfach nicht marienhaft genug. Weiß der Teufel, was sie damit meinten. Jedenfalls profitierte Mike davon, dass sich die beiden Mädels – diese Bezeichnung war ein Euphemismus, denn beide waren sichtlich schon über dreißig – fest vorgenommen hatten, an diesem Abend etwas zu erleben und das neue Jahr nicht gleich so unbefriedigend zu beginnen, wie das alte zu Ende gegangen war. Kaum hatten sich Andi und Rolf verabschiedet, um noch in ein paar andere Häuser reinzuschauen, wandten sich Nicole und Lissie Mike zu. Ich hörte, wie er beiden in der Küche vorschlug, das neue Jahrtausend mit einem pikanten sexuellen Event zu begrüßen. »Oben, in meinem Zimmer«, fügte er hinzu, als mein Blick ihm bedeutete: »Nicht in der Küche! Nicht mal dort anfangen!«

Das neue Jahr war noch keine anderthalb Stunden alt, da hatte er schon zwei Frauen herumgekriegt. Das war kein schlechter Schnitt, musste ich mir insgeheim bewundernd eingestehen. Bezüglich meines anderen Mitbewohners war zu bezweifeln, dass er während des noch langen Rests des Jahres überhaupt soweit kommen würde. Dabei bot sich auch ihm die Chance schon gleich, nachdem wir ins neue Jahr gerutscht waren. Denn kaum waren die ersten zwanzig Minuten des einundzwanzigsten Jahrhunderts vergangen, da stand Johanna vor dem Jugendclub und sagte: »Prost Neujahr!« Auf Hochdeutsch, damit auch ich es verstand. Dabei hatten die Jungs vor einer Stunde viel Spaß mit mir gehabt, als sie mir beibrachten, das auf Primstalerisch zu sagen. Das war gar nicht so leicht. Aber ich konnte Johanna verblüffen, indem ich ihr mit einem fast lupenreinen »Broschd Naujohr!« antwortete. Meine Mitbewohner und die anderen Jungs applaudierten. Gabriel brachte ihr ein Glas Sekt. Sie nippte daran und verlangte dann etwas Schnelleres. Speedy reichte ihr eine Flasche Mirabellenschnaps, die gerade von Hand zu Hand ging und an der jeder einmal kräftig zog. Das Feuerwerk ebbte inzwischen ab, aber wir blieben alle noch auf dem Hof, standen auf meinen tipptopp neu befestigten Pflastersteinen, und etwa alle zwei Minuten kam die Schnapsflasche vorbei. Irgendwann war es dann Williams Christ statt Mirabelle. Und unser Nachbar brachte den Trinkspruch aus: »Mögen eure Sorgen genauso lange halten wie meine guten Vorsätze fürs neue Jahrtausend. Macht euch keine Sorgen, ihr Leute, dafür ist das Leben nicht kurz genug.«

»Genau! Und ruckzuck liegt man auf Geiset! Nicht wahr?«, prostete Gabriel zurück.

Um zwölf hatte jeder im Jugendclub jedem mit Handschlag »Prost Neujahr!« gesagt – es wirkte ein bisschen förmlich, fast ernst, und passte nicht so recht zur ausgelassenen Stimmung, weil ein »Es-ändert-sich-ja-doch-nichts« mitschwang. Diese Zeremonie wiederholte jeder einzeln kurz darauf auch mit Johanna. Sie bekam von jedem ein Küsschen auf die Wange, genau wie wir es eben mit Nicole und Lissie getan hatten. Mich drückte Johanna dabei herzlich. Drückte auch noch einmal kurz meine Hand, als sie nach dem ersten Augenblick der Überraschung über mein »Broschd Naujohr!« lachte.

Ich hatte Mike und Gabriel nicht gesagt, dass ich Johanna vor ein paar Tagen von der Apotheke abgeholt hatte, um mit ihr für ein, zwei Stunden einkaufen zu fahren. Wir hatten uns gut und ausgiebig unterhalten.

»Wie geht's deiner Mutter?«, fragte der Nachbar.

Johanna zuckte mit den Schultern »Wie schon? Wie immer. Trotzdem danke der Nachfrage!«

Das Einzige, was sie mich noch fragte, war: »Stimmt es, dass Gabriel gerade für das Luisenthal-Kapitel recherchiert?« Als ich es bejahte, murmelte sie: »Na hoffentlich arbeitet er daran genauso halbherzig wie an seinen bisherigen Ideen« und widmete sich ab dann voll und ganz Gabriel. Später fiel mir auf, dass Johanna als Einzige den richtigen Titel nannte, wenn sie mit Gabriel über sein Buch sprach.

Die beiden gingen als Erste wieder ins Haus. Andi und Rolf verabschiedeten sich, weil sie noch auf eine andere Party wollten, und Mike fing sofort an, Nicole und Lissie zu bearbeiten. Da sonst keiner Anstalten machte, ins Haus zu gehen, blieb ich ebenfalls noch auf dem Hof stehen. Nur noch hier und da sahen wir einzelne Feuerwerksraketen. Erst als ich merkte, dass Mike dabei war, seine Doppeleroberung ins Haus zu bugsieren, ging ich mit hinein. Gabriel und Johanna saßen nebeneinander auf dem Sofa. Recht nah beieinander. Aber ich hatte nicht den Eindruck, dass sie sich berührten. Sie waren offensichtlich in ein Gespräch vertieft gewesen und ich glaube, sie fühlten sich gestört. Ich sah zu Mike, der je einen Arm um eins der Mädels gelegt hatte, und zu Gabriel, der wie ein schüchterner Junge aussah, wie er da neben Johanna saß, und ich versuchte in mich hineinzufühlen, ob ich wegen einem der beiden eifersüchtig war.

Dann ruinierte Mike den Augenblick – zumindest für Gabriel und Johanna – indem er der ständig kichernden Lissie etwas ins Ohr flüsterte, diese daraufhin aufkreischte und Nicole darum bat, ihr doch bitte mal von hinten unter den Pulli zu greifen. Während sie das tat, flüsterte er auch Nicole etwas zu. Aber er flüsterte halblaut, sodass man gut verstehen konnte, was er den beiden vorschlug, wenn man nahe genug dabei stand – so wie ich. Nun kamen auch Speedy und Matti und die anderen herein und johlten und grölten, als sie sahen, wie sich Lissie selbst im Ausschnitt fummelte. Nicole rief: »Warte, ich hab's gleich!«, und nach ein bisschen mehr Gefummele zog Lissie sich einen beachtlich großen, schweinchenrosa BH vorne raus und schwang ihn überm Kopf wie ein Lasso. »Zugabe!«, brüllte einer der Jungs. Aber Mike – der meinen Blick bemerkte – befahl, während er Lissie den BH abnahm: »Nicht in der Küche, oben in meinem Zimmer!« Er schob die beiden die Wendeltreppe hoch, eine Hand an jedem Hintern. Aufmunternde Worte der Jungs begleiteten die drei. Aber ich glaube nicht, dass eine Aufmunterung nötig war. Bei Gabriel sah das anders aus. Nur war es für den sicher nicht hilfreich, dass Matti meinte: »Okay, Gabriel, da hat dein Mitbewohner ganz schön vorgelegt, aber du kannst ja heute Nacht immerhin noch auf 1:2 verkürzen.«

Von oben hörten wir aufkreischendes Gewieher von Lissie oder Nicole oder von beiden. Offensichtlich war etwas Lustiges passiert.

»Vielleicht hat er ihnen gerade sein Ding gezeigt«, meinte Herbie.

Das war der Moment, in dem Johanna lächelnd aufstand und meinte: »Okay, Jungs, ich wollte euch nur alles Gute fürs neue Jahr wünschen, ich schaue mal wieder nach meiner Mutter.«

Die Jungs murmelten freundlich und sagten: »Ach was, bleib doch noch ein bisschen«, und beschwichtigten: »Jetzt lass dich doch von uns nicht vergraulen ... du kennst uns doch ... komm, wir trinken noch einen zusammen!«

Aber sie behauptete, sie habe wirklich nur kurz reinschauen wollen und müsse wieder nach Hause. Gabriel begleitete sie bis vor die Tür. Dort standen sie noch eine halbe Stunde und redeten.

Wir saßen in der Küche. Es war kurz nach fünf. Und ich war Gabriel nicht böse, dass er so einen schwülstigen Blödsinn redete. Herbie lag leise schnarchend auf dem Sofa. Speedy, Steff und der Nachbar waren gerade heimgegangen. Es war ruhig im Jugendclub.

»Worüber habt ihr eigentlich so lange geredet, du und Johanna?«, traute ich mich endlich zu fragen.

»Du, das war ganz sonderbar. Zuerst haben wir ganz locker über alles Mögliche geplaudert, aber dann wurde sie ernst. Sie hat mich nach meinen Vorsätzen fürs neue Jahr gefragt, und sie schien besorgt, sogar ein bisschen erschrocken zu sein, als ich ihr es sagte.«

»Wieso? Was hast du dir denn fürs neue Jahrtausend vorgenommen?«

»Nur, dass ich endlich mal etwas hinkriege. Endlich mal etwas zu Ende führe, was ich angefangen habe. Im ersten Jahr des neuen Jahrtausends will ich zwei Ideen in die Tat umsetzen. Beides muss mir gelingen. Es kann doch nicht so weitergehen wie im letzten Jahrtausend.«

»Und was sind diese zwei Ziele?«

»Nun, das ist doch offensichtlich. Erstens will ich dieses Katastrophenbuch endlich fertig schreiben und zweitens muss dieser Überfall durchgezogen werden.«

»Was? Und da wunderst du dich, dass Johanna sich Sorgen um dich macht, wenn das deine Ziele fürs Jahr 2000 sind?«

»Ja, das wundert mich schon. Ich hätte nicht gedacht, dass sie so heftig reagiert – auf die Sache mit dem Buch.«

»Mit dem … Buch?« Das überraschte mich nun wirklich.

»Ja, sie hat mir noch vor der Tür versucht auszureden, mit diesem Buch weiterzumachen. Ich würde damit nur meine Zeit verschwenden, meinte sie, und ich hätte ganz andere Talente, die ich endlich nutzen sollte, anstatt sinnlos in den Katastrophen der Vergangenheit herumzugraben. Sie findet das Thema des Buches bescheuert und ich solle am besten gar nicht weiter zu

Luisenthal recherchieren. Ob es denn nichts Sinnvolleres gäbe, wofür ich meine Stärken einsetzen könne. Das hat sie gesagt.« Ein bisschen Stolz schwang beim letzten Satz mit.

»Ja, ja, gut ... das Buch ... die Katastrophen ... da hat sie sicher Recht, mit dem was sie sagt. Vielleicht könntest du wirklich an etwas Sinnvollerem arbeiten.« Gabriel sah mich vorwurfsvoll an und dachte wohl: Auch du, Raffi!, aber ich kümmerte mich nicht darum: »Aber was hat sie zu deinem zweiten guten Vorsatz gesagt?«

»Ach so, das. Ja, sie hat mich gefragt, ob ich diesen Überfall auf die Mensa wirklich durchziehen wolle. Und ich darauf: ›Ja, unbedingt, ich will wenigstens einmal in meinem Leben einen echten Raubüberfall begehen ...‹«

»Was hat sie daraufhin gesagt?«

»Wörtlich? Sie meinte: ›Gott sei Dank, ich hatte schon befürchtet, das sei nicht ernst gemeint gewesen und du würdest kneifen.‹«

Offensichtlich kannte ich Johanna doch noch nicht so gut, wie ich geglaubt hatte.

6 Kipfaka

Ich glaubte diesem Raffi kein Wort.

Schon vom ersten Augenblick an mochte ich ihn. Und ich fühlte, dass wir beste Freunde werden würden. Deshalb schnappte ich ihn mir manchmal, um mit ihm nach St. Wendel oder Wadern zu fahren und mich bei Kaffee und Kuchen ausgiebig mit ihm zu unterhalten – mochten Gabriel oder Mike darüber denken, was sie wollten. Raffi war ein angenehmer Begleiter. Aber trauen konnte man ihm nicht. Zumindest nicht, wenn es darum ging, was er über sich selbst preisgab. Sogar die Mütter von Gabriel und Mike haben nur ein paar kümmerliche Fakten über ihn herausgekriegt. Aber wer kann die überprüfen? Und sie sind so spärlich, dass man sie kaum interpretieren kann.

Für die Leute aus dem Dorf brauchte er eine Vergangenheit. Also hat er ihnen eine aufgetischt. Den üblichen Mist: Vater, Mutter, Schwester, Großeltern, Beruf, Herkunftsort, das Familienunternehmen. Gutes Elternhaus, ordentliche Familie, er hat bei seinem eigenen Vater Koch gelernt. Sollte dann im elterlichen Restaurant einsteigen. Aber das wollte er nicht. Noch nicht. Und das war einzusehen. Das sagte jeder im Dorf. Solche Geschichten kannte man hundertfach. Der Alte bildet den Jungen aus, um den Staffelstab weiterzugeben. Aber wann? Wann ist der richtige Zeitpunkt, alles an die Jungen weiterzugeben? Für Raffi war es noch zu früh, das war einzusehen. »Der hat Recht, dass er sich erst ein paar Jahre lang fremden Wind um die Nase wehen lässt«, sagte jeder. Auch diejenigen, die das selbst nicht so gemacht hatten. Raffi würde sicher nicht für den Rest seines Lebens in der Pizza-Entwicklung arbeiten, obwohl das bestimmt kein schlechter Job war. Da konnte er sicher einiges lernen fürs Leben. Irgendwann würde er schon zurückkehren zu seinen Wurzeln und in die Fußstapfen seiner Eltern und Großeltern treten – soviel war sicher.

Glückwunsch, Raffi, das war keine schlechte Vergangenheit. Besser als die von Mike und Gabriel allemal. Oder meine. Ob er wusste, wie wunderbar das war: Hier sein, die Vergangenheit aber woanders lassen? Noch hatte er keine Primstaler Vergangenheit. Nur die läppische, die er aus Antwerpen mitgebracht hatte und an der niemand herumdeuteln konnte. Natürlich glaubte ich nicht, dass er aus einer wirklich normalen Familie kam. Gab es das überhaupt? Dann wäre Raffi die Ausnahme. Jede Familie hat eine Leiche im Keller. Oder sogar mehrere.

Aber mir war es ehrlich gesagt völlig egal, welche Familiengeschichte hinter diesem Raffi steckte. Ich brauchte einen Verbündeten. Und ich war mir sicher, dass er sich als ein solcher bewähren würde.

Raffi hatte übrigens das Zeug zu einem Traummann: Er war sehr gepflegt und achtete auf sein Äußeres. Geschmackvoll gekleidet. Und sehr gute Manieren. Geradezu höflich war er meistens. Mir gegenüber sehr aufmerksam. Er sah gut aus, ohne übertrieben schön zu sein. War ein angenehmer Gesprächspartner, ein guter Zuhörer, der im richtigen Moment humorvoll sein konnte. Ein bisschen geheimnisvoll war er auch. Und er konnte kochen, richtig gut kochen, auch raffinierte Sachen. Ein Traummann eben. Aber einer, von dem man nicht träumt. Weil es sowieso keinen Zweck hat.

Ich hatte den Eindruck, dass Raffi mehr über Mike und Gabriel wusste, als die beiden über sich selbst. Bei Gabriel war das kein Kunststück. Sogar ich wusste mehr über Gabriel als er selbst.

* * *

Lange Zeit hoffte ich, dass der Krebs die Demenz überholt. Aber als es dann endlich so weit war, als ich absehen konnte, dass es höchstens noch ein paar Monate dauern würde, half das auch nichts mehr. Jetzt war die Demenz so weit fortgeschritten, dass meine Mutter mich nicht mehr erkannte. Das tat allerdings nicht so weh, wie ich befürchtet hatte. Davor war es grausamer. Wenn sie manchmal doch noch wusste, wo sie war oder wer ich bin, und dann wieder in ihrem Kopf ein Film ablief, der in den Fünfzigern oder frühen sechziger Jahren spielte, also in der besten Zeit ihres Lebens.

Die Pflege war überhaupt kein Problem. Sollten mich die Leute ruhig bedauern. Ich ließ sie in dem Glauben. Bei einigen spürte ich sogar so etwas wie Respekt. Endlich. Aber gerade dafür hatte ich ihn nicht verdient. Nicht mehr. Die Pflege übernahm ich ja größtenteils nicht selbst. Dafür war gut ausgebildetes Fachpersonal vorhanden. Ich musste nur zu bestimmten Zeiten zuhause sein. Ab abends und über Nacht. Obwohl inzwischen eigentlich nicht einmal das unbedingt nötig war. Ich wusste, was ich ihr geben musste, damit sie und ich für ein paar Stunden Ruhe hatten. Früher war es schlimmer, als sie manchmal verschwand. Mitten in der Nacht im Dorf herumlief – im Nachthemd. Die Leute riefen an, die hilfsbereiten hielten sie fest, bis ich sie abholen kam. Sonst musste ich sie suchen gehen. Manchmal redete sie eine Sprache, die ich nicht verstand. Der ganztägige Pflegedienst war teuer, aber wir konnten uns das leisten. Ich musste zwar auch von meinem Einkommen etwas zuschießen. Aber das war nicht schlimm. Besser als mit dem Arbeiten aufzuhören. Und meine Mutter hatte Geld auf der hohen Kante gehabt. Viel mehr als die meisten sich hätten träumen lassen. Das war nun zum größten Teil aufgebraucht. Aber ich hatte ja mein eigenes Geld. Und das Haus war schuldenfrei. Das Haus meiner Mutter. Ich war die einzige Erbin. Ich hatte keine Ahnung, was ich mit dem Haus anfangen sollte. Bald. Bald … – Ich verbot mir, auf ihren Tod zu warten. Das war nicht fair.

Mir gegenüber! Was ihr gegenüber fair war, wusste ich am Ende nicht mehr. War ich vielleicht keine gute Tochter? Ach was! Was hätte es gebracht, wenn ich zuhause geblieben wäre, um die Pflege selbst zu übernehmen? Ich mochte meinen Beruf und brauchte ihn auch noch in der Zeit nach ihrem Tod.

Das Haus verkaufen? Drin wohnen bleiben? Es war in gutem Zustand. Sie hatte es kurz nach meiner Geburt gekauft. Von welchem Geld eigentlich? Sie hat nie irgendwo länger gearbeitet. Trotzdem hatte es für die Anzahlung gereicht. Und das Abzahlen hatte genau dreißig Jahre gedauert. Wenn sie schon vor sich hinsiechte, dann in einem schuldenfreien Haus. Da hatte sie ihren Stolz. Ich weiß noch, wie sie strahlte, als die letzte Rate überwiesen war. Kurz darauf ging es schnell mit den Krankheiten. Jetzt war sie nicht mehr meine Mutter. So sehe ich das: Wenn eine Mutter ihr eigenes Kind nicht mehr erkennt, erkennt das Kind auch seine Mutter nicht mehr. Die Mutter, die mich immer wieder wütend machte, deren Liebe ich suchte, oder wenigstens deren Anerkennung, die Mutter, die ich beneidete und verachtete, von der ich wegwollte und von der ich nicht loskam, die gab es nicht mehr. Jetzt war sie nur noch ein biologischer Organismus, der mir leid tat, wie mir jeder andere Organismus leid tat, den ich so sah. Ich fand es in Ordnung, alles Notwendige zu tun, bis sie …

Sie brachte mich jetzt nicht mehr zum Weinen. Als sie noch halb bei Verstand war, war es schwieriger.

Das Haus konnte warten. Mal sehen, wie ich mich entscheiden würde. Ich wusste nur eins: Ich wollte hier bleiben und hier alt werden. Am besten mit Haus. Und mit Mann und Kindern. Und mit meinem Beruf, vielleicht mit einer eigenen Apotheke – in ein paar Jahren.

Vielleicht war es dafür schon zu spät. Jetzt nur keine Torschlusspanik! Ruhig weiterspielen, Johanna. Bis jetzt hast du dich gut gehalten.

Am Aschermittwoch des Jahres 2000 zog ich in mein Einzimmerapartment im Jugendclub. Ich wollte wissen, wie es ist, nicht im Haus meiner Mutter zu wohnen. Auch wenn das Apartment nur ein paar hundert Meter entfernt war. Ich wollte ja nicht abhauen. Im Gegenteil. Nur mal probieren, wie es sich anfühlte, anderswo zu sein. Wenigstens manchmal für ein paar Stunden. Die Jugendclubwohnung war optimal für einen kleinen Parallellebentest.

Erst ein einziges Mal hatte ich anderswo gewohnt. In den ersten zwei Semestern in Mainz. Als ich dann nach Saarbrücken wechselte, war es nicht mehr nötig, eine Studentenbude zu haben. Leider. Ich konnte zuhause wohnen. Meine Mutter kaufte mir einen nagelneuen VW Polo, damit ich pendeln konnte. Die WG mit den Mädels in Mainz war recht wild gewesen. Aber es stimmte, dass ich schneller und besser studierte, als ich in Saarbrücken weitermachte. Ich schaffte es in der Regelstudienzeit.

Symbolisch war ich raus aus dem Haus meiner Mutter. Und sie merkte gar nicht, dass ich nicht mehr richtig da war. Wenn es mir gefiel, im Jugendclub zu wohnen, würde ich das Haus verkaufen. Später. Und mir selbst eine Wohnung kaufen, oder ein kleineres Haus. Ich würde sehen …

Reizvoll fand ich, mit diesen Jungs unter einem Dach zu wohnen. »Unter einer Decke zu stecken«, könnte man auch sagen, wenn das nicht so zweideutig wäre. Optimal war die Bude nicht. Ein bisschen dunkel. Und sehr schlicht. Es gab nur drei Steckdosen. Eine davon in dem kleinen Bad.

Aber dafür gab es wahrscheinlich Abenteuer, die automatisch mit eingebaut waren. Und es war spottbillig. Ein klein bisschen musste ich schon aufs Geld Acht geben. Mit Mike hatte ich über die Miete verhandelt. Ich glaube, Gabriel drückte sich gern vor solchen Aufgaben. Und Mike hatte keine Ahnung, wie er es anfangen sollte.

»Also wegen der Miete«, druckste er rum, »die musst du nicht überweisen, die kannst du mir auch so auf die Hand geben. Anfang des Monats.«

»Oder Gabriel, wenn du gerade mal nicht da bist?«

»Oder Gabriel, wenn ich gerade mal nicht da bin!«

»Gut, was soll's denn kosten?«

Da er einen Augenblick zögerte, schlug ich vor: »Wie wär's denn mit genau zehn Talern ... wie viel ist das eigentlich in D-Mark?«

Er errötete. Stammelte: »Raffi ... dieser Verräter.«

»Sei ihm nicht böse, Mike. Ansonsten ist er vertrauenswürdig.«

Danach war es kein Problem mehr, ihn auf hundertzwanzig Mark festzunageln. Die Jungs hatten sich bestimmt mehr versprochen. Aber dann hätten sie sich eben eine Mieterin mit dezenterem Hintern suchen müssen. Jedenfalls verlor danach niemand mehr auch nur noch ein einziges Wort über das Thema Miete. Gabriel war es letztlich wohl egal, wie viel ich zahlte, und Mike war zufrieden, dass ich ihm die hundertzwanzig immer pünktlich in die Hand drückte.

Mike war übrigens eine richtige Sahneschnitte. Ich verstand gut, warum so viele Frauen bei ihm Trost suchten. Er wirkte sehr männlich. Typ saarländischer Bergmann mit einem guten Schuss Latin Lover. Jeder sagte, er sei der zweite Hecks Jakob. Von seinem Vater hatte er das mit den Frauen also. Der war auch kein Kostverächter gewesen, hatte mir meine Mutter einmal gesteckt.

Mike war der Richtige – für eine Nacht oder für die besondere Gelegenheit. Das war bekannt. Die wenigen Frauen hier, die so etwas Ähnliches wie Freundinnen für mich waren, redeten offen darüber: »Wenn's dir schlecht geht, musst du wohl wieder zu Mike«, stichelten sie sich gegenseitig. Oder es hieß: »Hast du gehört, Mike hatte wohl was mit der und der« – »Ja, stimmt, die hat sich gerade von ihrem Mann getrennt und brauchte etwas Aufbauendes.«

Es wurde viel gelacht bei Frauengesprächen, wenn von Mike die Rede war. Er taugte zu nichts, außer zum unverbindlichen Liebhaber. Er war sexuell sehr offen – jedenfalls hieß es, dass er so ziemlich alles mitmachte, was eine Frau will, sobald sie im Jugendclub auf der oberen Stufe der Wendeltreppe angekommen war. Er hatte nie längere Beziehungen. Es galt schon als Sensation, wenn er innerhalb mehrerer Wochen öfter mit derselben Frau gesehen wurde. Aber meistens war er sehr schnell wieder auf dem Markt. Und er war seriös. Er hatte sowieso einen Ruf als Frauentröster, deshalb war er souverän genug, selber keine Geschichten in die Welt zu setzen. Wenn man ihm klarmachte, dass eine Liebesnacht oder eine kurze Affäre geheim bleiben musste, konnte er schweigen wie ein Grab. Wenn eine Frau allerdings dringend wollte, dass die Affäre öffentlich wurde – das konnte beispielsweise aus Gründen des Rachenehmens oder taktischen Eifersüchtigmachens vorkommen – spielte er auch dabei mit. Bärbel und Mechthild hatten mir vor Jahren einmal erzählt, er sei ungeheuer beweglich im Bett, wobei ich mir nicht so recht vorstellen konnte, was das genau bringen sollte. Meine einzige sexuelle Erfahrung mit ihm war eine Katastrophe gewesen. Für ihn – nicht für mich. Das war zu seiner Anfangszeit. Herrje, waren wir damals jung gewesen. Und unerfahren. Mittlerweile war er sicher viel besser. Aber eventuell war ich ihm deshalb bis heute nicht so richtig geheuer. Dabei hatte ich ihn damals beruhigt und war überhaupt nicht gemein zu ihm gewesen. Trotzdem, manche Leute verzeihen es einem nie, wenn man etwas von ihnen weiß, wofür sie sich schämen. Im Nachhinein bin ich erleichtert, dass es nicht wunderbar lief. Er ist nämlich ein Typ, in den man sich auf keinen Fall verlieben darf. Heute würde mir das nicht schwer fallen – mich nicht zu verlieben, meine ich, selbst wenn ich guten Sex mit ihm hätte. Aber damals war ich noch beeinflussbar, und wer weiß – wenn es damals geklappt hätte …

Eine Sahneschnitte ist er trotzdem. Und ich beneide ihn

schon ein bisschen, weil er sich über die Jahre eine Position erarbeitet hat, die ihm erlaubt, alle Frauen abzusahnen, die sich absahnen lassen wollen. Er hat bisher nicht einmal dann richtige Schwierigkeiten gekriegt, wenn er etwas mit einer verheirateten Frau hatte. Bei diesem Gedanken musste ich schmunzeln: Ich hatte ja auch keine Probleme bekommen, als ich das letzte Mal mit einer verheirateten Frau … aber das einzige Mal, als ich mit einem verheirateten Mann ein kurze Affäre hatte, war der Teufel los. Na gut, das lag vor allem daran, dass diese Affäre öffentlich wurde und die andere nicht. Aber ungerecht ist es schon, dass Mike ungestraft so leben darf.

Bei der Kipfaka, der Kappensitzung von Kirchenchor und Pfarrkapelle, die eine Woche vor Fasching stattfindet, saß ich mit Raffi, Gabriel und Mike am selben Tisch. Mike war zwar nicht gerade begeistert, aber er verschwand nach der ersten Büttenrede sowieso gleich in der Sektbar, um frühzeitig nach »spaltbarem Material« Ausschau zu halten, wie Gabriel es bösartig formulierte. Nur fürs Männerballett kam er noch mal aus der Sektbar. Nicht um mitzumachen, um Gottes Willen, so eine Blöße würde er sich nie geben. Aber das Männerballett war die Hauptattraktion des Abends, die man einfach gesehen haben musste. Andi trat mit auf und wirkte urkomisch.

Gabriel sah rührend aus in seiner Indianerverkleidung und Raffi hatte sich ein richtiges Kostüm besorgt, mit dem er ein bisschen übers Ziel hinausschoss, weil man sah, dass es bestimmt nicht billig gewesen war. Aber er machte die Kipfaka-Kappensitzung ja zum ersten Mal mit und konnte nicht wissen, dass man sich nicht so übertrieben ins Zeug zu legen brauchte. Er hatte ein Prinzenkostüm an, in dem er jedoch einen Tick zu prinzessinnenhaft aussah. Sogar ein Prinzenkrönchen trug er – mit smaragdgrünen Strasssteinchen verziert. Außer mir fiel aber sonst niemandem auf, dass er zu queenlike wirkte. Die Meisten fragten ihn nur ganz stolz, ob er so etwas schon einmal erlebt habe. Als ob die Kipfaka eine besondere Kappensitzung wäre. Sie war wie alle Kappensitzungen. Allerdings, für jemanden, der so etwas zum ersten Mal erlebte, war es vielleicht doch eine kleine Sensation. Wir hatten alle keine Ahnung, ob in Belgien auch Fasching gefeiert wurde und gingen daher davon aus, dass es natürlich nicht so sei. Bis zum Männerballett war Raffi jedenfalls genauso betrunken wie Gabriel. Es war daher leicht für mich, auf den Punkt zu kommen, nachdem ich die beiden in die Sektbar geschleppt hatte und Mike sich zu uns gesellte, weil ihm sowieso gerade die gut gebaute Rothaarige aus Krettnich abgesprungen war. Sie war wohl ein härterer Brocken, wie er selbst zugab. Schon seit Jahren versuchte er vergeblich, auf seiner Liste einen Haken hinter ihr zu machen.

Ich besorgte eine Runde Schnaps für die Jungs und für mich einen Sekt-Orange, obwohl ich eigentlich keinen Sekt mochte, und sagte: »Also Jungs, habt ihr noch euren Überfall im Blick? Hat sich da inzwischen etwas Konkretes getan? Gibt es schon einen Plan?«

Und Gabriel, der immer für eine Überraschung gut ist – und genau das fasziniert mich, glaube ich, an ihm – antwortete: »Pff ... Kinkerlitzchen. Natürlich gibt's einen Plan. Ich brauche nur noch die Leute, die genug Mumm haben, ihn durchzuziehen.«

Mike verschluckte sich beinahe an seinem Schnaps und Raffi schüttete sich vor Schreck etwas davon auf sein Prinzenleibchen. Und ich forderte: »Na, dann lass mal hören!«

Zwei weitere Runden Schnaps und einen Sekt-Orange später entrüstete sich Raffi: »Was? Das soll der Plan sein? Im Ernst?«

»Nun ja«, Gabriel blieb ganz ruhig, »zumindest ist es ein erster Entwurf, ein allgemeines Konzept. An den Feinheiten muss natürlich noch gearbeitet werden.«

»Oh ja, das stimmt, vor allem an der Feinheit, wie das in der Praxis funktionieren soll.«

Während Raffi sich aufregte, blieb Mike ganz ruhig. Er ahnte wohl, dass diese Idee Potenzial hatte. Und ich versuchte, Gabriel eine positive Rückmeldung zu geben: »Immerhin erfüllt der Plan die Grundbedingung, dass niemand zu Schaden kommt – körperlich, meine ich. Es werden ja keine Waffen eingesetzt ... also nicht wirklich, wenn ich das richtig verstanden habe.«

»Trotzdem ist das Ganze eine Schnapsidee.« Raffi war nicht im Geringsten überzeugt. »Und brauchen wir dazu nicht zu viele Leute?«

»Ach was, das ist doch das kleinste Problem! Wir kennen genug zuverlässige Leute, oder?«, schaltete Mike sich ein. »Gabriel, wir müssen ein Team zusammenstellen, genau wie du es gesagt hast. Ich hab schon einige konkrete Kandidaten im Kopf, aber wenn ich dich richtig verstehe, wird es zuerst einmal ganz entscheidend sein, einen erstklassigen Fluchtfahrer zu finden. Noch dazu einen, der ein Auto besorgen kann, der eine unauffällige, aber fahrtüchtige Karre organisiert, die man danach wieder verschwinden lässt, indem man sie zum Beispiel einfach in ihre Einzelteile zerlegt.«

Gabriel nickte, und gleichzeitig mit Mike rief er: »Speedy!«

»Hier!«, rief jemand aus der anderen Ecke der Sektbar. Er kam auf uns zugewankt. Mit roten Augen und leuchtender Nase. Ich konnte Raffi neben mir ansehen, dass er dachte: Das sollte doch eigentlich umgekehrt sein.

»Wasssnlos Jungs? He, habt ihr Andi inseinm Kleidschn gseehn? Super Tänser!«

War das der richtige Moment, um ihm eine Karriere als Fluchtfahrer schmackhaft zu machen? Gabriel versuchte es jedenfalls: »Speedy, lass das nächste Bier mal aus und schieb einen Apfelsaft dazwischen! Wir haben was Wichtiges mit dir zu besprechen.«

Nie zuvor hatte ich einen dankbareren Blick in Speedys Augen gesehen. Und ich kannte ihn schon seit dem Kindergarten.

Richtig gerührt war er: Fluchtfahrer! Ein echter Fluchtfahrer! Das wollte er schon immer einmal sein. Und er durfte sogar das Auto selber besorgen und so zurechtmachen, wie es notwendig war. Er lallte etwas von einem Film – *Driver* – den er als Jugendlicher mal im Kino, im Lichtspielesaal Primstal gesehen hatte, und dass er seit damals davon träumte, nach Amerika auszuwandern, weil man da hauptberuflich Fluchtfahrer werden konnte.

Er erkundigte sich weder nach den Details des Überfalls noch nach seinem zu erwartenden Anteil an der Beute. Das war ihm wurschtegal. Er interessierte sich nur für die Fahrstrecke und war selig, als Gabriel andeutete, der Fluchtweg sei lang und kompliziert, keine Autobahn, sondern zunächst ginge es durchs Stadtgebiet und dann über kleine Sträßchen. Speedy ließ glücklich seinen halb getrunkenen Saft stehen und holte eine Runde Stubbis, Schnaps und für mich einen Sekt-Orange. Wir hatten den ersten Spezialisten für unser Team.

Um halb vier holten wir Andi, der immer noch in seiner Männerballettverkleidung steckte, von der Toilette, wo er eingeschlafen war, und besiegelten auch mit ihm den Bund der Mittäterschaft. Ich weiß bis heute nicht genau, wofür er eigentlich Spezialist war, aber Mike und Gabriel versicherten mir, dass er in den Anfangszeiten ihres Schmuggelgeschäfts ein wichtiger Berater gewesen sei. Potenziell sei Andi immer gut für ein krummes Ding und er sei vertrauenswürdig.

Ich bin nicht sicher, ob Andi genau verstand, was wir ihm vorschlugen, jedenfalls zeigte er keinerlei Reaktion, als Gabriel ihm eröffnete, dass wir eine Mensa überfallen wollten, und auch Speedy starrte er verständnislos an, als der lallte: »Unnischbinderfluch ... der Fluchtfarra.«

Dem guten Raffi konnte ich ansehen, dass er zugleich fasziniert und verwirrt war, weil Andi immer noch im Tüllkleidchen und blickdichter Strumpfhose herumlief – fast blickdicht, ein bisschen schimmerte die starke Beinbehaarung durch – und ich muss zugeben, dass es komisch aussah, als Andi die Hand zum feierlichen Schwur hob. Doch niemand lachte. Dafür war der Augenblick zu ernst. Wir konnten uns auf Andi verlassen, das wussten wir. Und bevor er zurück zur Toilette ging, um weiterzuschlafen, stammelte er: »Rolf ... den Rolf sollten wir auch nehmen ... Nerven wie Drahtseile hat der ... guter Mann ... für Überfälle und Einbrüche und so was immer gut zu gebrauchen ... glaubt mir, ich weiß, wovon ich rede!«

»Wenn das so weitergeht, macht bis morgen das halbe Dorf mit«, brummte Raffi besorgt.

»Du hast Recht«, meinte Gabriel, »es ist keine Eile geboten. Wir fragen Rolf erst morgen.«

In dieser Nacht wurde auch noch ganz nebenbei entschieden, dass die Mensa, die wir überfallen wollten, die in Trier sein würde und nicht die in Saarbrücken. Ein angeheirateter Onkel von Andi war so eine Art Hausmeister auf dem Saarbrücker Unicampus, und Speedys Schwager fuhr für eine Zulieferfirma der Mensa dort. Es war nicht auszuschließen, in Saarbrücken auf Verwandte zu treffen, und man wolle doch schließlich niemanden in Verlegenheit bringen, meinte Gabriel. Die Entscheidung wirkte spontan, zeigte aber immerhin, dass Gabriel schon in der Planungsphase alles bedachte – sogar in angetrunkenem Zustand. Trier also. Auch gut. Gabriel und Mike hatten in der Trierer Mensa vor Jahren ein- oder zweimal gegessen, kannten also die räumlichen Rahmenbedingungen. Und niemand der bisherigen Überfallteammitglieder hatte Verwandtschaft vor Ort. Auch Rolf nicht – soviel ich wusste.

Übrigens war ich es schließlich, kurz nach meinem Einzug ins Jugendclub-Apartment, die die Jungs daran erinnerte, dass wir doch auch Rolf anheuern wollten. Aber das wäre gar nicht nötig gewesen. Als wir wenige Tage nach der Fasenacht das Kernteam zu einer ersten Lagebesprechung einberiefen, brachte Andi Rolf einfach mit.

»Lagebesprechung« – so nannte Gabriel die ersten Treffen, in denen es um den Überfall ging. Das erweckte die Illusion von generalstabsmäßiger Planung. Rolf war ein bisschen beleidigt, weil er nicht gleich am Kipfaka-Abend eingeweiht worden war. Aber da schließlich alle so taten – auch er selbst –, als ob er selbstverständlich dazugehörte, war das Team um ein Mitglied reicher.

Die beiden Abende, an denen ich zur Kipfaka und zum Speckball ging, hatte ich teuer bezahlt. In beiden Fällen musste ich ja eine Betreuung für meine Mutter organisieren. Ich hatte überlegt, ob ich ihr etwas geben sollte, das sie mindestens zwölf Stunden schlafen ließ. Ich bin mir sicher, dass ihr das selber ganz recht gewesen wäre. Aber ich entschied mich dagegen. Allein schon wegen des Geredes. Es war sauberer, jemanden zu bezahlen, der auf sie aufpasste. Maria machte das gern. Sie verdiente sich gerne etwas nebenbei, ohne dabei irgendwohin fahren zu müssen. Und sie war zuverlässig. Vor drei Jahrzehnten – da war Maria noch ein Teenager gewesen – hatte meine Mutter sie oft als Babysitterin engagiert, wenn sie sich mit einem ihrer Männer traf. Dann kam sie oft erst spät nachts oder gegen Morgen heim und Maria fand das in Ordnung. Sie wurde nach Stunden bezahlt. Sie war gut. Sie hatte viel Geduld mit mir gehabt als Baby und auch später, als ich schon in den Kindergarten ging. Sie wurde nie böse oder ungeduldig, wenn ich schrie und wissen wollte, wo meine Mutter ist. Und jetzt hatte sie Geduld mit ihr, während ich unterwegs war mit den Jungs. Das war doch nur gerecht. Und sie würde auch meine Mutter beruhigen, wenn sie nach mir rief. Wahrscheinlich würde ich Maria noch öfter brauchen. Falls ich in Zukunft regelmäßig etwas mit den Jungs unternahm. Das würde meine Mutter gar nicht mitbekommen, würde nicht merken, wie lange ich weg war. Sie war schon auf dem Weg in eine andere Welt. Ich auch. Dafür zahlte ich jeden

Preis. Inzwischen war Marias Stundenlohn deutlich höher als damals.

Zwischen dem Anheuern von Speedy als Fluchtfahrer und der Verpflichtung Andis lagen etwa drei Stunden. Während dieser Zeit war der Überfall kein Thema. Und nach dem Ende des Programms gelang es mir, mit Gabriel zu tanzen. Darauf hatte ich den ganzen Abend gewartet. Deswegen hatte ich eine Betreuung für meine Mutter gebraucht. Weil es natürlich ewig dauern würde, bis es soweit war.

Die meisten gingen hauptsächlich wegen der Show und der Büttenreden zur Kipfaka. Alle möglichen Leute aus dem Dorf wurden durch den Kakao gezogen. Aber nicht allzu bösartig. Verschiedene Ereignisse des letzten Jahres ließ man in der Bütt Revue passieren. Einer der Büttenredner – ich glaube es war der Mittelscheitels Herrmann – machte sogar einen Witz über das sonderbare Auto, dass dieser Holländer fuhr, der jetzt im Jugendclub wohnte. Ich legte Raffi tröstend die Hand auf die Schulter.

Was das Programm betraf, freute ich mich am meisten auf das Männerballett. Das war nicht nur der komischste Auftritt des ganzen Abends, sondern immer auch der krönende Abschluss. Danach wurde getanzt. Raffi tanzte gern. Und gut. Er ließ sich leicht führen. Hatte Taktgefühl und tanzte schwungvoll, ohne zu überschwänglich zu werden. Später, als Raffi zum Spaß eine Tanzrunde mit Andi einlegte – Raffi übernahm einfach die Frauenschritte, was er problemlos hinbekam – drängte ich mich neben Gabriel, der wie ich in der Menschenmenge stand, die sich kreisförmig um das herumwirbelnde Traumpaar gebildet hatte, um es anzufeuern.

»Jawoll, Andi, zeig dem Holländer mal, was eine heiße Sohle ist!«, rief jemand.

Und ein anderer: »He, Raffi, fass dem armen Andi bloß nicht unter sein Röckchen!«

Die Leute klatschen und lachten. Und ich flüsterte Gabriel

ins Ohr, dass ich den Rest der Nacht mit ihm tanzen wolle. »Keine Widerrede«, fügte ich etwas lauter hinzu, als er sich ein wenig sträubte. Er tanzte längst nicht so gut wie Raffi und versuchte selber zu führen, aber wenigstens trat er mir nicht auf die Füße. Und ich fühlte mich wohl mit ihm. Von außen sahen wir sicherlich ganz passabel aus. Er war zwar deutlich schmaler als ich, aber immerhin war er genau so groß, vielleicht sogar ein, zwei Zentimeter größer. Wenn ich mit kleinen, schmächtigen Männern tanzte, sah ich lächerlich aus. Aber zusammen mit ihm gab ich wohl ein gutes Bild ab.

In den Pausen, wenn die Musikkapelle ein paar Sekunden brauchte, bis sie mit dem nächsten Stück anfing, standen wir Schulter an Schulter und schauten uns nicht an. Nach dem dritten oder vierten Tanz nutzte Gabriel diese Pause, um mit seinem Handrücken meine Hand zu berühren. Als er merkte, dass ich es geschehen ließ, fasste er bei der nächsten Pause vorsichtig meine Hand. Nach ganz kurzem Zögern glitten seine Finger und meine ineinander. Unwillkürlich dachte ich an ein Substrat und das dazu passende Enzym. Wie beide genau ineinander passten. In dem Gewimmel konnte niemand sehen, dass während der Pausen unsere Finger ineinander verschränkt waren. Dann spielte die Band zum Glück ein paar langsame Schnulzen hintereinander, sodass es niemand ernst nahm, wenn ich mich enger an Gabriel drückte. Das taten alle auf der Tanzfläche – auch die, die sonst nicht zusammengehörten. Ich vergrub meine Nase an der Stelle, wo Gabriels Hals zum Ohr überging. Noch nie hatte eine Haut besser gerochen. Mike und auch die paar anderen Männer und Frauen, denen ich so nah gekommen war, hatten alle eins gemeinsam: Sie sahen richtig lecker aus. Auch ausgezogen. Aber keiner von ihnen hatte auch nur annähernd so gut gerochen wie Gabriel. Es war schwindelerregend. Deshalb schmiegte ich mich noch etwas fester an ihn. Und atmete genüsslich ein. Das kann man alles biochemisch erklären: Pheromone! Seine Pheromone ließen meine Hormone Kapriolen schlagen. Da musste ich mir nichts vormachen. Wir tanzten auch weiter, als die Musik wieder wilder wurde. Auch das machte Spaß. Die Kapelle spielte bis nach drei.

Speedy, dessen Glückseligkeit die ganze Nacht anhielt, erschien bei der letzten Zugabe, die die Kapelle gab, mit Rückbanks-Elfie auf der Tanzfläche. Von ihm erfuhren wir, dass Mike mit der Rothaarigen aus Krettnich nun doch eine »Probebohrung« im Sanitätsraum durchführte. Elfie kreischte vergnügt, als Speedy uns das zurief, während wir für ein paar Augenblicke nebeneinander tanzten. Dann zog ich Gabriel tiefer ins Gewühl und weg von Speedy und Elfie.

Auf dem Speckball tanzte ich wieder mit ihm. Er roch wieder genau so wie zuvor auf der Kappensitzung. Aber es war anders. Er war zwar wieder ganz nah bei mir. Nur wirkte er niedergeschlagen. Wusste ich doch, dass ihm die Recherche zu diesem Katastrophenbuch nicht gut tat. Anders als beim Kipfaka-Tanz hatte ich diesmal das Gefühl … nein, das dringende Bedürfnis, ihn beschützend in den Arm zu nehmen. Aber auch dieses Gefühl genoss ich.

7 | Imms, oder: Drei Engel für Johanna

Am Aschermittwoch also zog ich ein. Einige Tage später gehörte Rolf endlich offiziell zum Überfallteam. Und noch ein paar Tage später starb meine Mutter.

Niemand glaubte mir, dass mich das völlig überraschend traf. Aber es ist die Wahrheit. Ich hatte mich innerlich auf noch einige Monate eingestellt. Allerhöchstens auf ein halbes Jahr. So hatte ich das interpretiert, was der Arzt mir sagte. Natürlich zermarterte ich mir das Gehirn darüber, was ich tun sollte, wenn es zu Ende ging und ihre Schmerzen schlimm wurden. Ich machte mich schon darauf gefasst, dass bald eine Entscheidung anstand. Und dann: plötzliches Herzversagen. Und das in einer Phase, in der ich ihr schon seit Wochen bis aufs Milligramm genau die Medikamente verabreicht hatte, wie vom Arzt verschrieben. Ich konnte mir gut vorstellen, was die Leute redeten: »Jetzt wohnt sie gerade mal seit einer Woche in diesem Sündenpfuhl, und schon stirbt ihre Mutter an Herzversagen. Für die Alte war es ja wahrscheinlich besser so, aber wer weiß, ob die Junge nicht tief in die Apothekerkiste gegriffen hat.«

Jetzt hatte sie jahrelang durchgehalten und nun starb sie im ungünstigsten Moment. An plötzlichem Herzversagen. Einer Apothekerin sollte so etwas nicht passieren. Auch wenn sie gar nichts dafür konnte.

Einen Tag nach ihrem Tod hielt Harald vor der Haustür. Ich sah durchs Fenster, wie er ausstieg. In Uniform. Er setzte sich seine Polizeimütze auf. Hielt inne. Schien zu überlegen. Dann setzte er die Mütze wieder ab und warf sie durch die noch offen stehende Autotür auf den Beifahrersitz. Er behauptete, er käme vorbei, um mir sein Beileid auszusprechen. Ich bedankte mich. Er fragte, wie es ihr denn zuletzt gegangen sei. Ob sie Schmerzen gehabt habe. Er habe ja gewusst, dass sie unheilbar krank gewesen sei, aber nicht, dass sie schon im Endstadium ...

Ich unterbrach ihn, um zu erklären, dass es ihr gerade in den letzten Wochen den Umständen entsprechend gut gegangen sei, und dass auch Dr. Brandt, mit dem zusammen ich die komplette Therapie und Medikation sehr gründlich besprochen hatte, in letzter Zeit einigermaßen zufrieden mit ihrem Zustand gewesen sei. Letztlich sei ihr durch das Herzversagen vieles erspart geblieben.

»Aber sie hatte doch kein schwaches Herz gehabt?«, wollte Harald wissen.

Nicht extrem schwach, nein, aber richtig in Ordnung sei es auch schon lange nicht mehr gewesen. Herzrhythmusstörungen hatte Dr. Brandt bei jeder Untersuchung festgestellt. Nicht absolut alarmierend, aber auch nicht ganz unbedenklich. Ja, es sei unerwartet gewesen, aber nicht völlig überraschend – wenn man Dr. Brandt Glauben schenkte.

Harald schenkte dem Arzt Glauben. Jeder wusste, dass der Doktor und ich nicht gerade die dicksten Freunde waren. Woran das lag, wusste ich selbst gar nicht so genau. Meiner Meinung nach war es unmöglich, dass er das von mir und seiner Frau damals auch nur im Geringsten ahnte. Wenn sie ihm nichts gesagt hatte ... aber warum sollte sie? Und er hatte mich auch schon vorher nicht leiden können, schon als seine Frau sich noch nicht an mich herangemacht hatte. Aber er war absolut korrekt. Nicht sehr menschlich, nicht mitfühlend, aber unbestechlich korrekt und gründlich. Wenn alle Ärzte so wären, wäre schon viel gewonnen. Ihm glaubte man. Und wenn er sagte, dass es plötzliches Herzversagen war, galt das. Trotzdem würden sicher einige Leute noch eine Weile tuscheln, da war ich mir sicher.

Ich kam überhaupt nicht zum Trauern.

Mit allem hatte ich gerechnet. Sogar mit der ein oder anderen spannenden Liebesnacht. Oder zumindest einfach nur mit ein paar witzigen Stunden mit den Jungs – ab und zu. Oder auch damit, dass sie mich als eine Art Ersatzmami oder große Schwester brauchten, was für mich immer noch einigermaßen okay gewesen wäre. Aber woran ich keine Sekunde gedacht hatte, war, dass ich sie brauchen würde. Dass sie meine drei Schutzengel wurden.

Raffi mussten wir erklären, dass der Leichenschmaus nach einer Beerdigung hier »Imms« heißt, und dass es dabei Kaffee und Kuchen gibt und Schnittchen und warme Wiener Würstchen. Und dass gelegentlich auch Bier und andere alkoholische Getränke auf solchen Feiern gesichtet worden sein sollen. Die Jungs regelten alles für mich: die Beerdigung, die Imms, den Grabstein, alles.

Sie boten mir sogar an, die Imms im Jugendclub abzuhalten – mit vorheriger Doppelputzaktion ihrer Mütter. Aber das hätte ich unpassend gefunden. Ich sagte ihnen, dass ich eine ordentliche Imms in einem Gasthaus wollte und bat sie, den Löwenhof oder den Primstaler Hof oder den Saal im Gasthaus Zeggels zu buchen und dort alles mit dem Essen und den Getränken zu vereinbaren. Sie organisierten alles prima.

Vor allem aber glaubten wenigstens sie mir, dass mich der Tod meiner Mutter zum jetzigen Zeitpunkt überrascht hatte. Raffi glaubte mir, weil er ein Seelenverwandter war und mich inzwischen ziemlich gut kannte. Mike glaubte mir, weil er das für praktischer und nützlicher hielt, als konsequent darüber nachzudenken, was es bedeutete, wenn er das nicht tat. Und Gabriel glaubte mir, weil er mir glauben wollte. Weil er wollte, dass er wenigstens mir vertrauen konnte und dass das, was ich sagte, auch wirklich galt.

Er wirkte in diesen Tagen auffallend niedergeschlagen, weil er kurz zuvor ein »Interview« – so nannte er das – mit einem alten Bergmann geführt hatte. Dabei hatte er herausgefunden, wie die Identifizierung der völlig entstellten Leiche seines Vaters vonstatten gegangen war.

Damals vor achtunddreißig Jahren.

Es war eine schöne Imms.

Dem Pastor rechnete ich hoch an, dass er bei der Beerdigung nichts über die Vergangenheit meiner Mutter sagte. Nicht einmal andeutete, wie wenig begeistert er von ihrem Lebenswandel gewesen war. Vielleicht lag das daran, dass meine Mutter sich auf ihre alten Tage doch wieder daran erinnert hatte, dass sie der katholischen Kirche angehörte. Sogar die Beichte legte sie regelmäßig ab – als klar war, dass sie nicht wieder gesund werden würde. Diesbezüglich hatte sie sich gut integriert: Mit der Aussicht, bald auf Geiset zu liegen, erinnerte man sich plötzlich an Sakramente, die man schon völlig vergessen zu haben glaubte. Falls sie das mit der Beichte ernst genommen hatte, müssen unserem Pastor regelrecht die Ohren geklingelt haben, bei dem, was er da über ihre wechselnden Affären zu hören bekam. Wenigstens war nie einer dabei, den wir aus dem Dorf kannten.

»Betrüge nie in deinem Heimatort!«, hatte meine Mutter mir als Faustregel mit auf den Weg gegeben.

Meinen Ruf hatte sie mitruiniert. Wirklich! Viele Jungs ließen sich nicht mit mir ein, weil ich ihre Tochter war. »Pass bloß auf bei der!«, warnten die Mütter ihre Söhne, »der Apfel fällt nicht weit vom …«

Deshalb wollten sie höchstens mit mir ins Bett. Das schon. Ein paar wenigstens. Die meisten hielten sich auch damit zurück. Hatten Angst, vom schlechten Ruf angesteckt zu werden. Es lag nicht an meinem breiten Hintern, dass viele Jungs einen großen Bogen um mich machten, das braucht mir keiner weiszumachen. Da gab es echte Schabracken, die ruckzuck einen am Altar hatten.

Der Pastor sagte lediglich etwas zu ihrer Herkunft. Zu einer typischen Nachkriegsbiographie. Da er das Entscheidende – die Männergeschichten – wegließ, klang es nach einem ganz ordentlichen Leben.

Sie war ohne Mann im Dorf angekommen. Von irgendwo aus dem Osten. Von hier aus gesehen ist der Osten groß und weit weg. Und der Osten beginnt bei den Primstalern gefühlt ungefähr in der Ostpfalz und erstreckt sich von dort bis Wladiwostok. Schon die geographische Bezeichnung »Ostsaarland« löst hier ein gewisses Unbehagen aus, weil jeder weiß, dass dort die Pfalz nicht mehr weit ist und dass ab dort und weiter östlich nichts Gutes mehr zu erwarten ist. Allerdings herrschte ein gewisser Argwohn auch gegenüber sämtlichen Landkreisen und Departements, die südlich, nördlich oder westlich des Saarlandes lagen. Man war von der Fremde regelrecht umzingelt. Aber der Osten – der war wohl am unheimlichsten. Und jeder, der von irgendwo jenseits der Oder stammte, galt praktisch als Russe. Oder als Russin. Auch wenn ihre Muttersprache Deutsch war. Sogar mich haben sie als Kind oft Russin genannt. Oder Zigeunersch. Dabei kam mein Vater aus Saarbrücken. Und meine Mutter war Deutsche. Nur eben aus dem Osten. Im Grunde war ich deutscher als ein Franzosenkind. Aber die waren weniger exotisch als Zigeuner und verschreckten daher die Leute weniger.

Der Mann aus Saarbrücken hatte sie mitgebracht. Bis auf den heutigen Tag habe ich nicht herausbekommen können, wo und wie er sie aufgegabelt hatte. Bloß, dass es ein Glücksfall war, so hatte sie mir einmal erzählt, dass er sie in den Wirren der Vertreibung und der Völkerwanderung durch die Ruinen da raus geholt habe. Wo raus? Sie erklärte es mir nie.

Er war ein Offizier. Und natürlich verheiratet. Deshalb hatte er meine Mutter auf dem Land untergebracht, weit genug weg von seiner Familie, aber erreichbar genug, um hin und wieder einen Abstecher zu machen. Da er sich nicht allzu oft blicken ließ, hatte meine Mutter keine Bedenken, zwischendurch auch andere Uniformen auszuprobieren. Französische zum Beispiel – davon gab es in der Gegend ja genug.

Es gelang ihr jahrelang, nicht schwanger zu werden. Diesbezüglich muss sie ihrer Zeit weit voraus gewesen sein. Später erzählte sie mir, dass sie die Pille für die wichtigste Erfindung des zwanzigsten Jahrhunderts hielt. Aber bis sie endlich an die Pille rankam, war es eben ein einziges Mal schiefgegangen. Ich kam auf die Welt, kurz bevor meine Mutter in den Genuss der wichtigsten Erfindung des Jahrhunderts kam. Dass der Offizier aus Saarbrücken mein Vater war, erzählte sie mir erst, als ich schon fast achtzehn war. Nachdem sie gehört hatte, dass er vor Kurzem gestorben war.

Davor hatte sie ihn vierzehn Jahre lang nicht mehr gesehen. Irgendwann kam er einfach nicht mehr, erzählte sie mir. Aber sein Geld floss weiter. Pünktlich. Monat für Monat. Und zwar ein hübscher Batzen mehr als nötig gewesen wäre – rechtlich gesehen. Dafür durfte ich ihn aber auch nie kennenlernen. Und meine Mutter ihn die letzten vierzehn Jahre nicht mehr kontaktieren. Sie fand das nicht traurig: »Was willst du? Er hat für dich gesorgt. Wir können froh sein, dass er bis kurz vor deinem Abitur durchgehalten hat. Für dich hat doch nie auch nur eine Mark gefehlt, oder?«

Das stimmte. Ich vermisste nie einen Vater. Wie auch? Ich wusste ja nicht, wie es sich anfühlte, einen Vater zu haben. Ich vermisste höchstens, dass es niemanden gab, der einfach immer für mich da war. Wenigstens theoretisch.

Meine Mutter war der Meinung, dass die anderen Frauen sich zu billig verkauften: »Die müssen sich ihr ganzes Leben lang mit einem Mann rumschlagen. Und viele von den Frauen haben weniger Geld als ich. Und weniger Spaß.«

Der Pastor machte darauf aufmerksam, dass wir keine Verwandten hatten. Jedenfalls gab es keine in erreichbarer Nähe. Keine Eltern und Geschwister für meine Mutter, keine Großeltern oder Cousins und Cousinen für mich. Er fand das traurig. Zumindest hatte er Recht damit, dass wir eine Ausnahme bildeten. Verwandte habe ich nie vermisst. Schon eher, dass ich keine Familiengeschichte hatte, die über die Ankunft meiner Mutter in Primstal hinausging. Über Mike und Gabriel sagten sie wenigstens: »Dabei war der Großvater ein so guter Mann gewesen.« Ja, entweder eine komplette Vergangenheit ... oder gar keine – wie Raffi. Das wäre okay.

Die Beerdigung selbst war nicht so schlimm, wie ich befürchtet hatte. Nicht einmal der Augenblick, als wir vom Grab weggingen und den Sarg alleine zurückließen. Und es wirkte beruhigend, dass doch einige Leute gekommen waren, die genauso stumm und schwarz wie ich um das blumenumsäumte Loch standen. Zu Beerdigungen kamen normalerweise viele Leute. Verwandte, Freunde, Nachbarn, Vereinskollegen. Von all denen hatte meine Mutter keine oder kaum welche. Deshalb hatte ich mich vor einer Beerdigung mit nur einer Handvoll Leuten gefürchtet. Aber so weit kam es nicht. Gabriel, Mike und Raffi hatten dafür gesorgt. Natürlich war die Beerdigung nicht so groß wie sonst bei den meisten Leuten aus dem Dorf, aber auch längst nicht so klein wie erwartet. Manche der Trauergäste hatten sicher nie ein Wort mit meiner Mutter gewechselt. Andi, Rolf, Herbie oder Matti zum Beispiel. Oder Rückbanks-Elfie. Aber es war beruhigend, dass sie mit um den Sarg standen. Vielleicht waren sie nur gekommen, weil Mike und Gabriel sie auch für danach auf die Imms eingeladen hatten. Und wenn schon. Auch bei der Totenfeier wollte ich Leute um mich haben. Die Wirtin war ein bisschen überrascht, als es bei der Reservierung des alten Saals hieß, sie solle Kuchen und Schnittchen für zweiunddreißig Leute vorbereiten. So viele hatten die Jungs aufgetrieben. Meine drei Engel. Sie sahen wunderbar aus, in ihren dunklen Anzügen, weißen Hemden und mit ihren Krawatten. Raffi wirkte noch gepflegter als sonst. Und Gabriel und Mike: beide umwerfend.

Meine Mutter hätte nicht gewollt – es mir sogar verboten, wenn sie gekonnt hätte – auch nur daran zu denken, mit einem der beiden ... sie würde denken, dass ich mich unter Wert verkaufe.

Wie still es während des Kaffees und Kuchens war! Und auch die Würstchen und Schnittchen wurden mit Andacht verzehrt. Bis Gabriel hörbar seufzte: »Tja, es muss ja weitergehen. Rosi, bring mir mal ein Pils!«
»Mir auch.« – »Mir auch«, hörte ich Stimmen, nicht zu laut, aus verschiedenen Richtungen des Raumes. »Mir auch, bitte!«, sagte ich mit fester Stimme und Gabriel nickte mir aufmunternd zu.

Nachdem Rosi weitere zwei oder drei Tabletts mit Gläsern und Flaschen gebracht hatte, wurde es eine richtig schöne Totenfeier. Es wurden ein paar witzige Begebenheiten über meine Mutter erzählt – solche, die man über eine Tote erzählen darf, beispielsweise wie sie auf den Jochems Fritz mit dem Besenstiel eingedroschen hatte, als der mit seinem Moped den Jägerzaun vor unserem Haus durchbrochen hatte und völlig betrunken neben seiner knatternden Maschine im Stiefmütterchenbeet lag und nicht mehr alleine hochkam. Und wie er dann doch fliehen konnte – auf allen Vieren – aber seine Kreidler zurücklassen musste und sie erst wiederbekam, nachdem er den Zaun tipptopp repariert und das Blumenbeet wieder in Ordnung gebracht hatte. Ich merkte, dass es gar nicht so leicht war, ein paar unverfängliche Anekdoten über meine Mutter zum Besten zu geben. Wir bemühten uns, es dennoch hinzukriegen, und als uns die Geschichten schon bald ausgingen, die man über sie zu diesem Anlass erzählen konnte, wurden einfach andere alte Wisst-ihr-noch-Stories hervorgekramt. Das fand ich in Ordnung, weil wir dabei anderer Toter gedachten. Zum Beispiel wurde – wieder einmal – erzählt, wie Gabriels Vater in den Krieg ziehen musste. Mir fiel jetzt erst auf, dass meine Mutter und Gabriels Vater im selben Jahr geboren wurden. Und für beide hatte es 1945 zunächst nicht gut ausgesehen. Beide retteten sich aber auf ihre Art in den nächsten Lebensabschnitt.

Das Einzige – so wurde erzählt – was der Krieg bei Gabriels Vater hinterließ, war eine hässliche, beeindruckende Narbe etwa eine Handbreit links vom Bauchnabel. Er musste sie bei manchen Gelegenheiten – vor allem, wenn viel getrunken wurde – vorzeigen, um das Erzählen dieser Geschichte einzuleiten und um gleich klarzustellen, dass sie wahr war. Ganze drei Wochen war Hecks Hubert im Krieg gewesen. Und die Narbe hatte er sich wenige Kilometer vor Primstal eingefangen.

Das war kurz bevor er siebzehn wurde. Also etwa so alt, wie diejenigen, die am 7. Februar 1962 unter seiner Obhut in die Grube Luisenthal einfuhren. Mikes Vater, Hecks Jakob, musste noch nicht mit in den Krieg. Er war damals erst vierzehn. Aber Hubert Heck musste zusammen mit einigen anderen Primstaler Jungs, von denen der älteste achtzehn war, nach Saarburg, um dort den Endsieg zu erringen. Hecks Hubert arbeitete damals schon in der Grube – in Camphausen oder Maybach, glaube ich – und trotzdem war er schlauer als die anderen in seiner Einheit, von denen einige gerade das Notabitur verpasst bekommen hatten und nun an die Saar marschierten, um dort den Ami wieder zurück ins Meer zu treiben. Gabriels Vater war der Einzige, der zu bedenken gab, dass man da ja ganz schön weit treiben müsse – das Meer sei immerhin gut vierhundertfünfzig Kilometer entfernt. Er machte dem Rest der Truppe klar, dass es schon ziemlich aussichtslos sei, die Amis auch nur die paar Kilometer von der Saar bis zur Mosel zurückzutreiben und bezweifelte ganz offen den Endsieg. Das verursachte eine aufgeregte Diskussion unter den Primstaler Jungspunden, weil dieser offensichtliche Landesverrat dazu genutzt wurde, alte Familienstreitigkeiten wieder aufzukochen. Väter, Großväter und Urgroßväter wurden im Nachhinein der Feigheit bezichtigt und angebliche Drückebergereien des Ersten Weltkrieges und sogar des Deutsch-Französischen Krieges 1870/71 waren plötzlich erwiesene oder doch wenigstens allgemein bekannte Tatsachen. Erst als der einzige Erwachsene in der gesamten Flaktruppe, ein hinkender Unteroffizier und Winzer aus Perl-Sehndorf, der schon seit 1939 dabei war und den Trupp sozusagen führte, schallend über Huberts Erkenntnis lachte und ihn einen klugen Burschen nannte, kippte die Stimmung zugunsten der Endsiegzweifler.

»Wenn ihr jetzt gleich in die richtige Richtung losstürmt, habt ihr vielleicht noch eine Chance«, soll der Alte gesagt haben, der einen Tag später bei einem Luftangriff das Bein verlieren sollte, auf dem er nicht hinkte, »also lauft, so schnell ihr könnt, am besten gleich bis nach Hause.« Und genau das taten die meisten auch: Angespornt und geführt von Gabriels Vater und unter den Verfluchungen der paar Uneinsichtigen, die unter allen Umständen die Saar halten wollten, liefen sie genau in die Richtung, in die sie laufen mussten, nämlich zurück nach Primstal; und bis dorthin waren es ja nicht einmal fünfzig Kilometer. Die wenigen, die an der Saar blieben, gerieten in den nächsten Tagen in Gefangenschaft und einer wurde sogar verwundet. Zuhause traute sich niemand, die Fahnenflüchtigen zu verpfeifen, denn die Zurückgekehrten verteilten sich so weitverzweigt auf alle Familien des Dorfes, dass der Zorn der Mütter und Großmütter weit mehr zu fürchten war als eventuelle Anschuldigungen der sich sowieso auflösenden Naziverwaltung.

Um Primstal stand es zur selben Zeit – kriegstaktisch gesehen – nicht gut, weil der recht versteckt liegende Kriegsflughafen im Ortsteil Mühlfeld den Amis ein Dorn im Auge war. Bevor sie ihn bombardierten, nahmen sie sich noch die Zeit, aus der Luft Flugzettel abzuwerfen, auf denen zu lesen war: Primstal im Loch, wir finden dich doch! Allen war klar, dass der Ami bald einrücken würde.

Die Jungs um Hecks Hubert waren gerade rechtzeitig wieder im Dorf, um die Uniformen zu verbrennen und die Waffen zu verstecken, bevor die Amerikaner vom Westen her kommend ins Dorf einfuhren. Man half den amerikanischen Soldaten rasch, die einzige Panzersperre beiseite zu schaffen, die einer der letzten übereifrigen Dorfbewohner in der Kurve vor dem Gasthaus Zeggels – also genau vor der Tür des Hauses, wo wir die Imms für meine Mutter feierten – zurechtgestümpert hatte. Die Amis waren sowieso schon sauer, weil zwei Kilometer weiter westlich – in Krettnich – die Primsbrücke gesprengt worden war, und sie zeigten sich erfreut darüber, dass sie bei uns, in diesem langgezogenen Dorf, immerhin sämtliche Brücken in wohlbehaltenem Zustand fanden. Und die Panzersperre vor dem Gasthaus Zeggels nahmen sie als das, was sie war: eine Alibiveranstaltung, die den Vormarsch nicht wesentlich aufhielt. Die Primstaler sahen an diesem schönen Märztag zum ersten Mal Menschen mit völlig schwarzen Gesichtern, die den Kindern, die sich nahe genug an sie herantrauten, Schokolade oder andere Leckereien schenkten. Das war eine echte Sensation, die Hecks Hubert leider verpasste, weil die Primstaler Flakjungs beim Nachhauselaufen zwischen Wadern und Lockweiler von Tiefliegern angegriffen wurden und ein Splitter, der von einem Querschläger stammte, Gabriels Vater ein beachtliches Stück Fleisch aus der linken Bauchseite riss. Es hatte Hecks Hubert erwischt, obwohl er die Flieger als Erster kommen sah. »Los, alle da rüber in den Graben. Rennt! Schnell! Nein, nicht die Straße entlang, Walter! Werner! Schnell hier in den Graben«, hatte er gerufen. Bis er alle in Sicherheit gebracht hatte, waren die Flieger so nah, dass sie ihn als Einzigen noch erwischten. Da der Splitter ihn nur gestreift hatte, wurden keine inneren Organe verletzt. Aber die Wunde entzündete sich. Seine Kameraden hatten ihn zwar die letzten Kilometer mit zurückgeschleppt, aber nicht darauf geachtet, die Wunde sauber zu halten. So bekam er Wundfieber und rang mehrere Tage mit dem Tod. Genauer gesagt war es Gabriels Großmutter, Hecks Angela, die rang, vor allem, indem sie den durchziehenden Amerikanern ein paar saubere Mullbinden sowie ein bisschen von der neuen

Wundermedizin Penizillin abschwatzte – auf Primstaler Dialekt übrigens, denn sie konnte genau so wenig Englisch wie Hochdeutsch, also weiß der Teufel, wie sie das geschafft hatte – und indem sie die Wunde mit dem guten fünfundvierzigprozentigen Zwetschgenschnaps behandelte, der eigentlich vorgesehen war, um entweder den Endsieg oder den Einzug der Amis und das Kriegsende zu feiern – je nach Bedarf.

Hecks Hubert kam allmählich wieder auf die Beine, hatte ein oder zwei wirklich schöne Jahre und konnte dann 1947 wieder unter Tage weitermachen. So kam es, dass er nicht zu einem der Namen unter dem Engel auf dem Kriegerdenkmal am Mühlfelder Marktplatz wurde, sondern siebzehn Jahre später zu einem der weißen Steine der Luisenthaler Gedenkstätte.

Am frühen Abend – also einige Erzählungen später, wobei ich alle in leicht abweichenden Varianten schon einige Male gehört hatte – verlagerten wir mit etwa einem Dutzend übrig gebliebener Trauergäste den Ausklang der Imms doch noch in den Jugendclub. Das war auch dringend nötig, denn wir brauchten einen sicheren Raum, wo die Wände keine Ohren hatten, weil Herbie und Nicole offiziell in den Kreis des Überfallteams aufgenommen wurden und weil Gabriel endlich ganz genau erklären musste, wie das mit der Geiselnahme funktionieren sollte.

Herbie versuchte als Erster, bei mir zu landen. Er kam spät abends von drüben, vom Jugendclub, wo er nach der offiziellen Lagebesprechung mit den Jungs noch ein paar Stubbis getrunken hatte. Besoffen war er nicht, aber auch nicht mehr ganz nüchtern. Ans Fenster klopfte er. Vorsichtig, fast höflich. Als ich das Fenster öffnete, stammelte er etwas, was sich nach einem Dankeschön anhörte. Herbie rechnete es mir hoch an, dass ich ihn für das Überfallteam vorgeschlagen hatte. Meine Jungs waren skeptisch gewesen. Aber sie wussten nicht, was ich über ihn wusste. Nämlich dass er für seinen Onkel als Schwarzgeldkurier arbeitete. Oder dies zumindest zeitweise getan hatte – ich war nicht auf dem neuesten Stand und wusste nicht, ob er immer noch im Geschäft war. Und meine Mutter konnte ich ja nicht mehr fragen.

Herbies Onkel – Bauunternehmer und einer der reichsten Männer im Dorf – war der einzige Primstaler, bei dem ich mir nicht ganz sicher war, ob meine Mutter nicht doch eine Ausnahme gemacht hatte. Ich weiß, dass meine Mutter ihn einmal zufällig in West-Berlin getroffen hatte. Herbies Onkel hatte da früher beruflich zu tun. Meine Mutter fuhr einmal im Jahr nach Berlin, um eine alte Freundin aus ihrer Kindheit zu treffen. Diese Freundin, Helma, war damals gemeinsam mit meiner Mutter geflohen und dann in Berlin hängengeblieben. Soviel ich weiß, war Helma die einzige Verbindung meiner Mutter zu ihrer alten Heimat und ab Anfang der Sechziger sahen die beiden sich regelmäßig einmal im Jahr. Bis 1997, als meine Mutter wusste, dass es nur noch bergab gehen würde. Ich erfuhr nicht viel über Helma. Leider hatte ich auch keine Adresse von ihr und kannte ihren Nachnamen nicht, sodass ich ihr jetzt nicht einmal schreiben konnte, dass … – aber vielleicht wusste sie ja nicht einmal, dass ich überhaupt existierte. Wer weiß, was meine Mutter ihr erzählt und was sie verschwiegen hatte.

Bei einem Berlinbesuch Ende der Siebziger traf sie Herbies Onkel. Zufällig. In einem Club – was immer das genau bedeuten mochte. Ich wusste ja, wie viel sie Maria zahlte, damit sie mich während dieser Woche – einmal im Jahr – zu sich nach Hause nahm. Bis ich sechzehn war und meine Mutter mich auch mal für eine Woche alleine zuhause ließ. Was sie und Helma in Berlin genau trieben, war nie herauszubekommen. Auch nicht kurz vor ihrem Tod, als es sich doch eigentlich nicht mehr lohnte, zu lügen oder etwas zu verheimlichen. Jedenfalls wirkte sie immer völlig kaputt und übernächtigt, wenn sie von diesen Reisen zurückkam. Sie musste danach zwei Tage im Bett bleiben, um sich auszuschlafen. »Es war eine lange, anstrengende Fahrt«, sagte sie jedes Mal. Auf welche Art sie sich mit Herbies Onkel angefreundet hatte, war ein weiteres Geheimnis, das sie mit ins Grab nahm. Jedenfalls hatten sie sich dort so gut kennengelernt, dass sie sich gegenseitig einige persönliche Dinge anvertrauten. Bei Mechels an der Tiefkühltruhe redeten die beiden manchmal lange miteinander, und Herbies Onkel kam sogar hin und wieder bei uns vorbei, klopfte an die Haustür, meine Mutter ging zu ihm hinaus und sie schwatzten eine ganze Weile auf der Bank, die vor unserer Tür stand. So konnte jeder, der vorbeiging, sie sehen. Ins Haus kam er nie. Und es gab keinerlei Gerüchte bezüglich der beiden im Dorf. Herbies Onkel hätte das sofort unterbunden. Ich bin auch sicher, dass nichts zwischen den beiden lief. Zumindest nicht in Primstal. Meine Mutter hielt sich diszipliniert an ihren selbst aufgestellten Leitspruch »Betrüge nie in deinem eigenen Dorf!«

Mir erzählte sie nur, dass er sie einmal gefragt hatte, ob sie für ihn als Geldwäscherin tätig werden könne. »Er konnte mir vertrauen und ich ihm. Wir kannten genauso viele Geheimnisse voneinander, dass eine Pattsituation entstand. Da wir beide auf unsere Weise professionell mit dem Leben umgingen, wäre das eigentlich eine gute Voraussetzung dafür gewesen, sein Schwarzgeld bei den richtigen Adressaten abzuliefern. Aber ich entschied mich, dass das nicht mein Metier sei und dass ich nicht noch neue Nebentätigkeiten anfangen wollte. Wer weiß, wenn du nicht da gewesen wärst, hätte ich vielleicht mehr riskiert«, fügte sie hinzu, aber es klang nicht wie ein Vorwurf.

Er sei zwar enttäuscht, aber nicht böse darüber gewesen, dass sie nicht bei ihm einstieg, meinte sie. Und später, als sie wieder einmal auf der Bank in unserem Vorgarten saßen, hatte sie ihn gefragt, ob er sein Geldtransportproblem gelöst hätte. Freimütig hatte er ihr geantwortet: »Das macht jetzt mein Neffe. Der macht das sehr zuverlässig, der Herbie. Aber wenn du dich doch noch entscheidest, eine Fuhre zu übernehmen ...«

Meine Mutter blieb bei ihrem Nein.

Das mit Herbie und seinem Onkel hatte sie mir schon erzählt, bevor sie richtig krank wurde.

»Vielleicht ist das eine wichtige Information, irgendwann einmal«, meinte sie, »aber verwende sie niemals, wenn es nicht absolut notwendig ist. Ich will nur, dass du weißt, wer hier was treibt. Vielleicht brauchst du es irgendwann einmal. Schaden kann es jedenfalls nicht. Ich weiß ja, dass du nicht unnötig plapperst.«

Sie hätte sicher nicht gedacht, dass ich die Information einmal brauchte, um die passenden Primstaler für einen Mensaüberfall zu rekrutieren.

Die Jungs waren ursprünglich dagegen, weil sie dachten, Herbie eigne sich nicht für den Job. Aber mir war klar, dass allein die Tatsache, dass Herbie seit Jahren Schwarzgelder quer durch Deutschland und nach Luxemburg fuhr, um es bei Schein- oder Partnerfirmen waschen zu lassen, ohne dass jemand im Dorf auch nur im Geringsten etwas davon ahnte, bewies, dass er vertrauenswürdig war und dichthalten konnte. Und die Fähigkeit, ein Geheimnis für sich behalten zu können, war die erste und wichtigste Qualifikation, die man für dieses Überfallprojekt mitbringen musste.

Es war auch klar, dass wir dringend noch die ein oder andere Frau im Team bräuchten. Das bot sich bei dem Überfallkonzept an. Ich schlug deshalb Nicole vor, von der ich wusste, dass sie verschwiegen war und gleichzeitig jedes Abenteuer mitnahm, das sich ihr bot. Außerdem war sie die Schwägerin des Sohns des Bürgermeisters. Nicoles Schwester war die absolute Lieblingsschwiegertochter unseres Dorfchefs, der er keine Bitte ausschlagen konnte. Sie war so etwas wie eine Ersatztochter für ihn – er hatte vier Söhne – und deshalb war klar, dass er seine Beziehungen würde spielen lassen, falls etwas schiefging oder sich jemand verplapperte. Und ihre andere Schwester war mit Harald, dem Polizisten, verheiratet. Sie war also mit wichtigen Leuten verwandt.

Meine offizielle Begründung für Herbie zielte in eine ähnliche Richtung. Ich machte ihnen klar, dass für den – zugegebenermaßen sehr unwahrscheinlichen – Fall, dass irgendetwas nicht wie geplant laufen und Harald plötzlich mit Mütze im Jugendclub stehen sollte, ein reicher Onkel nicht schlecht wäre, der bei Bedarf einen Anwalt bezahlte.

Nicole und Herbie waren also dabei.

Aber Herbie war nicht nur gekommen, um sich bei mir zu bedanken. Nicht nur das Fenster sollte ich öffnen, sondern auch die Stalltür. Oder solle er etwa durchs Fenster klettern, fragte er. Nichts gegen Herbie. Er ist ein lieber Kerl. Ich hatte zwar bei verschiedenen Feierlichkeiten mitbekommen, dass die anderen Jungs und Männer Witze über die Größe seines Geschlechtsteils machten – es gab da wohl während der Schulzeit irgendwelche rituellen Messungen, ich weiß nicht wann und wo – aber von Lissie aus Eiweiler hatte ich gehört, dass er durchaus über Qualitäten verfügte, die ihn interessant machten. Zumindest für eine Nacht. Lissie war eine der wenigen ungefähr gleichaltrigen Frauen, mit denen ich mich ein wenig angefreundet hatte und mit der ich mich ab und zu mal in der Kneipe traf. Einmal – wir waren schon ein bisschen angetrunken – beichtete sie mir, dass sie Herbie nach dem Feuerwehrfest mit nach Hause genommen hatte und angenehm überrascht gewesen war. Wir kicherten und lachten ausgelassen, als sie mir die Details schilderte. »Klein, aber schnell wie eine Nähmaschine«, war eine ihrer Bemerkungen, bei der ich noch heute schmunzeln muss, wenn ich daran denke. Ich sah ihn an. Männlich wirkte er nicht. Aber der Blick seiner großen, traurigen Augen konnte einem schon zu schaffen machen, wenn er einen im falschen Moment erwischte. Beziehungsweise im richtigen. Außerdem hatte er schöne, zart wirkende Hände und er wirkte geheimnisvoll, wenn er einen fragend ansah wie ein kleiner Junge. Unter anderen Umständen vielleicht ... – aber ich war mir sicher, dass es jetzt nicht das war, was ich wollte. Keine angetrunkenen Männer, die nicht erwachsen wurden und bei mir durchs Fenster klettern wollten. Ich hatte andere Pläne. Zum Glück war er nicht böse, als ich ihm durchs offene Fenster einen Kuss auf die Wange drückte und ihm sagte, er solle nach Hause gehen. Ich schaute ihm hinterher und dachte mir: Wenn die Richtige den in die Finger kriegt, ist selbst bei Herbie noch nicht Hopfen und Malz verloren.

Der Nächste, der es bei mir versuchte, war ausgerechnet Mike. Die anderen Jungs hatten ja auf Raffi getippt. Sie dachten, es würde sich etwas zwischen uns anbahnen, weil wir oft zusammen klüngelten und regelmäßig gemeinsam kochten. Sie verstanden nicht, dass wir einfach nur befreundet waren. Raffi erzählte mir grinsend, dass Gabriel und Mike ihn deswegen zur Rede gestellt hatten. »Wie ein Tribunal war das«, lachte er. »Es hat nur noch gefehlt, dass ich die Hand zum Schwur heben und geloben musste, jetzt und in Zukunft nichts mir dir anzufangen … – nichts ›mit dir zu haben‹ war Gabriels genauer Wortlaut.«

»Aber wir haben doch etwas miteinander. Nämlich eine schöne Freundschaft, oder?«

»Ja, aber in deren Augen ist das nichts.«

»Und? Glauben sie dir?«

»Ja. Und weißt du was: Sie schienen beide sehr erleichtert darüber zu sein, dass wir nichts miteinander …«

»Beide?«, unterbrach ich ihn.

»Eindeutig beide!«

Mike versuchte es ebenfalls mitten in der Nacht. Er klopfte nicht ans Fenster, sondern an meine Tür. Ich war sauer, dass ausgerechnet er es war, der klopfte. Mir war klar, was er wollte. Nicht unbedingt genau dasselbe wie Herbie. Mike hatte eine Flasche Sekt dabei. Und zwei Gläser. Ich wusste, dass er Sekt hasste. Und wenn er auch nur ein bisschen aufmerksam wäre, wüsste er, dass auch ich Sekt nicht sonderlich mochte und – wenn überhaupt – nur mit O-Saft gemischt trank. Wenn er mich betrunken machen wollte, könnte er auch einfach eine Flasche Schnaps mitbringen. Aber nein, er dachte, es müssten Sekt und langstielige Gläser sein. Er handelte also mit Vorsatz und hatte sich vorbereitet. Er säuselte: »Nur auf ein Gläschen. Es muss gar nichts passieren, wenn du nicht willst.«

Ich sah ihn stirnrunzelnd an.

»Oder, Frau Lurie«, er spielte den Entrüsteten, »wollen Sie etwa, dass etwas passiert?«

»Komm rein, du Halunke«, sagte ich kühl, »aber bleib mir mit deinem Sektzeug vom Leib. Da auf dem Regal steht doch noch eine Flasche Williams Christ. Schnapp dir die und dann such dir einen Stuhl!«

Klar ahnte ich, was er vorhatte, wollte aber sehen, ob ich Recht behielt.

Unvorsichtigerweise hatte ich den Jungs ein paar Tage zuvor erzählt, dass ich wahrscheinlich das Haus meiner Mutter verkaufen würde. Gabriel reagierte schockiert und riet mir, das nicht zu tun: »Brauchst du denn das Geld?«

»Geld, nein, eigentlich nicht, jedenfalls nicht im Moment. Vielleicht, wenn ich mir mal was anderes kaufen will, was Kleineres.«

»Aber es ist das Haus deiner Mutter. Und du bist in dem Haus geboren.«

»Quatsch, ich bin in Wadern im Krankenhaus geboren.«

»Trotzdem! Verkauf es nicht! Nicht leichtfertig. Wer weiß … vielleicht gründest du ja doch noch mal eine Familie und dann wachsen deine Kinder und vielleicht deine Enkel in deinem Elternhaus … ich meine, dem Haus deiner … also das Haus hat dann doch schon eine gewisse Familiengeschichte.«

Ich lächelte. Er war einfach rührend.

»Was meinst du, wie viel kriegst du denn für das Haus?«, war dagegen das Einzige, was Mike hatte wissen wollen.

Und da ich nicht darauf geantwortet hatte, saß er jetzt mitten in der Nacht bei mir im Zimmer, mit einer Flasche Williams Christ bewaffnet, und stellte mir die gleiche Frage wieder.

Ich log mir einfach etwas zurecht: »Du, Mike, ich muss dich enttäuschen, ich bekäme für das Haus viel weniger, als du vielleicht denkst. Der Häusermarkt ist momentan sehr problematisch. Das Haus ist zwar gut in Schuss, aber das Grundstück ist klein und es liegt ja direkt an der Straße.«

Er trank einen Schluck. Ich saß ihm gegenüber auf dem Bett. Während er mir den Flaschenboden zeigte, knöpfte ich den oberen Teil von meinem Schlafanzug auf und zog so an dem Stoff, dass man das Schlüsselbein deutlich und den Übergang zur linken Brust ansatzweise sehen konnte. Ich war gespannt, worauf er sich konzentrierte. Als er mir die Flasche reichte, die ich so vorsichtig mit der rechten Hand griff, dass nichts verrutschte, sagte ich beiläufig: »Und es hat sich auch erst ein einziger Interessent gemeldet. Keiner von hier. Irgendeiner, der hierher ziehen will, weil er einen Job in Wadern gekriegt hat. Aber der will nur lächerliche 170.000 Mark zahlen.« Ich hatte extra tief gegriffen und war mir sicher, dass ich auf jeden Fall über 190.000 für die Bude bekommen konnte, falls ich sie wirklich einmal verkaufen wollte. Aber Mike hing an meinen Lippen. Nur an den Lippen. »Na, das ist doch schon mal ein ganz ordentlicher Preis, bestimmt könnte man den Käufer noch hochhandeln, aber bedenke: Der Häusermarkt wird sich wohl nicht bessern in den nächsten Jahren, im Gegenteil. In Zukunft werden immer mehr Häuser im Dorf leer stehen und, wer weiß, die Preise werden bestimmt eher fallen als steigen. Also wenn du jetzt verkaufst …«

Das sollte wohl eine Anlageberatung sein – semiprofessionell zwar, aber kurz und kostenlos.

»Tja, dann wäre ich eine richtig gute Partie, oder?«

Mike fühlte sich ertappt, was ihm aber kein bisschen peinlich war. Vielmehr war er nun regelgerecht angespornt und ließ so etwas wie ein unbeholfenes Liebesgeständnis vom Stapel. Wahrscheinlich hatte er vorher ein bisschen geübt, brachte es aber nicht so gut rüber und packte die Aktion schließlich völlig falsch an, als er ausgerechnet anfing mit: »Weißt du noch, damals ... ach, was waren wir jung und unerfahren. Aber ich kann diese Beziehung, so kurz sie auch war, einfach nicht vergessen. Trotz all der Frauen, mit denen ich inzwischen ... was soll ich sagen? Ich habe nie wieder das gefunden, was ich damals bei dir ...« Okay, es war nicht ganz schlecht, aber sein Vortrag war so vorhersehbar und an manchen Stellen so ungewollt komisch, dass ich zwischendurch mal an der Schnapsflasche nippte und sachte mit der Zunge einen Tropfen, der am Flaschenhals entlang rann, wegleckte. Er ließ sich nicht beirren und schlug mir vor, doch einfach mit ihm zusammen wegzugehen. Wir müssten ja nicht gleich heiraten oder uns auf etwas Festes einigen. Aber sicher wolle ich doch auch raus hier, jetzt, wo ich keine Verpflichtungen mehr hatte – das war wenigstens netter ausgedrückt, als zu sagen: »Jetzt, wo deine Mutter endlich tot ist.« Er bekäme bald auch etwas Geld in die Finger und wir könnten doch zusammenlegen und ich mich in eine Apotheke einkaufen und er eine kleine Kneipe oder ein Café aufmachen oder so.

Seine Vorschläge waren genauso unromantisch wie unausgegoren, aber ich musste mir eingestehen, dass er sich durchaus Gedanken gemachte hatte, aus denen Pläne hätten werden können, wenn es ... tja, wenn es nicht Mike gewesen wäre, von dem sie kamen. Wenn er Pläne in die Tat umsetzen wollte, brauchte er jemanden, der das für ihn erledigte oder ihm zumindest dabei half.

»Tut mir leid!«, säuselte ich nun meinerseits. »Ehrlich, Mike, wenn ich von hier weg wollte, dann würde ich mich ganz bestimmt mit dir zusammentun, und wir wären sicher ein gutes Team, um uns irgendwo auf der Welt gegenseitig zu unterstützen, bis wir Fuß gefasst haben ... oder wie hattest du dir das vorgestellt?«

»Ja, ja, genau, so in etwa ... irgendwie. Ich habe gehört, in Spanien gibt es Gegenden, wo sich inzwischen so viele deutsche Rentner niedergelassen haben, dass es nicht nur zu wenig deutschsprachige Ärzte gibt, sondern dass auch deutsche Apotheken die reinsten Goldgruben werden könnten.«

Ich musste mir richtig Mühe geben, es ihm auszureden und ihm klarzumachen, dass ich unbedingt hier bleiben und nirgendwo sonst leben wollte.

Er sah es ein. Ich konnte mir aber nicht verkneifen, ihn das zu fragen, was mich wirklich wunderte: »Aber sag mal, Mike, du willst hier abhauen? Du willst wirklich woanders hin? Vielleicht sogar ins Ausland? Ich dachte, gerade du verbringst den Rest deines Lebens hier.«

»Bloß nicht«, antwortete er, ohne zu zögern, und offensichtlich war er ein bisschen beleidigt, dass ich ihm nicht zugetraut hatte, er könnte doch noch mal die Kurve kriegen, »oder denkst du etwa, ich will den Rest meines Lebens mit Gabriel in einer Männer-WG verbringen?«

»Ich dachte du magst Männer-WGs?«

»Na ja, grundsätzlich ist das kein schlechtes Modell. Aber allmählich wäre es wenigstens mal Zeit für eine neue WG – und dazu müsste ich von hier verschwinden.«

»So, so, einfach verschwinden, ja? Wie dein Vater?«

Kaum war mir das über die Lippen gekommen, da wusste ich schon, dass ich einen Fehler gemacht hatte. Mike war sichtlich getroffen. Und ich wollte versuchen, das Gespräch wieder hinzubiegen, ohne mich bei ihm entschuldigen zu müssen. Aber das erste was ich sagte, war: »Entschuldigung!«, wahrscheinlich, weil ich ihn noch nie so verletzt gesehen hatte. Nicht einmal damals, bei unserem denkwürdigen Dreißig-Sekunden-Geschlechtsakt. Mir war bis jetzt gar nicht klar gewesen, dass man ihn überhaupt verletzen konnte.

Aus Verzweiflung versuchte ich Folgendes: »Ähm, Entschuldigung, wirklich, ich sage das nur, weil wir beide in Bezug auf unsere Väter ja Seelenverwandte sind, sozusagen.« Ich redete nicht weiter. Er sah das ganz anders, das wurde mir in diesem Moment klar. Er wollte nicht seine vaterlose Situation mit meiner vergleichen. Er war schließlich kein uneheliches Kind.

Aber seinen Vater kannte er trotzdem genauso wenig wie ich meinen – das zumindest verband uns. Das sagte ich ihm natürlich nicht, sondern stammelte weiter: »Also mal im Ernst, Mike, wenn du hier weg willst – ins Ausland, oder so – mit einer richtigen Geschäftsidee, also, dafür brauchst du mich doch nicht. Und wenn ich dann Geld auf der hohen Kante haben sollte, kann ich dir gerne auch ein bisschen was leihen. Echt, das würde ich machen, gegen ganz wenig Zinsen nur. Du und ich, mal ehrlich, das wird doch nichts, auf Dauer, aber wir könnten zumindest Geschäftspartner werden.«

Oh Gott, da war Herbie, ein paar Tage vorher, ein leichterer Fall gewesen. Aber Mike fing sich zum Glück wieder. Ich reichte ihm die Flasche und versuchte dabei, freundschaftlich und verbindlich zu lächeln. Das Ergebnis dieses Gesprächs war zwar nicht, was er sich versprochen hatte. Aber er sah seine Felle auch noch nicht endgültig davonschwimmen.

In den Ausschnitt hatte er mir kein einziges Mal geschaut.

Erst als er aufstand, um zu gehen, bemerkte er offensichtlich, dass ich ihm die ganze Zeit im halb aufgeknöpften Schlafanzug gegenübergesessen hatte. Ich sah ihm an, dass er dachte: Du Idiot, hättest du die Sache mal anders herum angepackt, Zehntaler-Arsch hin oder her. Er war so leicht zu durchschauen. Und weil er verlegen war, plapperte er drauflos: »Danke, ja, vielleicht reden wir ein andermal über ein eventuelles Darlehen. Aber glaub mir, irgendwann verschwinde ich wirklich von hier und mache eine Kneipe auf oder so. Trinken und labern kann ich ja. Mache hier die meiste Zeit ja sonst auch nix anderes. Die letzten Tage hing immer irgendjemand bis mindestens halb zwölf bei uns in der Küche herum. Dann kann ich mich auch gleich dafür bezahlen lassen.«

»Gute Idee«, sagte ich, um meinen Ausrutscher wiedergutzumachen, »wenn du wirklich willst, schaffst du das schon! Und wenn du ja tatsächlich bald zu genug Startkapital kommst …«

»Das werde ich!«

Ich denke, er fühlte sich wieder einigermaßen im Gleichgewicht, als er die Stalltür hinter sich schloss. Die ungeöffnete Sektflasche nahm er wieder an sich.

Innerhalb weniger Tage hatte also einer bei mir angeklopft, der mir eben mal schnell an die Wäsche, und einer, der mir eben mal schnell ans Geld wollte.

8 | Luisenthal, 1962

Zunächst befürchtete ich, die eisige Stimmung, die in diesen Tagen auf einmal zwischen Gabriel und Mike herrschte, käme daher, dass Gabriel beobachtet hatte, wie Mike mit einer Flasche Sekt unter dem Arm in der Scheune verschwunden und eine ganz Weile dort geblieben war. Aber das hatte nur Raffi mitbekommen – und der hielt dicht.

Es musste also etwas anderes passiert sein. Ich dachte, es könnte auch mit dem gut gekleideten Herrn zu tun haben, der kurz zuvor aufgetaucht war, um den Wert des Hauses zu schätzen. »Wegen der Versicherung«, erklärte Mike. Es stellte sich heraus, dass weder Mike noch dessen Mutter Gertrud, der das Haus nach dem Tod Angelas zunächst gehörte, eine Versicherung auf den Jugendclub abgeschlossen hatten. Weder eine Feuer- oder Hausratsversicherung noch eine gegen Wasserschäden oder sonstige Katastrophen. Solange die Katholische Jugend Primstal das Haus in der Haagstraße als Vereinsgebäude nutzte, zahlte der Verein auch die üblichen Versicherungen. Als sich dann aber ab Ende der siebziger Jahre zu wenig katholische Jugend einfand und schließlich kleinere und einsehbarere Räumlichkeiten in der neuen Mehrzweckhalle angemietet wurden, stand der Jugendclub einige Jahre leer. Als das Haus danach auf Mike überschrieben wurde – zu seinem achtzehnten Geburtstag – und er dort bald darauf mit Gabriel einzog, übersah der stolze neue Besitzer, dass man Wohneigentum dringend versichern sollte.

Seit zwei Wochen hatte Mike wieder mal einen Job. Er arbeitete im Industriegebiet in Otzenhausen bei einer medizinischen Spezialfirma, die technischen Bedarf für Tierkliniken produzierte. Mike polierte dort künstliche Hüftgelenke für Hunde, was Gabriel für den Gipfel der Dekadenz hielt. Mike gab zwar offen zu, damit nicht unmittelbar zur Herstellung des Weltfriedens beizutragen, selbigen durch diese Tätigkeit aber auch nicht nachhaltig zu stören. Und immerhin konnte er damit auftrumpfen, dass endlich jemand wieder ein regelmäßiges Einkommen nach Hause brachte. Obwohl er nur dreimal pro Woche die Spätschicht machte, verdiente er ganz ordentlich, während Gabriel rein gar nichts in Aussicht hatte, das Kohle einbrachte. Allerdings zweifelte niemand daran, dass Mike es auch bei dieser Firma nicht lange aushalten würde. Offensichtlich war er aber gerade flüssiger als gewöhnlich und entschloss sich, das Haus endlich mit den nötigsten Policen abzusichern. Gabriel und Raffi zwangen ihn, zunächst einmal den Gastank für die Heizung wieder auffüllen zu lassen: Seit Mitte Februar durfte das Haus nicht mehr geheizt werden, weil kaum noch Gas da war, und das wenige sparten sie sich auf, falls es im März ein paar Tage lang nochmal so richtig kalt werden sollte. Im Notfall konnten sie mit dem kümmerlichen Rest die Heizung noch drei oder vier Tage laufen lassen. In den Jahren zuvor hatten sie ein paar Mal den Fehler gemacht, alles aufzubrauchen, und dann mussten sie beim letzten Aufbäumen des Winters einige Tage in zwei übereinander getragenen langen Unterhosen und drei dicken Pullovern schnapstrinkend durchhalten, bis es wieder wärmer wurde. Auch diesmal hatten sie jedes Mal dicke Jacken an, wenn ich hinüber in die Küche ging, um gemeinsam mit Raffi einen Eintopf zu kochen. Mir erlaubten sie allerdings, mein kleines Apartment zu heizen. Ein Rest Gentleman steckte also doch in Mike und Gabriel. Aber dank der künstlichen Hundehüftknochen war der Tank wieder aufgefüllt, bevor das Brennmaterial völlig versiegte. Und es blieb wohl noch etwas für die notwendigen Versicherungen übrig. Auf Gabriels Frage, wieso er ausgerechnet jetzt auf die Idee käme, diese Vorsorge zu treffen, antwortete Mike ganz glaubhaft: »Weil wir jetzt Mieter haben, gleich zwei sogar, da muss man diese versicherungsrechtlichen Dinge regeln.«

Aber Gabriel nahm ihm das nicht ab. Als Mike gerade zu einer seiner Hüftknochenpolierschichten weg war, vertraute er mir und Raffi an, dass man bei Mike immer das Schlimmste befürchten müsse: »Am Ende plant er von langer Hand einen Versicherungsbetrug. Ihr werdet sehen: Irgendwann fackelt der Jugendclub ab und Mike kassiert.«

»Er muss ja nicht gleich das Haus anzünden«, versuchte Raffi ihn zu beruhigen, »vielleicht will er auch nur die Hausratversicherung abzocken und fingiert einen Einbruch oder so etwas.«

Ich merkte jedenfalls, dass sich vor allem Gabriel ernsthaft Gedanken machte, weil dieser schlipstragende Versicherungsknilch aufgetaucht war, zumal aus Mike einfach nicht herauszubekommen war, was genau er denn nun wie hoch versichert hatte.

Aber schon wenige Zeit später redete Gabriel nicht mehr über diese Sache. Es hatte den Anschein, als ob er sie schon wieder völlig vergessen hatte. Er war wenig zuhause, weil er oft für die Interviews unterwegs war, die er für sein Katastrophenbuch brauchte. Und wenn er im Jugendclub war, saß er tatsächlich fast dauernd an seinem alten Computer und hämmerte auf der Tastatur herum. Wenn ich abends nach der Arbeit erst einmal in die Küche ging, um mir mit Raffi einen kleinen, netten Abendsnack zurechtzumachen, hörte ich manchmal, wie der museumsreife Nadeldrucker ein Stockwerk über uns ratterte und ächzte.

Wenn er herunterkam – was in diesen Tagen selten geschah –, um rasch mit uns zu essen, freute er sich offenbar, mich zu sehen – jedenfalls lächelte er mich jedes Mal an. Aber er blieb nie lange, aß hastig und wirkte ungewohnt abwesend und ernst. Raffi und ich zwangen ihn, wenigstens sein Geschirr in den Geschirrspüler zu räumen, und während er das tat, versuchte ich ihm so nahe zu kommen, dass ich seinen Geruch einatmen konnte. Er merkte nicht, dass ich das tat.

Da Mike einer halbwegs geregelten Arbeit und Gabriel offensichtlich hochkonzentriert – wenn auch unbezahlt – seiner Beschäftigung nachging, gab es wenigstens keine empirischen Lebensmittelversuche mehr in der Küche. Mit Raffis Einverständnis hatte ich die nochmals aufgenommene Testreihe »In-welchen-verschiedenen-Farben-schimmelt-eigentlich-Toastbrot?« abgebrochen. Obwohl auch Raffi außerordentlich gespannt war, welche Farben sich in den vier durchsichtigen Plastiktüten auf der Fensterbank wohl entwickeln mochten. Er fand es schade, die Frage nicht empirisch beantworten zu können, ob Vollkorntoast der Marke Golden Toast andersfarbig verdirbt als der amerikanische Sandwichtoast. Diese These vertrat Gabriel nämlich. Als Raffi schließlich einwilligte, die Tüten zu entsorgen und das Experiment abzubrechen, stellte sich heraus, dass weder Mike noch Gabriel überhaupt bemerkten, dass es verschwunden war. Es war klar, dass in beiden bedeutungsvollere Sorgen oder Projekte gärten.

Zunächst hielt ich die Art und Weise, wie ich davon erfuhr, was da zwischen Mike und Gabriel schwelte, für einen Zufall. Ich kam – wie immer nach meinem Apothekendienst – erst einmal in die Küche. Ich wusste, dass ich an diesem Abend den Jugendclub für mich alleine hatte. Raffi musste die Präsentation einer neu entwickelten, mikrowellenverwendbaren Pizza mit verschiedenen Belagsvarianten vorbereiten und durchführen. Da diese Verkostung als Abendessen veranstaltet wurde, würde er wohl erst sehr spät nach Hause kommen. Mike hatte zwar einen freien Tag, nutzte diesen aber, um einer alten Flamme aus Hermeskeil behilflich zu sein, die gerade ihren Mann verlassen wollte und noch einige stichhaltige Argumente dafür suchte. Als er losfuhr, meinte er augenzwinkernd: »Wartet nicht auf mich mit dem Abendbrot.« Und Gabriel war bei seiner Mutter. Auch ihn erwartete ich in nächster Zeit nicht zurück. Raffi hatte mir geflüstert, dass Gabriel vorhatte, sie um etwas Geld anzuhauen. Meistens gelang es ihm, einen Zuschuss für das Weiterschreiben an seinem Buch herauszuschlagen, weil er es mit solchen Bittgesuchen nicht übertrieb und ihr jedes Mal versprach, sich bald wieder einen richtigen Job zu suchen. Aber diese Besuche dauerten erfahrungsgemäß einige Stunden.

Deshalb hätte ich mir gleich denken können, dass ich das Manuskript finden sollte. Warum sonst lag es direkt auf der Arbeitsplatte über der Geschirrspülmaschine? Er wusste, dass ich mir zumindest einen Tee oder einen kleinen Snack machen und das benutzte Besteck gleich danach in den Geschirrspüler räumen würde. Die schwarze Abheftmappe mit durchsichtigem Deckel sah ich gleich, als ich in die Küche kam. Es war sofort klar, dass es sich um ein Kapitel aus seinem katastrophalen Saarland handelte. *Luisenthal, 1962* lautete die Überschrift. Fettdruck, zentral gesetzt, Schriftgröße vierzehn – größer als der nachfolgende Text. Ich machte mir keinen Tee und vergaß auch, dass ich hungrig war. Ich fegte ein paar Jeanshosen und Pullover vom Sofa, legte meinen Kopf auf die eine Armlehne und ließ die Füße über die andere baumeln. Ich glaube, ich zitterte ein wenig. So, wie man innerlich vibriert, wenn man einen medizinischen Untersuchungsbefund öffnet, den man gerade bekommen hat und nicht weiß, ob …

Wie nennt man so etwas eigentlich? Einen Bericht? Eine Dokumentation? Wie auch immer – es war das erste abgeschlossene Kapitel des Buches, über das beinahe jeder im Dorf schon mindestens einmal einen Witz gemacht oder den Kopf geschüttelt hatte: Gabriels Katastrophenbuch. Und ich weiß noch, was ich dachte und fühlte, während ich es las.

Kapitel 2 (Entwurf)
Luisenthal, 1962

Bis nach Altenkessel und Burbach war die Erschütterung zu spüren. Erwin Backes, ein pensionierter Lehrer aus Luisenthal, war mit dem Fahrrad unterwegs zum Bäckerladen, als er sah, wie einer der schweren Schachtdeckel hochflog. Die Schachtdeckel waren aus dickem Beton und nie hätte sich Erwin Backes vorstellen können, dass sie sich jemals aus ihrer runden Fassung heben könnten. All die Jahre, die er diesen Weg schon mit dem Fahrrad fuhr, hatten die schweren Deckel unverrückbar ausgesehen, und nun war er Zeuge geworden, wie einer davon hochflog, als ob unten ein Riese einmal kurz in ein gigantisches Blasrohr gepustet oder eine überdimensionale Stopfenpistole abgefeuert hätte. Der pensionierte Lehrer hielt an, stellte die Füße auf den Boden und starrte auf die Schachtöffnung, aus der eben der Deckel herausgeflogen war. Im nächsten Augenblick quoll Rauch aus dem Schacht. Ihm war sofort klar, was das bedeutete.

Hmm, ich kenne mich ja in solchen literarischen oder journalistischen Sachen nicht aus. Ist das ein normaler Einstieg für so einen Bericht?

Der 7. Februar 1962 war ein trüber Tag mit Nieselregen. Knapp eintausend Bergleute waren zur Frühschicht eingefahren. Ungefähr sechshundertsiebzig davon arbeiteten im Schacht Alsbachfeld, und dort auf der zweiten und vierten Sohle befanden sich etwa vierhundertfünfzig Männer. Von diesen blieben nur einundsechzig unverletzt.

Etliche Bergleute wohnten damals auf dem Grubengelände. Von manchen der kleinen Backsteinhäuser waren es nur dreißig Schritte bis zum Förderturm. So kam es, dass einer der Anwohner das einzig existierende Foto von der riesigen Rauchwolke machen konnte, die – wenige Minuten, nachdem der Lehrer Backes den Schachtdeckel hatte hochfliegen sehen – wie ein dunkles Mahnmal über dem Alsbachfeldschacht stand und dort eine Weile erstarrte, als ob die Rauchwolke alle ringsum zusammenrufen und zeigen wollte: »Seht her! Hier ist das Unglück geschehen!«

Kurz darauf war das Gelände abgeriegelt. Das Eingangstor wurde nur geöffnet, wenn herbeieilende Retter und medizinisches Personal durchwollten, oder, wenig später, um die Rettungswagen durchzulassen, die unter Sirenengeheul mit den ersten geborgenen Verletzten in Richtung der Knappschaftskrankenhäuser rasten. Die Sirenenautos mussten aufpassen, dass sie niemanden überfuhren, denn inzwischen hatten sich bereits hunderte Angehörige und Schaulustige um das Gelände versammelt. Die Frauen und Kinder warfen ängstliche Blicke in die vorbeifliegenden Rettungswagen. Aber sie konnten allenfalls sehen, dass die Männer, die darin lagen, schwarz waren. Ich frage mich, ob ich mir in diesem Moment gewünscht hätte, mein Vater läge in einem dieser Autos.

Die Schaulustigen machten den deutlich geringeren Teil der Menschenmenge aus. Die meisten der Wartenden gehörten zu den Familien der Männer dort unter Tage und waren gekommen, um auf Nachricht zu warten. Bisher stand nur fest, dass ein Unglück geschehen war. Dass es sich tatsächlich um eine Katastrophe handelte, sollte meine Mutter erst etwas später erfahren. Gegen zehn Uhr sickerte das Gerücht durch, es habe drei Tote gegeben. Und noch vor der Zeit, zu der an normalen Tagen in den kleinen Backsteinhäusern die Deckel der großen Aluminiumtöpfe hochgehoben wurden, um zu sehen, ob der Eintopf schon fertig war, kam die offizielle Meldung: Über Zweihundert werden noch vermisst ... und elf Tote waren geborgen worden.

Elf Tote. Und mein Vater, der an diesem Morgen eingefahren war, ohne zu wissen, dass ich bereits als winziger Embryo im Bauch seiner Frau existierte, hätte niemals einer von ihnen sein dürfen.

Elf von sechshundertsiebzig, die ins Alsbachfeld eingefahren waren. Ich wette, man konnte den stummen, entsetzten Gesichtern ansehen, dass damit begonnen wurde, die statistischen Chancen auszurechnen. Ich hätte das getan, das weiß ich. Das sind weniger als zwei Prozent. Aber die Zahl wurde bald auf vierundvierzig Tote korrigiert. Da konnte man die Wahrscheinlichkeit immer noch schnell neu berechnen. Und obwohl statistisch gesehen für jeden einzelnen, der dort vor dem Tor stand, immer noch ein berechtigter Grund bestand, das Beste zu hoffen, begannen sich vielleicht doch manche zu wünschen, dass einer der nächsten schwarzen Männer, die vorbeigefahren wurden, der Ehemann oder der Vater sei. Denn die hohe Zahl der Vermissten verhieß nichts Gutes. Tatsächlich waren zu diesem Zeitpunkt bereits deutlich mehr Tote geborgen worden als die offiziell genannten vierundvierzig, aber die Presseabteilung des Oberbergamtes wollte gegen Mittag noch nicht das ganze Ausmaß der Katastrophe bekanntgeben. Während also in hunderten von Köpfen die Wahrscheinlichkeit mit der Hoffnung rang, brauchte mein Onkel, Jakob Heck, nicht mehr zu rechnen … oder zu hoffen. Zu diesem Zeitpunkt hatte er meinen Vater längst gefunden.

Auch all diejenigen, die direkt am Schacht waren und in die Gesichter der ersten Retter blickten, die von unter Tage wieder hochkamen, hörten auf zu rechnen … oder sich Hoffnung zu machen.

Aber der Reihe nach: die Fakten.

Ja, Gabriel, ja, bitte, nur die Fakten!

Am 7.2.1962 ereignete sich um 7.50 Uhr im Alsbachfeld der Grube Luisenthal eine Schlagwetterexplosion auf der vierten Sohle, sechshundert Meter unter der Erdoberfläche, bei der etwa dreihundert Bergleute ums Leben kamen. Es ist das schlimmste Unglück des Saarbergbaus, und bis heute eine der zehn größten Katastrophen der gesamten europäischen Bergbaugeschichte.
Wie es zu dieser Explosion kam, konnte nie endgültig geklärt werden. Das ist mir auch egal. Mir wäre schon geholfen, wenn es irgendwie möglich wäre, die letzten Augenblicke im Leben meines Vaters zu rekonstruieren.

Höchstwahrscheinlich ging die Explosion von einem über- oder unterbauten Querschlag aus, der nur schwach bewettert war und in dessen Firste sich Methangas angesammelt hatte.

Beginnend als Grubengasabflammung, die im Bereich einer Stolleneinmündung eine Schlagwetterexplosion auslöste, kam es schließlich zu einer Reihe von Kohlenstaubexplosionen mit verheerender Wirkung. Was dabei allerdings bis heute ungeklärt bleibt, ist die Zündursache. Sprengungen erfolgten zu diesem Zeitpunkt der Frühschicht nicht. Vor acht Uhr wurden keine Sprengsätze gezündet. Also kommt vielleicht der Glühwendel einer beschädigten Kopflampe in Betracht, einer Kopflampe, so wie Jakob Heck sie später auf sich zubewegen sehen sollte, als er auf der zweiten Sohle nach Überlebenden suchte. Oder vielleicht wurde die Explosion auch vom Anzünden einer Zigarette ausgelöst – immerhin wurde später Rauchzeug gefunden. Aber wäre wirklich einer der Bergleute so blöd gewesen …?

Das Tragische bei der Explosion war, dass die Grube Luisenthal 1962 als vorbildlich galt, was die Sicherheitsstandards betraf. Ab 1904 wurde hier die hochwertige Fettkohle abgebaut. Die besondere Qualität der Kohle brachte aber auch eine besonders hohe Gasführung in den Flözen mit sich. Deshalb galt Luisenthal als eine der gefährlichsten, schlagwetterreichsten Gruben Europas. Bis 1954 ereigneten sich über zwanzig Brände und Explosionen, bei denen insgesamt vierzig Bergleute ums Leben kamen. Die großen saarländischen Grubenunglücke aber ereigneten sich anderswo. In Maybach, wo 1930 fast hundert Bergleute starben, und davor in Reden und Camphausen – dort waren es jeweils deutlich über hundert.

Gerade weil Luisenthal als besonders gefährlich galt, hatte man von Seiten der Betriebsleitung kontinuierlich an der Verbesserung der Sicherheitsmaßnahmen gearbeitet – die Grube hatte ab Mitte der Fünfziger sogar mehrere Auszeichnungen für ihren hohen Sicherheitsstandard bekommen, sodass man Anfang der sechziger Jahre glaubte, die Gefahr von Schlagwetterexplosionen sei gebannt. Vielleicht redet deshalb noch heute niemand gerne über Luisenthal. Bei Maybach ist das anders. Das war gut dreißig Jahre davor, da war man technisch noch nicht so weit, und das Unglück war somit Schicksal. Die Explosion am 7. Februar auf der vierten Sohle des Alsbachfelds dagegen war – sicherheitstechnisch gesehen – eigentlich nicht mehr zeitgemäß.

Aber mein Vater war gar nicht auf der vierten Sohle. Wie also kam er ums Leben?

Barbara Heck – meine Mutter – arbeitete damals auf dem Rastpfuhl in Saarbrücken als Krankenschwester in der Caritas-Klinik. Sie hatte, keine zwei Kilometer von der Klinik entfernt, ein kleines Zimmer, das sie manchmal zwischen zwei Schichten zum Schlafen nutzte. Diese Dachkammer war in einem der mehrstöckigen Reihenhäuser in Burbach in der Püttlinger Straße, einer Seitenstraße der Altenkesseler Straße, die wiederum parallel zur Fenner Straße verläuft. Hier wohnten überall Bergarbeiterfamilien. Das acht Quadratmeter kleine Zimmerchen war eigentlich von einer Kollegin meiner Mutter gemietet worden, aber da die beiden fast immer unterschiedliche Schichten hatten und meine Mutter nach Spät- oder Nachtschichten keinen Bus mehr bekam, um nach Hause zu fahren, hatte ihr die Kollegin vorgeschlagen, die Miete von sechzig Mark monatlich zu teilen – also schlief meine Mutter manchmal in der Püttlinger Straße in Burbach. Und von dort war sie zu Fuß in wenigen Minuten am Eingang vom Alsbachschacht. Und wenn sie nicht tief geschlafen hätte – erschöpft wie sie war –, hätte sie noch rechtzeitig da sein können, um die Rauchwolke über den Stahlstreben und dem großen Rad des Förderturms zu sehen.

Aber sie war immerhin früh genug da, um zu sehen, wie verletzte Bergleute durch das Menschenspalier in Richtung Völklingen abtransportiert wurden. Sie wusste, was es bedeutete, dass die Körper schwarz wie Kohle waren und sie hielt sich die Ohren zu, weil sie die Sirenen nicht hören wollte. Sie lief zum Tor, das sich gerade wieder schloss. Geöffnet wurde es nur, um die Krankenwagen durchzulassen. Im selben Moment, als sie am Tor ankam, wurde neben ihr ein Motorrad hastig auf den Ständer gestellt. Der Motor gurgelte im Leerlauf vor sich hin. Der Mann, der von der Maschine abgestiegen war und energisch am Tor rüttelte, war ihr Schwager Jakob Heck.

»Du kannst gleich mit dem nächsten Rettungstrupp runter«, sagte der Mann am Tor zu Jakob, als er ihn erkannte. Mein Onkel schob sein Motorrad durch den schmalen Spalt, den der Torwächter für wenige Sekunden öffnete.

Mit dem Mann am Tor habe ich vor kurzem gesprochen. Ich hatte den Eindruck, dass er sich – obwohl seit dem Unglück Jahrzehnte vergangen waren – so genau erinnerte, als wäre es gerade erst vor wenigen Stunden passiert.

»Lass sie auch rein! Sie ist Krankenschwester«, sagte Jakob und machte eine Kopfbewegung in Richtung meiner Mutter. Jakob verriet dem Mann am Tor nicht, dass ihr Mann unten war, weil er vermutete, dass der Torwächter sie sonst vielleicht nicht durchgelassen hätte. Und mein Onkel hatte wohl das Gefühl, ihr etwas schuldig zu sein.

»Ich fürchte, wir werden Sie brauchen, Schwester, es wird heute noch viel Arbeit geben«, meinte der Mann, als er das Tor hinter den beiden wieder schloss, bis er die nächsten heulenden Wagen hörte.

Während meine Mutter also oben einem Arzt zugeteilt wurde, dem sie die ersten Blutkonserven bereitzumachen half, meldete sich mein Onkel bei Albert Kimmling, der einen Rettungstrupp der Grubenwehr leitete. Im Laufe des Tages sollten es über zwanzig Rettungstrupps werden, die runtergingen, denn auch von den anderen Gruben kamen Trupps, um die Luisenthaler Kameraden zu retten. Oder zu bergen. Aber mein Onkel war bei seinem eigenen Trupp. Obersteiger Albert Kimmling hatte Jakob und auch meinen Vater selbst für genau solche Einsätze ausgebildet – und zwar ab 1959, als mein Vater beschloss, Ausbilder für die jungen Bergleute zu werden und auch meinen Onkel überredete, auf Lehrhauer umzusatteln. Mit Kimmling habe ich ausführlich gesprochen, wie auch mit einigen anderen Rettern. Die Gespräche mit den Augenzeugen habe ich mit einem Kassettenrekorder aufgenommen. Ich kann mir inzwischen einigermaßen gut vorstellen, wie dieser Tag für die Männer der Rettungstrupps abgelaufen ist. Der Betriebsführer – seinen Namen habe ich gerade nicht parat – erzählte mir, dass er um 7.56 Uhr einen Anruf des Telefonisten der Grube Luisenthal bekam und ihm mitgeteilt wurde, dass im Alsbachfeld ein Ereignis stattgefunden habe.

»Ein Ereignis« hieß noch nicht: ein Unglück oder eine Katastrophe. Auch die Anwohner, die herausgelaufen waren und die Rauchwolke über dem Förderturm sahen, verbreiteten zunächst nur die Nachricht, dass etwas passiert sei – aber niemand wagte sich vorzustellen, was genau.

Der Betriebsführer hängte den Hörer ein, schloss einen Moment die Augen und legte die Hand auf die Stelle, wo sich der Solarplexus befindet. Dabei kannte er dieses Wort damals überhaupt nicht – hatte keine Ahnung, dass es einen Solarplexus in ihm gab. Seine rechte Hand lag da, als ob er Magenschmerzen hätte. Dann atmete er einmal laut hörbar aus und machte sich auf den Weg. Der Telefonist hatte auch etwas von einer Explosion erwähnt, konnte darüber aber keine genauen Angaben machen. Der Betriebsführer hatte entschieden, von der Frischwetterseite her reinzugehen, um Erkundungen einzuleiten. Jetzt kann ich mir auf meinem Interviewband immer wieder anhören, wie er stockend sagt: »Im Schacht ... begegneten uns die ersten Leichtverletzten. Dann ... fuhren wir ... zur vierten Sohle« – er fügte nicht hinzu: »dort, wo die Explosion stattgefunden hatte« – »und gingen ... zu einer Befehlsstelle, die ... inzwischen ... dort ... eingerichtet worden war. Dort wurde uns ... mitgeteilt, dass wir nun ... in verschiedene ... Reviere vorgehen müssten, um zu ... erkunden, wie groß ... die Auswirkungen ... dieses Ereignisses ... waren. Wir haben ... in dem Bereich ... auch noch vier Überlebende geborgen ...«, für die etwas später der Mann oben am Eingang kurz das Tor öffnete, dachte ich bei mir, »... und mussten ... natürlich ... feststellen, dass dort in diesem Bereich ... auch ... einige Tote lagen. Wir haben dann ...

die Bergung ... dieser Toten ... auch noch durchgeführt ... und wurden anschließend ... eingesetzt, um in der ... zweiten Sohle ... die weitere Lage zu erkunden.« An der Stelle horchte ich auf. Es war bestimmt unhöflich von mir, dass ich seine weiteren Worte kaum noch wahrnahm, weil ich mein Herz bis in den Kopf schlagen hörte. »Und diese Erkundungseinsätze ... liefen dann bis 21.30 Uhr, um dann ... sagen zu können, in welchem Umfang ... sich denn nun dieses Ereignis dort zugetragen hatte.«

»Waren Sie mit Ihren Leuten zu diesem Zeitpunkt die ersten, die in die zweite Sohle gingen, oder befanden sich bereits andere Rettungstrupps vor Ihnen dort?«

»Reden Sie mal mit Obersteiger Albert Kimmling«, sagte er traurig und nickte.

So kam ich also an Obersteiger Kimmling, der damals zunächst dachte, er hätte einen Scheißtag erwischt. Um acht Uhr befand er sich nämlich im Knappschaftskrankenhaus in Völklingen. Wegen eines kleinen Arbeitsunfalls – ich habe schon wieder vergessen, was es war, nichts Schlimmes jedenfalls. Er musste sich ambulant behandeln lassen und verfluchte diesen Morgen, weil er nicht dort sein wollte und sich wünschte, es gäbe einen Grund, aus dem Krankenhaus verschwinden zu können. Noch vor halb neun traf der erste Krankenwagen ein.

»Es hieß, in Luisenthal sei etwas passiert«, begann Kimmling zögernd zu erzählen, »in der Ferne hörte man Sirenen. Das heulende Geräusch näherte sich. Aus dem Fenster sah ich Männer in weißen Kitteln hin und her laufen und hörte lautes Rufen und ich konnte auch beobachten, wie zwei Kameraden auf Tragen zwischen den aufgestoßenen Heckklappen hervorgezogen wurden. Sie waren völlig schwarz. Ich entdeckte auch einen offensichtlich nur leicht Verletzten, der ohne Hilfe aussteigen konnte und bloß ein wenig humpelte. Ich kannte ihn vom Sehen« – berichtete mir Albert Kimmling zaghaft weiter, als falle ihm das Sprechen schwer – »also lief ich runter und traf ihn am Eingang, wo er verloren herumstand und sich niemand um ihn kümmerte, obwohl er – wie ich da erst sah – am Knie blutete. Seine Hose war dort zerrissen. Er bestätigte, dass in Luisenthal etwas passiert sei. ›Auf Sohle vier‹. Er erinnerte sich nur, dass er von einer ungeheuren Druckwelle an die Stollenwand gedrückt worden war und kurz danach beim Losrennen hinfiel. Wie Streichhölzer seien viele Streben geknickt, sodass ein Teil des Gesteins nachrutschte. Zu dem Zeitpunkt wusste ich noch nicht, dass ich einen der wenigen Männer getroffen hatte, die die Explosion in diesem Bereich des Alsbachfelds überlebt hatten. Und ich erfuhr da auch noch nicht, dass kurz auf das Ereignis in der vierten Sohle eine mindestens hundert Meter lange Stichflamme auf der zweiten Sohle folgte, die vor allem den Lehrstollen in Brand setzte, in dem sich auch die jungen Bergleute – Sechzehn- und Siebzehnjährige – zur Ausbildung befanden. Der am Knie Verletzte und ich standen da und sahen, wie weitere Wagen mit verstummender Sirene vor dem Eingang bremsten«, zwang Albert Kimmling sich weiter zu erzählen, »und niemand schickte uns weg oder fragte, wer wir seien – wahrscheinlich, weil wir die Bergmannskluft trugen. So bekamen wir mit, wie der Notarzt, bei der nächsten Trage, die aus dem Krankenwagen gezogen wurde, stöhnte: ›Ihr könnt aufhören ... der ist tot.‹ Da fragte ich einen der Fahrer, ob er gleich wieder zurück zum Alsbachschacht fuhr. ›Natürlich, jeden Augenblick, sobald der Notarzt wieder ... ah, da kommt er schon.‹ Sie nahmen mich mit – ich sagte ihnen, dass ich Obersteiger bin und zur Luisenthaler Grubenwehr gehöre und sofort zu meinem Rettungstrupp muss. Der mit dem offenen Knie fuhr auch mit. Er hatte sich rasch einen Verband machen lassen und wollte sich nun einem Rettungstrupp anschließen. Das Sirenengeheul war so laut, dass ich die Informationen, die ich aus den beiden auf den Vordersitzen herausbekommen wollte, kaum verstand. Auf meine geschriene Frage, ob es Tote unter Tage gegeben habe, nickten sie. ›Wie?‹ schrie ich. Der auf dem Beifahrersitz drehte sich kurz zu mir und rief: ›Bei den bis jetzt Geborgenen hat bei manchen der Luftdruck die Lungen zerrissen. Oder der Brustkorb oder Schädel war eingedrückt. Und einige hatten ... schwere Verbrennungen.‹ Mehr musste ich für den Augenblick nicht wissen. Kurz darauf fuhren wir durchs Eingangstor. Ich fragte mich, wo verdammt noch mal die ganzen Leute so schnell hergekommen waren.

Während ich die Ausrüstung anlegte, nahm ich die Kameraden um mich herum wahr. ›Was machst du denn hier‹, fragte ich Hecks Jakob, der neben mir stand und sich ebenfalls gerade fertig machte. ›Schicht getauscht‹, entgegnete er knapp und ohne mich anzusehen. ›Mit wem?‹ Er antwortete nicht. ›Mit deinem Bruder?‹ Er nickte.«

Ich versuche mir vorzustellen, wie mein Onkel sich damals gefühlt haben mag. Was hat er erwartet, als er sich auf den Weg zur zweiten Sohle machte? Was hat er gehofft, was befürchtet? Würde er erklären müssen, warum nicht er dort unten gewesen war? Wem würde er es erklären müssen? Vielleicht dachte er auch daran, wie er als ganz junger Bursche zum ersten Mal mit eingefahren war. Praktisch mit der halben Familie. Na ja, dem männlichen Teil davon jedenfalls. Und von Anfang an bis 1961 hatten die beiden Brüder immer Seite an Seite gearbeitet. Im Streckenvortrieb. Die Idee, in die Ausbildung von jungen Bergleuten zu wechseln, war – wie gesagt – die Idee meines Vaters gewesen. Er hielt die Arbeit des Lehrhauers für sinnvoller, abwechslungsreicher und für weniger gefährlich. Bei Letzterem hatte er sich wohl geirrt. Die Gefahr hing in erster Linie nicht davon ab, an welchem Flöz gerade gearbeitet wurde, sondern eher, ob du in der richtigen Schicht warst oder in der falschen. Warum sie dann ab 1961 nicht mehr Tag für Tag zusammen hin- und zurückfuhren, nicht mehr Seite an Seite ein paar hundert Meter unter den Stadtteilen von Saarbrücken und Völklingen neue Stollen durch die schwarze Erde gruben, habe ich bis heute nicht herausbekommen können. Hatten sie sich gestritten? War sonst etwas vorgefallen? Oder wollten sie nach fast fünfzehn Jahren wenigstens während der Arbeit mal andere Gesichter sehen? Immerhin wohnten sie ja auch in Primstal direkt nebeneinander. Obersteiger Kimmling konnte mir nichts über einen Streit sagen oder warum sie irgendwann nicht mehr darauf bestanden, immer in die gleiche Schicht eingeteilt zu werden. Aber offensichtlich stand es nicht so schlimm um die beiden, dass mein Vater bei Bedarf nicht auch mal freiwillig eine Schicht mit seinem Bruder getauscht hätte. Oft kam das nicht vor – erzählte Kimmling – und es war auch eigentlich nicht üblich, aber hin und wieder ließ er es zu, weil es ihm letztlich egal war, welcher der beiden Heckbrüder gerade einfuhr, solange einer von ihnen die Arbeit erledigte. Sie waren beide zuverlässige und erfahrene Bergleute.

Jakob Heck wird gewusst haben, warum er und sein Bruder sich in den letzten Monaten aus dem Weg gegangen waren. Und ich wette, dass er genau darüber nachdachte, als sie auf dem Weg zur zweiten Sohle waren. Und ich wette auch, dass er das Gewicht der dreißig Kilo schweren Ausrüstung nicht spürte, als er sich vom Richardsschacht 2 aus auf den Weg in Richtung Alsbachfeld machte. Ich hoffe, er spürte die dreißig Kilo nicht, weil er viel schwerer an seinem Gewissen trug.

Auf der zweiten Sohle regte sich nichts. Überall nur Tote. Immer nur an Toten vorbei. Nicht einen Überlebenden fanden sie. Den einzigen, der dort unten noch lebte, bemerkten die Retter nicht, weil er bewusstlos unter einer umgestürzten Lore lag. Ihm gelang es später, sich allein in Sicherheit zu bringen. Im Laufe meiner Nachforschungen erfuhr ich noch von einigen weiteren Augenzeugen, wie sie zufällig überlebt hatten. Einer davon erzählte mir, dass er ebenfalls in der Frühschicht eingeteilt und auch mit unter Tage gewesen war. Da er aber morgens nichts gegessen hatte, blieb er – als sie auf der zweiten Sohle ankamen – erst einmal zurück, um rasch noch ein Brot zu essen. Er wollte kurz darauf nachkommen. So blieb er von der Explosion und dem Feuer verschont und wurde lediglich von der Druckwelle meterweit durch den Schacht geschleudert. Als der Staub sich gelegt hatte, fand er weiter vorne zunächst nur noch Tote, konnte dann aber auch noch ein paar Kumpel lebend retten helfen.

Ich habe den Eindruck, dass vor allem diejenigen überlebten, die um 7.50 Uhr nicht dort waren, wo sie hätten sein sollen, und die nicht das getan hatten, was sie hätten tun sollen. Dem Kumpel, der schnell noch sein Butterbrot aß, gönne ich das von ganzem Herzen. Immerhin musste für ihn kein anderer ... aber meinem Onkel verzeihe ich es nicht, dass er zur richtigen Zeit am falschen Ort war.

Auch der Kimmling-Trupp — mit Jakob Heck ganz vorne — fand zunächst nur Tote. Es roch verbrannt. So ähnlich, wie wenn die Frau vergessen hatte, die Linsensuppe auf dem heißen Herd zur Seite zu ziehen und die dickflüssige Masse anbrannte. Die Männer versuchten sich darauf zu konzentrieren, diesen Geruch nicht wahrzunehmen. Jeder von ihnen hoffte, doch noch ein paar Lebende zu finden. Einen einzigen wenigstens — bitte lieber Gott! Aber mit jedem Schritt, der weiter in die zweite Sohle hineinführte, wurde es hoffnungsloser. Bis sie schließlich ... bis sie schließlich in einem Wehrschacht Lichter sahen. Viele Lichter. Kopflampen? Ja, das waren ganz sicher Kopflampen. Die Lichter waren deutlich zu sehen. »Da kommen welche auf uns zu«, rief einer der Grubenwehrleute und mein Onkel rannte — ja, er rannte ihnen entgegen, sodass der Obersteiger und die anderen Kameraden ihm kaum folgen konnten. Sie rannten alle, weil sie glaubten, sie würden den vermissten Kameraden entgegenlaufen. Erst als vorne mein Onkel langsamer wurde und schließlich abrupt stehen blieb und Kimmling ihn beinahe umrannte, erkannten sie ihren Irrtum. Die Lampen bewegten sich nicht. Sie warfen ein starres Bild ins Dunkel des Stollens, wie ein Sternenbild am Nachthimmel.

»Vielleicht hatten wir uns für einen Augenblick geirrt, weil wir alle gehofft hatten — auch dein Onkel —, die Lichter bewegten sich auf uns zu«, sagte Kimmling leise, »aber unser Hoffen hatte uns einen Streich gespielt. Wir begriffen, dass sie das Unglück zunächst überlebt hatten und losgelaufen waren. Aber in die falsche Richtung. Sie hätten in die andere Richtung rennen müssen. So sind sie direkt in die Brandschwaden reingelaufen. Und sind darin umgekommen.«

Tja, musste ich unwillkürlich denken, wie soll man da auch schlau werden. Der alte Moses konnte sich noch drauf verlassen, einfach der Feuersäule zu folgen.

Mein Onkel – so erinnert sich Kimmling noch – habe sich bei keinem der Toten lange aufgehalten, sondern sei zwischen den Lampen, die jetzt nicht mehr wie kleine Sterne leuchteten, sondern einfach nur Lampen waren, hin und her gerannt, um zu sehen, ob er einen davon erkannte. Das war nicht leicht, denn die meisten der Gesichter, die alle in dieselbe Richtung zeigten, waren so schwarz wie die Kohle. Aber schließlich kniete Jakob Heck doch nieder. Und blieb so. Es war bei der allerletzten Lampe. »Oh Gott«, hörte man einen der Retter weiter vorne sagen, »das ist doch der Junge …«, und eine andere Stimme: »Oh nein, und hier ist der … ich glaube, seinen Vater habe ich weiter vorne liegen sehen.« Aber mein Onkel hörte diese Stimmen nicht. Er schien erst wieder zu sich zu kommen, als der Obersteiger neben ihn trat und fragte: »Und …?«

»Ja, er ist es«, antwortete mein Onkel.

»Sicher?«, hakte Kimmling nach, denn es fiel ihm schwer, in dem schwarzen Gesicht etwas wiederzuerkennen. Da erst bemerkte er, dass mein Onkel die Jacke des Toten aufgeknöpft und das Unterhemd hochgezogen hatte und auf eine großflächige Narbe an der linken Bauchseite zeigte. Kimmling nickte. Er erkannte die Narbe wieder. Hubert Heck hatte seine Kriegsverletzung im Badehaus und in der Waschkaue schon öfter voller Stolz vorgezeigt. Kimmling ließ seine schwere Hand einige Sekunden auf der Schulter meines Onkels liegen und wandte sich dann den anderen zu.

Zunächst war berichtet worden, dass es vor allem die Berglehrlinge erwischt hätte. Aber diese Meldung stellte sich als größtenteils falsch heraus. Eine Gruppe von etwa einem Dutzend Lehrlingen entkam aus dem Schacht, ohne dass auch nur einer von ihnen ernsthaft verletzt worden war. Dabei handelte es sich ausgerechnet um eine Gruppe, die sich recht nahe an der Explosionsstelle befunden hatte. Das war rätselhaft, zumal ihr Lehrhauer dabei ums Leben kam, obwohl er die Gefahr rechtzeitig erkannte und den Lehrknappen zurief: »Haut ab, Jungs! Raus aus dem Stollen!«

Für mich ist dieser Lehrhauer ein Held. Und vielleicht wäre mein Vater auch beinahe zum Helden geworden – aber das lässt sich nicht mehr rekonstruieren.

Während des Interviews konnte oder wollte mir Albert Kimmling nicht erläutern, was davon zu halten war, dass mein Vater am Ende seines Trupps lag. Seine Lampe zeigte als einzige nicht in die Richtung, aus der der Obersteiger, mein Onkel und die anderen Retter gekommen waren, sondern er lag zur Seite gewandt. Es sah wohl so aus – meinte Kimmling –, als ob er sich im letzten Moment noch einmal umgedreht hätte, um in die andere Richtung – die, aus der sie gekommen waren – zu schauen. Oder zu laufen. Aber was bedeutete das? Hatte er – in dem Chaos nach der Explosion – die Jungs in die falsche Richtung getrieben, weil er die Situation nicht richtig einschätzte? Oder war es genau anders herum, nämlich dass die unerfahrenen Jungspunde kopflos in die falsche Richtung rannten und mein Vater sie zurückhalten wollte und ihnen hinterherlief und vielleicht etwas hinterherschrie wie: »Rennt! Schnell! Nein, nicht da lang, Walter! Werner! Schnell hier, in die Richtung!«

Kimmling verriet mir, dass Jakob Heck ihm damals die gleiche Frage gestellt hatte und dass sie schon damals keine Antwort fanden. »Mach dir nichts draus, mein Junge«, versuchte der Obersteiger mich zu trösten – und vielleicht sagte er damals das Folgende auch zu meinem Onkel, »wer weiß, ob es sie überhaupt gerettet hätte, wenn sie gleich in die andere Richtung gelaufen wären. Wahrscheinlich war sowieso alles zu spät.«

»Ja, aber wenn sie alle in die richtige Richtung gelaufen wären, hätten sie vielleicht eine Chance gehabt, und darauf kommt es an«, antwortete ich ihm. Er sagte darauf nichts, sondern erzählte mir nur noch, wie sie mit dem Bergen der Toten begannen. Mein

Onkel trug meinen Vater. Dabei überlegte Jakob sicher, dass das jetzt genau anders herum hätte sein können ... oder sein müssen. Vielleicht dachte er auch darüber nach, ob er gewusst hätte, in welche Richtung er die Jungen hätte führen müssen.

Über Tage machte ein Journalist ein Foto von drei Rettern. Vielleicht waren sie aus dem Trupp von Obersteiger Kimmling und meinem Onkel. Sie standen unter einem großen Schild, auf dem zu lesen war: Denke zuerst an deine Sicherheit. In den Gesichtern dieser drei Bergleute konnte man lesen, wie es unter Tage aussah. Zur selben Zeit beugte sich meine Mutter über die verbrannte Leiche ihres Mannes. Mein Onkel zeigte ihr die Narbe. Bevor ich mit meinen Recherchen anfing, war mir gar nicht bewusst gewesen, dass sie meinen Vater noch einmal gesehen hatte, bevor er – wie alle anderen Toten – im Badehaus der Grube Luisenthal eingesargt wurde. Ja, ich wusste bis dahin nicht einmal, dass meine Mutter am Tag des Unglücks überhaupt vor Ort gewesen war – mitten im Geschehen gewissermaßen.

Das war mir allerdings auch neu – ich meine die Tatsache, dass Barbara Heck ihren eigenen toten Mann dort gesehen und mit ihrem Schwager gesprochen hatte.

Dass sie auf dem Grubengelände war und dabei half, Schwerverletzte zu behandeln, das erzählte man sich im Dorf – und zwar mit ehrlicher Hochachtung. Aber da hast du ein Detail herausgefunden, Gabriel, von dem keiner im Dorf etwas weiß ... sonst hätte man es sicher miterwähnt – so schön tragisch, wie es war.

Aus Kimmling und einem anderen Augenzeugen der Grubenwehr konnte ich herausbekommen, dass meine Mutter sich ganz nah über ihren toten Mann beugte – wohl um zu sehen, ob sie doch noch irgendetwas in seinem Gesicht erkennen konnte. Vielleicht berührte dabei ihr Bauch – in dem ich schon winzig klein drin war

– die Stelle, wo Hubert Hecks Narbe war. Nie wieder sollte ich meinem Vater körperlich so nahe kommen.

Und die beiden Grubenwehrleute bezeugten unabhängig voneinander, dass meine Mutter nicht weinte oder schrie, wie die Frauen vorne am Tor. Verbittert habe sie ausgesehen. Und wütend. Und vorwurfsvoll. Besonders an Letzteres konnte sich der Obersteiger gut erinnern. Es habe wie ein Vorwurf geklungen, als meine Mutter zu meinem Onkel aufblickte und sagte: »Und ich bin schwanger!«

Ach, sieh an! Da wusste Barbara das also schon. Mal schnell rechnen: sechs, sieben, ja ... knapp acht Monate später kam Gabriel zur Welt.

Dann rief der Notarzt nach ihr, der nicht wissen konnte, wer da vor ihr lag, und so wandte sie sich einem Schwerverletzten zu, der gerade von anderen Rettern hereingebracht wurde. Jakob machte sich sogleich bereit, um wieder runterzugehen. Und das ist das Ende – fast das Ende – der Geschichte, soweit sie meine Familie betrifft. Uns – meine Mutter und mich und genaugenommen auch meinen Onkel – hatte die Katastrophe bereits ereilt. Für viele andere, die vor dem Grubentor standen, sollte im Laufe der nächsten Stunden das Gleiche gelten. Inzwischen wurde die Zahl einhundertvierzig an die Presse gegeben. Den ganzen Tag lang hinkten die offiziellen Angaben weit hinter der Wirklichkeit her.

Bis zum Abend des darauffolgenden Tages wurden zweihundertsiebenundachtzig Tote geborgen. Es wurden Listen ausgehängt, die den Frauen und Kindern Gewissheit gaben. Zunächst wurden – schon recht bald nach dem Unglück – nur die Listen der Geretteten und Verwundeten ausgehängt. Als dann aber die ungläubigen Ausrufe zu hören waren: »Was, so wenige! Das darf nicht wahr sein!«, versuchte man schnell, vollständigere Listen – auch der Toten – auszuhängen. Auskunft für Angehörige stand auf diesen handgeschriebenen Zetteln, die teilweise mehr Verwirrung stifteten als

Klarheit, weil bei der Identifizierung einiges schiefging oder weil manche der Leichtverletzten erst einmal nach Hause liefen, wenn sie in Grubennähe wohnten, um schnell Bescheid zu sagen, dass sie noch lebten, in der Eile aber natürlich vergaßen, die Blechmarke abzugeben und daher als vermisst gemeldet wurden, während sie bereits wieder unter Tage waren, um Tote zu bergen.

Von der Explosion bis zum Abend des darauffolgenden Tages waren insgesamt einundzwanzig Rettungstrupps im Einsatz. Etliche Retter waren Kameraden, die die Explosion selbst nur knapp überlebt hatten. Zu dem Sirenengeheul der Krankenwagen kam einige Stunden nach der Explosion auch das Rotorgeräusch der Hubschrauber. Die umliegenden Knappschaftskrankenhäuser konnten keine so großen Hauttransplantationen vornehmen, wie es bei vielen der Schwerverletzten nötig war. Also flog man sie in die Spezialklinik nach Ludwigshafen. Die amerikanische Armee und auch die Bundeswehr sprangen mit ein. Mit Fahrzeugen und mit Hubschraubern. Spontan wurde viel Blut gespendet. Etliche Liter davon wurden den Spendern sicherlich von meiner Mutter entnommen.

In den Berichten über das Unglück habe ich andere Familientragödien kurz angelesen. Wenn es damit losging, wie Frauen mit beherrschter Stimme erzählten, dass in ihrem Haus jetzt drei Männer fehlen, oder wenn die Schlagzeile lautete: Mein Junge ist noch da unten!, habe ich gar nicht erst weitergelesen.

Eine Bergmannsmutter in der Fenner Straße – oder war es im Füllengarten? – jedenfalls in Burbach – sah ihren Schwiegersohn mit einer blutenden Kopfwunde morgens um zehn Uhr für ungefähr eine halbe Minute. »Sag der Frau und den Kindern Bescheid, dass es mir gut geht«, rief er. »Ich fahre gleich wieder ein. Vater ist noch unten.«

Ob er damit seinen eigenen Vater meinte oder den Mann seiner Schwiegermutter, weiß ich nicht. Und ich habe auch nicht nachgeforscht, wie es in diesem Fall ausging.

Was mich bei meinen Recherchen am meisten überraschte, war,

dass viele der Überlebenden ein schlechtes Gewissen zu haben schienen. Ein schlechtes Gewissen, weil es den Vater, den Sohn oder den Bruder erwischt hatte und nicht sie selbst.

Vielleicht ist es so auch erklärbar, dass diejenigen, die nicht allzu schwer verletzt waren, gleich wieder einfuhren, um bei den Rettungseinsätzen zu helfen. Ja, das ist für mich am schwersten zu begreifen, dass einige ein schlechtes Gewissen hatten, weil sie überlebten, obwohl auch sie da unten gewesen waren. Um wie viel gewaltiger müssen da die Schuldgefühle meines Onkels gewesen sein, überlebt zu haben, weil er nicht da unten war, obwohl er es hätte sein sollen.

Herrje! Das gehört nun wirklich nicht ins Buch, Gabriel!

In den darauffolgenden zwei Wochen erhöhte sich die Zahl der Toten auf zweihundertneunundneunzig. Ende Februar fiel dann – so behaupten zumindest einige Zeitzeugen – die politische Entscheidung, mit dem Zählen aufzuhören.

Aber ich will noch kurz von den Tagen nach der Katastrophe und der Beerdigungsfeier berichten: Ein Mann, der damals ein kleiner Junge war und in der Bergarbeitersiedlung direkt auf dem Grubengelände wohnte, erzählte mir, dass am 8. Februar ein paar Reporter einer bekannten Zeitschrift an ihre Tür klopften und der Mutter Geld anboten, um durch das Küchenfenster Fotos von der Schachtanlage machen zu dürfen. Es war recht viel Geld für die damalige Zeit, aber sie warf die Reporter hinaus und verbot ihnen auch, vom Garten aus zu fotografieren. Wenigstens waren die Reporter einsichtig und verzogen sich gleich, auch wenn das bedeutete, dass ihnen ein beeindruckendes Foto für die Titelseite durch die Lappen ging. Sie hatten zeigen wollen, wie nahe manche Familien an der Unglücksstelle wohnten und wie die Frauen – an normalen Tagen – vom Küchenfenster aus beobachten konnten, ob sich das große Rad des Förderturms zur richtigen Zeit drehte und die Männer wohlbehalten ans Tageslicht beförderte, während sie selber Topfdeckel hochhoben, um nach der Erbsensuppe oder den Linsen zu sehen. Seine Mutter – so erzählte mir der Augenzeuge – habe, nachdem die Reporter wieder abgezogen waren, ihren Kindern erklärt, dass man kein Geld mit dem Leid anderer Leute machen dürfe. Das habe er damals noch nicht richtig verstanden, sagte er mir. Als er am nächsten Tag in die Schule ging, hatten über die Hälfte seiner Klassenkameraden keinen Vater mehr. Insgesamt verloren dreihundertsechsundsechzig Kinder ihren Vater und zweihundertzweiundzwanzig Frauen ihre Ehemänner. Wie viele Mütter ihre Söhne, oder Männer ihre Brüder verloren, habe ich nicht mehr recherchiert.

Am 10. Februar versammelten sich in dem Park gleich oberhalb des Grubengeländes etwa fünftausend Hinterbliebene und Leidtragende um zweihundertsiebenundachtzig Särge. Ein paar Särge standen da immer noch mit der Aufschrift *unbekannt* im Badehaus, und einige Familien bedrängten die Grubenleitung mit der Frage, was denn nun mit ihren Männern sei, denn es stand noch längst nicht fest, was mit einigen der Vermissten geschehen war.

An der Spitze der offiziellen Trauergäste befanden sich der Bundespräsident Heinrich Lübke, der saarländische Ministerpräsident Franz-Josef Röder, zahlreiche Bundesminister sowie der päpstliche Nuntius Erzbischof Jean Baptist Bafile. Der Bundespräsident sagte in seiner Trauerrede, dass die Bergleute ihre Arbeit – obwohl von Gefahren umlauert – liebten, der Ministerpräsident sprach von einem schwarzen Tag für das Saarland. In seiner Fernsehansprache bekundete auch Adenauer unserem Land sein Mitgefühl und das aller Deutschen. Er sprach vom »Saargebiet«, obwohl wir da doch schon seit ein paar Jahren ein richtiges Bundesland waren. Aber seine Beileidsworte klangen aufrichtig und sogar ein bisschen tröstend, also sollte ich ihm diesen Versprecher nicht ankreiden.

Und natürlich war auch unsere komplette Familie da. Meine Mutter und Gertrud, Jakobs Frau, standen beide mit versteinerter Miene in dem Park zwischen den Särgen – das zumindest konnte ich aus einem Großonkel herausbekommen, der damals einen VW

Käfer hatte, in dem er vier der Familienmitglieder nach Luisenthal zur Trauerfeier fuhr. Und Jakob Heck – ebenfalls mit starrer Miene und in sauberer Bergmannsuniform – stand in sicherem Abstand hinter den beiden, als fürchte er die aufgestaute Anspannung dort vor ihm mehr als die Gewalt einer Kohlenstaubexplosion.

Zu gerne würde ich wissen, wie es genau war, als Hecks Gertrud in Luisenthal ankam. Auch das kann ich nur teilweise rekonstruieren. Natürlich erfuhr sie später als meine Mutter von dem Unglück. Sie schloss gerade die Haustür hinter sich und wollte zum Metzger, als der Nachbar von gegenüber auf sie zugelaufen kam und rief: »Hast du's schon gehört!«

»Was?«

Als dem Nachbarn klar wurde, dass sie es noch nicht wusste, druckste er herum, obwohl er es sonst liebte, Neuigkeiten – vor allem die tragischen – in Umlauf zu bringen. »Ähm, sie haben's gerade im Radio gebracht. In Luisenthal ist etwas passiert.«

Sie ließ den leeren Korb fallen. Wenn es im Radio kam, wusste sie ungefähr, was passiert war.

»Man weiß noch nichts Genaues«, rief ihr der Nachbar in der irrigen Annahme hinterher, sie damit zu beruhigen.

Sie rannte zu Onkel Matthias, weil der den VW Käfer hatte. Er kam ihr schon auf halber Strecke entgegen, bremste scharf. Machte ein ernstes Gesicht, lehnte sich über den Beifahrersitz und stieß ihr die Tür auf. Erst als sie reingesprungen war, sah sie, dass ihre Schwiegermutter – Angela Heck – auf dem Rücksitz saß.

Sie mussten in Burbach in einer Seitenstraße parken und den letzten Kilometer zu Fuß gehen. Schließlich wurden sie zu einem Teil der Menschenmenge vor der Schachtanlage. Sie mussten warten, bis die offiziellen Listen ausgehängt wurden. Meine Tante, Mikes Mutter – obwohl es Mike damals ja noch gar nicht gab – weinte unter Krämpfen, nachdem sie die Liste dreimal durchgesehen hatte und Onkel Matthias ihr bestätigte, dass der Name Jakob Heck nicht bei den Toten stand. Sie hatte den Namen Hubert Heck gelesen. Dreimal. Dann kam jemand vorbei, den sie kannte. Jemand von der Grubenwehr. Er erkannte sie auch. Ohne dass jemand fragte, sagte er ihnen: »Jakob lebt, er ist gerade beim Rettungstrupp ... und wir haben Ihren Hubert bereits geborgen, Frau Heck«, sagte er, an meine Großmutter gewandt. Er sprach ihr kein Beileid aus. Von den Grubenwehrleuten, die gerade von unter Tage kamen, erwartete niemand, dass sie viel sagten.

»Hatte nicht Jakob die Frühschicht?«, fragte Matthias.

»Jaaa ...«, antwortete meine Tante zögernd, »das dachte ich auch.«

Angela, meine Großmutter – obwohl sie nun alles wusste, was sie wissen musste – stellte sich wieder vor die Liste und starrte ungläubig darauf, als ob sich dadurch an den Fakten – an denen, die für sie wichtig waren – noch etwas ändern könnte.

Schon während der Fahrt hatte man ihr angemerkt, dass sie mit dem Schlimmsten rechnete. Onkel Matthias hatte das Radio angeschaltet. Die meiste Zeit kam Trauermusik. Und als sie das letzte Stück zu Fuß gingen, hatten sie durch die Scheiben eines vorbeirasenden Krankenwagens – die fuhren jetzt deutlich seltener als noch morgens – einen Verbrannten gesehen. Matthias und Gertrud blickten sich stumm an, als meine Großmutter laut vor sich hin sagte: »Nur gut, dass mein Hannes das nicht mehr erleben muss!«

Hecks Hannes hatte während des Krieges in Luisenthal gearbeitet und eine Schlagwetterexplosion überlebt, bei der einunddreißig Kameraden umkamen.

Oma Angela hatte sich, als sie auf die Liste schaute, innerlich schon darauf eingestellt, einen Jungen verloren zu haben. Sie hatte aber mit dem falschen Sohn gerechnet. Ob sich meine Tante in diesem Augenblick fragte, was ihre Schwiegermutter dachte? Und zerbrach sich Jakob kurz darauf den Kopf darüber, ob seine Mutter sich gewünscht hatte, auf der Liste stünde Jakob statt Hubert?

Das ist doch reine Spekulation, mein Lieber! Soviel ich von meiner Mutter weiß, ist der Jüngere, also Jakob, immer Angelas Liebling gewesen – und nicht dein Vater. Aber wer weiß schon, was in so einem Augenblick in einer Mutter vorgeht ... und aussuchen konnte sie es sich sowieso nicht.

Gertrud jedenfalls weinte vor Glück oder wenigstens vor Erleichterung, dass wider Erwarten der andere Heck auf der Liste stand. Ich kann es ihr nicht mal übelnehmen. Dass es Freudentränen waren, fiel gar nicht auf in der Gruppe der Frauen, die sich von der Liste abwandten.

Es sah gespenstisch aus, wie die zweihundertsiebenundachtzig Särge da in dem Park oberhalb des Grubengeländes standen. Ich habe mir die Filmaufnahmen angesehen. Die hohen, schlanken Baumstämme, zwischen denen sie standen, schienen den Weg in den Himmel zu weisen. Wie eine Verlängerung der Schächte – ja, als ob die schwarzen Schächte über Tage als hölzerne Säulen weiter nach oben führten.

Nach der Trauerfeier, als alle Reden gehalten waren, wurden die Särge in über fünfzig verschiedene Heimatgemeinden abtransportiert. So wie die, die drin lagen, bis wenige Tage zuvor nach jeder normalen Schicht nach Hause fuhren. Alle, die nicht in unmittelbarer Nähe des Grubengeländes wohnten, wurden gewöhnlich mit dem Zug oder dem Bus wieder in ihre Dörfer gefahren. Ich erinnere mich, wie ich später – Ende der sechziger Jahre – neidisch auf die Kinder war, die plötzlich mit dem Spielen aufhörten, wenn der Bus mit den Hüttenarbeitern oder der Grubenbus vorm Gasthaus Gehlen hielt und kurz hinliefen, um ihre Väter zu begrüßen. Das dauerte meist nur einen Augenblick, und im Nu waren sie wieder da, um weiterzuspielen – so wie junge Hunde beim Herumtollen manchmal innehalten und aufschauen, um sich zu vergewissern, dass das Herrchen noch in der Nähe ist. Einmal am Tag freuten sich die anderen Bergmannskinder einen Augenblick lang darüber, dass der Vater wieder gesund nach Hause gekommen war.

Meiner kam also am 10. Februar 1962 zum letzten Mal nach Hause, und über die Beerdigung und die Imms meines Vaters konnte ich bis auf den heutigen Tag aus niemandem etwas Brauchbares herauskriegen. Von Verwandten und Nachbarn nichts und von Tante Gertrud schon gar nichts. Alle wichen mir aus, wenn ich davon anfing, und schwenkten auf Anekdoten aus der Jugendzeit meines Vaters um oder fingen zum hundertsten Mal mit der Geschichte aus den letzten Kriegstagen an. Über den Pastor und andere Leute, mit denen ich eher wenig zu tun hatte, fand ich lediglich heraus, dass über tausend Primstaler auf Geiset waren, um an der Beerdigung teilzunehmen, und dass es ein sehr ergreifender Augenblick gewesen sein musste, als die Pfarrkapelle das Lied vom guten Kameraden und den Choral *Über den Sternen wohnet Friede* spielte und dass sich die Ergriffenheit noch steigerte, als der Männergesangverein daraufhin am Grab auch noch *Dort unten ist Frieden* intonierte.

Das Einzige, was ich schon lange vor Beginn meiner Recherchen wusste, war, dass am Tag der Beerdigung meine Mutter und Mikes Mutter nicht miteinander redeten. Dabei ist es geblieben. Sie reden bis heute so gut wie gar nicht miteinander.

Am Tag des Unglücks sahen sich die beiden noch auf dem Grubengelände. Meine Mutter kam kurz heraus, hielt einen Becher Kaffee in der Hand, ging ein paar Schritte, und sah Angela, Matthias und Gertrud, wie sie sich gerade von der Liste abwandten und mit einem Mann von der Grubenwehr sprachen. Der Mann drückte Angelas Hand. Meine Mutter wartete eine Minute oder zwei, trank ihren Kaffee aus, dann ging sie auf Angela, ihre Schwiegermutter, zu. Die blickte meine Mutter an und drückte ihr fest die Hand. Matthias tat dasselbe. Als darauf ein unangenehmer Moment entstand, weil Gertrud und meine Mutter sich nicht in die Augen sahen, versuchte Matthias die Situation zu überspielen, indem er fragte: »Bist du nicht völlig übermüdet, Barbara, du hattest doch heute schon Nachtschicht?«

Sie antwortete nicht, sondern ging zurück zum Notarzt.
In den darauffolgenden Tagen wurde in den Primstaler Geschäften und auf der Straße erzählt, das Motorrad sei schuld an Huberts Tod. Oder aber, dass die BMW Jakob Heck das Leben gerettet habe. Das

kam ganz darauf an, welche Perspektive man gerade einnahm. Er durfte das Motorrad eigentlich gar nicht haben. Gertrud war von Anfang an dagegen gewesen – das war allgemein bekannt – und die beiden hatten deshalb schon öfter heftigen Streit gehabt. Nicht nur weil es gefährlich war. Die Anschaffung kostete auch einiges, und ihr war klar, dass er noch mehr Geld reinstecken würde, wenn er es erst mal hatte. Er kaufte sich das Motorrad trotzdem – eine schwarze BMW R 60, Baujahr 1956 – und eigentlich war ihm dieses Modell noch zu schwach auf der Brust. Deshalb wollte er es ein bisschen frisieren lassen und hatte auch noch einigen teuren Chrom-Schnickschnack im Auge, der – für einen Batzen Geld natürlich – noch angebracht werden sollte. Und für den 7. Februar 1962 hatte Jakob heimlich einen Termin mit einer Werkstatt in Völklingen vereinbart – gleich früh morgens, damit die gewünschten Veränderungen an der BMW durchgeführt werden konnten, ohne dass Gertrud etwas davon erfuhr. Das erzählte mir der Typ von der Werkstatt, den ich ebenfalls aufgetrieben und interviewt habe. Das Geld für die Werkstattkosten hatte Jakob sich bei seinen Kumpeln geliehen. Schon in den Wochen davor hatte er ein- oder zweimal mit meinem Vater die Schicht getauscht, oder nur eine Halb- oder Zwischenschicht eingelegt, um Ersatzteile zusammenzusuchen. Und nun? Nun konnte ihm Gertrud nicht einmal böse sein, dass er heimlich einige hundert Mark in sein blödes Knatterding gesteckt hatte. Als sie ihn einige Wochen nach Huberts Beerdigung fragte, ob er es nicht verkaufen wolle – ihr zuliebe – besaß er die Dreistigkeit, zu antworten: »Ohne das Ding wäre ich jetzt tot. Also gib endlich Ruhe.« Erst als Gertrud im Sommer 1964 schwanger wurde, und Jakob auf dem Weg von Eiweiler nach Primstal eine Kurve verfehlte – besoffen wie er war – und sich mit viel Dusel nur leicht an der Schulter verletzte, mit der er an einer der Birken vorbeischrammte, die seit ein paar Jahren eine schöne Allee zwischen beiden Dörfern bildeten, befahl Oma Angela ihm, die BMW sofort zu verkaufen. Er hörte auf seine Mutter.

In den Wochen nach der Totenfeier in Luisenthal und nach der Beerdigung meines Vaters starben weitere gerettete Bergleute an ihren schweren Verletzungen, sodass noch im Februar 1962 die offizielle Zahl auf 299 festgesetzt wurde. Diejenigen, die weiter durchhielten und erst später starben, wurden nicht mehr mitgezählt, da man sonst auf eine Zahl gekommen wäre, die einen nationalen Gedenk- und Feiertag nach sich gezogen hätte. Ab dreihundert Toten war das nämlich so vorgeschrieben. So aber waren die zweihundertneun- undneunzig und die paar späteren Toten keinen Feiertag wert. Des Todestags meines Vaters sollte also nicht offiziell gedacht werden.

Eins habe ich über die Beerdigung doch noch herausgefunden: Meine Mutter nahm die Imms zum Anlass, offiziell zu verkünden, dass sie schwanger sei: »Die Hecks werden weiterleben – du kriegst einen Enkel!«, sagte sie so laut zu Angela Heck, dass alle es hören mussten.

»Nur schade, dass mein Hannes das nicht mehr erlebt«, soll meine Großmutter vernehmlich geantwortet haben. Ich wurde das erste Enkelkind für meine Oma – und das, obwohl selbst der jüngere der beiden Söhne, also Jakob, zu diesem Zeitpunkt schon über dreißig war und Angela zu zweifeln begonnen hatte.

Als die Journalisten die Lehrlinge von Luisenthal am Tag nach dem Unglück fragten, ob sie denn jetzt das Berufsziel Bergmann auf- geben würden, schüttelten alle tapfer den Kopf und versicherten, natürlich weitermachen zu wollen. Bis Ende Februar aber hatten über siebzig Bergleute die Kündigung eingereicht. Die meis- ten davon waren junge Burschen, die das Leben noch vor sich hatten. Und in den darauffolgenden Wochen kamen noch einige Kündigungen dazu. Eine davon war die von Jakob Heck. Er hatte vorher sichergestellt, dass er bei der Dillinger Stahlhütte unterkam, wo ein paar Cousins und Bekannte von ihm arbeiteten.

Die Meisten der über zweieinhalbtausend Mann starken Beleg- schaft aber blieben in Luisenthal, und wenige Tage nach der Ex- plosion, als unter Tage alles aufgeräumt war, förderten sie bereits wieder über eintausendfünfhundert Tonnen Kohle täglich und gruben weitere Stollen unter Burbach und Luisenthal und Altenkessel.

Der Schlussbericht des Untersuchungsausschusses des Saarländischen Landtags interessiert mich genauso wenig wie der Abschluss der Gerichtsverhandlung im Sommer 1964.

In einer Zeitung – ich erinnere mich nicht mehr in welcher – fand ich die Schlagzeile *Keine Sühne*. Alle Angeklagten, denen fahrlässige Tötung und die Verletzung von Sicherheitsbestimmungen vorgeworfen worden war, erhielten einen Freispruch wegen erwiesener Unschuld und waren damit öffentlich rehabilitiert. Dazwischen hatte es mindestens einen nachgewiesenen Selbstmordversuch eines Beschuldigten gegeben, auf den ich aber hier nicht näher eingehen will, weil er nichts zur Sache tut. Die Explosionsursache und die genauen Abläufe der Katastrophe konnten nicht rekonstruiert werden. Der Untersuchungsausschuss bestätigte in seinem Abschlussbericht, dass eventuell verbotswidrig Streichhölzer und Rauchwaren unter Tage benutzt worden seien. Aber es war nicht klar, ob dies tatsächlich die Entzündungsursache gewesen war. Übrigens erwischten Bergleute in der von Luisenthal nur wenige Kilometer entfernten Grube St. Fontaine im lothringischen Freyming nur zehn Tage nach dem Luisenthaler Unglück einen ihrer Kameraden, der sich in einem Stollen gemütlich ein Zigarettchen anzündete – neben einem Grubenzug, der vollbeladen war mit Sprengstoff. Der Bergmann, der vom Obersteiger den Anschiss seines Lebens bekam, fuhr seit siebenunddreißig Jahren in die Grube ein. Also nahmen es manche wohl doch nicht so ernst mit dem Rauchverbot unter Tage.

Dem bergamtlichen Schlussbericht ist zu entnehmen, dass »in dem Bereich der Grube Luisenthal, der im Verlauf der Untersuchungen überprüft worden ist, nicht weniger als 73 zum Teil schwerwiegende Verstöße gegen die sicherheitlichen Bestimmungen festgestellt worden sind. Allerdings hat nur ein Teil dieser Verstöße mit der Entstehung und Ausbreitung der Katastrophe in ursächlichem Zusammenhang gestanden.«

Keine Sühne. Auch nicht von Jakob, meinem Onkel, der wohl zur Stahlhütte wechselte, weil seine Frau es so verlangte und auch seine Mutter dies befürwortete. Zwei Jahre danach hatte er Mike gezeugt und verschwand für immer von der Bildfläche, ohne seinen Sohn jemals gesehen zu haben.

Aus Spenden und einem Notfonds bekam meine Mutter zweitausend Mark. Das bekam jede Witwe. Und auch für jedes Kind gab es noch mal zweitausend Mark extra. Aber da ich noch nicht auf der Welt war, zählte ich nicht. Allerdings hat Jakob es dann doch noch hinbekommen, dass meiner Mutter auch für mich ein zusätzlicher Geldbetrag aus dem Fonds überwiesen wurde.

Da die Witwenrente nicht hoch war und das mit ihrem Job im Krankenhaus sich zunächst einmal erledigt hatte, als ich zur Welt kam, wurde es finanziell dann aber doch so knapp, dass sie ihre Rechte an dem Haus, das damals noch nicht der Jugendclub hieß, an Jakob und Gertrud abtrat und sich auszahlen ließ. Knapp zehntausend Mark waren damals eine Menge Geld und hielten meine Mutter und mich einige Jahre über Wasser, bis unser eigenes Haus abbezahlt war und ich in die Schule ging, sodass sie wieder als Krankenschwester arbeiten konnte. Wenn auch nicht mehr in ihrem alten Krankenhaus, sondern in Wadern.

Und ich würde heute ohne zu zögern eine Bank überfallen oder zum Kredithai gehen, wenn es möglich wäre, den Jugendclub wieder zurückzukaufen. Denn Opa Hannes hatte das alte Bauernhaus, das ursprünglich der Familie von Angela gehörte, an den ältesten Sohn – also an Hubert, meinen Vater – weitervererbt.

Bisher dachte ich, Mikes Eltern hätten mich nur um mein Erbe betrogen, um das Haus, das irgendwann mir gehört hätte. Jetzt weiß ich, dass mich Jakob Heck am 7. Februar 1962 auch um meinen Vater betrogen hat.

Dafür kann Mike nichts, das gebe ich zu, aber jetzt, wo ich es weiß, erinnert er mich jedes Mal, wenn ich ihn sehe, daran, dass mein Leben völlig anders verlaufen wäre, wenn sein Vater meinem Vater nicht diese Todesschicht aufgeschwatzt hätte.

Ich frage mich nur, warum Mike mir das nie erzählt hat?

Herrje, Gabriel, bist du naiv! Soll Mike dir sagen: »He, weißt du eigentlich schon, dass mein Vater deinen auf dem Gewissen hat?«

Oder haben sie ihm auch nicht mehr gesagt als mir?

Na ja, vieles von dem, was du jetzt herausgefunden hast, weiß Mike noch nicht. Aber dass sein Vater anstelle deines Vaters überlebt hat, weiß er schon.

Und wieso hat meine Mutter mich nie in die genauen Umstände eingeweiht, die zum Tod ihres Mannes geführt haben? Das werde ich sie wohl fragen müssen.

Hier endete der Bericht ... oder was immer das sein sollte. Von Hand hatte Gabriel noch dazu geschrieben:

Heute erinnern eine Statue der Heiligen Barbara und zweihundertneunundneunzig weiße Steine, die zu einer Wand zusammengefügt wurden, vor dem Eingangstor zur Hauptschachtanlage an die Toten von Luisenthal. Anders als bei den Primstaler Kriegsgefallenen, oder bei den tödlich Verunglückten der Grube Maybach, werden mein Vater und die anderen nicht namentlich aufgeführt. Der Förderturm des Alsbachfeldes steht noch. Er wirkt völlig verloren zwischen den hübschen neuen Gebäuden des IT-Parks, der inzwischen um die Schachtanlage herum wächst. In dem Haus in der Püttlinger Straße, wo meine Mutter während ihrer Zeit als Krankenschwester das acht Quadratmeter kleine Dachzimmer hatte, wohnt jetzt eine nette kurdische Großfamilie, mit denen ich mich ausgiebig unterhalten habe: Drei Generationen unter einem Dach, die noch nie etwas vom Luisenthaler Grubenunglück gehört haben. Aber warum sollten sie auch? Sie kannten doch niemanden, der damals dabei war.

Ich weiß nicht, wie lange ich noch auf dem Sofa sitzen blieb, nachdem ich zu Ende gelesen hatte. Ich versuchte mich in Gabriel hineinzufühlen. Versuchte seinen Zorn darüber nachzuempfinden, dass sein Vater sterben musste, obwohl er damit eigentlich noch gar nicht an der Reihe gewesen war – so sah Gabriel das wohl. Und wie musste es sich für ihn angefühlt haben, als ihm allmählich klar wurde, dass alle um ihn herum das Wesentliche von dem, was er beim Schreiben dieser Seiten herausgefunden hatte, schon längst wussten. Auch wenn die meisten aus dem Dorf natürlich einen Teil der tragischen Einzelheiten um die getauschte Schicht der Heck-Brüder nicht kannten.

Ich war mir nicht sicher, wie ich reagieren sollte, wenn er mich fragte, was ich von dem Kapitel halte.

Im nächsten Moment hörte ich, wie sich der Schlüssel in der Haustür drehte. Ich hielt den Atem an – wie ein Kind, das beim Versteckspielen nicht gefunden werden will. Ich hörte zunächst nur Schritte, die schwer und müde klangen; aber bevor ich mich entschieden hatte, was ich sagen sollte, stand Raffi vor mir.

Ich atmete erleichtert auf: »Ach, du bist's, schön dich zu sehen.«

»Na, das ist doch mal was, so freudig begrüßt zu werden! Hast du mich vermisst, Schatzi?«

Raffi merkte, dass ich auf seine Neckereien nicht einging und wurde sofort ernst: »Alles in Ordnung, Johanna, ist was passiert? Du siehst richtig verschreckt aus!«

»Ja«, platzte ich heraus, »ich habe gerade Gabriels Kapitel über die Luisenthal-Katastrophe gelesen und ... und weiß nun nicht ... ich glaube, du bist der Einzige im Dorf, der nicht die ganze Wahrheit über Mikes und Gabriels Väter kennt. Du und bis vor Kurzem Gabriel selbst. Oder hast du inzwischen schon mitgekommen, dass Gabriels Vater damals umgekommen ist, weil Mikes Vater mit ihm die Todesschicht getauscht ...«

Aber Raffi hob nur abwehrend die Hand: »Du, sei mir nicht böse, aber ... ich will eigentlich gar nichts davon hören. Ich will nicht unhöflich sein, aber ich muss morgen wieder früh raus und … mir ist es auch egal, was Gabriel bisher gewusst hat oder nicht.«

»Oh, ja, Entschuldigung, Raffi, du bist ja seit mindestens vierzehn Stunden auf den Beinen, und bist bestimmt müde … ich dachte nur, du könntest mir einen Rat … vielleicht sprechen wir ein andermal darüber, für heute lasse ich dir deinen wohlverdienten Feierabend.«

»Danke.« Raffi nickte und war offensichtlich froh, dass ich nicht darauf bestand, noch reden zu wollen. Aber als er sich zur Treppe wandte, um hinauf in sein Zimmer zu gehen, wandte er sich zu mir um: »Ehrlich gesagt, Johanna, es ist nicht, weil ich müde bin. Ich hab das Zeug da«, er deutete auf das Manuskript, »heute Morgen gelesen. Es liegt schon seit heute Morgen da. Nicht zu übersehen. Bin gar nicht zum Frühstücken gekommen und war zum ersten Mal zu spät auf der Arbeit. Also … ich weiß jetzt auch …«

»Ja, ja«, unterbrach ich ihn, »aber erst seit heute. Du hast aber wenigstens keine Vergangenheit als Mitwisser, der ihm nichts gesagt hat. Du kannst Gabriel morgen immer noch sagen, dass du das Kapitel gelesen hast und dass dich die ganze Geschichte …«

»Also das«, unterbrach er mich, »werde ich sicher nicht tun. Ja, schau nicht so! Wenn ich eins bestimmt nicht will, ist es mit Gabriel über seine und Mikes Familientragödie zu reden.« Ich sah ihn überrascht an. Normalerweise war er neugieriger als jede Apothekerin, und ich hatte eigentlich angenommen, dass er, gerade nachdem er das Kapitel gelesen hatte, nun auch mehr über das geheimnisvolle Verschwinden von Jakob Heck wissen wollte. Hierüber gab es nämlich herrliche Spekulationen.

»Entschuldigung, Johanna, ich will nicht unhöflich sein. Bestimmt wunderst du dich, dass ich über diesen ganzen Kram nicht reden will. Aber ich habe meine eigenen Familienprobleme. Und das nicht zu knapp. Natürlich ist das, was Gabriel da geschrieben hat, sehr ergreifend und … traurig, aber glaub mir, ich könnte zum Thema Vater-Sohn-Tragödie gleich das nächste Kapitel schreiben.«

Ich saß immer noch auf dem Sofa. Das Manuskript lag neben mir, aufgeschlagen an der Stelle, wo Barbara sagt: »Und ich bin schwanger!« Ich versuchte, mich in sie hineinzufühlen. Es gelang mir nicht. Ich konnte mir nicht vorstellen, wie es war, gerade den Mann verloren zu haben und schwanger zu sein und sich darauf einzustellen, allein und mit wenig Geld ein Kind großzuziehen.

Die Leute mochten sagen, was sie wollten, ich fand, dass aus Gabriel ein wunderbarer Mensch geworden war. Nur ein bisschen unentschlossen, vielleicht, und zu wenig zielstrebig. Immerhin sagten die Leute ja nichts Schlechtes über ihn. Nur: »Was hätte aus dem Jungen werden können, wenn die starke Hand eines Vaters ...«, »Ein intelligenter und netter Typ ist er ja. Schade, schade.«

Wahrscheinlich meinten sie damit nur: Er hätte sonst vielleicht Bankangestellter werden können, oder Facharbeiter. Ehrlich gesagt, mir war er so lieber. Er war alles andere als langweilig. Vielleicht meinten die Leute aber auch, wenn Gabriel nicht vaterlos aufgewachsen wäre, wenn er ein ordentliches Vorbild gehabt hätte, wäre er längst verheiratet und selbst Familienvater. Aber das konnte ja noch werden.

Ich wartete auf ihn. Dachte angestrengt über verschiedene Taktiken nach. Und war mir recht sicher, welche die erfolgversprechendste war. Nur eine halbe Stunde, nachdem Raffi die Wendeltreppe hoch verschwunden war, hörte ich, wie sich wieder ein Schlüssel in der Haustür drehte. An den Schritten merkte ich, dass es nur Gabriel sein konnte. Mike kam fast immer trällernd und beschwingt von seinen Trennungsbeschleunigungshilfen zurück. Gabriel schlurfte rein, als ob er ein schweres Gewicht hinter sich herzog.

»Hallo«, sagte ich schwach, und versuchte dabei auszusehen, als ob ich den Tränen nahe sei.

»Mmm ...«, brummte er.

Er sah, dass sein Katastrophen-Manuskript aufgeschlagen neben mir lag. Ich sollte tunlichst darauf achten, in seiner Gegenwart nicht von »Katastrophenbuch« zu sprechen, weil es ihn, glaube ich, traurig machte. Er zögerte. Ging zum Küchenschrank und öffnete ihn. Griff eine Flasche Mirabellenschnaps. Und ein Glas. Zögerte noch einmal. Dann nahm er noch ein Glas.

»Warst du bei deiner Mutter?«

»Mmm, ja.«

»Und, wie war's?«

»Sie hat mir Geld gegeben. Mehr als sonst. Damit ich die nächsten Monate Zeit hätte, in Ruhe nach einer Arbeit zu suchen, die mir gefällt.«

»Na, das ist doch schon mal gut, dass ...«

»Hast du es auch gewusst?«, schnitt er mir das Wort ab. Er klang nicht aggressiv. Aber anklagend schon.

»Gabriel, ich ... nein, nicht alles«, log ich erst einmal, um Zeit zu gewinnen und um die richtige Position einnehmen zu können. Ich musste strategisch vorgehen: »Gabriel, setz dich doch erst einmal hin«, ich deutete auf den Sessel, der genau gegenüber dem Sofa stand, »und gieß endlich die beiden Gläser voll.«

Mit einem Seufzer setzte er sich und schraubte den Mirabellenschnaps auf. Ohne mich anzusehen fragte er: »Ich muss jetzt wissen, ob es außer mir selbst – und Raffi, natürlich – noch irgendjemanden in diesem Dorf gibt, der nicht darüber Bescheid weiß, wie und warum mein Vater sterben musste.«

Die Pause, die er machte, nutzte ich, um meinen schweren Hintern tiefer ins Sofapolster zu drücken. Gott sei Dank hatte Gabriel – wie befohlen – auf dem Sessel Platz genommen, sodass er ein wenig höher saß als ich.

»Aus meiner Mutter war nichts herauszubekommen«, fuhr er fort, »nicht einmal heute, nachdem ich sie mit allen Fakten konfrontiert hatte. Sie will nicht über die Ereignisse von 1962 reden, mit niemandem, basta, und ansonsten sei sie immer für mich da, solange sie lebe. Also, Johanna: Hast du gewusst, dass mein Vater anstelle von Mikes Vater umgekommen ist? Wolltest du mich auch zu meinem eigenen Wohl vor der Wahrheit schützen?«

Ich versuchte, mich noch ein bisschen kleiner zu machen. Nicht leicht, bei meinen Körpermaßen. Ließ die Schultern sinken. Drückte das Kinn nah zur Brust und schlug aus dieser Position heraus die Augen groß auf. Alle paar Sekunden schloss ich kurz die Augenlider und schlug sie langsam und effektvoll wieder auf. Es gelang mir sogar, ein wenig Feuchtigkeit in den Augenwinkeln zu sammeln. Er begann, unbequem auf seinem Sessel hin und her zu rutschen und konnte den Blickkontakt nicht mehr durchgehend halten. Ich wusste, dass die Sei-mein-Ritter-und-Retter-Taktik die einzige Chance war, sein Vertrauen wiederzuerlangen.

»Glaub mir, Gabriel, niemand, wirklich niemand kann besser nachempfinden, wie hart es ist, ohne Vater aufwachsen zu müssen.« Das saß. Er öffnete den Mund, als ob er etwas sagen wollte, schwieg aber und blickte schuldbewusst drein. Ich war schon auf halbem Weg, von der Verräterin wieder zur Verbündeten zu werden.

»Ich … ich habe dir das, was ich wusste, verschwiegen, um dich zu schützen, glaub mir. Ja, ich habe die Geschichte von Hubert und Jakob schon als junges Mädchen gehört. Von meiner Mutter. Aber ich hätte mich niemals getraut, dich darauf anzusprechen. Nicht, um dich zu schonen, wie gesagt, nein, um mich, mich selbst zu schützen. Denn dann hätte ich ja auch selbst über meinen Vater, meine eigene Geschichte … und weißt du, soweit war ich bis jetzt noch nicht.«

Gabriel sackte in seinem Sessel zusammen und wusste nicht, was er sagen sollte.

»Weißt du, Gabriel, bei mir liegt der Fall ja nicht genauso wie bei dir, aber auch ich habe immer wieder versucht, etwas über meinen Vater herauszubekommen, und ich habe bis heute den Verdacht, dass außer meiner Mutter doch der ein oder andere aus dem Dorf mehr darüber weiß.«

Das lenkte ihn ab. Es war jetzt nicht der Zeitpunkt, mit ihm über seinen Vater und über die getauschte Schicht mit Gabriels Onkel zu reden. Ein andermal würde ich das ausgiebig tun. Später. Viel später. Jetzt war ein anderer Schachzug nötig: »Und wenn ich jetzt zum Beispiel herausbekäme, dass jemand mir genau hätte sagen können, wer mein Vater war und was er tat und wo er wohnte ... ich wäre sicher stinksauer, traurig und verärgert darüber, dass ...«

»Genau«, rief er, »genau so ist es!« Und er schimpfte auf seine Mutter und seine gesamte Verwandtschaft und über alle feigen Schweine, die sich trauten, sich als sein Freund oder Kumpel zu bezeichnen, und kam von der Schlechtigkeit im Besonderen rasch zur Verderbt- und Lügenhaftigkeit der Menschen im Allgemeinen. Ich beschränkte mich auf zustimmendes Kopfnicken und kurze bestätigende Kommentare, in die ich Bemerkungen einstreute wie »Das können nur wir Vaterlosen verstehen« oder »Du brauchst mir nun wirklich nicht zu sagen, was es bedeutet, immer nur die Mutter als Bezugsperson zu haben.«

Und plötzlich war es nicht nur er, nicht er allein, dem Unrecht widerfahren war, sondern es gab ein Wir. Wir hatten alles Recht der Welt, uns zu beklagen und die verlogene Bande um uns herum zu verfluchen.

Als wir so gemeinsam lamentierten, uns in einer moralischen Wagenburg verschanzten, als ob wir auf feindlichem Terrain seien, richtete ich mich wieder etwas auf und bat ihn, sich doch zu mir aufs Sofa zu setzen.

Ich war mir nicht sicher, ob ich gleich den Arm um ihn legen sollte, und dachte: Nicht übertreiben, Johanna. Langsam. Es läuft gut.

Ich sagte ihm, wie sehr mich das, was er da geschrieben hatte, berührte. Das war nicht einmal gelogen. Ich war sogar so ehrlich, ihm zu sagen, dass es so wohl nicht als Kapitel für das geplante Buch taugte. Er bestätigte das unumwunden. Aber er war auch sichtlich stolz darauf, dass ich seine Katastrophen-Recherchen beeindruckend und außergewöhnlich fand.

Ich ließ ihn erzählen, wie er die einzelnen Zeitzeugen aufgespürt und wie es sich angefühlt hatte, diesen Schicksalstag mühselig zusammenzufügen. Ich legte meine Hand auf seinen Arm. Er ließ es geschehen. Deshalb legte ich meinen Arm um seine Schulter. Er lehnte sich ein wenig an mich. Das musste reichen – für diesmal. Jetzt nur nicht zu weit nach vorne wagen, dachte ich. Aber ich ließ den Arm lange um ihn gelegt und hatte eine halbe Stunde später zwei wichtige Dinge erreicht: Zum einen, dass er versprach, nicht Mike dafür verantwortlich zu machen, was in der Generation zuvor geschehen war, und zum anderen, dass er – wenigstens für eine Weile – dem Projekt Katastrophenbuch abschwor und sich stattdessen auf das zweite große Ziel konzentrierte, dass er sich zu Jahresbeginn gesteckt hatte, nämlich den Mensaüberfall.

Ihm das Buchprojekt auszureden war längst nicht so schwierig, wie ich befürchtet hatte. Gabriel gestand mir, dass er ausgebrannt sei von der schmerzlichen Recherche und dem Sammeln von Einzelschicksalen und dass er es müde sei, das Grauen in winzigen Teilchen zu sortieren und zusammenzusetzen wie ein Puzzle. Und ihm sei die Lust vergangen, weitere Explosionen, Anschläge, Unfälle oder Abstürze zu erkunden. Er wolle eigentlich etwas Konstruktives, Kreatives auf die Beine stellen.

Als ich ihm daraufhin erzählte, wie gespannt ich … wir alle – also auch Herbie, Rolf, Speedy und die anderen – waren, ob wir es tatsächlich schaffen könnten, eine Mensa auszurauben, merkte ich schnell, wie seine Begeisterung für die eigene Idee wuchs und wie er sich schon auszumalen begann, dass er als Anführer einer Verbrecherbande sicher unwiderstehlich wirken würde.

»Also führe du uns, oh großer Gabriel«, scherzte ich. Er lächelte mich verlegen an. Und ich wusste, dass es ab diesem Augenblick abgemacht war, dass dieser Überfall tatsächlich stattfinden würde. Meine Hand legte ich wieder auf seinen Arm. Ich war gespannt, wie Gabriel sich als Anführer bewähren würde.

Um ihn mit Mike – der zu diesem Zeitpunkt noch gar nicht wusste, dass die Vergangenheit nun offen zwischen ihm und Gabriel stand – wieder zu versöhnen, musste ich mich mehr ins Zeug legen. Ich malte ein Bild von zwei unglücklichen Babys, die letzlich beide von demselben Mann betrogen worden waren. Da lehnte ich meinen Kopf an Gabriels Schulter. Er bewegte sich nicht. Nach einer Weile konnte ich ihn davon überzeugen, dass es zwei Opfer gab, die Hecks Jakob um ein Leben mit einem richtigen Vater betrogen hatte. Und Gabriel genoss es schließlich, der Verzeihende zu sein. Er folgte meiner Argumentation, dass Mike letztlich genauso Leidtragender sei. Er bestand allerdings darauf, dass er selbst unter deutlich tragischeren Umständen vaterlos geworden sei als Mike, und erklärte, dass Jakob Heck – gleichgültig, ob dieser noch am Leben sei oder längst im wohlverdienten Grab verrottete – der Hauptfeind sei. So verstand ich jedenfalls das, was er sagte; er drückte sich an diesem Abend auf dem Sofa sehr pathetisch aus. Verstehen konnte ich allerdings, wie sehr er sich weiterhin darüber aufregte, dass keiner ihm die wahre Geschichte erzählt hatte.

»Niemandem kann man trauen!« Er klang immer noch ein wenig beleidigt und vorwurfsvoll. »Außer dir natürlich. Ich verstehe, warum du nicht mit mir drüber ... also, te absolvo!« Er versuchte, witzig zu sein, um nicht zugeben zu müssen, dass sich über die letzten Wochen ein gefährlicher Groll in ihm aufgestaut hatte. Ihm war wohl erst allmählich und vor Kurzem klar geworden, dass ihm vieles von dem, was er da in mühevoller Recherche als sensationelle neue Entdeckung herausgefunden zu haben glaubte, die meisten Menschen in seinem näheren Umfeld auch einfach hätten erzählen können. Zur Enthüllung war also auch noch die Enttäuschung dazugekommen. Und das musste er erst noch verdauen.

Ich lehnte mich fester an ihn. Und spürte, dass auch er seinen Arm um mich legte. Ob ich es doch riskieren sollte …?

Durch die Glasscheibe der Haustür fiel das Licht eines Autoscheinwerfers auf die Küchentheke. Mike kam nach Hause. Ich hatte gar nicht mitbekommen, wie spät es schon war. Gottverdammt! Konnte der denn nicht einmal bis zum Frühstück bei einer seiner Affären bleiben? Der Körperkontakt zwischen mir und Gabriel löste sich, ohne dass ich merkte, wer von uns sich zuerst wegbewegte. Vielleicht beide gleichzeitig.

»Ja, Gabriel, ich, ehm, ich muss morgen früh raus. Es wird Zeit, dass ich endlich ins Bett komme«, säuselte ich. Wir hörten, wie draußen die Wagentür zuschlug. »Denk bitte dran: Mike kann nichts dafür. Und sei ihm auch nicht böse, dass er nicht …«

Der Schlüssel drehte sich im Schloss. Eine dauerhaft schlechte Stimmung zwischen den beiden war das allerletzte, was ich jetzt gebrauchen konnte. Dennoch war ich selbst überrascht, als ich in dem Moment, in dem sich die Tür öffnete, Gabriel noch rasch ins Ohr flüsterte: »Mir zuliebe!«

Einen Augenblick später rief Mike vergnügt in Richtung Sofa: »Na, wobei habe ich euch beiden Hübschen denn erwischt?«

»Bin gerade auf dem Weg in mein Apartment.«

»Also wegen mir musst du nicht …« – aber ich war schon aufgestanden und ging Richtung Tür. Nicht zu überhastet, aber doch entschieden. Mike blickte zu Gabriel und sah dessen ernstes Gesicht.

»Ich wollte euer … – was auch immer es war – … nicht unterbrechen. Bin in einer Sekunde in mein Zimmer verschwunden.«

Aber da war Gabriel auch schon aufgestanden, hatte ein weiteres Glas geholt und goss seinem Cousin einen Schnaps ein. Mike schnaubte resigniert. Ihm war wohl klar, dass es etwas Unangenehmes zu besprechen gab. Ich machte, dass ich raus kam.

Bis heute weiß ich nicht, wie dieses Gespräch zwischen Mike und Gabriel verlief. Nicht einmal, wie lange es gedauert hat, obwohl ich selbst den Rest der Nacht hellwach in meinem Bett lag. Von nebenan war nichts zu hören. Sie waren also zumindest nicht laut geworden.
Jedenfalls verschwanden in den nächsten Tagen jegliche Anzeichen von Missstimmung zwischen den beiden. Das bedeutete nicht, dass sich ihr Verhältnis nun gleich ins Warmherzige wandelte. Aber wenigstens wirkte Gabriel nicht wütend und sie stritten sich auch nicht. Dafür blieb auch gar keine Zeit. Denn für den 30. April hatte Gabriel das Team zusammengetrommelt. Zur ersten offiziellen Überfallbesprechung.
Gabriel hatte angekündigt, bei diesem Treffen das ungefähre Datum für den großen Mensaraub bekanntgeben zu wollen und das Team einzuschwören – was immer das heißen mochte.

9 Hexennacht, oder: Teambildende Maßnahmen

Kaufhaus Mechels, Tiefkühltruhe.
Die Tiefkühltheke eignete sich besser als die Fleischtheke, wenn man in Ruhe etwas besprechen wollte, denn an der Fleischtheke wandte man den Rücken mehreren frei im Raum stehenden Regalen zu und konnte nie genau wissen, wer noch mithörte. An der Fleischtheke sollte man daher nur Neuigkeiten verbreiten, die man tatsächlich publik machen wollte. An der Tiefkühltheke war das anders: Wenn man sich mit dem Rücken vor dem Schnapsregal postierte, überblickte man nicht nur den übersichtlichen Tiefkühlbereich, sondern man konnte auch rechtzeitig sehen, wer zwischen den Regalen aus Richtung der Fleischtheke hervortrat. Nur die Tiefkühltheke eignete sich für konspirative Treffen.

Ich hatte die Aufgabe, Nicole Bescheid zu sagen: »Zur Hexennacht im Jugendclub!«

»Was ist mit Lissie?«, fragte sie. Nicht: »Um wie viel Uhr?« Oder: »Was genau ist an dem Abend geplant?« Nein, nach Lissie fragte sie. Sie tat nichts ohne Lissie. Und Lissie war eine Plaudertasche. Vor allem, wenn es um Männer und um Affären ging. Die Einzige, die Lissie einigermaßen im Griff hatte, war Nicole, und Nicole sollte auf jeden Fall dabei sein – wegen ihrer guten Verbindungen zu den örtlichen Behörden. Und sie war eher eine Geheimniskrämerin. Ganz anders als Lissie. Nur: Ohne Lissie im Schlepptau wurde Nicole nicht aktiv – nicht einmal, wenn es darum ging, Männer aufzureißen. Ich hätte wissen müssen, dass man nicht einfach Nicole für ein

Überfallteam rekrutieren konnte, ohne Lissie frei Haus mitgeliefert zu bekommen.

»Hmm, weiß nicht, von Lissie haben die Jungs nichts gesagt.« Das war nicht einmal gelogen.

Nicole meinte: »Ich regel das! Keine Angst, es geht uns nicht ums Geld. Wenn's daran hängt, verlangt Lissie keinen vollen Anteil. Sie und ich teilen uns die Kohle für ein Bandenmitglied«, entschied sie, »wir sind dabei!«

Und so kamen wir – am Schnapsregal vor der Tiefkühltruhe im Kaufhaus Mechels – zu einem weiteren, ungeplanten Teammitglied.

Als ich den Laden verließ und dabei noch einmal zurückblickte, sah ich, wie Mike sich an der Tiefkühltheke herumdrückte und Matti am Schnapsregal stehen blieb. Matti also! Über ihn wusste ich nicht viel, nur dass Rolf und Andi ihn nicht sonderlich mochten.

Am Nachmittag vor der Hexennacht fragte ich Gabriel: »Sag mal, wieso ist dieser Matti eigentlich dabei? Weiß der schon zuviel, weil ihr ihm im Suff etwas verraten habt, oder ...«

»Den können wir gut gebrauchen.«

»Wieso denn das? Hat der nicht ein paar Semester in Trier studiert? Vielleicht erkennt ihn jemand wieder.«

»Quatsch, erstens sind wir ja verkleidet und zweitens wird er in der Mensa gar nicht mit dabei sein.«

»Ach!«

»Wir brauchen ihn nur wegen dem Schlüssel. Dem Schlüssel von seinem Onkel.«

»Hä?«

»Ihn brauchen wir, um die Beute in Sicherheit zu bringen und zu verstecken.«

»Ich dachte Speedy ist der Fluchtfahrer?«

»Ist er auch. Aber wir brauchen auch Matti. Vertrau mir!«

Mein Verstand sagte mir: Vorsicht! Könnte dieser Matti eine Schwachstelle sein? Aber ich konnte diesen Gedanken nicht weiterverfolgen, denn mein Gefühl trällerte: Wie wunderbar das klingt: Vertrau mir!

Wir brauchten dreizehn Leute – erklärte Gabriel mir –, um die drei Überfalltrupps, die Organisationsleitung und die Fluchtsicherung hinzubekommen. Es fehlten also noch zwei Komplizen.

»Was meinst du, sollen wir Steff nehmen?«, fragte Gabriel mich. Ich war stolz, dass es eine ernst gemeinte Frage war. Er bezog mich immer stärker in seine Planungen ein, auch wenn er mir noch nicht alles verriet.
  Ich überlegte kurz. Ich hielt Steff für einen Feigling, was aber nicht unbedingt ein Nachteil sein musste, wenn man ihn richtig einsetzte. Und ich glaube, niemand hatte mehr Verwandte im Dorf als Steff. Und er war auch sonst recht beliebt. Falls etwas schiefgehen sollte, war es nie verkehrt, wenn möglichst wenige im Dorf übrigblieben, die mit dem Finger auf das Überfallteam zeigten und »Die da waren es, kreuzigt sie!« rufen konnten. Es ging auch darum, möglichst viele Familien und Freundeskreise paritätisch mit der Truppe zu vernetzen. Falls etwas schiefging.
  »Warum willst du ihn denn in der Truppe haben?«
  »Nun, erstens kann er dicht halten und zweitens kann er schnell laufen – und genau das wird eventuell nötig sein.«
  »Na, dann gut!« entschied ich, ohne dass mich Gabriels Gründe für Steff völlig überzeugten.
  »Okay, ich sage ihm also Bescheid. Er geht jeden Tag nach der Arbeit um Punkt halb fünf bei Mechels einen halben Ring Lyoner kaufen.«
  »Gut, aber sprich ihn nicht an der Fleischtheke an!«
  »Schon klar!«

Bevor es dunkel wurde, war der Jugendclub gut gefüllt. Nur Mike fehlte noch. Alle schnatterten wild durcheinander.

»Wo ist Mike?«, fragte ich.

»Der besorgt noch den einen fehlenden Komplizen«, sagte Gabriel etwas gequält, wie ich fand.

»Wer ist es?«, fragte Raffi besorgt, der in der Küche Tiefkühlpizzas in den Backofen schob und außerdem noch eine Art Fischsuppe oder so etwas Ähnliches kochte.

Gabriel zögerte einen Augenblick und brummte ohne jegliche Begeisterung: »Lasst euch überraschen! Sag mal, Raffi, was zum Teufel kochst du da eigentlich? Sind das da Tintenfischringe? Sind die nicht ein bisschen mickrig?«

»Ich mache flämisches Waterzooi, das ist ein Fischgericht – ja, und da kommen auch noch frittierte Calamares rein. Junge Calamares, natürlich. Schmeckt wunderbar … also falls einer von euch es probieren will.«

Endlich kam Mike. Kam hereingerauscht, als ob er der Weihnachtsmann persönlich wäre. Rief vergnügt »Guten Abend, Freunde!« in die Runde. »Ihr habt doch hoffentlich noch nicht ohne mich angefangen? Ich musste uns noch jemand fürs Überfallteam angeln.«

Bisher hatte Mike nur dabei zugesehen, wie Gabriel – mit Beratung von mir oder Raffi – das Team auswählte und zusammenstellte. Es schien Mike wichtig zu sein, dass er wenigstens einen Mitstreiter selbst beisteuerte. Und zwar am besten einen hundertprozentig verlässlichen. Die Tür hinter ihm stand noch offen. Und als sich Mike umdrehte und »Na los, komm schon, bist doch sonst nicht so schüchtern!« rief, trat Rückbanks-Elfie über die Schwelle.

Mir gelang es nicht, die spontanen Reaktionen der anderen zu beobachten, denn ich war zu sehr damit beschäftigt, meine eigene Kinnlade unter Kontrolle zu halten. Elfie hatte bestimmt bei keinem auf der Rechnung gestanden. Obwohl niemand wirklich etwas gegen sie hatte. Aber sie wäre normalerweise keinem von uns als Erste eingefallen, wenn es darum ging, eine eingeschworene Verbrecherbande zusammenzustellen. Deshalb achtete ich nicht auf Gabriel oder Raffi oder Rolf, sondern ließ mein Hirn rattern, um zu verstehen, warum Mike ausgerechnet Elfie anschleppte. Elfie war zwar keine Außenseiterin, stand aber eher am Rand der Dorfgemeinschaft. Ganz ähnlich wie ich – um ehrlich zu sein. Jeder hier verband mit Elfie hauptsächlich die Möglichkeit zu spontanem und unkompliziertem Spaß – um es mal freundlich auszudrücken und um das Wort »Sex« nicht unverblümt ins Spiel zu bringen. Aber das sprach zunächst weder für noch gegen sie als Komplizin. Mike hatte sie sicher nicht zur sexuellen Grundversorgung der Truppe engagiert – so bescheuert war nicht mal er. Also musste er sicher sein, dass sie sich für einen Überfall eignete. Nun gut, sie machte nicht nur auf Rückbänken, sondern auch sonst überall und gerne auch vollständig angezogen jedes Abenteuer mit, aber darüber hinaus musste Mike auch sicher sein, dass er jemanden einbrachte, der sich zum Mitmachen eignete und gleichzeitig dichthalten konnte. Und dann verstand ich, wieso Elfie ganz bestimmt interessiert und vertrauenswürdig war. Klar, daran hatte ich gar nicht gedacht! Sie brauchte dringend Geld! Ich wusste, wir alle wussten, dass sie Schulden abstotterte, die sie sich vor Jahren leichtsinnig aufgehalst hatte. Sie war ständig blank und brauchte jeden Pfennig. Sie hatte nicht – wie Mike und Gabriel – eine Mutter, die einem notfalls ein paar Mark zustecken konnte. Und damit war sie diejenige, die das Geld, das beim Überfall offensichtlich ja auch zu holen war, am dringendsten nötig hatte.

Wahrscheinlich dämmerte genau das auch Gabriel und einigen der anderen, denn nach ein paar Schrecksekunden wurde Elfie mit einem fröhlichen »Hallo!« und »Komm rein, du alte Verbrecherbraut!« aufgenommen. Mike schien erleichtert und rief: »Super, es gibt Pizza, ich hab einen Mordshunger!« Als er Raffi über die Schulter schaute und die kleinen Tintenfischringe sah, kräuselte Mike die Stirn und fluchte: »Herrgott nochmal, Raffi, was verdammt wurschtelst du denn da schon wieder? Frittierst du Beschneidungsabfälle?«

Alle lachten. Es hatte keinen Zweck, Mike wegen seiner rüden Bemerkung zusammenzustauchen. Nur Rolf, Gabriel und ich probierten dieses Waterzooi-Zeug und die Tintenfischringe. Ich glaube, ich hatte noch nie etwas Köstlicheres gegessen, und auch Rolf schien begeistert zu sein. Er sagte zwar nichts, ließ sich von Raffi aber dreimal den Teller vollschaufeln, wenn es gerade nicht auffiel.

Es wurde ein wunderschöner Abend. Natürlich sagte Gabriel nicht einfach: »So, Leute, hier ist der Plan.« Während wir aßen und tranken und dann noch mehr tranken, sahen wir uns zunächst das Video *Der große Eisenbahnraub* mit dem göttlichen Sean Connery und mit Donald Sutherland an. Das sollte uns auf ungewöhnliche Überfälle mit glücklichem Ausgang einstimmen, glaube ich. Und erst allmählich, als der Film längst aus war und Andi fragte: »Aber wir wollen unsere Beute doch hoffentlich nicht in einem Sarg transportieren wie Edward Pierce und Robert Agar?«, wurde die fröhliche Runde allmählich ruhiger und schließlich fragte Rolf das, was alle dringend wissen wollten: »Sag mal, äh, also sagt mal: Wer ist denn nun eigentlich unser Anführer? Ich meine, wie ist das denn nun geplant ... wer sagt uns ... also man braucht bei so einer Sache ja wohl klare Befehlsstrukturen. So wie auch in dem Film mit dem Postraub, wo Horst Tappert mit seinen Leuten den Zug überfällt, ihr wisst schon ...«

Alle blickten von Mike zu Gabriel und von Gabriel zu Mike.

»Ja, das ist genau geregelt«, sagte Mike und grinste – ein bisschen dämlich, wie ich fand – rüber zu Gabriel.

»Ja, genau.« Gabriel gab sich einen Ruck. »Wir haben eine Doppelspitze! Mike und ich sind eure Anführer und werden auch beim Überfall selbst gemeinsam die Organisationsleitung übernehmen. Zu zweit behält man ja auch besser den Überblick.«

Es folgte ein kurzes Gemurmel, das zufrieden klang. Offensichtlich war das also akzeptiert. Ich konnte nur hoffen, dass es sich um eine rein formale Führungsposition für Mike handelte und dass Gabriel sich bei der Detailplanung auf andere Berater stützte. Es war mir klar, dass ich mit diesem Überfall viel Arbeit haben würde.

Und es ging auch gleich los, denn die Rollenverteilung im Team verlief nicht ganz so reibungslos, wie Gabriel sich das vorgestellt hatte. Matti und Speedy platzten zwar vor Stolz, als sie als Spezialisten für Beutesicherung vorgestellt wurden, aber erste Misstöne traten auf, als Rolf und Andi nachfragten, wie und wo genau denn Matti ins Spiel käme und ob Speedy als Fluchtfahrer nicht völlig ausreichend sei und Matti nicht eher in der Mensa gebraucht werden würde.

Gabriel erklärte ganz souverän – er machte das wirklich beeindruckend – dass Matti den Schlüssel für das Boot, also die Motoryacht seines Onkels besorgen könne.

»Wieso? Fliehen wir denn mit der Motoryacht? Ich dachte, die Mensa liegt auf einem Berg? Fliehen wir denn nicht mit einem Auto?«

»Mit einem Spezialfahrzeug!«, rief Speedy in die Runde.

»Wir dürfen das Geld nicht nach Primstal und schon gar nicht in den Jugendclub bringen«, sagte Mike, wohl um zu demonstrieren, dass er in die Detailplanung zumindest eng eingebunden war.

»Ja, genau«, ergriff Gabriel wieder mit ruhiger Stimme das Wort, »wir brauchen das Boot also, um die Beute zu verstecken und eine Weile lang ruhen zu lassen. Aber erst einmal müssen wir überhaupt die Beute kriegen. Also bitte, Leute, der Reihe nach.«

Und er erklärte uns, dass es um mehrere Kassen ging, die zum richtigen Zeitpunkt und exakt gleichzeitig ausgeraubt werden müssten. Wir erfuhren, dass es drei Dreierteams geben sollte, wobei diejenigen, die in ihrem Team den Räuber spielten, gleichzeitig auch Teamleiter waren. Diese Aufgabe übertrug Gabriel Rolf, Andi und ... mir. Ja, mir! Gabriel lächelte mir kaum merklich zu und niemand stellte diese Entscheidung auch nur eine

Sekunde in Frage, also trauten mir die anderen wohl auch alle zu, dass ich mich als Teamleiterin eines Überfalltrupps eignete. Weiß der Teufel, wie ich mich da wieder reingeritten hatte. Ich wollte doch einfach nur mit dabei sein – und jetzt hatte ich auf einmal diese wichtige Funktion übernommen.

Da es um insgesamt fünf Kassen ging, wurde noch diskutiert und entschieden, dass das Rolf-Team und das Andi-Team jeweils die beiden Kassen übernehmen sollten, die sich direkt beieinander befanden.

Dann wurde den drei Teamleitern jeweils ein Opfer – also die fingierte Geisel – sowie eine Absicherung zugeteilt. Den Absicherungen wurde erklärt, was genau sie wann schreien mussten. Gabriel bestand darauf, dass alle ihren Text einmal wiederholen und wollte, dass wir ihn möglichst bald auswendig lernten. Soweit war noch alles in Ordnung. Dass Rolfs Truppe Steff und Rückbanks-Elfie zugeteilt wurden, akzeptierten diese widerspruchslos. Aber dann gab es ein hartnäckiges Genörgel, weil Nicole und Lissie getrennt werden sollten. Eigentlich war geplant, dass Lissie in meiner und Nicole in Andis Truppe eingesetzt werden sollten. Aber die Mädels weigerten sich schlichtweg, in verschiedene Trupps zu gehen.

Gabriel blieb ganz ruhig: »Seht mal, ihr eignet euch doch beide wunderbar als Geisel. Niemand wird das besser spielen als ihr – nichts für Ungut, Elfie – aber der ganze Plan funktioniert doch nur, wenn es in jedem Trupp nur genau eine Geisel gibt.«

»Wir bestehen ja gar nicht drauf, Geisel zu sein, von mir aus kann auch Herbie die Geisel spielen, und wir sind die Absicherung und schreien den Text an der richtigen Stelle. Aber wir wollen zusammenbleiben, am liebsten in Rolfs oder Andis Team.«

»Rolfs Trupp steht!« Gabriel wurde etwas lauter.

»Gut, dann sind wir eben bei Andi, und von uns aus kann Herbie gerne als Geisel …«

»Aber rechnet doch mal durch: Stellt euch vor, wir machen

das so, wie ihr das wollt, dann seid ihr ja in Andis Team zu viert – was zur Not ja sogar noch ginge – obwohl einer von euch dann ja ein … wie heißt das nochmal, ein überkapazitärer Mitarbeiter wäre. Aber, was das Entscheidende ist: Dann fehlt doch einer in Johannas Team. Raffi kann da ja nicht Geisel und Absicherung in einer Person spielen!«

Nach einem kurzen Schweigen fragte Nicole: »Könnte nicht Mike bei …«

»Nein!«, sagte Gabriel entschieden. Mike wirkte zufrieden, weil er nicht selbst widersprechen musste und die Doppelspitze offensichtlich funktionierte.

»Aber hör mal, Gabriel«, versuchte Lissie es jetzt, »wir kriegen ja zu zweit auch nur einen Beuteanteil, deshalb können wir auch nur gemeinsam eine Aufgabe übernehm …«

»Moment mal, das mit dem Beuteanteil war doch euer eigener Vorschlag, wenn ich das richtig verstanden habe. Wollt ihr jetzt noch mal wegen dem Geld nachverhandeln?«

»Nein, Quatsch, darum geht es doch nicht!«, versicherten beide glaubhaft, »wir fühlen uns eben sicherer, wenn wir bei dem Überfall eng beisammen sind und …«

»Aber versteht ihr denn nicht: Es geht nicht, weil dann in einem anderen Trupp noch eine Geisel fehlt. Der ganze Plan funktioniert dann nicht. Wir bräuchten dann doch noch einen weiteren Komplizen und wen sollten wir dafür noch …?«

»Ich! Hier! Ich mache das!«, rief jemand, der in der offen stehenden Haustür stand. »Ich will auch ein Komplize sein!«

Dreizehn Augenpaare starrten zur Tür. Mehr aus Gewohnheit als aus Leichtsinn hatten Mike und Rückbanks-Elfie die Haustür offengelassen. Die Haustür des Jugendclubs hatte seit jeher offengestanden zur Hexennacht – damit jeder, der wollte, eintreten konnte.

»Schorschi!«, rief Gabriel.

Schorschi, so hieß der Nachbar. Also eigentlich Georg. Aber Gabriel nannte ihn Schorschi. Weil der Nachbar ihm einmal erzählt hatte, dass der alte Hannes und auch Hecks Hubert ihn früher immer so genannt hatten. Wobei ich von meiner Mutter wusste, dass die Altersgenossen des Nachbarn damals den Namen immer mit dem saarländischen sächlichen Artikel »dat« oder »et« verknüpften, ihn also – wenn man es hochdeutsch sagen würde – »das Schorschi« nannten.

»Ich will auch ein Komplize sein«, wiederholte er und trat aus dem Halbdunkel des Türrahmens in die erleuchtete Küche. Seine Forderung, auch ein Komplize sein zu wollen, klang, als ob er sich für einen Selbsterfahrungskurs anmeldete.

»Wie lange stehst du denn schon da?«, fragte Gabriel ihn.

»Seit Speedy ›mit einem Spezialfahrzeug‹ gerufen hat und du das mit der Beutesicherung erklärt hast.«

»Ach herrje!«

»Wieso ›herrje‹? Das ist doch ein Superplan! Ich glaube, der funktioniert! Und ich bin mir sicher, dass ich prima eine Geisel spielen kann. Und ich gehe gerne in das Team von Johanna und dem Holländer.«

Wir redeten zu mehreren gleichzeitig auf ihn ein. Gabriel erfand auf die Schnelle so etwas wie ein Back Office, das ja dringend besetzt werden müsse, vielleicht könne er ja da die Stellung halten. Aber der Nachbar ließ sich nicht verarschen. Der wollte mitmachen, wollte dabei sein. Und ich konnte ihm das nicht einmal übelnehmen.

Als das Geschnattere für einen Augenblick abflaute, fragte ich den Nachbarn laut: »Aber haben wir da nicht ein Problem, mein Lieber? Eine Voraussetzung, die so selbstverständlich ist, dass wir sie gar nicht erst erwähnt haben, ist absolute körperliche Fitness.« Alle sahen mich an. Dann den Nachbarn. Dann nickten alle stumm und heftig.

»Wir wollen doch nicht, dass dir etwas zustößt.« Ich ließ meine Stimme möglichst weich klingen und merkte, wie wieder einige Köpfe nickten, diesmal sanfter. »Weißt du, wir müssen eventuell sehr schnell und hektisch flüchten, wer weiß, und dann … stell dir vor, dir passiert etwas – mitten beim Überfall. War es nicht das Herz? Es ist doch das Herz, oder? Nein, warte, die Lunge. Du hast doch auch noch diese Erstickungsanfälle, nicht wahr?«

»Ja, das Herz und die Lunge, das Asthma, und die anderen Sachen auch noch«, bestätigte er treuherzig, was alle wussten, nämlich dass er todkrank war.

»Du, diese Sache wäre selbst für einen kerngesunden Siebzigjährigen schon zu viel, aber bei dir ist es nun mal so …«

»Ich bin sogar schon zweiundsiebzig«, korrigierte er.

»Eben! Und stell dir vor … nun ja, es passiert dir etwas, stell dir vor, du kämst … ja, du kämst sogar ums Leben. Das wird für dich ein lebensgefährlicher Einsatz, glaub mir!«

»Na und? So wahnsinnig lange wird es ja wohl sowieso nicht mehr dauern, bis ich auf Geiset liege« – niemand protestierte – »aber als guter Katholik sage ich mir: Wer früher stirbt, lebt länger ewig.«

Darauf fand niemand von uns einen Einwand.

»Und außerdem«, argumentierte er weiter, »nur falls mir tatsächlich etwas zustoßen und das Herz oder die Lunge mitten im Überfall schlapp machen sollte: Ich habe mir schon immer gewünscht, dass ich irgendwann einmal selbst die bedeutenden Sätze sagen darf: ›Lasst mich ruhig alleine hier zurück, Jungs, ohne mich kommt ihr vielleicht durch! Nur die Mission zählt!‹ Das waren immer meine Lieblingssätze bei den alten Schwarz-Weiß-Western.«

»Und was passiert in deiner Phantasie dann? Ich meine, nachdem du diesen Satz gesprochen hast«, wollte Raffi wissen.

»Natürlich lassen sie mich nicht alleine zurück, sondern nehmen mich mit. Die Jungs retten mich. Und ich hatte einen guten Auftritt.«

Als wir daraufhin alle ziemlich zweifelnd dreinschauten, stellte der Nachbar mit einem Pathos, wie es keiner von uns je zuvor von ihm gehört hatte, klar: »Viele Wahlmöglichkeiten bleiben euch jetzt sowieso nicht. Seid mir nicht böse, ihr Lieben, aber gewöhnt euch am besten schnell an den Gedanken: Dieser Überfall findet entweder mit mir statt – oder überhaupt nicht.«

Damit war das also entschieden, und der Nachbar war das vierzehnte und letzte Mitglied im Überfallteam.

Raffi meinte später zu mir: »Es funktioniert doch immer wieder, dieses Schwenkbratenprinzip: Schüre das Feuer und kurz darauf hast du eine beachtliche Gruppe von Leuten zusammen, den ein oder anderen Unerwünschten eingeschlossen!«

Der Nachbar wollte also einfach nur ein Komplize sein. Das klang so harmlos wie: »Ich will auch mitspielen!« Sahen das alle anderen auch als ein Spiel? Ein Überfall als spannendes Abenteuer und als Selbsterfahrung? Zu befürchten war das. Dieser Jugendclub war eine Art Villa Kunterbunt für Erwachsene, die nicht erwachsen sein wollen. Gabriel und Mike ging es bestimmt ums Abenteuer. Und darum, sich gegenseitig zu beweisen, wie toll sie sind. Und Mike motivierte es zusätzlich, dass er dabei auch noch ein paar Mark verdienen konnte. Aber galt das auch für die anderen? Nur Rückbanks-Elfie brauchte das Geld wirklich dringend. Über Steffs finanzielle Situation wusste ich nichts. Herbie hatte zwar bestimmt keine Schulden, war jedoch chronisch klamm. Aber er war ein genügsamer Mensch und wollte wohl – genau wie Steff – vor allem deshalb unbedingt dabei sein, weil er seit Kindesbeinen bei jedem Streich mitmachte, der von den Jungs angezettelt wurde. Speedy nutzte jede sich bietende Situation, und sei sie auch noch so illegal, um mit ungewöhnlichen Fahrzeugen ungewöhnliche Fahrten zu rechtfertigen. Matti machte wohl mit, weil er mit einer recht ungefährlichen Rolle – so schien es mir jedenfalls – dabei sein konnte und ein paar Extra-Mark sicher nicht verachtete, solange er dafür nicht zuviel riskieren musste. Für Rolf und Andi ging es um irgend so eine männliche Sich-selbst-etwas-beweisen-Sache, die ich nicht ganz verstand. Angeblich hatten sie in jüngeren Jahren schon einmal ein größeres Ding gedreht und wollten nun beweisen – wem genau, weiß ich nicht –, dass sie es noch konnten. Wenigstens waren sie dadurch mit einem erfreulichen Ernst bei der Sache. Und Nicole und Lissie? Die waren dabei, weil sie Torschlusspanik bekamen und inzwischen kapierten, dass Rolf und Andi zwar keine Traummänner, aber immerhin ganz brauchbare Heiratskandidaten waren. Kindsköpfe zwar, aber die beiden gehörten zu den wenigen in der Truppe mit festen Arbeitsplätzen; und sie konnten – anders als einige der anderen Jungs – zwischen den ganzen Villa-Kunterbunt-Aktionen hin und wieder ganz vernünftig sein.

Welches der beiden Mädels es auf Andi abgesehen hatte und welches auf Rolf, war allerdings nicht auszumachen. Das stand vielleicht auch noch nicht endgültig fest. Zu Recht malten sich die Mädels jedenfalls aus, dass man sich bei einer Extremerfahrung wie einem gemeinsamen Überfall todsicher näher kam. Ich konnte ihnen daher nicht übel nehmen, dass sie dringend mit dabei sein wollten. Immerhin waren meine eigenen Motive ganz ähnlich. Gabriel machte sich bisher ganz gut als Anführer und Motivator, fand ich. Wenn sich tatsächlich herausstellen sollte, dass er diesen Coup bis zum Ende – vielleicht sogar einem erfolgreichen Ende – durchziehen konnte, war er noch interessanter, nein, noch großartiger, als ich ihn sowieso schon fand. Es war spannend, herauszufinden, was wirklich in ihm steckte.

Nur bei Raffi konnte ich mir nicht vorstellen, warum er diese Verrücktheit mitmachte.

Nachdem die einzelnen Überfalltrupps feststanden und vereinbart wurde, dass wir uns genau in einer Woche wieder treffen wollten, um die synchronisierten Geiselnahmen intensiver zu proben, kündigte Gabriel noch eine teambildende Maßnahme an.

»Immerhin ist Hexennacht«, sagte er verschmitzt und die

anderen Jungs lächelten ihn an wie glückliche Kinder, und wir Mädels hofften, dass es nicht zu peinlich würde.

In der Hexennacht – der Nacht zum 1. Mai – liefen die Kinder nach Einbruch der Dunkelheit durch die Primstaler Straßen und spielten den Leuten Streiche. Meistens handelte es sich um ganz harmloses Zeug. Sie schmierten Senf an Haustürklinken, sodass die Leute sich die Hände verdreckten, wenn sie vergaßen, dass das üblicherweise in der Nacht zum 1. Mai passieren konnte. In der Hexennacht war niemand vor solchen harmlosen Streichen sicher. Am frühen Abend waren die Kinder unterwegs, später dann die Jugendlichen. Manchmal wurden Autos hochgebockt und die Reifen abmontiert. Die Reifen wurden nicht gestohlen – das war verpönt – sondern die stibitzten Sachen wurden irgendwo hingeschafft, wo man sie bei Tageslicht leicht wiederfand. Auf dem Kirmesplatz oder am Kriegerdenkmal oder bei der Kirche, also dort, wo sie von möglichst vielen Leuten nicht übersehen werden konnten. Wenn man morgens vor die Tür trat, sagten die Nachbarn vielleicht schon: »He Harald, deine Autoreifen liegen vorm Kriegerdenkmal, gleich links vorm Engel« – bevor man also überhaupt bemerkt hatte, dass man etwas vermisste. Auch Hundehäufchen wurden gesammelt und in Plastiktüten gesteckt, zusammen mit Ofenanzündern. Die Plastiktüten wurden dann angezündet und vor Haustüren geworfen und dann klingelten die Kinder Sturm und rannten weg so schnell sie konnten. Und hofften, dass die Leute, die herauskamen, die brennenden Tüten mit dem Fuß austraten. Der Streich gelang wohl ein paarmal, dann aber hatte es sich herumgesprochen, was in den Tüten drin war, und die Leute stellten sich einen Eimer Wasser in den Hausflur, falls brennende Hundehäufchen gelöscht werden mussten.

Das Spannendste an der Hexennacht war, glaube ich, dass man als Kind stundenlang draußen herumlaufen durfte, nachdem es schon dunkel geworden war. Ich allerdings durfte nicht mitmachen. Meine Mutter hatte es mir verboten. »Wenn die anderen Kinder, die Dorfkinder, Streiche machen«, erklärte sie mir, »dann ist das eben Tradition. Die Kinder der Leute aus dem Dorf machen das nun mal so. Aber wenn du etwas anstellst, ist das typisch. Typisch für uns Zigeunersch. Die Kinder spielen Hexen, uns traut man zu, dass wir tatsächlich welche sind.«

Erst als ich schon vierzehn war und meine Mutter sich am 30. April abends außer Haus befand und vergessen hatte, mir zu verbieten, zur Hexennacht rauszugehen, war ich dabei. Damals bekam ich, auf einer Schaukel sitzend, meinen ersten Zungenkuss. Von einem Jungen namens Eugen. Die Schaukel stand hinter dem Engel – wir hatten das komplette Gestell aus dem Vorgarten vom Thömmes Walter dorthin geschleppt. Leider hat der Zungenkuss nicht lange gedauert, weil plötzlich Gabriel und Mike mit ein paar anderen Jungs auftauchten und die schwere Holzbank, die immer beim Plattfuß-Heinz vor dem Haus stand, auf das Häuschen der Bushaltestelle wuchteten, das gleich neben dem Kriegerdenkmal stand. Die Jungs entdeckten uns und riefen uns zu Hilfe, weil sie die Bank kaum packten. Da der Plattfuß-Heinz die Bank natürlich alleine nicht mehr herunterbekam, stand sie noch eine ganze Woche da oben, bis beschlossen wurde, dass die nächste Übung der Freiwilligen Feuerwehr dazu genutzt werden sollte, sie zu bergen.

Damals gehörten Mike und Gabriel für mich natürlich schon zu den großen Jungs, obwohl sie ja nicht viel älter sind als ich – jedenfalls waren sie damals eigentlich schon zu alt, um sich noch mit solchen dämlichen Streichen abzugeben. Gabriels Hexennachtkarriere hatte begonnen, als er sieben oder acht war, und mit Ende dreißig war er immer noch im Geschäft. Sicher war es eine der längsten Hexennachtkarrieren der Dorfgeschichte. In den letzten zehn Jahren hatte er jedoch zumindest die Phase der kindlichen, harmlosen Streiche hinter sich gelassen und sich einen regelrechten Mythos auf dem Gebiet der intellektuellen Streiche erarbeitet. Immerhin hatte Gabriel – bevor er merkte, dass das akademische Leben ihm nicht lag – in Saarbrücken ein paar Semester Theologie studiert und war sich das schuldig. Er organisierte antiklerikale Aktionen, meistens mit Bibelsprüchen, und dachte, niemand wisse, dass er dahintersteckte. Aber unser Pastor vermutete, dass nur Gabriel so einen Unsinn anstellen konnte, und mochte ihn dafür nur umso lieber.

Natürlich gab es noch eine andere Tradition in derselben Nacht. Eine schönere, wie ich finde, nämlich das Maibaumsetzen. Bis in die achtziger Jahre hinein standen am ersten Maimorgen in manchen Vorgärten kleine geschmückte Birkenbäumchen. Wenn man so einen Maibaum vor dem Haus stehen hatte, freute man sich entweder wie verrückt oder schämte sich in Grund und Boden – je nachdem, wen man hinter dem Maibaumsetzen vermutete. Weil es für einen allein schwierig war, einen Maibaum zu setzen, weihte der Urheber einer solchen Liebesgabe meistens einen Freund ein, der ihm dabei half. Dieser Helfer wusste dann natürlich Bescheid, dass man aufrichtig verliebt war – und das war eine todernste Sache. Deshalb sahen alle Jungs, die einen Maibaum gesetzt hatten, am nächsten Tag aufgeregt nach, ob der Baum noch stand. Wenn der Liebesbeweis willkommen war, nötigten Töchter ihre Väter, unten noch ein paar ordentliche Stützkeile zusätzlich anzubringen, damit das Ding nur ja den ganzen Monat durchhielt. Manche Bäume verschwanden allerdings schon, bevor die Glocken zur Marienfeier in die Kirche läuteten.

Ich bekam einen Maibaum, als ich fünfzehn war; das war in dem Jahr nach der Schaukel und der Bank vom Plattfuß-Heinz auf dem Bushäuschen. Ich weiß nicht, von wem der Baum war. Bestimmt nicht von Eugen. Der hatte schon kurz nach dem Knutschen beim Kriegerdenkmal eine andere. In der weichen, aufgewühlten Vorgartenerde konnte ich deutlich zwei unterschiedliche Schuhabdrücke erkennen. Meine Mutter war früh aufgestanden und hatte Herbies Onkel angerufen und ihn gebeten, das Ding wegzuschaffen. Mir blieben nur wenige Minuten, den Anblick der bunt geschmückten Birke zu genießen, es hingen lauter blaue und orangefarbene Stoffbändchen darin. Wie aus einer Tischdecke oder aus einem Vorhang zurechtgeschnitten.

»Sie ist doch erst fünfzehn und jetzt geht das schon los!«, sagte meine Mutter zu Herbies Onkel.

Danach habe ich nur noch ein einziges Mal wieder einen Maibaum bekommen.

Gabriel hatte sich – wie gesagt – auf Bibelsprüche und solches Zeug spezialisiert.

Letztes Jahr zum Beispiel war über dem südlichen Eingang unserer Kirche – dem, der in Richtung Mühlfeld zeigt – ein Plakat aufgehängt worden, auf dem riesengroß Jesaja, Kapitel 5, Vers 11 zu lesen war. Nur am Südportal. Am kleineren Eingang – dem Osteingang – war nichts zu lesen. Die Kirche war damals auch nachts offen. Niemand hätte es gewagt, an Hexennacht etwas aus der Kirche wegzunehmen. Das Gotteshaus war für Hexennachtstreiche eigentlich tabu. Deshalb waren die jährlichen Plakate, Transparente oder Flugzettel ein Skandal. Obwohl sie den Pastor überhaupt nicht störten. Die Kirche blieb ja unversehrt. Es wurde nichts an die Wände oder an den Altar geschmiert. Alles wurde so arrangiert, dass es schnell und leicht wieder entfernt werden konnte.

Der Pastor betrat die Kirche natürlich weder durch das Ost- noch durch das Südportal, sondern durch die Sakristei. Deshalb musste einer der Messdiener nachsehen, welcher Bibelspruch, welches Wortspiel oder welche Andeutung es diesmal war. Während die Gemeinde sang, sah man den Messdiener zum Altar eilen, den Pastor sich schräg nach unten beugen, den Messdiener sich auf die Zehenspitzen stellen und eine Hand so vor den Mund halten, dass der kleine Finger die Lippen des Jungen und der Daumen beinahe das Ohr des Pastors berührte.

Daraufhin stimmte der Geistliche eine weitere, vom Diaprojektor des Küsters gar nicht angezeigte Strophe des gerade gesungenen Liedes an, und als die Gemeinde die Gesangbücher vor die Gesichter hielt, weil niemand eine Textsicherheit besaß, die über die dritte Strophe hinausging, blätterte der Pastor aufgeregt in der Bibel herum, fand offenbar die Stelle, die er suchte, las kurz, blickte dann auf – mit einem glücklichen Lächeln, das sich bald in ein kameradschaftliches Grinsen in Richtung Südportal verwandelte.

Das Südportal stand immer weit offen, wenn morgens die Gemeinde in die Kirche strömte. Die meisten Kirchgänger hatten feste Sitzplätze. Oder zumindest war klar, wer in welcher Bankreihe saß. Männer und Frauen – auch die Verheirateten – saßen meistens nicht zusammen. Ich musste in die Kirche gehen, bis ich sechzehn war. Dann durfte ich machen, was ich wollte. Aber die Jugendlichen saßen besonders weit getrennt, die Jungs ganz rechts, die Mädchen in der Reihe ganz links. Es ergab sich nicht die Gelegenheit, zu den Jungs rüberzulächeln. Was also sollte ich da – mit sechzehn?

Die besten Plätze hatten die erwachsenen Männer. Und zwar die, die eigentlich gar nicht mehr in die Kirche wollten und mit ihren Frauen einen Deal geschlossen hatten: Sie gingen zur Kirche, setzten sich aber nicht in eine der Bankreihen, sondern blieben hinten gleich zwischen dem Südportal und der Orgelempore stehen. Standen während der gesamten Messe und verschwanden –weil das am wenigsten auffiel und nicht störte – während der Wandlung, also deutlich vor dem Abschlusssegen und dem letzten Lied. Die Männer gingen durch das Südportal hinaus, weil man von dort am schnellsten in die nächstgelegenen Kneipen kam. Es war wichtig, keine Zeit zu verlieren, denn zwischen dem Hochamt und dem Mittagessen, das bei den meisten Familien an Sonn- und Feiertagen um Punkt zwölf stattfand, blieb nicht viel Zeit, um sich eine ordentliche Portion Bier einzuverleiben.

Die Jungs beneideten die Männer darum, dass sie hinten stehen und schon vor dem Ende der Messe zum Frühschoppen abhauen durften.

Beim Südportal stand der innere Türflügel, der zur Wand ging, noch eine Weile offen, nachdem die Messe bereits begonnen hatte, und wurde erst später – bei der Kollekte – von einem der Messdiener geschlossen. Und wenn ein Plakat an die Innenseite dieser Tür geheftet wurde, konnte man es erst lesen, wenn sie geschlossen war. Deshalb waren die Männer, die hinten an der Wand beim Südportal standen, die ersten der Kirchengemeinde, die am Maifeiertag 1999 die Auflösung von Jesaja 5, Vers 11 zu lesen bekamen. Sie konnten das Plakat gar nicht übersehen, wenn sie die Tür öffneten, um früher raus zu wollen, und mussten lesen: *Wehe denen, die des Morgens früh auf sind, um dem Saufen nachzugehen.*

Es war das einzige Mal, dass die Erst-Hochamt-dann-Frühschoppen-Männer während der Wandlung, als sie sich aus dem Staub machen wollten, vor dem Ausgang innehielten und zögerten. Nur ganz wenige von denen, die sonst erhobenen Hauptes zum Löwenhof, zum Gasthaus Zeggels, zu Gehlens Heidi oder zu Scheids verschwanden, schlüpften an diesem Tag mit eingezogenem Kopf durchs Südportal – wohl in der Hoffnung, Gott, oder wenigstens der Pastor, könne sie so schlechter erkennen. Die meisten aber waren so verwirrt, dass sie umkehrten und bis zum Schlussakkord in der Kirche blieben. Das war ein Vergnügen für den Pastor, einmal auch nach der Wandlung den Raum zwischen der Tür und der Orgel fast vollständig gefüllt zu sehen. Natürlich hielt der Effekt nur genau eine Messe lang. Schon eine Woche später mussten sich die Wirte kurz nach dem Läuten zur heiligen Kommunion keine Sorgen mehr darum machen, wo denn die Kundschaft blieb.

Diesmal fand ich Gabriels Idee nicht so witzig wie in den Jahren zuvor. Aber es ging ja auch nicht so sehr um einen gelungenen Scherz, sondern vielmehr um eine teambildende Maßnahme. Und den Jungs gefiel der Gag. Was hätte ich noch vor wenigen Jahren dafür gegeben, zu einer Bande zu gehören, die zur Hexennacht in die Kirche und in die Sakristei einbricht. Der Geruch von Weihwasser oder sonst etwas Heiligem hing in der Luft. Wir trauten uns kaum zu flüstern, denn selbst das leiseste Geräusch war bis in den letzten Winkel der Kirche zu hören. »Wow, hier ist ja eine Wahnsinnsakustik«, murmelte Raffi, und Andi flüsterte geistesabwesend: »Ja, jetzt wo du's sagst, rieche ich es auch.«

Jedenfalls fand ich es aufregend, nachts mit der kompletten Mannschaft, inklusive dem Nachbarn, in der Kirche überall Pappschilder aufzustellen – vor der Orgel, vor dem Beichtstuhl und zwischen den Bankreihen – und außerdem noch in die Sakristei einzubrechen, um dort die Auflösung des Rätsels zu hinterlegen.

Jeder von uns musste nämlich ein Plakat anfertigen, auf dem geschrieben stand: *Was kommt dabei heraus, wenn der Papst auf die Toilette muss?*

Diese Plakate klebten wir auf eigens dafür zurechtgeschnittene Pappkartons, und jeder durfte sein Plakat platzieren, wo er wollte. Niemand traute sich, ein Schild im Altarbereich aufzustellen oder gar vor dem Tabernakel. Aber alle vierzehn Plakate waren schließlich gut sichtbar verteilt, als wir die Kirche verließen und Andi uns zeigte, wie man mit einem Dietrich die Sakristeitür öffnete und wieder zuschloss.

Der Nachbar bekam dazu die Aufgabe, am nächsten Morgen in die Kirche zu gehen, um nachzusehen, wie die Aktion bei der Kirchengemeinde ankam. Er konnte berichten, dass viel Verwirrung herrschte und bei den älteren Herrschaften auch eine gute Portion Unmut. An die Bibelsprüche hatte man sich im Laufe der Jahre ja gewöhnt. Und da sie immer nur eine bestimmte Gruppe der Gemeinde aufs Korn nahm, erfreute sich zumindest der nicht betroffene Teil der Kirchgänger an diesem jährlichen

Ritual. Aber diesmal roch es irgendwie nach Blasphemie. Auch der Pastor konnte offensichtlich nichts mit der Frage anfangen und ließ die Pappschilder von den Messdienern einsammeln. Die Messe verlief ohne Erleuchtung. Erst als der Pastor nach der Messe seinen gewohnten Gang tat, nämlich auf die Toilette im hinteren Teil der Sakristei, und die Klotür von innen schloss, hörte man von ihm erst einen Aufschrei und dann ein schallendes Lachen. Er stürmte aus dem hinteren Teil der Sakristei – vermutlich unverrichteter Dinge – und hielt dem Küster und den Messdienern, die in der Sakristei alles aufgeräumt hatten und gerade weg wollten, das Plakat unter die Nasen, das von innen an die Toilettentür geklebt worden war. Darauf stand: *Der Heilige Stuhl.*

Der Küster und die eilig informierten Kirchenratsmitglieder verbreiteten die Unverschämtheit rasch im ganzen Dorf und scheuten dabei auch die Kneipen nicht, die sie sonst eher mieden. Und man war sich bald einig, dass sie diesmal definitiv zu weit gegangen seien. Wer »sie« waren, wurde zwar vermutet, aber nicht ausgesprochen, denn natürlich hatte man keine Beweise. Die treuesten und aktivsten Diener der Gemeinde beschlossen, im kommenden Jahr die Kirche zur Hexennacht abzuschließen und zusätzlich noch Wachen aufzustellen. Mehrere Frauen aus dem Pfarrgemeinderat meldeten ihre Ehemänner zum freiwilligen Wachdienst an.

Da waren auch die beschwichtigenden Worte des Pastors nicht hilfreich, der gerade diejenigen Schäfchen, die sich am engsten an seiner Seite aufhielten, durch die Behauptung verschreckte, Gott habe viel Humor.

»Nun ja, das mag vielleicht so sein, dass er den hat, aber gilt das auch für den Papst?«, wurde prompt nachgefragt, und hier zögerte der Pastor kurz, bevor er bestätigte, dass auch Johannes Paul ein humorvoller Christ sei und solche Scherze sicher mit einem milden Lächeln hinnahm.

Dennoch war der Wachdienst für das Jahr 2001 eine abgemachte Sache. Und das war auch richtig so – finde ich – denn es wurde allmählich Zeit, dass Gabriel seine Kraft und seine Intelligenz nicht länger für solche zotigen Fäkalwitze oder Saufwettbewerbe wie den Mariathlon vergeudete. Darin bestand nämlich die eigentliche Blasphemie. In dem Potenzial, das zu nutzen Gabriel sich selbst vorenthielt.

Aber den Überfall, den musste er durchziehen. Das sollte sein Meisterstück werden. Auch wenn ihm das gar nicht bewusst war. Wenn er das schaffte, konnte er ebenso gut jede Art von Management übernehmen. Was das genau bedeutete, würde man dann noch früh genug sehen.

Die teambildende Maßnahme jedenfalls war gelungen. Alle Jungs zumindest platzten fast vor Stolz darüber, dass man sich noch etliche Wochen über die Unverschämtheit aufregte und Nicole, Lissie, Elfie und ich konnten zwar den besonderen Kick des Gags nicht so recht nachvollziehen, mussten aber zugeben, dass es wunderbar aufregend gewesen war, nachts Schulter an Schulter mit den Jungs durch die Sakristei zu schleichen.

Es war Gabriel tatsächlich gelungen, dass wir uns alle auf den Überfall zu freuen begannen.

10 | Schorschis langes kurzes Leben

Unser Nachbar war ein Sonderfall, denn er war todkrank. Und das schon seit über sechzig Jahren.

Aber der Reihe nach: Unser Nachbar war nicht der Einzige, den ich auf gar keinen Fall für das Überfallteam eingeplant hätte. Während Speedy, Herbie und Andi für mich erste Wahl waren, zweifelte ich anfangs ein wenig an Rolf. Der hatte so etwas unberechenbar Aufrichtiges. Bei ihm sah ich die Gefahr, dass er im falschen Moment die Wahrheit sagte. Andererseits merkte ich früh, dass er mitdachte und konstruktive Vorschläge einbrachte. Außerdem war er ein enger Freund von Andi.

Ich war übrigens ganz dankbar, als jemand – ich glaube, es war Raffi – die Frage aufwarf, worin genau eigentlich die kriminelle Expertise von Rolf und Andi bestünde. »Kriminelle Exper… waaas?«, bellte Andi, und ich musste schlichtend eingreifen: »Raffi meint das doch gar nicht kritisch! Er ist einfach nur neugierig.« »Und ist damit nicht der Einzige hier«, hätte ich wahrheitsgemäß hinzufügen können, denn auch wir wussten nur, dass Rolf und Andi Ende der achtziger Jahre einmal einer irischen Schmugglerbande angehört und einige Erfolge im Transnordseehandel gefeiert hatten – und zwar mit Waren, die man sonst nur in der Apotheke oder anderen Spezialgeschäften bekam. Worum genau es sich dabei handelte, wurde nicht abschließend geklärt, aber Rolf und Andi befriedigten unsere Neugier mit der genauen Schilderung einer Aktion, bei der sie einer anderen Schmugglergruppe die Beute stibitzten – und zwar aus ihrem Haus in Dublin! Und da sie dabei ebenso viel Gewieftheit wie Wagemut bewiesen hatten, galten sie tatsächlich als Experten für Raub und Überfälle in geschlossenen Räumlichkeiten. Verstärkt wurde dies dadurch, dass Matti die Aktion bestätigen konnte, da er damals mit den beiden zusammen in Dublin war. Er beklagte sich lauthals darüber, dass er dabei nicht selbst hatte mitmachen können: »Warum haben die beiden mich damals nicht eingeweiht? Ich hätte mich bestimmt nützlich machen können«, schimpfte er bei verschiedenen Gelegenheiten. Aber dieser Irland-Schmuggel ist eine andere Geschichte und soll hier nicht erzählt werden. Wichtig ist, dass feststand: Rolf und Andi sind brauchbare und zuverlässige Gangster! Das hätte ich Rolf gar nicht zugetraut, um ehrlich zu sein. Der wirkte immer so langweilig und unbestechlich. Johanna fand ihn extrem zuverlässig – und das war für mich letztlich entscheidend.

Was Rolf und Andi – und übrigens auch Johanna – gegen Matti hatten, verstand ich nicht. Gut, er war Zeit seines Lebens nicht der Mutigste gewesen. Unser Nachbar hatte einmal über ihn gesagt: »Wenn es heißt: ›Freiwillige vor!‹, tritt dieser Matti zwei Schritte zurück, um die Freiwilligen vorzulassen.«

Es mag stimmen, dass Matti ein feiger Typ war, ich hatte allerdings den Eindruck, dass er dichthalten konnte, und außerdem fand ich das Versteck, das er für die Beute anbot, sehr verlockend. Schade, dass er nur an den Schlüssel für die Motoryacht rankam und nicht auch noch einen Bootsführerschein besaß. Ich hätte es sehr stilvoll gefunden, wenn wir die Flucht – deren minutiöse Planung und Durchführung wichtiger werden sollte als der Überfall selbst – wenigstens zum Teil auf einer Yacht hätten durchführen können. Aber leider konnte man sich bei einem solchen Coup nicht an Stilfragen orientieren. Ich muss zugeben, dass man ja auch gleich Mattis Onkel hätte fragen können, ob er mitmacht; ihn so im wahrsten Sinne des Wortes »mit ins Boot zu holen«. Aber es hatte vor vielen Jahren einen Skandal gegeben, bei dem es um eine angebliche Affäre mit Johanna ging. Damals war der Teufel los, was die Gerüchteküche im Dorf betraf, und der Spruch mit dem Apfel, der nicht weit vom Stamm fällt, wurde in den Wochen nach der Affäre über Gebühr strapaziert – wie ich finde. Das war kurz nach Johannas Abitur, sie wartete darauf, zum Studienbeginn nach Mainz zu gehen und hatte sonst gerade nichts zu tun. Mattis Onkel und Johanna redeten nicht mehr miteinander. Das hatte Mattis Tante ihrem Mann verboten. Ich fand die Vorstellung ganz hübsch, bei ihm einen Batzen Geld zwischenzulagern, von dem ein Anteil Johanna gehörte.

Steff und vor allem Rückbanks-Elfie waren die beiden Einzigen, die das Geld nicht nur wollten, sondern wirklich brauchten, glaube ich. Vor allem Elfie. Sonderbar. Ich wäre nie auf die Idee gekommen, sie zu fragen, ob sie beim Überfall mitmachen würde. Aber als Mike sie anschleppte, als sie plötzlich in der Tür stand, dachte ich automatisch: Warum nicht? Die hat schon viel Ungehöriges mitgemacht, ohne groß darüber zu quatschen oder unnötige Reue zu zeigen. Ihren Namen hatte sie sich immerhin schon zu Schulbuszeiten erworben, obwohl er ursprünglich ja nur daher rührte, dass sie an der ersten Haltestelle einstieg und sich in dem noch leeren Bus ihren Stammplatz auf der Rückbank, der »Rutsche« ganz hinten sicherte. Es war klar, dass Elfie zur Truppe passte.

Nicole und Lissie? Na ja. Sicher war es gut, ein paar Frauen dabei zu haben. Das stärkte die Moral. Die Jungs rissen sich mehr zusammen, wenn sie nicht unter sich waren. Allerdings befürchtete ich, dass Nicole und Lissie sich weniger für die Ästhetik des Überfalls als für Andi und Rolf interessierten. Es wurde Zeit, dass die beiden unter die Haube kamen. Nicole und Lissie, meine ich natürlich. Sie befanden sich in dieser gefährlichen Übergangsphase von noch heiratsfähiger Frau zur ewigen Junggesellin. Vielleicht war im Laufe der Überfallvorbereitungen auch endlich herauszufinden, wer von den beiden eigentlich hinter wem her war. Und ob Rolf und Andi dann auf diese Aufteilung anspringen würden.

Ich weiß gar nicht, ob ich Raffi ursprünglich dabei haben wollte. Nicht, dass wir eine Wahl gehabt hätten. Er war ja automatisch von Anfang an dabei. Aber er hatte etwas so Naives, Kindliches, Trauriges an sich, dass ich befürchtete, ihm könnten die Nerven durchgehen, falls es zu Krisensituationen kam. Andererseits schien er die außergewöhnliche Lebenserfahrung zu schätzen und zu genießen, die so eine Überfallplanung versprach. Er war mit vollem Herzen dabei.

Am wichtigsten aber war natürlich, dass Johanna im Team war. Und zwar mit Leidenschaft und Überzeugung. Weiß der Teufel, wo das herkam. Von uns allen brauchte sie sicherlich die paar Kröten am wenigsten, die es zu erbeuten gab. Warum, verdammt noch mal, war sie so scharf darauf, mit dabei zu sein? Ich war natürlich froh drum. Ich hätte freiwillig meinen Anteil einer gemeinnützigen Einrichtung versprochen, wenn mir nur jemand garantierte, dass mich der Coup bei Johanna gut aussehen ließ.

Insgesamt gesehen konnte ich mich mit der Zusammensetzung des Teams abfinden. Hatte ich denn eine andere Wahl? Nur dass Mike mit mir gemeinsam Anführer war, stank mir ein bisschen. Er machte keine konstruktiven Vorschläge und brachte – mal abgesehen von Rückbanks-Elfie – nichts Brauchbares ein. Ich vermutete, dass er mich nur deshalb breitgeschlagen hatte, ihn als Mitanführer zu benennen, weil er den Überblick über den jeweils aktuellen Planungsstand behalten wollte. Oder hatte etwa auch er vor, Eindruck bei Johanna zu schinden? Immerhin war er neulich nachts mit einer Flasche Sekt in der Hand in Johannas Apartment verschwunden. Das hatte Raffi mir erzählt. Dabei mag Johanna keinen Sekt, höchstes mit Orangensaft gemischt. Raffi versicherte mir aber, Mike sei nicht lange geblieben und habe die Flasche – immer noch verkorkt – unterm Arm getragen, als er wieder rauskam. Es bestand also die Hoffnung, dass Johanna nicht auf ihn reingefallen war und ihn einigermaßen unbehelligt wieder hatte loswerden können.

Genau wie damals. Das war noch in Mikes Anfangszeiten. Ja, tatsächlich, auch Mike hat mal klein angefangen. Mir erzählte Mike damals gleich am nächsten Morgen, Johanna habe ihn irgendwann aus dem Bett geschmissen, weil sich das Vorspiel zu lange hingezogen hatte. So stellte Mike es jedenfalls dar. Fairerweise muss man dazu sagen, dass Mike zu der Zeit noch dabei war, seinen endgültigen Stil zu finden, bei den Frauen. Und man muss außerdem noch wissen, dass das Vorspiel heillos überschätzt wurde – Ende der Siebziger bis Mitte der Achtziger. Jedenfalls kam er einfach nicht zu Potte, damals bei Johanna. Wahrscheinlich war er zu nervös, weil er dachte, er müsse ein Riesenprogramm abziehen. Seit er sich an seine Schnellfickermasche hielt und sich – außer bei Spezialwünschen – nicht lange mit kompliziertem sexuellem Herantasten aufhielt, lief es bei ihm rund mit den Mädels. So jedenfalls stellte er das dar. Ich hoffte, Raffi hatte sich nicht darin getäuscht, dass der Korken auf dem Flaschenhals noch fest verschlossen war, als Mike den Rückzug aus Johannas Apartment antrat, neulich nachts.

»Und wo wäre diese ominöse Flasche dann jetzt?«, fragte ich Raffi argwöhnisch, denn es war im kompletten Haus keine volle Sektflasche zu finden. Nur eine geleerte konnte ich beim Durchwühlen unserer umfangreichen Altglassammlung finden.

»Mach dir keine Sorgen«, beruhigte Raffi mich, »die habe ich später getrunken, als Mike sie nicht mehr für Johanna brauchte.«

Ich finde, es war nicht richtig, dass Mike mitging. Als sich das Überfallteam in der Hexennacht nach dem Stuhlgang-Gag in verschiedene Richtungen trollte, schnappte ich mir Raffi, weil er mir helfen musste, noch etwas Wichtiges zu erledigen. Dass ich Raffi mitnahm, war okay, er war irgendwie keine Konkurrenz

– bildete ich mir zumindest ein. Ich wurde zwar nicht schlau draus, was er dauernd mit Johanna hatte, aber es ging wohl tatsächlich nur ums gemeinsame Kochen und ums Quatschen und so eine sonderbare Mann-Frau-Freundschaft. Ja, Raffi war okay. Aber es war eigentlich nicht geplant gewesen, dass Mike mitbekam, wie wir in den letzten Nachtstunden mit dem Maibaum loszogen, den ich so schön vorbereitet und geschmückt hatte. Wenn Johanna genau hinsah, konnte sie in ihrem Vorgarten um den Baum herum vielleicht drei unterschiedliche Fußabdrücke erkennen. Und ich fürchtete, sie würde dann 1+1+1 zusammenzählen. Es wäre viel romantischer, wenn sie nicht wüsste, dass wir ... also dass ich ...

Andererseits war Mike bei meinen früheren Maibäumen auch immer dabei gewesen. Ich habe verschiedenen Mädchen einen vor die Tür gesetzt – das gebe ich zu. In unterschiedlichen Jahren natürlich. Maibaumsetzen ist ja kein Akkordgeschäft. Aber ehrlich gesagt, für einige der Maibäume schäme ich mich noch heute. Der ein oder andere war ja auch bis mittags wieder verschwunden. Früher haben wir die Bäume mit echten, selbstgemachten Stofffetzen geschmückt. Aus dem dünnen Stoff ausgedienter Vorhänge. In Orange und Blau. Schade, dass wir diesmal gekaufte Papierbänder nehmen mussten. Zu bunt.

Irgendwo hatten wir noch guten alten Vorhangstoff rumliegen, aber in unserem gepflegten Jungenclub-Chaos fand man nicht immer das, was man gerade suchte.

Ich wünschte, Raffi hätte mir das mit Mike gar nicht erzählt. Wie der nachts zu Johanna schlich. Auch wenn Raffi mich wieder einigermaßen beruhigte, indem er mehrmals betonte, die Flasche sei ja noch verkorkt, und Mike sei ja auch nicht lange bei ihr gewesen. Bei Mike musste das nichts heißen. Bei dem ging es manchmal ganz schnell und unerwartet.

Vielleicht wäre es manchmal besser für mich, wenn ich nicht alles wüsste. Was brachte es mir zum Beispiel, dass ich genaue

Details über den Tod meines Vaters kannte? Und was half es, wenn ich wusste, dass Mike es auf Johanna abgesehen hatte? Wenn auch bestimmt anders als ich. Was genau wollte der eigentlich von ihr? Den Patzer aus seiner Teenagerzeit wieder wettmachen? Das sah Mike nicht ähnlich. Da musste etwas anderes dahinterstecken. Wie gesagt: vielleicht muss ich nicht alles wissen.

Der Stuhlgang-Gag mit dem Papst war eine wirklich gelungene Aktion, glaube ich. Den Jungs hat's jedenfalls gefallen. Raffi schätzte solche antiklerikalen Scherze, beichtete er mir. Die Bibelspruchscherze der Jahre davor waren eigentlich gar nicht antiklerikal gemeint. Um ehrlich zu sein: ganz im Gegenteil. Auch der Stuhl-Gag war nicht böse gemeint, und es war klar, dass unser Pastor mich deswegen nicht gleich beim Papst verpfeifen und exkommunizieren würde. Der Pastor, der – wie schon seine beiden Vorgänger – stets schützend seine Hand über mich hielt, gestand mir später, dass es bei einigen der Kirchenratsmitgliedern eine Weile gedauert hatte, bis sie kapierten, was an dem Wortspiel eigentlich lästerhaft war. Ein Messdiener musste es ihnen erst erklären. Unser Pastor verriet mir, dass er und der Bischof, den er kürzlich in Trier getroffen hatte, sehr über den diesjährigen Scherz gelacht hatten.

Was dachte Johanna wohl darüber? Immerhin muss sie gemerkt haben, dass ich nicht geistlos irgendwelchen Mist mache. Aber sie war sehr zurückhaltend, als wir nachts in der Kirche waren. Das galt auch für die Kommentare danach. Herrgott verdammt, ich durfte mir nichts vormachen, ich musste mir wohl etwas Erwachseneres einfallen lassen, um sie zu beeindrucken. Es wurde Zeit, dass ich mich auf diesen Überfall konzentrierte.

Mein Problem war vielleicht, dass ich zuviel Phantasie hatte. Schon als Kind hatte ich mir in allen möglichen Situationen vorgestellt, was mein Vater wohl sagen würde, wenn er jetzt da wäre. Er ist all die Jahre mit dabei gewesen, bei sämtlichem Unsinn, den ich anstellte, und er hat mir geraten, was ich seiner Meinung nach tun sollte, und wenn es ganz brenzlig wurde, hat er sogar eingegriffen – jedenfalls habe ich mir das vorgestellt. Mit dreißig fiel mir auf, dass ich ihn mir immer noch so vorstellte, wie er auf dem Schwarz-Weiß-Bild aussah, das ein paar Monate vor seinem Tod gemacht wurde. Auf der Primstaler Kirmes beim Hammeltanz. Manchmal sah ich in den Spiegel, hielt dieses Foto neben mein Gesicht und war enttäuscht, dass ich kaum Gemeinsamkeiten in den beiden Gesichtszügen fand. Auch meine Augen hatte ich eindeutig von meiner Mutter. Was hätte ich dafür gegeben, eine deutliche Ähnlichkeit zwischen den beiden Gesichtern im Spiegel zu entdecken. Ich wollte aussehen wie mein Vater. Für mich war er Ende der achtziger Jahre immer noch der lachende junge Mann auf dem Schwarz-Weiß-Foto. Und er war mein Kriegsheld, der seine Jungs gesund und unversehrt wieder nach Hause gebracht hatte. Das Wenige, was meiner Mutter über ihn zu entlocken war, festigte dieses Bild, diesen Mythos zusätzlich. Trotzdem, ich hatte ja Phantasie: Ich begann ihn mir vorzustellen, wie er älter wurde, malte mir aus, wie sich die Lachfältchen um seine Augen fester eingruben, und wie er fülliger und grauer wurde. Bis Anfang der Neunziger gelang es mir problemlos, mir einen milden, weisen Sechzigjährigen zurechtzuträumen, ein geistig und moralisch jung gebliebenes Familienoberhaupt, das man jederzeit um Rat und Hilfe fragen konnte. Meine Mutter fragte ich nie um Rat und Hilfe. Sie war viel zu besessen von der Idee, einen ordentlichen Menschen aus mir zu machen. Also einen Spießer. Alles, nur keinen Helden wollte sie.

Mein Vater war der perfekte Vater. In meiner Phantasie hat er nie etwas falsch gemacht. Und in mir lebte er ein wunderbares, aufregendes Leben.

Ich hätte dieses Katastrophenbuch gar nicht erst anfangen –

oder wenigstens das Kapitel über Luisenthal auslassen sollen. Aber es wäre ein Witz, über die saarländischen Katastrophen zu schreiben, ohne auf Luisenthal einzugehen. Wenn ich ehrlich bin, ging es mir bei dem Buch hauptsächlich um eine Ausrede, um mich intensiv mit dem 7. Februar 1962 beschäftigen zu können. Und was war dabei herausgekommen? Ich sah meinen Vater fortan nicht mehr mit ergrautem Haar und sympathischen Lachfältchen, sondern als verkohltes Gesicht. Als Opfer, das man nur noch an einer großen Narbe erkannte. Ich wollte kein Opfer, ich wollte einen Helden. Immer wieder versuchte ich mir vorzustellen, wie seine letzten Minuten, seine letzten Sekunden gewesen waren. Ob er gewusst hatte, dass keine Chance mehr bestand? Ob er gekämpft hatte? Versucht hatte, die jungen Bergwerkslehrlinge zu retten, und das Feuer war einfach nur schneller gewesen? Oder hatte er die Jungs überhaupt erst in die falsche Richtung geführt? Wären sie sonst durchgekommen? Falls ja, wäre seine Lebensleistung – historisch gesehen – immerhin noch ausgeglichen. Und was hatte meine Mutter wohl empfunden, als sie ihn so ins Badehaus gebracht bekam, oben auf dem Grubengelände? Ich stelle mir oft vor, dass ich mit dabei war, als die fast dreihundert Särge dort standen. War ich ja – streng genommen – tatsächlich, auch wenn ich noch nichts sehen konnte. Oder fühlen.

Ich hatte schon immer zuviel Phantasie. Vielleicht würde mich der Überfall eine Weile ablenken. Trotzdem führte ich mir immer wieder vor Augen, wie Mikes Vater sein dämliches Motorrad zu einer Völklinger Werkstatt brachte, statt zu sterben, wie der Schichtplan es ursprünglich für ihn vorgesehen hatte. Dann hätte ich jetzt zwar keinen Helden, aber einen Vater. Und Mike würde seinen Vater nicht vermissen, da es Mike dann ja gar nicht gäbe. Ich hätte lieber einen Vater als einen Cousin.

Johanna hatte lange und sanft auf mich eingeredet, ich solle meinen Groll, meinen Schmerz nicht auf Mike übertragen.

Sie hatte Recht. Das brachte nichts. Ich musste damit leben, dass keiner greifbar war, dem ich die Schuld geben konnte. Vermutlich hatte Jakob sich damals umgebracht. Gewissensbisse. Aber auch schon früher, als ich noch nicht wusste, welche Schuld Jakob auf sich geladen hatte, stellte ich mir vor, dass er irgendwo, wo ihn niemand finden würde, aus der Welt gegangen war. Unsinn sei das, behaupteten sowohl Tante Gertrud als auch meine Mutter – beide unabhängig voneinander. Vor allem aber meine Oma Angela war sich ganz sicher, dass er noch lebte. Sie fühlte das. Kurz bevor sie starb – das war 1977 – sagte sie zu Gertrud und Mike, dass es Jakob ganz bestimmt irgendwo noch gäbe.

Dass er nicht mehr zurückkam, dass Angela ihn nach 1965 nicht wieder sah, akzeptierte sie. Dass er höchstwahrscheinlich tot war, allerdings nicht. Auch sie hatte Phantasie. Und ich glaube, sie mochte Mike ein bisschen lieber als mich. Was soll's. Ist jetzt auch egal. Mike hoffte übrigens auch, dass sein Vater noch lebte und dass er irgendwann vielleicht wieder zurückkommen würde.

Mike faselte oft darüber, aus Primstal abzuhauen. Dann durfte man aber auf keinen Fall sagen: »Das steckt wohl in den Genen.« Mike hatte keine Phantasie, aber die verrückte Idee, dass sein Vater noch irgendwo in der Welt war und dass er ihn vielleicht finden würde, wenn er ebenfalls in die Welt ging. Wenn man es genau betrachtete, war dieser Jugendclub ein Irrenhaus. Mike und ich waren wirklich nicht normal. Raffi übrigens auch nicht. Da war doch was faul, dass er schon seit über einem halben Jahr bei uns wohnte und kein einziges Mal zurück nach Belgien fuhr, um seine Familie zu besuchen. Nur Johanna war – meiner Meinung nach – normal. Obwohl das bestimmt viele im Dorf anders sahen. Jedenfalls war es ihr zu verdanken, dass ich Mike überhaupt zuhörte, als er mich abends mit Johanna auf der Couch sitzend fand. Am liebsten wäre mir gewesen, er wäre nicht zurückgekommen in dieser Nacht und Johanna hätte mich in den Arm genommen wie einen kleinen Jungen. Aber Mike kam nach Hause. Und wir redeten lange. So lange wie noch nie zuvor und wie auch danach nie wieder. Früher an diesem Tag war ich noch böse auf alle, auf die ganze Welt ... bis Johanna mir klarmachte, dass sie ja – genau wie ich – eine Leidende, ein Opfer war. Dann war ich nur noch böse auf Mike, bis der mir klarmachte – sprachlich unbeholfen, wie er nun mal war, aber so gesprächig, wie ich ihn noch nie zuvor erlebt hatte – dass es mir eigentlich viel besser ging als ihm. Mein Vater war zwar tot, dafür sprach aber jeder mit Hochachtung von ihm, und mir verzieh man fast alles; sogar der Pastor und selbst meine Mutter waren mir gegenüber nachsichtig, weil mein Vater erst im Krieg war, dann ein ordentliches Leben führte und schließlich unter Tage starb. Das war ein echter Vorzeigevater, sogar für Leute, die wenig Phantasie besaßen. Mit so einem Vater konnte man – bis weit ins Erwachsenenalter hinein – getrost hausieren gehen. Das war anders bei einem Vater, der sich vom Acker machte und Frau und Kind einfach sitzen ließ. Nicht einmal mit Verachtung sprach man über Jakob, sondern am liebsten gar nicht. »Und was wäre aus dem Kleinen geworden, und aus Gertrud, wenn Angela sie nicht durchgebracht hätte, mit ihrer Rente und ihrer täglichen Hilfe«, sagten die Leute allenfalls. Mike brauchte sich nichts zusammenzuphantasieren. Für die meisten stand fest, dass Jakob mit einer anderen durchgebrannt war. Oder wegen einer anderen. Man rechnete kurz nach, welche Frauen im Dorf 1965, in den Monaten vor Jakobs Verschwinden, schwanger waren – es waren an die dreißig. Man stellte Jakob und alle Schwangeren unter Generalverdacht, denn man glaubte allgemein, er habe verschwinden müssen, weil manche Babys ihm wie aus dem Gesicht geschnitten sein würden. Aber dann gab es doch nur ein einziges Baby, das ganz wie ein zweiter Jakob aussah: nämlich Mike.

Mike meinte, ich sei selber schuld, wenn ich in der Vergangenheit eines so perfekten Vaters herumwühlte. Dabei könne doch nichts Vernünftiges herauskommen, sondern schlechtestenfalls nur die Wahrheit. Natürlich wollte auch er wissen, was aus seinem Vater geworden war, gestand er mir. Aber er würde sicher kein Buch darüber schreiben. Oder überhaupt jemandem davon erzählen.

»Aber die Gefahr, dass ich noch die Wahrheit über meinen Vater erfahre, besteht wohl kaum«, sagte er, als es schon zu dämmern anfing. Soviel ich weiß, hat er damit Recht behalten.

Das Katastrophenbuch war bis dahin mein einziges Projekt, das ich ganz alleine in Angriff genommen hatte. Ein einsamer Kampf – ganz ehrlich. Es hat keinen Spaß gemacht, sich Mütter anzuhören, die so detailliert vom 7. Februar 1962 berichteten, als ob die achtunddreißig Jahre zwischen damals und heute gar nicht existierten. Die Mütter hatten auch Phantasie und stellten sich zum einen die Frage, wie damals ihr Junge die letzten Minuten erlebt habe. Und sie stellten sich zum anderen vor, was aus ihren Söhnen geworden wäre, wenn sie eine andere Schicht gefahren oder auf einer anderen Sohle gewesen wären. Da wurden von Müttern Was-wäre-heute-wenn-Lebensläufe für die toten Söhne entworfen, in denen ganze Familien vorkamen, mit haufenweise Enkelkindern, die natürlich alle dem Sohn ähnelten.

Nein, da war mir diese Idee mit dem Überfall lieber, auch wenn sie sich hoffnungslos verselbständigt hatte – nach dem Schwenkbratenprinzip, sozusagen.

Ich mag das Wort »Schwenkbratenprinzip«. Johanna hat mir gesteckt, dass Raffi es auf das fragwürdige Zusammenfinden unseres Überfallteams anwendete. Es passt tatsächlich: »Mach ein Feuer an und stell ein Schwenker-Dreibein drüber, und ruckzuck stehen auch einige Leute drumherum, mit denen du gar nicht gerechnet hast.«

Wenn sogar unser Nachbar mitmachen wollte, konnten die Idee und der Plan mit dem Überfall so schlecht nicht sein. Unser Nachbar verstand etwas vom Leben. Es stimmte zwar, dass er nicht gerade viel rumgekommen war, aber musste man das, um zu begreifen, worauf es ankam im Leben? Zwar hatte er weder eine Frau noch einen Beruf – nun gut, das zumindest hatte ich ja mit ihm gemeinsam – aber immerhin hatte er das Haus seiner Mutter geerbt, und damit war er ein ganzes Stück weiter als ich. Das Haus war viel zu groß für ihn alleine, aber auf die Größe kommt es ja bekanntlich nicht an. Er hatte vor allem eins: einen Platz, wo er hingehörte. Unverrückbar. Auch ohne Frau und Beruf. Unser Nachbar wartete schon so lange auf den Tod, dass er allmählich die Angst vor ihm verlor. Vermutlich zweifelte er allmählich daran, dass der Tod überhaupt noch käme. Vor allem aber hatte er auch die Angst vorm Leben verloren. Was sollte ihm schon passieren. Bei Schorschi zog es nicht mehr, wenn man ihm sagte: »Schlimmstenfalls könntest du dabei umkommen.«

Er war klein und schmächtig und wirkte unbeholfen. Kindlich wirkte er, obwohl er in wenigen Jahren seinen fünfundsiebzigsten Geburtstag feiern sollte. Das würde er nun wohl auch noch schaffen.

Er litt an einer seltenen Krankheit, von der inzwischen jeder von uns den Namen vergessen hatte, wegen der er aber in der sechsten Klasse aus der Schule entlassen wurde. Man vermutete damals nämlich allgemein, er habe nicht mehr lange zu leben. So hatte zumindest die Mutter den Arzt verstanden. Und dieser machte auch jedes Mal pflichtschuldig ein todtrauriges Gesicht – wie übrigens auch der Pastor –, wenn die Rede auf unseren Nachbarn kam.

Mir gegenüber hatte er einmal erwähnt, dass er damals gar nicht mit der Schule aufhören wollte, obwohl er in der sechsten Klasse gut einen Kopf kleiner war als die meisten anderen

Kinder, nur die Hälfte des Klassendurchschnitts wog und häufig blau anlief und Erstickungsfälle bekam, gegen die der Lehrer und seine Mitschüler nichts tun konnten, außer in Panik zu verfallen und abzuwarten, ob er diese Anfälle überlebte. Seine schulischen Leistungen waren nicht gut, aber er kam einigermaßen mit. »Ich hätte jedenfalls noch was gelernt«, behauptete er mir gegenüber einmal, »man sollte das Kind eben nicht mit dem Bade ausschütten, solange es noch nicht tot ist.«

»Er hat sich jedenfalls nicht dagegen gewehrt, mit der Schule aufzuhören«, erzählten die Leute, die die Sache damals mitbekommen hatten.

Schorschis Mutter fällte damals die Entscheidung, er könne auch genauso gut zuhause bleiben. Diese Entscheidung galt allgemein als vernünftig, denn warum sollte man dem sympathischen Knaben die wenigen ihm noch verbleibenden Jahre dadurch verderben, dass man ihn in die Schule und in eine Ausbildung schickte?

Etwas überrascht war man dann schon, dass er noch erlebte, wie seine Altersgenossen die Schulzeit beendeten. Vermutlich hat ihm die Tatsache, dass die Medizin ihn früh aufgab und die Ärzte die Arbeit an ihm einstellten, das Leben gerettet. Denn zum einen galt es seinerzeit als pure Verschwendung, sündhaft teure pharmazeutische Produkte anzuwenden, die doch nicht mehr halfen – er blieb somit von jeglichen nicht berechenbaren Nebenwirkungen verschont – und zum anderen, und das ist sicherlich noch wichtiger, hat ihm die Krankheit ein unaufgeregtes und arbeitsfreies Leben beschert. Denn natürlich verlangte niemand von ihm, sich einen Job zu suchen, oder zu heiraten, oder sich überhaupt irgendwie nützlich zu machen, wo man doch davon ausging, sein Zustand würde sich dadurch verschlimmern und der Tod ihn nur umso rascher ereilen.

Ich konnte nicht aus ihm herausbekommen, wie es sich anfühlte, mit dem über sich hängenden Damoklesschwert zu leben. Jedenfalls ist verbürgt, dass er nun schon über sechs Jahrzehnte damit verbrachte, genügsam und gemütlich vor sich hin zu atmen und seine sämtlichen Nachbarn mit entstellten Lebensweisheiten zu nerven. »Sprachlich entstellt vielleicht, aber keinesfalls sinnfrei«, hatte Raffi die Sprüche unseres Nachbarn einmal kommentiert. Da war was dran.

Als Schorschi einundzwanzig war, starb seine Mutter – der Vater war bereits im Krieg gefallen – und hinterließ ihm, obwohl er noch zwei kerngesunde ältere Schwestern hatte, das Haus samt einer nicht unerheblichen Geldsumme, die ihm eine winzige, gerade so eben zum Überleben reichende monatliche Zuwendung bescherte. Die Schwestern – obwohl zunächst sauer, dass er Alleinerbe war – kümmerten sich abwechselnd um das Nötigste, was im Haushalt anfiel, denn das wurde von ihnen erwartet, und es brachte ihnen eine gewisse Achtung ein, dass sie ihn nicht völlig unbeaufsichtigt ließen. Dass dies nicht unbedingt nötig gewesen wäre und er sich auch alleine versorgen konnte, stellte sich erst heraus, als beide Schwestern Mitte der neunziger Jahre kurz hintereinander verstarben. Für einen, der eigentlich das Ende der sechsten Klasse nicht mehr hätte erleben sollen, war unser Nachbar in seinem Leben schon auf verdammt vielen Beerdigungen gewesen.

Während er also – wie gesagt – gemütlich vor sich hinatmend auf den Tod wartete, begannen sich im Laufe der Jahrzehnte um ihn herum die Reihen seines Geburtsjahrgangs zu lichten. Bei den im Dorf beliebten Jahrgangstreffen wurde er jedes Mal mit »Wie? Du liegst immer noch nicht auf Geiset?« begrüßt, und man wettete bereits darauf, dass er schließlich irgendwann den letzten Kranz für einen Primstaler des Jahrgangs 1928 alleine würde bezahlen müssen.

Wahrscheinlich hatte der Tod Schorschi in den Wirren der späten dreißiger und frühen vierziger Jahre einfach übersehen – aus beruflicher Überlastung sozusagen – und dann beschlossen, ihn auf der Liste der abzuholenden Seelen ans Ende zu setzen.

Unser Nachbar musste sich quasi beim Tod wieder ganz hinten anstellen.

Es war wichtig – so hieß es – dass Schorschi sich von jeglicher Aufregung fernhielt, weil es jederzeit wieder zu lebensbedrohlichen Anfällen kommen konnte. Deshalb bezweifelte ich, dass er mit uns Jugendclubjungs den richtigen, gesundheitsförderlichen Umgang pflegte. Und eigentlich sollte er ja auch keinen Alkohol trinken, tat dies aber zu besonderen Gelegenheiten recht gründlich und war bei der letzten Kirmes, auf dem Weg über den Bahndamm, hingefallen und hatte dabei sein Gebiss verloren. Steff fand ihn im fahlblauen Licht der zu Ende gehenden Nacht mitten auf dem Weg liegend, mit den Händen nach seinem Gebiss tastend. Und Steff konnte berichten, wie er Schorschi wimmern hörte: »Herr, ich bin nun bereit, vor dich zu treten und dein Antlitz zu schauen, aber nicht ohne meine Zähne!« Vielleicht stellte er sich den Himmel so vor, dass es dort jeden Tag Schwenkbraten gab, und dafür brauchte man ordentliche Beißer.

Dass er angeblich glücklich war, nahmen ihm die Leute nicht ab. »Ich bin der glücklichste Mensch in meinem Leben«, habe ich ihn selbst einmal sagen hören. Gott sei Dank glaubte ihm das keiner, sonst wäre mancher bestimmt sauer auf ihn gewesen. Denn es war schon ein wenig unverschämt von Schorschi, sich mit so wenig Leben so glücklich zu fühlen. Aber man schrieb es seiner begrenzten Lebenserfahrung zu, dass er das, was er hatte, als Glück verstand.

In Bezug auf den Überfall machte ich mir – neben seiner nicht näher einschätzbaren Krankheit – vor allem deshalb Sorgen, weil er seit einiger Zeit schlecht hörte. Böse Zungen – eine davon wohnte im Jugendclub, ich will jetzt keinen Namen nennen – behaupteten, der Nachbar brauche die Ohren nur noch, damit die Brille hält, denn er war nicht nur schwerhörig, sondern auch halb blind. Die Brille, die er trug, sah aus wie eingerahmte

Glasbausteine, was ihn aber nicht weiter störte. Eine Sehhilfe, auch eine unansehnliche, fand er in seinem Alter in Ordnung, aber jegliche Form von Hörhilfe lehnte er strikt ab, weil er befürchtete, es könne dadurch der Eindruck entstehen, er sei senil. Aber wenn man laut und deutlich sprach, bekam er alles mit. Es blieb also zu hoffen, dass während des Überfalls nicht geflüstert werden musste.

Unser Nachbar war hartgesotten. Neulich mischte er sich in eine Diskussion ein, bei der es um die neuen Weltseuchen, die Pandemien, ging. Angeblich sollten diese zu Beginn des einundzwanzigsten Jahrhunderts wieder um sich greifen. Die Medien verbreiteten Panik. Schorschi winkte nur ab: »Es stimmt zwar, dass es jetzt diese neuen, verbesserten Infektionen gibt, wie Ebola oder das Denkefieber, oder wie das heißt, aber wenn wir uns vor der einen Gefahr fürchten, startet das Leben von einer anderen Seite her einen Überraschungsangriff. Also am besten immer locker mitschwingen und nicht einlullen lassen.«

Diese unkonventionelle Sichtweise unseres Nachbarn hatte uns – wie alle seine Lebensweisheiten – zumindest für den Augenblick beruhigt. Und genauso war es auch mit dem Überfall: Wenn unser Nachbar beschloss, dass es für ihn in Ordnung ging, sich Hals über Kopf in dieses Projekt zu stürzen, konnte es nicht verkehrt sein, den Plan in die Tat umzusetzen. Ich hatte also ein neues Projekt. Und zwar das wohl spannendste und gefährlichste meines Lebens.

11 | Mutteralarm

Der nächste Mutteralarm kam völlig unvorhersehbar.

Aber der Reihe nach: Beim nächsten Treffen des Teams wurde offiziell der genaue Überfalltermin bekannt gegeben: Dienstag, der 24. Oktober – zweiter Tag des Wintersemesters.

Am zweiten Tag des Wintersemesters waren alle Studis, selbst die letzten Nachzügler, und auch alle Dozenten an der Uni. An keinem anderen Tag des Jahres war die Mensa so übervoll wie an diesem. Und das Gleiche war somit auch für die Mensakassen zu erwarten.

Außerdem stellte sich auch noch heraus, dass am 24. Oktober Raffis Opa seinen Namenstag feierte. »Wie heißt denn dein Opa?«, fragte Mike.

»Auch Rafael. Ich heiße genau wie er.«

»Ach, dann hast du ja am Tag des Überfalls Namenstag!«

»Nein, hab ich nicht.«

»Hä? Wie geht das denn?«

»Mein Großvater hat nicht am 24. Oktober Namenstag, sondern er feiert ihn an diesem Tag.«

Wir sahen ihn fragend an.

»Ist das so ähnlich wie bei der Queen, bei der die Geburtstagsparade an einem anderen Tag abgehalten wird, als sie eigentlich Geburtstag hat?«, hakte ich nach.

»So ähnlich. Bis 1969 war der Namenstag Rafaels am 24. Oktober. Dann hat die Kirche das geändert und ihn auf den 29.

September vorverlegt. Aber mein Großvater feiert immer noch am 24. Oktober. Sozusagen aus Trotz und Gewohnheit.«
»Scheint ja ein traditionalistischer Mensch zu sein, dein Opa.«
»Nicht nur mein Opa. Die ganze Familie.«
Sieh an! Da war ihm also doch einmal etwas herausgerutscht über seine Familie. Wir wussten jetzt also, dass er eine äußerst konservative Mischpoke hatte. Davon merkte man ihm nichts an. Vielleicht war er so etwas wie das schwarze Schaf?

Als der Termin feststand, kamen zwei Fragen auf: Erstens, wieviel Geld denn eigentlich zu holen sei, zweitens, ob man den Termin nicht noch verschieben könne.
Ersteres fragten Mike, Elfie, Steff und Matti, die zweite Frage kam von allen anderen außer Johanna und Raffi.
Rolf und Andi hatten am geplanten Überfalltag Betriebsfest. Mit Lyonerfrühstück und Rollbraten am Nachmittag. Das Betriebsfest hatten die beiden noch nie verpasst. Der Nachbar wollte am 24. Oktober mit dem Obst- und Gartenbauverein zur Landesgartenschau nach Kaiserslautern, Herbie war zum Geburtstagskaffee bei seinem Onkel eingeladen, Lissie und Nicole hatten für den geplanten Tag Karten für ein Musical in Köln vorbestellt, und Speedy wollte in der fraglichen Woche an einem Oldtimertreffen teilnehmen.
Der Nachbar machte es noch am wenigsten kompliziert. Als er mir ansah, wie sauer ich war, verkündete er: »Man muss Prioritäten setzen! Also gut, ich verzichte dieses Jahr auf den Vereinsausflug!« Obwohl er mit dieser öffentlichen Zurschaustellung seiner hohen Motivation für unser Überfallprojekt die anderen unter Druck setzte, war es nötig, dass ich eine Standpauke hielt: »Nehmt euch unsern Nachbarn zum Vorbild!«, begann ich und knöpfte mir zuerst Rolf und Andi vor, wohlwissend, dass Lissie und Nicole leichter zu knacken waren, wenn die beiden Jungs den Überfalltermin fest zusagten: »Das Betriebsfest dauert doch den ganzen Tag. Es wäre zwar sicher

bedauerlich, das berühmte Lyonerfrühstück einmal zu verpassen, aber ihr würdet den Tag doch bestimmt auch noch als gelungen abhaken, wenn ihr rechtzeitig zum Betriebsrollbraten da wärt, oder?« Sie nickten eingeschüchtert – vielleicht, weil sie mich noch nie so laut und entschlossen hatten reden hören. »Lissie, Nicole! Und Herbie! Verstehe ich das richtig, dass es sich bei euch um Termine handelt, zu denen ihr erst nachmittags losfahren beziehungsweise aufkreuzen müsst? Das Musical ist doch bestimmt erst abends? Und den Geburtstagskuchen gibt's sicher erst nach vier? Na also! Und du, Speedy«, der hob sofort abwehrend die Hände, als wolle er ohne Gegenwehr jegliches Zugeständnis machen, »dein Oldtimertreffen dauert doch mehrere Tage, da wird es ja wohl nicht schaden, wenn du einen Tag auslässt? Na? Geht doch!« Ich versuchte, streng zu klingen. »Es ist so, dass der Überfall am frühen Nachmittag erledigt ist. Wenn alles läuft wie geplant, seid ihr spätestens um drei wieder zuhause. Oder bedeutet dieses Terminverschiebungsgequatsche etwa, dass ihr eigentlich gar nicht mitmachen wollt? Dann können wir das Ganze gleich einstampfen!«

»Nein« und »keinesfalls«, klang es entschlossen und entrüstet durcheinander: »Natürlich geht dann auch der Vierundzwanzigste«, und »... können auf den Rollbraten mal verzichten ...«, und »... werden die Tickets auch wieder abbestellen ...«

»Ihr habt mich falsch verstanden: Ihr sollt eure Termine gar nicht abblasen, sondern ab nachmittags einfach das tun, was ihr an dem Tag sowieso vorhabt. Es gibt keine bessere Tarnung, als unmittelbar nach dem Überfall wieder in die Normalität zurückzukehren. So kommt ihr auch auf andere Gedanken und könnt das Adrenalin wieder abbauen. Ab spätestens sechzehn Uhr ist am Tag des Überfalls wieder Normalität angesagt. Das ist Teil des Plans.«

Die letzte Aussage stimmte nicht ganz, denn das war mir erst in dem Moment eingefallen, als ich es sagte. »Wenn ihr brav beim Nachmittagskuchen oder beim Betriebsrollbraten sitzt, kommt kein Mensch auf die Idee, dass ihr zwei Stunden vorher eine Mensa überfallen habt.«

Die komplette Truppe sah mich verblüfft an. Nur Johanna lächelte anerkennend.

Ich glaube, das war der Moment, in dem allen klar wurde, dass es hier um eine ernste Sache ging, die professionell durchgezogen werden musste. Alle merkten, dass es ab jetzt definitiv zu spät war, noch auszusteigen oder die Vorbereitungen weiter auf die lange Bank zu schieben.

»Sehr gut!«, schaltete sich sogar Mike ein. »Und wo wir schon mal dabei sind, über die Fakten zu reden«, kam er wieder auf die erste Frage zurück, »was meinst du, Gabriel, ist dabei zu holen?«

»Das ist schwer zu sagen!«, holte ich aus und wo ich schon mal in Fahrt war, ließ ich zuerst einmal eine kurze Predigt vom Stapel: »Und es geht mir bei dieser Sache auch nicht in erster Linie ums Geld, sondern darum, dass wir es gemeinsam tatsächlich schaffen können, wenn wir zusammenhalten und jeder seine Rolle richtig spielt …«

»Ja, ja«, unterbrach mich Mike, »wir wissen, dass die Beute nur eine angenehme Begleiterscheinung ist, aber dennoch wäre es nicht uninteressant, eine ungefähre Hausnummer zu haben.«

»Na, das kannst du dir leicht selbst ausrechnen: Ich habe nämlich recherchiert, dass an diesem Tag fünf- bis sechstausend Leute in der Mensa essen gehen. Selbst wenn wir die Kasse im Untergeschoss nicht auch noch mitnehmen können, bleiben einige tausend verkaufte Essen, und im Schnitt werden pro Tablett so etwa vier bis fünf Mark gezahlt – je nach Komponentenzusammenstellung.«

Ich sah, wie die Rechenmaschinen in den Köpfen ratterten.

»Das sind ja … so etwa um die zweitausend Mark pro Person.« Elfie war die Erste, die das überschlagene Ergebnis laut aussprach. Wie konnte jemand, der so gut im Kopfrechnen war, nur so verschuldet sein. Sie sagte weder »nur zweitausend« noch »immerhin zweitausend«.

Ich nickte: »Und dabei musst du mit einkalkulieren, dass Lissie und Nicole zusammen nur einen Anteil kriegen.«

»Und ich will gar keinen Anteil, sondern stattdessen einen Vorschuss«, schaltete Speedy sich ein. Als alle Augen auf ihn gerichtet waren, erklärte er: »Gabriel hat Recht. So was macht man nicht wegen dem Geld, oder wenigstens nicht hauptsächlich deswegen. Sobald die Tat verjährt ist, werde ich mich öffentlich auf den Kirmesplatz stellen und jedem, der es hören will, von meiner grandiosen Fluchtfahrt erzählen. Bis ins letzte Detail. Gabriel, Mike: Ich hab mein Material soweit zusammen. Zur Fluchtfahrt brauche ich nichts Neues anzuschaffen, sondern ich zehre da aus meinem Fundus. Aber es sind einige Umbauten und Umlackierungsarbeiten nötig. Ich will nur Null auf Null rauskommen. Zahlt mir jetzt tausend Mark! Das wird reichen, um das Fluchtfahrzeug fit zu machen. Danach will ich keinen weiteren Pfennig. Die paar Kröten, die mir dann noch zustehen, können von mir aus zurück in den Gesamttopf fließen und aufgeteilt werden.«

Es entstand ein kurzer Augenblick allgemeinen Nachdenkens. Dann reagierte Mike als Erster und gab Speedy die Zusage: »Abgemacht! Du kriegst den Vorschuss. Danach bleiben, inklusive des Doppelanteils von Lissie und Nicole, also noch zwölf Anteile von irgendetwas zwischen zwanzig- und dreißigtausend Mark.« Es wurde wohl für einen Moment deutlich, dass ich noch keine ausführlichen Gedanken an die finanzielle Seite des Projekts verschwendet hatte. Nun gut, dafür war Mike da. Ich war das Meisterhirn für die schwierigen Details. Damit konnte ich leben. Und als ich in die Runde schaute, sahen alle Gesichter zufrieden und entschlossen aus.

An dem Tag wurde nicht mehr geübt, sondern zur Motivation ein weiterer Überfallfilm – ein Klassiker – auf Video gezeigt, nämlich *Ocean's 11*, mit Frank Sinatra und Dean Martin und dem ganzen Rat Pack. Rolf meinte: »Guter Film, aber als Vorbereitung auf einen Mensaüberfall war er überhaupt keine Hilfe.«

Aber wir hatten trotzdem viel erreicht. Alle fühlten, dass jetzt die entscheidende Vorbereitungsphase begonnen hatte.

Da passte der Anruf, der Mitte Juni kam, eigentlich überhaupt nicht.

Raffi meldete sich mit einem vergnügten: »Jugendclub Primstal!« Ich glaube nicht, dass er sich vor einem dreiviertel Jahr, als er hier ankam, hatte vorstellen können, dass er selbst einmal den Hörer abheben und wie selbstverständlich »Jugendclub« reinrufen würde. Aber er war eben anpassungsfähig, unser Raffi.

Ich dachte schon, es sei vielleicht Rolf, oder Andi, weil auf der Stahlhütte eine Schicht getauscht werden musste und eine Absage für die nächste Überfallprobe fällig wurde. Aber Raffi zögerte. Sagte sekundenlang nichts. Machte ein noch undurchdringlicheres Gesicht als sonst meistens sowieso schon. Das Nächste, was er sagte, war voller säuselnder ch- und rollender r-Laute, und seine Stimme klang weicher als sonst. Ich konnte nicht verstehen, worum es ging, schnappte nur einzelne Wörter und halbe Sätze auf, die ich nicht einzuordnen vermochte. Gerade sagte er: »Ik kom zeker niet terug!« Was bedeutete das nun wieder?

Als er wieder auflegte, beschlich mich das Gefühl, dass er das Gespräch mitten im Satz abgebrochen hatte. Aber vielleicht lag es auch daran, dass ich nichts verstanden hatte. Er starrte den Telefonhörer einige Sekunden böse an, als ob der Schuld an einer schlechten Nachricht sei. Dann schnaufte er einmal kräftig durch und sah an die Decke, als ob er von oben auf Hilfe hoffte. Ich war mir nicht sicher, ob ich ihn fragen sollte, was los sei oder ihn besser in Ruhe ließ, aber schließlich konnte ich mich sowieso nicht zurückhalten: »Klingt irgendwie, als ob's schlechte Nachrichten gibt?«

Er schwieg noch einen Augenblick, dann sah er mich an und verkündete, ohne eine Miene zu verziehen oder sich anmerken zu lassen, ob er sich Sorgen machte: »Mutteralarm«.

Die Mutteralarme kamen sonst nie unvorbereitet, da Tante Gertrud und meine Mutter einen im Jahresverlauf fest verankerten Rhythmus hatten: Osterputz, Pfingstputz, Kirmesputz, Weihnachtsputz. Dazu waren die Putzaktionen auch noch so organisiert, dass sie stockwerkweise erfolgten, ohne dass meine Mutter und Tante Gertrud sich begegneten. Wir mussten nur aufräumen und eine ganz grobe Grundreinigung vornehmen. Mehr Putzkompetenz trauten uns unsere Mütter sowieso nicht zu. Hatten wir auch nicht – um ehrlich zu sein. Ich glaube, ohne die regelmäßigen Generalreinigungsaktionen unserer Mütter könnte man kaum noch aus den Jugendclubfenstern sehen und man würde wohl auf einer zentimeterhohen Staub- und Schmutzschicht herumlaufen.

Aber diesmal war es anders. Der Pfingstputz lag gerade erst knapp zwei Wochen zurück. Das Haus sah ordentlich aus. Für Mikes und meinen Geschmack jedenfalls. Wir hatten zwar wieder mit Lebensmittelexperimenten an Joghurt und Vollkornbrot begonnen, aber sonst wirkte die Bude recht sauber.

Trotzdem befahl mir meine Mutter – als ich sie kurz darauf anrief, um ihr zu sagen, dass sich schon für übermorgen Besuch aus Belgien angekündigt hatte, – sofort mit der üblichen Grundreinigung zu beginnen und verkündete, in zwei Stunden da zu sein, um das Erdgeschoss in Angriff zu nehmen. Mike sollte mit seiner Mutter klarmachen, dass sie am darauffolgenden Tag das Obergeschoss übernehmen musste.

Natürlich waren Mike und ich genervt. Zwei Mutteralarme in nur vierzehn Tagen. Das waren wir nicht gewöhnt. Vor allem fanden wir es unerhört verschwenderisch, ein praktisch völlig sauberes Haus noch einmal grundzureinigen. Aber was sollten wir machen? Offensichtlich fand Raffi das in Ordnung so, denn unabhängig von unseren Müttern arbeitete er zwei Tage lang wie ein Besessener in der Küche, wo er nicht nur die Arbeitsplatte schrubbte, sondern alle – ich betone: sämtliche! – Schubladen und Schränke leer räumte und bis in die allerletzten Winkel säuberte. Er wischte Stellen, die nie ein Mensch, wahrscheinlich nicht einmal meine Mutter oder Tante Gertrud, jemals zu sehen bekam. Und dann machte er auch alle Töpfe sauber – auch solche, in denen seit Wochen nichts gekocht worden war – er spülte also sauberes Kochgeschirr, man stelle sich das vor! Und dann kamen sämtliche Gläser dran, dann das Besteck und so weiter …

Mike fand das ziemlich unmännlich.

»Herrgott, Mike, dass du immer noch einen Schock kriegst, wenn du einen Mann in der Küche arbeiten siehst«, beschwerte sich Johanna, die, nachdem sie in der Apotheke Schluss hatte, Raffi in der Küche saubermachen half, »wir leben doch nicht mehr im Mittelalter!«

»Wir sind Männer. Wir leben immer im Mittelalter«, maulte Mike und verließ angewidert von soviel Frauenarbeit das Haus, um bei Zeggels in Ruhe ein paar Bierchen zu trinken und um nicht Zeuge einer solch ungeheuerlichen Vergeudung und Verrücktheit zu werden: Ein fast völlig sauberes Haus putzen. Also wirklich!

Erst am übernächsten Tag – genau gesagt wenige Stunden, bevor Raffis Mutter eintreffen sollte – gestand Raffi uns, worum es eigentlich ging.

»Es steht schlecht um meinen Großvater.«

Wir sagten nichts. Machten betroffene Gesichter.

»Es kann jeden Tag zu Ende gehen.«

Mike und ich blickten zu Boden – weil wir nicht wussten, wohin sonst – und Johanna legte mitfühlend ihre Hand auf Raffis Arm. Sie fragte: »Und du sollst nun nach Hause kommen, damit du da bist, wenn er … nun, dann nimm dir doch einfach eine Weile Urlaub und …«

»Wenn es nur das wäre«, seufzte Raffi, »wenn es nur das wäre, dann würde ich«, er schluckte, »würde ich natürlich nach Hause ... nach Antwerpen fahren, um ihn noch einmal zu sehen«, er stockte, »aber ich mache mir nichts vor: Es geht nicht nur darum, nicht nur ums Abschiednehmen. Es geht vor allem um die Nachfolge. Es geht um das Familienunternehmen. Um das Restaurant.«

»Aber«, fragte ich vorsichtig, »wieso? Ich meine, wieso wird das jetzt schon relevant? Es gibt doch noch eine Generation dazwischen. Zwischen dem Großvater Rafael und dem Enkel Raffi gibt es doch noch einen Vater. Übrigens: auch Rafael?«

»Äh, was? Nein, der heißt Jos. Aber ... ihr versteht das nicht, ihr kommt aus Arbeiterfamilien. Da suchen sich die Kinder einen Job und sehen zu, wie sie über die Runden kommen. Aber hier geht es um ein Familienunternehmen, um Tradition. Das Gasthaus hat schon meinem Urgroßvater gehört. Er hat es 1898 gebaut. Bei solchen Familienbetrieben geht es immer, wenn einer abdankt, gleich um das Thema: Wie wird der Fortbestand gesichert? Der Chefkoch ist tot, es lebe der Chefkoch.

»Ja, und?«, schaltete sich nun auch Mike ein, »was ist daran verkehrt? Warum gehst du nicht einfach zurück, arbeitest da und übernimmst den Laden irgendwann selbst, wenn dein Vater sich zur Ruhe setzen will. Und verdienst einfach eine Menge Geld. Wirft das Restaurant denn gut was ab?«

»Ja, wirft gut was ab«, bestätigte Raffi lustlos.

Ich sah, wie Johanna Mike vorwurfsvoll ansah. So, als ob sie ihm am liebsten eine gescheuert hätte. Genau wie ich. Raffi vorzuschlagen, zurückzugehen. Zu verschwinden. Wo er doch praktisch zur Jugendclubfamilie gehörte. Also wirklich!

»Aber«, fuhr Raffi fort, »das will ich nicht und das werde ich bestimmt nicht tun: zurückgehen und im Familienbetrieb arbeiten. Da kann sie betteln, wie sie will und mir versprechen, was sie will. Ich gehe nicht zurück, um die nächsten zehn Jahre mit Jos zusammenzuarbeiten. Nicht einmal, wenn sie mir anbietet, dass ich schon in wenigen Jahren selbst den Laden übernehmen darf.« Mit »sie« meinte Raffi wohl seine Mutter. »Genau so wird sie mir nämlich kommen. Das sage ich euch. Aber erst einmal müsste ich ja mit Jos gemeinsam in der Küche … das würde nicht gut gehen. Nein, dann ist es tausendmal besser, neue Pizzas zu erfinden.«

Nicht lange danach fuhr ein Audi mit belgischer Nummer vor. Ein großer Audi. Raffis Mutter war eine äußerst elegante, beeindruckende Frau, sehr groß und schlank, brünettes Haar. Sie war höchstens zehn Jahre jünger als meine Mutter und Gertrud, aber sie wirkte wie aus einer anderen Generation. Wie aus einer anderen Welt. Ihr Gesichtsausdruck wirkte so selbstbewusst wie der von Sophia Loren in diesem Modenschau-Film, der vor ein paar Jahren im Kino lief. Raffis Mutter hatte eine Handtasche, von der Johanna uns später erzählte, dass sie sicherlich genauso teuer war wie die gesamte Garderobe unserer Mütter. Und dabei war es ein ganz normaler Werktag. Meine Mutter benutzte Handtaschen höchstens bei Hochzeiten und Beerdigungen. Raffis Mutter lächelte. Sie lächelte fortwährend. Den ganzen Tag. Und am Abend fuhr sie wieder. Warum auch nicht? Wenn sie um halb neun losfuhr, war sie vor Mitternacht wieder in Antwerpen.

Stundenlang saßen Raffi und seine Mutter in Raffis Zimmer. Es wurde nicht laut. Ob das ein gutes Zeichen war? Nur einmal kamen sie runter – am späten Nachmittag – um sich gemeinsam etwas zu kochen. Das dauerte insgesamt eine Dreiviertelstunde. In dieser Zeit wirkten sie richtig harmonisch. Wie ein eingespieltes Team. Obwohl mehrere Töpfe auf dem Herd standen und sie an mehreren Sachen gleichzeitig schnippelten, kam keinerlei Hektik auf. Ich bekam schon Stress, wenn ich Spaghetti kochen sollte. Raffis Mutter hatte eine Ladung glibberiges Zeug mitgebracht, das zweifellos aus dem Meer kam.

»Ist das Waterzooi?«, fragte Johanna. Raffis Ma sprach kein

Deutsch, aber diese Frage hatte sie verstanden. Sie blickte von Johanna zu ihrem Sohn und lächelte stolz. Ihr gefiel offensichtlich die Vorstellung, dass Raffi dieses flämische Zeug für uns kochte.

»Ja, so was Ähnliches«, bestätigte Raffi, »sozusagen die Hausmarke, das streng geheime Waterzooi-Familienrezept. Mit Meeresfrüchten.«

Sie aßen nicht in der Küche, sondern luden sich die Teller voll und verschwanden wieder in Richtung Wendeltreppe.

»Moment«, rief Mike, »Moment … äh … Frau Vanderhaeghen.«

Raffis Mutter blickte sich um, als ob sie sich erschrocken hätte. Als ob Mike eine schlechte Nachricht für sie parat hätte. Aber der lief nur zum Kühlschrank und fischte eine gut gekühlte Flasche Crémant heraus, die er von einer aktuellen Affäre geschenkt bekommen hatte. »Für Sie. Passt doch zu … äh … der Fischsuppe.« Er lächelte sie mit seinem besten Lächeln an, das er sonst nur als Einwickellächeln für U-30-Frauen anwandte.

»Danke«, sagte Raffi rasch und »dank je wel«, sagte auch Raffis Mutter, wobei sie ihren Sohn vorwurfsvoll ansah. Ich wusste nicht, was er falsch gemacht hatte.

»Ach so, der Rest des Waterzooi ist natürlich für euch. Also los, bedient euch. Die Sachen sind ganz frisch. Alles letzte Nacht auf dem Fischmarkt gekauft. So perfekt kriegt ihr das selten«, meinte Raffi. Dann verschwanden sie wieder oben im Zimmer. Die Mutter hatte während des Kochens in alle Küchenschränke und Schubladen geschaut und sich sämtliche Kochtöpfe einzeln angesehen.

Dass Raffi vom Rest des Essens sprach, war reine Untertreibung. Mit dem, was die gekocht hatten, hätten wir noch das halbe Überfallteam satt gekriegt. Vorausgesetzt, einer von denen hätte das Glibberzeug überhaupt gekostet. Johanna und ich aßen zwei gut gefüllte Teller. Jeder zwei, wohlgemerkt. Und sogar Mike aß etwas davon. Vielleicht fühlte er sich genötigt, das Waterzooi zu probieren, wo er doch mitbekommen hatte, wie professionell die beiden dieses Essen hingezaubert hatten.

»Eine Analfistel schmeckt besser«, brummte er.

»Woher weißt du denn, wie eine Analfistel schmeckt?«, blaffte Johanna ihn an.

Ohne weitere Kommentare aß Mike alles auf, was er auf dem Teller hatte.

Nachdem seine Mutter wieder weggefahren war, ließ Raffi sich zwei Tage lang nicht in der Küche blicken. Ich hoffte, dass er daran gedacht hatte, sich bei Wagner Pizza Urlaub zu nehmen. Dann gab es wieder einen Anruf, bei dem Flämisch gesprochen wurde. Diesmal war zufällig ich es, der ans Telefon ging. Die Stimme von Raffis Mutter erkannte ich gleich wieder und verstand auch den Namen Rafael. Sanft, aber bestimmt ausgesprochen. Also sagte ich »Moment bitte, Frau Vanderhaeghen«, und lief nach oben, um Raffi zu alarmieren. Der sah mich ernst an. Diesmal wurde es laut am Telefon. Bis Raffi endlich sagte: »Ja, ja, na gut dann«, er sprach einen Moment lang Deutsch und wechselte dann mitten im Satz wieder zu Flämisch, »maar alleen voor de begrafenis. Voor ÉÉN dag maar!«

Mir wurde etwas zu viel gestorben in letzter Zeit. Erst Johannas Mutter, jetzt Raffis Opa. Und dazwischen mein Vater … irgendwie … jedenfalls fühlte es sich für mich so an, als ob mein Vater während meiner Recherchen extra für mich noch einmal unter Tage hatte verbrennen müssen. Hoffentlich sind wir damit mit den Todesfällen für eine Weile durch, dachte ich. Wenigstens fürs laufende Jahr. Hoffentlich waren das keine schlechten Vorzeichen für den Überfall. Bitte, lieber Gott, lass das alles gut gehen, mach, dass niemandem etwas passiert. Schorschi, zum Beispiel, oder sonst wem.

»Wir begleiten dich natürlich!« Ich hatte die ganze Truppe zusammengetrommelt, um Raffi beizustehen. Das würde den Zusammenhalt stärken, hoffte ich. Alle für einen!

Außer Rolf und Andi, die so kurzfristig nicht freibekamen, wollten alle mit. Sogar unser Nachbar. Aber Raffi verbot uns, ihn zu begleiten.

»Das sieht ja aus, als ob ich mich von einem Dutzend Leuten beschützen lassen muss.«

Vielleicht ist das ja auch nötig, dachte ich.

Schließlich kamen wir überein, dass nur Johanna, Mike und ich ihn begleiteten. Speedy war unser Fahrer, sollte aber nicht mit auf die Beerdigung kommen.

»Wenn's dir weiterhilft, tun wir vor deiner Verwandtschaft so, als ob wir liiert seien«, schlug Johanna Raffi vor.

»Danke, lieb gemeint, aber das ist nicht nötig. Im Ernst, Leute, ich glaube, es ist besser, ich fahre alleine …«

»Kommt gar nicht in Frage«, riefen Mike und ich gleichzeitig und Speedy sagte: »Ich habe noch den Ford Transit, da könnten wir bequem …«

»Wenn ich schon auf die Beerdigung meines Großvaters fahre«, fiel Raffi ihm in Wort, »dann gefälligst auch mit seinem alten Mazda.«

»Darf ich fahren?«, rief Speedy, wie ein Kind, das sich auf einen Ausflug in den Zoo freut und fragt, ob es die Elefanten füttern darf. »Ich meine, du bist doch sicher zu aufgewühlt, um Auto zu fahren?«

Aber Raffi wirkte nicht aufgewühlt. Höchstens besorgt. Und nachdenklich.

»Also gut«, brummte er, als er einsah, dass es keinen Zweck hatte, uns die Sache auszureden, »dann stellt euch morgen den Wecker. Abfahrt ist pünktlich um acht! Na gut, sagen wir halb neun. Die Beerdigung beginnt um zwei.«

»Wir haben keinen Wecker«, klärte Mike ihn auf, »im ganzen Haus nicht. Du bist der Einzige, der einen hat.«

»Ich habe auch einen Wecker«, protestierte Johanna.

»Na gut«, Raffi seufzte, »Gabriel, Mike: Ich wecke euch um halb acht!«

Sonderbarerweise wachte ich am nächsten Tag ganz von selbst um kurz vor halb acht auf. Ich blieb noch einige Minuten unter der Decke liegen, dann rappelte ich mich auf – ganz stolz, dass ich schon auf den Beinen war, noch bevor Raffi mich wecken musste. Von Mike, der Schnarchmütze, war noch nichts zu sehen oder hören. Von Raffi selbst allerdings auch noch nicht. Ich sah durchs Fenster auf den Hof. Der Mazda war weg.

»Ich habe ihn wegfahren hören«, gestand Johanna uns, »das war so etwa um zehn nach sechs.«

»Wie unfair!«, empörte sich Mike. Er hielt einen Zettel in der Hand, den er vor der Kaffeemaschine gefunden hatte. Darauf stand: *Macht euch keine Sorgen um mich, bin heute Abend wieder zuhause. Raffi.*

»Er sollte so emotional aufgewühlt nicht Auto fahren«, meinte Speedy, der inzwischen auch eingetrudelt war und den Transit vorm Haus geparkt hatte.

»Warum hast du uns denn nicht geweckt?«, fragte ich Johanna.

»Herrgott, versteht ihr denn nicht, er will alleine auf diese Beerdigung – ohne uns.«

»Unsinn, jeder ist froh, wenn ihm in einer schweren Stunde ein paar Kumpels beistehen, oder meinst du, er hält uns nicht für präsentabel? Ich würde sagen, wir fahren ihm einfach nach. Speedy …«

»Moment mal, Gabriel. Hmm, ich weiß den Grund auch nicht, warum er uns nicht mitnehmen wollte. Keine Bange, es liegt bestimmt nicht an euch, dass er alleine … Raffi wird seine Gründe haben.«

»Manchmal muss man jemandem auch gegen seinen Willen helfen«, unterbrach ich sie, um zu zeigen, wie entschlossen ich war, »wir fahren ihm nach. Basta!«

Aber ich hatte nicht mit Johannas Entschlossenheit gerechnet: »Wenn er nicht will, dass wir auf dem Friedhof an seiner Seite stehen, dann tun wir das auch nicht.« »Aber«, fuhr sie nachdenklich fort, »es ist sicher richtig, dass wir notfalls in seiner Nähe sein sollten. Deshalb machen wir es folgendermaßen: Ich fahre! Allein! Das heißt: Speedy, du fährst mich nach Antwerpen! Du kannst ruhig auf die Tube drücken. Falls wir geknipst werden, zahle ich die Strafe. Aber falls wir Raffi finden, hältst du dich zurück und bleibst im Auto. Du bist der Fahrer, und du tust ansonsten genau das, was ich dir sage. Einverstanden?«

Speedy nickte.

Aber ich war nicht einverstanden. »Johanna, soll ich nicht lieber mit …?«

»Nein! Er will euch nicht dabei haben. Guckt nicht so bedröppelt. Er wird seine Gründe haben. Vielleicht will er nur seine beiden Welten auseinander halten – die alte in Antwerpen und die neue hier im Jugendclub. Ich selbst werde mich vor Ort zurückhalten. Wir sind einfach nur da, in seiner Nähe, und sehen, ob wir gebraucht werden. Und falls wir dort überhaupt wahrgenommen werden, denkt sich die Verwandtschaft höchstens: Aha, er hat eine in Deutschland, die ihm nachgereist ist. Und das wäre für Raffi kein Nachteil, sondern vielleicht sogar ein Vorteil, wenn die Verwandtschaft zu verstehen glaubt, warum er recht bald wieder weg will.«

Ich musste zugeben, dass das überzeugend klang.

»Wissen wir überhaupt, wo die Beerdigung stattfindet?«, fragte Speedy.

»Das nicht«, warf Mike ein, »aber wir haben die Adresse seiner Eltern.«

Wir sahen Mike überrascht an. »Ja, was? Gabriel, wir haben ihm damals die Wegbeschreibung und ein Bild vom Jugendclub dahin geschickt, als klar war, dass er hier einzieht. Die Adresse liegt hier noch irgendwo im Briefkarton.«

Er wühlte kurz in der Schachtel, in der hauptsächlich Rechnungen und Mahnungen zwischengelagert, aber auch nützliche Adressen als Zettelsammlung aufbewahrt wurden und fischte nach gar nicht langem Suchen Raffis Heimatadresse raus.

»Danke, Mike! Da steht ja sogar der Name des Restaurants drauf. Das wird helfen. Jetzt fahren wir erst einmal nach Antwerpen, und von da werden wir uns mit der Adresse und dem Restaurant schon irgendwie durchfragen. Oh, das ist eine gute Idee, Gabriel, vielen Dank.« Ich drückte Johanna einen einigermaßen aktuellen Straßenatlas in die Hand, den ich inzwischen aus dem Bücherregal gekramt hatte. Kurz darauf machte sie sich mit Speedy auf den Weg.

Mike und ich saßen den ganzen Tag rum und warteten. Mike war vor einigen Tagen von der Polieranstalt für künstliche Hundehüftknochen gekündigt worden, weil er mehrmals unentschuldigt gefehlt hatte. Also hatte auch er viel Zeit. Wir tranken Bier. Wir tranken nicht ungewöhnlich viel und nicht besonders schnell, aber regelmäßig und den ganzen Tag lang. Redeten nicht viel. Warteten.

Die Abenddämmerung setzte gerade ein, da fuhr Speedys Ford Transit auf den Hof. Wir stürmten raus. Speedy saß allein im Lieferwagen. Aber direkt dahinter sahen wir das türkisfarbene Auto. Mit einer Abschleppstange war der Mazda mit dem Transit verbunden. Die Warnblinkanlage war eingeschaltet. Raffi saß am Steuer, Johanna auf dem Beifahrersitz. Sie stiegen nicht gleich aus. Sprachen miteinander. Speedy sprang aus dem Lieferwagen und machte ein ernstes Gesicht. »Also, Jungs, soviel kann ich schon sagen: Es ging schnell, er hat nicht sehr gelitten.«

»Wer? Raffis Großvater?«

»Was? Quatsch, was geht mich der Großvater an? Der Mazda! Ich rede vom 818er Sedan. Wirklich schade drum. Das ist heute ein echt trauriger Tag. Ich muss jetzt ein Bier trinken!« Speedy ging in die Küche. Johanna stieg aus. Raffi blieb noch einen Augenblick sitzen.

»Lasst ihn heute einfach in Ruhe«, empfahl Johanna uns, »ich denke, er wird sich gleich in sein Zimmer zurückziehen. Morgen sehen wir weiter.«

Dann rappelte sich auch Raffi auf. Er blickte einen Augenblick ernst auf das Auto seines Großvaters, während er die Fahrertür zuschlug. Dann nickte er mir und Mike freundlich zu: »Danke, ihr beiden, dass ihr bereit gewesen wärt, mitzukommen, aber glaubt mir, es war nicht nötig.« Damit ging er an uns vorbei in Richtung Wendeltreppe, drehte sich aber noch einmal um, bevor er nach oben verschwand: »Ach so, das wird euch vielleicht interessieren: Ich habe von meinem Opa den Mazda geerbt. Und ein paar andere Kleinigkeiten, die mir wichtig waren. Aber nicht das Restaurant. Das hat jetzt erst einmal meine Mutter.« Er stockte kurz, und was er dann sagte, meinte er zweifellos ernst: »Gott sei Dank! Möge meine Mutter lange bei bester Gesundheit bleiben. Dann muss ich wegen des Familienbetriebs in den nächsten Jahren keine Entscheidung treffen.«

Als Raffi oben verschwunden war, erzählte Johanna, wie Speedy alles aus dem alten Transit herausgeholt hatte, sodass sie gegen Mittag in Antwerpen ankamen. Speedy nickte stolz und bestätigend, während er sich ein zweites Stubbi öffnete. Tatsächlich war es keine größere Schwierigkeit gewesen, das Restaurant zu finden. Sie waren mit der Adresse einfach zur Touristeninformation gegangen und dort war der Name ein Begriff: »Ein sehr gutes Restaurant«, sagte die Frau am Schalter und erklärte, wie man dorthin kommt. Sie nannte auch den Namen der Familie, in deren Besitz das Restaurant nun schon seit mehreren Generationen war. Der Name war nicht Vanderhaeghen, was aber logisch war, denn das Restaurant gehörte ja mütterlicherseits zu Raffis traditionsreicher Familie und führte folglich den Namen von Raffis Großvater und dessen Vorfahren weiter. Vanderhaeghen war natürlich der Name seines Vaters.

Als Johanna und Speedy dort vorfuhren, war alles verschlossen. Weit und breit niemand zu sehen. Daher entschieden sie sich, den Transit in einer Nebenstraße zu parken und sich zu Fuß ein wenig umzusehen, ob irgendwo in der Nähe eine Kirche oder ein Friedhof zu finden war. Das war nicht der Fall. Aber nachdem sie eine Weile in dem Stadtviertel herumgelaufen waren und zum Lieferwagen zurückkehrten, um zu besprechen, was sie weiter tun sollten, sahen sie, wie jemand die Tür zum Restaurant aufschloss und hineinging. Kurz darauf kamen noch einige weitere Leute, die durch eine Seitentür in das Gebäude eilten. Die Leute, die hineingegangen waren, trugen keine Trauerkleidung. Es handelte sich offenbar um Personal, das mit Vorbereitungen begann. Johanna und Speedy warteten. Mindestens nochmal eine ganze Stunde. Dann erschien ein Konvoi langsam fahrender Autos, die alle auf den Restaurantparkplatz einbogen. Schwarz gekleidete Leute stiegen aus und gingen langsam und schweigend ins Restaurant.

»Wir erkannten auch Raffi«, berichtete Johanna, »er ging hinter seiner Mutter, die – ganz in Schwarz gekleidet – noch edler aussah als vor ein paar Tagen im Jugendclub. Sie hatte sich nicht bei ihrem Mann, sondern bei ihrem Sohn eingehakt, als sie vom Parkplatz zum Haupteingang gingen. Man konnte erkennen, dass sie geweint hatte. Raffis Gesicht war verschlossen. Hinter Mutter und Sohn ging ein Mann, offensichtlich der Vater, denn er war aus demselben Auto ausgestiegen wie die Mutter. Und der Vater führte eine junge Frau am Arm, die etwas jünger sein mochte als Raffi. Auch ihre Augen waren gerötet. Sie sah Raffi – und dessen Mutter – so ähnlich, dass auf den ersten Blick klar war, dass es sich bei ihr um seine Schwester handelte. Als sie kurz vor der Restauranttür stockte und aufschluchzte, drehte Raffi sich um und sagte ihr offenbar einige tröstliche Worte, denn sie nickte, berührte kurz Raffis Arm und ging dann weiter. Auf dem Weg vom Auto zum Restauranteingang war kein einziger Blickkontakt zwischen Raffi und seinem Vater festzustellen. Es war eine große Trauergesellschaft. Dafür, dass Raffi nie über Verwandte oder Freunde der Familie gesprochen hatte, gab es überraschend viele davon.«

Johanna und Speedy erzählten weiter, dass sie sich sogar trauten, durch eines der Fenster einen Blick auf die Trauergäste zu werfen, denen im Restaurant gerade Kaffee serviert wurde.

»Das war eine ziemlich steife Totenfeier«, kommentierte Speedy das, was er durch die Glasscheibe gesehen hatte, »da geht's nicht so locker zu wie auf einer Primstaler Imms.«

Raffis Mutter saß neben ihrem Mann, auf ihrer anderen Seite saß die Tochter und wiederum daneben Raffi. Johanna meinte, es habe so ausgesehen, als ob die beiden Frauen einen Sicherheitsabstand zwischen Raffi und dem Vater bildeten. Keinen einzigen Augenblick hätten sich die beiden Männer auch nur angesehen, geschweige denn miteinander geredet.

Bis auf den heutigen Tag habe ich nicht herausbekommen können, was zwischen Raffi und seinem Vater vorgefallen war. Obwohl ich sicher bin, dass Raffi auf der Rückfahrt Johanna einiges erzählt hat. Aber sie hält dicht! Das muss sie wohl auch. Ich denke, das hat sie Raffi versprochen. Aber ich wüsste zu gerne, wieso Raffi das Familienrestaurant so fluchtartig verlassen hatte, zu seinem türkisblauen Mazda gestürmt und losgefahren war. Zum Glück klebten da Johanna und Speedy nicht mehr mit den Nasen am Restaurantfenster, sondern hatten sich in einer Bäckerei auf der gegenüberliegenden Straßenseite gerade einen Kaffee und ein Brötchen besorgt. Raffi nahm die beiden gar nicht wahr, so eilig hatte er es, und obwohl Speedy rannte, um den Transit aus der Seitenstraße herzuholen, war Raffi schon am Ende der langen Straße verschwunden, als Johanna hastig in den Lieferwagen sprang und Speedy in die Richtung dirigierte, in die Raffi verschwunden war.

»Und jetzt? Wie weiter?«, fragte Speedy.

»Na, ich denke, wir sollten in Richtung Autobahn fahren … zur E 411 in Richtung Luxemburg.«

»Du meinst, er fährt direkt zurück zum Jugendclub?«

»Sieht doch so aus. Oder hast du nicht auch den Eindruck, dass er gerade mit diesem Teil seiner Welt abgeschlossen hat?«

Speedy holte alles aus dem alten Ford heraus, fuhr praktisch nur links und schaffte eine beeindruckende Dauergeschwindigkeitsübertretung von Antwerpen bis über den Brüsseler Ring. Aber tatsächlich dauerte es bis hinters Autobahnkreuz Namur, bevor das unverwechselbare Türkis in gut hundert Metern Entfernung endlich zu sehen war. Speedy fuhr näher auf, hielt aber ein paar Autolängen Abstand. Johanna erklärte ihm, dass alles, was sie jetzt tun konnten, darin bestünde, als Schutzengel hinter ihm her zu fahren und zu hoffen, dass er keinen Unfall baute. Denn auch Raffi fuhr nicht gerade streng nach den Verkehrsvorschriften.

»Eijeijei«, stellte Speedy bald fest, »da raucht es aber verdächtig aus der Kiste. Lange macht die das nicht mehr!«

Johanna, die keinen blassen Schimmer von Autos hatte, erkannte auch als Laie, dass das nicht gesund aussah, was der alte Mazda da absonderte. Kurz vor Arlon fuhr die türkisfarbene Karre mit eingeschalteter Warnblinklichtanlage rechts auf dem Seitenstreifen und Rauch quoll unter der Motorhaube hervor. Raffi war völlig verblüfft, als wenige Sekunden, nachdem er das Auto zum Stehen gebracht hatte, Johanna ans Seitenfenster klopfte und Speedy ihm zurief: »Keine Sorge! Ich habe eine Abschleppstange dabei.«

Die drei besprachen sich kurz, und es wurde beschlossen, dass Johanna zu Raffi ins Auto steigt. Bis Luxemburg saß sie sogar am Steuer. »Obwohl es natürlich nicht viel zu steuern gab«, bemerkte Speedy unnötigerweise. Und erst als Speedy am Grenzübergang Wasserbillig tanken musste, wollte Raffi wieder selbst auf den Fahrersitz. »Im Gedenken an meinen Großvater«, soll er gesagt haben.

Darüber hinaus war, wie gesagt, aus Johanna nichts herauszubekommen, worüber sie im Mazda mit Raffi gesprochen hatte.

Hammeltanz

Wenn sie in den Raum trat, war es, als ob ein Säckchen mit Glasmurmeln auf dem Boden ausgekippt wird.

Aber der Reihe nach: Wenige Tage, nachdem Raffi den Motor seines geerbten Mazdas auf der E 411 zu Schrott gefahren hatte, geschah etwas Beunruhigendes: Raffi kündigte seinen Job. Und das, obwohl er immer wieder versichert hatte, dass es ihm eigentlich gefiel, Pizzas zu entwerfen und dass die vergleichsweise geregelten Arbeitszeiten eine Wohltat seien. Vor allem die freien Wochenenden.

Natürlich machte ich mir Sorgen. Was bedeutete das jetzt? Raffi war doch hauptsächlich wegen dem Job hier im Saarland. Würde er jetzt wieder weggehen? Mike schien sich keine Gedanken zu machen. Nicht einmal über die Frage, ob Raffi weiterhin seine Miete zahlen konnte. Aber dieses Problem sprach Raffi schon bald selbst an: »Keine Bange wegen der Miete, Jungs, mir geht das Geld nicht so schnell aus. Und keine Angst: Beim Überfall bin ich natürlich dabei!«

Damit war das schon mal geklärt. Trotzdem holte ich eine Flasche Schnaps aus dem Schrank und stellte drei Gläser auf den Tisch. Raffi machte seit Tagen ein mürrisches Gesicht und ich hatte den Eindruck, dass ich ... dass wir ihm das Gefühl geben sollten, wir kümmerten uns um ihn.

»Also, Leute«, begann ich möglichst unverfänglich, »momentan hat keiner von uns einen Job. Sonderbarerweise ist das finanziell nicht bedrohlich. Meine Mutter ist zurzeit ungewöhnlich spendabel – es geht doch nichts über ein schlechtes

Gewissen – und du, Raffi, hast noch was auf der hohen Kante, sagst du?«

Er nickte und hielt mir das leere Glas hin.

Ich schenkte uns allen dreien nach.

»Und ein bisschen was kommt ja auch noch rein durch Johannas Miete und durch die Standgebühr für Willis Wohnwagen. Wir kommen also kohlemäßig bis zum Überfall locker durch. Und dann müsste die Kasse wieder voll sein – zumindest für eine ganze Weile. Aber … wie soll ich's sagen, ähm, es ist nicht gut, wenn wir alle drei arbeitslos sind. Ich finde, das wirkt verdächtig. Nicht, dass jemand gleich auf die Idee käme, wir würden einen Überfall planen. Aber wenn wir hier zu dritt arbeitslos rumhängen und alle paar Tage genau dieselben Leute die Nase in den Jugendclub stecken, wird jeder fragen: ›Was schaffen die da eigentlich?‹ Und man wird selbstverständlich davon ausgehen, dass wir etwas ausbrüten. Also: Wir brauchen irgendeinen Job – zur Tarnung sozusagen. Eine Alibi-Stelle. Und zwar am besten alle drei.«

»Ich hab schon was«, meinte Mike. Manchmal gelang es ihm wirklich, mich zu überraschen. Er sah uns an, dass wir ihm das kaum glaubten, also erklärte er:

»Ich werde ab nächster Woche Mystery-Shopper. Cooler Job. Kann man von zuhause aus machen. Und die suchen immer Leute. Ihr könntet also mitmachen. Wir müssen nur unseren Computer ein bisschen aufrüsten. Raffi, weißt du, wie das geht?«

Eine Woche später waren wir alle drei in der Mystery-Shopping-Branche, und Raffi hatte nicht nur unseren alten PC aufgerüstet – das Ding war jetzt dreimal so schnell wie vorher –, sondern er hatte sich selbst einen Computer gekauft, den man nicht irgendwo fest hinstellen musste, sondern den man aufklappen konnte wie einen kleinen, schwarzen Koffer. Innen kamen eine Tastatur und ein kleiner Bildschirm zum Vorschein. Es war ein richtiges Wunder. Man verdiente herzlich wenig als Mystery-

Shopper, aber das machte nichts. Die Arbeit war leicht, denn man musste dafür nicht aus dem Haus und konnte sie erledigen, wann immer man wollte. Und außerdem war es etwas, das sonst niemand machte und es war wirklich cool – vor allem weil Mike Rolf und Andi angestiftet hatte, in der Stahlhütte ein Messingschild zu basteln, auf dem *Heck, Heck & Vanderhaeghen* draufstand ... und darunter: *Consulting & Marktanalysen*.

Das war natürlich reine Angeberei, denn wir waren eigentlich keine eigenständige Agentur, sondern bloß freiberufliche Testkunden für eine neu gegründete Marketingfirma, die den Service von allem Möglichen analysierte, was im Internet angeboten wurde. Wir mussten nur so tun, als ob wir uns ein Auto kaufen wollten, oder verreisen, oder bei verschiedenen Banken nachfragen, ob wir ein Konto eröffnen könnten. Oder so tun, als bräuchten wir dringend eine Lebensversicherung oder einen Bausparvertrag. Sogar bei Supermarktketten fragten wir nach, ob sie die Artikel auf den Einkaufslisten, die wir ihnen schickten, auch zusammenstellen und ins Haus liefern. Und alles per Mail oder auch per Telefon. Das war nicht schwer. Wir mussten nur kurz zusammenfassen, ob die Firma nett war oder nicht und wie mit uns als Kunden umgegangen wurde. Und für jeden Erfahrungsbericht, den wir ablieferten, bekamen wir eine Prämie. Allerdings war die meistens nicht sehr hoch. Immerhin erfuhren wir von unserem Auftraggeber, dass einige alteingesessene Abteilungsleiter, Kundenberater oder sonstige Verantwortliche wegen uns einen Mordsanschiss bekamen. Wir waren nämlich sehr kritisch, und wenn uns einer auch nur minimal quer kam, gab es gleich einen saftigen Negativbericht. Natürlich nicht ausschließlich. Manchmal bewerteten wir die Consumer Friendliness unserer Mystery-Einkäufe auch durchaus positiv. Nur schade, dass wir den ganzen Kram nicht wirklich kaufen durften, sondern immer kurz vor Vertragsabschluss abbrechen mussten. Mike meinte, das sei ein wesentlich angenehmerer Job als künstliche Hundehüftgelenke zu polieren. Raffi war zwar ein wenig lustlos bei der Sache, übernahm aber dennoch eigenständig Fälle und so bildeten wir eine Weile ein richtiges Team – irgendwie.

Sogar Johanna fand das gut. Auch wenn es sich nicht wirklich um eine ordentliche Arbeit handelte, war es doch immerhin eine Beschäftigung, von der man zu Recht behaupten konnte, dass man etwas damit verdiente. Ehrlich gesagt, war es Johanna gewesen, die mich darauf aufmerksam gemacht hatte, dass es nicht gut sei, wenn wir zu dritt arbeitslos rumhingen. Ich sagte ihr nicht, dass diese Testkundenidee von Mike stammte. Sie fand den Job witzig und sie setzte sich abends, wenn sie aus der Apotheke kam, oft zu mir und wir formulierten gemeinsam Kunden-E-Mails, in denen wir abwegige Fragen oder Forderungen an die armen Anbieter stellten. Und wir lachten viel. Ich genoss das. Sie rückte ihren Stuhl nahe an meinen und berührte mich öfter mit der Hand am Arm oder an der Schulter, wenn sie sich vor Lachen bog, weil mir eine Kundenanfrage besonders witzig gelungen war.

»Wo ein Wille ist, ist auch ein Gebüsch«, raunte unser Nachbar mir einmal zu, als er schon früher als verabredet zu einer Überfallprobe erschien und mitbekam, wie Johanna und ich gerade eine Mail fertigschrieben. Verdammt, wie kam er drauf, dass ich …

Es ist ja nicht so, dass ich mir nicht selbst schon genug Schwierigkeiten bereite. Aber in dieser wundervollen, viel zu kurzen Phase, die aus ein bisschen Arbeiten, regelmäßigen Überfallproben und viel Feiern zwischendurch bestand, musste ich mir leider Sorgen wegen Mike und Raffi machen. Beide benahmen sich sonderbar. Und zwar unabhängig voneinander und auf verschiedene Weise.

An einem Nachmittag, an dem ich eigentlich einen längeren Besuch bei meiner Mutter geplant hatte, es ihr aber nicht gut ging und sie mich wieder wegschickte, kam ich zum Jugendclub zurück und sah, wie Mike mit zwei Anzugträgern ums Haus ging. War der eine davon nicht wieder dieser Versicherungstyp, der vor einer Weile schon einmal dagewesen war? Sie füllten Fragebögen auf Klemmbrettern aus.

Einer der beiden Anzugträger kam auf mich zu und fragte: »Sie wohnen doch auch hier, oder? Darf ich Sie fragen, ob Sie in diesem Haus irgendwelche Erschütterungen erlebt haben?«

Ich starrte ihn verständnislos an. Unwillkürlich musste ich daran denken, wie Johanna gestern Abend beim Mailschreiben loslachte, und wie für einige Sekunden ihre an meine Schulter gelehnte Stirn vibrierte. Das war für mich eine Erschütterung gewesen.

»Erdbeben, meint der Kollege«, erläuterte der andere Versicherungsfritze, »ist das hier noch erdbebengefährdetes Gebiet? Wir brauchen das wegen der Schätzung.«

»Der Schätzung?«

»Ja, natürlich, wir müssen doch erst einmal den Gebäude- und Grundstückswert feststellen.«

»Ach so, ja klar ... äh ... nein, hier gibt es keine Erdbeben«, antwortete ich wahrheitsgemäß, »wir gehören hier nicht zum Kohlegebiet der Primsmulde. Das liegt weiter südwestlich. Hier im oberen Primstal stürzen keine unterirdischen Stollen ein. Wir sind hier sicher. Vorm Kohlebergbau. Also, erdbebenmäßig gesehen.«

Sie machten sich Notizen auf ihren Klemmbrettern und Mike nickte zufrieden – wohl, weil ich verhindert hatte, dass die Versicherung hochgetrieben wurde. Aber ich würde Mike im Auge behalten müssen. Der schloss nicht leichtsinnig eine Versicherung ab, wenn nicht die Hoffnung bestand, dass irgendwann der Versicherungsfall eintrat.

»Wehe du planst, den Jugendclub abzufackeln«, warnte ich ihn, als die Anzugträger weg waren.

»Da denke ich nicht mal dran«, gab er ernst zurück, »ich sichere nur die Zukunft ab.«

»Unsere oder nur deine?«, fragte ich. Er gab keine Antwort.

Bei Raffi sah ich ganz andere Probleme. Der hatte die schwarzen Pleckmonen. Die Pleckmonen gab es nicht wirklich, was ich aber erst begriff, als ich in der Schulbibliothek das Wort einmal nachschlagen wollte. Die Pleckmonen waren eine Erfindung meines Großvaters Hannes. Da sieht man mal, was für ein kreativer Typ der war. Er hatte die Pleckmonen erfunden, um zu erklären, warum manche Leute dauernd so schlecht gelaunt waren. Und die schlimmste Form der Pleckmonen waren die schwarzen.

Vor Pest und Verdammnis hatte ich nicht so viel Angst wie vor den schwarzen Pleckmonen, als Kind. Wer hätte gedacht, dass es sich dabei lediglich um eine von Opa Hannes erfundene und Oma Angela weiterverwendete Sammelbezeichnung für psychisch schwierige Phasen handelte?

Nun hatte Raffi die Pleckmonen. Wahrscheinlich sogar die schwarzen. Er lachte kaum noch und benahm sich sonderbar. Zum Beispiel fragte er mich einmal, ob ich ihm für einen Teller Suppe mein Erbe verkaufe.

Ich kam von oben vom Mystery-Shoppen. In der Küche roch es wunderbar nach Linseneintopf. Raffi hielt gerade die Pfeffermühle über einen großen Topf.

»Ist das für heute Abend, für die Überfallprobe?«

»Nein, der Eintopf ist für … nichts Besonderes. Ich experimentiere ein bisschen mit den Gewürzen rum. Nur für mich.«

»Ist das nicht ein bisschen zu viel für einen allein?«

»Wieso? Hättest du gerne was davon ab?«

»Klar! Jederzeit! Riecht wunderbar. Ein bisschen Maggi und Essig rein, und es ist bestimmt perfekt.«

Raffi hasste es, wenn man Maggi oder Essig in seine Eintöpfe tat, und ich sagte das nur, um ihn ein bisschen aufzuziehen. Aber er ging gar nicht darauf ein, sondern sah mich sonderbar an und fragte: »Ich gebe dir etwas von der Suppe ab, wenn du mir die Rechte an deiner Erstgeburt überlässt.«

»Hä, was für eine Erstgeburt? Meinst du, das Erbrecht hier am Jugendclub? Schlechte Nachricht, Raffi: Wie du inzwischen sicher mitgekriegt hast, habe ich sämtliche Erbansprüche an diesem Haus verloren. Und ansonsten ist bei mir nichts zu holen. Gut, irgendwann werde ich wohl das jetzige Haus meiner Mutter erben. Genau gesagt handelt es sich ja nur um eine Haushälfte, und da meine Mutter noch bei guter Gesundheit ist und hoffentlich noch lange lebt und die Bude ja jetzt schon in renovierungsbedürftigem Zustand ist ...«

»Na, wenn du nichts zu verlieren hast, dann tritt dein Erbe doch an mich ab. Hier, ich bediene dich sogar. Setz dich hin und ich bringe dir, soviel du essen kannst.«

Ich zögerte. An der Sache war doch etwas faul. Ich erinnerte mich an einen ganz ähnlichen Fall, über den immer wieder mal in der heiligen Messe berichtet wird. Da ging es auch um eine Linsensuppe. Ich begann zu vermuten, dass es sich um einen Trick handelte – oder zumindest um einen Scherz.

»Na, traust du dich nicht, mir dein Erbe abzutreten?«

»Frag doch mal Mike, der isst auch gerne Linseneintopf!«

Raffi begann, grobe Mettwurst in den Topf zu schnippeln. Bei mir lief die Speichelproduktion auf Hochtouren.

»Mike brauche ich nicht zu fragen, der bekäme auch einfach so von der Suppe. Ich frage dich.«

Ich war kurz davor, zu sagen: »Verdammt noch mal, wenn du meinst, bei mir wäre was zu holen – einverstanden, ich trete mein Erbe an dich ab, also her mit dem Zeug!«. Aber ich befürchtete, dass er das dann auf irgendeine Art gegen mich verwenden würde oder einen Schabernack im Ärmel hatte, mit dem er mich veräppeln konnte. Er sah so lauernd aus. Also schluckte ich den Speichel runter und maulte, wirklich enttäuscht und beleidigt: »Dann verfüttere deine Linsen doch an unseren Playboy und Hausbesitzer und ...«

Aber im gleichen Augenblick wurde sein Gesicht weicher, er lächelte mich an und meinte: »Aha, meine Vermutung war also richtig, dass du im Bibelunterricht aufgepasst hast. Du verhökerst nicht leichtfertig dein Erbe für eine Suppe an ... den Nächstbesten. Also gut: Klar kriegst du etwas davon ab. Ehrlich gesagt, bin ich froh, wenn ich Gesellschaft beim Essen habe. Dein Zögern und meine Großzügigkeit haben dich gerade gerettet. Gut so!«

Weiß der Teufel, was mit ihm los war. Seit dem Tod seines Opas und der Beerdigung ging es ihm nicht gut. Er war grüblerisch. Offensichtlich bedrückte Raffi irgend so ein Familiending.

»Weißt du eigentlich«, fragte er mich, als wir gemeinsam die Suppe löffelten, »was der Name von Mikes Vater Jakob bedeutet?«

Ich sah ihn fragend an. Namensbedeutungen interessierten mich einen Scheiß.

»›Der Hinterlistige‹, ›der Betrüger‹!« Raffi sagte das mit einem bedeutungsvollen Blick. Es waren eindeutig die schwarzen Pleckmonen.

Das Waldfest kam und ging, das Feuerwehrfest kam und ging, und ich erlebte ein oder zwei Mal, dass mein linkes Augenlid sich selbständig machte und auf Halbmast hing, und Raffi wunderte sich darüber, wie trink- und feierfest er mit der Zeit wurde. Aber auch seine Schweigsamkeit nahm zu, und ich fand ihn noch weniger zugänglich als zu Anfang; damals vermuteten wir, seine Verschlossenheit käme daher, dass er sich als Fremder noch unsicher bei uns fühlte.

Aber er hatte auch gute Momente – vor allem, wenn er betrunken war. Gelegentlich scherzte er und versuchte sich an Wortspielen mit der deutschen Sprache. Am Feuerwehrfest löste er am Bierstand eine heftige Diskussion durch die Frage aus, ob man sagen könne, man sei »unterhopft«, wenn man dringend ein Bier brauchte – als Parallelbildung zu »unterzuckert«.

Am Waldfest hatte er sich zu lange in der Nähe der Sektbar aufgehalten und dabei auch noch das gewohnt ernste Gesicht aufgesetzt, sodass ihn die Spendierfreudigkeit der Primstaler mit voller Wucht erwischte. Mindestens ein Dutzend Leute gaben ihm einen aus, und zwar immer verschiedene Schnäpse oder Cocktails. Raffi wankte, fiel aber nicht. Letzteres lag vor allem daran, dass Mike und ich ihn nach Hause schleppten, als wir merkten, dass sein Gelalle weder als Deutsch noch als Flämisch identifizierbar war. »Herrscher des Himmels, erhöre das Lallen!«, kommentierte unser Pastor, dem wir auf dem Nachhauseweg begegneten und der bedauernd auf den vor sich hinbrabbelnden Raffi schaute.

Wir hatten auch Spaß dabei, wenn wir vor den wöchentlich stattfindenden Überfallproben die Einzelheiten immer schon zu dritt probten. Manchmal nahmen wir auch Johanna mit dazu, aber einiges tüftelten wir alleine unter uns dreien aus, bevor wir es den anderen beibrachten. Dadurch waren die Proben wirklich konstruktiv und die anderen im Team hatten am Ende jedes Mal den Eindruck, wieder ein wichtiges Detail gelernt zu haben. Wir entwickelten auch die verrückte Idee, uns für den Überfall Codenamen zu geben und bedienten uns dabei einer filmischen Vorlage, nämlich dem Großen Eisenbahnraub – *The First Great Train Robbery* – aus dem Jahr 1979: Ich war Edward Pierce, Mike nannte sich Robert Agar und Raffi war damit einverstanden, die Miriam zu spielen. Falls es doch notwendig werden sollte, sich während des Überfalls anzusprechen, würden wir uns also Edward, Robert und Miriam rufen.

So erinnere ich mich an die Wochen und Monate vorm Überfall als eine glückliche Zeit – trotz Raffis Pleckmonen.

Die Vorbereitungen auf den Oktobertermin in der Mensa liefen prima, die Tage für die Kostümprobe und die Generalprobe standen bereits fest und ich begann mich zu wundern, wo denn die Schwierigkeiten blieben – bis zur Primstaler Kirmes.

Die Primstaler Kirmes findet zum Feiertag der Kreuzerhöhung statt. Der ist am 14. September. Da die meisten Feiertage die Unart haben, nur vierundzwanzig Stunden zu dauern, wird bei unserem Kirchweihfest der 14. September, bzw. das darauffolgende Wochenende, in ein sicheres Fünftagepolster eingebaut, damit der Kreuzerhöhung ausgiebig gehuldigt werden kann.

Machen wir uns nichts vor: Die Primstaler Kirmes ist ein Marathon. Ein brutaler Marathon. Denn der Fassanstich und die Taufe der Kirmespuppe geschehen traditionell freitags und dann wird erwartet, dass man gefälligst bis zum darauffolgenden Dienstag durchfeiert – also bis zur Beerdigung der Kirmespuppe. Das bedeutet nicht, dass man zwischendurch nicht auch mal schläft. Aber dies geschieht meist spontan und recht unregelmäßig, und es reicht in der Regel nicht, um wieder komplett auszunüchtern. Es gibt sozusagen keine Phase der »Unterhopfung« in diesen Tagen, um Raffis Wortneuschöpfung anzuwenden.

Jeder hat bessere und schlechtere Tage während der Kirmes. Das Einzige, wofür man unbedingt Sorge tragen sollte, ist, den Montag in voller Länge mitzukriegen, denn das ist der wichtigste Tag.

Ich erinnere mich noch an manches, was den Kirmesmontag des Jahres 2000 betrifft. Einiges davon scheint unwichtig zu sein. Wie zum Beispiel das grüne Samtjackett vom Schuckebaby.

Schuckebabys Matz, der chronisch gut gelaunt war, hatte sich bereits in den Sechzigern zweierlei zugelegt, um den richtigen Schlag bei den Frauen zu bekommen: Das eine war ein Lied, das andere ein Samtjackett. Niemand auf der Welt, nicht einmal Peter Kraus höchstpersönlich, sang »Sugar, Sugar Baby, oh oh Sugar, Sugar Baby, mmm … mhhh, sei doch lieb zu mi-hir!« mit soviel Samt in der Stimme wie Matz. In seinen jungen Jahren verging praktisch kein Wochenende, an dem er »Schuckebaby« – so klang Sugarbaby bei ihm – auf mindestens einem Dorffest in der Gegend trällerte. Und verdammt noch mal, es funktionierte: Er zauberte damit jeder Frau ein Lächeln aufs Gesicht. Wenn ich den Mut und die Stimme vom Schuckebaby gehabt hätte … ganz ehrlich, ich hätte es genauso versucht.

Um das Samtene seiner Stimme und das Warmherzige seines Wesens zu unterstreichen, hatte der Schuckebaby sich ein smaragdgrünes Samtjackett zugelegt. Genauer gesagt vertrete ich ja die Theorie, dass der Schuckebaby vor einer Ewigkeit einen größeren Restposten identischer grüner Samtjacken aufgekauft haben muss, um sicherzustellen, dass er für den Rest seines Lebens damit versorgt war. Denn selbst als er schon über siebzig war, konnte man ihn immer noch in seinem akkurat sitzenden Samtgrün sehen – wie frisch von der Stange. Da die Jacke auf zahlreichen Festen jahrzehntelang kräftig strapaziert wurde, aber stets tadellos neu aussah, muss an der Vorratstheorie etwas dran sein. Jedenfalls wäre es Schuckebabys Matz nie in den Sinn gekommen, auf einer Kirmes zu erscheinen, ohne den grünen Samtstoff zu tragen; und deshalb gehörte Schuckebabys Jacke zur Primstaler Kirmes wie der Heilige Rock zu Trier. Nur dass man die Jacke öfter zu sehen bekam als das Gewand Christi. Während der Festtage hielt ich nach dem grünen Samt Ausschau, wie ich im Spätsommer über die bewaldeten Hügel des Handenbergs blickte, um zu sehen, ob ich schon erste gelbe Blätter entdeckte. Das grüne Jackett gab mir das Gefühl von Beständigkeit und beruhigendem Jahreskreislauf.

Nun geschah es aber, dass der Schuckebaby ausgerechnet für die Kirmestage einen Urlaub auf Mallorca gebucht hatte. Er war nicht bereit, diese Reise zu stornieren – trotz der geweihten

Tage. Das Gemunkel, da stecke doch bestimmt eine Liebschaft dahinter, konnte bis heute nicht bewiesen werden. Und nicht widerlegt. Die Leute machten sich jedenfalls Sorgen.

Wobei die Vorstellung, dass eine ganze Kirmes lang nirgends *»Schucke-Schucke-Baby ... mmm ... mmh, dann bleib ich bei di-hir!«* erklingen sollte, eigentlich nicht gerechtfertigt war, denn spätestens am Montag nach dem Hammeltanz waren genügend Freiwillige dermaßen »überhopft«, dass sie diese Aufgabe gern übernahmen – wenn auch mit deutlich weniger Samt in der Stimme. Ja, auf Schuckebabys Matz selbst konnten wir zur Not verzichten, nicht aber auf das smaragdgrüne Jackett.

Also nahmen einige der etablierten Kirmesgrößen den Schuckebaby ins Gebet und kamen dabei überein, dass er sein grünes Jackett während des Urlaubs dem Weilers Helmut für einen Einsatz am Kirmesmontag abtrat. Mochte sich der Schuckebaby auch unerlaubt von der Truppe entfernen – das Jackett blieb hier! Helmut trug es also am Kirmesmontag, und damit war die alte Ordnung wieder hergestellt. Ich erinnere mich, dass sich in den darauffolgenden Jahren dieses Jackett-Ausleihen noch ein- oder zweimal wiederholte, wenn Schuckebabys Matz sich nach Mallorca verdrückte, wobei jedes Mal ein anderer Ehrenträger erkoren wurde. Zehn Jahre später – keine Bange, der Schuckebaby war immer noch rüstig und reiste gern – wurde erstmals laut darüber nachgedacht, was denn in hoffentlich ferner Zukunft geschehen solle, wenn man nicht mehr zum Schuckebabys Matz gehen konnte, um das Jackett auszuleihen. Jeder wünschte ihm ein langes, gesundes Leben, aber es war nicht davon auszugehen, dass er hundertzwanzig werden würde, auch wenn die Bibel etliche Beispiele von Männern noch höheren Alters auflistet, die ähnlich lebenslustig waren wie unser Schuckebaby. Jedenfalls habe ich inzwischen läuten hören, dass man sich bereits um Vorsorge kümmert: Für den Fall, dass Schuckebabys Matz der Dorfgemeinschaft dereinst nicht tatsächlich eine Ladung gehamsterter Samtjacketts hinterlassen sollte, wird mit einer der lokalen Schneiderinnen bereits über die Herstellung eines Schuckebabys-Matz-Gedächtnis-Jacketts verhandelt.

Aber das war, wie gesagt, nur eine der vielen Nebensächlichkeiten, die mir aus dem Kirmesjahr 2000 in Erinnerung geblieben sind.

Für einen Moment getrübt wurde das abwechslungsreiche Kirmestreiben durch eine Bemerkung, die Nicole während des Hammeltanzes, dem Höhepunkt der Feierlichkeiten, machte.

Ich erinnere mich genau daran, dass es während des Hammeltanzes war, weil ich, kurz bevor es damit losging, die eher belanglose Frage in die Runde gestellt hatte, ob jemand wisse, was denn dieser Hammeltanz zu bedeuten habe und seit wann es diesen Brauch gebe.

Jeder, der die Frage mitbekam, trug sogleich eine Theorie bei, von der behauptet wurde, dass sie die zutreffende war. Vom keltischen Fruchtbarkeitsritus bis zum frühchristlichen Brauchtum war alles dabei. Einleuchtend davon war ... nichts. Obwohl die Frage später im Festzelt noch bis weit in den Abend hinein diskutiert wurde, kam nichts Brauchbares über die Herkunft dieses Brauchs heraus.

Beim Hammeltanz war tatsächlich ein Hammel anwesend. Ein echter, lebender.

Soweit ich mich zurückerinnern kann, also seit meiner frühen Kindergartenzeit, handelte es sich jedes Jahr um ein stattliches Viech mit bauschiger Wolle. Geführt wurde der Hammel an einer Leine, an deren anderem Ende ein stattlicher Primstaler Bursche zu finden war. Und auffallend ist seit jeher die stoische Ruhe und Abgeklärtheit, mit der er jedes Jahr auftritt. Ich spreche vom Hammel – nicht unbedingt von dem, der ihn am Strick führt. Vielleicht geben sie ihm Drogen. Ich meine wieder den Hammel. Oder sie lassen ihn zumindest ein wenig Mirabellenschnaps saufen. Den Hammel und seinen Führer, wahrscheinlich.

Die Leute, die hinter dem Hammel und dem Hammelführer herlaufen, machen gerne Scherze, indem sie fragen: »Sag mal, wer von den beiden ist denn nun der Hammel?« und traditionell wird darauf nicht etwa geantwortet: »Na, der mit den vier Beinen«, sondern: »Der mit den dickeren Klöten!« Diese sieht man bei dem Hammel nämlich in voller Größe gemütlich zwischen den Hinterbeinen hin- und her schaukeln. Die eher schüchternen und unerfahrenen Dorfmädchen wurden in früheren Zeiten aufgefordert, sich das beim Hammel ruhig alles genauer anzusehen, weil sie die Dinger in so ausgeprägter Form eher selten zu sehen bekämen.

Hammel und Hammelführer marschierten zum Festplatz und führten dabei einen eindrucksvollen Menschenzug an: Dem Hammelpaar folgte der Kirmesjahrgang, auch Ziehungsjahrgang genannt. Das war der Jahrgang, der in dem betreffenden Jahr zum Militärdienst eingezogen wurde. Früher einmal war das also eine ernste Sache gewesen. Da hieß es für die Achtzehn- und Neunzehnjährigen: noch einmal richtig feiern und dann ab zum Barras! Inzwischen standen mehr Jungs eines Ziehungsjahrgangs kurz vor dem Eintritt in den Zivildienst als in den Wehrdienst, und außerdem waren schon längst die Mädchen aus dem jeweiligen Jahrgang mit dabei. Bei meiner unbedarften Was-soll-eigentlich-dieser-Hammeltanz-Frage kam heraus, dass in den sechziger Jahren zum ersten Mal die Frauen mitmachen durften. Das genaue Jahr dieser Revolution konnte nicht ermittelt werden. Mehrere betrunkene Frauen aus der Altersgruppe der Kriegs- und Nachkriegsgeborenen stritten jedenfalls den ganzen Nachmittag darüber.

Hinter dem Hammel und dem Kirmesjahrgang kam die Pfarrkapelle. Dahinter dann die Dorfgemeinschaft.

Die Jungs und Mädchen des Kirmesjahrgangs trugen – wie jedes Jahr – alle einen runden Strohhut auf dem Kopf und waren, ebenfalls wie üblich, von den Strapazen der mehrtägigen Feier schon deutlich gezeichnet. Auf den Gesichtern konnte man aber auch Zeichen entschlossenen Durchhaltewillens entdecken. Den Hammeltanz musste man als Mitglied des Kirmesjahrgangs dringend bei Bewusstsein erleben. Wenn man danach zusammenbrach und auf der Wiese oder hinterm Zelt eine Weile schlief, war das okay.

Und man konnte ja noch einen Baum gewinnen. Zum Hammeltanz sucht sich nämlich jeder Kirmesjunge eine Partnerin oder eben jedes Kirmesmädchen einen Partner, und diese Paare laufen auf der großen Wiese hinterm Festplatz hintereinander im Kreis herum – immer dem Hammel hinterher. Dabei stehen innen im Kreis zwei Männer, die je eine abgesägte, nicht allzu große Birke festhalten. Deren Äste sind behängt mit allerlei nützlichen Kleinigkeiten, wie zum Beispiel Klobürsten, kleinen Schnapsfläschchen, Kondomen, frischen Schlüpfern und so weiter ...

Die Männer in der Mitte überreichen diese Bäume einem beliebigen Kirmesjahrgangspaar, das dort im Kreis läuft. Getragen wird die behängte Birke von dem männlichen Teil des Paares – außer wenn der schon so betrunken ist, dass das Mädchen mithelfen muss. Immer wenn ein Paar an einem der beiden im Kreis stehenden Männer vorbeikommt, wird der Baum wieder abgegeben und der Mann reicht ihn dann an das nächste oder übernächste Paar weiter.

Dabei spielt die Pfarrkapelle – was insoweit erwähnenswert ist, dass es immer wieder verblüffte, wie gut die spielten, obwohl die meisten von ihnen seit dem Morgenkonzert ihre Pflicht in Sachen Biertrinken bereits mehr als notwendig erfüllt haben. Außerdem wird auf einem Stuhl oder Hocker in der Mitte des Kreises ein Wecker deponiert, der vom Dirigenten so eingestellt wird, dass das Ding nach etwa zehn bis fünfzehn Minuten rappelt. Wenn der Wecker klingelt, hört die Pfarrkapelle mitten im Takt auf zu spielen und die beiden Paare, die dann gerade den Baum haben, dürfen diesen mit all seinen nützlichen Geschenken behalten und müssen außerdem alle anderen, die keinen Baum abgekriegt haben, eine ganze Weile mit alkoholischen Getränken versorgen. Die Eltern, die Zeuge werden, wie ihr Sohn oder ihre Tochter die Kirmesbirke gewinnen, stöhnen dann kurz auf und ernten von den Umherstehenden mitleidige Blicke. Dann zieht der Vater einen Fünfzig- oder Hundert-Mark-Schein aus dem Geldbeutel und steckt ihn dem Sprössling, der sich stolz am Baumstamm festhält, in die Tasche. Denn am Montag sind die meisten Kirmesjungen schon so blank, dass sie nicht mehr ohne Weiteres größere Runden bezahlen können. Und das, obwohl die Biere auf der Primstaler Kirmes fairerweise nie einzeln bezahlt werden; sondern es gibt hier Zehnerkarten, bei denen jedes Bier abgestempelt wird und das elfte Bier dann frei ist.

Raffi meinte an diesem Tag, ein Ethnologe hätte in Primstal sicher ein Leben lang zu tun. Solch archaischen Bräuche seien selbst bei Eingeborenen der entlegensten Urwälder nicht in geheimnisvollerer und unerklärbarerer Form zu finden.

»Waaas für Bräuche?«, fragte Andi.

Eigentlich war der Zeitpunkt – nämlich mitten beim Hammeltanz, als hunderte von Zuschauern auf das Klingeln des Weckers warteten – von Nicole gut gewählt. Denn so konnte sie mitten in der Menschenmenge ausposaunen, ohne dass sich jemand, der nicht wusste, worum es ging, im geringsten darum kümmerte: »He, Gabriel, gute Nachrichten: Ich habe meinen Schwager, Harald, gefragt, was es für einen Mensaüberfall gibt, wenn sie einen erwischen. Du wirst es nicht glauben: Bei Ersttätern und wenn niemand verletzt wird, kriegen wir sicher alle Bewährung!«

Das »alle Bewährung« fiel mit dem Verstummen der Pfarrkapelle unmittelbar nach dem Klingeln des Weckers zusammen, ging aber – Gott sei Dank – im Gejohle der Schaulustigen unter.

»Du hast Harald waaas gefragt?«

Nicht ich stellte diese Frage, sondern Rolf. Er, Andi, Mike, Raffi und ich hatten uns mit Nicole und Lissie zusammen den Hammeltanz angesehen. Und in dieser Besetzung verzogen wir uns dann auch in eine ruhige Ecke des Festzeltes. Ich hielt Nicole am Arm, wie ein Schaf, das zur Schlachtbank geführt wird, die anderen hinter uns her. Dann entdeckten uns Rückbanks-Elfie und der Nachbar und gesellten sich zu uns. Ich drückte den beiden eine ganz frische Zehnerkarte in die Hand, und als sie mit den Getränken wiederkamen, fragte Rolf gerade »Du hast Harald waaas gefragt?«

Und Mike fügte hinzu: »Du dämliche Sumpfkuh, du! Dich kann man für sowas echt nicht gebrauchen!«

Nicole wirkte beleidigt, und es wurde klar, dass sie dachte, sie habe etwas ganz Tolles und Sinnvolles getan und erwartete nun eigentlich ein dickes Lob.

»Ich hab natürlich nicht nach einer Mensa gefragt. Ich habe gefragt, was man denn als Strafe bekäme, wenn man ein Restaurant oder eine Kantine überfällt.«

»Na wunderbar, das wird es deinem Schwager ungeheuer erschweren, eins und eins zusammenzuzählen, wenn er in ein paar Wochen von einem Mensaüberfall hört.«

»Also, Moment mal«, schaltete sich Lissie ein, die Nicole natürlich verteidigte und ein wenig irritiert wirkte, weil auch Rolf und Andi verärgert reagierten, »es ist doch durchaus nützlich, dass Nicole sich erkundigt, was denn passiert, falls ... also jedenfalls bin ich beruhigt, dass man, äh, jedenfalls ohne Gewaltanwendung und wenn wir keine echten Waffen verwenden ... und außerdem ist ja noch niemand von uns vorbestraft, sodass ...«

»Ich schon, ich bin vorbestraft«, rief Mike, und alle außer mir sahen ihn mit großen Augen an.

»Tja, guckt nicht so«, plusterte Mike sich auf und machte ein Das-hättet-ihr-mir-wohl-nicht-zugetraut-Gesicht. »Na ja, nicht wegen eines Überfalls. ›Wiederholter Versicherungsbetrug‹. Raffi, nun mach nicht so ein entrüstetes Gesicht, war doch nur was mit Autos. Also Nicole, willst du bei Harald noch mal nachfragen, wie es mit Vorstrafen aussieht?«

Nicole machte ein unglückliches Gesicht und sah unsicher zu Lissie und dann zu Rolf und Andi: »Ich, ich hab doch gar nicht wegen mir gefragt! Nicht dass ihr meint, ich wollte mich absichern, falls … also mir ging es dabei ja auch um, ähm …«, sie sah zuerst zu Andi und Rolf, dann weiter in die Runde, »um euch, ähm, euch alle.«

»Nun gut, Nicole«, Rolf sprach ganz ruhig, »wie hat Harald reagiert? Ist er neugierig geworden?«

»Ach wo, der war genervt und wollte wissen, was denn die blöde Frage soll und er hat ganz nebenbei und kurz angebunden geantwortet, um mich wieder loszuwerden. Der würde nie im Leben annehmen, dass ich bei …«

»Ja, gut, ganz ruhig Nicole, wir werfen dir ja gar nichts vor.« Rolf redete weiter beruhigend auf sie ein und ich wollte schon dazwischen schreien: »Und ob wir dir etwas vorwerfen, du blödes Schaf!«, doch Rolf sprach weiter: »Aber was mich enttäuscht, Nicole« – »ist deine grenzenlose Dummheit«, dachte ich käme als nächstes – aber Rolf fuhr fort: »ist dein Mangel an Vertrauen! Traust du denn nicht dem genialen Plan von Gabriel und dem Team … und unseren und deinen Fähigkeiten? Wieso gehst du davon aus, dass dieser Überfall scheitert? Warum denkst du, dass wir erwischt werden? Wenn wir alles so machen, wie wir es die ganze Zeit proben, wird es ein perfekter Coup, den uns niemand nachweisen kann. Glaubst du denn nicht daran?«

Nicoles Augen füllten sich mit Tränen und die von Lissie taten aus Solidarität das gleiche. »Nein, ich meine: doch! Ich habe Vertrauen. Zum Team. Ich wollte sicherheitshalber doch nur … 'tschuldigung, Rolf, Andy … 'tschuldigung, alle zusammen. Ich dachte, das sei eine gute Idee.«

»Ja, ist schon in Ordnung so. Mach dir keine Sorgen, wahrscheinlich hat Harald deine Frage längst wieder vergessen. Aber in Zukunft musst du dich ganz streng daran halten, was wir im

Team festlegen. Du darfst mit niemandem über den Mensaraub sprechen. Mit niemandem! Auch nicht theoretisch. Und vor allem musst du an unseren Erfolg glauben. Du musst wirklich mitmachen und erfolgreich sein wollen. Sonst ist unser Plan gefährdet. Also, können wir wirklich auf dich zählen? Und willst du alles dafür tun, dass unser Überfall gelingt?«

»Ja«, sagte sie, »ja, ich will!« Und dabei strahlte sie Rolf dankbar und bewundernd an. Lissie schaute genauso wie Nicole und nickte kaum merklich, so, als ob Rolf auch sie gefragt hätte. Und mir und wahrscheinlich auch allen anderen war klar, dass Nicole und Lissie erst ab diesem Moment, als sich draußen der Hammeltanz endgültig auflöste, hundertprozentig und mit der nötigen inneren Einstellung bei der Sache waren.

Johanna und Speedy, die dem Hammeltanz von einer anderen Stelle aus zugesehen hatten, kamen ins Zelt und sahen uns in der Ecke sitzen.

»Da seid ihr ja«, rief Speedy, »wir haben euch schon gesucht.« Er wedelte mit einer Zehnerkarte und musste nicht lange warten, bis jeder von uns einmal kurz nickte oder die Hand hob.

»Ihr übt doch nicht etwa hier im Festzelt?«, fragte Johanna lachend.

»Nein, nein«, antwortete ich beruhigend, »es hatte sich ein kleines Problem ergeben, aber das haben wir gerade gelöst.« Alle nickten eifrig und der Nachbar klopfte mir auf die Schulter, und sogar Rolf meinte, mit ernsthafter Stimme und an mich gewandt: »Ja, alles geklärt, gut, dass du das gleich angepackt hast, Gabriel«, und zu Johanna sagte er: »Keine Bange, Gabriel hat alles im Griff.«

»Na, dann kann der Gabriel mit mir ja eine Runde Autoskooter fahren, bis Speedy mit den Getränken zurückkommt, oder?«, meinte Johanna.

Ich willigte natürlich ein und ärgerte mich nicht einmal

darüber, dass Mike uns hinterher rief: »Passt ihr beide überhaupt zusammen in einen Sitz?«

Es wurde tatsächlich eng. Gott sei Dank. Johannas Hüftknochen drückte so fest an meinen, dass ich sie den Skooter lenken lassen musste. Mir war schwindlig. Und das lag nicht nur daran, dass ich bis zu diesem Zeitpunkt schon fleißig beim Abarbeiten einiger Zehnerkarten geholfen hatte. In den Kurven und wenn wir andere Skooter touchierten, rutschte Johanna auf dem viel zu engen Sitz noch kräftiger in meine Richtung. Ihr Körper, der wirklich nicht gerade zierlich war, klemmte mich so auf meiner Sitzseite ein, dass ich den Atem anhielt. Vor Aufregung, wohlgemerkt, nicht etwa, weil ich das Gefühl ihres an mich gelehnten Körpers als unangenehm empfand. Daher – und aufgrund der lockernden Wirkung der bereits bewältigten Zehnerkarten – erklärt es sich vielleicht, dass ich nach dem Autoskooterfahren versuchte, gleich unterhalb der Böschung hinter dem Festplatz, wo das alte Stauwehr über den Dorfbach führt, Johanna zu küssen. Der Versuch gelang ganz leidlich, fand ich, jedenfalls ließ Johanna es geschehen, ohne zurückzuweichen, und so traute ich mich, zudringlicher zu werden. Meine Hand glitt langsam über ihre ausgeprägten Hüften. Ich fühlte mich wie sechzehn – ich glaube genau so alt war ich, als ich auch zur Kirmes und ebenfalls an einer geschützten Stelle gleich hinter den Autoskootern mit dieser kessen Kleinen aus Eiweiler, wie hieß die nochmal … aber dann entwand sich Johanna aus meiner Umarmung und meinte sanft: »Nicht hier, es könnte doch jemand vorbeikommen und uns sehen«, und als ich sie mit glühenden Wangen und flehendem Blick ansah, fügte sie hinzu: »Wir sind doch keine sechzehn mehr.« Ob auch sie mit sechzehn hinterm Autoskooter … und falls ja, mit wem?

»Nicht hier? Kein Problem. Lass uns zum Jugendclub gehen. Machen wir zuhause weiter!«

Sie lachte. Laut. Aber sie lachte mich nicht aus. Wurde ernst.
»Gabriel, ich ... lass uns noch ein wenig warten.«

»Wie wenig? Meinst du eine Stunde, oder zwei, oder bis später heute Abend?« Ich nahm kein Blatt vor den Mund. Verdammte Zehnerkarten.

Sie lachte wieder: »In gewissen Dingen kannst du also doch zielstrebig sein. Das gefällt mir.« Und dann sagte sie mit ernster Stimme weiter: »Nein, ich meine, lass uns warten bis ... danach.«

»Wonach?« Ich hatte tatsächlich keine Ahnung, was sie meinte.

»Bis nach dem Überfall natürlich. Nun schau nicht so enttäuscht! Die paar Wochen hat es jetzt auch noch Zeit, wo ich nun schon so lange darauf warte, dass ... ähm ... und es wäre, glaube ich, nicht gut, wenn wir jetzt, so kurz bevor es ernst wird, ein Paar werden. Wie würden die anderen im Team darauf reagieren, Mike zum Beispiel, und Raffi?«

Ein Paar werden? So weit in die Zukunft hatte ich noch gar nicht gedacht. Mir schwebte zunächst eine rein körperliche Vereinigung vor, und zwar zwischen dem Ende des Hammeltanzes und dem Auftritt der Tanzband im Festzelt. Ich war so aufgewühlt, dass ich überhaupt nicht auf die Idee gekommen wäre, über die Kirmes hinaus zu denken.

Deshalb wunderte ich mich selbst, als ich mich stammeln hörte: »Ja, äh, natürlich, klar ... 'tschuldigung. Du hast natürlich Recht. Daran hatte ich gar nicht ... du weißt schon: das ganze Blut im Unterleib, da denkt es sich nicht mehr so klar.«

»Das fasse ich als Kompliment auf!« Sie lächelte. »Aber glaub mir und ... vertrau mir! Es ist besser so. Die nächsten Wochen werden schwierig. Lass uns warten, bis wir den Überfall hinter uns gebracht haben.«

Ich überlegte, ob ich ins Zelt rennen und den Überfall offiziell abblasen sollte, und zwar mit der Begründung, dass Nicole jetzt ja sowieso schon alles an ihren Polizisten-Schwager ausgeplaudert hatte.

Aber eine innere Stimme – die funktionierte selbst bei Trunkenheit und halb geschlossenem linkem Augenlid – sagte mir, dass das nun auch nicht so gut ankäme – bei Johanna.

»Na, gut gebumst? Mit dem Autoskooter, meine ich.« Mike war immer dann am wenigsten witzig, wenn er es zu sein versuchte.

Nur Raffi merkte, dass ich zerknirscht war. Er merkte, dass Johanna den Rest des Kirmesmontags besonders nett zu mir war und ich mich gleichzeitig unsicher und linkisch benahm. Also erzählte ich ihm, was vorgefallen war, als er und ich von den anderen – die Überfalltruppe war inzwischen fast vollständig anwesend – losgeschickt wurden, um eine neue Zehnerkarte platt zu machen.

Raffi blickte traurig … ja, traurig drein, nachdem ich ihm erzählt hatte, dass Johanna mich hatte abblitzen lassen. Ich formulierte es etwas freundlicher, verhehlte ihm aber nicht, dass es im Grunde genau darauf hinauslief. Sie hatte mich abblitzen lassen. Raffi sah so traurig aus, dass man hätte meinen können, es sei ihm selbst widerfahren.

»Wenn sie in den Raum tritt, ist es, als ob ein Säckchen mit Glasmurmeln auf dem Boden ausgekippt wird, nicht wahr?«

»Was ist los?«, fragte ich und dachte, ich hätte mich verhört, »wer ist wie ein Säckchen Glasmurmeln?«

»Johanna natürlich, du Idiot, von wem sonst reden wir denn?« Raffis Stimme wechselte von traurig zu ungehalten, »sie kommt herein und du kannst nur noch sie anschauen. Aber du weißt gar nicht, wo du hinschauen sollst: auf ihre Augen, ihr Haar, wenn sie es mit einer leichten Kopfbewegung nach hinten wirft, auf ihre zarten Lippen, ihren schönen, kleinen Busen, oder auf ihre sensibel wirkenden Hände, ihre schwungvollen Hüften, oder auf ihre zwar etwas kräftigen aber wunderbar langen Beine, oder auf ihre so zart aussehenden Füße. Du weißt gar nicht, wo du zuerst hinsehen sollst oder wo genau dein Blick länger verweilen soll – eben wie wenn ein Säckchen mit Murmeln ausgekippt wird und man es nicht schafft, nur eine einzige Murmel im Auge zu behalten, sondern man den Blick hin- und her springen lässt, um in kürzester Zeit möglichst viele Murmeln zu sehen.«

»Du kriegst heute kein Bier mehr, Raffi!« Er ließ es ohne Gegenwehr geschehen, dass ich ihm die Zehnerkarte aus der Hand nahm, »oder sind das wieder die Pleckmonen?«

Als er mich daraufhin ansah wie ein trauriger Hund, der was zu fressen haben will, sagte ich: »Jetzt mal im Ernst Raffi, also von Freund zu Freund: Wenn du in Johanna verliebt bist, also, wenn du ein Problem damit hast, dass ich ...« – ja, was eigentlich? Dass er ein Problem damit hat, dass ich von Johanna einen Korb kriege, wenn ich sie hinterm Autoskooter bedränge? Hm, da passte doch was nicht. Er rollte die Augen. Das tat er immer, wenn er ungeduldig mit mir war. »Ich meine, Raffi, wenn du auch in sie verliebt bist, müssen wir beide, als Freunde, klar kriegen, wie wir damit ...«

»*God verdomme*, Gabriel, nicht ich bin völlig verliebt in Johanna, sondern du. Nur leider kann ich besser verstehen, wieso das so ist als du selbst.« Er riss mir die Zehnerkarte wieder aus der Hand: »Du bist ein Idiot – manchmal jedenfalls. Los, heute wird nichts mehr passieren, lass uns saufen, bis dein linkes Augenlid komplett zuklappt. Die Truppe wartet aufs Bier.«

Ich verstand wirklich nicht, was mit Raffi los war.
Aber mit dem Säckchen voller Glasmurmeln hatte er Recht.

Mit Stühlen und ausklappbaren Biertischen stellten wir in den nächsten Wochen die Kassensituation in der Mensa nach. Nur zwei Wochen nach der Kirmes fand eine erste Kostümprobe statt, also ein Probedurchlauf mit Verkleidung. Raffi sah zum Schreien aus. Ich schob eine zusätzliche Gesamtprobe ein und lud diejenigen, die dabei noch kleine Unsicherheiten aufwiesen, zu Extraproben ein, um ihnen im Einzeltraining den letzten Feinschliff zu geben. Vor allem dafür lobte Rolf mich ausdrücklich, und zwar im Beisein aller anderen.

Matti besorgte Spezialmesser aus einem Theaterfundus. Die Klingen waren aus Hartgummi oder Hartplastik oder was weiß ich, aber das Beste daran war, dass man hinten am Messerstiel flüssige Lebensmittelfarbe einfüllen konnte, und wenn man auf einen kleinen Knopf am oberen Stielende drückte, kam aus einer winzigen Öffnung an der Messerspitze die Farbe raus. Wir hatten viel Spaß dabei, mit diesen Messern zu üben, und richteten solche Massaker in unserer Küche an, dass wir uns fast totlachten. Mike und ich fuhren mit Speedy die komplette Fluchtstrecke ab. Auch Matti nahmen wir mit. Zu dieser Probefahrt liehen wir Johannas Golf aus, weil der unauffällig war. Speedy machte ein großes Geheimnis aus dem Fluchtfahrzeug und wollte es erst am Tag des Überfalls zeigen. Deshalb brachen Mike, Raffi, Rolf, Andi und ich einmal nachts in seine Werkstatt ein, um sicherheitshalber nachzusehen, dass er keinen Mist baute. Neben ein paar alten Automodellen stand dort auch ein kleiner Laster mit Kastenaufbau herum, an dem offensichtlich gearbeitet wurde. Das also war das Geheimnis. Der Laster sah unauffällig aus. Wie ein normaler, kleiner Laster eben. Es war noch kein Nummernschild dran, aber sonst … Und bei der Fluchtfahrt gab es sowieso kaum Abschnitte, wo man schneller als fünfzig fahren konnte, also warum nicht ein Laster. Wenn Speedy seinen Spaß dabei hatte. Und Speedy hatte viel Spaß mit seinen Autos. Ich glaube, er mochte sie lieber als Frauen, weil er bei Autos das Innenleben verständlicher fand. Wenn so eine Kiste mal nicht lief, konnte er die Motorhaube aufklappen und herausfinden, woran es lag.

Wir ließen den Blick über seine beachtliche Sammlung schweifen: Da standen noch ein alter Käfer, ohne Reifen, ein Mercedes 200 Diesel in gutem Zustand, ein alter Renault 4, an dem offensichtlich noch einiges zu tun war, ein amerikanischer

Jeep, ein frisch lackierter Sportwagen, englisches Modell, ein BMW-Motorrad mit Beiwagen ... und eben dieser LKW.

»Tut bitte überrascht, wenn ihr das Fluchtfahrzeug zum ersten Mal seht«, empfahl ich den Jungs, die jetzt Bescheid wussten, »und sagt: ›Wow! Ein LKW! Super Idee, Speedy, da wären wir nie drauf gekommen.‹«

»Der Gabriel hat das gut im Griff, alle Achtung!«, hörte ich eine Woche vorm Überfall Rolf zu Johanna sagen. Sie strahlte.

Trotzdem machte ich mir vor der Generalprobe fast in die Hose vor Aufregung. Falls die schiefging, konnte ich dann noch einen Rückzieher machen? Aber sie ging nicht schief. Es lief alles ab wie ein Uhrwerk. Der Zeitplan wurde exakt eingehalten. Mit der Nummer hätten wir im Zirkus auftreten können. Wir wären sogar eine Minute früher als geplant durch gewesen, wenn nicht Mike, der genau wie Speedy und Matti ja sonst nichts zu tun hatte und deshalb eine der Kassiererinnen spielte, ein bisschen mit Raffi geflirtet hätte und ihn immer Miriam nannte. Ja, wir hatten viel Spaß. Sogar dann noch, als ganz am Ende der Generalprobe – eigentlich war sie schon vorbei, denn sie endete mit dem Einsammeln des Geldes und dem anschließenden Verlassen des Mensagebäudes, was prima geklappt hatte – unser Nachbar beim mit wenigen Schritten simulierten Weglaufen Atemprobleme bekam und einige Sekunden von Johanna gestützt werden musste. Dann ging es aber gleich wieder, und wir waren uns einig, dass ihm das am darauffolgenden Tag bestimmt nicht passieren würde, da er dann ja, anders als bei der Probe, nicht schon vorher zwei Mirabellenschnäpse und einen irischen Whiskey intus hätte.

»Na, und wenn ich schlapp mache, dann ist das eben – na, wie hieß letztes Jahr noch mal das beliebteste Unwort? – ach ja, ein Kollateralschaden.«

Wir lachten nicht, weil wir nicht wussten, ob der Nachbar das als Scherz gemeint hatte.

»Schorschi«, tastete ich mich vorsichtig vor, »bist du sicher, dass du morgen ...« »Wenn ich dort zusammenbreche, macht euch keine Sorgen. Selbst unter Folter werde ich keinen eurer Namen preisgeben. Lasst mich einfach dort zurück. Gefährdet wegen mir auf keinen Fall die Mission!«

Er grinste. Und wir lachten. Und sagten: »Du alter Halunke! Dass du dir auf deine alten Tage noch diesen Stress zumutest!«

»Ach, Unsinn«, er winkte ab, »die Alten werden auf einmal vorsichtig, in der irrigen Annahme, das Leben hätte ihnen noch etwas zu bieten. Aber ab einem gewissen Alter bietet das Leben einem nur noch dann etwas, wenn man unvorsichtig wird.«

Nach der Generalprobe tranken wir noch ein Stubbi, jeder wirklich nur noch ein einziges. Johanna fasste mich am Arm und sagte mir leise ins Ohr: »Du wirst schon sehen: Es kommt alles so, wie du es dir wünschst!«

Ich fand diesen Abend so wunderbar, dass ich es gar nicht schlimm gefunden hätte, genau in diesem Augenblick, nach dem letzten Stubbi des Abends, zu verkünden: »Jetzt wissen wir, dass wir es hinbekämen, wenn wir wollten, also lasst uns jetzt aufhören.« Aber das kam natürlich nicht in Frage. Ich konnte den anderen dieses Erlebnis nicht vorenthalten. Und ich musste selbst dabei sein. Klar, das verlangte Johanna von mir. Herrgott, ihre aufmunternden und anerkennenden Blicke waren mir doch tatsächlich mehr als eine Entschädigung für den nicht vollzogenen ... also wenn ich vor die Wahl gestellt worden wäre: Entweder eine flotte Nummer an der Stauwehrbrücke hinter den Autoskootern oder diese gemeinsamen Proben mit Johannas Blicken, hätte ich mich jederzeit für Letzteres entschieden.

Außerdem konnte ich sie nicht mehr ansehen, ohne das Geräusch von Dutzenden auf den Boden ausgekippten Glasmurmeln zu hören.

13 | Der große Mensaraub

Weiß der Teufel, wie ich mich da wieder reingeritten hatte. In meinem Plan war nicht vorgesehen gewesen, dass ich in dieser Klapperkiste sitze und hinter uns die Polizeisirene höre.

Aber der Reihe nach: Das Team war nervös – sogar Andi und Rolf, trotz ihrer angeblich kriminellen Vergangenheit. Ich hatte vor Aufregung nichts gefrühstückt. Ich war mir nicht sicher, ob ich nicht alles gleich wieder rausgekotzt hätte. Auch Raffi und Mike schafften nur mit Mühe jeder ein halbes Brötchen.

Angst hatte ich nicht so sehr davor, dass der Überfall in die Hose gehen könnte, sondern ich fürchtete mich davor, mich vor den anderen zu blamieren – vor allem vor Johanna – indem ich eine der geplanten Aktionen selbst versaute. Falls sonst einer aus dem Team sich einen Schnitzer leistete, so hatte ich für mich beschlossen, würde ich ihm natürlich großzügig verzeihen. Aber wenn ich es nun selbst wäre, der alles ruiniert?

Um 13.40 Uhr trafen wir uns alle im Eingangsbereich der Mensa. Die drei Einsatzgruppen trafen im Minutentakt ein. Mike und ich warteten schon auf sie. Wir waren eine halbe Stunde früher losgefahren als der Rest der Truppe – mit Speedy im LKW. Wir riefen »Oooh« und »Das gibt's doch nicht« und »Geniale Idee, Speedy, da wären wir nie drauf gekommen« und taten richtig überrascht, als er den LKW vor der Abfahrt präsentierte. Speedy hatte uns in der Kohlenstraße, in der Nähe der Uni, rausgelassen, um den LKW günstig zu parken, wie er sagte. Er war ganz stolz auf den alten Magirus-Deutz, den er anlässlich der Auflösung einer Speditionsfirma billig gekriegt hatte – schon vor Längerem. Der LKW war nicht besonders groß und die Ladefläche bestand aus einem Kasten, der etwa sechs Meter lang und zweieinhalb Meter breit war. Aber dieser containerförmige Aufbau war so hoch, dass man bequem aufrecht darin stehen konnte und immer noch reichlich Platz über dem Scheitel hatte.

»Soviel Platz werden wir wohl nicht brauchen«, frotzelte ich mit Speedy, »es wird sich aller Voraussicht nach nicht um mehrere Millionen handeln, die abtransportiert werden müssen.«

»Wir werden trotzdem so viel Platz brauchen, glaub mir!«, antwortete Speedy und es klang nicht, als ob das ein Scherz sein sollte. Und als er merkte, dass wir auf diese Antwort nicht gerade mit überschwänglicher Zuversicht reagierten, fügte er hinzu: »Keine Bange, Jungs, ich weiß, was ich tue. Bringt ihr nur die Beute zum verabredeten Treffpunkt, dann bringe ich euch damit in Sicherheit.«

Bisher hatte man sich immer auf Speedy verlassen können. Aber bisher hatten wir ja auch noch nie einen Überfall mit ihm zusammen unternommen. Das Gleiche galt allerdings auch für den Rest des Teams.

Rolf war natürlich als Erster da mit seiner Truppe. Genau gesagt um 13:38 Uhr. Zwei Minuten zu früh. Ich kontrollierte das auf meiner Uhr, wie auch Sean Connery alias Edward Pierce es getan hatte.

Dass Rolf überpünktlich war, überraschte mich nicht. Auch bei den Vorbereitungstreffen hatte er immer höchste Disziplin gezeigt. Zu seiner Truppe gehörten Rückbanks-Elfie und Steff. Jede Truppe bestand aus einem Räuber, einer Geisel und einem Die-meinen-es-ernst-Rufer.

Die Die-meinen-es-ernst-Rufer waren außerdem für das richtige Timing ihres Trupps verantwortlich. Sie hatten einen Knopf im Ohr, wie die Teamkapitäne bei der Tour de France, und waren per Funk mit mir und Mike verbunden. So konnten wir von oben, von der Treppe aus, den Stand der Dinge überblicken, die Abläufe dirigieren und bei Bedarf eingreifen.

Rolfs Team sah tipptopp aus! Rückbanks-Elfie wirkte überhaupt nicht so nuttig wie sonst, der lockere Studentinnen-Look stand ihr richtig gut. Die dunklen, kurzen glatten Haare, die randlose Brille und die Tatsache, dass sie zur Abwechslung mal nicht grell geschminkt war, verliehen ihr eine Ernsthaftigkeit, die man ihr nicht zugetraut hätte. Kein Mensch hätte sie auf Anhieb erkannt, wenn sie so durchs Dorf spaziert wäre.

Auch Rolf war kaum wiederzuerkennen. Mit seiner aschblonden Perücke, seiner dickrandigen Hornbrille, dem blass geschminkten Teint und den ausgestopften Backentaschen sah er aus wie ein echter Streber, der sein Leben hauptsächlich in der Bibliothek verbringt. Nur Steff war nicht optimal verkleidet. Sein angeklebter schwarzer Schnurrbart wirkte wie ein Fremdkörper und passte nicht zur rotblonden Perücke. Aber es schien wohl dafür zu reichen, dass er bei späteren Personenbeschreibungen nicht ohne Weiteres wiedererkannt werden würde.

Die einzelnen Teams fuhren getrennt nach Trier, um kein Aufsehen zu erregen. Nicht wie sonst bei allem, was wir unternahmen. Da hieß es immer: »Um soundsoviel Uhr treffen wir uns am Kriegerdenkmal!« Diesmal durften wir eben nicht schon in Primstal alle zusammen gesehen werden. Nicht auszudenken, wenn Harald zufällig vorbeigefahren wäre – mit Mütze auf. Es war nicht leicht gewesen, das durchzusetzen. Das galt vor allem auch für den Plan, dass nachher alle Teams einzeln und auch wieder auf unterschiedlichen Wegen zurückfahren sollten. Ich hatte die Teams mit Mühe davon überzeugen können, dass sich am besten jedes einzeln – nach der erfolgreichen Beuteübergabe an mich und Mike – zurück durch den Haupteingang davonmachen sollte, um zum jeweiligen Teamauto zu gehen, das auf einem der nahegelegenen Studentenparkplätze stand, und dann ganz in Ruhe und keinesfalls im Konvoi nach Hause zu fahren.

Als sie in Trier, in der Nähe der Uni, ankamen, hielten sie erst einmal an, um das mit der Verkleidung hinzukriegen. Rolf verschwand dazu mit seinem Team auf dem gut versteckten Parkplatz hinter dem Landgasthaus Wollscheid, wo man auf die Toilette konnte, um sich zurechtzumachen, ohne dabei durch die Gaststube zu müssen. Andi zog sich mit seinem Team in die Weinstube Gehlen zurück, die jetzt im Oktober auch mittags überfüllt war, und die Truppe von Johanna und Raffi war schon einige Kilometer vorher auf dem Parkplatz hinter dem Gasthof Filscher Häuschen verschwunden.

Nur Mike und ich waren, nachdem Speedy uns rausgelassen hatte, in normalem Outfit auf den Unicampus marschiert. Jeder von uns trug einen Rucksack mit den Überfallutensilien, also den Perücken, Brillen, anklebbaren Bärten und der Kommunikationsausrüstung drin. Und mit den Beuteln, den Umhängetaschen für das Diebesgut. Raffi hatte die Beutel besorgt. Sie waren weiß, mit aufgedruckten Dollar-, Pfund- und Yen-Zeichen drauf. Auf dem Campus verschwanden wir kurz auf einer der Toiletten, wo so viel Betrieb war, dass es keinem auffiel, wenn zwei Toilettenbesucher mit veränderter Haarfarbe und anderer Gesichtsbehaarung herauskamen, als sie hineingegangen waren.

»Test, Test! Hört man mich? Hört man mich?«, murmelte Mike in seinen Ärmel und sowohl Rolf als auch Steff blickten auf Elfie, die bestätigend nickte. Sie fasste kurz nach dem Knopf im Ohr, aber nur einen Augenblick. Offensichtlich saß alles richtig.

Im nächsten Moment kam das Team von Johanna und Raffi rein. Es war unglaublich: Johanna war die Einzige, die sich schon während der Fahrt ein wenig präpariert hatte, indem sie sich eine künstliche rundliche Nase, und zwar eine recht große, fast knollige, auf ihre feine, schmale geklebt hatte. Auch das Kinn hatte sie durch Aufkleben eines hautfarbenen Latexteils etwas vergrößert. Und die Brille stand ihr richtig gut. Sie war die Einzige von uns, die keine Perücke trug, was auch nicht nötig war, denn auch so sah sie sehr verändert aus – recht brutal und bösartig, wenn ich ehrlich bin.

Mike flüsterte mir zu: »Jetzt erkennt man sie nur noch an ihren breiten Hüftknochen.«

Auch unser Nachbar war eine echte Überraschung. Ich hatte ihn noch nie mit soviel Haaren auf dem Kopf gesehen. Die grau melierte Frisur stand ihm verblüffend gut, genauso wie die dicke Brille und der hellgraue Anzug mit dem dunklen Schlips. Es war unglaublich, dass ausgerechnet unser Nachbar, der aus der sechsten Klasse entlassen worden war, weil es ja doch keinen Zweck mit ihm hatte, jetzt problemlos als Juraprofessor durchging. Optisch zumindest.

Aber Raffi war der Knüller. Er macht einen Scherz, dachten wir, als er vorschlug, er wolle sich als Studentin verkleiden. Ganz ehrlich: Er sah zum Anbeißen aus. Er nahm diese Verkleidungssache ziemlich ernst und achtete auf jedes Detail. Wir mussten ihm aus technischen Gründen verbieten, einen Rock anzuziehen. Das sah er ein, denn immerhin mussten ja auch die anderen weiblichen Teammitglieder – also die echten – fluchtfreundliche Hosen und Turnschuhe tragen. Aber Raffi hatte sich nicht nur eine blonde, lockige Perücke und einen dazu passenden, nicht zu grellroten, aber doch auffälligen Lippenstift besorgt, sondern sogar eine Strumpfhose unter die Jeans angezogen. Und wegen der richtigen Körbchengröße fachsimpelte er lange mit Elfie, Nicole und Lissie und ließ sich von ihnen auch beraten, wie er das mit dem Ausstopfen am besten hinkriegte. Sogar das richtig Gehen – das Herumlaufen wie ein Mädchen – hatte er mit Elfie geübt.

»Von allen Weibern im Überfallteam ist Raffi eindeutig die knackigste«, raunte Mike mir zu.

13.42 Uhr. Andi kam mit seinem Team zwei Minuten zu spät. Aber solche kleineren Verzögerungen waren eingeplant.

Andis Team war nicht halb so gut verkleidet wie Johanna, Raffi und unser Nachbar, aber die Perücken und Brillen veränderten ihr Aussehen dermaßen, dass niemand sie später so leicht würde identifizieren können.

»Also gut, es geht los, alles wie besprochen«, flüsterte ich in meinen Ärmel, während ich mir unauffällig die Hand vor den Mund hielt.

Die Teams sahen cool aus, als sie die Treppen zu den verschiedenen Theken runtergingen. Aber ich wusste, dass die Coolness nur gespielt war. Wir hatten das geübt.

Ich machte mir fast in die Hose vor Aufregung – ich merkte, wie mein linkes Augenlid sich wieder selbständig machte – und ich ärgerte mich darüber, dass Mike so unbeteiligt aussah, als ob er gerade auf den Bus wartete.

Ich sah auf die Uhr, ließ eine Minute verstreichen. Mit einem Blick über die Brüstung überzeugte ich mich davon, dass die Tischreihen dort unten alle voll besetzt waren. Der riesige Raum war von einem Geräusch erfüllt, das wie ein riesiger Bienenschwarm klang. Hunderte Stimmen summten gleichzeitig. Man konnte keinen einzigen Satzfetzen, kein isoliertes Wort aus diesem Sprechbrei herausfiltern. Ich hörte nur noch den Bienenschwarm. Und es roch nach Fett. Klar, wir befanden uns genau über der Küche, in der in den letzten zwei Stunden mehrere tausend Portionen Pommes frittiert worden waren.

Jetzt, um 13.43 Uhr, stellten sich nur noch wenige Studis zum Mittagessen an. Die Nachzügler. Von viertel vor zwölf bis kurz nach eins hatte die Schlange noch durch den Haupteingang bis hinaus ins Freie gereicht. Einige Tausend waren in den letzten knapp zwei Stunden durch die Ausgabetheken und Kassen geschleust worden. Jetzt würden die Essensausgaben in wenigen Minuten geschlossen werden. Und gleich würden die Damen an den Kassen damit beginnen, die dicken Bündel von Geldscheinen zu sortieren und nachzuschauen, ob nicht doch ein Zehner zwischen die Zwanziger oder Fünfziger gerutscht war. Man sah dem Mensapersonal an, dass es froh war, den für den Semesteranfang typischen Ansturm hinter sich gebracht zu haben. Der Dauerstress der letzten zwei Stunden flaute gerade ab.

»Achtung, Andi, ihr seid früh dran«, hörte ich Mike sagen, und ich ging die paar Schritte rüber zu ihm, um ihn zu ermahnen: »Sprich nicht so laut, Mike. Keine Undiszipliniertheiten jetzt!«

Aber mein Eingreifen wäre gar nicht nötig gewesen, denn die paar Studis, die auf den allerletzten Drücker zur Essensausgabe eilten, kümmerten sich nicht um sonderbare Typen, die die Hand vor den Mund hielten und etwas murmelten.

Unsere Teams hatten sich Tabletts und Besteck geholt und taten so, als ob sie unter den angebotenen Essenskomponenten etwas aussuchten. Ein kurzer Blick zeigte mir, dass Andi seine Mädels und Steff gestoppt hatte. Sie unterhielten sich angeregt darüber, ob sie denn nun den Gyrosteller oder die Dampfnudel nehmen sollten … und sie winkten die paar Studis durch, die sich schon entschieden hatten.

Rasch ging ich zurück zu meiner Seite der Treppe. Dort erschien jetzt auch das Rolf-Team, das genau in der Zeit lag. Und unmittelbar danach tauchte an der dritten Theke auch Johanna mit ihren Leuten auf.

Ein Blick zu Mike. Der nickte.

»Gleich geht's los, Leute, jetzt lässt jeder noch genau einen Studi an der Kasse vor. Und dann: Action!«

Mike und ich liefen die Wendeltreppe ein Stück runter, bis wir in der Nähe der Kassen waren, um so näher am Geschehen zu sein. Das war gar nicht notwendig und eigentlich auch gar nicht so geplant gewesen.

Ich konnte beobachten, wie sowohl Steff als auch Herbie gerade dabei waren, den Geldbeutel zu zücken, und auch unser Nachbar – der aussah wie ein hungriger Professor – schob gerade sein Tablett in Richtung Kasse.

Ich wartete noch einen Augenblick, bis auch Professor Schorschi das Geld zum Zahlen in der Hand hielt, merkte, wie Mike neben mir nun doch endlich unruhig wurde. Ich versuchte, mein Augenlid in den Griff zu kriegen und dachte: Das ist doch Wahnsinn! Wie konnte ich nur … und flüsterte dann »jetzt!!« in meinen Ärmel, und kam damit Mike zuvor, der mir seinen Ellenbogen in die Rippen stieß und schon Luft geholt hatte, um mich im nächsten Augenblick anzubrüllen, was denn los sei.

Von da an lief alles ab wie ein Uhrwerk. Wie diese Dominosteine, die von Experten genauso aufgestellt werden, dass sie im richtigen Augenblick den nächsten Stein umstoßen und sich ein wunderbares Umfallmuster ergibt. Nun ja, wenigstens beinahe so reibungslos lief es.

»Das ist ein Überfall, Geld her, oder Sie sind schuld, wenn ich den hier kaltmache!«

Rolf spielte die Szene am brutalsten und Steff sah aus, als fürchte er tatsächlich um sein Leben. Auch der Nachbar riss entsetzt die Augen auf, als Johanna ihn am Kragen packte und ihm das Messer an den Hals drückte. Nur Herbie wirkte eher leidenschaftslos und tat so, als ließe er die Geiselnahme über sich ergehen wie eine Zahnarztbehandlung. Das machte aber nichts, denn Andi hatte aus Versehen zu früh auf den Rote-Farbe-Knopf gedrückt, sodass ein deutlich sichtbares Rinnsal an Herbies Kehlkopf vorbei in seinen Kragen lief. Das Resultat war, dass eine der beiden Kassiererinnen herzzerreißend aufschrie, woraufhin Nicole und Lissie mit ihrem Stichwort durcheinander kamen und »Nun machen Sie schon, die meinen es ernst!« brüllten, was in diesem Moment noch gar nicht notwendig war. Aber Andi besann sich Gott sei Dank seiner Textzeile und kommandierte – wenn auch etwas verspätet – in Richtung Kassiererin: »Wird's bald? Und nur die Scheine, hier in diese Tasche!«

Er warf den Beutel auf die Kasse und drückte sicherheitshalber dem armen Herbie das Messer so fest an die Kehle, dass dieser endlich erschreckt die Augen aufriss.

Bei Rolf lief das wesentlich besser. Er hatte seinen Text aufgesagt und die Geldtaschen den beiden Kassiererinnen übergeben. Diese sahen sich erstaunt um und bekamen mit, dass an den Kassen nebenan ganz ähnliche Szenen abliefen. Eine der beiden rief zur schreienden Kollegin rüber: »Alles in Ordnung, Anni?«, und fragte dann Rolf: »Ist das eine Protestaktion? Wir sind nicht darüber informiert worden. Das ist doch sicher wieder nur so eine ... Aktion, oder?«

Daraufhin wiederholte Rolf seinen Text: »Nur die Scheine, hier in die Tasche!«, dann drückte er das Messer fester an Steffs Kehle und ließ ein bisschen Theaterblut fließen. Wenn Steff sein Entsetzen tatsächlich gespielt hat, muss ich ehrlich sagen: Der hat den Beruf verfehlt. Und auch Elfie kreischte genau im vorgesehenen Moment und mit bühnenreifer Mimik: »Machen Sie schon, die meinen es ernst!«

Ein kurzer Blick zur Kassiererin Anni, die panisch um sich blickend begann, die Scheine in Andis Beutel zu stecken, und schon waren auch Rolfs Kassiererinnen überzeugt davon, es sei besser, erst einmal zu tun, was man von ihnen verlangte. Ein, zwei Studis, die gerade zur mittleren Theke gekommen waren, beschwerten sich: »Was ist los? Geht's da vorne nicht weiter?«, blieben aber wie angewurzelt stehen, als sie die blutigen Messer sahen und beschlossen zunächst einmal gespannt zu beobachten, was für eine Aktion das wohl war.

»Mia, bei dir alles okay?«, rief eine von Rolfs Kassiererinnen, hielt aber sofort die Klappe als Rolf »Halt die Klappe!« zischte und sie deutlich sehen konnte, dass der arme Steff kurz vorm Ohnmächtigwerden war.

Bei Johanna lief das Ganze minimal zeitverzögert ab, weil die Kassiererin, die offensichtlich Mia hieß, etwas abgebrühter war als ihre Kolleginnen und immer wieder versuchte, vernünftig auf Johanna einzureden: »Hören Sie, wenn das hier eine politische Aktion sein soll ...«

»Klappe, Geld einräumen, erst die Scheine – und schnell, sonst ...«

Johanna machte das gut, drückte das Messer fester an die Kehle des Nachbarn und betätigte sparsam den Blutknopf, sodass es tatsächlich so aussah, als habe sie die Geisel nur ganz leicht geritzt. Trotzdem sah sich die Kassiererin hilfesuchend um und rief so laut sie konnte: »Herr Schneider, Kasse drei bitte!« Das verstand Raffi als Stichwort für seinen Einsatz, was vom Timing her eigentlich genau richtig war. Aber er schrie: »Nun machen Sie schon, wir meinen es ernst!«, was nicht exakt dem vereinbarten Text entsprach.

Mia zog die Augenbrauen hoch: »Wir? Wer wir? Gehören Sie auch dazu?«

Offensichtlich ließ Mia sich nicht so leicht aus der Ruhe bringen.

Im gleichen Moment kam Andi mit dem prallgefüllten Beutel angerannt, drückte ihn – wie verabredet – Mike in die Hand, und einen Moment später war auch Rolf bei mir und schlug mir seine Geldtasche vor die Brust. Ich spürte, wie schwer die Tasche war. Rolf sah mich an, sah, dass ich gar nicht ihn anblickte, sondern in Richtung Kasse drei starrte.

»Herr Schneider, Kasse drei-hei!«

»Im Plan bleiben, verdammt nochmal, Herbie, Elfie, Andi, ihr alle, da hinauf, los, diese Richtung ... verschwinden wie geplant!«, befahl Rolf allen, die ihre Arbeit erledigt hatten. Sie stürmten die Treppe hoch.

Johanna versuchte es noch einmal. Drückte dem armen Nachbarn das Messer so fest gegen die Kehle, dass ich schon Angst bekam, sie könne ihn sogar mit dem stumpfen Plastiktheatermesser abmurksen. Raffi versuchte, seinen Fehler wiedergutzumachen und brüllte noch einmal: »Machen Sie doch schon, die meinen es ernst!«, und einige Studis, die sich jetzt hinter Raffi stauten, riefen: »Ja, machen Sie endlich, wir haben um viertel nach zwei ein Seminar.«

Und als Mia gerade Luft geholt hatte, um wieder nach ihrem Chef zu rufen, brachte sie nur ein »Herr Schnei…« hervor; dann schlug sie die Hände vors Gesicht und erstickte dadurch einen entsetzten Schrei: Unser Nachbar war in Johannas Armen zusammengesackt. Obwohl er wahrscheinlich gerade einmal halb so viel wog wie seine Geiselnehmerin, konnte sie ihn nicht halten. Er glitt zu Boden. Alle schauten auf ihn – auch die Studenten hinter Raffi. Unser Nachbar war blau angelaufen. Nein, lila. Und seine Augen flimmerten. Dann warf er den Kopf mit einer dramatischen Bewegung zur Seite und lag da wie tot. Eine Studentin kreischte. Johanna kniete sofort bei unserem Nachbarn auf dem Boden.

»Er atmet nicht mehr!«, schrie sie. Jetzt traten auch ein paar Studis an den beeindruckend aussehenden Ohnmächtigen – oder Toten? – heran. Und Raffi nahm Johanna das Messer aus der Hand, bellte einen Studi an, der gleich hinter ihm stand: »Du! Hierher!« Fasste ihn am Arm. Zerrte ihn zu sich. Mia war aufgesprungen. Wollte weg. Aber Raffi versperrte ihr den Weg vor der Kasse. Mit der neuen Geisel. Der Studi stammelte: »Wie jetzt? Muss ich hier jetzt mitmachen? Wer ist eigentlich der Initiator? Die Marxisten?«

Die Geisel sah völlig verdutzt aus und Raffi vergaß, auf den Blutknopf zu drücken. Aber das machte nichts, weil er sonst erstklassig spielte.

»Du, Mia, bist schuld, dass eine Geisel tot ist! Du! Jetzt mach keinen Fehler, sonst ist der als Nächster dran!«

Der Beutel war im Nu voll. Inzwischen hatte Johanna etwas aus ihrer Jackentasche herausgezogen: eine kleine Ampulle, die sie zerbrach. Was zum Teufel …

Das Schlimmste war, dass ich die ganze Zeit wie versteinert dastand. Mit geschlossenem linkem Augenlid. Und das Einzige, was ich tun konnte, war daran zu denken, wie traurig das alles war: der arme Schorschi. Unser Nachbar! War nun über ein halbes Jahrhundert lang von allem Ungemach des Lebens verschont worden, damit er in Primstal in Ruhe auf sein Lebensende warten konnte und nun starb er in der Fremde, bei einem Überfall, jämmerlich auf dem Fußboden vor einer Mensakasse – um ihn herum helle Aufregung. Und ich war schuld! Und konnte nicht helfen. Mein Hirn raste, und ich entschloss mich, das Einzige zu tun, was mich noch retten konnte: ehrenhaft sein. Ich kniete mich neben Johanna und flüsterte ihr zu: »Verschwinde mit den anderen, ich bleibe bei ihm, bis der Notarzt und die Polizei da sind.«

Aber dann sah ich, wie unser Nachbar kaum merklich zuckte, als Johanna ihm die aufgebrochene Ampulle unter die Nase hielt, und ich konnte an seinen Lippen ablesen, wie er ihr zuflüstere: »Lass den Scheiß, verdammt!« Er öffnete die Augen, nur einen winzigen Moment, und blickte Johanna ernst an. Dann schloss er die Augen wieder und nuschelte: »Lasst mich alleine hier zurück, Jungs, ohne mich kommt ihr vielleicht durch!«

Inzwischen hatte sich eine kleine Menschenmenge um die niederkniende Johanna und den liegenden Nachbarn gebildet. Die meisten der Studis hielten ein Tablett in den Händen. Mit Gyros oder Dampfnudel drauf. Ich hörte, wie Stimmen raunten: »Hat da gerade ein Prof den Geist aufgegeben?« – »Nein, ich glaube, es ist eine politische Aktion!« – »Oder vielleicht werden wir gerade Zeugen eines Verbrechens?« – »Quatsch, doch nicht in der Mensa.«

Rolf war Johanna zu Hilfe gekommen. Beide warfen sich je einen Arm unseres Nachbarn um den Nacken und brachten den alten Schorschi vorsichtig wieder in die Senkrechte. Der Nachbar war immer noch recht bläulich im Gesicht. Der Kopf baumelte nach vorne wie bei einem schlaftrunkenen Kind. Und einige der Studis, die den Anfang der Ereignisse verpasst hatten, applaudierten und nickten anerkennend, als Johanna und Rolf den immer noch wackeligen Totgeglaubten die Treppe hochschafften. Wir gafften ihnen hinterher, bis wir Mia hörten: »Herr Schneider, endlich!«

Er stand direkt vor Johanna, Rolf und dem bläulichen Nachbarn, der zwischen den beiden mehr hing als stand.

»Was ist hier los?«, brüllte dieser Herr Schneider die drei an, und Rolf – weiß der Teufel, wo er die Abgezocktheit hernahm – deutete mit dem freien Arm übers Treppengeländer und rief: »Da unten sind sie, die drei da unten, die haben die Kasse gestohlen. Schnell! Wir bringen den Verletzten in den Sanitätsraum.«

Ich bin nicht sicher, ob Herr Schneider wie gewünscht reagiert und den Fluchtweg freigemacht hätte, wenn in diesem Augenblick Mia nicht gerufen hätte: »Ja, die drei hier haben das Geld. Die Tussi da gehört dazu.« Sie streckte den Zeigefinger in Richtung Raffi aus, der seine Geisel wieder losgelassen hatte. Der Studi ging grinsend zurück zu seinen Kumpels, die ihm anerkennend applaudierten.

Herr Schneider sah auf uns herab, wie wir da standen, die Taschen mit den Währungszeichen vor die Brust drückend.

»Vorsichtig, die haben Messer«, rief Mia geistesgegenwärtig, »und den Professor hätten sie beinahe umgebracht!« Aber das schien Herrn Schneider nicht einzuschüchtern. Energisch stürmte er die Treppe runter. Er schien entschlossen, die Tageseinnahmen unter Einsatz seines Lebens zu retten. Und wir drei standen da wie die Idioten und sahen ihm mit offen stehenden Mündern zu, wie er die Stufen hinunterstürmte.

»Die Treppe hinter euch, schnell!« schrie Rolf von oben. »Durchs Untergeschoss!«

Und endlich kam ich wieder zu mir: »Los! Mir nach!«, befahl ich den anderen, »nein, nicht da lang, Miriam! Robert, los, hier die Treppe runter!« Ich wunderte mich selbst, dass ich soviel Geistesgegenwart besaß, die Decknamen zu benutzen. Wir rannten los. Die nächste Wendeltreppe runter ins Untergeschoss zum Stammessen, und dort an der kurzen Schlange an der Theke vorbei und zwischen den Tischreihen hindurch. Ich hätte nie gedacht, dass ich einmal mit einem Beutel voller Geld durch eine Unimensa renne und hinter mir ein übermotivierter leitender Angestellter »Haltet die Diebe!« brüllt.

Ich nahm nur halb wahr, dass wir viel weniger Aufruhr bei den Mensagästen verursachten, als ich angenommen hatte. Nur direkt in den Reihen, durch die wir durchliefen, schauten die Studis von ihren Essenstabletts auf. Als sie uns drei mit den Beuteln durchs Untergeschoss der Mensa laufen sahen, einen wie wild schreienden und gestikulierenden Typen im weißen Mensakittel hinter uns, reagierten die hungrigen Intellektuellen gereizt und riefen: »Verdammt noch mal, müsst ihr uns auch noch ins Mittagsessen reinpolitisieren!« oder: »Kann man hier nicht mal in Ruhe futtern! Bringt solche Aktionen doch gefälligst während der Vorlesungen!« aber auch »Hey, coole Sache, welche Gruppe ist das denn? Gehören die zum AStA? Jawohl, Mensapreise runter!«

Dann hörte ich nur noch den Bienenschwarm summen.

Weiß der Teufel, wie dieser Herr Schneider es schaffte, uns auf den Fersen zu bleiben, bei dem Tempo, mit dem wir durch das Untergeschoss rannten. Einstellungsvoraussetzung für einen Mensaleiter war wohl, dass er die hundert Meter unter zwölf Sekunden läuft. Mike hatte schon die Ausgangstür erreicht, die zum Park hinter der Mensa führte. Ich war auch durch. Drehte mich um. Sah, wie Raffi gerade raus wollte, da erwischte die ausgestreckte Hand von Herrn Schneider den wehenden Saum von Raffis Blüschen. Der Stoff riss. Teilte sich auf Raffis Rücken. Zum Glück war der völlig unbehaart. Hätte sonst komisch gewirkt. So sah man nur den Verschluss des BHs. Markendessous! Raffi nahm diese Sache wirklich ernst. Raffi zerrte. Noch ein Reißen. Raffi stolperte über die Schwelle. Herr Schneider fiel rücklings. Und ich warf geistesgegenwärtig die Tür zu und stemmte mich dagegen. »Komm, Mike!« Schon war er neben mir. Jetzt warf sich von innen Herr Schneider gegen die Tür. Ich sah, dass Mikes Schnurrbart sich löste und schon ganz schief über der Oberlippe hing. Herr Schneider rief etwas, von innen.

Na klar, er schrie nach Hilfe. Und: »Haltet sie!« Da kam mir die Idee! Endlich! Endlich funktionierte meine Intuition wieder. Nur schade, dass Johanna mich jetzt nicht sah. Gleich hinter uns saß ein Dutzend Studis beieinander im Gras. »Ihr da, schnell, kommt her, eine sexuelle Attacke!« Das wirkte. Im Nu waren sieben, acht Studis, männliche wie weibliche, an unserer Seite, sahen Raffi, der … die sich gerade aufrappelte. Die Bluse zerrissen. Drinnen Herr Schneider. Er sah aus wie ein irrer Triebtäter. Für die Studis zumindest. Die stemmten sich gegen die Tür. Für ein paar Augenblicke hatte ich unser Überfallteam um sieben, acht Leute vergrößert, ohne dass denen klar war, ein Teil des Teams zu sein. »Wir bringen sie in Sicherheit. Gebt uns Vorsprung! Haltet den Kerl auf!« Und sieben, acht Schultern gegen die Tür. Drinnen Herr Schneider immer noch alleine, nur zwei, drei standen von den Tischen auf. Wahrscheinlich, um sich zu beschweren: »Keine politisch-sozialen Statements während der Dampfnudel, bitte!«

Wir rannten die Wiese runter. »Stopp!« Speedy hielt ja auf der anderen Seite der Mensa. An der Lieferantenzufahrt. Also zurück. Oben öffnete sich die Tür. Aber wir waren schon auf dem Weg, der um das Gebäude herumführte. Haufenweise Vorsprung. Und jetzt waren wir in vollem Lauf. Ein Home Run. Schade, dass Johanna mich jetzt nicht … aber die Jungs würden ihr schon alles berichten – nachher. Vor uns Speedy mit dem Rücken zu uns. Schaute in die Richtung, aus der wir schon vor zwei, drei Minuten hätten kommen sollen.

»Motor an!«, schrie ich. Speedy wirbelte herum.

»Wieso …«, wollte er gerade fragen, beendete die Frage aber nicht, sondern schaute uns an. Offenbar belustigt. Wir hatten vor ihm abgebremst. Standen da wie angewurzelt. Starrten auf das rote Auto. Mit luxemburger Nummernschild. Dann auf Speedy. Dann wieder auf das rote Auto.

»Tja, da schaut ihr, Jungs. Ein Renault 4, Baujahr 1977, keine Angst, das ist schon die Version mit vierunddreißig PS, nicht die siebenzwanziger! Was ist denn mit deinem Auge, Gabriel, du hast doch nicht schon getrunken?«

Kam da hinten Herr Schneider?

»Los jetzt, Speedy!«

Ich vorne auf den Beifahrersitz, Mike und Raffi hinten. Dort gab es keine Sitzbank. Die beiden hockten auf einer Wolldecke auf dem Blechboden.

Speedy fuhr los.

»Original eigentlich in laubfroschgrün. Musste ihn leider rot umlackieren. Unauffälliger. Und der alte Müllers Pitt, von dem ich ihn damals bekommen habe ...«

»Nicht jetzt! Verschone uns! Bitte! Wenn die Kiste erst mal im Museum für die berühmtesten Verbrechen steht, kannst du gerne ...«

»Ja, ja, schon gut. Nur noch eins: Lasst die Finger von den Seitenfenstern. Die Schiebeteile fallen leicht raus. He, sagt mal, solltet ihr nicht nur zu zweit sein? Ich zähle drei! Ist da etwa was schiefgelaufen? Na ja, macht nichts. Ohne die Rückbank könnte ich bis zu sieben Leute ins Heckteil reinbekommen. Wär ein prima Auto für Elfie, was meint ihr?« Er lachte. Und war im Nu an dem Schlagbaum, der zur Brücke vor der Geschäftspassage führte. Durch die Schrankenanlage der Hauptzufahrt konnte er schlecht rausfahren, denn dort gab es eine Videoanlage, bei der man den Fahrer genau sehen konnte. Unmittelbar vor dem Schlagbaum bog er rechts ab auf den kleinen Grünstreifen. Dort lag ein dicker Felsbrocken dekorativ in der Wiese. Zwischen Schlagbaum und Fels war ein Abstand von etwa ... ich hörte, wie die beiden Jungs hinter mir geräuschvoll einatmeten. Sah aber auch, dass auf meiner Seite eine Handbreit Platz blieb. Auf Speedys Seite muss es weniger gewesen sein. Bei der Fahrt an der Kneipe Übergang und an den Geschäften auf der Brücke vorbei sprangen Leute zur Seite. Aber niemand wurde verletzt. »Nichts passiert!«, rief ich Speedy zu, der verächtlich schnaubte. Als wir auf die Kohlenstraße abbogen, blickte ich mich noch einmal um, als ob ich mich versichern wollte, dass Herr Schneider nicht mehr hinter uns her war. Knapp eine Minute später waren wir in Richtung Petrisberg abgebogen. Über das alte französische Kasernengelände ging es in Richtung Stadt. Eine kurvenreiche Straße. Ab dem Kloster und dem Hotel Petrisberg kamen Serpentinen wie in den Alpen. Ein wunderbarer Blick auf Trier. Speedy nahm die Serpentinenkurven sehr vorsichtig. Und auch auf einer der dazwischen liegenden Geraden musste er beinah Schritttempo fahren, weil dort Straßenbauarbeiten im Gang waren und große Sand- und Kieshaufen einen Teil der Fahrbahn versperrten.

»Luxemburger Nummernschild?« Ich kam erst jetzt dazu, zu fragen.

»Ja! Hab ich selbst gebastelt!«, antwortete er voller Stolz, »das dauert eine Weile, bis die Polizei feststellt, dass es gefälscht ist.«

Unten beim Amphitheater bog Speedy in die Bergstraße ein. Er wurde immer ruhiger. Sah fast ein wenig missmutig aus.

»Läuft doch alles prima«, sagte ich, um ihn zu loben. Er bog in die Kronprinzenstraße ein.

Mit einem Blick erfasste ich die Genialität von Speedys Plan: Auf der rechten Seite stand der weiße Konkursmasse-LKW, aus dem er uns vorhin am Unicampus rausgelassen hatte.

Der alte Magirus-Deutz parkte vor einem mehrstöckigen Haus, dessen Front komplett hinter einem Baugerüst verschwand. Vor Speedys LKW hielt ein roter Lieferwagen, aus dem Handwerker gerade einige Kabeltrommeln in Richtung Haustür trugen. Die Heckklappe unseres Lasters stand offen, und zwei lange Metallschienen führten von der Straße hinauf zur Ladefläche. Und den Parkplatz direkt hinter dem Laster und den Metallschienen hatte Speedy großflächig freigehalten, indem er dort einfach ein Warndreieck aufgestellt hatte, an dem ein Schild lehnte: Bitte zwei Parkplätze für Baufahrzeuge freihalten!

Speedy umkurvte dieses Schild gekonnt und wir standen direkt hinter den Metallschienen. Ich konnte ins Innere des Laderaums sehen. Die Schienen, die genau den Radabstand des Renault 4 hatten, lagen zwar recht steil an, aber es gab in Primstal Garageneinfahrten, die noch ein paar Prozent Steigung mehr aufwiesen. Wir mussten nur noch da hoch. Ich resümierte für mich im Stillen: Selbst wenn uns die Polizei verfolgt hat – wovon überhaupt keine Rede sein konnte, denn die hatte Herr Schneider ja gerade erst vor wenigen Minuten informieren und zum Tatort rufen können – also selbst wenn die Polizei hinter einem roten Renault 4 mit luxemburger Nummer her war, würde sich die Spur hier endgültig verlieren. Speedy musste den Fluchtwagen, den Renault, schon gestern hier abgestellt und die notwendigen Parkplätze abgesperrt haben. Und während wir den Überfall durchzogen, hatte er den LKW gegen den Renault getauscht. Kompliziert aber clever, unser Speedy. Und wenn ich die Schwarz-Weiß-Westernszene mit Schorschi und auch sonst alles richtig mitbekommen hatte, war niemand zu körperlichem Schaden gekommen. Raffis zerrissene Bluse zählte nicht.

Also los! Jetzt da hoch, dann mussten nur noch die beiden Metallschienen reingeschoben und die Hecktüren des LKW verschlossen werden, dann war nichts mehr vom Fluchtauto zu sehen. Wir waren praktisch in Sicherheit. Der Motor des Renault schnurrte beruhigend im Leerlauf. Herrgott, eine Fluchtfahrt mit vierunddreißig PS!

Also los! Die paar Meter da hoch würden wir auch noch schaffen! Ich sah Speedy an, und auch von hinten erschienen zwei Köpfe zwischen den Sitzen und starrten auf unseren Fahrer. Der umklammerte das Lenkrad mit beiden Händen. Zitterte. Reagierte nicht auf mein »He, was ist los?«, und machte ein patziges Gesicht wie ein Kind, dem die anderen nicht erlauben, mitzuspielen.

Mike und Raffi blickten zu mir nach vorne.

»Super, echt klasse gemacht, Speedy, äh, sollen wir erst aussteigen, ja? Willst du die Kiste alleine hochfahren? Sollen wir schnell die Schienen hinter dir reinschieben? Ehm, was ist los, Speedy?«

Mit einem Stöhnen lehnte er die Stirn auf den oberen Rand des Lenkrades. Er sah aus wie jemand, dem gerade einfiel, dass er etwas Wichtiges vergessen hatte. Verzweifelt. Dann richtete er sich wieder auf, das Lenkrad krampfhaft mit beiden Händen umklammert.

»So nicht! SO NICHT!«, schrie er.

Mike reagierte als Erster. Er hatte die Tür geöffnet und wollte gerade aussteigen, was aber nicht so einfach ging, da er ja hinter dem Fahrersitz kniete. Und dann war es auch schon zu spät, um noch rauszukommen. Speedy stieß zurück. Wendete auf der engen Straße gekonnt in drei Zügen, ohne dass das Auto dabei länger als einen winzigen Moment zum Stillstand kam, und im Nu brausten wir wieder die Bergstraße hoch Richtung Petrisberg. Nach den ersten Schocksekunden versuchten wir es zunächst mit Beschimpfungen und Flüchen, dann mit Beschwichtigungen und mit viel Lob für die gute Planung. Aber er war nicht zu stoppen.

»Glaubt ihr etwa, ich verzichte auf meinen Spaß? Ihr macht, wie die Tunten verkleidet, einen schicken Überfall und könnt heute Abend und bis in alle Ewigkeit von euren Heldentaten erzählen und ich komme dann nur am Rande vor, als der, der die großen Jahrhunderträuber noch eben schnell nach Hause gefahren hat. SO NICHT!«

»Aber nein, nein«, versuchten wir ihn zu beruhigen, »diese geniale Idee mit dem LKW und dem darin versteckten R4!« Aber es half nichts.

»Glaubt ihr, ich mache mir die Mühe, den alten R4 komplett zu restaurieren und umzulackieren, um ihn dann nur mal kurz ein paar Kilometer spazieren zu fahren?«

Nun verloren auch wir Beifahrer mehr und mehr die Fassung: Ich warf ihm die wütendsten Drohungen an den Kopf und auch von hinten kamen Beschimpfungen, dass ich mich trotz der ernsten Lage fragte, wo Raffi – verdammt noch mal – diese Ausdrücke aufgeschnappt hatte. Aber Speedy war nicht zu bremsen.

Fluchend bog er von der Kohlenstraße aufs Campusgelände ein, fuhr wieder über die Brücke vor der Einkaufspassage, schaffte es wieder passgenau zwischen der Schranke und dem Felsblock durch, bog auf den Universitätsring ein und bremste mit quietschenden Reifen genau an der Stelle beim Lieferanteneingang der Mensa, wo er uns vor weniger als fünfzehn Minuten eingesammelt hatte. Dabei zog er mit einem Ruck die Handbremse an, die links unterhalb des Lenkrads war, und riss dabei das Lenkrad so herum, dass das Heck des Wagens ausbrach. Der Renault 4 schleuderte herum, genau hundertachtzig Grad! Speedy gab etwas Gas und steuerte gegen, und schon hielten wir wieder genau in Fluchtrichtung. Hinten hatte es einen dumpfen Schlag gegeben. Ich drehte mich um. Die Jungs waren beim Herumwirbeln an die Seitenwand der Ladefläche geschleudert worden. Raffi rieb sich den Kopf, Mike die Schulter.

»Seid ihr okay, Jungs?« Speedy sah sie durch den Rückspiegel an. Er klang jetzt wieder versöhnlicher. Fast fürsorglich. Aber Mike und Raffi scherten sich nicht um ihre Blessuren, sondern schauten, wie ich, durchs Heckfenster. Und sie sahen, was ich schon beim Herumschleudern aus den Augenwinkeln gesehen hatte: Etwa zwanzig Meter von uns entfernt stand Herr Schneider. Eben noch hatte er wild gestikulierend auf die beiden Polizisten eingeredet, die bei ihm standen. Jetzt starrten er und die beiden Bullen auf die Heckklappe des roten Renault. Hinter den dreien standen noch ein paar Studis. Und dahinter ein Polizeiauto. Einen Augenblick lang passierte gar nichts. Dann reagierte Herr Schneider als Erster. Er streckte den Arm und den Zeigefinger aus. Zielte genau auf die Heckklappe und schrie, schrie so laut und deutlich, dass man es bis ins Auto hören konnte: »Da, das ist sie! Die Blondine!«

Raffi duckte sich nach unten weg, als ob Herr Schneider mit seinem Finger auf ihn schießen könne. Dann hupte Speedy einmal kräftig, wohl um sicherzustellen, dass auch wirklich alle, die sich in Reichweite befanden, auf das rote Auto starrten. Ich sah ihn entsetzt an.

»Ja, was?«, maulte er, »die Tröte musste ich extra reparieren, dann soll sie gefälligst auch zum Einsatz kommen.«

Um dies zu unterstreichen, drückte er noch einmal auf die Hupe. Ein Krächzen wie aus einer verbeulten Posaune, wie man sie in alten Ritterfilmen hört, wenn das Turnier anfängt. Ich drehte mich wieder nach hinten um. Sah die Hinterköpfe von Mike und Raffi. Speedy erblickte durch den Rückspiegel, was wir drei durch das Heckfenster sahen: Die Polizisten schoben die Studis beiseite und liefen zum Polizeiwagen.

»Na also, geht doch«, brummte Speedy zufrieden und ließ etwas Gummi auf dem Asphalt liegen, als er losbretterte. Hinter uns hörten wir Sirenengeheul. Die enge Stelle meisterte Speedy diesmal mit einer deutlich höheren Geschwindigkeit als bei den beiden ersten Durchfahrten. Ich bildete mir ein, auf meiner Seite ein »Skrrtsch« gehört zu haben, als wir am Felsbrocken vorbeifuhren, aber als ich die Augen wieder öffnete, war der Außenspiegel noch dran. Na ja, halb dran.

»Mit einem Benz kommste da nicht durch!« sagte Speedy stolz. Die Polizisten hinter uns hatten einen Benz. Die würden also gleich vorm Schlagbaum stehen und einsehen, dass sie an dieser Stelle nicht durchkommen. Sie mussten also zurückstoßen und auf dem eng zugeparkten Terrain wenden, um zum Haupteingang zu fahren. Und wenn sie endlich durch die Schranke, an der es um diese Zeit immer einen kleinen Stau gab, durch waren, wussten sie noch nicht, ob wir Richtung Filsch oder Stadtmitte unterwegs waren. Allerdings war die Kohlenstraße lang und gerade. Wahrscheinlich würden wir nicht genug Zeit gewinnen, dass sie uns nicht mehr in Richtung Stadt fahren sahen. Abhängen konnten wir die Polizei hier nicht.

Speedy hupte mehrmals, um in der Geschäftspassage auf der Brücke die Passanten frühzeitig zu warnen. Alle sprangen brav zur Seite und wir kamen schnell durch. Dass die Ampel an der Kreuzung, die vom Unicampus runter führte, gerade auf Rot sprang, ignorierte Speedy. Ein Auto, das von rechts anfuhr, bremste abrupt. Wir hörten ein aggressives Hupen. Als wir diesmal die Kohlenstraße runterheizten, konnten wir ein gutes Stück hinter uns einen grün-weißen Benz erkennen, der mit Blaulicht aus dem Haupteingang der Uni kommend auf die Kohlenstraße einbog. Die würden mit ihrer Polizeikarre nicht lange brauchen, um unsere Vierunddreißig-PS-Schüssel einzuholen. Mit quietschenden Reifen bogen wir in die Pluwiger Straße Richtung Petrisberg ab und Speedy meisterte die alten Kasernenstraßen, indem er nicht nur mit dem Lenkrad und dem Gaspedal spielte, sondern auch mit der Handbremse. Wir fuhren nicht einfach durch die Kurven, sondern drifteten so durch, dass die Kühlerhaube des Renaults im Scheitelpunkt einer Biegung schon in die darauffolgende Fahrtrichtung zeigte.

Weiß der Teufel, wie ich mich da wieder reingeritten hatte! So war das nicht geplant gewesen, dass ich durch die Petrisberger Serpentinen schleudere, in einer Vierunddreißig-PS-Klapperkiste, und darauf höre, ob die Polizeisirene näher kommt.

»Ach so, jetzt hätte ich beinahe das Beste vergessen«, rief Speedy lachend, und er schaltete einen altmodischen Kassettenrekorder ein, den ich noch gar nicht registriert hatte. Es rauschte.

»Los, schieb die Kassette rein!«, befahl er mir.

Ich war so verblüfft, dass ich es einfach tat. Natürlich Hardrock. Speedys Lieblingsmusik. AC/DC. Harte Gitarrenakkorde.

Bis kurz vor dem Aussichtspunkt beim Nonnenkloster, oberhalb des Hotels Petrisberg, hatte die Polizei zwar Boden gut gemacht, aber nicht soviel, wie ich befürchtet hatte. Das Sirenengeheul klang kaum lauter als vorhin auf der Kohlenstraße. Vielleicht lag das aber auch an dem Krach, der aus der Zweimal-acht-Watt-Anlage kam: *Living easy, loving free, season ticket on a one-way ride* dröhnte es aus den Lautsprechern. Und Speedys Trumpf kam ja noch: Die besonders engen Serpentinen oberhalb des Amphitheaters. Diesmal achtete ich nicht auf die schöne Aussicht auf die Stadt und die Mosel. *I'm on my way to the promised land.* Ein kurzer Blick nach hinten zeigte mir, dass Mike und Raffi mit den Nasen an der Heckscheibe klebten. Wie zwei Hunde, die hinten im Auto mitfahren dürfen und neugierig darauf achten, was in der vorbeirasenden Welt geschieht. Kam das Sirenengeheul etwa näher? *We're on the hiiiighway to hell.* Die erste Serpentinenkurve nahm Speedy mit knapp vierzig Sachen. Das würden die mit ihrem Benz auch nicht schneller schaffen. Die Reifen quietschten. Und Speedy drehte jetzt völlig durch. Er jauchzte und jubilierte, »yeaaahhh« und »jaaa-ha-ha«, und dabei schlug er begeistert mit einer Hand auf das Lenkrad, wann immer er für ein, zwei Sekunden mal nicht beide Hände zum Steuern und Schalten brauchte. Grölte einzelne Zeilen mit: »*No stop signs, no speed limits.* Dreh lauter, los, härter!« brüllte er. Ich gehorchte. »*Nobody's gonna slow me down.*« Seine Faust hämmerte aufs Lenkrad ... *hiiighway to hell* ... – Hinten: wrumms, wrumms. Raffi und Mike purzelten auf der Ladefläche hin und her. Ob das gesund war? Die Beutebeutel hielten sie immer noch fest. Und Speedy: »*... on the hiiiighway to hell.*« Auf der Geraden, kurz vor der nächsten Hundertachtzig-Grad-Kurve beim Hotel Petrisberg: die Baustelle. Speedy visierte den Kieshaufen an, der halb auf der linken Fahrbahnseite lag. Machte eine ruckartige Lenkbewegung und riss einmal kurz an der Handbremse. Das Heck des R4 schlug in den Kies. Ein Prasseln. Ich sah nach hinten auf die Straße. Der Asphalt lag jetzt voller kleiner weißer Steinchen. Hier musste auch der Benz auf unter vierzig runter. Und weiter. *I'm going down all the way.* Die nächste Kurve mit höchstens dreißig. Trotzdem Reifenquietschen. Wrumms, wrumms. Kurzer Blick nach hinten. Die Jungs lagen hinterm Fahrersitz. Taa-tüü. Nicht wesentlich näher. *Hiiighway to hell.* Und nochmal volle Pulle. Nächste Spitzkehre. Der Renault neigte sich dermaßen zur Seite, dass ich gewettet hätte, wir setzen mit dem Außenspiegel auf dem Asphalt auf. Und Speedy: »jaaaaa-haha!« Und der Kassettenrekorder: »*... on the way to the promised land*«. Und ich dachte: ›Herrje, die Einfahrt in die Bergstraße schaffen wir nieee!‹ Aber schon rutschen wir so herum, dass wir tatsächlich wieder mit der Kühlerhaube in der richtigen Fahrtrichtung standen. Und von unten ein Kieslaster. So ein Glück! Das würde die Grünen noch einmal viel Zeit kosten. Trotz Benz. Hinten wrumms, wrumms. Die Bergstraße runter mit Gitarrensolo. G-D-A-Akkorde. Mit etwas mehr Gefühl in die Kronprinzenstraße. Aber zügig rechts zur Seite, wo der LKW …

»Verdammt, Speedy, das Warndrei …«

Er war schon drübergefahren. Es schepperte. Dann schepperte es nochmal. Wir schossen die Metallschienen hoch – und stoppten abrupt. Hinten: wrumms. Und vorne Speedy: »*I'm on the hiiigh-waaay … to-ho-heeeeell.*« Und dann: »Fertig. Kannst ausschalten!«

Im nächsten Moment war Speedy rausgesprungen und rannte zur hinteren Ladeklappe. Er schlug auf den roten Knopf. Die Hydraulik der Ladeklappe surrte. Auf meiner Seite: Kein Platz zum Aussteigen. Der Außenspiegel klemmte zwischen dem Renault und der LKW-Wand.

»Du hast den Beifahrerspiegel abgerissen!«, rief ich ihm hinterher.

»Sei froh, dass ich den nicht schon in der letzten Serpentine zerquetscht habe«, kam prompt zurück.

Speedy sprang von der Ladefläche, hatte im Nu die Schienen ins Innere geschoben, bevor das Surren die Klappe auf das Niveau der Ladefläche gehoben hatte, und schon war er wieder reingesprungen – ein Warndreieck in der einen und ein Baustellenschild in der anderen Hand. Ich kletterte umständlich über den Fahrersitz aus dem Renault. Die Ladeklappe des LKW schloss sich. Und zack! Verriegelt. Es war recht dunkel im Laster. Ein kleines Lämpchen gab ein wenig Licht. Ich öffnete die Heckklappe des R4. Zwei Köpfe erschienen. Raffi und Mike kauerten auf allen Vieren. Und gleichzeitig – wie als verspäteter Schlussakkord zu AC/DC – kotzten Raffi und Mike mir geräuschvoll vor die Füße. Hchrrruäär!

Taa-tüü ... ich hielt den Atem an ... taa-taa. Und noch mal taa-tüü. Schon das nächste taa-taa deutlich leiser. Ich atmete aus. Und merkte, wie mein Augenlid sich entspannte. Gott sei Dank! Es ist kaum zu glauben, was für eine schlechte Sicht man hat, wenn man nur aus einem Auge guckt! Bei Trunkenheit fällt mir das gar nicht so auf.

»Na also«, meinte Speedy triumphierend, »sie haben die Kronprinzenstraße links liegen lassen. Klar, sie suchen einen roten Renault. Inzwischen sucht die ganze Trierer Polizei einen roten Renault. Mit luxemburger Nummer. Und das da«, er zeigte auf die Kotze auf der Ladefläche, »machen wir später sauber, ihr Memmen! Also weiter. Ihr drei: zurück ins Auto!« Daraufhin öffnete er eine Klappe, ein kleines Türchen an der Wand des Lasters, die zur Fahrerkabine führte.

»Ich wusste gar nicht, dass es eine Verbindung von der Ladefläche ...«

»Gibt es normalerweise auch nicht«, unterbrach mich Speedy, »die hier ist auch erst vorgestern fertig geworden. Von außen nicht erkennbar!« Sein Stolz war unüberhörbar. Er quetschte sich durch, ich setzte mich auf den Fahrersitz des R 4. Hinten stöhnten Raffi und Mike. Sie überprüften, ob ihre Knochen noch heil waren. Der Diesel sprang an. Zwischen Fahrer- und Beifahrersitz entdeckte ich, dass Speedy dort eine Flaschenhalterung angebracht hatte. Aus der Sprudelflasche, die drin stand, fehlte erst ein Schluck. Ich reichte die Flasche nach hinten.

»Oh ja, das brauche ich jetzt«, stöhnte Raffi. Beide spülten sich die Münder aus. Spuckten aus der immer noch offenen Heckklappe. Wir fuhren los. Langsam.

»Trotzdem, ihr stinkt wie die Knastbrüder, verdammt!«

»Das kommt von draußen, also von dem, was wir hinterm Auto in den LKW abgeladen haben«, maulte Mike und deutete zur immer noch offenen Heckklappe.

Und Raffi war nicht sicher, ob er sich nochmal … – er zerrte an einem der Schiebefenster. Es fiel krachend auf die Heckladefläche des Renault.

»Das wirst du Speedy erklären müssen.«

»Der kann mich mal.«

Dafür, dass der Raub geglückt war und wir samt der Beute in wenigen Minuten in Sicherheit sein würden, war die Stimmung verdammt schlecht.

Wir mussten ein kleines Stückchen durch die Stadt. Hörten mehrere Tatüüütataas. Von verschiedenen Seiten, so schien es. Aber der Laster rollte gemächlich weiter. In wenigen Minuten würden sämtliche Ausfallstraßen aus Trier raus gesperrt sein. Und die Grenzübergänge nach Luxemburg dicht. Noch suchte die Polizei einen roten R4 mit luxemburger Nummer. Wir saßen in einem roten R4 mit luxemburger Nummer. Aber wir saßen in einem roten Renault in einem LKW. Speedy war auf dem Weg zur Mosel. Weit konnte es nicht mehr sein. Ein ganz kleines Stück mussten wir über einen Radweg fahren – das hatte Speedy uns vorher gesagt. Das konnte verdächtig wirken. Nicht jetzt, sondern eventuell später, wenn Zeugen befragt wurden; wenn es hieß: zweckdienliche Hinweise bitte bei der und der Polizeidienststelle.

Viel Betrieb dürfte jetzt aber nicht auf dem Radweg sein. Es war Dienstag, früher Nachmittag, keine Ferienzeit. Alles ruhig an der Mosel.

Speedy kannte einen Schleichweg irgendwo zwischen Trier und Schweich. Speedy kannte jeden Schleichweg von der Eifel bis nach Saarbrücken – um genau zu sein. Als der Motor abgestellt wurde, wussten wir, dass wir mitten im

Grünen, zwischen hohen Büschen und Dornenhecken, direkt an der Mosel hielten. Die genaue Fluchtfahrstrecke gehörte im Gegensatz zu den Fluchtfahrzeugen zu den Fakten, die Speedy vorher preisgegeben hatte. Und als die Klappe sich öffnete, erkannten wir, dass wir mit dem Heck des LKW nur wenige Meter vom Ufer entfernt parkten. Aus der Ferne drangen Sirenengeräusche übers Wasser. Und ein surrendes Motorgeräusch war zu hören. Wir stiegen aus. Das Ufer war hier nicht ganz flach, sondern es gab einen kleinen Absatz zum Wasser. Die Mosel floss hier extrem träge, stand fast, und war an dieser Stelle sehr tief.

In der Ferne vernahm ich das Rauschen der Autobahn. Und das surrende Motorgeräusch wurde lauter.

Auch Speedy war inzwischen ausgestiegen und drückte mir einen roten Metallkanister in die Hand. Fassungsvermögen: zehn Liter. Aber in diesem Kanister war noch nie Benzin drin gewesen. Der war praktisch neuwertig. Während Raffi Speedy dabei half, die Metallschienen anzulegen, sodass sie von der Ladefläche zum Moselufer reichten, begannen wir wie geplant das Geld aus den Taschen zu räumen, in mehrere kleine Plastiktütchen umzupacken und in den Kanister zu stecken.

Das surrende Motorgeräusch hörte sich nun recht nahe an.

»So! Habt ihr alles raus aus der guten, alten Kiste?«, fragte Speedy.

Mike hob die nun leeren Beutel mit den aufgedruckten Währungszeichen in die Höhe und ich den Blechkanister mit der Linken und die Kassette, die ich aus dem Rekorder genommen hatte, mit der Rechten.

»Guter Junge!«, lobte Speedy. »Halt, ich brauche noch meine Sprudelflasche!«

»Nein!« Ich hielt ihm den Arm vor die Brust, als er auf die Ladefläche springen wollte, um sie zu holen. »Aus der willst du nichts mehr trinken, glaub mir!«

Er nickte verstehend, drückte Raffi einen Eimer in die Hand, hieß ihn die Brocken von der hinteren Ladefläche abzuspülen. Dann kletterte er selbst noch einmal in den R4. »He, da hat ja schon einer ein Seitenfenster rausgenommen, das wollte ich doch selber ... nun ja, ist jetzt auch egal.« Er warf das gegenüberliegende Schiebefenster mit einem Handgriff ins Autoinnere und öffnete alle Fenster des R4. »Na los, worauf wartet ihr noch?«

»Meinst du, wir können dich alleine ...«

»Los, los, weiter im Zeitplan bleiben!«, herrschte Speedy uns an und wandte sich zum LKW.

Das surrende Motorgeräusch war nun ganz nahe beim Ufer und wurde dann plötzlich abgewürgt. Nachdem der Außenbordmotor verstummt war, reichte der Schwung noch, um das kleine Schlauchboot bis ans Ufer gleiten zu lassen. Matti winkte kurz und warf Mike ein Seil zu, das vorne am Boot befestigt war. Hielt es fest. Ich stieg ein und gleich nach mir Raffi.

»Was ist denn das? Solltet ihr nicht nur zu zweit sein? Wieso drei! Ist da etwa was schief gelaufen?«, fragte Matti.

»Quatsch, läuft alles nach Plan!«, würgte ich jedes weitere Gemeckere ab.

Speedy war ans Ufer getreten, übernahm das Seil und hielt das Boot fest, bis auch Mike eingestiegen war und sich – wie Raffi und ich – auf den Bootsrand gesetzt hatte. Es war kaum Platz für uns alle. Das Schlauchboot war nicht einmal zwei Meter lang, und Matti nahm im hinteren Teil schon recht viel Platz ein. Er brauchte genügend Bewegungsfreiheit, um Gas zu geben und zu steuern. Speedy stieß das Schlauchboot ab und winkte linkisch, während wir rückwärts ein paar Meter Richtung Flussmitte glitten. Matti riss einmal energisch am Seilzugstarter und der Außenborder sprotzte beruhigend vor sich hin. Wir glitten langsam noch ein Stück rückwärts, dann drehte Matti ein wenig am Gasgriff der Pinne, und das Boot bewegte sich langsam nach vorne und beschrieb einen Halbkreis.

Matti sah nach vorn. Aber Mike, Raffi und ich blickten uns

um und sahen wie Speedy im Inneren des Lasters verschwand. Sekunden später ragte die offene Heckklappe des Renault aus dem LKW. Und gleich danach berührten die Hinterreifen schon die beiden Metallschienen. In dieser Position stockte der R4 einen Moment. Wahrscheinlich musste Speedy, der innen im LKW vor der roten Motorhaube stand, noch einmal Schwung holen, um das Auto rauszuschieben. Dieser kurze, tote Augenblick erinnerte mich daran, wie bei einer Achterbahnfahrt der Wagen genau auf dem Scheitelpunkt einer Steigung einen Moment lang stillzustehen scheint, bevor er unaufhaltsam nach unten rast.

Dann sahen wir die Seitentüren, dann die Motorhaube ... und schließlich Speedys Hände und Arme; sahen, wie diese unserem roten Fluchtwagen einen letzten Schubs gaben. Dann verschwanden Speedys Arme wieder im Inneren der Ladefläche. Der Renault rollte die Metallschienen runter in die Mosel und versank im Nu. Nicht wie bei Filmen, wo sich das Heck noch einmal theatralisch aufbäumt und es ewige Sekunden dauert, bis der Wagen gluckernd untergeht. Nein, unser R4 glitt durch die Oberfläche der Mosel, als ob das Wasser nur dichter Nebel sei. Durch die offene Heckklappe und scheibenlosen Fenster war der Wagen so schnell voller Wasser, dass es nur einmal kurz Platsch machte; und ein, zwei Sekunden später schlossen sich die Wellen über dem roten Dach.

Selbst für den unwahrscheinlichen Fall, dass irgendjemand genau in diesem Moment auf genau diese dicht bewachsene Stelle am Moselufer blickte, würde er kaum begreifen, was da geschehen war: Ist da etwa gerade ein rotes Auto aus der Hecke in den Fluss gefallen ... oder was war das? Aber weit und breit gab es niemanden, der genau in diesem Augenblick hingesehen hatte – zu dieser unauffälligen, versteckten Uferböschung.

Wir entfernten uns weiter von der Stelle, wo sich die letzten Wellen über dem verschwundenen Blechdach verwirbelten, konnten aber noch sehen, wie Speedy ans Wasser trat und auch die beiden Metallschienen, das Warndreieck und das Baustellenschild der Mosel übergab. Dann drehte er sich um, kletterte hastig die kleine Böschung hoch und stand wenige Sekunden später wieder am Ufer. Er hielt einen silbernen Gegenstand in der Hand. Den Außenspiegel. Für den unwahrscheinlichen Fall, dass er in eine Polizeikontrolle geriet, sollte nichts mehr auf einen Renault hinweisen.

Speedy wurde immer kleiner. Seine Schultern hingen herab, und ich hatte den Eindruck, dass sie ruckartig auf und ab vibrierten. Dann warf er mit einer zaghaften Bewegung den Außenspiegel ungefähr an die Stelle, wo sich das Wasser über dem versunkenen Auto wieder geschlossen hatte und die letzten konzentrischen Wellenkreise ausliefen. Er hatte den Spiegel mit einer Bewegung geworfen, wie man einem Sarg eine letzte Blume hinterherwirft, bevor das Grab mit Erde aufgefüllt wird. Ich fragte mich, ob Speedy dereinst genau soviel Inbrunst an den Tag legen würde, wenn er an einem unserer Gräber stünde, um Abschied zu nehmen.

Raffi, Mike und ich ertappten uns dabei, wie wir instinktiv die Hände falteten und still auf die Wasseroberfläche blickten. Dann bemerkten wir, dass Speedy mit einer raschen, entschlossenen Bewegung wieder die Uferböschung hinaufsprang … und verschwunden war.

Der Zeitplan! Bis jetzt hatten wir uns im Schritttempo übers Wasser bewegt, jetzt gab Matti vorsichtig mehr Gas. Der Motor, der bislang nur leise getuckert hatte, war plötzlich so laut, dass ich dachte, man könne ihn bis rauf zum Petrisberg und bis zur Mensa hören, sodass Herr Schneider schrie: »Sie fliehen über die Mosel!« Aber niemand hörte unseren Außenborder, und wir glitten zügig in Richtung Sportboot- und Yachthafen Schweich. Dabei verwandelten wir uns wieder in uns selbst. Raffi versenkte seine blonde Perücke in der Mosel und blickte ihr fast genau so wehmütig hinterher wie vorhin Speedy seinem Renault. Und auch die falschen Bärte und alle weiteren verräterischen Überreste waren inzwischen dem Wasser übergeben worden. Auch die Geldtransportbeutel. Ich hielt den Kanister zwischen den Füßen fest. Auf der A 1, auf der Moseltalbrücke und auf der Schweicher Brücke war Blaulicht zu sehen, und auch von der A 620 her drang Sirenengeräusch über das Wasser.

Als wir in den Yachthafen einbogen und am Boot von Mattis Onkel anlegten, lagen wir nur wenige Minuten hinter dem prognostizierten Zeitplan zurück. Nicht schlecht, wenn man bedenkt, dass wir die Fahrt von der Mensa zur Kronprinzenstraße zweimal absolviert hatten. Als wir an Bord kletterten, hörten wir auch auf der Schweicher Moselseite Polizeisirenen. Sie suchten immer noch nach einem roten Renault.

Matti schloss die Kabinentür der Yacht auf.

»Ich mache uns einen Kaffee«, schlug Raffi vor, der aussah, als ob er nie ein Mädchen gewesen wäre.

»Vorhin haste mir besser gefallen«, frotzelte Mike.

»Du mir auch, mit dem Gebüsch unter der Nase«, konterte Raffi.

»Also, wie kommt es«, wollte Matti wissen, »dass Raffi nicht wie geplant mit seiner Truppe längst über die saarländische Grenze ist?«

»Später!«, wiegelte ich ab, weil ich sah, dass Mike es nicht lassen konnte, den Kanister aufschraubte und mit einer Grillzange die Plastikbeutelchen wieder rausfischte.

Das Wasser kochte. Während Raffi den Kaffee aufbrühte, zählte ich mit Mike das Geld.

Fast 28.000. 27.615 Mark – um genau zu sein. Raffi nahm einen Fünf-Mark-Schein und steckte ihn in ein Glas mit Kleingeld, das auf einem Kabinenschränkchen stand. »Für die Kaffeekasse von Mattis Onkel.«

Nachdem Mike wusste, wie viel Geld wir erbeutet hatten, stopften wir es – in Plastik verpackt – wieder zurück in den Kanister. Das Blechding wog gar nicht schwer in der Hand. Nicht so, als ob fast 28.000 Mark drin waren. Nur wenn man den Kanister schüttelte, war zu spüren, dass sich etwas im Inneren befand. Dann befestigten wir zwei Metallketten mit großen, stabilen Vorhängeschlössern am Griff des Kanisters. Am anderen Ende der Ketten waren schwere Metallgewichte befestigt. Die Konstruktion hatte Andi in der Stahlhütte angefertigt – nebenbei, also als »hochwertige Sackarbeit, rostfreier Stahl, tipptopp Material, das hält Jahre, wenn es sein muss«, behauptete er. Dabei musste es gar nicht so lange halten. Alle gemeinsam gingen wir wieder an Deck und kletterten von der Yacht runter auf den Anlegesteg. Matti lockerte die Leinen ein wenig und drückte das Boot zwei, drei Handbreit ab. Ich setzte den Kanister aufs Wasser, während die Gewichte noch auf dem Steg lagen. Der Kanister schwamm. Mike hatte einen langen Bootshaken dabei, den er am Griff des Kanisters einhakte. Dann ließ ich die Gewichte ins Wasser gleiten. Matti hielt die beiden Ketten, damit die Gewichte den Blechkanister nicht zu ruckartig nach unten zogen. So konnte Mike mit dem Bootshaken den versinkenden Schatz lenken. So wie wir das vorher ausprobiert hatten. Die Stange zeigte leicht schräg unter den Steg. Und nur genau so – nämlich mit dem Bootshaken – konnte man den Kanister wieder raufholen. Er wurde nicht am Steg oder sonstwo festgemacht. Ich kramte ein Taschenmesser hervor und schnitt eine kleine Kerbe an die Stelle, wo Mike den Bootshaken angelehnt hatte. Matti zog die Leinen wieder strammer. Die Lücke zum Bootsrumpf schloss sich wieder.

»Ist das nicht übertrieben?«, fragte Mike, als wir wieder in der Kabine waren und Kaffee tranken. »Nur, weil du Spinner einen Nibelungenschatz in der Mosel haben willst.« Das galt mir.

»Du hast doch selbst gesagt, dass dir der Gedanke nicht gefällt, das Geld an Bord zu verstecken.«

»Gott bewahre«, warf Matti ein, »mein Onkel räumt hier viel zu oft und viel zu gründlich auf. Wenn der den Kanister findet, dann ... dann freut er sich und versteckt das Geld gleich irgendwo anders.«

»Außerdem kommen wir nicht jederzeit an den Schlüssel für die Bootskabine«, rechtfertigte ich mich weiter, »also kämen wir nicht jederzeit ans Geld. Der Bootshaken dagegen ist außen auf dem Deck befestigt ...«

»Das Versteck ist super«, beendete Raffi die Diskussion, »wir müssen nur die Geduld bewahren und den Kanister eine Zeit lang da unten lassen.« Wir schwiegen einen Moment und ich stellte mir die Gewichte auf dem Grund des Flusses vor und wie darüber, an den Ketten, der Kanister unter dem Bootssteg schwebte. Ich fand das genial: ein so herrlich kompliziertes Versteck.

Wir schafften das kleine Schlauchboot wieder an Bord und banden es fest. Zuvor hatten wir den Fünf-PS-Außenbordmotor abgeschraubt und an Bord gehievt. Der musste im Inneren der Yacht verstaut werden. Als wir das Schlauchboot und den Motor an ihren Platz zurück geräumt hatten, fand Mike eine halb volle – Raffi würde sagen: eine halb leere – Flasche Mirabellenschnaps, mit Etikett vom Primstaler Obst- und Gartenbauverein, und ich brummte zufrieden: »Hätte mich auch gewundert, wenn Mattis Onkel nicht ein bisschen Material an Bord hätte, für den Fall, dass es etwas zu feiern gibt.« Und wir ließen die Flasche zwischen uns kreisen. Mike sah zufrieden aus, ich platzte fast vor Stolz und konnte kaum glauben, dass tatsächlich alles gut gegangen war und brannte darauf, Johanna und die anderen zu sehen. Matti strahlte und Raffi hatte ...ja, wirklich, hatte feuchte Augen, als ob ihn die ganze Aktion sehr rührte. Vielleicht war er auch einfach mit den Nerven am Ende.

Wir ließen noch einen kleinen Anstandsrest in der Flasche. Kletterten an Deck. Schlossen die Kabine ab und gingen zu Fuß zum Schweicher Bahnhof. Von dort fuhren wir mit dem Bummelzug zurück nach Trier zum Hauptbahnhof, um von dort den Überlandbus, den R 200, zurück nach Hause zu nehmen.

Im Bus erzählte der Fahrer, dass in der Trierer Unimensa hunderttausend Mark geraubt worden seien und ein alter

Professor dabei ums Leben gekommen und seine Leiche entführt worden sei. Es war verblüffend, wie schnell sich die Darstellung unseres Coups verselbstständigte. Wir schwiegen und genossen es einfach und fielen nur einmal kurz auf, als Mike wenige Kilometer vor Hermeskeil rülpste und auf dem Sitz vor ihm ein kleiner Junge mit dem Finger auf ihn zeigt und rief: »Mama, der Onkel da riecht aus dem Mund genauso komisch wie Opa!«

Kurz bevor wir in Nonnweiler ausstiegen, drehte der Busfahrer das Radio lauter. So erfuhren wir, dass man vermutete, die Mensaräuber seien nach Luxemburg oder Frankreich entkommen und dass sich die polizeilichen Ermittlungen vor allem darauf konzentrierten, die Identität der Anführerin der Gangsterbande herauszufinden. Eine blonde Schönheit namens Miriam sei bei der Geiselnahme eines Studenten mit äußerster Brutalität vorgegangen und habe auch den Mensaleiter in ein gefährliches Handgemenge verwickelt. Auch von einem weiteren Täter sei der Vorname bekannt, nämlich Robert – englisch ausgesprochen. Die Anführerin, Miriam, stamme wohl nicht aus der Region, hieß es in dem Bericht noch, zumindest sei die blonde Räuberin die einzige der Bande gewesen, die akzentfrei deutsch gesprochen habe.

Nachdem wir ausgestiegen waren, klopften wir Raffi anerkennend auf die Schulter.

14 Harald mit Mütze

Einen Tag nach dem Mensaraub stand Harald vor der Tür. Mit Mütze auf.

Aber der Reihe nach: Abends im Jugendclub wurde gefeiert, dass mein linkes Augenlid sich zeitweilig wieder verselbstständigte. Eigentlich war es unvorsichtig vom Team, so hemmungslos zu feiern. Aber aufzuhalten war es nicht. Andi und Rolf ließen den Betriebsrollbraten sausen und Nicole und Lissie ihre Musicalkarten verfallen. Herbie handelte sich bei seinem Onkel eine Rüge ein, weil er nicht zum Geburtstagskuchen erschien. Und Speedy dachte nicht einmal mehr an sein Oldtimertreffen. Alle guten Vorsätze waren dahin. Von wegen sich erst einmal die Stunden und Tage nach dem Überfall normal und unauffällig benehmen. Andererseits: Was sollte schon auffällig daran sein? Es kamen sowieso regelmäßig Leute zum Feiern in den Jugendclub. Das war man im Dorf nicht nur gewohnt, man erwartete geradezu, dass hier öfter eine Party stieg.

Die Feier begann nachmittags, nachdem alle wieder im Jugendclub eingetrudelt waren, und dauerte bis zum darauffolgenden Morgen. Wir blieben die ganze Zeit unten in der Küche und im Esszimmer. So konnten wir in Ruhe alle wichtigen Überfallszenen nachspielen.

Dabei wurde vor allem Herrn Schneider, aber auch Mia – der Kassiererin – die gebührende Anerkennung gezollt. »Herr Schneider, Kasse drei-hei!«, äfften wir Mia nach und »Die haben Messer!« und »Die Tussi gehört auch dazu« – Raffi wurde puterrot, wann immer das zitiert wurde – und natürlich: »Haltet die Diebe!« Und Raffi konnte sogar das Geräusch nachahmen, das beim Zerreißen einer Bluse entsteht. Mensch, was hatten wir für einen Spaß!

Auch Speedys Leistung wurde ausgiebig gewürdigt. Der alte Geheimniskrämer war vorher ja nicht damit rausgerückt, dass er am Vorabend des Überfalls den roten R4 – Gott hab ihn selig – nach Trier gebracht und das Baustellenschild dort aufgestellt hatte.

»Okay«, gab Speedy später am Abend lachend zu, »ich habe es nicht geschafft, die ganze Fahrt über auf vier Rädern zu bleiben. Also die vorletzte Kurve vor der Bergstraße ... da dachte ich schon, wir erleben den Schlussakkord von *Highway to Hell* nur noch mit der Motorhaube im rechten Winkel zur Fahrbahn. Aber den Außenspiegel habe ich dann doch erst im LKW zerdatscht.«

Die Szene, die am heftigsten diskutiert und immer und immer wieder nachgestellt wurde, war natürlich die Sechzig-Sekunden-Agonie unseres Nachbarn. Sein »Lasst mich alleine hier zurück, Jungs, ohne mich kommt ihr vielleicht durch!«, war der meistzitierte Ausspruch des Abends. Der Nachbar stellte zweierlei klar: Ja, er war wirklich krank, und er kannte solche Anfälle schon seit seiner Kindheit; und ja, inzwischen hatte er es einigermaßen im Griff, mildere Formen solcher Anfälle durch Atem- und Hyperventilationstechniken gezielt herbeizuführen.

»Als ich dich da liegen sah«, beichtete Herbie, der betrunken war und große Kinderaugen machte, »hätte ich vor Schreck beinahe die Beine samt der Hoden über dem Kopf zusammengeschlagen.« Wir lachten. Und der Nachbar versicherte uns, dass er solche selbst herbeigeführten Anfälle nur ganz selten anwende und dann auch niemals aus reinem Eigennutz, sondern nur, um sich und andere aus brenzligen Situationen zu retten. Nur ein einziges Mal habe er mit einem forcierten Anfall auch erreicht, dass Pleckmonenkäthchen sich intensiver um ihn kümmerte.

»Also verzeiht mir, dass ich in der Mensa blau angelaufen bin.

Aber erstens hatte ich den Eindruck, dass in diesem Augenblick alles schiefzulaufen drohte und deshalb eine kurze Auszeit, ein Ablenkungsmanöver, sehr hilfreich wäre ...« »Ja, ein gut gezündetes Strohfeuer, mein Lieber«, warf Andi ein.

»... und zweitens – das gebe ich zu – wollte ich auch einmal in meinem Leben an der richtigen Stelle diesen wunderbaren Satz aus den Schwarz-Weiß-Western meiner Kindheit sagen. Ein kurzes Glück, ich weiß. Aber Glück macht an Höhe wett, was ihm an Länge fehlt.«

Wir dachten einen Augenblick angestrengt nach, was an diesem Spruch nicht stimmte. Aber unser Nachbar gab lachend zu: »Keine Angst, das ist nicht von mir, dass ist ein Zitat von irgend so einem Dichter. Und es ist natürlich Unsinn. Glück ist kein Glück, wenn es kurz ist. Als Glück würde ich nur etwas Dauerhaftes oder wenigstens Langwährendes bezeichnen.«

Kurz darauf waren wir alle zu betrunken, um über das Leben im Allgemeinen oder den Überfall im Besonderen nachzudenken, und wir schockten Raffi damit, dass wir sangen: »*Deutsch ist die Saar, deutsch immerdar, deutsch ist die Wutz im Stall, deutsch sind unsere Hühner all.*« Nach der Melodie von *Glück auf, der Steiger kommt*. Diese Textversion hatte Familientradition, weil Opa Hannes sich getraut hatte, sie am Sonnabend vor der Heim-ins-Reich-Wahl, also am 12. Januar 1935, in einer Kneipe im benachbarten Dautweiler zu singen. Und zwar lauthals und mit der Aufforderung an die anderen Kneipengäste, doch mit einzustimmen. Er kam damit durch, weil er sturzbetrunken war und alle es für einen misslungenen Scherz hielten. Und weil einige Bergmannskumpel mit in der Kneipe waren, die ihn unter Tage noch brauchten. Immerhin war Hannes Führer eines Grubenwehrtrupps.

Raffi war – glaube ich – geschockt, weil wir dann noch alle restlichen Strophen sangen, und zwar ohne verhohnepipelten Text. Gefühlt sind das so etwa fünfundvierzig Strophen.

Als unser Nachbar zu Ehren des Jugendclubs – dem er

wünschte, er möge auf ewig so großartige Menschen beherbergen wie einstmals den guten Hannes und heute Gabriel und auch Mike – das Lied *Ein Haus voll Glorie schauet weit über alle Land* anstimmte, war Raffi endgültig zu Tränen gerührt. Als wir aus vollen Kehlen »… a-haus eeew-gem Stein er-ba-hau-et« grölten, sattelte Raffi sogleich von Stubbi auf Mirabellen um und war später so betrunken, dass wir es nicht schafften, ihn davon abzubringen, eine Tiefkühlpizza aufzubacken. Es war eine von denen mit besonders gutem Teig und dem raffiniertem Peperoniwurst- und Rucolabelag. Raffi selbst hatte diesen Belag, kurz nachdem er bei Wagner angefangen hatte, neu kreiert, und seit kurzem gab es diese Pizza im Kaufhaus Mechels in der Tiefkühltruhe. Er war nicht mehr in dem Zustand, in dem man noch Pizza essen sollte. Keine Chance, dass sie lange im Magen blieb. Aber er aß sie dann zum Glück nicht, sondern schlief vorm Backofen ein, und wir vergaßen ihn und die Pizza. Vom Tisch aus hatten wir nicht sehen können, dass er die ganze Zeit hinter der Küchentheke lag. Als Speedy, Steff und Matti sich kurz vor Sonnenaufgang aufmachten, sahen sie ihn beim Rausgehen dort liegen – zusammengekauert und fest schlafend.

Bis wir ihn ins Bett gebracht hatten, war uns die Pizza schon wieder völlig entfallen, und als ich in den frühen Morgenstunden, kurz bevor ich ins Bett wollte, feststellte, dass der Ofen immer noch an war und etwas drin lag, war die Pizza auf höchstens noch zwei Drittel ihrer Originalgröße geschrumpft und kohlenschwarz. Aber die Wurststückchen und den Rucola konnte man noch prima erkennen. Wie bei Fossilien-Fischen oder -Farnkräutern, die man manchmal in den Schieferbergwerken bei Trier fand. Wir überlegten kurz, ob wir diese Methode nutzen sollten, um damit eine neue empirische Versuchsreihe anzufangen. Aber Johanna verbot es uns: »Nicht, solange ich noch unter einem Dach mit euch wohne. Zu gefährlich.«

Immerhin retteten wir die versteinert aussehende, verkohlte Pizza und klebten sie mit Pattex auf einen sauberen, weißen

Pappkarton, der in der Küche herumlag und beschlossen, das abgekühlte Kunstwerk später einmal einzurahmen und an die Wand zu hängen.

Die Stimmung bei dieser Feier fühlte sich so wunderbar an, dass ich hoffte, es würde wenigstens noch eine Weile so weitergehen.

Am Tag nach dem Überfall und der Feier schliefen wir bis mittags. Kurz vor zwölf kam Johanna aus ihrem Apartment rüber und rief, der Kaffee sei gleich fertig. Ich war als Erster unten bei ihr. Dann kamen auch Raffi und Mike angeschlappt. Sie sahen abgekämpft, aber zufrieden aus. Genau wie ich. Raffi legte eine CD von den Doors ein, und während *Soul Kitchen* aus den Lautsprechern waberte, halfen wir Johanna dabei, ein schönes Frühstück zuzubereiten. Ich klopfte Raffi gut gelaunt auf die Schulter und sagte: »Na, mein Junge, das hättest du wohl nicht gedacht, dass du hier innerhalb eines Jahres zum erfolgreichen Räuber wirst?«

Es klingelte.

»Da wird doch nicht schon einer unserer Mitstreiter wieder auf den Beinen sein«, sagte ich, während ich aufstand, um zu öffnen.

Harald stand vor mir. Mit Mütze auf. Mir schlug das Herz bis zum Hals. Harald sah besorgt aus. Er blickte auf das Messingschild, *Heck, Heck & Vanderhaeghen*, und schnaubte verächtlich.

»Pah … Marktanalysen! Darf ich reinkommen?«

»Hm, klar doch.«

Als er vor dem reichlich gedeckten Tisch stand, zögerte er einen Augenblick.

»Zieh doch deine Mütze aus, Harald!«, forderte Johanna ihn auf.

»Nein, danke, Jungs! Ich will es kurz machen: Die Anzeige ist unvermeidlich.«

Ich weiß nicht mehr, was in diesem Moment in mir vorging, aber ich erinnere mich daran, dass es einen Augenblick totenstill war im Jugendclub. Als ob jeder dachte: So, jetzt ist es zu Ende!

Ich sah zu Johanna. Dann zu Harald. Dann noch mal zu Johanna. Sie hatte einen flehenden Blick. Schüttelte den Kopf so langsam und vorsichtig, dass die anderen es wahrscheinlich gar nicht bemerkten. »Bitte, tu es nicht!«, sollte das wohl heißen. Aber ich hatte keine Wahl. Ich musste dafür geradestehen, was ich getan hatte. Und als Anführer musste ich mich auch vor die anderen stellen.

»Harald!«, sagte ich so laut und deutlich, dass er mich erschrocken anblickte, »ich hab keine Ahnung, was du bis jetzt schon gehört hast. Oder was du schon weißt. Aber ich … ich bin eigentlich schuld daran, dass …«

»Halt dich da raus, Gabriel, von dir will ich nichts. Mike kann bezüglich dieser Straftat eindeutig als Täter identifiziert werden. Ob ihr ihm dabei im Hintergrund geholfen habt … jedenfalls liegt gegen dich nichts vor, Gabriel. Also, Mike …!«

Ich frage mich noch heute, wie Mike mit einem so coolen Grinsen die Sache über sich ergehen lassen konnte. Ich wollte sogar wieder einspringen und »Nein Harald, nimm mich!« oder etwas ähnlich Dramatisches rufen. Aber diesmal schüttelte Johanna den Kopf heftiger, und ich gehorchte ihr und hielt mich zurück.

»Also«, setzte Harald – mit Mütze auf – noch einmal an, »Michael Johannes Heck! Nein, keine Angst, ich verhafte dich jetzt nicht. Noch nicht. Ich will so fair sein und dir sagen, dass du in Kürze eine Strafanzeige erhalten wirst. Diesmal bist du zu weit gegangen!« Harald klang wirklich entrüstet. Mit Mütze auf wirkte er bedeutend größer als ohne. Wir schwiegen.

»Die Strafanzeige«, fuhr Harald mit ungewohnt offizieller Stimme fort, »wird auf Betrug und Nötigung lauten.« Er ließ das Gesagte einen Augenblick wirken. Das war auch gut so. Ich zumindest brauchte ein paar Sekunden, um zu verdauen, was ich da gehört hatte.

»Mike, was du getan hast, ist eigentlich sogar Erpressung, wenn du mich fragst.« Harald klang nun wieder etwas weniger offiziell. »Verdammt, und du hast dich doch schon einmal bei einem Versicherungsbetrug erwischen lassen. Die Sache damals mit deinem Opel Kadett, der in Flammen aufging. Du, das wird diesmal nicht so glimpflich verlaufen. Da paukt dich so schnell keiner mehr raus. Das gibt auf jeden Fall eine saftige Geldstrafe und einen Riesenbatzen Sozialstunden – wenn alles gut läuft. Ich empfehle dir jetzt Folgendes: Du erscheinst noch heute auf der Polizeistation und machst eine Selbstanzeige, bevor du die Strafanzeige offiziell von uns kriegst. Und dann singst du wie ein Vögelchen. Von mir aus kannst du uns irgendwas von finanzieller Notlage oder genereller Verzweiflung vorjammern. Das kannst du schon mal üben, für später vorm Richter. Jedenfalls kommst du und beichtest und lässt am besten kein Detail aus. Und das Geld musst du natürlich vollständig zurückzahlen. Dann kommt es vielleicht nicht zu dicke für dich.«

Mike nickte und machte dabei ein so reumütiges Gesicht, wie ich es noch nie bei ihm gesehen hatte: »Ja, Harald, wie … wie lange hast du heute Dienst?«

»Bis siebzehn Uhr. Außer mir ist der Chef noch da und der Kollege Finkler aus Eiweiler. Die sind in Ordnung. Die werden das Protokoll aufnehmen. Ich bin zwar dabei, halte mich aber raus.«

»Gut, ja … danke, Harald. Gib mir noch ein bisschen Zeit. Du weißt schon. Duschen. Frischmachen, ein wenig sammeln. Ich bin auf jeden Fall vor sechzehn Uhr da, dann bleibt genug Zeit …«

»Alles klar«, knurrte Harald, »ich denke dabei an deine arme Mutter, die nun wirklich schon genug Sorgen im Leben …«

»Ja, ja, alles klar, Harald. Ich bin vor vier bei euch in der Dienststelle und mache reinen Tisch. Versprochen.«

Harald nickte zufrieden. Und blieb stehen, die Mütze immer noch auf dem Kopf.

»Sonst alles in Ordnung, Harald?«, fragte ich ihn.

Er sah mich an. »Sag du mir, ob sonst noch etwas ist, Gabriel.«

Ich war stolz auf mich, wie schnell ich dazulernte: »Nein, wieso, alles in bester Ordnung, Harald, und wer was anderes sagt, soll es beweisen!«

Er lachte. »Schon gut. Ich hatte mir schon gedacht, dass diese Sache hier wieder so ein Alleingang von Mike war und du nichts davon wusstest. Und sonst ... nun, man kann ja nicht bei allem, was in der Gegend so passiert, gleich auf die Idee kommen, dass ihr dahintersteckt.«

Ohne die Mütze abgesetzt zu haben, verzog er sich wieder. Im Rausgehen brummte er: »Mystery-Shopper, also wirklich! Als erstes solltet ihr dieses peinliche Consultingschild abmontieren.«

»Klar, Harald, machen wir!«

Mike hatte mehrere Getestete erpresst. Oder genötigt oder betrogen oder wie auch immer das juristisch genau hieß. Er konfrontierte die Geschäftsführer oder Abteilungsleiter oder Kundenbetreuer – oder was weiß ich, wen genau er jeweils in die Mangel nahm – mit den Testergebnissen. Er nahm nicht nur seine eigenen Unterlagen zu diesen geheimen Treffen mit, sondern auch welche von Raffi und mir. Die dienten ihm allerdings nur dazu, anhand von Fallbeispielen zu demonstrieren, welche Schwierigkeiten die Getesteten bekamen, wenn bei uns als Scheinkunden alles falsch gelaufen war und der Service sozusagen durchfiel. Das machte bei Mikes Kunden enormen Eindruck und erzeugte tüchtig Angst. Mike war Realist. Deshalb übertrieb er nicht. Für einen vergleichsweise bescheidenen Obolus erklärte Mike sich bereit, einen vernichtenden Testkundenbericht in eine regelrechte Lobeshymne umzuwandeln. Er machte einigen seiner Klienten, denen er erklärte, wie und für wen er arbeitete, sogar weis, dass die paar Kröten letztlich klug investiertes Geld seien. Denn ein guter Testbericht würde über kurz oder lang sicher eine Gehaltserhöhung oder sonstige Verbesserungen im Arbeitsverhältnis beschleunigen. Mit dieser Masche hatte Mike sich schon ein paar tausend Mark zusammengeklaubt, bis er selbst getestet wurde. Ein angeblicher Kundenbetreuer einer großen Bank war in Wirklichkeit ein Tester von Mystery-Shoppern. Unser Arbeitgeber, die Marketingfirma, hatte offensichtlich Prinzipien und wollte den Qualitätsstandard hochhalten. Auch vom Tester des Testers kassierte Mike zunächst ein hübsches Sümmchen. Danach checkten sie alle Kontaktpersonen durch, die von Mike getestet worden waren. Auch die Fälle von Raffi und mir wurden allesamt überprüft. Ergebnis: Bei uns beiden gab es keinerlei Unregelmäßigkeiten. Von Mikes Fällen aber hatten inzwischen noch zwei weitere zugegeben, ihm ein wenig Geld zur Korrektur der Testdaten zugesteckt zu haben.

Einer der Geschädigten war – unabhängig vom Testergebnis – inzwischen sowieso entlassen worden und hatte daher keine Probleme damit, Mikes Vorgehen bis ins Detail zu schildern. Bei einem anderen Kundenbetreuer hatte es ein offenes Gespräch mit dessen Arbeitgeber und der Marketingfirma gegeben, bei der man sich entschloss, dem Kundenberater sein Fehlverhalten in diesem einen Testfall ohne Konsequenzen für seine Stelle nachzusehen und stattdessen den gut dokumentierten Betrugsfall lieber an die zuständige Polizeidienststelle zu übergeben. Und zwar der Dienststelle, in deren Zuständigkeitsbereich der Wohnort des Betrügers lag. Inzwischen wurde in weiteren Fällen Beweismaterial gegen Mike gesammelt.

Mike ließ das völlig kalt. Wahrscheinlich, weil er da schon wusste, dass er wegen dieser Sache nicht mehr vorm örtlichen Landgericht erscheinen würde. Jedenfalls habe ich nie ein gleichgültigeres Achselzucken gesehen als das, mit dem er die hinter Harald zufallende Tür quittierte. »Na, bis vier ist ja noch genug Zeit. Also keine Hektik!« In Ruhe schmierte er sich ein weiteres Brötchen.

»Mensch, Mike, warum hast du uns denn nicht …«

»Seid doch froh« – er hielt nicht einmal beim Brötchenschmieren inne – »dass ich euch da nicht mit reingezogen habe. Sonst müsstet ihr euch jetzt auch um diesen lästigen Kleinkram kümmern. Verdammt, Gabriel, nun guck nicht so entrüstet. Ich hab mir halt gedacht: Versuch's einfach mal. Normal passiert da nichts!«

Damit war die Sache erledigt.

Am Donnerstag, nur vierundzwanzig Stunden nachdem Harald mit Mütze im Jugendclub erschienen war, stand die halbe Truppe auf der Matte und wollte das Geld haben. Na gut, vielleicht war es nicht ganz die Hälfte des Teams, aber Steff, Herbie und vor allem Rückbanks-Elfie fragten, wie lange es denn noch dauerte, bis alle ihren Anteil bekämen.

An die Beute hatte ich noch gar nicht wieder gedacht. Denn zunächst einmal genoss ich einfach die guten Kritiken, die wir in der Fachpresse bekamen. Sowohl die Regionalzeitungen als auch einige überregionale Boulevardblätter berichteten von unserem großen Mensaraub. Es wurde wild spekuliert, welche Tätergruppe für eine solche Aktion in Frage käme. Man war sich nicht sicher, ob es sich um abgezockte Profis handelte. Die Präzision und Schnelligkeit, mit denen der Raub ausgeführt worden war, sprach dafür, aber die für diesen Aufwand vergleichsweise geringe Beute eher dagegen. Geringe Beute? Also bitte! Was ebenfalls Rätsel aufgab, war die Tatsache, dass das Fluchtauto mitten in Trier verschwunden war. Wie vom Erdboden verschluckt. Die Polizei ging übrigens zunächst davon aus, dass bei der Flucht versehentlich einer der Komplizen auf dem Unicampus zurückgelassen worden war und der Fluchtwagen deshalb noch einmal dorthin zurückgekehrt sei. Es wurde zunächst sogar vermutet, dass Herr Schneider in die Sache involviert sei und dafür gesorgt habe, dass die Räuber samt Beute entkommen konnten. Der Arme! Mia, die Kassiererin, hatte sich inzwischen einen Kultstatus erworben, weil sie als Einzige die Situation schnell erfasst und sich tapfer gegen die brutale Bande gewehrt hatte. Jeder Student wollte sein Mittagessen an Mias Kasse zahlen.

In Trier und Umgebung wurden sämtliche Garagen, Scheunen und Schuppen durchsucht. Aber von dem roten Renault war nicht mal mehr ein Außenspiegel zu finden. So ähnlich formulierte es die Presse. Dass die Geiseln nicht echt gewesen waren, stand inzwischen fest. Keine einzige Geisel, nicht einmal der alte Professor, der beinahe gestorben wäre, meldete sich bei der Polizei, nachdem diese zur Zusammenarbeit aufgerufen hatte. Lediglich der eine Student, den Raffi kurzerhand als Ersatzgeisel rekrutiert hatte, konnte von der Polizei verhört werden.

Im Mittelpunkt der Fahndung stand immer noch die mysteriöse Blondine namens Miriam, die akzentfrei Deutsch sprach.

Ich platzte fast vor Stolz, sammelte alle Zeitungen, in denen etwas über uns drin stand, und am liebsten wäre ich »seht her, das waren wir!«-brüllend durchs Dorf gelaufen.

Deshalb ärgerte es mich, als einige aus dem Team zu drängeln begannen und über Geld redeten. Ich musste noch am selben Tag das komplette Team zu einer Lagebesprechung zusammenzutrommeln.

»Ich nehme meinen kompletten Anteil, um einen Teil meines Kredits zu tilgen«, erklärte Rückbanks-Elfie. Wenigstens hatte sie das Geld tatsächlich dringend nötig. Das galt für die anderen nicht.

»Ich kaufe mir endlich einen 3er BMW, Coupé natürlich, in Metallicblau, das muss sein«, posaunte Matti, »oder einen Z3, so wie mein Onkel einen hat.«

»Herrgott, Matti, dein Anteil beträgt gerade mal 2.300 Mark.«
»2.300 und eine Mark fünfundzwanzig«, antwortete er prompt, »ich weiß. Aber das reicht als Anzahlung. Den Rest zahle ich in Raten.«
Ich seufzte.
»Wir machen eine Kreuzfahrt mit dem Geld.« Das kam von Lissie. Und Nicole ergänzte: »Aber nicht so eine blöde Mittelmeerkreuzfahrt, wo lauter Rentner an Bord sind. Eher so was wie Schottland-Island-Irland. Was ist, Jungs, habt ihr nicht Lust mitzukommen?« Die Frage galt Andi und Rolf. Und die machten Gesichter, als ob sie zumindest darüber nachdachten.

Aber zumindest Nicole und Lissie, die ja zu zweit nur einen einzigen Beuteanteil bekamen, würden für so eine Kreuzfahrt noch was drauflegen müssen.

Auch Steff und Herbie hatten völlig falsche Vorstellungen von ihrem Beuteanteil: »Ich werde alles für edle Frauen ausgeben«, meinte Herbie mit einem beängstigend verträumten Blick.

»Und was glaubst du, wie viele Tage du eine Edel ... also einen besonders feinen Begleitservice am Laufen halten kannst – mit zweitausend Mark?« Darüber musste Herbie erst einmal nachdenken.

Steff wollte von dem Geld das alte Haus umbauen, das er von seinen Großeltern geerbt hatte.

»Von dem Geld kannst du dir da höchstens ein ordentliches Bad einrichten ... sogar wenn du einiges so machen lässt. Besorg dir erst mal ein ordentliches Klo, eine Badewanne und einen Duschvorhang und dann schaust du, ob noch Geld für neue Kacheln übrig ist.«

Sogar unser Nachbar verlor zwischenzeitlich den Überblick über seine Finanzen und faselte etwas davon, dass er was für einen Marmorgrabstein und einen Nobelsarg zurücklegen wolle. Offensichtlich waren ihm die Preise im Bestattungsgeschäft nicht geläufig. Aber Schorschi drängelte wenigstens nicht wegen der Anteilsauszahlung. Er hatte Zeit.

Fast wünschte ich, wir hätten die Beute unterwegs verloren und nur die Erinnerung an einen gelungenen Überfall behalten.

»Was machst du denn mit deinem Anteil, Raffi?«, fragte der Nachbar.

»Ich gebe alles Speedy.«

»Wie bitte?«

»Also ich schenke es ihm nicht. Aber für meinen Anteil – das hat Speedy mir garantiert – kriegt er den alten Mazda von meinem Opa wieder flott.« Den Mazda hatte Speedy kurz nach Raffis Rückkehr von der Beerdigung in seine Werkstatt abgeschleppt.

Nur Mike half mir beim Versuch, das Team zu überreden, wenigstens noch ein, zwei Wochen zu warten, bis mehr Gras über die Sache gewachsen war.

Widerwillig stimmten die Teammitglieder zu. Es war klar, dass der Schatz im Blechkanister nicht mehr lange unter dem Bootssteg im Yachthafen Schweich bleiben konnte, sondern dass die Beute möglichst bald ans Überfallteam verteilt werden musste. Sonst würde es noch Streit geben.

Am darauffolgenden Tag – nicht einmal zweiundsiebzig Stunden nach dem Überfall – war das Geld verschwunden. Nur das Geld. Der Blechkanister war noch da. Er stand aufgeschnitten auf der Yacht von Mattis Onkel.

Matti hatte den aufgeschnittenen Kanister dabei, als er die Nachricht überbrachte. Als Beweisstück sozusagen. Aber der Reihe nach: Der Freitag nach dem Überfall begann als ungemütlich nebliger Novembermorgen, als ich mit unserem alten, blauroten Peugeot losfuhr. Mike und Raffi hatten das Auto am Tag davor gehabt, also war ich heute an der Reihe. Wir teilten uns die alte Kiste nun zu dritt. Eigentlich brauchte auch Raffi den Wagen am Nachmittag noch mal dringend, sagte er. Obwohl ich ihm versicherte, dass ich am frühen Nachmittag ja auf jeden Fall zurück sein würde, wollte er mir den Wagen abschwatzen, aber da der Peugeot an diesem Tag eindeutig mir gehörte, setzte ich mich einfach rein und fuhr nach Schweich. Zum Yachthafen. Ich bin natürlich nicht hingefahren, um das Geld zu klauen, verdammt nochmal! Ich frage mich wirklich, wie einige aus dem Team das ernsthaft denken konnten.

Die Kerbe im Holzsteg war gut zu erkennen. Ich müsste mir nur noch den Haken von Onkel Mattis Boot holen und ... aber ich kam gar nicht mehr dazu, musste nicht mit einem Haken unterm Steg herumfischen. Der Kanister stand schon da, stand mitten auf dem Boot. Ich sah ihn gleich, als ich an Deck kletterte. Das Ding war nicht zu übersehen. Jemand hatte ihn gut sichtbar auf die Sitzbank hinterm Steuer gestellt. Ich sah gleich, dass kein Geld mehr drin war. Und dazu musste ich nicht erst den Deckel aufschrauben. Der Blechkanister war aufgeschnitten. Wie eine überdimensionale Sardinenbüchse. Der Schnitt war nicht sauber und sah so aus, als ob er in großer Eile durchgeführt worden war: Ein ansatzweise rechteckiges Stück – so groß wie ein DIN-A5-Blatt – war aufgeschnitten und umgebogen worden. Man sah direkt in den leeren Kanister hinein, wenn man an Bord kletterte. Das rote Metallgehäuse war so drapiert worden, als ob es mir verächtlich triumphierend eine Blechzunge rausstreckte. Derjenige, der das getan hatte, wollte sagen: »Ätsch, ich habe euch ... ich habe dich übers Ohr gehauen!«

Ich weiß nicht, wie lange ich dort stand und ungläubig auf den Blechkanister starrte. Mein Hirn raste. Wir hatten den anderen nicht gesagt, wo genau die Beute versteckt war. Speedy konnte auch nur das weitertratschen, was wir ihm erzählt hatten. Nämlich dass die Beute auf der Yacht versteckt sei. Er und damit auch die anderen hatten keine Ahnung, wo sie das Geld hätten finden können. Außer mir wussten nur Raffi und Mike, wo die Beute war. Und: Matti!

Von einem Motorgeräusch wurde ich aus meinen Gedanken gerissen. Ein Auto war vorgefahren, hielt ein Stück vorm Steg. Ich kannte das Auto. Ein BMW Z3. Trotz dichter Nebelschwaden konnte ich das Nummernschild erkennen: WND ... und dann die Initialen von ... Mattis Onkel!

Ich sprang vom Boot, rannte über den Steg. Rannte vor dem BMW durch, bei dem gerade die Scheinwerfer ausgingen und der Motor abgestellt wurde. Ich rannte wie verrückt. Jetzt bloß nicht von Mattis Onkel erwischen lassen! Ich hörte im Laufen, wie eine Autotür geöffnet wurde. Und wieder zugeschlagen. Und wie jemand »He!« rief. Nur »He!«

Ich war schon im Nebel verschwunden. Blickte mich kurz um, konnte aber den BMW schon kaum noch erkennen. Es war niemand hinter mir her, aber ich konnte deutlich hören, wie sich polternde, hektische Schritte über den Holzsteg in Richtung Yacht bewegten.

Zum Glück hatte ich selbst nicht gleich beim Bootssteg geparkt, sondern war auf dem Feldweg ein Stück an der Hafeneinfahrt vorbeigefahren. Im Schutz des Nebels kam ich zum Peugeot, den ich hinter einer Hecke geparkt hatte, sprang rein und fuhr los. In Schweich stellte ich mich im Nebel erst einmal auf den Parkplatz unter der Autobahnbrücke. Mein Herz schlug bis zum Hals. Hoffentlich hatte Mattis Onkel mich nicht erkannt. Ich dachte angestrengt nach: Hatte Matti mit seinem Onkel gemeinsame Sache gemacht? Hatte Mattis Onkel die Beute zufällig gefunden? Aber wie findet man zufällig einen Kanister mit Beutegeld unter einem Steg? Oder war Mattis Onkel nur zufällig gekommen, um nach seinem Boot zu sehen? Dann hätte Matti vielleicht selbst ... dieser Verräter! Er hatte doch noch eine Rechnung mit Rolf und Andi offen, hieß es. Vielleicht wollte er sich an denen rächen. Und überhaupt. Er war nicht vertrauenswürdig. Verdammt. Ich hätte auf Johannas Gefühl hören sollen. Mist! Fehler bei der Teamauswahl! Wir hätten doch auch ohne Matti das Geld hier irgendwo verstecken können, oder?

Ich fühlte mich niedergeschlagen. Und mir war klar, was ich tun musste, nämlich zurück nach Primstal fahren und erzählen, was ich entdeckt hatte. Und ich musste Matti anschwärzen und den anderen sagen, wer das Geld hat. Ich zögerte noch einen Augenblick. Ich hatte nicht gewollt, dass es in einem solchen Chaos endet. Dann wäre es besser gewesen, die Bullen hätten uns vorher erwischt. Oder nur mich. Und wir hätten das Geld zurückgegeben und ich hätte Bewährung gekriegt. Nicole hatte versprochen, dass es nur eine Bewährungsstrafe gab. Ich hätte mich Harald stellen sollen. Rechtzeitig. Der hätte mich vorher sogar beraten, wie das Geständnis aussehen muss. Ja, das wäre heldenhaft gewesen. Aber so kam jetzt der hässliche Teil des Überfalls: der Verrat, der Vertrauensbruch. Und nur wegen dem Scheißgeld. Hätte ich das nicht voraussehen müssen? Was würde Johanna von mir denken? Eigentlich war doch allmählich angesagt, dass ich endlich meine Belohnung von ihr bekäme. So hatte ich das jedenfalls verstanden, damals beim Hammeltanz hinterm Autoskooter. War das etwa gefährdet, jetzt, wo die Beute verschwunden war? Hieß das: Mission nicht erfüllt, Soldat Heck?

Ich fuhr langsam. Nicht nur wegen der schlechten Sichtverhältnisse. Ich wollte es so lange wie möglich hinauszögern, den anderen alles sagen zu müssen. Johanna, Raffi und Mike zuerst. Dann alle anderen zusammentrommeln. Das würde schnell gehen. Es war Freitagnachmittag. Wochenendbeginn.

Aber als ich vorsichtig – so als ob ich etwas kaputtmachen könnte – auf den Platz vorm Jugendclub rollte und aus dem Auto ausstieg, kam alles anders.

Die Autos von Speedy und Steff und Lissie und Andi standen dort. Und in den oberen Fenstern – in allen oberen Fenstern! – klebten große Papierplakate, umgedrehte Poster, von außen auf die Scheiben geklebt. Die Bilder der Poster zeigten nach innen. Die weißen, unbedruckten Flächen nach außen. Und da hatte jemand drauf geschrieben:

Inhalt Kanister weg
Team glaubt: DU
Schnell weg!!!

Dieser Text sah mich genau viermal an, aus jedem der oberen Fenster einmal.

Vielleicht wäre es wirklich eine gute Idee gewesen, schnell zu verschwinden – fürs Erste. Bis sich die Gemüter ein wenig beruhigt hätten. Aber ich war neugierig, verdammt noch mal. Ich wollte mir wenigstens einen Eindruck davon verschaffen, was hier los war. In gebücktem Entengang bewegte ich mich bis zu dem Fenster, durch das man am besten ins Esszimmer sehen konnte. Vorsichtig hob ich den Kopf und lugte ins Innere des Jugendclubs, blieb aber in Deckung. Drinnen war alles hell erleuchtet.

Alle waren da, das komplette Team. Es wurde laut gesprochen. Fast geschrien. Und alle durcheinander. Rolf und Andi sahen nachdenklich aus. Und enttäuscht? Ungläubig auf jeden Fall. Nicole und Lissie: eher aufgeregt. Steff und Herbie: aufgebracht. Und Elfie: verzweifelt. Der Nachbar: beschwichtigend? Der gute Schorschi! Speedy: achselzuckend. Mike: eher cool und abwartend. Und Raffi: unergründlich. Und Johanna: auf Matti einbrüllend. Ich verstand so etwas wie: »Und was wolltest du eigentlich jetzt da?«

»Ja, genau, wieso bist du eigentlich zur Yacht gefahren?«, wollte auch Rolf wissen.

Und Matti – so richtig wütend: »Na was wohl, ich wollte nachschauen, ob die Beute noch am Platz ist, und wie man sieht: zu Recht, denn immerhin habe ich den Verräter auf frischer Tat ertappt.«

Und dann sah ich, wie er auf den Tisch langte und den aufgeschnittenen Kanister hochhob, der dort stand. Wie das entscheidende Beweisstück vor Gericht. Ich hob den Kopf, reckte mich weiter nach oben und sah, dass auch der Bootshaken dort lag. Auch den hatte er gleich mitgebracht. Dieses Schwein! Und verdammte Scheiße: Das war also gar nicht Mattis Onkel gewesen, am Yachthafen. Sondern Matti! Er hatte sich bloß das

Auto seines Onkels geliehen. Wollte wohl schon mal das Fahrgefühl für einen BMW kriegen. Von wegen nach der Beute schauen! Und er hatte mich also erkannt, als ich wegrannte. Und jetzt glaubte er, ich sei ... oder er tat nur so! Ja klar, er war selbst vorher dort gewesen und hatte das Geld beiseite geschafft. Er traute uns wohl noch weniger als wir ihm. Und Matti konnte nichts Besseres passieren, als mich auf frischer Tat dabei zu erwischen, wie ich aufs Boot kletterte. Jetzt hatte er das Geld sonstwo gebunkert und konnte den Diebstahl mir in die Schuhe schieben. Wehe der Kerl traute sich in den nächsten Tagen, mit einem eigenen BMW Z3 vorzufahren!

»Da, da ist er ja!«, schrie Steff plötzlich. Ich war unvorsichtig geworden, als mir die gebeugten Knie zu schmerzen begannen, und hatte mich soweit aufgerichtet, dass ich fast völlig aufrecht vor dem Fenster stand. Von innen konnte man mich jetzt vom Brustkorb aufwärts sehen.

Auch Matti stieß einen Schrei aus. Er drohte mir kurz mit der Faust, griff nach dem Bootshaken und kommandierte: »Los, schnappt euch den Betrüger!«

Wie gesagt, ich hätte gleich auf Johanna hören sollen, denn ich dachte da natürlich noch, die Warnplakate seien von ihr. Was im Grunde ja auch stimmte. Jetzt wurde es deutlich enger für mich. Denn es war definitiv nicht der richtige Moment, um da reinzuspazieren und zu verkünden: »Ganz ruhig Leute, ich kann alles erklären.«

Nichts konnte ich erklären. Jetzt nicht. Nur rennen.

Erst einmal ums Haus herum und die Haagstraße hoch. Viel Vorsprung hatte ich nicht. Ich hörte Matti und Steff etwas hinter mir her brüllen. Und Herbie, glaube ich, der schrie: »Der Rest bei Speedy einsteigen!«

Ich hörte den Motor von Speedys Ford Transit anspringen. Selbst wenn ich Matti, der mit dem Bootshaken bewaffnet war, und Steff läuferisch auf Distanz halten konnte, war es sinnlos, weiter die Haagstraße hochzulaufen. Speedy hätte mich im Nu eingeholt. Und mit ihm das ganze Team. Also bog ich schon nach hundert Metern rechts zum Kelterhaus des Obst- und Gartenbauvereins ab. Von dort gab es einen Weg durch den Garten des Brennmeisters in die Parallelstraße. Natürlich folgten mir Matti und Steff durch den Garten. Aber mit gleichbleibendem Abstand von mindestens fünfzig Metern. Der Transit kam hier nicht durch. Speedy musste vorm Kelterhaus wenden, die Haagstraße zurückfahren, den Mühlfelder Marktplatz überqueren und dann über die Kreuzung in die Wiesbachstraße einbiegen und die hochfahren.

Das gab mir genug Zeit. Bis Speedy überhaupt gedreht hatte, war ich schon im oberen Teil der Wiesbachstraße, kurz vorm großen Bauernhof, und direkt dahinter begann der Wald. Natürlich gab es einen gut ausgebauten Waldweg, auf dem ein Transporter bequem fahren konnte, aber ich hatte nicht vor, auf dem Weg zu bleiben. Gleich hinterm Hof von Bauer Schweikert sprang ich über den Wiesbach. Auf dieser Seite begann gleich ab dem Bachufer eine dicht bepflanzte Fichtenschonung. Die Bäume waren noch nicht sehr groß, aber alle mindestens mannshoch, sodass Steff und Matti mich nicht mehr sahen. Natürlich hatten sie gesehen, dass ich dort reingelaufen war. Aber für den Moment war ich sicher. Ich bewegte mich im Schutz der Bäume weiter. War vorsichtig, dass ich an keinen Stamm stieß, damit man von außen nicht die Baumspitzen wackeln sah. Matti und Steff trauten sich nicht, mir alleine in den unübersichtlichen Wald zu folgen. Ich hörte ein Motorgeräusch. Speedys Transporter. Dann das Verstummen des Motors. Und Türenschlagen. Es war immer noch neblig. Sehen konnte man nicht sehr weit. Aber man hörte problemlos alles, was nicht im Flüsterton gesprochen wurde.

»Er ist da rein geflüchtet. Weit kommt er nicht. Wir müssen uns aufteilen, Grüppchen bilden und ihm den Weg abschneiden. Los, das Wäldchen umzingeln!«

Ich bekam mit, wie Matti das Kommando übernahm. Es wurden Zweier- und Dreiergruppen gebildet. »Raffi – Mike, ihr rechtsrum … Rolf, Andi und ihr beiden: durch den Bach!«

Wenn ich richtig hörte, wollte Speedy nicht, wollte lieber bei seinem Transit bleiben. Aber Matti war unerbittlich: »Wir brauchen dich. Der Alte bleibt hier beim Auto.«

Klar, unser Nachbar eignete sich sowieso nicht optimal dazu, mir zwischen Bäumen hinterherzusprinten.

»Ich bleibe mit ihm hier!« Das war Johannas Stimme. Sekundenlang war keine Reaktion zu hören.

»Ich denke, das ist in Ordnung, Matti!« Das kam von Rolf.

»Gut, also alle los!«

Ich hörte Gerenne. Einige liefen durch den Bach am Waldrand entlang. Ich legte mich flach auf den Bauch. Und robbte ganz vorsichtig zurück in Richtung Speedys Transporter.

Der Nachbar und Johanna schwiegen, als ich mich von hinten an den Ford Transit schlich.

»Psst … Johanna … Schorschi!«

»Gabriel, da bist du ja, ich hatte gehofft, dass du in Reichweite bist und mitbekommst, dass ich hier auf dich …«

»Du musst mir glauben, Johanna, ich habe nichts mit dem Verschwinden der Beute zu tun.«

»Natürlich nicht! Wie kommst du überhaupt auf den Gedanken, ich könnte dich ernsthaft im Verdacht haben, Gabriel? Ich bin bei dieser Jagdgesellschaft nur dabei, um dir zu helfen.«

»Ich will euch ja nicht unterbrechen«, schaltete unser Nachbar sich ein, »aber ich schlage vor, Gabriel zuerst einmal zu verstecken, bis die Truppe sich wieder beruhigt hat und die Vernünftigen sich durchzusetzen beginnen. Wenn diese Meute dich in der nächsten halben Stunde erwischt, prügelt sie dich windelweich. Also erst verstecken, dann könnt ihr immer noch eure gegenseitigen Vertrauensbekundungen loslassen.«

»Ja, aber wohin? Wo kann man sich hier verstecken?«

Der Nachbar dachte angestrengt nach. »Das Bienenhaus vom Poths Josef!«

»Was?«

»Josefs Bienenhaus! Da ist immer das hintere Fensterchen unverschlossen!«

Da hatte er Recht. Das Imkerhaus von Poths Josef hatte zwar inzwischen ausgedient, sämtliche Bienenkörbe waren leer und niemand betrieb das Honigmachen weiter. Aber Josef war schon – seit er das Imkerhaus in den Fünfzigern gebaut hatte – klug genug gewesen, zwar vorne die Eingangstür mit einem dicken Vorhängeschloss zu sichern, das kleine Fensterchen an der Rückwand jedoch unverschlossen zu lassen. Denn wenn Eindringlinge hinten durchs Fenster einstiegen, mussten sie vorne nicht die Tür und das Schloss aufbrechen. Es war Poths Josef klar, dass ein so schnuckeliges, nett eingerichtetes Häuschen mitten im Wald im Wiesbachtal wie ein Magnet auf die Dorfjugend wirkte. Vor allem wenn sowieso irgendwo in der Nähe eine Freiluftparty stieg – wie zum Beispiel beim Osterfeuer. Im Bienenhäuschen waren gelegentlich leere Schnaps- oder Weinflaschen, Zigarettenschachteln und auch Kondome zu finden. Letzteres kam seltener vor. Diejenigen, die sich – um allein zu sein – erst einmal durch das enge Fensterchen zwängten, waren in der Regel in Liebesdingen solch hoffnungslose Anfänger, dass sie sich dann allerhöchstens trauten, ein bisschen rumzufummeln. Alle über achtzehn, die ein Auto auftreiben konnten, fuhren lieber an ein einsames Plätzchen, als unwürdig kopfüber durchs Bienenhausfenster zu klettern. Es waren also in der Regel die ganz jungen Ersttäter, die dort einbrachen, und dann meistens ordentlich wieder aufräumten und das Häuschen unversehrt zurückließen.

»Gute Idee«, begriff ich sofort, »es kann zwar sein, dass auch einer aus dem Überfallteam darauf kommt, dass das ein gutes Versteck wäre …«

»Von mir erfahren sie es jedenfalls nicht«, warf unser Nachbar ein.

»… aber sie könnten nicht alle gleichzeitig durchs Fenster reinstürmen – das dauert mindestens eine Minute pro Person. Da hätte ich eventuell Zeit, die Gemüter erst einmal zu beruhigen oder durchs Fenster zu verhandeln.«

»Ja, vor allem, weil ich mit dir da drin sein werde.«

»Wie willst du dich denn mit deinem breiten Becken durch das Fenster zwängen?«, hätte ich beinahe gefragt, biss mir aber rechtzeitig auf die Zunge.

»Also los«, befahl unser Nachbar, »du läufst hier den Hang hoch zum Wegekreuz, dann ein kleines Stück geradeaus auf dem Feldweg und dann wieder links den Hang runter durch die Hecken zum Bienenhaus. Wenn du den Haken so schlägst, laufen sie wahrscheinlich wieder runter in Richtung Dorf oder den Hügel hinterm Krähenbusch entlang.«

»Ja, so machen wir's«, stimmte Johanna zu, »los, Gabriel, mach dich auf die Socken, wir geben dir Vorsprung. Mist! Dahinten kommen Matti und die anderen wieder zurück. Schnell, ich laufe ihnen entgegen und halte sie auf.«

Johanna rannte los, und bevor ich außer Sichtweite in das dichte Unterholz am Fuße des steilen Hügels sprintete, sagte ich »Danke« zu Schorschi.

Der antwortete nur: »Vergiss nicht, mein Junge, was ich dir schon einmal gesagt habe: Wo ein Wille ist, da ist auch ein Gebüsch. Oder ein Bienenhaus.«

Dann hörte ich aufgeregte Stimmen näher kommen und ich lief den Hang hoch.

Auf dem kürzesten Weg waren es von der Stelle, wo der Transit stand, bis zum Bienenhaus nur wenige hundert Meter. Deshalb war Johanna schon drin, als ich dort ankam. Sie hatte natürlich den kurzen Weg genommen, während ich – geräuschvoll dürre Äste zerknackend – den Hang hinaufstürmte.

»Da oben ist er irgendwo«, rief Matti, seine Stimme klang immer noch wütend.

Es fielen einige Tropfen, bald würde es regnen. Das war gut. Ich fühlte mich, als ob ich selbst die Macht hätte, es regnen zu lassen.

Hier an diesem dicht bewachsenen Hang konnte eine elfköpfige Gruppe keinen Boden gutmachen. Oben auf der Hochfläche angekommen sah das anders aus. Ich preschte aus dem Dickicht auf den Feldweg wie ein aufgescheuchtes Reh, das auf die Straße vor ein Auto rennt. Ich aber stand vor Kleins Michel, der hier täglich mit dem Hund spazieren ging, seit er pensioniert war. Der Michel – nicht der Hund.

»Ach, du bist es«, meinte er, und in der Stimme klang mit, dass er sich nicht wirklich wunderte, dass ich plötzlich durchs Gestrüpp brach und vor ihm auf dem Weg stand. Ich rannte so an dem Wegekreuz vorbei, dass Michel den Eindruck haben musste, dass ich den Hang auf der anderen Seite gleich wieder runterlief.

Da Kleins Michel weder ein Held noch bösartig war, würde er nichts anderes tun, als den Nachstürmenden ehrlich berichten, wo er mich hatte hinrennen sehen. Auch wenn er sich vielleicht dachte, dass man hinter dem Kreuz immer noch links abbiegen, um die lange Schlehenhecke herumlaufen und so in weniger als einer Minute im Bienenhaus sein könnte.

Als ich kopfüber durch das Fensterchen purzelte, half Johanna mir auf. Wir starrten uns an. Horchten angestrengt. Ich hätte gern beobachtet, wie Johanna hier rein … aber wahrscheinlich hatte sie sich deshalb so beeilt, weil sie gerade nicht wollte, dass ich sah, wie sie sich hier durchzwängte. Eine Haarsträhne klebte über meiner Augenbraue. Ich hatte gar nicht gemerkt, dass schon richtig dicke Tropfen fielen. Gleich würde es schütten. Gut, dass wir im Trockenen waren. Sie erzählte kurz, wie sie Matti und der Meute ein kleines Stück entgegengeeilt war und ihnen vorgelogen hatte, ich sei unmittelbar vorm Transit plötzlich über den Bach gesprungen und den Hang hochgelaufen.

»Verdammt, wieso haben wir ihn denn da nicht gleich gesehen? Der muss verdammt schnell gewesen sein«, soll Matti geflucht haben, der Idiot!

Und dann hatte der Nachbar Krach geschlagen und »Hierher, hierher!«, gerufen, nur um dann atemlos zu verkünden, ich sei da irgendwo im Hang.

Damit verursachte der Gute keinen Schaden. Man hörte sowieso, dass sich dort im Unterholz etwas bewegte. Und dadurch, dass er sie erst einmal zum Bus gerufen hatte, wurde verhindert, dass ein Teil der Truppe mir den Weg abschneiden konnte. Sie mussten nun die gleiche Strecke zurücklegen wie ich, und so hatte ich einen fairen Vorsprung.

Johanna berichtete, dass sie selbst einfach beim Nachbarn am Wagen geblieben sei und es niemandem auffiel, dass sie nicht mit hinter mir her stürmte.

»Wahrscheinlich dachten sie sowieso, ich sei zu langsam«, sagte sie lachend, »und als die Letzte, das war Lissie, im Gebüsch verschwunden war, drehte ich mich auf dem Absatz um und bin gleich hierher gerannt.«

»Hat Schorschi nichts zu dir gesagt? Irgendeinen schlauen Spruch?«

»Nein, nichts. Warum sollte er?«

Sie stand vor mir. Eine halbe Armlänge entfernt. Ihre linke Hand lag auf dem oberen Knopf ihres Kleides. Ihre Finger begannen nervös an dem Knopf zu nesteln. Mit der anderen Hand strich sie mir lächelnd die nasse Strähne aus der Stirn.

Sie sah tatsächlich aus wie eine Zigeunerin. Eine Zigeunersch!

Wir mussten warten. In wenigen Minuten würde sich herausstellen, ob das Täuschungsmanöver geglückt war oder nicht. Wir hörten ein zaghaftes, unrhythmisches Klopfen auf dem Dach. Der Regen wurde langsam stärker. Ich erschrak einen Augenblick, weil ich dachte, ich hätte das Knacken eines Astes gehört. Aber dann war wieder alles still. Keine trampelnden Schritte einer wütenden Meute. Wir mussten uns trotzdem noch eine Weile still verhalten. Abwarten, was passiert ... und horchen.

Würden sie noch kommen? Für den Augenblick waren wir hier erst einmal sicher. Auch vor dem Regen.

Während wir uns dort gegenüberstanden und horchten und warteten, ob sie uns entdeckten, wäre ich niemals auf die Idee gekommen, dass am selben Tag noch etwas geschehen würde, was mein Leben noch entscheidender beeinflussen sollte als die Flucht mit Johanna ins Bienenhaus. Auch die anderen – selbst Matti – gaben an diesem Abend zu, dass sie, als oben am Wegekreuz der alte Kleins Michel ihnen zeigte, wo ich entlang gelaufen war, niemals gedacht hätten, dass dieser Tag so enden würde.

»Gut, ausschwärmen und ihm nach, den Hang runter!«, befahl Matti.

»Ja, aber sicherheitshalber sollte einer, oder besser zwei, nachsehen, ob Gabriel sich im Bienenhaus vom Poths Josef versteckt und uns rufen, falls er sich dort verbarrikadiert hat«, schlug Rolf vor.

»Gute Idee! Mike und ich machen das«, meldete Raffi sich sofort freiwillig, »Mike, weißt du genau, wo dieses Bienenhaus ist?«

»Klar, seit ich fünfzehn bin«, sagte Mike grinsend.

»Also gut«, ergriff Matti wieder das Kommando: »Wenn dort niemand ist, kommt ihr sofort zurück und sucht mit uns weiter. Falls er tatsächlich dort ist, behält ihn einer von euch im Auge, und der andere kommt her und informiert uns. Alles klar? Dann los! Verdammt, jetzt fängt es auch noch an zu regnen!«

Steff und Rückbanks-Elfie erzählten mir später, dass Rolf meinen beiden Mitbewohnern nachdenklich hinterherblickte und meinte: »Ich frage mich, ob das so eine gute Idee ist, ausgerechnet die beiden zusammen loszuschicken. Was passiert, wenn Gabriel tatsächlich im Bienenhaus ist und die beiden ihn dort entdecken?«

Aber die Frage blieb unbeantwortet, und als alle anderen Matti hinterherliefen, schloss sich auch Rolf wieder der Meute an. Und Mike und Raffi eilten weiter in Richtung Bienenhaus.

Kurz danach waren beide spurlos verschwunden. Und ich habe bis heute keinen der beiden wiedergesehen.

Am selben Abend standen wir alle fassungslos vorm Jugendclub. Ich völlig abgekämpft.

Alle waren da, das ganze Team, außer Mike und Raffi.

Der alte blaurote Peugeot war ebenfalls verschwunden. Auch der tauchte nie wieder auf.

Damit war dem Team zumindest klar, dass sie mich nicht mehr verdächtigen mussten, sondern dass Mike und Raffi mit der Beute getürmt waren. Und das überraschte mich genauso wie die anderen.

Und auf dem Hof vorm Jugendclub, da, wo die Feuerstelle und der Schwenker normalerweise aufgebaut werden, stand ein großes Schild. Darauf stand: Hier entstehen vier hochmoderne Eigentumswohnungen. Darunter der Name einer Baufirma. Wenigstens war es nicht die von Herbies Onkel. Und mitten auf dem Hof stand ein Bagger. Meine Kumpane vom Überfallteam klopften mir tröstend auf die Schulter, sagten »'Tschuldigung, wenn wir das gewusst hätten, wäre dieser Tag sicher anders verlaufen.« Sogar Matti stammelte eine Entschuldigung.

Auch die beiden Anzugträger, die ich bisher für Versicherungsfritzen gehalten hatte, waren auf dem Platz vorm Jugendclub. Einer von ihnen hielt den Haustürschlüssel in der Hand, der andere überprüfte gerade, ob der Bagger abgeschlossen war. Sie sagten mir, das Haus werde erst in fünf oder sechs Tagen abgerissen. Der Bagger sei hier nur schon mal abgestellt worden. Ich hätte also noch genügend Zeit, um meinen Kram in Ruhe auszuräumen. Das komplette Überfallteam versprach, mir beim Ausräumen zu helfen. Das taten sie dann auch. Rolf und Andi nahmen sogar Urlaub, um alles aus dem Jugendclub rauszuschaffen, was nicht niet- und nagelfest war, und es in verschiedenen Garagen und Kellern zwischenzulagern. Es fehlte nichts. Johanna fragte mich, ob denn nicht Klamotten von Raffi und Mike fehlten. In den Schränken der beiden fanden wir nicht besonders viel Kleidung. Aber ich hatte ehrlich gesagt keinen blassen Schimmer, ob das bedeutete, dass die Schränke größtenteils leer geräumt worden waren oder ob Mikes oder Raffis Garderobe sowieso nicht umfangreicher war.

Gegen den Abriss konnte man nichts mehr unternehmen. Die Anzugträger, die sich inzwischen als Besitzer einer großen Baufirma vorgestellt hatten, wurden nicht einmal unfreundlich, als ich ausrastete und ihnen drohte, ich würde das gerichtlich verbieten lassen. Sie wunderten sich selbst, dass Mike niemandem etwas gesagt hatte, aber sie konnten einen gültigen Kaufvertrag vorweisen. Und die Baugenehmigung für ein Mietshaus, die auch eine Abrissgenehmigung beinhaltete.

»Herr Heck, wussten Sie wirklich nicht, dass Ihr Cousin das Haus bereits vor Wochen verkauft hat?«

»Bis heute nicht«, entgegnete ich mit Tränen in den Augen.

Insgesamt füllte das, was ich aus dem Haus noch brauchte oder haben wollte, genau dreimal Speedys Ford Transit. Mehr Vergangenheit ließ sich aus dem Haus nicht herausholen. Die anderen wunderten sich, dass ich dringend solche Sachen retten wollte wie zum Beispiel einen trapezförmigen Sandstein mit einem verwitterten Datum drauf oder einen zerschnittenen Vorhang aus dünnem Stoff, orange und blau. Aber Johanna lächelte und meinte: »Das können wir doch bei mir im Keller lagern ... fürs Erste.« Also brachten wir das meiste Zeug zum Haus von Johannas Mutter, das jetzt ja Johannas Haus war.

Die anderen schauten irritiert, als ich unter anderem auch Raffis verkohlte Pizza vorsichtig in eine Plastiktüte packte und zu Johannas Haus trug. Ich gebe zu, dass die Auswahl der Gegenstände, die ich zuerst rettete, den anderen sonderbar vorkommen musste. Aber sie ließen mich kommentarlos gewähren. Auch Johanna.

Der Jugendclub, das alte Hecks-Haus mit seiner mehr als hundertjährigen Geschichte, passte, nachdem es abgerissen worden war, in eine Handvoll Container und auf ein paar Laster.

Sogar meine Mutter kreuzte auf – am Abend dieses Tages, an dem Raffi und Mike für immer verschwanden. Sie versuchte, mich zu trösten und wollte mich überzeugen, es sei das Beste, zu ihr zu ziehen. Ich lehnte natürlich ab. Bestimmt würde ich nie zu meiner Mutter ziehen. Die Dinge hatten sich geändert.

15 | Normal passiert da nichts

Mein Vermögen:
1. Hälfte der Beute aus dem Überfall: 13.805 DM
2. Verkauf Jugendclub: 79.500 DM
(ein schlechter Preis? Auf keinen Fall, wenn man bedenkt, dass der Jugendclub eine Bruchbude war, in die man viel Geld hätte investieren müssen, um weiter darin wohnen zu können. Und der Baufirma ging es ja nur um den günstig gelegenen Bauplatz, nicht um das Haus selbst).
3. Hecks Hannes' Schatz: 3.289 DM
(plus weitere 1.644,50 DM aus dem Schatz, also eigentlich: 4.933,50 DM)
4. Gewinn als Mystery-Shopper: 5.500 DM
(gut, dass ich rechtzeitig weg war, bevor ich das zurückzahlen musste!)
5. Meine Ersparnisse: 75 Mark und 28 Pfennige

Macht ein Gesamtvermögen von: 103.813, 78 DM

Na also, sechsstellig. Geht doch. Wenn auch knapp.
    Mein Vater hatte viel weniger mitgenommen, als er die Flatter machte – soviel ich weiß. Und dazu kam dann ja auch noch Raffis Anteil. Damit konnte man neu anfangen.

Ich versuchte, nicht an das Gequatsche in Primstal zu denken.

Bei Mechels an der Fleischtheke würde es bestimmt heißen: »Der Apfel fällt nicht weit vom Stamm.«

Oder noch schlimmer: »Es liegt ein Fluch auf dieser Familie. Erst der Vater, jetzt der Sohn.«

Die Wahrheit ist: Mir ist es egal, was damals mit meinem Vater passierte oder wo er hinging. Ich habe das nicht getan, um ihm nachzufolgen oder so'n Scheiß. Der Alte lebt bestimmt nicht mehr. Mag er verrotten – wo auch immer. Mir hat er nur Schwierigkeiten gemacht. Das war nicht angenehm, der Sohn von dem Heck zu sein, der seine schwangere Frau im Stich gelassen hat. Und auch um seinen kleinen Neffen, so sagten die Leute, hätte er sich eigentlich mit kümmern müssen. Immerhin war der ein Waise, weil Jakob die Schicht mit seinem Bruder ... ich konnte diesen Mist nicht mehr hören. Und er war auch dann zu hören, wenn er gar nicht ausgesprochen wurde. Ich bin wenigstens abgehauen, ohne ein unversorgtes Kind zurückzulassen. Jedenfalls soviel mir bekannt ist.

Ich bin Mike. Nicht der Sohn von Jakob Heck. Ein Vater ist nur ein Vater, wenn er auch da ist. Jetzt rede ich schon wie unser Nachbar.

Ich musste endlich erwachsen werden. Ich musste mich um mich selber kümmern. Was ich sonderbar finde: Bis heute habe ich Primstal und den Jugendclub nicht ein einziges Mal vermisst. Ich will gar nicht behaupten, dass es hier und jetzt so viel besser ist. Aber schlechter ist es auf keinen Fall. Und man kommt hier viel leichter an die Weiber ran. Und sie verschwinden nach einer Weile von selbst wieder.

Nur gut, dass ich keine von den Nasen aus Primstal je wieder gesehen habe ... mit zwei Ausnahmen, und die dann ja auch nur ein- oder zweimal. Inzwischen habe ich endgültig meine Ruhe. Soll Gabriel sich doch weiter bedauern lassen bis er so alt ist wie unser Nachbar.

Raffi war schon ein sonderbarer Heini, das gebe ich zu.

Manchmal sah er mich an, als ob er mehr von mir wollte, als nur zusammen Bier trinken. Ich kannte diesen Blick. Kannte ihn von Frauen. Ja, Raffi wollte mehr sein als nur mein Kumpel. Jedenfalls kam ich gut mit ihm klar. Der quatschte nicht dauernd dämlich rum. Wie Gabriel. Mein lieber Cousin hatte die Fähigkeit, selbst das Banalste so überhöht auszudrücken, dass es wichtig klang.

Aber auch bei Raffi war manchmal schwer zu verstehen, was er eigentlich sagen wollte. Einmal zum Beispiel – das war noch im Jugendclub, wenige Wochen vor dem Überfall – sagte er zu mir: »Dich frage ich erst gar nicht wegen der Linsensuppe und deinem Erbe. Du läufst sozusagen außer Konkurrenz. Nimm dir einfach was davon!« Ich hatte keinen blassen Schimmer, was das sollte. Vielleicht waren es einfach die Pleckmonen. Die schwarzen. Aber sonst war er zuverlässig.

Deshalb hatte ich Raffi auch eingeweiht. Der wusste als Einziger, dass das Geld vom Überfall nicht unter dem Bootssteg, nicht im Jugendclub und auch nicht in Primstal bleiben würde. Sondern dass ich es in mein neues Leben investieren würde. Ja, ich musste an meine Zukunft denken. Das sah sogar Raffi ein. Sicher hatte er sich das anders vorgestellt. Wie es danach weitergeht, meine ich damit. Nach dem Tag, an dem wir die Beute klauten und danach Gabriel verfolgten.

Raffi war ein Pessimist. Er dachte, es geht sowieso alles schief. Er dachte, dass schon der Überfall nicht hinhauen würde. Ich bin kein Optimist. Kein hoffnungsloser, naiver Optimist wie Gabriel. Aber ein Pessimist bin ich auch nicht. Ich bin Realist. Ich habe früh genug beschlossen: Ja, ich nehme das Geld aus dem Überfall auch noch mit. Damit reicht es dann auf jeden Fall. Damit ist die Geldmenge etwa so hoch wie notwendig. Und dann nichts wie weg und endlich das machen, was ich immer schon wollte. Ich musste mich um mich selber kümmern.

Das hatte wirklich nichts damit zu tun, dass ich in die Fußstapfen meines Vaters treten würde ... dieses dämliche Es-ist-inseinen-Genen-Gequatsche. Mag sein, dass ich mein gutes Aussehen von meinem Vater geerbt habe. Aber sonst ... scheiß auf die Gene. Ich bin Mike.

Und Raffi hatte ich schon beim ersten Mal, als ich ihn in meine Pläne einweihte, gesagt: »Was soll schon passieren? Normal passiert da nichts!«

Gemeint habe ich natürlich: »Was soll mir schon passieren!«

16 | Antwerpen, 1998

Gabriel irrte sich, wenn er dachte, sein Vater sei 1962 in Luisenthal gestorben. Sein Vater starb Anfang 1999 in Antwerpen.

Ich kannte als Einziger die ganze Geschichte der Familie Heck aus Primstal. Gabriels Vater erzählte sie mir, während wir in Mama's Garden am Oude Koornmarkt Shoarma aßen. Und ich kannte die ganze Wahrheit bereits ein halbes Jahr, bevor ich nach Primstal ging, um im Jugendclub zu wohnen. Genau genommen, bin ich überhaupt erst dorthin gezogen, weil ich die ganze Wahrheit kannte.

Jakob Heck sprach mich auf Deutsch an: »Entschuldigen Sie bitte, sind Sie Rafael Maertens?«

Das war im November 1998. Ich hatte damals ein kleines Zimmer in der Nationalestraat, im Dachgeschoss, mit Blick auf das Antwerpener Gefängnis. Die Straßenbahn hielt fast direkt vor meiner Haustür, und – aus Richtung Volkstraat kommend – sah ich schon durch das Fenster der Ausstiegstür, dass jemand wartend im Hauseingang stand.

Über eine Stunde habe er dort schon gewartet, erzählte er mir später. Und er stellte sich mir als Jakob Heck vor – also mit seinem richtigen Namen. Er wusste, dass ich gut Deutsch sprach. Überhaupt wusste er einiges über mich. Er hatte mich schon seit einiger Zeit regelmäßig beobachtet, wie ich von meiner Studentenbude zum Institut für Übersetzen und Dolmetschen ging. Auch ins Theaterrestaurant, wo ich zweimal pro Woche in der Küche arbeitete, war er mir schon öfter gefolgt. Hatte sogar etwas zu Essen bestellt, als er herausbekam, dass ich dort kochte.

»Du ... Sie ... also du machst ein hervorragendes Waterzooi«, gestand er mir anerkennend. Wenn ich damals gewusst hätte, dass anderthalb Jahre später sein Sohn Mike dieses wunderbare Essen als »Verwertung von Beschneidungsabfällen« beschimpfen sollte ...

An diesem kalten, klaren Novembertag erzählte er mir vor meiner Eingangstür auf dem Bürgersteig der Nationalestraat das, was ich unbedingt gleich wissen musste. So, dass es nur kurz wehtat – wie wenn man ein Pflaster mit einem kurzem Ruck abreißt. Aber auch dann bleibt immer noch der nächste Schritt, nämlich genau hinzuschauen, wie übel die Wunde darunter tatsächlich ist.

Ich wollte ihn nicht mit in meine Wohnung nehmen. Aber ich wusste sofort, dass ich ihn öfter sehen wollte. Sehen musste. Wir trafen uns in den darauffolgenden vier Monaten noch mehrmals. Immer in einem anderen Restaurant oder in einer anderen Kneipe. Ich wollte nicht, dass Bekannte mich regelmäßig mit ihm zusammen sahen.

Das Erste, was ich verdauen musste, war zu erfahren, dass er bald sterben würde. Dabei sah er gar nicht krank aus. »Das täuscht«, versicherte er mir, ohne dabei besonders tapfer oder traurig zu klingen, »in ein paar Monaten ist es vorbei. Weitere Behandlungen bringen auch nichts mehr, meint der Arzt, ich solle also besser noch die Angelegenheiten regeln, die mir wichtig sind, solange ich dazu noch in der Lage bin.«

Er wohnte in der Vrijheidstraat, also ganz in meiner Nähe, und damit in einer Gegend, in der es keine billigen Wohnungen gab. Finanziell schien es ihm nicht schlecht zu gehen.

Was er mir dann ausführlich erzählte, war, wie er als junger Mann von Anfang dreißig bei einem Grubenunglück seinen eigenen Bruder bergen musste. »Ich habe seinen toten Körper durch die Stollen und Schächte getragen, in denen ich zuvor jahrelang mit ihm gemeinsam gearbeitet hatte«, erzählte er, und ich konnte ihm ansehen, wie schwer es ihm fiel, darüber zu sprechen, »aber das Schlimmste war nicht die Tatsache, dass er umgekommen war, sondern dass ich schuld an seinem Tod war. Ich weiß nicht, ob du mir glaubst, wenn ich dir sage, dass ich mir an diesem Tag und hunderte Male danach gewünscht habe, ich wäre derjenige, der tot aus dem Schacht getragen wird.«

Ich frage mich heute, ob Gabriel sich darüber freuen würde, wenn er wüsste, dass Jakob Heck tatsächlich so furchtbare Schuldgefühle empfand, wie er sie ihm gewünscht hatte. Aber ich habe den Gedanken längst verworfen, Gabriel das jemals zu erzählen … oder Mike.

Und Jakob fuhr fort: »Ich will gar nicht erst behaupten, dass ich ein guter Mensch gewesen bin. Ich habe so manche Frau betrogen und finanziell immer zuerst auf meinen eigenen Vorteil geschaut. Damit mache ich meinem Namen übrigens alle Ehre, Jakob bedeutet nämlich wohl auch ›der hinterhältige Betrüger‹, oder so ähnlich. Aber den 7. Februar 1962 bereue ich bis heute. Fast könnte man sagen: Ich habe meinen Bruder umgebracht … Wenn man bedenkt, dass er meine Schicht übernommen hat und dann in einer riesigen Brandschwade umgekommen ist, während ich Idiot mich nur wenige Minuten entfernt vom Unglücksschacht wie Jean-Paul Belmondo fühlte.«

Er erzählte von einem trüben Morgen mit Nieselregen, den er in einem kleinen Dachzimmer in einem Saarbrücker Stadtteil namens Burbach verbrachte.

»Das war nicht das erste Mal gewesen«, gestand er freimütig. »Nicht das erste Mal mit Barbara und auch nicht das erste Mal, dass ich mit einer anderen … Eigentlich war ich kein Mann fürs Heiraten. Schon sechs Wochen nach der Hochzeit war ich schärfer auf Barbara als auf meine eigene Frau. Und ehrlich gesagt war ich auch noch auf ungefähr zwei Dutzend andere

Frauen im Dorf scharf. Das lag nicht nur daran, dass Gertrud sich nicht so fürs Sexuelle interessierte – um es mal freundlich auszudrücken. Wer hätte gedacht, dass so ein hübsches und gesund aussehendes Mädchen einfach keinen Gefallen an der Sache fand? Sie akzeptierte es zwar als ihre katholische Pflicht, ließ es aber nur hin und wieder und stets missmutig zu, dass ich ihr beischlief. Gertrud hatte für uns ein Ehebett besorgt, das auf den ersten Blick wie ein normales Doppelbett aussah, aus dessen Teilen man jedoch zwei Einzelbetten machen konnte. Schon nach wenigen Ehewochen nutzte Gertrud diese bauliche Vorhersehung und brachte dadurch einen gehörigen Abstand von gut einem Meter zwischen beide Bettteile. Auf meinen Hinweis, dies sei doch sicher nicht im Sinne von Mutter Kirche, antwortete meine Frau mir ungerührt, dass sie ja generell nur äußerst selten sündige und sich das Wenige, mit dem sie gegen den Willen Gottes verstoße, bestimmt mit Beichte und Buße wieder hinbiegen ließe. Herrgott, was müssen das für langweilige Beichten gewesen sein: ›Ich habe meinem angetrauten Gatten die eheliche Pflicht verweigert!‹ Was das wohl zur Buße gab: Drei Gegrüßet-seist-du-Maria und zwei Vaterunser? Da bekam der Pfarrer sonst sicher Spannenderes zu hören. Und ich war ständig geladen und abfeuerbereit wie eine Schrotflinte – wenn du weißt, was ich meine – und viele Frauen im Dorf sahen mich verstohlen an und mir war klar, dass bei manchen von ihnen das Einzige, dessen es noch bedurfte, eine günstige Gelegenheit war. Aber es war damals extrem schwierig, eine Affäre anzufangen. Du kannst dir bestimmt nicht vorstellen, wo so ein Dorf überall Augen und Ohren hat.«

Damals, als Jakob Heck mir das in Antwerpen erzählte, konnte ich mir das wirklich noch nicht vorstellen.

»Und mein Bruder und ich mit unseren Frauen wohnten ja Tür an Tür. Genau gesagt, hatten wir ein großes, altes Bauernhaus mitten im Dorf gekauft, das wir so umbauten, dass zwei getrennte Wohnungen entstanden. Ich wohnte mit Gertrud in der linken Haushälfte und mein Bruder mit seiner Frau in der rechten. Unsere Eltern, Hannes und Angela, wohnten damals noch in einem kleineren Bauernhaus in der Haagstraße, über das ich dir später noch erzählen muss. Aber obwohl wir – also Hubert und ich – uns entschieden hatten, dass keiner von uns mit seiner jungen Frau im Elternhaus blieb, sondern wir uns zehn Fußminuten von der Haagstraße entfernt neu einrichteten, kam meine Mutter fast jeden Tag ins Haus … Mein Vater auch – bis kurz vor seinem Tod –, aber er kam nur, um Renovierungs- und Umbauarbeiten zu erledigen. Wir hatten ja kein Geld gespart, und obwohl mein Bruder und ich uns den Kredit für den Kauf des Hauses teilten, war kaum genug Geld da, um das notwendige Material für den Umbau zu bezahlen, geschweige denn, um Handwerker anzuheuern. Da waren wir froh, dass unser Vater das meiste selbst machte. Er mischte sich ansonsten nicht in unser Privatleben ein. Für meine Mutter galt das nicht. Sie half abwechselnd ihren beiden Schwiegertöchtern bei deren Hausarbeit. Das war natürlich nur ein Vorwand, um nach dem Rechten zu sehen und um die beiden regelmäßig auszuhorchen, ob denn schon etwas Kleines unterwegs sei. Sie war besessen vom Wunsch, Großmutter zu werden.

Wenn sie geahnt hätte, dass ich hinter Barbara her war, hätte sie nicht nur in der Primstaler Mariengrotte sieben Kerzen gestiftet und ein Stoßgebet losgelassen, sondern mich außerdem auch noch so verdroschen, als ob ich noch ein Zehnjähriger sei. Ich fürchte allerdings, dass Hubert etwas ahnte, denn er wurde mir gegenüber immer distanzierter in den Wochen vor dem Grubenunglück. Ich fragte natürlich Barbara, ob er etwas mitbekommen haben könnte. Sie hielt das für unmöglich. Aber mein Bruder war sensibel. Er merkte, wenn etwas nicht stimmte. Offen auf den Verdacht angesprochen hätte er mich natürlich nie. So etwas machte man nicht. Offen darüber sprechen, meine ich. Jedenfalls fingen Hubert und ich an, uns aus dem Weg zu gehen.«

Er machte eine kurze Pause und ich konnte ihm ansehen, dass jetzt ein schwieriger Teil seines Geständnisses folgen würde.

»Aber trotzdem ... trotzdem gelang es mir immer wieder, einen unbeobachteten Augenblick, eine heimliche Minute mit Barbara zu stehlen. Entweder im Garten – im hinteren Teil – der ja nicht in zwei Gärten geteilt war, obwohl jedem von uns genau die Hälfte gehörte, oder aber im gemeinsam genutzten Holz- und Geräteschuppen, der ganz in der Nähe der Stauwehrbrücke stand, die über den Dorfbach führte. Dort konnte ich mich ihr nähern, ohne dass es auffiel. Wenn Barbara hinten in der Streuobstwiese des Gartens war oder ein paar Holzscheite aus dem Schuppen holte, war es völlig unverdächtig, wenn auch ich mich zufällig dort aufhielt, um die Axt zu schleifen oder nach der Baumschere zu suchen. Und diese Augenblicke reichten manchmal, um sie ein paar Sekunden länger anzulächeln, als eigentlich nötig war, oder sogar, um mit meiner Hand einen Augenblick länger als schicklich ihren Arm oder ihren Rücken zu berühren. Nicht ein einziges Mal hat Barbara sich gegen solche Berührungen gewehrt oder den Eindruck erweckt, dass es ihr nicht recht sei. Im Gegenteil. Ich bildete mir ein, dass sie ihren Rücken einen Hauch fester gegen meine Hand schmiegte, wenn ich im Schuppen über sie hinweg nach Werkzeugen auf dem Holzregal griff und lächelnd log: ›Entschuldigung Barbara, ich muss gerade mal die Handsäge da ...‹ Wenn sie eindeutig signalisiert hätte, dass ihr meine Annäherungen ganz und gar unangenehm waren, hätte ich sie sicher in Ruhe gelassen ... nun ja, ich hätte mich stattdessen wohl anderen Zielen zugewandt, die in der Nachbarschaft durchaus vorhanden waren. Aber so dachte ich bloß: ›Verdammt noch mal, sie ist die Frau deines Bruders!‹ und im nächsten Augenblick: ›Na und? Solange niemand etwas davon erfährt!‹ Und als sie dann den Job im Krankenhaus bekam und das Zimmer in Burbach hatte, fragte ich sie unter den tiefhängenden Zweigen des hintersten Mirabellenbaumes, ob ich mir mal ihr Dachzimmer ansehen durfte. Sie lächelte und nannte mir die Zeiten, in denen sie selbst dort sein würde, während ihre Kollegin zur selben Zeit in eine Schicht eingeteilt war und nicht auftauchen konnte.

Zum Glück hatte ich damals kurz zuvor das Motorrad gekauft – eine alte BMW R60 – sodass es kein Problem war, nach Burbach zu kommen und gleichzeitig eine Ausrede zu haben. Ich ließ die BMW nämlich in einer Völklinger Werkstatt generalüberholen, ein bisschen aufmotzen, verstehst du, und ein Mechaniker, der dort arbeitete, wohnte in Burbach. Ich übergab ihm das Motorrad, er fuhr damit nach Völklingen, und während er daran herumschraubte, lag ich bei der Frau meines Bruders, in einem kleinen Zimmer, durch dessen Dachfenster man den Förderturm von Luisenthal sehen konnte. Der Mann von der Werkstatt dachte, ich sei unter Tage, während er Chromleisten anbrachte oder den Motor frisierte. Und zum Mittagessen fuhr er mit meiner Maschine zurück nach Burbach und ließ sie einfach auf dem Bürgersteig der Püttlinger Straße stehen, wo ich sie mir dann später wieder abholte – nach einer halben Schicht, manchmal, oder auch gleich nachdem ich von oben aus dem Dachzimmer kam. Die durchgeführten Arbeiten bezahlte ich immer beim nächsten Treffen. Natürlich bot der Mechaniker mir an, ich solle ihm die BMW doch einfach für ein oder zwei komplette Wochen da lassen, und nicht immer nur für einen halben Tag. Er könne die R60 dann viel schneller und einfacher komplett so hinkriegen, wie ich sie haben wollte. Und ich könne ja trotzdem in kleineren Raten bezahlen. Aber ich überzeugte ihn davon, dass es für mich ein besseres Gefühl sei, alles nach und nach machen zu lassen, je nachdem wie viel Geld ich gerade flüssig hatte. So wurde jedes Mal, nachdem ich die steile, dunkle Treppe in der Püttlinger Straße hochstieg und während ich für wenige Stunden in der kleinen Dachkammer verschwand, meine R60 ein bisschen perfekter. Und das gleiche galt auch für das, was Barbara und ich miteinander taten ... für die Unzucht, die wir miteinander trieben, meine ich. Schade, dass nach ein paar

Malen schon Schluss war. An der BMW wäre noch genug zu tun gewesen, um mindestens weitere fünf-, sechsmal ...«

Dann erzählte er, wie er an einem trüben, verregneten Februarmorgen des Jahres 1962 neben Barbara aufwachte und sich wie Jean-Paul Belmondo fühlte, ehe er begriff, dass sich in ein paar hundert Metern Tiefe unter ihnen eine Katastrophe ereignet hatte: »Die BMW stand noch vor der Tür. Der Typ aus der Werkstatt musste an diesem Tag etwas später zur Arbeit und wollte das Motorrad erst um halb neun abholen. Es war noch nicht halb neun, als ich durch das Dachzimmer runter auf die Straße blickte und begriff, dass etwas passiert war. Dass etwas unter Tage geschehen war, meine ich – nicht, dass ich schon wusste, dass es eine Katastrophe war.«

Die Geschichte, die folgte, las ich knapp anderthalb Jahre später, Ende April 2000, als Kapitel von Gabriels Katastrophenbuchprojekt wieder. Ich war während meiner Zeit in Primstal also nicht der einzige Ahnungslose neben Gabriel, was die getauschte Todesschicht von Jakob und Hubert Heck betraf. Aber außer Barbara Heck war ich der Einzige, der in dieser Familiengeschichte die entscheidende Lücke schließen konnte, von der Gabriel und auch Mike nicht einmal ahnten, dass sie überhaupt bestand.

»Ich musste an diesem Tag nicht nur erfahren«, erzählte Jakob weiter, »dass mein Bruder während meiner Schicht umgekommen war, sondern auch, dass ich Vater werde. Barbara sagte es mir, als ich ihr die Leiche ihres toten Mannes vor die Füße legte.«

»Was sagte sie dir?«, fragte ich.

»Nur: ›Und ich bin schwanger!‹ ›Und‹ im Sinne von: ›Und das auch noch!‹, denke ich.«

»Ja, und? Wieso bedeutete das, dass du der Vater sein musstest? Sie war doch mit Hubert verheiratet, und ich nehme doch an, dass sie auch mit ihrem Mann ...?«

»Ja, ja«, unterbrach Jakob mich, »normalerweise wäre das

kein Problem gewesen. Sie wird schwanger und das Kind und sie selbst sind versorgt und alles geht seinen Gang. Aber …«

»Aber?«

»Nun ja, mein Bruder hatte eine Kriegsverletzung, musst du wissen«, und er erzählte mir, wie Hubert die Primstaler Jungspunde rechtzeitig, bevor das Kriegsende nach Primstal kam, nach Hause führte. Also war mir auch diese Geschichte nicht neu, als ich sie etwas mehr als ein Jahr später auf der Imms von Johannas Mutter hörte.

Und Jakob erzählte, wie Hubert schwer verwundet worden war: »Bei diesem Luftangriff zwischen Wadern und Lockweiler hatte es Hubert nicht nur an der Bauchdecke erwischt. Ein Splitter hatte sich auch in den Unterleib verirrt und steckte dort fest. Bis zu Huberts Tod knapp siebzehn Jahre später. Er nahm dieses Andenken an seine Heldentat sozusagen mit ins Grab. Es war nur ein kleiner Splitter, aber der hatte die Hoden verletzt und ist dann weiter in den Unterleib eingedrungen und hat dort irgendetwas durchtrennt – frag mich nicht nach medizinischen Details, die will kein Mann wirklich wissen, wenn es sich um Verletzungen oder Krankheiten unterhalb der Gürtellinie handelt.«

»Konnte er nicht mehr …«

»Doch, doch«, unterbrach Jakob mich gleich, »für die normalen ehelichen Pflichten funktionierte das Ding selbst noch, aber er schoss eben nur noch mit Platzpatronen, wenn du verstehst was ich meine.«

»Aber woher weißt du …?«

»Habe gelauscht! Nur meine Mutter und ein alter Arzt, der damals schon im Ruhestand war, wussten davon. Nicht einmal mein Vater Hecks Hannes ahnte, dass Hubert noch ein zweiter Splitter erwischt hatte. Ich war kurz nach Hause gekommen, um meiner Mutter zu sagen, dass die Amerikaner bald einrückten. Natürlich interessierte sie sich nicht für die Amis, solange nicht klar war, ob Hubert überhaupt durchkommen würde. ›Lauf du nur, sieh dir die Panzer und die Amerikaner an‹, rief sie mir aufmunternd zu, aber als ich die Tür hinter mir schloss und ich den alten Arzt sagen hörte, dass man gegen den Wundstarrkrampf von den Amerikanern vielleicht ein wenig von diesem neuen Zeug namens Penizillin bekommen könnte, verharrte ich noch einen Augenblick und legte vorsichtig das Ohr an die Tür. Ich hörte meine Mutter sagen: ›Gut, ich besorge dieses Penenzelin. Und was kann ich in der anderen Sache unternehmen? Gibt es da auch eine Möglichkeit?‹ Der Arzt erklärte meiner Mutter exakt, was der zweite Splitter angerichtet hatte und dass man hoffen müsse, dass dieser nicht im Körper zu wandern anfinge – ja, so sagte er es – und dass man momentan nicht operieren könne, weil zuerst der Tetanus bekämpft werden müsse und es jetzt erst einmal ums Überleben ginge. Und dass Hubert nicht der Erste wäre, der mit so einem Fremdkörper im Leib noch Jahrzehnte lang lebte ... nur dass es bei der zur vermutenden Lage des Splitters keine Überraschung sei, wenn er keine Kinder bekommen könne.

›Sicher?‹

›Was ist in diesem Leben schon sicher, meine liebe Frau Heck. Nein, sicher kann ich nichts sagen, aber sehr wahrscheinlich ist es nicht, dass alles genauso funktioniert, wie es sollte. Sie müssen beten und auf Gott vertrauen.‹

Damals habe ich nicht genau begriffen, was der alte Arzt und meine Mutter besprachen. Geredet habe ich bis heute mit niemandem darüber. Und mir ist nicht klar, ob Hubert überhaupt wusste, wie es um ihn stand. Damals hat er sicher nichts mitbekommen, im Fieber, und ich bezweifle, dass meine Mutter ihm später die genauen Worte des Arztes wiederholte. Sicher dachte sie, der Arzt sei der Einzige außer ihr selbst, der die Wahrheit kannte. Ich nehme an, meine Mutter betete für Nachwuchs und vertraute auf Gott, und als Hubert dann Barbara heiratete, wurde sie immer ungeduldiger, als Gott sich Zeit damit ließ, ihre Gebete zu erhören.

Aber außer mir gab es zumindest noch einen weiteren

Menschen, der sich seinen Reim darauf machte, dass es im Hause Heck keinen Nachwuchs gab. Und das war Barbara. Immerhin war sie ausgebildete Krankenschwester und hatte eine Weile in der Gynäkologie gearbeitet. Sicherlich wusste sie mehr über bestimmte menschliche Organe als neunundneunzig Prozent der Frauen zu ihrer Zeit. Und ihr war klar, dass sie und Hubert im Bett alles richtig machten – technisch gesehen – und dass es entweder an ihr selbst oder an Hubert liegen musste, wenn der Nachwuchs ausblieb. Wahrscheinlich ahnte sie, dass sie wegen Huberts Kriegsverletzung nicht schwanger wurde. Und wie sich herausstellte, war dann ja auch schon nach ein paar Schäferstündchen mit mir etwas Kleines unterwegs. Manchmal denke ich, dass sie sich sogar genau deswegen mit mir eingelassen hat. Vielleicht wollte sie schwanger werden. Vielleicht war es für sie nicht nur Spaß. Mein Bruder und ich ähnelten uns sehr. Wer könnte also Verdacht schöpfen, wenn das Kind später mir glich? Wenn sie schwanger werden wollte, ohne in Erklärungsnot zu kommen, war ich die nächstliegende Möglichkeit.«

»Und Angela, ihre Schwiegermutter? Wunderte die sich nicht doch, dass es irgendwann klappte mit dem Nachwuchs?«

»Nun, entweder entschied sie sich, zu glauben, Gott habe sie einfach nur lange zappeln lassen, bevor er sie endlich erhörte, oder aber sie zählte eins und eins zusammen. Aber es war klar, dass sie in beiden Fällen nichts anderes tun würde, als dafür zu sorgen, dass ihr Enkel – denn das war er ja so oder so – in katholischer Ordnung aufwuchs.«

»Aber ... ich meine ... war das nicht hart für dich? Tür an Tür mit deinem Sohn und deiner Ex-Geliebten zu wohnen, ohne dass jemals herauskommen durfte, dass du Gabriels Vater bist?«

»Nein«, antwortete er nachdenklich, »nein, so war ich nicht. Ich war gar nicht scharf darauf, Vater zu sein, genauso wenig wie ich scharf darauf war, Ehemann zu sein, oder den Rest meines Lebens in Primstal zu verbringen. Das Baby war süß, und ich machte jedes Mal ›dududu‹, wenn ich den Kleinen sah, aber ich fuhr zum Beispiel lieber mit dem Motorrad durch die Gegend als mit dem Kinderwagen durchs Dorf.«

»Schade«, fügte er nachdenklich hinzu, »ich bin mir sicher, Hubert hätte es gefallen, Vater zu sein und sich nach jeder Schicht und am Wochenende um den Kleinen zu kümmern. Uns allen wäre geholfen gewesen. So aber war es vor allem hart für Barbara, die übrigens seit Huberts Tod nur noch das Nötigste mit mir sprach. Sie war nicht unhöflich oder abweisend, sondern nüchtern und sachlich, und sie zeigte mir deutlich, dass die Sache zwischen uns abgeschlossen war. Es war nicht leicht für mich, dafür zu sorgen, dass sie und der Kleine einigermaßen über die Runden kamen. Ich konnte ihr ja nicht einfach öffentlich Alimente zahlen – ja, schau nicht so überrascht, es war wirklich schwierig, sie mit Geld zu versorgen, ohne dass Gertrud oder meine Mutter Verdacht schöpften. Zum Glück gingen die vom Luisenthaler Notfonds auf meine Argumentation ein, dass meine Schwägerin bereits schwanger gewesen sei, als ihr Mann in Luisenthal umkam und dass Hubert Hecks Sohn damit doch auch Anspruch auf eine Waisenrente habe. Ich gab ihr auch immer wieder kleinere Summen Bargeld – das fiel niemandem auf – und nahm einen Kredit auf und lieh mir Geld bei meiner Mutter, um es Barbara für das Haus in der Haagstraße auszubezahlen.

»Und so lebten also alle eine Weile glücklich vor sich hin?«

»Na ja, glücklich ist anders, das sag ich dir. Das Problem war, dass meine Mutter jetzt ständig im Haus nebenan war. Sie wohnte praktisch bei Barbara und übernahm es oft und gerne, auf das Baby aufzupassen, wenn Barbara einkaufen ging oder einfach mal für zwei Stunden zu einer Freundin wollte, um zu plaudern. Am liebsten hätte meine Mutter ihren Enkel Gabriel adoptiert und zu sich in die Haagstraße genommen. Barbara wusste, dass Angela nicht ihr zuliebe so hilfsbereit war, sondern dass es ihr nur um das Enkelkind ging. Ein männlicher Nachkomme! Angela sah den Kleinen tatsächlich als ein Geschenk

Gottes. Und Barbara betrachtete die Sache pragmatisch und hatte mit Angela vereinbart, dass sie wieder als Krankenschwester arbeiten gehen wollte, sobald Gabriel alt genug für den Kindergarten war. Es war damals keineswegs selbstverständlich, dass Frauen arbeiteten, solange die Kinder noch klein waren, aber da Angela hoch und heilig versprach, alles für Gabriel zu tun, solange sie nur selbst noch rüstig genug sei, um sich um ihn zu kümmern, war klar, dass Barbara und Angela eine perfekte Zweckgemeinschaft bildeten – solange nicht noch weitere Enkel kamen. Das hatte den Nebeneffekt, dass Gertrud sich zurückgesetzt fühlte und sich mir gegenüber immer heftiger darüber beschwerte, dass Barbara sich ›den Arsch hinterhertragen lasse‹ – so grob konnte sie reden, wenn wir unter uns waren – und schließlich kam es soweit, dass Gertrud unser zweigeteiltes Bett wieder zusammenschob und von sich aus darauf bestand, einmal pro Monat unsere Pflicht zu erfüllen, wobei sie diesen einen Tag im Monat selbst festlegte. Sie war in einem Nachbardorf bei einer alten Frau, einer Braucherin, gewesen. So heißen im Nordsaarland die Heilerinnen, zu denen man geht, wenn der Arzt nichts mehr ausrichten kann. Diese spezielle Braucherin wurde vor allem konsultiert, wenn sich der Nachwuchs nicht wie gewünscht einstellte. Ich glaube, zu Gertruds Enttäuschung rückte die Alte nicht mit Zaubersprüchen oder Wunderkräutern an, sondern wies sie in die schnöde Welt des Menstruationszyklus ein – etwas, wovon wir Männer damals noch überhaupt nichts verstanden und am liebsten auch nichts Genaueres wissen wollten. Ich nahm die Gelegenheit eben, wie sie kam – einmal alle vier Wochen – und war froh, dass Gertrud ihren gut gebauten Körper, der sich wunderbar warm anfühlte, mit einer voraussagbaren Regelmäßigkeit und ohne zu murren zur Verfügung stellte. Natürlich entstand dabei nicht ein Hauch der Leidenschaft, wie ich sie mit Barbara und später auch noch mit ein paar anderen Frauen erlebte, aber es war eben eine Zeit, in der ich nahm, was ich kriegen konnte.

Es dauerte eine Weile, bis sie schwanger wurde, und ich hätte nicht gedacht, dass damit meine Situation nur noch schwieriger wurde. Dass Gertrud noch am selben Tag, an dem klar war, dass weitere körperliche Vereinigungen nicht mehr nötig waren, wieder die Betten auseinanderschob und noch eine Armlänge mehr Abstand ließ als zuvor, war dabei noch das geringste Übel. Schlimmer fand ich, dass Gertrud, die meiner Mutter die frohe Botschaft überbrachte, noch bevor sie mich informierte, sich nun Barbara gegenüber gönnerhaft und überheblich verhielt. Und Barbara bekam Angst davor, dass ich sie finanziell nicht mehr unterstützen würde, sobald Gertruds Kind – und damit mein erstes offizielles – auf der Welt war.

Während Gertruds Bauch immer dicker wurde und sie ständig ein so frommes Gesicht machte, als ob die Empfängnis eine unbefleckte gewesen sei, nahm Barbara mich beim hinteren Mirabellenbaum beiseite und drohte mir, meiner Mutter zu sagen, wessen Kind Gabriel wirklich sei. Ich versuchte sie zu beruhigen, indem ich ihr versicherte, dass sich nichts an ihrer Situation ändern würde. Sie sei auch weiterhin versorgt. Aber Gertrud erzählte beim Wäscheaufhängen im Garten meiner Mutter so laut, dass Barbara es mitbekommen musste, dass jetzt, wo Jakobs erstes Kind unterwegs sei, sie selbst genauer auf die Familienfinanzen achten müsse.

Gertrud schätzte meine Mutter zwar falsch ein, wenn sie dachte, diese würde sich nun ausschließlich dem kleinen Michael zuwenden. So sollte der Junge nach Angelas Vater nämlich heißen. Gertrud behauptete von dem Tag an, als sie ihre Schwangerschaft verkündete, sie wisse mit absoluter Sicherheit, dass Gott ihr einen Sohn schenken wird. Aber das bedeutete nicht, dass Angela nun den kleinen Gabriel völlig vernachlässigen würde. Enkel ist Enkel.

Und schließlich war es dann auch Angela selbst, die ein finanzielles Arrangement zustande brachte, das für Ruhe sorgen sollte. Meiner Mutter waren die beiden Schwiegertöchter völlig egal – ihr ging es vor allem darum, ihre beiden männlichen Enkel abzusichern, wobei ihr allerdings die Vorstellung besonders gefiel, dereinst könnte wieder ein Michael in der Haagstraße 2 wohnen. Sie korrigierte also die Tatsache, dass ihr Hannes – Gott hab ihn selig – das Bauernhaus ihres Vaters an den ältesten Sohn vererbt hatte. Sie sah die Gefahr, Barbara könnte wieder heiraten und das Haus somit an irgendeinen Dahergelaufenen fallen. Deshalb wurde eine Summe an Barbara transferiert, die zwar nicht gerade ein Schandpreis war, für das Haus in der Haagstraße aber eigentlich etwas dürftig ausfiel. Die Summe reichte gerade aus, um Barbara und dem kleinen Gabriel aus dem Gröbsten herauszuhelfen, bis Barbara wieder arbeiten gehen konnte. Das Haus in der Haagstraße gehörte ab 1965 faktisch also mir, aber natürlich sollte meine Mutter darin wohnen bleiben, bis Gott sie zu sich rief.

Mich aber rief Barbara zu sich, und zwar in den Holz- und Geräteschuppen, um mir dort zu eröffnen, sie ließe sich nicht auf Dauer mit diesem Kuhhandel abspeisen, den sie mit dem Abtreten der Rechte am Haus eingegangen sei. Sie habe nur zugestimmt, um sich für die nächsten Jahre ein wenig Luft zu verschaffen. Als ich ihr erklären wollte, dass es in Zukunft für mich schwierig sei, Geld für sie und den kleinen Gabriel abzuzweigen, legte sie ihre kleine, zarte Hand auf meinen Oberarm und ließ sie dort länger liegen, als es schicklich gewesen wäre. Und ich schaffte es nicht, meinen Arm zurückzuziehen. Und sie sah mich länger als notwendig an, um mir dann ins Ohr zu flüstern, dass sie doch eigentlich viel besser zu mir passte als Gertrud und dass sie oft an die Stunden in der Dachkammer zurückdenke. Sie flüsterte weiter, sie wisse, dass eine Scheidung nicht einfach sei, aber es sei es doch wert, den Mut und die Geduld aufzubringen, diesen Weg zu gehen.

Was für eine verrückte Idee! Scheidung! Darauf ging ich gar nicht erst ein. Ich war nur bereit, sofort mit Barbara ins frische Sägemehl zu sinken, über das ich ein paar alte, aber saubere Leinensäcke ausgebreitet hatte, um es uns gemütlich zu machen. Aber im gleichen Augenblick quietschten die rostigen Scharniere der Scheunentür.

Bis Gertrud in der Scheune stand und sich ihre Augen an das fahle Licht gewöhnten, hatte ich mich gerade zum Werkzeugregal gewandt und holte eine Säge vom Regal, und Barbara räumte – schwer atmend, aber in aller Seelenruhe – Holzscheite in einen Korb. Gertrud fragte argwöhnisch: ›Wieso habt ihr denn die Tür zu, so sieht man doch kaum was‹, womit sie Recht hatte, denn es gab nur ein ganz kleines Fensterchen an der Rückwand des Schuppens, und Licht fiel nur dann genügend ins Innere, wenn man auch die Tür offen ließ. Aber Barbara entgegnete ruhig und geistesgegenwärtig: ›Hier zieht's und ich hab 'ne Erkältung‹, und machte sich mit ihren Holzscheiten davon.

Ab diesem Tag versuchte Gertrud zu verhindern, dass ich mit Barbara allein war. Und Barbara versuchte, wann und wo immer es ging, ein paar Minuten mit mir alleine zu sein, um mir zu sagen, was wir beide alles tun könnten, wenn …

Zur gleichen Zeit hörte ich von einigen Kollegen in der Dillinger Hütte, dass ein Vorarbeiter aus Ensdorf angeblich mit seiner Geliebten durchgebrannt sei und sich nun vermutlich nach Lothringen abgesetzt habe. Meiner erster Gedanke war: Na, ein bisschen Französisch kann ich ja und ich bräuchte nur etwas Startkapital, um wegzugehen. Und als meine Mutter mich kurz darauf drängte, mein Motorrad zu verkaufen, tat ich dies brav und bekam einen brauchbaren Batzen Geld für das gut gepflegte Stück – obwohl ein paar Kratzer dran waren, weil ich kurz zuvor zwischen Eiweiler und Mettnich aus der Kurve geflogen war.

Ich nahm das Geld für die BMW und hob dazu noch eine Summe Bargeld vom Konto ab, die ganz ordentlich war, aber nicht so auffällig hoch, dass der Webersch Georg nach Dienstschluss gleich von seinem Bankschalter zu meiner Mutter lief, um sie zu fragen, ob ihr Junge sich ein Auto kaufen wolle, jetzt wo er kein Motorrad mehr fahren dürfe.

Ich hatte also recht viel Bargeld zusammen, suchte aber am selben Abend, während meine Mutter sowohl den geborenen als auch den noch ungeborenen Enkel besuchte, in der Haagstraße ein letztes Mal nach dem Schatz vom alten Herrn. Aber ich konnte wieder nichts finden und entschied, dass es diesen Schatz entweder nie gegeben und Hannes sich einen Scherz mit uns allen und besonders mit mir erlaubt hatte, oder dass schon jemand anderes den Schatz gefunden und beiseite geschafft hatte. Wie auch immer. Am nächsten Morgen ging ich nicht zur Frühschicht, sondern nach Wadern zum Bahnhof. Und als meine Mutter und Gertrud sich Sorgen zu machen begannen, weil der Hüttenbus ohne mich zurück nach Primstal kam und die Kollegen und Angela sich gegenseitig fragten, wo ich denn sei, war ich bereits in Longwy in Lothringen und hatte dort eine kleine Dachkammer gemietet und in der Verwaltung der Stahlwerke erfahren, dass sie in Kürze sicher etwas für mich hätten.«

»In Longwy war ich schon mal«, sagte ich zu Jakob, »ziemlich öde Gegend, ehrlich gesagt. Aber was erzählst du da von einem Schatz? Was ist denn das für eine Geschichte?«

»Damals war es noch gut in Longwy. Die Mädchen waren lockerer drauf als bei uns in Primstal, das sag ich dir. Und abends konnte man ins Kino gehen und sonntags in den Park – für mich war das genau das Richtige, bis es dann in den Siebzigern bergab ging und es brutal wurde mit den Streiks. Aber da hatte ein flämischer Kollege, den es genau wie mich zufällig nach Lothringen verschlagen hatte, mich sowieso schon mit der Idee angesteckt, nach Antwerpen zu gehen und dort im Hafen zu arbeiten. Also verließ ich Longwy, um ...«

»Ja, ja, aber was war das mit dem Schatz?«, hakte ich nach.

»Heute nicht, mein Junge.«

»Nenn mich nicht ›mein Junge‹, sagte ich barsch und fügte

hinzu, dass das gönnerhaft klinge und das sei ja wohl unangebracht.

Er entschuldigte sich: »Nimm es mir nicht übel!« Er sagte es auf Flämisch und ich musste schmunzeln, weil sein Akzent sympathisch klang.

»Heute nicht«, sagte er müde, »ich kann nicht mehr. Muss mich hinlegen.«

»Ja *verdomme*, natürlich, tut mir leid, ich bin unaufmerksam ...«

Er winkte ab. Es sei Zeit, »*zich uit de voeten te maken*«, sagte er augenzwinkernd, und es war ihm anzumerken, dass er mit seiner Kraft am Ende war.

»Wo treffen wir uns morgen?«

»Im Bistro Patine«, antwortete ich, »das ist gleich bei dir um die Ecke. Und die haben guten Kuchen.«

»Scheiß auf den Kuchen, krieg ich da auch einen Schnaps?«

Ich zögerte einen Moment, bis mir klar wurde, dass es sicher nicht mehr darauf ankam, was er trank. »Das kleinste Problem wird wohl sein, dir ein Borreltje zu besorgen.«

Er grinste so gut er konnte. »Nun gut, dann also morgen im Patine: Die Geschichte von Hecks Hannes' Schatz!«

Während ich im Patine die stadtberühmte Kirschtorte probierte und einen Latte Macchiato dazu trank, bestellte Jakob zuerst einmal einen Cognac. Den spülte er mit einem Klaren nach. Er verzog das Gesicht, als ob er Schmerzen habe.

»Der Alkohol ist das Einzige, was ich noch genieße«, sagte er, und es klang traurig. Dann kam er ohne Umschweife zur Sache: »Mein Vater Hannes, der alte Halunke, hatte mir wenige Tage vor seinem Tod gesagt, dass er in der Haagstraße 2 einen Schatz versteckt habe. Für schlechte Zeiten, für Notfälle, für seine beiden Söhne – er und seine Angela bräuchten das Geld nicht. Nicht mehr. Sie hätten zwei Weltkriege und eine Wirtschaftskrise mit Inflation überlebt, sagte Hannes, da würde Angela den hoffentlich noch langen Rest ihres Lebens … aber ich unterbrach den alten Hecks Hannes, ungeduldig wie ich war, und fragte: ›Wieviel ist es denn? Und wo? Wo genau? Und was heißt versteckt? Vergraben? Eingemauert?‹ Aber Hannes machte nur eine schwache Geste mit der Hand, die wohl bedeuten sollte, ich möge mich beruhigen. Er murmelte eine Zahl, die ich nicht richtig verstand. Ich glaubte, neuntausendirgendwas gehört zu haben. ›D-Mark oder Saarfranken‹, wollte ich fragen, besann mich aber eines Besseren. Ich stellte mir einfach vor, es seien D-Mark, was denn sonst, und das wäre dann eine ansehnliche Summe – für die damalige Zeit. Und ich bewunderte den Alten dafür, dass der Mythos vom genialen Schmuggler ihm offensichtlich zu Recht anhaftete.

›In Ordnung, wo?‹, fragte ich den alten Hannes und bemühte mich dabei, ruhig zu klingen. Eigentlich hatte er Hubert sprechen wollen. ›Der Hubert soll kommen‹, hatte er zu meiner Mutter gesagt, als er wusste, dass es zu Ende ging.

›Aber du weißt doch, dass der in Italien ist‹, hatte Angela geantwortet. Die Gewerkschaft hatte zum ersten Mal organisiert, dass Mitglieder auch außerhalb Deutschlands Urlaub machen konnten. Hubert hatte diese Chance genutzt. Er machte eine etwas verspätete Hochzeitsreise daraus und fuhr mit Barbara auf die Insel Elba. Meine Mutter sagte Hannes nicht, dass Hubert am nächsten Tag wieder zurückkommen würde und schickte stattdessen mich ans Sterbebett. So erfuhr ich, was eigentlich Hubert hätte erfahren sollen.

Hannes lebte noch ein paar Tage und schließlich saß ich doch mit meinem Bruder gemeinsam bei dem Sterbenden. Und einmal kam mein Vater wieder zu sich, schien ganz klar zu sein und lächelte, als er uns beide da sitzen sah. ›Gut, gut‹, murmelte er, ›dann sucht den Schatz gemeinsam!‹

›Was hat er damit gemeint?‹, fragte Hubert mich später am Abend, als unsere Mutter uns am Bett ablöste, damit wir uns für ein paar Stunden hinlegen konnten.

›Weiß ich auch nicht‹, log ich, ohne zu zögern, ›glaubst du, dass es diesen Schatz tatsächlich gibt?‹

›Quatsch‹, sagte Hubert, ›das ist wieder so schräger Witz vom Alten. Wenn er wirklich einen Haufen Geld im Haus versteckt haben sollte, hätte er das sicherlich nicht bei Zeggels an der Theke so herausposaunt.‹

Aber da irrte Hubert sich. Oder er wollte die Realität nicht sehen. Nach der richtigen Dosis Bier und Schnaps konnte unser Vater verdammt geschwätzig sein. Und es war dorfbekannt, dass er in den Fünfzigern ein begnadeter Schmuggler gewesen war. Er begnügte sich nicht mit dem Kleinkram, der zwischen Nonnweiler und Hermeskeil für den Selbstbedarf hin- und hergeschmuggelt wurde. Dabei war schon dieser Kleinschmuggel zur Selbstversorgung legendär. Selbst Angela Heck machte da mit, vielleicht, damit sie auch einmal etwas zu beichten hatte. Sie fuhr im dünnen Kleidchen nach Hermeskeil, und als sie zurückkam, sah sie aus wie das Michelin-Männchen, weil sie mindestens fünf Kleidergarnituren übereinander angezogen hatte. So schmuggelte sie haufenweise Kleider. Aber Hecks Hannes interessierte sich weniger für diesen kleinen Grenzverkehr, sondern hatte verschiedene Kontaktpersonen in Trier und in Saarbrücken, die er noch aus der Zeit als Bergmann kannte. Und da kamen durchaus mittelgroße Warentransporte zusammen, die mit einem Kleinlaster oder mit dem Trecker und Anhänger über die grüne Grenze geschafft wurden. Im Schutz des Hunsrücker Hochwaldes sollen beachtliche Warenaustauschaktionen und manch dramatische Verfolgungsjagd stattgefunden haben. Aber der Zoll hat Hecks Hannes nie erwischen können. Und als Ende der Fünfziger die Wiedervereinigung kam, soll er eine ganze Menge Saarfranken gegen D-Mark getauscht haben, erzählte man in den Kneipen.

Im ganzen Haus gab es sicher keinen Quadratzentimeter, den ich auf der Suche nach dem Schatz ausgelassen hatte. Meine Mutter wusste wirklich nichts über das Versteck. Sonst hätte sie das Geld selbst ausgegraben und für ihre Jungs oder ihre Enkel verwendet und vielleicht noch einen Teil davon in die Renovierung des Hauses gesteckt – pragmatisch, wie sie war. Nein, sie wusste auch nicht, wo der Schatz lag. Mein Vater hatte also nicht gelogen, als er mir kurz vor seinem Tod sagte, ich sei der Einzige, dem er das Versteck nun verraten habe. ›Stell dich genau unter den trapezförmigen Stein im Rundbogen des Scheunentors‹, erklärte er mir, obwohl ihm das Reden sehr schwer fiel, ›und schau nach oben, um sicherzugehen, dass du genau darunter stehst. Von da aus machst du drei normal lange Schritte geradeaus und dann zwei nach links. Der Schatz liegt nicht tief, nur zwei Handbreit …‹, der alte Hannes machte eine Pause und atmete angestrengt, ›dort findest du eine flache Metallkassette.‹ Er keuchte wie nach einem Hundertmeterlauf. Ich konnte mich nicht beherrschen und fragte noch einmal, wie viel es denn sei. Wieder verstand ich ihn kaum, weil er die genaue Zahl nannte, statt einer ungefähren, was mir ja schon gereicht hätte. Ich bin nicht sicher, glaube aber, die Zahl 9.867 gehört zu haben.«

Die freundliche Bedienung sah mich überrascht an, als ich für Jakob noch einen Schnaps bestellte und auf ihre Frage antwortete: »Nein danke, keinen Kuchen für meinen … Gast. Nur noch ein Borreltje, bitte!«

Und Jakob berichtete über seine vergeblichen Versuche, das Geld zu finden: Wie er das Scheunentor öffnete, über sich blickte und den unteren Rand des trapezförmigen Abschlusssteins im Torbogen sah, wie er seinen eigenen Schatten sehen konnte, der sich auf dem Scheunenboden abzeichnete – wie ein Wegweiser. Wie er drei Schritte geradeaus, dann zwei links ging. Wie er zufrieden auf die Stelle blickte, auf der er stand. Zufrieden und gleichzeitig gespannt.

»Damals war der komplette Boden in der Scheune natürlich noch nicht betoniert oder gefliest oder sonstwie versiegelt, sondern es war rotbrauner Lehmboden, und der ließ sich mit einer Hacke leicht aufreißen, obwohl die oberste Schicht von abertausenden Schritten meines Vaters, und davor meines Großvaters mütterlicherseits und davor meines Urgroßvaters festgetreten war. Ich fand nichts, obwohl sich der Boden wirklich leicht aufhacken ließ und ich recht schnell vorankam und sicherheitshalber mindestens drei Handbereit nach unten grub. Zuerst dachte ich, ich hätte mich vielleicht verhört, weil Hannes so undeutlich gesprochen hatte. Dann befürchtete ich, mein alter Herr hätte sich vielleicht vertan, was ja verzeihlich gewesen wäre. Immerhin hatte er im Sterben gelegen, als er es mir sagte, und ich war mir nicht sicher, wie klar er da noch im Kopf gewesen war. Vielleicht waren es ja drei Schritte geradeaus und dann zwei nach rechts statt nach links. Oder nur zwei Schritte geradeaus, dafür aber drei nach links ... oder rechts. Aber eigentlich war er mir recht klar vorgekommen, als er das mit den Schritten sagte. Und der Ausgangspunkt musste auch der richtige sein, denn sonst gab es im ganzen Haus keinen weiteren Torbogen. Also grub ich die komplette Scheune um. Meiner Mutter sagte ich, der Scheunenboden müsse endlich einmal neu gemacht werden. Mit Pflastersteinen. Ihr war das recht. Und ich musste, nachdem ich alles zweimal durchwühlt hatte, tatsächlich Verbundsteine in der Scheune verlegen, um mich nicht endgültig verdächtig zu machen. Ich legte die Steine so, dass man sie bei Bedarf ohne größeren Aufwand wieder beseitigen konnte. Und ich ging immer wieder die komplette Scheune, ja sogar das komplette Haus durch, weil ich dachte, ich hätte etwas übersehen. Denn warum hätte der Alte lügen sollen – auf dem Sterbebett? Hubert glaubte nicht an den Schatz, aber der hatte auch nicht erlebt, wie Hannes es mir sagte.

Natürlich hatte ich etwas übersehen. Ich habe immer etwas übersehen, mein Junge, das sag ich dir. Wie dämlich ich gewesen war, fiel mir erst Jahre später auf, Ende der Siebziger, als ich Hafenarbeiter in Antwerpen war und mit einem Vorarbeiter im großen Eingangstor einer Lagerhalle stand. Es war ein großes, eckiges Tor. Ich sah, wie unsere Schatten in den Innenraum der

Halle wiesen. Der Vorarbeiter zeigte mir die freien Flächen, wo die Container abgestellt werden sollten. Dann drehte er sich um. Den Rücken dem Halleninneren zugewandt und auf den großen Vorplatz deutend, sagte er: ›Siehst du die blauen Container da hinten, die zwei in der dritten Reihe links? Also die müssen heute noch in die Halle!‹ Und da wurde mir schlagartig klar, dass ich dem Alten einfach nicht richtig zugehört hatte. Es war keine Rede davon gewesen, das Scheunentor zu öffnen. Ich hatte in die falsche Richtung gesucht. Der alte Halunke hatte das Geld nicht in der Scheune, sondern vor der Scheune vergraben: Unter den trapezförmigen Stein stellen – mit dem Rücken zum Holztor – und dann … hätten mich fünf Schritte zur richtigen Stelle geführt. Heute weiß ich, dass es richtig war, dass ich das Geld damals nicht gefunden habe.«

»Wieso? Du hättest das Geld zum Start in dein neues Leben doch gut gebrauchen können.«

»Ja, schon. Aber das war kein Notfall, wie mein Vater ihn im Sinn hatte. Das war eine Flucht vor der Verantwortung. Oder die Flucht vor einer Entscheidung. Vielleicht auch die Flucht vor einem schwierigen Leben. Das wäre nicht leicht geworden in einem erzkatholischen Dorf und mit einer erzkatholischen Mutter: Zwei Jungs von zwei verschiedenen Frauen aufzuziehen, wobei ich auch noch mit der falschen der beiden verheiratet war. Obwohl, wenn ich ehrlich bin, weiß ich heute, dass es eben nur schwierig geworden wäre. Nicht unmöglich. Irgendwie wäre es wohl gegangen. Und dann würden heute – also bald – Gabriel und Michael an meinem Bett sitzen.«

Jakob schluckte ein paarmal, als ob er einen Bissen nicht richtig herunterbrächte. Dann fuhr er fort: »Nein, das Geld hätte ich zwar gerne mitgenommen, wenn ich es damals gefunden hätte, aber ich brauchte es nicht wirklich. Ich war ein gesunder, starker Mann und wusste, dass ich jederzeit Arbeit finden würde. Weißt du, nach Jahren unter Tage und in der Stahlhütte gibt es kaum Arbeiten, die zu schwer sind, und mir war klar, dass ich nicht verhungern würde, solange ich zwei gesunde Hände hatte. Und hier im Antwerpener Hafen konnte man wunderbar kleinere Geschäfte nebenher machen. Mit den Russen vor allem, aber nicht nur mit denen. Du kannst dir gar nicht vorstellen, was ich im Laufe der zwanzig Jahre so alles ... ähm ... zwischengelagert habe, in den Lagerhallen oder sogar bei mir zu Hause. Und nicht selten haben gerade die kleineren Päckchen am meisten eingebracht. Manchmal habe ich 200.000 Belgische Franken – also etwa tausend Mark – für Transporte bekommen, die ich in zwei Hosentaschen aus dem Hafen tragen konnte ... zu Fuß, zu einer Diamantschleiferei, und wieder zurück, wenige Tage später. Dann gab es ein Glas Wodka und ein freundliches ›Spasibo‹ und ein Bündel Scheine und nicht selten kam so ein zweiter und dritter Monatslohn zusammen. Zum Glück war ich nicht mehr so gierig, als ich älter wurde, und hab nur noch gezielt für wenige Stammkunden gearbeitet. Gegenseitiges Vertrauen ist bei dem Geschäft fast so überlebenswichtig wie ... wie unter Tage.«

Ich wunderte mich über seinen Sarkasmus, aber vielleicht wurde das so, wenn es zu Ende ging und man erkannte, welche Fehler man begangen hatte.

»Aber zurück zum Schatz, zurück zu Hannes und seinem Auftrag, das Geld zu teilen ...« Er machte eine kurze Pause und schluckte. »Denn das waren immerhin seine letzten Worte: ›den Schatz‹ und ›gemeinsam‹. Die Kränze auf dem Grab meines Vaters waren noch nicht verwelkt, da grub ich schon – wie ich dir bereits erzählt habe – die Scheune um. Und in den darauffolgenden Jahren führte ich eine ganze Reihe größerer und kleinerer Reparaturen in der Scheune und im gesamten Haus durch, nur um allein und in Ruhe suchen zu können. Das war wahrscheinlich mein Fehler. Zu gierig! Wenn ich Hubert eingeweiht hätte, wäre er wahrscheinlich sogar auf die Idee gekommen, wie der Alte das mit dem Torbogen und dem Stein gemeint hatte. Hubert hatte normalerweise ein gutes Gespür dafür, welche Richtung die richtige war. Ja, heute weiß ich, dass es klüger gewesen wäre, ihn einzuweihen und das Geld mit ihm gemeinsam zu finden und zu teilen, anstatt die gesamte Summe auf eigene Faust zu suchen und doch nicht zu entdecken. Hubert hätte – ehrlich wie er war – keine Sekunde gezögert, den Willen unseres Vaters zu erfüllen und den Schatz zu teilen, selbst wenn er ihn ganz alleine entdeckt hätte. Auch wenn das Haus ihm gehörte, hätte er Hecks Hannes' Schatz als gemeinsames Erbe gesehen. Ich aber dachte damals: ›Wenn er doch schon das Haus bekommt, sollte ich wenigstens den Schatz für mich alleine haben.‹ Ich habe mich oft gefragt, warum es der Wille meines Vaters war, dass nicht ich das Haus erben sollte. Gut, Hubert war der Ältere. Aber in etlichen anderen Familien wurde unabhängig von der Erstgeburt verhandelt, welcher Nachkomme das Haus übernahm. Vielleicht hatte Hannes befürchtet, dass ich es später verkaufen würde, falls ich Geld bräuchte. Bei Hubert konnte er sicher sein, dass er nach Angelas Tod – meine Mutter hatte natürlich lebenslanges Wohnrecht in der Haagstraße – entweder selbst einziehen würde, oder dafür sorgte, dass eines seiner eigenen Kinder dort wohnte. Es ging um die langfristige Perspektive. Das Haus sollte in der Familie bleiben. Nun, das blieb es dann ja auch. Wir haben es Barbara abgekauft, und wenn alles wie geplant seinen Weg gegangen ist, gehört das Haus heute immer noch Gertrud, wenn sie noch lebt. Vielleicht hat sie es inzwischen aber auch an Michael weitergegeben, der es hoffentlich an eines seiner Kinder weitervererben wird. Und der Schatz liegt heute wahrscheinlich immer noch da.«

Wieder machte er eine Pause und keuchte angestrengt.

»Oh Gott, wenn ich bedenke, dass der Preis, den wir Barbara damals für das Haus gezahlt haben, nicht gerade üppig war. Versteh mich nicht falsch: Betrug konnte man es auch nicht nennen. Angela hatte ein feines Gespür für so etwas. Wir haben ihr und damit auch dem kleinen Gabriel für die Besitzrechte an dem Haus gerade soviel gegeben, dass es nicht unanständig wenig war. Aber ein paar Tausend mehr hätten auch nicht geschadet. Und wenn man außerdem bedenkt, dass in dem Haus noch fast zehntausend Mark vergraben lagen und wohl immer noch liegen, haben wir sie letztlich doch betrogen.«

»Warst du denn nie wieder in Primstal? Und hast du nie versucht, Kontakt zu Gertrud oder Barbara aufzunehmen, oder zu deinen Söhnen?«, fragte ich Jakob mit ehrlichem Interesse.

»Nein. Als ich weggegangen bin, kurz vor der Geburt meines zweiten Sohnes und kurz vor dem Ablauf eines Ultimatums, das Barbara mir gestellt hatte, war mir klar, dass es ein Abschied für immer sein musste. Was hätte es für einen Sinn ergeben, dort nach Jahren wieder aufzutauchen? Oder sich jetzt blicken zu lassen. Ich weiß nicht einmal, wer von der Familie noch lebt. Barbara und Gertrud werden wohl noch leben, sie sind ja beide noch einige Jahre jünger als ich. Aber meine Mutter ist bestimmt längst tot. Sie wäre heute sonst deutlich über neunzig, so alt ist in unserer Familie noch niemand geworden. Und wenn sie noch leben würde ... oh Gott, ich weiß nicht, was schlimmer wäre!«

»Aber mussten sie nicht annehmen, dir sei etwas passiert?«

»Sicher nicht! Ich habe sowohl Barbara als auch Gertrud hin und wieder Geld überwiesen. Anonym. Immer dann, wenn sich bei mir nach mehreren größeren und kleineren Coups ein bisschen was angesammelt hatte. Gertrud wird meiner Mutter davon erzählt haben, dass plötzlich wieder Geld auf ihrem Konto erschienen war, und die beiden werden sich einen Reim darauf gemacht haben, von wem das Geld kam. Und das Gleiche gilt für Barbara, die sicher klug genug war, niemandem davon zu erzählen, dass auch sie anonyme Überweisungen erhielt. Die ... die letzte Zahlung an beide habe ich übrigens erst letztes Jahr überwiesen. Das war ein ordentlicher Batzen. Das Geld ist nicht zurückgekommen, daher nehme ich auch an, dass beide noch leben. Aber ...«, er wurde plötzlich aufgeregt, »aber einmal, und zwar erst vor wenigen Monaten – da wusste ich schon, dass ich … dass mir nicht mehr sehr viel Zeit bleibt – habe ich noch etwas herausgefunden, was mich überrascht hat, und wovon ich nicht genau weiß, was es bedeutet.«

Er machte wieder eine Pause. Und ich drängte ihn, weiterzuerzählen.

»Also«, sagte er gedehnt, »ich kenne da einen ukrainischen LKW-Fahrer, von früher, aus meiner aktiven Zeit, der hin und wieder Fuhren nach Nonnweiler macht. Er bringt da tiefgefrorene Meeresfrüchte hin und holt dann auch Tiefkühlpizzas in einer großen Firma ab, ich erinnere mich nicht mehr, wie die heißt. Jedenfalls habe ich ihn gebeten, ein paar Kilometer Umweg zu fahren und sich unauffällig in Primstal, in der Haagstraße 2, umzusehen. Unauffällig ist zwar das falsche Wort dafür, wie er es anpackte, aber das Ergebnis war trotzdem verblüffend: Er ist einfach dort vorbeigefahren und hat an die Tür geklopft und behauptet, er habe sich auf dem Weg zu dieser Pizzafabrik verfahren, und so konnte er mir berichten, dass außerordentlich nette Jungs ihm eine Flasche Bier angeboten und ihm dann lachend erklärt hatten, er habe sich aber ganz schön auf den nordsaarländischen Landstraßen verfranzt.«

»Ja, und? Haben sie ihm dann den richtigen Weg gezeigt?«, fragte ich, in der Hoffnung, dass noch eine Pointe folgt.

»Ja, ja, aber das Entscheidende ist: Beim Biertrinken und bei einem Viertelstundenplausch haben die beiden sich meinem Informanten auch mit Namen vorgestellt, wie es sich für wohlerzogene Jungs gehört, nämlich mit Gabriel und Mike. Mike ist doch so eine neumodische Variante für Michael, oder? Und das Alter der beiden, soweit der Ukrainer das schätzen konnte, würde auch hinhauen – für meine beiden Jungs.«

Jakob schien einen Augenblick nachzudenken und fuhr dann zögernd fort: »Also ich weiß nicht, was das bedeuten soll. Anscheinend wohnen die beiden heute gemeinsam in unserem alten Haus in der Haagstraße. Der Ukrainer behauptete steif und fest, nichts habe darauf hingedeutet, dass außer den beiden sonst noch jemand dort wohnte. Keine Frauen. Keine Kinder. Oder sonst wer. Sehr sonderbar, oder?«

»Wieso?«, meinte ich, »sie sind doch Verwandte. Nun ja, Halbbrüder, die glauben, sie seien Cousins, genau gesagt – und vielleicht sind beide unverheiratet und leben zusammen in einer WG.« Bei dem Wort WG verzog Jakob das Gesicht, als ob das etwas Unanständiges sei. »Oder vielleicht sind die beiden schwul!« Sein gequälter Gesichtsausdruck verstärkte sich.

»Wie auch immer, Jakob, du kannst nicht hinfahren, und sie fragen. Jetzt nicht mehr. Und du kannst ihnen nicht einmal sagen, dass vielleicht immer noch der Schatz ihres Großvaters direkt vor ihrer Nase beziehungsweise vor ihrem Scheunentor liegt.«

»Nein«, antwortete er ernst, »ich kann das nicht mehr. Aber du kannst das!«

Das nächste Mal trafen wir uns im Lastig Portret, direkt neben der Kunstakademie. Das war mein Lieblingslokal, und dort traf man niemanden aus meinem Fach. Er bestellte einen Schnaps, einen Jenever, zum Bier, ich nahm einen Tee. Damals war ich noch nicht ans Alkoholtrinken gewöhnt.

Bei diesem Treffen musste ich viel über mich erzählen: Wie ich als Kind gewesen war, meine Schulzeit erlebt und wie mein Vater, Jos Maertens, mich in seinem Restaurant als Koch ausgebildet hatte.

Ich musste diese Ausbildung machen, ich hatte nicht wirklich eine Wahl. Sogar meine Mutter war strikt dafür und meinte, ich solle wenigstens die Möglichkeit haben, das Restaurant später übernehmen zu können. Aber der Deal, zumindest der Deal mit meiner Mutter, war, dass ich nach der Ausbildung noch einmal neu wählen konnte, wie es mit mir weiterging. Der alte Maertens war alles andere als erfreut, als ich danach verkündete, zunächst einmal Übersetzen und Dolmetschen studieren zu wollen. Ich war immer schon gut in Sprachen. Der absolut Beste in meiner Klasse. Und ich entschied mich für Deutsch und Spanisch. Das sei Weiberkram, beschimpfte Jos Maertens mich, und das würde ja wohl zu mir passen. Er war rasend und meinte, es sei Zeitverschwendung gewesen, mich so umfassend auszubilden. Er hätte seinem ersten Gedanken folgen und lieber meine jüngere Schwester auf die ehrenvolle Aufgabe vorbereiten sollen, den Laden einmal zu übernehmen. Die sei sowieso eher Manns genug, erfolgreich zu werden. Nur meiner Mutter zuliebe habe er sich breitschlagen lassen. Man merke eben, dass ich nicht aus seinen Lenden stamme – ja, so formulierte es der alte Idiot. Zum Glück wusste ich zu dem Zeitpunkt schon, dass er nicht mein richtiger Vater war, und die schlimmsten Auseinandersetzungen hatten wir da schon hinter uns.

Darüber erzählte ich Jakob aber nichts, verschwieg lieber, dass ich im letzten Ausbildungsjahr ein Salatsieb nach Jos geworfen hatte. Eins aus Edelstahl. Er hatte Glück, dass die gute gusseiserne Pfanne nicht in Griffweite stand. Sonst wäre er vielleicht nicht mit der kleinen Verletzung am Ohr davongekommen. Ein schlechtes Gewissen habe ich nicht. Er hätte mir keine Prügel androhen dürfen. Nur weil er das mit meiner heimlichen Affäre herausbekommen hatte. Obwohl ich natürlich verstand, dass ihm das nicht passte. Aber ich war inzwischen eindeutig zu alt für seine Prügel.

Während der quälend langen Ausbildung brachten meine Großeltern und meine Mutter mir alle wirklich wichtigen Kniffe des Kochens bei. Die Stunden, die ich gemeinsam mit meinem Großvater und meiner Oma in der Küche verbrachte, gehören zu den glücklichsten meines Lebens. Jos Maertens war eher ein mittelmäßiger Koch, dafür aber ein gewiefter Geschäftsmann, der das Optimum aus dem Restaurant herauszuholen wusste. Das verstand er unter erfolgreich.

»Und wann hast du erfahren, dass er gar nicht dein richtiger Vater ist?«, wollte Jakob wissen.

»Meine Mutter sagte es mir, als ich mit der Schule fertig war und mich zur Ausbildung als Koch überreden ließ. Sie meinte, ich müsse das nicht tun, nicht der Familie zuliebe. Aber mir war klar, dass sie dennoch erwartete ... immer noch erwartet, dass ich irgendwann das Restaurant meines Großvaters, ihres Vaters, übernehme. Und ich dachte, es sei eine gute Idee, Koch zu werden. Ein ausgebildeter Koch findet immer Arbeit. Und ich fühlte mich gut, wenn ich in der Küche zugange war, so dachte ich ... da war mir noch nicht klar, dass es eigentlich das harmonische Hand-in-Hand-Arbeiten mit meinen Großeltern war, das ich so genoss, und zwar viel intensiver genoss, als mit meinem Vater ... also mit meinem Stiefvater über die Geschäfte zu reden oder über das nächste Auto, das er anzuschaffen gedachte. Der Fehler war, mein Hobby zum Beruf machen zu wollen, und dann die Ausbildung auch noch im eigenen Familienbetrieb durchzuziehen. Mein Stiefvater war nie zufrieden mit mir. Und das betraf nicht nur mein mangelndes Interesse an der Organisation des Restaurantbetriebes. Ich war nicht so, wie er sich einen Sohn vorstellte. Als ich ihm sagte, dass ich nicht daran denke, gleich nach der Ausbildung weiter im Restaurant zu arbeiten und dass ich in die leere Wohnung ziehen würde, die den Maertens-Großeltern gehörte, und nicht heiraten und keine Kinder kriegen wolle ... als ich ihm das sagte, stritt er nicht einmal weiter mit mir, sondern gab mich ganz einfach auf. Ich traf die Entscheidung, mich meinem anderen Talent, den Sprachen, zu widmen.

Von meinem richtigen Vater, meinem biologischen, wollte ich gar nichts wissen. Was sollte das bringen? Dennoch beichtete meine Mutter mir – unter Tränen und ohne etwas zu beschönigen – die Affäre mit dem Deutschen. Sie beichtete mir auch, dass sie damals schon mit meinem Stiefvater verlobt war. Und es sei der einzige Fehltritt ihres Lebens gewesen, so schwor sie bei Gott und der heiligen Jungfrau, dass sie sich von diesem gutaussehenden, charmanten Hafenarbeiter in dessen gemütliches Dachzimmerchen habe locken lassen ... nicht nur einmal, sondern eine ganze Weile, bis sie nach drei Monaten schwanger wurde, obwohl sie dachte, sie hätten aufgepasst. Heute weiß ich, dass dabei die Aussicht, in ein gutgehendes Restaurant einheiraten zu können – und einen Batzen Geld brachte meine Mutter auch noch mit in die Ehe – dem damaligen Aushilfskoch Maertens die Entscheidung erheblich erleichterte, den Spross eines dahergelaufenen Hafenarbeiters mit aufzuziehen und ihm seinen guten Namen zu geben. Als sie mir das alles beichtete, meinte meine Mutter: »Sei froh, dass ich nicht bei diesem Deutschen geblieben bin. Ein gutaussehender Bursche, das sag ich dir, aber der war keinen Pfifferling wert, dieser Jakob Heck.«

Jakob lachte. Es war kein übelnehmendes Lachen, sondern eher eins, das bestätigte: »Ja, so war ich.« Er bestellte sich noch einen Klaren. »Und? Erzähl weiter!«

»Obwohl ich von meiner Mutter auch noch erfuhr, dass dieser Jakob Heck ... also du, sicher noch in Belgien, wahrscheinlich sogar in Antwerpen war, habe ich keinerlei Sinn darin gesehen, nach dir zu suchen. Ich wollte gar nicht wissen, wie meine Parallelwelt ausgesehen hätte.«

»Das verstehe ich. Tut mir leid, dass ich dich neulich vor der Haustür überfallen und dir so unvermittelt gesagt habe, wer ich bin. Aber in meiner Situation vergeudet man keine Zeit mehr. Immerhin warst du informiert darüber, dass es mich gibt. Gut! Gut, dass deine Mutter dir alles gesagt hat, auch meinen richtigen Namen, obwohl ich meinen Namen hier ja eingeflämischt habe. Vanderhaeghen klingt doch gut, oder? Von den Hecks! Oder auch von der Haag, wenn man will. Mensch, deine Mutter, die war von allen Frauen, die ich hier in Belgien kennengelernt habe ...«

»... ich will's gar nicht wissen!«, unterbrach ich ihn, »und ich will ehrlich zu dir sein, ich kann auch keine söhnlichen Gefühle – gibt es das Wort überhaupt? – für dich entwickeln. Das ... das Einzige, was mich wirklich berührt, ist die Vorstellung, dass ich zwei Halbbrüder habe, die ich nicht kenne.«

Jakob sah mich überrascht an.

»Ja, schau nicht so. Ich hab mir immer einen Bruder gewünscht. Einen älteren Bruder ... das wäre großartig gewesen. Und jetzt habe ich plötzlich zwei davon! Gabriel und Mike.« Ich ließ die beiden Namen eine Weile nachklingen, als ob ich mir die beiden dazugehörigen Menschen dadurch besser vorstellen könnte.

Nach diesem Treffen ging es schneller zu Ende als ich geahnt hatte. Und vielleicht auch rascher, als er selbst dachte. Ich besuchte ihn noch ein paarmal im Krankenhaus. Die starken Medikamente machten es meistens unmöglich, sich ausgiebig mit ihm zu unterhalten. Einmal summte er einfach nur vor sich hin, als ich an sein Bett trat. Minutenlang. Die Melodie eines Bergmannsliedes. Das kannte ich damals in Antwerpen – Anfang 1999 – natürlich noch nicht. Aber ich erkannte die Melodie später wieder, als ich sie im Jugendclub hörte, gesungen von unserem Überfallteam, in der Nacht nach unserem großen Mensaraub. Sie sangen es mit einem sonderbaren, pseudonationalistischen Text. Aber ich hörte nicht auf den Text, sondern ich hörte nur Jakobs Summen in diesem Krankenzimmer in dem Antwerpener Hospital.

Und in den kurzen Augenblicken, in denen Jakob am Ende noch klar denken und sprechen konnte, war er wie besessen von der Idee, ich solle den Schatz des alten Hannes endlich bergen.

»Wieso sollte ich?«, fragte ich, »soviel ist das nun auch wieder nicht, knapp Zehntausend. Meine Mutter hat mir mehr als viermal soviel aufs Konto gestellt, damit ich ohne Stress studieren kann. Ich brauche das Geld nicht. Und wer weiß, ob es überhaupt noch dort ...«

»Wenn es noch dort ist, mein Junge« – ich rügte ihn jetzt nicht mehr, wenn er mich seinen Jungen nannte – »möchte ich, dass das Geld zwischen meinen Söhnen geteilt wird. Auch wenn es heutzutage nicht mehr so viel wert ist. Ich weiß, dass das nur eine symbolische Geste ist, aber mir ist sie wichtig. Der alte Hannes wollte, dass das Geld gerecht unter seinen Söhnen verteilt wird.

Jetzt will ich, dass es wenigstens gerecht und zu gleichen Teilen unter seinen Enkelsöhnen verteilt wird. Ich denke, das würde meinen alten Herrn einigermaßen versöhnlich stimmen.«

»Also du willst, dass ich zu den beiden fahre, ihnen zeige, wo der Schatz liegt und das Geld zwischen den beiden aufteile, damit …«

»Wie … wieso zwischen den beiden? Nein, zwischen euch dreien sollst du es aufteilen.«

»Ich hab dir doch gesagt, dass ich das Geld nicht nötig habe.«

»Herrgott, *verdomme*, darum geht es doch nicht. Ich will, dass es gerecht geteilt wird. Aus Prinzip, verstehst du, damit ich wenigstens das noch in Ordnung bringe. Sobald du deinen Teil hast, kannst du ihn von mir aus gleich für einen guten Zweck spenden oder das Geld verprassen oder es von mir aus auch unter den beiden aufteilen oder es demjenigen von beiden geben, von dem du glaubst, dass er es nötiger braucht. Mir ist wichtig, dass jeder meiner drei Söhne wenigstens für einen Moment genau seinen Teil …« Er konnte nicht weiterreden, weil er nur schwer Luft bekam.

»Vielleicht handelt es sich bei einem Teil des Schatzes ja sowieso nur noch um alte Saarfranken. Soll ich dann auch dafür sorgen, dass wir alle drei den gleichen Anteil eines inzwischen wertlosen Schatzes in den Händen halten?«, versuchte ich etwas Witziges zu sagen, denn ich hielt diese Vorstellung für eine wirklich gelungene Ironie des Lebens.

Er aber stöhnte nur gequält: »Tu es einfach!«

Dann kam die Schwester und spritze ihm etwas, was ihn sofort schläfrig machte.

Am Abend, bevor er starb, kam ich gerade von meiner Deutsch-Abschlussprüfung, die ich mit Bravour bestanden hatte. Ich sprach inzwischen fließend und fast akzentfrei. In Spanisch war ich nicht so gut, aber es würde reichen, um auch da den Abschluss zu schaffen. Jakob summte wieder diese Bergmannsliedmelodie. Aber dann kam er zu sich und war eine Weile ganz klar.

Ich konnte mich nicht zurückhalten, ihn zu fragen: »Hattest du kein schlechtes Gewissen, einfach abzuhauen? Und hattest du keine Angst vor der Ungewissheit, die dich erwartete?«

»Ach, weißt du mein Junge, das Weggehen lag mir im Blut. Ich hatte immer schon die Vorstellung, nicht für den Rest meines Lebens in diesem Dorf zu bleiben. Ich bin Jakob Vander ... Jakob Heck. Nicht der Sohn von Hecks Hannes und Angela. Und nicht der Bruder von Hubert Heck. Ein Bruder ist nur dann ein brauchbarer Bruder, wenn er nicht als ewiges Gespenst in der Familie lebt. Und ich wollte auch nicht der Ehemann sein. Und nicht der Vater. Und nicht einmal der Geliebte. Nicht der unglückliche Geliebte. Ich war Jakob Heck. Ich musste mich um mich selber kümmern.« Er atmete schwer. »Und Angst vor der Ungewissheit? Nein! Was sollte schon passieren. Mir ist dann ja auch nichts passiert. Nichts mehr passiert. Nichts Schwerwiegendes mehr, jedenfalls.«

Jakob Heck, mein leiblicher Vater, hatte genug Geld für eine ordentliche Beerdigung auf die hohe Kante gelegt. Und mir noch zusätzlich einen ordentlichen Batzen Bargeld überlassen. Er wollte mir eine noch größere Summe hinterlassen, aber ich machte ihm einige Wochen vor seinem Tod klar, dass eine der wenigen Angelegenheiten, um die ich mir die nächsten Jahre keine Sorgen machen müsse, meine finanzielle Situation sei. Um die Eigentumswohnung in der Vrijheidstraat musste ich mich nicht kümmern. Das regelte ein Notar. Der Verkauf und die Überweisung des daraus erzielten Ertrags sowie weiterer Ersparnisse gingen an Gertrud und Barbara. Zu gleichen Teilen. Vermutlich wurde ihnen, beiden einzeln, dabei auch notariell mitgeteilt, dass Jakob gestorben war. Das Geld ging also nicht an die Söhne, sondern an die beiden Mütter. Schlechtes Gewissen, nehme ich an. Es gab lediglich eine Klausel, das Geld nur dann direkt an den jeweiligen Sohn zu überweisen, falls die jeweilige Mutter inzwischen verstorben sein sollte. Aber da das nicht der Fall war, erfuhren Mike und Gabriel nichts über diesen Todesfall, der sich Anfang 1999 in einem Antwerpener Krankenhaus ereignet hatte.

Nach Jakobs Beerdigung gönnte ich mir erst einmal einen mehrwöchigen Auslandsaufenthalt, um jetzt – nach Erwerb meines Übersetzerdiploms – meinem Deutsch stressfrei den letzten Schliff zu geben. So lautete die offizielle Begründung, die ich meiner Mutter präsentierte. Sie hat sich wohl denken können, dass, wenn es mir um die Verbesserung meiner Sprachkenntnisse gegangen wäre, ich eher nach Spanien gereist wäre.

Jetzt, wo ich nicht nur wusste, dass ich ein halber Deutscher war, sondern meinen Vater kennengelernt und etwas über seine Herkunft erfahren hatte, entschloss ich mich für einen Intensivkurs, einen mehrwöchigen Deutschkurs in Trier. Weil das nur etwa drei Autostunden entfernt lag und ich bei Bedarf rasch zurückkommen konnte – das war das Argument, das meiner Mutter die Angst nehmen sollte, ich könnte für immer verschwinden. Und ich nahm mir fest vor, gar nicht erst auf die Idee zu kommen, mal eben kurz in dieses Dorf im Saarland zu fahren, um diesen sonderbaren letzten Wunsch meines Vaters in die Tat umzusetzen.

Den ganzen Monat während des Ferienkurses in Trier ärgerte ich mich darüber, dass ich nicht den Mut aufbrachte, die halbe Autostunde von Trier nach Primstal hinter mich zu bringen, und unbedarft wie dieser ukrainische LKW-Fahrer an die Tür des Hauses zu klopfen, das meinen anderen richtigen Großeltern gehört hatte, und zu sagen: »Guten Tag, ich bin euer Halbbruder. Und damit ihr mich auch gut leiden mögt, verrate ich euch, wo ihr den Schatz unseres Großvaters findet.«

Nun, mir war klar: So würde es nicht funktionieren. Aber mir war auch klar, dass ich es nicht ewig aufschieben würde, meine andere Familie kennenzulernen.

Trotzdem konnte ich es selbst kaum glauben, dass ich Anfang September – da war mein Deutschkurs gerade erst ein paar Tage vorbei und ich hatte meinen Aufenthalt noch ein wenig verlängert – zu einem Vorstellungsgespräch zu dieser Pizzafirma fuhr und dass ich den Job tatsächlich bekam: »Wann können Sie anfangen? Ab Oktober?«

Als frischgebackener Diplomübersetzer ging ich also in meinen alten Job als Koch zurück. Und backte Pizzas. Damit ich ausprobieren konnte, wie es war, zwei Brüder zu haben.

Nach dem Vorstellungsgespräch durfte ich mir die Versuchsküche ansehen und lernte meine Kollegen kennen. Nette Typen, wirklich! Und als ich ganz nebenbei fragte, ob sie wüssten, ob es in Primstal eine Wohngemeinschaft gebe, die eventuell Zimmer vermiete, erzählte einer – ein Bekannter von Speedy, wie sich später herausstellte – von einem freien WG-Zimmer bei den Heck-Cousins. Er nannte das Haus damals nicht Jugendclub, aber er nannte die Adresse. Somit war klar, welche Suchkriterien ich der freundlichen Sekretärin, die mir bei der Wohnungssuche half, geben musste, damit ich nur in der Haagstraße 2 landen konnte.

Ich gab mir ein Jahr. Also wäre eigentlich Ende September 2000 Schluss gewesen. Dass ich einen Monat länger blieb, lag an dem Überfall, den ich auf jeden Fall noch mitmachen wollte. Sonst hätte sich das Jahr unvollständig angefühlt. Es war allerdings schon ein sonderbarer Umstand, ausgerechnet die Mensa zu überfallen, in der ich ein Jahr zuvor im Ferienkurs jeden Tag gegessen hatte. Damals plauderte ich immer kurz mit Mia, wenn ich an ihrer Kasse bezahlte. Es war also unbedingt notwendig, dass ich mich bis zur völligen Unkenntlichkeit verkleidete.

Aber danach … nach dem Überfall, war Schluss. Obwohl ich wahrscheinlich noch länger in Primstal geblieben wäre, viel länger, wenn sich die Dinge anders entwickelt hätten.

17 Hecks Hannes' Schatz

Es war die Art, wie sie ihn ansah, die keinen Zweifel zuließ. Einmal zum Beispiel, als Gabriel gerade einen Auftrag als Mystery-Shopper erledigt und den Computer ausgeschaltet hatte, stand er vor ihr am Tisch im Esszimmer. Sie saß, musste also zu ihm aufblicken. Das tat sie aber nicht, indem sie einfach hochschaute, sondern sie hatte ihr Kinn auf ihre rechte Hand gestützt. Die Handfläche zeigte nach unten. Mit der Spitze ihres Kinns berührte sie die Fingerrücken ganz leicht. Die linke Hand hatte sie zwischen dem rechten Arm und ihrer Brust durchgeschoben. Der Unterarm lag dabei so auf dem Tisch, dass die Hand locker über der Tischkante baumelte. Wenn man aus der Position nach oben blickt, sind die Augen automatisch so weit geöffnet, dass der Blick flehender, bittender aussieht. Er sprach, sie hörte zu. Manchmal lachte sie. Ihr Körper vibrierte dann, ohne dass sich das Kinn vom Handrücken löste und ohne dass die aufgeschlagenen Augen und der Blick von unten nach oben von Gabriel abließen. Hätte sie hinten einen Schwanz gehabt, hätte sie sicher damit gewedelt. Und unentwegt sah sie ihn an, sah ihm auf den Mund, glaube ich.

Ich wünschte, mich würde jemand so ansehen. Oder dass ich jemanden so ansehen dürfte.

Was mich an meinem letzten Tag in Primstal verblüffte, war nicht das offensichtliche Missverständnis, das zur Verdächtigung Gabriels führte, sondern dass die anderen so leichtsinnig waren, ausgerechnet Mike und mich gemeinsam loszuschicken, um im Bienenhaus nachzusehen. Ich hätte das an Mattis Stelle nicht zugelassen. Vor allem aber war ich überrascht, dass Rolf nichts dagegen unternahm. Hat er sich wirklich so von Matti überfahren lassen? Rolf behielt doch normalerweise den Überblick und hätte ahnen müssen, dass sie nicht Mike und mich alleine nach Gabriel suchen lassen durften. Nun ja, vielleicht hat Rolf ja auch gerade deshalb nicht eingegriffen, weil er verstand, was vor sich ging. Beim nächsten Mal muss ich ihn endlich einmal fragen, warum er mich mit Mike allein hat losziehen lassen.

Kaum waren wir aus dem Blickfeld des Überfallteams verschwunden, schlug ich Mike vor: »Jetzt sollten wir uns trennen. Geh du schon zum Jugendclub zurück. Jetzt ist der Peugeot ja wieder da. Mach den Wagen klar und hol die Beute aus dem Versteck. Es geht gleich los.«

Mike zögerte einen Augenblick: »Warum laufen wir nicht einfach beide zusammen zurück und verschwinden schnell?«

»Nein, wir bleiben beim Plan. Wir trennen uns hier, nehmen unterschiedliche Wege – du die Langheckstraße runter, ich über die Wiesbachstraße. Das ist unauffälliger. Dann treffen wir uns gleich am Jugendclub.«

Mike schien nicht überzeugt: »Hmm ... ich weiß nicht. Was willst du denn noch hier?«

Er ließ sich nicht so leicht abwimmeln. Also sagte ich: »Ich will noch nachsehen, ob sie sich wirklich im Bienenhaus versteckt haben.« Ich wusste, dass sie dort waren.

»Wieso? Was wäre denn, wenn sie dort sind?«

»Nichts ... nichts. Dann würde ich sie ein letztes Mal sehen. Johanna ... und Gabriel.«

»Verdammter Mist, muss das sein? Lass dich bloß nicht erwischen und sieh zu, dass du höchstens ein paar Minuten nach mir im Jugendclub bist. Ich mache dann alles klar für unseren Abgang.«

Er trabte los. Und ich schlich mich mit pochendem Herzen den bewaldeten Hang hinunter, in die Richtung, die Mike mir gezeigt hatte. Schon konnte ich das schwarze Dach zwischen den Ästen sehen. Es begann heftiger zu tropfen und Wind kam auf. Es fühlte sich an wie kurz vor einem Gewitter. Das war eigentlich ungewöhnlich für Oktober. Dann stand ich an der seitlichen, fensterlosen Mauer. Ich schlich um das Bienenhaus herum. Obwohl ich vorsichtig ging, trat ich auf einen armdicken Ast. Er war morsch und knackte laut. Hoffentlich hatten sie es drinnen nicht gehört. Ich hielt den Atem an.

Dicke Tropfen klopften auf das Dach.

Als wir unten am Bach zurück zum Ford Transit gelaufen waren, weil der Nachbar Alarm geschlagen hatte, nutzte Johanna die allgemeine Aufregung, um mir ins Ohr zu flüstern: »Ich verstecke Gabriel im Bienenhaus. Und ich verlasse mich auf dich, dass die Meute da nicht auftaucht. Lass dir was einfallen, falls Matti oder sonst wer auf die Idee kommt, dort nachzuschauen.«

Ich nickte. Niemand hatte das bemerkt. Zu diesem Zeitpunkt war Gabriel ja noch der Böse. Niemand achtete auf mich. Und niemand hatte mitgekriegt, dass Johanna ihre eigenen Pläne hatte und mich dafür einspannte. Das war in Ordnung. Das hatte sie sich verdient. Und ich war ein fairer Verlierer. Die zwei waren ein wunderbares Paar. Auch wenn Gabriel das noch nicht wusste, der Idiot. Und wenn ich mich jemals für eine Frau interessiert hätte, wäre es sicher genau so eine wie Johanna gewesen.

Jakob hatte ja nicht ahnen können, wie nötig Gabriel und Mike das Geld hatten.

So ziemlich die einfachste Übung während meiner gesamten Zeit in Primstal bestand darin, Hecks Hannes' Schatz zu bergen. Und das, obwohl es einmal brenzlig wurde, weil plötzlich die Markierung weg war. Es war wirklich ärgerlich, dass Mike das runde Scheunentor in ein eckiges verwandelte. Aber ich konnte rekonstruieren, wo genau der trapezförmige Stein gesessen hatte und malte ihn an der richtigen Stelle wieder auf. Gabriel fand das rührend, weil er glaubte, ich tue das, um ihn zu trösten.

Ich habe die Kohle dann bereits während des Umbaus sichergestellt, und zwar als ich die Pflasterarbeiten vor dem Scheunentor vornahm. Es war geradezu anrührend, mit welcher Inbrunst Mike und Gabriel weiterhin nach dem Schatz suchten. Im Inneren der Scheune. An derselben falschen Stelle wie unser Vater. Ich meinte es gut, als ich ihnen sagte: »Das hat doch keinen Zweck, Jungs, fangt mit eurer Zeit lieber etwas Sinnvolles an, diesen Schatz findet ihr nie.« Aber sie gingen völlig in der Suche auf, und ich wollte ihnen den Spaß nicht nehmen. Gabriel suchte wohl sowieso eher aus nostalgischen Gründen als aus finanziellem Interesse. Bei Mike war das anders. Und ich ließ sie ohne schlechtes Gewissen weitersuchen, weil ich mich zu diesem Zeitpunkt bereits entschieden hatte, beiden ihren Anteil zukommen zu lassen. Immerhin war das einer der Hauptgründe, weswegen ich nach Primstal und in den Jugendclub gekommen war. Aber damals war es noch zu früh, ihnen das Geld zu geben. Ich wollte erst sehen, was innerhalb eines Jahres passieren kann, wenn man seine erwachsenen Brüder kennenlernt und mit ihnen einen Überfall plant. Obwohl: Erwachsen ist eigentlich nicht das richtige Wort. Das war mir spätestens seit diesem Mariathlon klar.

Ich habe wieder vergessen, wie viel Geld es exakt war. Mike weiß das sicher noch auf den Euro genau. Auf die Mark genau, meine ich natürlich. Im Jahr 2000 gab es ja noch die Mark. Und es waren hauptsächlich D-Mark, die ich in der Blechkassette fand. Offensichtlich war mein Großvater – es ist sonderbar, ihn so zu nennen, aber das ist er nun mal: mein Großvater väterlicherseits – also offensichtlich war er klug genug gewesen, die gesparten Saarfranken zu wechseln und die Kassette dann wieder zu vergraben. Ich erinnere mich noch, dass sogar ein Beleg zum Währungsumtausch mit in der Kassette lag. Ich wundere mich selbst darüber, dass ich den Betrag vergessen habe, der dabei herauskam, mich aber noch an den Wechselkurs erinnere: 0,8507 D-Mark für hundert Saarfranken, stand auf dem Beleg, der vom Juli 1959 stammte. Dann gab es noch einen weiteren Beleg, einen von 1961, der den Tausch der alten D-Mark-Scheine in die neueren quittierte. Mit einem Filzschreiber schwärzte ich die Zahlen, die als Wechselbeträge auf den Quittungen standen. Ich wollte, dass nur noch der Name der Primstaler Bankfiliale und der meines Großvaters zu erkennen war, und dass nichts derartig Profanes wie eine Geldsumme den Blick davon ablenkte.

Fast die gesamte Summe bestand aus immer noch richtig frisch aussehenden 20-Mark-Scheinen. Auch ein paar Saarfranken waren noch mit drin in der Kassette. Aber keine Scheine, nur Münzen. Vielleicht konnte man die damals nicht wechseln. Oder mein Großvater wollte das nicht. Wollte vielleicht ein paar Saarfranken als Erinnerungsstücke behalten.

Ich zeigte Mike und Gabriel eines der saarländischen Geldstücke, zusammen mit einer französischen Münze, und erzählte ihnen sogar, dass ich beides unter den Pflastersteinen gefunden hatte. Sie kamen nicht eine Sekunde auf die Idee, dass sie ein Teil des Schatzes sein könnten.

Gabriel hatte jetzt einen anderen Schatz – ein dämliches Wortspiel, ich weiß, aber ich liebe Wortspiele, vor allem auf Deutsch. Das Gefühl lässt nicht nach, dass ich immer noch einen Nachholbedarf habe, mit meiner zweiten Sprache, meiner Vatersprache, zu spielen. Da tut es gelegentlich auch ein Kalauer.

Ich setzte meine Schritte langsamer und vorsichtiger auf und näherte mich tief gebückt dem Fenster an der Rückseite des Bienenhauses.

Gabriel hatte es mir zu verdanken, dass er es überhaupt bis hierher geschafft hatte. Als Matti vom Schweicher Yachthafen zurückkam, war im Jugendclub nämlich die Hölle los. Es sah schlecht aus für Gabriel. Er war als Einziger nicht da. Er war als Einziger auf dem Boot von Mattis Onkel gesehen worden.

Und Matti hatte als Beweisstück den aufgeschnittenen Kanister dabei, von dem nur er, Gabriel, Mike und ich wussten, wo er versteckt war. Und Mike und ich machten die überraschtesten und aufgebrachtesten Gesichter, die man sich nur vorstellen kann, als Matti alle zusammengetrommelte und das Beweisstück vorzeigte.

In den Tagen davor hatte ich den Eindruck, dass manche Bandenmitglieder sich gegenseitig beäugten, und Matti war nicht der Einzige, der nervös wurde, wenn Mike oder Gabriel auch nur für eine Stunde aus dem Jugendclub verschwanden. Umgekehrt wusste ich, dass Mike genauso unruhig wurde, wenn er Matti mit dem Auto wegfahren sah. Nur mich hatte keiner im Blick. Mir traute man nicht zu, dass ich die Beute klaute. Ich hatte mit niemandem eine Rechnung offen, dachten sie.

Es war verdammt schwierig, den Kanister so aufzuschneiden, dass er demjenigen, der nach mir als Erster aufs Boot kam, so gekonnt die Zunge herausstreckte. Ich hatte allerdings vermutet, es würde sich dabei um Matti handeln und nicht um Gabriel. Beinahe wäre es ja auch so gekommen. Und ich hatte gehofft, das würde erst einen Tag, oder frühestens einige Stunden später passieren. Ich hatte die Beute erst am Tag davor herausgeholt und genau zu der Zeit, als wir wild durcheinander schreiend im Jugendclub saßen, wollte ich eigentlich schon die ersten hundert Autobahnkilometer von Primstal weg sein. Die Verfolgungsjagd durchs Wiesbachtal war natürlich nicht Teil des Plans gewesen.

Rolf fragte Matti zwar noch, wieso er selbst eigentlich zur Yacht seines Onkels gefahren sei. Rolf traute also der Version, dass Gabriel die Beute gestohlen habe, nicht so ganz. Aber Matti redete sich damit heraus, er habe sicherheitshalber nachsehen wollen, ob mit dem Geld noch alles in Ordnung sei. Und dagegen konnte niemand etwas sagen.

Johanna glaubte nicht eine Sekunde an Mattis Version. Sie war sich absolut sicher, dass Gabriel nichts mit dem Verschwinden der Beute zu tun hatte. Sie ging die Wendeltreppe hinauf. Das

war unverdächtig. Oben war das Klo. Ich ging ihr nach. Sie war in meinem Zimmer, hatte dort ein Poster von der Wand genommen und mit einem Edding von meinem Schreibtisch eine Warnung auf die Rückseite geschrieben:
Inhalt Kanister weg
Team glaubt: DU
Schnell weg!!!
Sie vermutete richtigerweise, dass Gabriel gleich auftauchen und versuchen würde, dem Überfallteam zu erklären, dass er selbst vom Verschwinden der Beute überrascht sei. Da wussten wir ja nicht, dass er zu dem Zeitpunkt selbst noch falsche Schlüsse zog und Matti in Verdacht hatte.

Aber was Johanna und ich wussten, war, dass es gerade nicht der richtige Augenblick war, um im Jugendclub zu erscheinen. Denn diejenigen, die nicht wegen des Geldanteils tobten, um den sie sich betrogen fühlten, waren stocksauer und enttäuscht, weil sie sich verraten fühlten. Das war keine gute Ausgangsposition, um in Ruhe Unschuldsbeteuerungen loszulassen.

»Verdammt, wie kriegen wir diese Warnung jetzt runtergeschmuggelt und von außen an die Tür geklebt?«, fragte Johanna.

Ich überlegte kurz, blickte mich um. »Hm, hier hängen noch drei Plakate. Los, schnell, die nehmen wir auch noch. Schreib schon!« Ich öffnete die beiden Fenster in meinem Zimmer. Ich erinnerte mich daran, wie ich vor gut einem Jahr von hier aus Gabriel zum ersten Mal gesehen hatte. Er stand damals, ohne es zu wissen, genau auf Hecks Hannes' Schatz, und winkte mir fröhlich zu.

»Ich klebe die Warnungen auf alle vier Fenster hier oben. Auf die Außenseite, dann kann man sie besser sehen. Wenn er nicht ganz blind ist, muss ihm auffallen, dass die komplette obere Fensterreihe zugeklebt ist. Fertig? Dann lass schnell die Toilettenspülung hören und dann runter mit dir. Sobald ich alle Plakate aufgeklebt habe, komme ich nach.«

»Danke, Raffi!« Sie sah mich an wie ein richtiger Freund.

»Kein Problem!« Johanna wusste ja nicht, dass ich selbst am wenigsten daran interessiert war, dass es zuerst zu einer heftigen Prügelei und dann zu einer intensiven Befragung von Gabriel kam. Ich musste Zeit gewinnen. Und dazu war es am besten, wenn sie Gabriel nicht gleich erwischten.

Ich weiß gar nicht, ob ich das sehen wollte, was ich an der Rückseite des Bienenhauses durch das kleine Fenster, durch das schon so viele Primstaler Jungverliebte oder Experimentierfreudige durchgestiegen waren, beobachtete. Doch! Ich wollte es sehen. Dieser Gabriel war aber auch wirklich zu dämlich.

Inzwischen haben beide, Mike und Gabriel, ihren Anteil. Den von Hecks Hannes' Schatz, meine ich. In genau drei Teile habe ich das Geld aufgeteilt. Wie mit Jakob … mit meinem Vater besprochen. Mike habe ich zunächst genau ein Drittel in bar gegeben. Aber erst, als wir in Spanien waren. Und eine Hälfte meines Drittels steckte ich in unseren Imbiss. Mike meinte, er hätte sich gar nicht so abmühen müssen, wenn er gewusst hätte, wie flüssig ich … also wie flüssig wir sind.

Gabriel wollte ich dessen Anteil – inklusive der anderen Hälfte meines Anteils – anonym überweisen. Aber das war dann nicht nötig. Ich konnte das Geld einfach Rolf und Andi mitgeben. Gut, dass man den beiden vertrauen konnte.

Damit hatte ich den letzten Willen meines Vaters erfüllt: Die Anteile des Schatzes waren auf die rechtmäßigen Besitzer aufgeteilt worden. Und ich hatte mit meinem Anteil genau das gemacht, was ich damit machen wollte: ihn gerecht auf meine beiden Brüder verteilt. Die eine Hälfte für die Kneipe – wie Mike unseren Bier- und Imbissstand euphemistisch nannte – und die andere Hälfte für Gabriel, wofür auch immer er das Geld brauchte. Vielleicht für die Einrichtung eines Kinderzimmers, irgendwann einmal? Zum Glück war er damals nicht auf meinen Vorschlag eingegangen, sein Erbe gegen die Linsensuppe einzutauschen. Sonst hätte er nichts von Hecks Hannes' Schatz bekommen. Da wäre ich hart geblieben. Aus Prinzip. Gabriel kann sich nicht einfach mit seinen Bibelsprüchen über die Primstaler Kirchgänger lustig machen und dann denken, für ihn selbst gilt die alte Schwarte nicht. So nicht! Aber zum Glück …

Genau unter dem trapezförmigen Stein stehend drei Schritte geradeaus und zwei nach links. Dort hatten sich bereits einige Pflastersteine gelöst. Mike und Gabriel waren sicher schon tausendmal drübergelatscht. Wer weiß, vielleicht war sogar zu befürchten, dass der ein oder andere bei einem allzu hysterischen Fest im Jugendclub genau auf die Schatzstelle gekübelt hatte. Ich hatte damals bei meinem Begrüßungssaufen jedenfalls ganz bewusst an der Stelle vorbeigezielt.

Es war ein Kinderspiel gewesen, den Schatz zu heben.

Johanna strich Gabriel die Haare aus dem Gesicht. Ganz langsam. Und sie nestelte nervös an ihrem Kleid herum, am obersten Knopf. Vielleicht wartete sie darauf, dass Gabriel endlich aktiv wurde. Sie waren beide nur wenig nass geworden, von den ersten Tropfen. Aber auch Johanna hing eine von Regentropfen schwere Haarsträhne ins Gesicht. Sie hatte beneidenswert dickes Haar. Und verführerisch dunkle Augen. Ob Gabriel das auffiel? Ob er in diesem Augenblick daran dachte, wie exotisch sie aussah? Er hätte einfach nur dasselbe tun müssen wie sie. Ihr die Strähne aus dem Gesicht … aber ich glaube, er war zu verunsichert.

Weiß der Teufel, wie ich mich da wieder reingeritten hatte.

Natürlich wollte ich ein neues Leben anfangen, und meine Zeit in Primstal, im Jugendclub, sollte auf dem Weg dorthin nur eine Zwischenstation sein. Mir hatte aber sicher nicht vorgeschwebt, gemeinsam mit Mike eine Imbissbude in einer spanischen Touristengegend zu besitzen.

Wenigstens Mike war einigermaßen glücklich. Und das nicht nur, weil die Kasse stimmte. Für ihn war das Angel Caído nicht einfach eine Kombination aus Bierstand und Imbissbude, sondern für ihn war es eine Kneipe. Eine Freiluftkneipe, um genau zu sein. Immerhin befand sich unser Stellplatz auf einem wunderschönen, von Bäumen umsäumten Platz, an dem einige kleinere Geschäfte zu finden waren. Ich frage mich, wie Mike es geschafft hat, die Konzession für diesen Platz zu kriegen. Ohne ein Wort Spanisch zu können. Er verständigte sich wohl in der Sprache des Geldes. Wir standen zwar nicht direkt am Strand – so wie wir es eigentlich geplant hatten – aber immerhin waren es nur wenige Fußminuten bis zum Meer. Es kamen genug Kunden. Fast ausschließlich männliche. Solche, die nicht den ganzen Tag am Strand lagen oder nicht mit ihren Frauen shoppen wollten. Hauptsächlich kamen unsere Kunden aus den Beneluxländern, weil es ganz in der Nähe etliche Hotels von belgischen Reiseanbietern gab. Aber auch unter den deutschen Touristen – den männlichen – war unsere Freiluftkneipe ein Geheimtipp. Wegen mir und meiner Snacks vor allem. Das Schwenkbratenprinzip funktionierte auch hier an der Costa Blanca.

Im Angel Caído gab es beides, Ur-Pils und Bitburger. Und von *Brodje Gesond* über Fleischkroketten bis zur klassischen Currywurst servierten wir alles, was das Touristenherz begehrte. Sogar Schwenkbraten. Allerdings nicht geschwenkt, sondern vom festen Grill. Dafür hätte Mike keinen ausgebildeten Koch gebraucht. Ich durfte sowieso keine raffinierte Sachen kochen – und schon gar nichts, was auch nur ansatzweise an Meeresfrüchte erinnerte. Sehr beliebt war vor allem die Fleischwurstpizza, die auf der Speisekarte als »saarländische Lyoner-Calzone« geführt wurde.

Und Mike fand es gut, dass wir nur von Montag bis Freitag geöffnet hatten – und immer erst ab zwölf Uhr mittags. Bis so gegen achtzehn, neunzehn oder zwanzig Uhr – je nachdem, wie lange die Typen herumhingen und Bier tranken. Später abends und am Wochenende ging Mike dann Frauen aufreißen. Er liebte die Abwechslung ... und die »Fluktuation von spaltbarem Material«, wie er es nannte, war hier erfreulich hoch. Fairerweise muss ich sagen, dass auch meine Arbeitsbedingungen angenehm waren. Wenn ich früher Feierabend machen wollte, wurde einfach die »Küche« geschlossen und ich konnte verschwinden, während Mike noch ein paar Bierchen verkaufte. Natürlich war er mit diesem Job zufrieden. Er machte dasselbe, was er immer schon getan hatte: Bier trinkend über Frauen oder andere belanglose Dinge quatschen. Nur bei besserem Wetter und dass er jetzt genug verdiente, um davon leben zu können. Es war klar, dass ich das nicht ewig mitmachen würde. Schon im zweiten Jahr hatte ich mit einigen unserer Kunden, die regelmäßig dort ihre Ferien verbrachten, lockere Verbindungen geknüpft, die manchmal auch das Geschäftliche berührten. Mir wurden konkrete Jobangebote unterbreitet. In der Nahrungsmittelindustrie und auch in wirklich guten Restaurants. Ich machte das zweite Jahr noch voll, dann teilte ich Mike mit, dass es bei mir nur noch um die Frage ging, ob ich mich für Köln oder Amsterdam entscheide.

Das war vor kurzem. Es wird wohl Amsterdam werden. Oder vielleicht doch Köln. Mike wirkte nicht sonderlich traurig, als er hörte, dass ich weggehe. Das hatte ich auch nicht erwartet. Er würde ohne mich klarkommen. Inzwischen sprach er fließend Spanisch. Und finanziell einigten wir uns schnell und ohne uns zu streiten. Immerhin.

Ich entschied mich, auch ihm nichts über unseren Vater zu erzählen. Wozu auch? Mike hatte sein neues Zuhause gefunden.

Obwohl wir ausschließlich saarländisches und Eifeler Bier verkauften, tauchte fast nie jemand auf, den wir von zuhause kannten. Es war nicht die Ecke der Costa Blanca, wo Leute aus unserer Heimatregion Urlaub machten. Die waren eher in Benidorm und so.

Nur Rolf und Andi besuchten uns zweimal, nachdem ich Rolf angerufen hatte und ihn bat, mich ... uns doch einmal zu treffen.

Das war, bevor Rolf und Andi Lissie und Nicole heirateten und nicht mehr alleine wegdurften. Ich habe vergessen, wer denn nun wen abbekommen hatte. Es interessiert mich auch nicht. Aber es war schön, die beiden wiederzusehen. Mit keiner einzigen Silbe gingen sie darauf ein, dass ich Mike geholfen hatte, die Überfallbeute beiseite zu schaffen. Ich war überrascht, dass sie mir überhaupt nicht böse waren. Sie wollten zwar unbedingt wissen, wie ich das mit der Flucht geplant hatte, aber über das Geld, um das ich sie betrogen hatte, verloren sie kein Wort. Sowohl Rolf als auch Andi interessierten sich nur dafür, von mir zu erfahren, wie es sich anfühlte, aus Primstal wegzugehen und anderswo – weit weg – neu anzufangen.

Von ihnen erfuhr ich, wie es Gabriel ging. Und Johanna. Sie schworen mir und Mike, der sich nicht besonders freute, sie zu sehen, in Primstal niemandem von uns zu erzählen. Ich wusste, dass ich mich auf die beiden verlassen konnte. Sobald ich in Amsterdam wohne, oder in Köln, werde ich versuchen, wieder Kontakt zu den beiden Jungs aufzunehmen. Vielleicht könnten sie sich hin und wieder ja doch für ein Wochenende von ihren Frauen loseisen. Von Zeit zu Zeit sehe ich die beiden wirklich gern.

Es war klar, dass es nur weiterging, wenn Johanna die Initiative ergriff. Und das tat sie dann auch. Großartige Frau! Wusste ich's doch! Während sie weiter durch Gabriels Haar streichelte, öffnete sie die Knöpfe vorne an ihrem Kleid. Langsam. Einen nach dem anderen. Ich hörte, wie das leichte Trommeln der Regentropfen auf dem Dach heftiger wurde.

Während sie den vierten Knopf öffnete – ihr BH war schon zu sehen – blickte sie kurz in Richtung Couch, wohl um abzuschätzen, ob das Möbelstück brauchbar sei. Die Couch war eventuell ein wenig staubig. Aber sonst war sie sauber. Gabriel hatte diesen Blick nicht bemerkt. Der war zu beschäftigt damit, nicht vor Aufregung in Ohnmacht zu fallen.

Ich sah die beiden im Profil. Ihre Schultern, die sich bei beiden auf der gleichen Höhe befanden, zeigten im rechten Winkel genau auf das Fenster. Vielleicht war Gabriel ein, zwei Zentimeter größer als Johanna, aber sie wirkten gleich groß. Von hier außen gesehen gaben sie ein gutes Bild ab. Ich lugte gerade nur so weit über das Fenstersims, dass ich alles sehen konnte. Trotzdem hätten sie mich leicht entdecken können, wenn sie in Richtung Fenster geschaut hätten. Johanna hatte ihr Kleid vollständig aufgeknöpft. Sie nahm Gabriels Hände und legte sie auf ihre Taille. Ein Stück oberhalb der deutlich breiteren Hüften. Anfänglich zögernd fanden sich Gabriels Hände bald von alleine zurecht. Wanderten vorsichtig auf und ab. Dies nutzte Johanna, um mit einer eleganten Bewegung das Kleid abzustreifen. Die Schultern schälten sich aus dem Stoff wie bei einer sich häutenden Schlange. Dann rutschte das Kleid in einem kurzen Ruck bis zu den leicht angewinkelten Armbeugen. Einen Augenblick später ließ Johanna beide Arme nach unten fallen. Das Kleid glitt in einer anmutigen Bewegung über ihre Hüftknochen – oder muss es doch Beckenknochen heißen? – an ihren kräftigen Oberschenkeln entlang zu Boden. Der Stoff hatte sich um ihre Füße gelegt und so sah sie wie feierlich dekoriert aus. Schneller und unspektakulärer hatte sie sich im nächsten Augenblick ihres BHs entledigt, wahrscheinlich, um den armen Gabriel gar nicht erst unnötig in die Gefahr zu bringen, sich an der Verschlussmechanik zu verheddern. Dass sie es dann auch noch schaffte, sich in einer wunderbar gleitenden Bewegung den Slip abzustreifen, machte mich völlig fertig. Also, ich könnte das so nicht. Wieso kann die das? Sie schwankte nicht, behielt geschickt das Gleichgewicht, als sie sich kurz nach vorne beugte, ihre Hände über ihre Schuhe glitten, die sie noch anhatte. Im Nu hielt sie das Stück weißen Stoff in der Hand. Dann warf sie den Slip mit einer leichten Bewegung an Gabriel vorbei auf die hinter ihm stehende Couch. Sie wirkte, als ob ihr nichts natürlicher sei, als nackt vor einem Mann zu stehen. Und Gabriels Hände hatten inzwischen ein solches Selbstvertrauen gewonnen, dass er sich – am anderen Ende der beiden Extremitäten – bestimmt selbst darüber wunderte, wo sich seine Finger überall hintrauten. Er ging sogar einen kleinen Schritt näher auf Johanna zu. Beide lächelten nicht. Ich erinnere mich, wie verwundert ich darüber war, wie ernst beide schauten. Als wollten sie sich gegenseitig versichern, dass sie nicht zum Spaß hier waren. Oder wenigstens nicht nur zum Spaß. Dann kam Gabriel an die Reihe. Da er nicht so recht Anstalten machte, sich seiner Kleider zu entledigen, knöpfte Johanna sein Hemd auf und streifte es nach hinten über seine Schultern. Auch den Gürtel seiner Jeans öffnete sie und zog ganz langsam am Reißverschluss. Gabriel ließ es geschehen.

Johanna ging kurz in die Hocke, als sie Gabriel die Unterhose abstreifte. Während sie sich wieder aufrichtete, flog auch seine Unterwäsche auf die Couch. Ich sah zu Gabriel. *God verdomme!* Jetzt machte auch der den Eindruck, dass er sich nicht nackt fühlte, sondern wie an seinem Bestimmungsort angekommen. Johannas Hände berührten vorsichtig seinen Hals und glitten von dort zu den Schultern und zur Brust.

Und auch bei mir war es an der Zeit, dass ich meine Hose aufknöpfte, in der es so eng wurde, dass es wehtat.

Nicht erst seit dem Tag des Hammeltanzes war mir klar, dass es allmählich Zeit wurde zu verschwinden. Aber genau zu diesem Zeitpunkt, als ich mit Gabriel eine Zehnerkarte Kirmesbier einlösen ging, wurde mir endgültig bewusst, wie es weitergehen würde. Und zwar unabhängig davon, ob das mit dem Überfall klappte oder nicht. Bis dahin hatte ich mir noch vorgemacht, Mike und Gabriel seien meine neue Familie. Ich hatte mich auf den ersten Blick in die beiden verliebt. Auf meine Art. Und wirklich in beide. Von mir aus hätten wir noch jahrelang weiter zusammen im Jugendclub leben können. Von mir aus auch mit Johanna – ich wäre auch für unkonventionelle Formen des

Zusammenlebens offen gewesen. Ich schon. Und gerne hätte ich noch einige Jahre in der Pizzafirma gearbeitet und von mir aus für den Löwenanteil des Familieneinkommens gesorgt. Hauptsache, wir drei Brüder wären zusammen geblieben. Aber Gabriel schwebte, ohne dass er es wusste, ein anderes Zukunftsmodell vor. Der wollte eine Frau, ein Haus, eine Familie. Und es war höchste Zeit für ihn, dass er den Absprung schaffte. Kein Wunder, dass ich während der Tage rund um die Kirmes an akuten Pleckmonen litt. An den schwarzen. In Gabriels Zukunft kam ich allenfalls als Saufkumpan vor. Nicht, dass mich Mikes Pläne dagegen wirklich begeistert hätten. Aber darin spielte ich wenigstens eine konkrete Rolle. Immerhin hatte er mich gefragt, ob ich mit ihm zusammen weggehen will. Es war klar, dass ich mich für einen der beiden entscheiden musste. Und Mikes Angebot lag auf dem Tisch. In der Nacht, in der er bei Johanna abgeblitzt war, kam er mit der noch verschlossenen Sektflasche schnurstracks zu mir, um mir von seiner Idee mit der Kneipe irgendwo im Süden zu erzählen. Er war begeistert zu hören, dass ich gut Spanisch spreche. Und dass ich mich natürlich finanziell beteiligen würde, falls ich mich dafür entscheide, sein Partner zu werden. Das klang verlockend, fand ich damals. Wir köpften die Sektflasche.

Inzwischen waren wir zu dritt im Genitalbereich zu Gange. Gabriel und Johanna streichelten sich gegenseitig und ich sah, wie sich Gabriels schmalen Schultern vom heftigen Atmen hoben und senkten. Johanna bewegte sich langsam zur Couch und zog Gabriel an der Hand haltend mit sich, ohne dabei ihren Blick von ihm abzuwenden. Gabriel war kein besonders kräftig gebauter Mann, aber er wirkte natürlich und schön. Und Johanna war sowieso eine Naturgewalt. Nach dem kurzen Aussetzen der Regentropfen fing es plötzlich richtig zu schütten an, und ich drängte mich näher ans Fenster, um unter dem schmalen Dachüberstand wenigstens ein bisschen Schutz vor dem

Regen zu haben. Lange konnte ich nicht mehr hier bleiben. Bei dem Wetter würde der Rest des fehlgeleiteten Überfallteams die Suche nach Gabriel sicher bald abbrechen.

Sonderbar, dass die beiden sich weiter so intensiv ansahen ohne zu lächeln. Allerdings schauten sie nun nicht mehr ernst. Eher … konzentriert vielleicht. Oder: ganz bei sich. Johanna legte sich auf die Couch; halb zog sie ihn und halb … aber ich will mich nicht lustig machen über die beiden. Dazu war das Bild zu schön. Ich sah, wie sich Johannas kräftige Arme um die schmaleren Schultern Gabriels schlängelten und ihre langen, starken Beine seine zarteren festhielten. Und zaghaft, schüchtern begann sich Gabriels Po zu bewegen. Johannas Hand glitt auf eine seiner Pobacken, vielleicht um den Takt anzugeben. Aber die Bewegung blieb langsam, wie in Zeitlupe, als wollten die beiden jeden einzelnen Moment, den sie gerade erlebten, bis zum Äußersten ausdehnen. Erst als der Regen wie ein rasender Trommelwirbel aufs Dach prasselte, beschleunigte sich der Rhythmus ihrer Bewegungen. So konnten sie nicht hören, dass auch meine Hand im selben Tempo gegen die Holzverkleidung unterhalb des Fensters klopfte.

Ich verschwand ohne abzuwarten, ob sie auch beide zum Höhepunkt kamen. Diese Frage war nicht wirklich wichtig.

Mike wartete ungeduldig. Er saß schon im rotblauen Peugeot und rutschte nervös auf dem Sitz hin und her. Aber er sagte nichts. Ich war ja rechtzeitig da. Ein Blick auf den Rücksitz verriet mir, dass er alles wie besprochen eingepackt hatte. Viel nahmen wir nicht mit. Es sollte ja ein Neuanfang werden. Für uns beide. Als wir losfuhren, als ich zum letzten Mal das typische Geruckel spürte, das entstand, wenn man über das Kopfsteinpflaster vor dem Jugendclub fuhr, musste Mike abrupt bremsen. Und dann rechts ausweichen. Denn im gleichen Moment bog ein LKW mit Anhänger auf den Platz vor dem Jugendclub ein. Auf dem Anhänger stand ein Bagger.

EPILOG

Wie Connery

»Prost« – »Prost« – »Prost«. Drei Kehlköpfe wippten. Beinahe im Takt.
Gabriel freute sich normalerweise, wenn Rolf und Andi vorbeischauten. Nur heute kamen sie eigentlich ungelegen.

Er schreckte hoch. Einen Moment lang wusste er nicht, wo er war. Dieses Gefühl hatte er manchmal, wenn er neben ihr aufwachte. Aber er beruhigte sich sofort, wenn er sie neben sich fühlte. Er horchte.
Hatte es an der Tür geklingelt?
Verdammt! Nicht jetzt! Er fühlte sich gerade wunderbar. Wie Sean Connery, wenn er zum Schluss mit der Agentin im Bett lag, die er gerade gerettet hatte … oder sie ihn – was von Fall zu Fall unterschiedlich sein konnte. Johanna lag wach neben ihm. Sah ihn an, tastete unter dem Laken nach seinem Bauch und streichelte ihn. Ihre freie Hand lag unter ihrem Kopf. Sie sah sehr lässig aus.
»Müssen wir wirklich schon raus?«, brummte er.
Es klingelte wieder.
»Ja, schade«, hauchte Johanna und reckte sich. Sie wollte nicht, dass er schon wach wurde. Vergrub ihre Nase an der Stelle, wo Gabriels Hals zum Ohr überging und atmete genüsslich ein. Seine Haut roch wunderbar.
Heute Morgen hatte es sehr lange gedauert. Er hatte gleich gemerkt, dass sie sich diesmal viel Zeit nehmen würde. Schon das Küssen hatten sie ewig ausgekostet. Er hatte im Grunde

nichts dagegen, wenn es schnell ging. Aber er genoss es auch, wenn Johanna sich viel Zeit nahm. Das war so, wie wenn man ein gutes Essen nicht herunterschlang, sondern jeden einzelnen Bissen genießen konnte ... und sich dabei auch noch auf die Mousse au Chocolat freute, die es als krönenden Abschluss gab.

Draußen war es trübe. Tristes Nieselwetter. Ein Sonntag, um im Bett zu bleiben. Und zwischendurch ein Gläschen Schnaps oder Whiskey zu trinken. Ja, er konnte sich vorstellen, dass er dann wie Sean Connery aussah. So cool.

Vorhin, als sie mittendrin waren, hatte es schon einmal an der Tür geläutet. Johanna und er hatten es einfach ignoriert. Zum Glück hatte es nur ein einziges Mal und ganz kurz geläutet.

Aber jetzt stand wieder jemand vor dem Haus und wollte etwas. Wer immer das war, hatte wohl beim ersten Mal richtig vermutet, dass gerade kein günstiger Augenblick für einen Besuch sei. Nun aber – etwa eine Stunde später – hatte er beschlossen, dass es jetzt reichte mit ... wobei auch immer er gestört hatte.

Wieder hörten sie die Türklingel. Diesmal wurde etwas länger draufgedrückt. Es hatte keinen Zweck, sie weiter zu ignorieren.

»Diese blöde Klingel«, knurrte er, »können wir die nicht einfach abstellen? Wenigstens sonntags?« Er wollte nichts von der Welt hören, jetzt, wo er sich fühlte wie Sean Connery.

Von draußen hörte er Rufe. Er stand auf, nahm die Hose von der Stuhllehne. Während er sich anzog, drehte sie sich noch einmal auf die andere Seite. Er sah durchs Fenster auf die Straße. Rolf und Andi gestikulierten und machten deutlich, er solle ihnen endlich aufmachen.

»Was ist denn los?«, fragte Johanna.

»Scheint was Wichtiges zu sein«, antwortete er, »aber bleib ruhig noch liegen, mein Zehntalerpferdchen.«

Das Kissen, das sie lachend nach ihm warf, verfehlte sein Ziel nur knapp.

Bevor Gabriel fragte, was sie wollten, gab er erst einmal eine Runde Stubbis. Man wolle ja schließlich nicht riskieren, zu »unterhopfen«, zitierte Gabriel.

»Prost« – »Prost« – »Prost«. Drei Kehlköpfe wippten. Beinahe im Takt.

»Was gibt's?«, fragte Gabriel, obwohl er eigentlich sagen wollte: »Könnt ihr nicht morgen wieder kommen? Es passt gerade nicht so gut. War es denn wirklich so wichtig, dass es nicht bis morgen bei Mechels an der Fleischtheke Zeit hatte?«

»Tut uns leid, dass wir dich aus dem Bett geholt haben« – verdammt, sah man ihm das so deutlich an, dass er …–»aber wir, also Andi und ich … wir haben die ehrenvolle Aufgabe, dir dies hier zu überreichen. Im Namen eines … ja, eines Freundes, würde ich sagen.« Rolf klang geradezu feierlich, als er ihm den großen, gepolsterten Umschlag in die Hand drückte. Darauf stand nur *Für Gabriel*.

»Was ist das?«

»Das sind fast 5.000 D-Mark«, meinte Rolf und Andi ergänzte: »4.933 Mark fünfzig, um genau zu sein. Die kannst du noch problemlos gegen Euro eintauschen. Und weil es unter 10.000 Mark sind, musst du nicht einmal erklären, wo das Geld herkommt.«

»Wieso? Woher kommt es denn? Verflucht … ist das etwa ein Teil der Beute? Ist die wieder aufgetaucht? Woher habt ihr …«, aber Gabriel sprach nicht weiter, als er bemerkte, wie verlegen Andi und Rolf dreinblickten.

»Das ist kein Teil der Beute, du Spinner, das ist der Schatz von Hecks Hannes. Nun ja, zumindest der Anteil, der dir davon zusteht.«

Gabriel öffnete den Umschlag, griff hinein, und als er seine Hand wieder herauszog, hielt er ein Bündel Geldscheine in der Hand. Er starrte das Bündel ungläubig an. Erst als Andi sich räusperte – er machte ein Geräusch, als ob es ihn im Hals kratzte – besann sich Gabriel seiner Gastgeberpflichten und fragte die beiden: »Ach so, Entschuldigung, wollt ihr einen Whiskey?«

Gabriel war mit Andi und Rolf im Hobbyraum. Er nahm drei große Gläser vom Regal über der Bar und machte sie halb voll: »Ich weiß, die sind größer als für die vorhandene Flüssigkeitsmenge eigentlich notwendig«, sagte er zu Andi und Rolf. Über der Bar hing, auf weißen Karton geklebt und hinter einem teuer aussehenden Glasrahmen, das kohlenschwarze Pizzafossil, das Raffi in der Nacht nach dem großen Mensaraub vor dem Backofen schlafend erschaffen hatte. Die Bar, oder genauer gesagt die U-förmige Holztheke, hatte Gabriel mit Rolf, Andi, Speedy, Herbie und Steff selbst gebaut. Um die Theke herum standen Barhocker. Der Hobbyraum war kein echter Ersatz für den Jugendclub. Natürlich nicht. Aber sie brauchten auch keinen Ersatz für den Jugendclub. Dazu trafen sie sich nicht mehr oft genug. Und bei den gelegentlichen Zusammenkünften kam es nur ganz selten vor, dass einer der Jungs sich so betrank, dass er vor Ort übernachten musste.

Es war Johannas Idee gewesen, den Partyraum im Keller »Hobbyraum« zu nennen. Weil Gabriel und seine Kumpels dort gelegentlich ihrem Lieblingshobby nachgingen. Dem Sauf-Tratschen. Oder dem Tratsch-Saufen.

Der Raum befand sich in Johannas Haus. Das heißt, seit die beiden verheiratet waren, war es irgendwie auch Gabriels Haus. Immerhin kümmerte der sich ja um den Haushalt und um den Kleinen, weil Johanna so viel zu tun hatte – jetzt, wo sie ihre eigene Apotheke besaß.

»Wo verdammt nochmal kommt denn jetzt der Schatz her? Seid ihr wirklich sicher, dass es sich um den Schatz von Hecks Hannes handelt? Wieso habt ihr den? Und wieso gerade jetzt?« Gabriel wusste, dass die beiden erst am Abend zuvor von einer Spanienreise zurückgekehrt waren.

»Das ist noch nicht alles«, sagte Rolf, ohne direkt auf Gabriels Frage einzugehen. Andi und er überreichten ihm auch die Blechkassette – wie zum Beweis, dass da nur Hecks Hannes' Schatz drin gewesen sein konnte.

»Ja und?« Gabriel klang nicht überzeugt. »Die Kassette ist ziemlich alt und angerostet. Da könnte alles Mögliche drin aufbewahrt worden sein.«

Rolf und Andi sahen sich an, als ob sie damit gerechnet hatten, dass Gabriel ihnen nicht glaubte. Dann machte Rolf eine Kopfbewegung in Richtung des Umschlags, den Gabriel noch immer in der Hand hielt. Gabriel fasste wieder hinein, kramte darin herum – man hörte ein paar Münzen klimpern, die er aber nicht herausnahm – und nach einigen Sekunden hielt seine Hand inne, als ob er etwas Unerwartetes gefunden habe. Er brachte eine Klarsichthülle zum Vorschein, mit offiziell aussehenden Papieren drin. Gabriel sah sie sich an … und verstand zuerst nicht, was diese Belege ihm sagen sollten.

»Kreissparkasse Sankt Wendel, Geschäftsstelle Primstal«, las er vor, und Jahreszahlen aus den Fünfzigern und Sechzigern sowie ein Datum, das erst wenige Jahre alt war. »Frankfurt«, las er weiter vor. Stockend. »Das hier ist ein Beleg über einen Geldtausch«, murmelte er, »und das hier … auch. Hier geht's um Saarfranken, und hier steht was von D-Mark. Komisch, die Wechselsummen selbst hat jemand geschwärzt, aber …«

»Aber das macht nichts«, setzte Andi den Satz fort, der sah, wie Gabriels Blick an der entscheidenden Information hängen blieb, nämlich den Namen der Empfänger. Der seines Großvaters war auf den beiden alten Belegen zu lesen; auf dem von Anfang 2000 stand Rafael Maertens. Gabriel schwieg eine Weile und fragte dann:

»Ist das unser Raffi?«

Sie nickten.

»Wieso hat der seinen Namen gewechselt?«

Sie zuckten mit den Schultern.

Gabriel sah sich noch einmal die Belege an. Und Andi erklärte: »Raffi hat die alten D-Mark-Scheine in neuere umgetauscht, als er einmal für Tiefkühlprodukte Wagner beruflich nach Frankfurt musste. Diese Scheine sind nun auch schon wieder Geschichte ...«

»Raffi findet es passender«, übernahm Rolf das weitere Erklären, »wenn das alles wieder nach Primstal zurückkehrt. Nicht nur dein Geldanteil, auch die Kassette und die Belege. Bei dir sei das besser aufgehoben, meint er.«

Die beiden erzählten Gabriel, was sie über den Schatz wussten. Was Raffi ihnen darüber erzählt hatte. Wann und wo er ihn gefunden hatte.

Wie der Betrag zustande kam, hatte er ihnen nicht erklärt. Rolf und Andi konnten nicht sagen, ob das der ganze Schatz war.

»Ich kann mir denken, dass es genau die Hälfte ist«, vermutete Rolf und wusste gar nicht, wie Recht und Unrecht zugleich er damit hatte. Keiner von den dreien konnte ahnen, dass es sich um genau ein Drittel plus die Hälfte eines weiteren Drittels handelte.

»Wie geht es Raffi?«, fragte Gabriel vorsichtig, der sich weniger wegen des Geldes freute, sondern viel mehr darüber, dass es von Raffi kam ... und dass der Schatz also doch existierte. Er würde mit Johanna darüber reden, ob man nicht wenigstens einen Teil davon in ein großes Fest stecken sollte. Zu Ehren von Hecks Hannes ... und Raffi, dem Finder des Schatzes. Aber den größten Teil würde er natürlich für das Kinderzimmer verwenden.

Rolf und Andi nickten nur und sagten: »Gut. Es geht ihm gut.«

Und natürlich wollte Gabriel wissen: »Wo genau ist er?«

»Also hör mal, Gabriel, wir haben ihm geschworen, dir nicht zu sagen ... er wird wohl auch schon bald anderswo sein.«

»Ich könnte leicht herausbekommen, auf welchem Flughafen ...«

»Das ist kein Geheimnis. Wir sind in Valencia gelandet und

haben dort einen Mietwagen genommen. Mehr kriegst du nicht aus uns raus. Es hat keinen Zweck, Gabriel. Du würdest ihn nicht finden. Und wir werden ihn nicht verraten. So wie wir dich nicht verraten würden, wenn du dich irgendwo versteckt hättest, wo man dich nicht finden soll.« Rolf machte ein vielsagendes Gesicht.

»Ist ja schon gut.« Gabriel akzeptierte, dass Rolf absolut vertrauenswürdig war. Genau das schätzte er inzwischen an ihm. Er bohrte also nicht weiter nach. Nicht jetzt. Vielleicht bot sich ein andermal die Gelegenheit. Wenn viel Alkohol im Spiel war – vielleicht.

Immerhin hatten sie ihm berichteten dürfen, wo Raffi den Schatz gefunden hatte. Dass er die genaue Stelle bereits kannte, bevor er nach Primstal kam, hatte Raffi ihnen natürlich verschwiegen.

»Soso, zufällig bei den Pflasterarbeiten auf dem Hof gefunden«, kommentierte Gabriel den kurzen Bericht. »Wer hätte das gedacht, dass unser Opa das Geld nicht in, sondern vor dem Haus vergraben hatte. Nun gut, besser Raffi hat ihn gefunden als diese Baufritzen beim Aushub für das hässliche Mietshaus, das sie da hingestellt haben.«

Weil sie nicht wussten, was sie weiter über Raffi reden sollten, unterhielten sie sich über Belanglosigkeiten.

»Hast du schon gehört!«

»Nein, was?«

»Steff ist für die diesjährige Kirmes als Ehrenträger von Schuckebabys grünem Samtjackett gewählt worden.«

»Ach das, doch, ja, das hab ich schon gehört. Das wird bestimmt ein Spaß.«

»Ja, bestimmt.«

»Ach so, und weißt du was noch!«

»Nein, was?«

»Der Nachbar hat vor, seinen Fünfundsiebzigsten groß zu feiern.« Sie nannten ihn immer noch ›der Nachbar‹, obwohl

Gabriel jetzt nicht mehr in Schorschis unmittelbarer Nachbarschaft wohnte.

»Was bedeutet ›groß‹? Mit vielen Leuten?«

»Ja, mit allen, mit denen er … in den letzten Jahren zu tun hatte.«

»Ja, gut … wird bestimmt ein schönes Fest. Das wäre dann ja schon in zwei Monaten.«

»Ja. Nicht zu fassen, dass der sich traut, so lange im Voraus zu planen.«

Sie lachten.

»Ist der Kleine heute bei deiner Mutter?«

»Ja, wie immer sonntags. Barbara freut sich, wenn sie ihn einen Nachmittag lang ganz für sich hat.«

»Und du und Johanna, ihr braucht ja auch ab und zu ein paar Stündchen«, meinte Andi verschmitzt, »um am zweiten kleinen Heck zu arbeiten.«

Sie lachten wieder.

»Ja, damit mir's auch ja nicht langweilig wird als Hausmann«, sagte Gabriel.

»Ja … tja … ich hab Speedy schon eine Weile nicht mehr gesehen. Ist was mit dem?«

»Nein, wieso, was soll mit dem sein? Ich hab ihn heute Morgen noch durchs Dorf fahren sehen. Wie immer.«

Sie schwiegen einen Augenblick. Speedy drohte, wenn sie unter sich waren, noch immer damit, am Tag der Verjährung alles über den Mensaüberfall herauszuposaunen. Er fand, es dürfe nicht ewig ein Geheimnis bleiben, wer das Ding gedreht hatte. Aber keiner von ihnen hatte sich bislang erkundigt, wann es mit der Verjährung soweit war. Wahrscheinlich würde das noch sehr lange dauern.

Ansonsten tat Speedy das, was Raffi ihm aufgetragen hatte: Er fuhr einmal pro Woche – in der Regel sonntags, damit die Kirchgänger ihn auch sahen – mit dem türkisgrünen Mazda durchs Dorf.

Gabriel, Rolf und Andi dachten bei sich, dass Raffi die Vorstellung bestimmt mochte, dass etwas von ihm in Primstal zurückgeblieben war und dass sie sich dort an ihn erinnerten. Aber keiner von ihnen sprach das aus. Nicht einmal Rolf. Der fragte stattdessen: »Kommt die Schatzkassette auch in die Glasvitrine?«

Kurz nachdem Gabriel bei Johanna eingezogen war – das war am selben Tag, als der Bagger auf den Hof vor dem Jugendclub fuhr –, hatte Gabriel eine Glasvitrine besorgt. So eine, wie man sie aus Museen kennt. Aber nicht für den Hobbyraum. Die Vitrine stand im Wohnzimmer, neben dem großen Eichenschrank. Dort hatte der trapezförmige Stein, der über ein Jahrhundert lang so ausgesehen hatte, als ob er das ganze Haus in der Haagstraße 2 zusammenhielte, einen Ehrenplatz bekommen.

»Ja, vielleicht«, überlegte Gabriel, »du hast Recht, vielleicht wäre das eine gute Idee.«

»Ach so, wir haben ganz vergessen zu fragen, was dein Buchprojekt macht, *Primstaler Geschichten*?«

»*Die Geschichte Primstals!* Ja, es geht ganz gut voran mit der Chronik.«

»Prima!«

»Ja …«

Dann ging ihnen der Gesprächsstoff aus. Für diesmal.

»Gruß an Nicole und Lissie!«

»Danke« – »Danke« – »Ja, und grüß du Johanna von uns!«

»Mach ich.«

Über Mike wird nicht mehr gesprochen.

Nachbemerkungen

Den Überfall auf die Mensa bitte nicht nachmachen! Zum einen lohnt sich das nicht, denn dort wird heutzutage nicht mehr bar, sondern mit Karte bezahlt, und zum anderen sitzt immer noch Mia an der Kasse, und die wird sich nicht ein zweites Mal mit demselben Trick aus dem Feld schlagen lassen!

* * *

Das 8. Kapitel, Luisenthal 1962, wurde zum Teil als Collage aus Originalzitaten und Zeitzeugenberichten zusammengestellt. Hierbei möchte ich besonders dem Archiv der Saarbrücker Zeitung dafür danken, dass mir dort so freundlich und hilfsbereit umfangreiches Material zum Luisenthalunglück zur Verfügung gestellt wurde. Ebenso gebührt mein Dank der Stadtbibliothek Trier (für die Einsicht in die Ausgaben des Trierer Volksfreundes vom Februar 1962), sowie dem Stadtarchiv St. Wendel, wo ich wertvolle Detailinformationen zu den Tagen vom 8. bis 10. Februar 1962 erhalten habe.

Ein Teil des im Luisenthal-Kapitel verwendeten Materials habe ich von einschlägigen Internetseiten übernommen und einige Informationen und Zitate stammen aus Reportagen und Berichten des Saarländischen Rundfunks.

Die Zeitzeugen, mit denen ich persönlich über ihre Erinnerungen vom Februar 1962 gesprochen habe, werden namentlich nicht genannt. Einige meiner Gesprächspartner hätten zwar grundsätzlich nichts dagegen, an dieser Stelle erwähnt zu werden, für manche aber sind die Erinnerungen an das Unglück noch immer so schmerzvoll, oder deren Familienmitglieder wollen bis heute nicht über die Ereignisse von damals sprechen, sodass ich mich entschieden habe, keinen der Namen meiner Zeitzeugen zu veröffentlichen.

Anhang

Kurz bevor der Jugendclub abgerissen wurde, hatte Gabriel das ganze Haus nach Dingen durchsucht, die er unbedingt behalten wollte. Besonders viel kam dabei nicht zusammen, interessanterweise fand er aber unter anderem einen von Raffi ans Küchenregal gepinnten Zettel, auf dem stand:

Waterzooi mit Pommes und Bier nach Art des Hauses
für Johanna und Gabriel

Um belgisches Waterzooi zuzubereiten, braucht ihr vor allem einen großen Topf und gute Nerven. Denn das ultimative Waterzooi-Rezept gibt es nicht. Es existieren ungefähr genauso viele Rezepte wie flämische Familien. Wenn ihr glaubt, Belgien zerbreche an seinem Sprachenstreit, liegt ihr falsch: Wenn Belgier streiten, dann um das richtigste, das beste aller Waterzooi-Rezepte. Und ich würde mir 99,9 % aller Belgier zum Feind machen, wenn die wüssten, das ich euch, Gabriel und Johanna, das einzig wahre Waterzooi-Rezept vermache, nämlich das meiner Großeltern. Genauer gesagt ist es jetzt, wo mein Großvater tot ist, ja mein Rezept – und ich gebe es jetzt weiter an euch. Vielleicht habt ihr ja Verwendung für: Waterzooi à la Raffi. Das folgende Rezept bezieht sich in den Mengenangaben auf vier Personen, obwohl ich nicht weiß, wen ihr in Primstal zu einem Waterzooi-Essen einladen könntet … dann esst ihr halt selbst zwei Tage daran.

Also für vier Personen braucht ihr Folgendes:

- **500 g Fisch**, am besten Kabeljau, Rotbarschfilet und Steinbeißer … *Fisch eben, der nicht zu stark verkocht! – aber nehmt um Himmels willen keinen Lachs, der dominiert zu stark.*
- **100 g Krabben**
- **100 g Tintenfischringe**
  (*die könnt ihr entweder gleich mit ins Waterzooi tun oder sie separat frittieren und dann zum Waterzooi als Beilage servieren!*)
- **Ein Dutzend große Miesmuscheln**, schon fertig gegart (*eigentlich müsstet Ihr selbst einen Muschelfond zubereiten, aber da ihr das ja wahrscheinlich doch nicht machen würdet, besorgt euch halt vorgegarte Miesmuscheln*)
- **50 g Butter**
- **4 Zwiebeln**
- **4 Möhren**

- 1-2 Stangen Lauch
- 200 g passierte Tomaten
- 1 Döschen Safran
- 1 Lorbeerblatt
- Estragonblätter
- Thymian
- Pfeffer, Salz, Zucker
- 200g Crème fraîche
- ½ Liter trockenen Weißwein – *kauft keinen Schund, nehmt gefälligst guten Ruwer-Riesling!*
- ½ Liter Wasser

In einem großen Topf die kleingehackten Zwiebeln in der Butter glasig dünsten. Zuerst die Möhren, dann den Lauch – beides kleingeschnitten – dazugeben. Den Safran hinzugeben und ein wenig mitdünsten. Das Ganze mit dem Weißwein (*wehe, Ihr nehmt keinen guten Riesling!*) und dem Wasser übergießen. Passierte Tomaten dazugeben und alles gut umrühren. Danach kommen Salz, das Lorbeerblatt, der Thymian und der Estragon rein.

Alles zusammen kochen lassen, bis das Gemüse gar ist. Inzwischen den Fisch waschen, abtrocknen und in mundgerechte Stücke schneiden. Die Tintenfischringe und Krabben waschen.

Wenn das Gemüse gar ist, die Crème fraîche hinzugeben, umrühren und mit Pfeffer, Salz und Zucker abschmecken. Zum Schluss kommen kleingeschnittener Fisch und Meeresfrüchte dazu und werden ca. 10 Minuten mitgekocht. (*Vorsicht: falls Ihr vorgegarte Muscheln mit Schale gekauft habt, nehmt das Muschelfleisch raus und macht nur das in den Topf! Keine Muschelschalen im Waterzooi mitkochen!*)

Dazu macht ihr Pommes – *aber wehe, mir kommt zu Ohren, dass ihr Fertigpommes auf dem Backblech macht. Für Pizzas ist das okay, aber bei Pommes ist es eine Todsünde. Verdammt nochmal, besorgt euch endlich eine Pommesschneidemaschine und eine vernünftige Fritteuse!* **Dazu trinkt ihr Bier** (*den Rest des Weins könnt ihr später saufen, aber zu Raffis Waterzooi trinkt ihr gefälligst Bier!*) Ich garantiere: Schmeckt besser als eine Analfistel. Eet smakelijk!

Und Gabriel, du hilfst Johanna gefälligst dabei, die Küche danach wieder in Ordnung zu bringen!

Besuchen Sie uns im Internet:
www.conte-verlag.de